COLLECTION « BEST-SELLERS »

DOUGLAS PRESTON
LINCOLN CHILD

LE GRENIER
DES ENFERS

Roman

Traduit de l'américain par Philippe Loubat-Delranc

ROBERT LAFFONT

Titre original : RELIQUARY
© Douglas Preston et Lincoln Child, 1997
Traduction française : Éditions Robert Laffont, S.A., Paris, 1999

ISBN 2-221-08606-6
(édition originale : ISBN 0-312-86095-1 Forge/A Tom Doherty Associates Book,
New York)

Lincoln Child dédie ce livre à sa fille, Veronica
Douglas Preston dédie ce livre à James Mortimer Gibbons

Nous écoutons l'inexprimé, nous contemplons l'invisible.
Kakuzo Okakura, *Le Livre du thé*

Première partie

VIEUX OS

1.

Snow vérifia le détendeur, les deux valves et fit courir ses doigts le long de sa combinaison de plongée. Tout était en ordre, exactement comme lors de sa vérification précédente, quelques instants plus tôt.

— Encore cinq minutes, dit le brigadier-chef en réduisant de moitié la vitesse du canot.

— Génial, ironisa Fernandez en criant pour couvrir le bruit du moteur. On va s'éclater !

Personne ne releva. Snow avait déjà remarqué que les conversations tournaient court à l'approche d'un site.

Il regarda vers la poupe. L'écume dessinait un V brunâtre à la surface de la Harlem River qui, large à cet endroit, coulait paresseusement sous la brume grise en cette chaude matinée d'août. Il tourna la tête vers la rive, grimaçant légèrement quand le tuyau en caoutchouc lui pinça la peau du cou. De hauts immeubles aux vitres brisées. Des carcasses d'entrepôts et d'usines désaffectés. Un terrain de jeu à l'abandon. Ah non, pas tout à fait : un enfant se balançait à un portique rouillé.

— Hé, maître plongeur, lui cria Fernandez. Vérifie que tu n'as pas oublié de mettre ta Pampers !

Snow rajusta ses gants sans quitter la rive des yeux.

— La dernière fois qu'on a envoyé un puceau pour un plongeon pareil, poursuivit Fernandez, il a chié dans sa combinaison. J' te dis pas ! Et on était au large de Liberty Island. Une promenade de santé, comparé au Cloaca.

— Ferme-la, Fernandez, dit le brigadier-chef sans élever la voix.

Snow continuait à regarder au-delà de la poupe. À son arrivée à la brigade fluviale, fraîchement débarqué des services de police de New York, il avait commis une erreur grossière : mentionner le fait qu'il avait déjà travaillé sur un bateau de plongée dans la mer de Cortés. Il avait appris, mais trop tard, que plusieurs hommes de la fluviale venaient du privé et avaient travaillé sur des plates-formes de forage à l'installation de câbles et à l'entretien de pipelines. À leurs yeux, les plongeurs tels que lui étaient des mauviettes chouchoutées et sous-qualifiées qui ne connaissaient que l'eau claire et le sable propre. Fernandez, en particulier, se chargeait de ne pas le lui faire oublier.

Le canot pencha lourdement à tribord quand le brigadier-chef manœuvra pour se rapprocher de la rive. Il ralentit encore tandis qu'ils arrivaient à hauteur d'un groupe serré d'immeubles. Soudain, l'entrée d'un petit tunnel apparut, brisant la monotonie des façades de béton gris. Le brigadier-chef engagea le canot sous le tunnel et ressortit de l'autre côté, dans le demi-jour. Snow prit conscience d'une odeur indéfinissable qui montait des eaux agitées. Ses yeux le picotèrent et il réprima une toux. À l'avant du canot, Fernandez se retourna, l'air railleur. Sa combinaison était encore ouverte, et Snow vit qu'il portait le tee-shirt de l'équipe de la brigade fluviale orné de la devise officieuse : « À la pêche aux merdes, merdes, merdes, je ne veux plus aller, maman ! » Cette fois, la « merde » en question était un paquet contenant un kilo d'héroïne jeté du Humboldt Rail Bridge durant une fusillade avec la police la veille au soir.

Des deux côtés, l'étroit canal était bordé de digues de béton. Devant, une vedette de la police, arrêtée sous le pont de chemin de fer, moteur coupé, tanguait légèrement dans le clair-obscur. Snow vit deux personnes à bord : le pilote et un homme costaud en costume. Il était un peu dégarni et un cigare mouillé pendait au coin de sa bouche. Il rajusta son pantalon, cracha dans l'eau et leva la main pour les saluer.

— Regardez donc qui est là, fit le brigadier-chef avec un signe de tête en direction de la vedette.

— Le lieutenant D'Agosta, répondit l'un des plongeurs à l'avant. C'est mauvais, ça.

— Comme chaque fois qu'un flic se fait buter, dit le brigadier-chef.

14

Il coupa le moteur du canot et manœuvra de telle sorte que les deux bateaux soient bord à bord. D'Agosta recula pour parler avec l'équipe de plongeurs. Sous son poids, la vedette donna de la bande et Snow vit que l'eau avait laissé un dépôt huileux et verdâtre sur la coque.

— Salut, fit D'Agosta.

Dans l'obscurité qui régnait sous le pont, le lieutenant de police, le teint rouge, les regardait en clignant des yeux telle une pâle créature de l'ombre qui craindrait la lumière du jour.

— Je vous écoute, lui répondit le brigadier-chef tout en fixant un bathymètre à son poignet.

— Le coup de filet a mal tourné, dit D'Agosta. Il se trouve que ce n'était qu'un coursier. Il a lancé la came par-dessus ce pont. Ensuite, il a buté un flic et s'est fait descendre. Si on retrouve l'héro, on pourra classer cette affaire de merde.

— Si le type a été tué, pourquoi faire appel à nous ? demanda le brigadier-chef avec un soupir.

— Quoi, fit D'Agosta en secouant la tête, vous voudriez laisser un bon kilo d'héroïne dormir au fond de l'eau ?

Snow leva les yeux. Entre les poutrelles noires du pont, il distingua les façades calcinées d'entrepôts. Un millier de fenêtres sales se reflétaient dans l'eau croupie. Pas de chance, songea-t-il, que le coursier ait jeté le paquet dans le Humboldt Kill, rebaptisé le *Cloaca maxima* — du nom du plus célèbre égout de la Rome antique — à cause des ordures, déchets toxiques, cadavres d'animaux et dichlorobenzènes qui s'y étaient accumulés au fil des ans. Une rame de métro passa lourdement au-dessus d'eux, vibrante et crissante. Le bateau vacilla sous ses pieds, et la surface de l'eau visqueuse sembla trembloter légèrement, comme de la gelée.

— O.K., les mecs, dit le brigadier-chef. À la baille !

Snow se concentra sur sa combinaison. Il savait qu'il était un excellent plongeur. Originaire de Portsmouth, il avait pour ainsi dire grandi dans la Piscataqua River et avait sauvé la vie de plus d'un quidam. Plus tard, dans la mer de Cortés, il avait chassé le requin et plongé à plus de soixante mètres de profondeur. Malgré cela, ce plongeon-là ne l'inspirait guère.

Il ne s'était jamais approché du Cloaca, mais l'équipe ne cessait d'en parler à la base. De tous les lieux de plongée

15

infects de New York City, le Cloaca était le pire. Pire que l'Arthur Kill, pire que le Hell Gate, pire, même, que le Gowanus Canal. Autrefois, c'était un affluent important de l'Hudson River qui traversait Manhattan juste au sud de Sugar Hill, dans Harlem. Mais des « siècles » sans entretien en avaient fait un ruban d'eau croupie — une décharge liquide charriant tout ce qu'on pouvait imaginer.

Snow attendit son tour pour décrocher ses bouteilles d'air comprimé puis s'harnacha en se dirigeant vers la poupe. Il ne s'était pas encore habitué à sa combinaison de plongée, étriquée et lourde. Le brigadier-chef vint vers lui.

— Paré ? lui demanda-t-il de sa voix de baryton.

— Je crois, chef. Où sont les lampes frontales ?

Son supérieur le regarda, interdit.

— Ces immeubles arrêtent la lumière du soleil. Il va bien nous falloir des lampes si on veut y voir quelque chose, non ?

— Ça ne ferait aucune différence, lui répondit le brigadier-chef avec un sourire. Le Cloaca fait dans les six mètres de profondeur. Au-dessous, il y a trois à quatre mètres de limon en suspension. Dès que tes palmes toucheront ce limon, il explosera comme une bombe de poussière. Tu ne pourras rien voir à travers ton masque. Sous cette couche de limon, il y a dix mètres de boue. Le paquet d'héroïne sera enterré quelque part dans cette boue. À cette profondeur, c'est avec tes mains que tu verras.

Il jaugea Snow, hésita un court instant et ajouta, plus bas :

— Ça n'a rien à voir avec ton entraînement dans l'Hudson. Si je t'ai fait venir sur ce coup, c'est uniquement parce que Cooney et Schultz sont toujours à l'hôpital.

Snow acquiesça. Les deux plongeurs en question avaient chopé une « blasto » — une blastomycose, infection fongique s'attaquant aux organes internes — la semaine précédente, en allant repêcher un corps criblé de balles dans une limousine au fond de la North River. En dépit des analyses parasitologiques hebdomadaires obligatoires, il arrivait chaque année que des plongeurs contractent des maladies bizarres.

— Si tu préfères rester à bord pour cette fois, pas de problème, poursuivit le brigadier-chef. Tu pourras donner un coup de main pour les cordes de sûreté.

16

Snow lança un coup d'œil aux autres plongeurs qui vérifiaient leur équipement. La règle numéro un de la brigade fluviale lui revint en mémoire : tout le monde plonge. Fernandez, qui nouait une corde à un taquet, se retourna vers eux et sourit à Snow d'un air entendu.

— Je vais plonger, chef, dit Snow.

Le brigadier-chef le considéra un long moment.

— Souviens-toi des règles de base. Va à ton rythme. La première fois qu'on descend dans cette tourbe, on a tendance à retenir sa respiration. Évite. C'est l'embolie assurée. Ne gonfle pas trop ta combinaison. Et, pour l'amour du ciel, ne lâche pas la corde. Dans la boue, on ne sait plus où est la surface. Si jamais tu la lâches, le prochain cadavre qu'on ira chercher, ce sera le tien.

Snow attendit en s'efforçant de réguler sa respiration qu'on lui ait passé son masque et la corde de sûreté. Puis, après une ultime vérification, il sauta par-dessus bord.

Même à travers sa combinaison étouffante, collante, l'eau lui fit une sensation étrange. Visqueuse, sirupeuse, elle ne lui bouillonna pas aux oreilles, ne lui fila pas entre les doigts. S'y enfoncer exigeait un effort. Il avait l'impression de nager dans de l'huile de vidange.

Il serra plus fort sa corde de sûreté et s'enfonça d'un ou deux mètres sous la surface. Déjà, la quille de la vedette n'était plus visible au-dessus de sa tête, avalée par un miasme de fines particules en suspension dans l'eau. Il regarda autour de lui à travers la faible lumière verdâtre. Juste devant son visage, il voyait sa main gantée qui tenait la corde. Plus loin, il distinguait son autre main, tendue, qui fouillait l'eau. Il ne voyait rien sous ses pieds... qu'un trou sombre. À six mètres de fond, dans cette obscurité, il le savait, se trouvait le toit d'un autre monde : un monde de boue épaisse, omniprésente.

Pour la première fois de sa vie, Snow se rendit compte à quel point son impression de sécurité dépendait du soleil et de la limpidité de l'eau. À cinquante mètres de profondeur, les eaux de la mer de Cortés étaient encore claires ; l'éclairage de sa torche l'avait habitué à une sensation d'amplitude et d'espace. Il se laissa glisser sur un ou deux mètres, s'efforçant de percer du regard la noirceur sous ses pieds.

Soudain, au plus loin de sa vision, il vit, ou crut voir, à travers les courants opaques, une espèce de brume solide sous lui ; une surface ondoyante et veinée. C'était la couche de limon. Il s'enfonça lentement vers elle, un nœud à l'estomac. Le brigadier-chef l'avait prévenu qu'il arrivait souvent que les plongeurs croient voir des choses bizarres en eaux troubles ; qu'il était parfois difficile de faire la part des choses entre réalité et imagination.

Son pied toucha l'étrange substance flottante — la traversa — et, au même instant, un nuage s'éleva autour de lui et l'enveloppa, supprimant toute visibilité. Pris de panique, Snow s'agrippa plus fermement à la corde de sûreté. Il se calma en pensant aux railleries de Fernandez et continua à descendre. Chacun de ses gestes provoquait une nouvelle tempête qui projetait une eau noire et bouillonnante devant sa visière. À chaque fois, il ne pouvait s'empêcher de retenir sa respiration. Il s'obligea à respirer profondément et à un rythme régulier. *Quelle merde,* songea-t-il. *C'est mon premier vrai plongeon en mission, et j'ai le trouillomètre à zéro !* Il s'immobilisa un moment tout en contrôlant sa respiration. Il se laissa glisser sur quelques mètres, bougeant le moins possible. Soudain, il eut l'impression de toucher le fond — qui n'avait rien à voir avec les fonds marins qu'il connaissait. Ce fond-là semblait être en décomposition. Il céda sous son poids avec une résistance vaguement caoutchouteuse des plus dégoûtantes. Snow s'y enfonça jusqu'aux chevilles, jusqu'aux genoux, jusqu'à la poitrine, comme dans des sables mouvants. En quelques secondes, il fut englouti. Il continua à descendre, mais plus lentement désormais, emprisonné par cette vase qu'il sentait autour de lui mais ne voyait pas, qui faisait pression contre sa combinaison. La vase semblait devenir plus compacte au fur et à mesure de sa descente. Jusqu'à quelle profondeur était-il censé aller dans cette merde ?

Snow remua sa main libre comme on le lui avait appris, balayant la tourbe, effleurant des choses au passage. Dans l'obscurité et vu l'épaisseur de ses gants, il lui était difficile de dire ce que c'était : des branches d'arbres, des vilebrequins, de dangereux bouts de fil de fer, des siècles de déchets accumulés dans ce cimetière de boue.

Trois mètres de plus et il remonterait. Après ça, même ce salaud de Fernandez ne pourrait pas lui rire au nez.

Tout à coup, son bras libre buta contre quelque chose. Snow tira, et l'objet dériva vers lui avec une lenteur qui impli-

18

quait un certain poids. Snow coinça la corde de sûreté dans le creux de son bras droit et tâta l'objet. Impossible de déterminer ce que c'était, mais ça n'avait rien à voir avec un paquet d'héroïne. Il le lâcha et s'en écarta.

L'objet tourna sur lui-même dans les remous visqueux provoqués par ses palmes et se cogna contre lui dans l'obscurité, butant contre le verre de son masque et déboîtant légèrement son détendeur. Après avoir repris son équilibre, Snow tendit la main vers l'objet, en quête d'une prise pour le pousser loin de lui.

Il eut la sensation de glisser la main dans un enchevêtrement. Une grosse branche d'arbre, peut-être..., mais curieusement lisse en certains endroits... Snow tâta l'objet, ses parties plates, ses parties arrondies, ses parties pliables. Puis, en un éclair, il comprit qu'il était en train de palper un os. Non, pas un os, mais *des* os reliés par des bouts de tendons ligamenteux. Le squelette d'un animal..., d'un cheval, peut-être ; mais plus Snow l'explorait de la main, plus il se rendait compte qu'il ne pouvait s'agir que d'un squelette humain.

Un squelette humain !

Snow s'efforça de ralentir sa respiration et de garder les idées claires. Son bon sens et sa formation lui dictaient de ne pas le laisser. Il allait devoir le remonter.

Il n'avait pas trouvé l'héroïne mais il était quand même tombé sur quelque chose d'important. Un meurtre non élucidé, peut-être. Fernandez, le M. Muscles de l'équipe, allait en faire une jaunisse.

Pourtant, Snow n'éprouvait aucun sentiment de victoire. Tout ce qu'il voulait, c'était remonter et s'extirper une fois pour toutes de cette boue.

Sa respiration était plus hachée, plus courte ; il ne faisait plus d'efforts pour la contrôler. Sa combinaison était froide et il ne pouvait s'empêcher de la gonfler. Le nœud se défit et il tenta de le refaire, tenant le squelette contre lui dans la vase pour être sûr qu'il ne lui échappe pas. Il ne cessait de penser aux mètres de boue qu'il y avait au-dessus de sa tête, au limon tourbillonnant encore au-dessus, à l'eau visqueuse que les rayons du soleil ne régénéraient jamais...

La corde finit par tenir et Snow poussa un soupir de soulagement. Après avoir vérifié la solidité du nœud, il tira trois fois sur la corde pour signaler qu'il avait trouvé quelque chose. Il allait regagner la surface, sortir de ce cauchemar, remonter à bord du bateau, retrouver la terre ferme et, alors, peut-être qu'il resterait une heure sous la douche, se soûlerait et envisagerait de reprendre son ancien travail. La saison de la pêche sous-marine débutait dans un mois. Il vérifia que la corde était bien serrée autour des os longs du squelette. Il bougea les mains, chercha les côtes, le sternum, passant de nouveau la corde entre les os, s'assurant qu'elle ne se déferait pas quand ils la tireraient vers le haut. Ses doigts continuèrent à remonter le long du squelette et Snow constata que la colonne vertébrale finissait sur de la tourbe noire.

Pas de tête. D'instinct, Snow retira sa main brusquement, puis il se rendit compte que, dans la panique, il avait lâché la corde de sûreté. Il fit des moulinets avec les bras et toucha quelque chose : le squelette. Il s'y accrocha désespérément, le serrant dans ses bras avec soulagement. Il s'empressa de tâter vers le bas, les os longs, en quête de la corde, essayant de se souvenir où il l'avait nouée.

Pas de corde. S'était-elle détachée ? Non. Impossible. Il essaya de repousser le squelette, de le tourner pour chercher la corde quand, tout à coup, il sentit que le tuyau de son détendeur s'était accroché à quelque chose. Il se retourna précipitamment, de nouveau désorienté, et sentit que le joint de son masque perdait en étanchéité. Un liquide chaud et épais suinta à l'intérieur. Snow essaya de se libérer d'un soubresaut et sentit son masque tiré sur le côté, de l'eau boueuse lui emplir les yeux, le nez, l'oreille gauche. Au comble de l'horreur, il se rendit compte qu'il était prisonnier de l'étreinte macabre d'un *autre* squelette. Il fut pris alors d'un sentiment de panique aveugle, démesuré, total.

Sur le pont de la vedette de la police, le lieutenant D'Agosta regarda avec détachement le plongeur novice ramené à la surface : il battait des bras et des jambes, poussait des cris étouffés par la boue. Une matière ocre dégoulinait de sa combinaison et se mêlait à l'eau. Le plongeur avait dû lâcher la corde. Il avait eu de la chance, beaucoup de chance, de remonter vers la surface. D'Agosta attendit patiemment que l'homme, en proie à une crise de nerfs, soit hissé à bord, qu'on lui ait retiré sa combinaison, qu'on l'ait rincé et calmé. Il le regarda vomir — par-dessus bord et non sur le pont, nota D'Agosta avec satisfaction. Il avait trouvé un squelette. Deux, apparemment. Ce n'était pas le but de l'opération, bien sûr, mais c'était un joli coup pour un baptême du feu. D'Agosta se dit qu'il lui décernerait un satisfecit. *Ce gamin n'aurait rien eu du tout s'il n'avait pas respiré cette merde qui s'accrochait à son nez et à sa bouche,* songea-t-il. *Pourvu que..., bah, les antibiotiques font des miracles, de nos jours.*

Le premier squelette fut remonté à la surface. Il était toujours enrobé de vase. Un plongeur, nageant à l'indienne, le tira jusque sur le côté de la vedette, l'entoura d'un filet et grimpa à bord non sans difficulté. Le filet, dégoulinant d'eau, fut hissé par à-coups sur le côté du bateau et posé sur une bâche aux pieds de D'Agosta, butin macabre.

— Nom d'un chien, vous auriez pu le rincer, dit D'Agosta en grimaçant à l'odeur d'ammoniaque.

Une fois remonté à la surface, le squelette relevait de sa compétence, et il regrettait amèrement de ne pouvoir tout simplement le renvoyer d'où il venait. Il constata que sa tête manquait.

— Je le lave au jet ? demanda le plongeur, la main tendue vers la pompe.

— Vous d'abord.

Le plongeur avait un air ridicule, un préservatif collé au coin de la tête, des saletés lui dégoulinant sur les jambes. Deux autres plongeurs montèrent à bord et commencèrent à tirer avec précaution sur une autre corde pendant qu'un troisième ramenait le deuxième squelette, le soutenant d'une main. Quand il atterrit sur le pont et que tous purent constater que lui non plus n'avait pas de tête, un silence pesant s'abattit à bord. D'Agosta lança un coup d'œil à l'énorme paquet d'héroïne, retrouvé également et en sûreté dans un sachet de mise sous scellé. Tout à coup, cette drogue n'avait plus tellement d'intérêt.

Il tira sur son cigare d'un air songeur et, détournant les yeux, scruta le Cloaca.

— Vous allez devoir refaire trempette, les gars, dit-il en poussant un soupir. Il me faut les deux têtes.

2.

Louis Padelsky, expert légiste à l'Institut médico-légal de New York, leva les yeux vers l'horloge murale. Ses intestins venaient de gargouiller pour la énième fois. Il mourait de faim. Depuis trois jours, il n'ingurgitait que des Slim-fast et, aujourd'hui, il avait le droit de faire un vrai déjeuner. Bâtons de poulet panés. Il fit courir sa main sur son ample bedaine, tâtant, évaluant, se disant qu'il avait peut-être un peu perdu ici et là. Ah oui, là, c'était sûr.

Il but une gorgée de son cinquième café noir et consulta sa liste. Ah, enfin quelque chose d'intéressant. Pas un de ces sempiternels décès par balle, coups de couteau ou overdose.

Les portes d'acier inoxydable s'ouvrirent avec fracas sur l'infirmière Sheila Rocco, qui poussait un chariot sur lequel reposait un cadavre terreux. Padelsky le regarda, détourna la tête, le regarda de nouveau. *« Cadavre » est un terme impropre,* songea-t-il. *Cette chose n'est ni plus ni moins qu'un squelette recouvert de lambeaux de chair.* Padelsky plissa les narines.

Rocco arrêta le chariot sous la lampe chirurgicale et commença à placer un drain.

— C'est superflu, lui dit Padelsky.

La seule chose qui ait besoin d'être « drainée » ici, songea-t-il, *c'est mon café.* Il en but une bonne rasade, jeta le gobelet à la poubelle, lut l'étiquette du cadavre, chercha la référence sur sa liste, la parapha puis enfila une paire de gants en latex.

— Mais qu'est-ce que vous m'avez amené là, Sheila ? fit-il. L'homme de Piltdown ?

Rocco se rembrunit et orienta l'éclairage au-dessus du chariot.

— Celui-ci devait être enterré depuis au moins deux siècles. Et dans de la merde, en plus, si mon odorat ne me trompe pas. Oh, peut-être est-ce le pharaon Cacakhamon en personne ?

Rocco pinça les lèvres et attendit que Padelsky ait fini de rire pour lui tendre un *clipboard* sans un mot. Padelsky lut la page dactylographiée en remuant les lèvres. Tout à coup, il se redressa.

— Pêché dans le Humboldt Kill, marmonna-t-il. Dieu du ciel !

Lorgnant le distributeur de gants, il envisagea d'en enfiler une deuxième paire puis se ravisa.

— Hmm, fit-il. Décapité, tête non retrouvée..., pas de vêtements sur lui, portait une ceinture en métal autour de la taille.

Il jeta un coup d'œil au cadavre et aperçut le sachet de mise sous scellé accroché au chariot.

— Voyons ça, dit-il en s'en emparant.

Le sachet contenait une fine ceinture en or dotée d'une boucle ornée d'une topaze. Padelsky savait qu'elle avait déjà été analysée par le labo, mais il n'avait pas le droit de la manipuler pour autant. Il remarqua qu'un numéro figurait au dos.

— Pas du toc, dit Padelsky en montrant la ceinture. Peut-être que c'est la femme de Piltdown, après tout ? Ou un trave.

Et il repartit à rire.

— Cela vous ennuierait-il de faire preuve d'un peu plus de respect, docteur Padelsky ? dit Rocco, très sèche.

— Oh, bien sûr, bien sûr.

Il suspendit le *clipboard* à un crochet et régla le micro qui pendait au-dessus du chariot.

— Branchez le magnéto, voulez-vous, ma petite Sheila ?

L'appareil s'enclencha avec un bruit sec, et Padelsky s'exprima soudain sur un ton froid, professionnel.

— Docteur Louis Padelsky. 2 août, 12 h 5. Je suis assisté de Sheila Rocco, et nous commençons l'examen de... — il consulta l'étiquette — ... du numéro A-1430. Nous avons devant nous un cadavre décapité, réduit pratiquement à l'état de squelette — Sheila, vous voulez bien le mettre droit ? — d'environ un mètre quarante-cinq. Avec la tête, un mètre soixante-cinq, soixante-huit. Ceinture pelvienne un peu large. Oui, gynoïde, nous avons donc affaire à une femme.

Pas de tassement des vertèbres lombaires, elle a donc moins de quarante ans. Durée d'immersion difficile à déterminer. Le cadavre dégage une odeur de..., euh... d'égout. Les os, d'une teinte marron orangé, donnent l'impression d'avoir séjourné très longtemps dans de la boue. D'un autre côté, il reste suffisamment de tissu conjonctif pour unir le squelette, et il y a des lambeaux de tissu musculaire autour des condyles médial et latéral du fémur et également sur le sacrum et l'ischion. Assez de matériel pour recherche du groupe sanguin et analyse de l'A.D.N. Pinces, je vous prie.

Il arracha un bout de tissu et le glissa dans un sachet.

— Pourriez-vous tourner le bassin de profil, Sheila ? Bien, voyons... Le squelette est encore en grande partie articulé, sauf, évidemment, en ce qui concerne la tête. Il semblerait que l'axe cérébro-spinal manque également... Il reste six vertèbres cervicales... Manquent les deux côtes flottantes et tout le pied gauche.

Il poursuivit la description du squelette et, quand il en eut terminé, s'éloigna du micro.

— Érigne, s'il vous plaît, Sheila.

Rocco lui tendit un petit instrument dont Padelsky se servit pour séparer l'humérus du cubitus.

— Prélèvement périostique, annonça-t-il.

Il plongea l'instrument dans la vertèbre, arrachant à l'os quelques échantillons de membrane. Puis il chaussa une paire de lunettes de protection jetables en plastique.

— Scie, dit-il.

Rocco lui tendit une petite scie électrique. Il la mit en marche et attendit que le tachymètre affiche les *tr/min* corrects. Lorsque la lame biseautée toucha l'os, un sifflement aigu de moustique en colère s'éleva dans l'air, accompagné d'une odeur de poussière d'os, d'eaux usées, de moelle pourrie et de mort.

Padelsky préleva des fragments osseux que Rocco mit au fur et à mesure dans des sachets en plastique.

— Je veux des tomographies et des clichés au microscope électronique de chaque microsection, dit Padelsky.

Il s'écarta du chariot et coupa le magnétophone. Rocco nota ses demandes au gros feutre noir sur les sachets.

On frappa à la porte. Sheila alla ouvrir, sortit un petit moment puis passa la tête par l'entrebâillement de la porte.

24

— On a une identification possible grâce à la ceinture, dit-elle. Il s'agirait de Pamela Wisher.

— Pamela Wisher, cette jeune fille de la haute société ? fit Padelsky en ôtant ses lunettes de protection. Mazette !

— Et il y a un deuxième squelette, poursuivit Rocco. Découvert au même endroit.

Padelsky, qui s'était approché d'un lavabo en zinc, se préparait à ôter ses gants et à se rincer les mains.

— Un autre ? dit-il d'un ton irrité. Pourquoi ne l'a-t-on pas amené avec le premier, bon Dieu de bois ? Je les aurais faits en même temps.

Il regarda l'horloge murale : déjà 13 h 15. Bon sang de bonsoir, autrement dit, pas question de déjeuner avant 15 heures au plus tôt. Il avait l'estomac dans les talons.

Les portes s'ouvrirent et le deuxième squelette fut avancé sous la lumière crue de la lampe. Padelsky remit le magnétophone en marche et alla se servir une autre tasse de café pendant que l'infirmière préparait les instruments.

— Celui-là non plus n'a pas de tête, annonça Rocco.

— Vous plaisantez ?

Padelsky s'avança, regarda le squelette et se figea, gobelet aux lèvres.

— Mais qu'est-ce que... ?

Il reposa son gobelet de café, s'approcha vivement du chariot et, se penchant sur le squelette, fit courir légèrement le bout de ses doigts gantés le long d'une des côtes.

— Docteur Padelsky ? demanda Rocco.

Il se redressa et coupa le magnétophone.

— Recouvrez-le et allez chercher le docteur Brambell, dit-il. Et ne soufflez pas mot de tout ça... — il désigna le squelette — ..., à personne.

Rocco hésita. Elle regarda le squelette, intriguée, et, petit à petit, ses yeux s'agrandirent.

— *Tout de suite,* ma petite Sheila.

3.

La sonnerie du téléphone rompit brutalement le silence qui régnait dans le petit bureau du musée. Margo Green, le visage collé à l'écran de son ordinateur, fit un bond en arrière sur sa chaise avec un air coupable. Une mèche de cheveux bruns lui roula sur le front.

Le téléphone sonna de nouveau. Margo tendit la main vers le combiné mais arrêta son geste. Encore un gus du service informatique qui l'appelait pour se plaindre de l'énorme quantité de temps machine bouffé par son programme de régression cladistique. Elle se carra dans sa chaise, décidée à attendre que la sonnerie cesse. Les muscles de son dos et de ses jambes étaient agréablement endoloris suite à sa séance de gym de la veille. Elle prit la poignée de force qui traînait sur son bureau et commença à exercer des pressions en un geste machinal. Encore cinq minutes, et son programme en aurait terminé. Ensuite, ils pourraient se plaindre tout leur soûl.

La nouvelle politique de réduction des coûts obligeait à demander une autorisation pour tous les gros traitements. Autrement dit : échanger une pléthore de courrier électronique avant de pouvoir utiliser le programme. Or elle avait besoin de ces résultats tout de suite.

À l'université de Columbia, où elle enseignait avant de venir travailler au musée d'Histoire naturelle de New York en tant qu'assistant conservateur, on n'était pas sans cesse pris dans la tourmente de quelque coupe budgétaire. Mais plus le musée s'enfonçait dans les ennuis financiers, plus il mettait l'accent sur la forme et non sur le fond. Le battage publicitaire fait autour de l'exposition phare de l'année prochaine, « *Les fléaux du XXIe siècle* », n'avait pas échappé à Margo.

Elle surveilla son écran, reposa sa poignée de force et prit le *New York Post* dans son sac. La lecture du *Post* avec une tasse de café noir le matin était devenue un rite quotidien. Les prises de position carrées de ce journal avaient quelque chose de rafraîchissant — un peu comme *Les Aventures de M. Pickwick*. En outre, elle n'ignorait pas qu'elle se ferait sonner les cloches par son vieil ami Bill Smithback si jamais il découvrait qu'elle avait omis de lire un seul de ses articles de la rubrique faits divers.

Elle lissa le tabloïd sur ses genoux et ne put réprimer un sourire à la vue du gros titre qui prenait les trois quarts de sa une. La quintessence du style du *Post* :

LE CADAVRE DES ÉGOUTS :
C'EST CELUI D'UNE DÉB' !

Margo parcourut les quelques lignes d'accroche. *Le deuxième article de Smithback remonté à la une en un mois,* songea-t-elle. Le connaissant, il ne devait plus se sentir et être encore plus insupportable que d'habitude.

Elle lut l'article en diagonale. Du pur Smithback : savant dosage de sensationnalisme et de macabre, s'attardant complaisamment sur les détails les plus horribles. Dans les premiers paragraphes, il résumait rapidement les faits connus désormais de tous les New-Yorkais. La « belle héritière » Pamela Wisher, célèbre noctambule, marathonienne des night-clubs à la mode, avait disparu depuis deux mois. Elle avait été vue pour la dernière fois dans une boîte de Central Park South. Depuis, son « visage au sourire radieux, au regard d'un bleu limpide, aux cheveux d'un blond lumineux » était placardé à tous les coins de rue. Margo passait plusieurs fois par jour devant l'une de ces affichettes en couleur en se rendant de chez elle, dans West End Avenue, au musée.

Le scoop du jour était qu'un des deux squelettes découverts la veille — « enfouis dans les eaux d'égout du Humboldt Kill, et prisonniers d'une étreinte osseuse » — était celui de Pamela Wisher. L'autre n'était toujours pas identifié. L'article était illustré d'une photo du petit ami de Pamela Wisher, le jeune vicomte Adair, prise quelques minutes après qu'il eut appris l'horrible nouvelle. La police, évidemment, prenait « toutes les mesures nécessaires ». Smithback concluait son papier en rapportant les réactions « à chaud » de l'homme de la rue — variations autour du thème « J'espère-bien-que-le-salaud-qui-a-fait-ça-passera-à-la-chaise-électrique ».

Margo replia le journal en pensant au regard de Pamela Wisher sur l'affichette. Elle aurait mérité un meilleur destin que de devenir le fait divers numéro un de l'été.

La sonnerie aigre du téléphone interrompit ses pensées. Son programme en avait enfin terminé. *Autant répondre une bonne fois*, se dit-elle. *J'aurai droit à ce sermon tôt ou tard, de toute façon.*

— Margo Green, annonça-t-elle en décrochant.

— Docteur Green ? fit la voix. Ah, quand même !

L'accent du Queens, le ton bourru et autoritaire lui évoquaient un souvenir lointain, comme un rêve à demi oublié. Margo fit un effort de mémoire.

... Tout ce que nous pouvons vous dire, c'est qu'une enquête est en cours pour déterminer les circonstances du décès...

— Lieutenant D'Agosta ? demanda Margo, surprise.

— Il faudrait que vous veniez tout de suite au laboratoire d'anthropologie médico-légale, dit D'Agosta tout de go.

— Puis-je savoir... ?

— Eh non, désolé. Quoi que vous fassiez, laissez tomber et descendez.

Il raccrocha.

Margo regarda le combiné pendant quelques secondes, ébahie, comme si elle s'attendait à entendre de plus amples explications. Puis elle remit le *Post* dans son fourre-tout — de façon qu'il dissimule son petit pistolet semi-automatique —, repoussa sa chaise et sortit précipitamment.

4.

Bill Smithback passa, l'air de rien, devant le somptueux immeuble situé au 9, Central Park South. Deux gardiens étaient postés sous la marquise galonnée d'or. Il vit d'autres employés en faction dans le hall. C'était, comme il l'avait craint, l'une de ces résidences infestées de gardes-chiourmes. *Ça ne va pas être de la tarte,* songea-t-il.

Il tourna dans la Sixième Avenue et s'arrêta pour réfléchir à la suite des opérations. Il tâta la poche intérieure de sa veste et localisa la touche d'enregistrement de son magnétophone. Il pourrait l'enclencher discrètement le moment venu. Il examina son reflet égaré au milieu d'innombrables paires de chaussures italiennes : l'image même de l'étudiant B.C.B.G. — dans la limite de ce que sa garde-robe avait pu lui permettre. Il prit une profonde inspiration, fit demi-tour, tourna le coin de la rue et se dirigea résolument vers la marquise crème. Le premier gardien le regarda s'avancer d'un air imperturbable, une main gantée posée sur la magnifique poignée de laiton.

— Je viens voir Mme Wisher, dit Smithback.

— Votre nom, s'il vous plaît ? demanda l'homme d'une voix monocorde.

— Je suis un ami de Pamela.

— Je suis navré, mais Mme Wisher ne reçoit pas, lui dit l'homme sans ciller.

Smithback réfléchit très vite. Le portier lui avait demandé de décliner son identité ; c'était donc que Mme Wisher attendait quelqu'un.

— En fait, c'est au sujet de son rendez-vous de ce matin, improvisa Smithback. Il y a eu un contretemps. Pourriez-vous prévenir Mme Wisher de ma présence ?

Le portier hésita un instant, puis il ouvrit la porte et précéda Smithback à travers le hall dallé de marbre. Le concierge, un homme très âgé, fluet, se tenait derrière une sorte de rempart de bronze qui faisait office de guichet. Au fond du hall, un vigile était assis à un bureau Louis XVI. Un liftier était planté derrière lui, mains croisées sur sa ceinture.

— Ce monsieur vient voir Mme Wisher, dit le gardien au concierge.

Ce dernier le jaugea du haut de son blockhaus.

— Oui ? fit-il.

Smithback déglutit. Il avait au moins réussi à pénétrer dans le hall.

— C'est au sujet de son rendez-vous de ce matin. Il y a un changement.

Le regard du concierge glissa vers les chaussures de Smithback puis remonta sur son veston pour s'arrêter sur sa coupe de cheveux. Smithback attendit la fin de cet examen en silence, espérant avoir réussi à se donner l'apparence d'un jeune homme de bonne famille.

— Qui dois-je annoncer ? demanda le concierge.

— Oh, vous n'avez qu'à dire que je suis un ami de la famille.

Le concierge le jaugea, dans l'expectative.

— Bill Smithback, s'empressa-t-il d'ajouter.

Mme Wisher ne lisait sûrement pas le *New York Post*.

Le concierge baissa les yeux sur une feuille qu'il avait devant lui.

— Et le rendez-vous de 11 heures ? demanda-t-il.

— Je le remplace, répondit Smithback, ravi qu'il ne soit que 10 h 30.

Le concierge disparut dans son bureau. Il en ressortit une petite minute plus tard.

— Décrochez le téléphone intérieur sur la table à côté de vous, dit-il.

Smithback s'exécuta et porta le combiné à son oreille.

— Que se passe-t-il ? George a annulé ? dit une voix fluette, sèche et distinguée.

— Madame Wisher, me permettez-vous de monter pour que nous parlions de Pamela ?

Il y eut un silence.

— Qui êtes-vous ? demanda la voix.

— Bill Smithback.

Il y eut un autre silence, plus long celui-là.

— J'ai quelque chose de très important à vous dire au sujet de la mort de votre fille ; des informations que, j'en suis certain, la police ne vous a pas communiquées et qui devraient vous intéresser...

— Oui, oui, l'interrompit la voix..., je me doute.

— Attendez !

Il y eut un silence.

— Madame Wisher ?

Elle avait raccroché.

Bah, songea Smithback, j'ai fait de mon mieux. Et si je me postais dehors, assis sur le banc en face, au cas où elle sortirait un peu plus tard dans la journée ?

Mais à peine avait-il eu cette idée qu'il se dit qu'il n'y avait aucune chance que Mme Wisher quitte sa place forte dans un avenir proche.

Le téléphone du concierge sonna. Mme Wisher, sans aucun doute. Désireux de s'épargner d'être jeté dehors manu militari, Smithback gagna la sortie à pas pressés.

— Monsieur Smithback ! cria le concierge.

Smithback se retourna. C'était le moment qu'il détestait le plus.

Le concierge le considérait d'un air totalement inexpressif.

— L'ascenseur est par là, lui dit-il.

— L'ascenseur ? répéta Smithback.

— Dix-huitième étage, précisa le concierge.

Le liftier fit coulisser la grille de laiton puis poussa la porte en chêne massif, et Smithback sortit directement dans un vestibule couleur pêche envahi de bouquets de fleurs. Une console croulait sous des lettres de condoléances dont certaines n'étaient pas encore décachetées. À l'autre bout de la pièce plongée dans le silence, une double porte vitrée était entrebâillée. Smithback s'avança vers elle à pas lents.

Elle donnait sur un vaste salon. Des canapés et des méridiennes Empire étaient placés à angles symétriques sur le tapis épais. De hautes fenêtres habillaient le mur du fond. Elles devaient offrir une vue sublime sur Central Park mais pour l'heure, les persiennes étaient fermées, plongeant ce havre de bon goût dans une obscurité des plus denses.

Smithback perçut un mouvement imperceptible sur le côté. Il se retourna et vit une femme petite, bien mise, les cheveux bruns impeccablement coiffés, assise à l'extrémité d'un canapé. Elle portait une robe noire toute simple. D'un geste, elle l'invita à s'asseoir. Il s'installa dans une bergère face à Mme Wisher. Un service à thé était disposé sur une table basse entre eux. Le regard du journaliste erra sur l'étalage de scones, confitures, miel et crème fouettée. Mme Wisher ne faisant pas mine de lui offrir quoi que ce soit, Smithback comprit que cet en-cas était destiné au visiteur attendu. Un léger malaise le saisit à la pensée que George pouvait surgir d'un moment à l'autre. Il se racla la gorge.

— Madame Wisher, je vous présente mes condoléances. Je compatis à votre douleur.

Il ressentit ce qu'il disait plus qu'il ne l'aurait cru. Cette pièce cossue, ce luxe vain face à la tragédie ultime donnaient encore plus de relief au drame que vivait cette femme.

Elle continua de le regarder sans ciller, mains jointes sur les genoux. Smithback eut l'impression qu'elle avait fait un petit signe de tête pour l'encourager à poursuivre, mais dans la pénombre il n'en était pas sûr. *Le moment est venu de me lancer,* songea-t-il. L'air de rien, il mit la main dans sa poche.

— Coupez-moi ça, dit Mme Wisher sans se départir de son calme.

Elle avait parlé d'une voix fluette, un peu lasse, mais étonnamment autoritaire.

— Pardon ? fit Smithback en retirant la main de sa poche.

— Je vous prie de sortir ce magnétophone et de le poser là, que je puisse voir qu'il ne fonctionne pas.

— Oui, oui, bien sûr, dit Smithback en bataillant avec son appareil.

— Vous n'avez donc aucune retenue ? murmura Mme Wisher.

Smithback, qui posait le magnétophone sur la table basse, sentit le rouge lui monter aux joues.

— Vous prétendez compatir à ma douleur, poursuivit Mme Wisher d'une voix toujours aussi calme, et, dans le même temps, vous enclenchez cette machine répugnante. Alors que je vous ouvre ma porte.

Smithback se fit tout petit dans son siège et prit soin d'éviter son regard.

— Ben... euh, bafouilla-t-il. Excusez-moi, c'est juste que... ben... c'est mon travail.

Les mots sonnaient creux, même à son oreille.

— Je viens de perdre ma fille unique, ma seule famille. N'avez-vous donc aucun sens des valeurs, monsieur Smithback ?

Smithback se tint coi et s'obligea à regarder son interlocutrice. Elle était assise, immobile, le fixant du regard dans l'obscurité, mains toujours croisées sur les genoux. Smithback était en proie à un sentiment étrange, un sentiment qui lui ressemblait si peu qu'il lui fallut un bon moment pour l'identifier. De la *gêne*. Non, ce n'était pas ça. De la... *honte*. S'il s'était battu pour le scoop, l'avait déniché lui-même, peut-être en aurait-il été autrement. Mais s'être introduit ici par la ruse, être voyeur du chagrin de cette femme... La surexcitation d'avoir été mis sur un « gros coup » se dissipa devant cette nouvelle sensation.

Mme Wisher leva une main et esquissa un geste vers quelque chose posé sur le bout de canapé à côté d'elle.

— Je suppose que vous êtes ce Smithback-là ? demanda-t-elle.

Smithback, déconfit, vit un exemplaire du *Post*.

— Oui, dit-il.

— Je voulais juste m'en assurer. Bien. Alors, qu'en est-il de cette information importante concernant la mort de ma fille ? Non, ne dites rien. Ce n'était qu'un stratagème, évidemment.

Le silence retomba de nouveau. Smithback en était arrivé à souhaiter que George fasse irruption. Tout plutôt que ce tête-à-tête ne se prolonge.

— Comment faites-vous ? demanda Mme Wisher au bout d'un moment.

— Quoi ?

— Pour inventer ces inepties ? Il ne suffit pas que ma fille ait été sauvagement assassinée, encore faut-il que des gens comme vous fassent injure à sa mémoire.

Smithback déglutit.

— Madame Wisher, je cherche seulement à...

— En lisant ce torchon, on pourrait croire que Pamela n'était qu'une petite-bourgeoise égoïste qui n'a eu que ce qu'elle méritait. Vous faites en sorte que vos lecteurs soient ravis que ma fille ait été assassinée. Alors, ma question est très simple : comment faites-vous ?

— Madame Wisher, les New-Yorkais ne réagissent à un événement que si on leur donne une claque en pleine figure...

Smithback s'arrêta net : Mme Wisher n'était pas plus disposée que lui-même à gober son autojustification. Elle inclina légèrement le buste.

— Vous ne savez strictement rien d'elle, monsieur Smithback. Vous restez à la surface des êtres. C'est tout ce qui vous intéresse.

— Ce n'est pas vrai ! s'écria Smithback, lui-même surpris par sa véhémence. Je ne demande qu'à savoir qui était vraiment Pamela Wisher.

Mme Wisher le dévisagea un long moment, puis elle se leva, quitta la pièce et revint en tenant un sous-verre qu'elle tendit à Smithback. Il contenait la photographie d'une fillette de cinq ou six ans qui se balançait, pendue à une corde accrochée à une branche d'arbre. L'enfant regardait l'objectif en grimaçant, tablier et nattes au vent.

— Voici la Pamela dont je me souviendrai toujours, monsieur Smithback, dit Mme Wisher d'une voix neutre. Si vous êtes si intéressé que cela, publiez cette photo et non pas celle que vous avez imprimée et qui la fait passer pour une écervelée.

Elle se rassit et lissa sa robe.

— Elle commençait à peine à retrouver sa joie de vivre depuis la mort de son père, il y a six mois. Elle avait envie de se distraire avant de commencer à travailler à la rentrée. Quel crime y a-t-il à cela ?

— Elle allait travailler ? demanda Smithback.

Mme Wisher ne répondit pas tout de suite. Il devinait son regard posé sur lui dans l'obscurité sépulcrale qui les environnait.

— C'est exact. Dans un centre d'accueil pour les malades du sida. Vous le sauriez si vous aviez fait une enquête un tant soit peu sérieuse.

Smithback ne souffla mot.

— Voilà la « vraie » Pamela, dit Mme Wisher, dont la voix se brisa. Bonne, généreuse, pleine de vie. Je veux que vous racontiez à vos lecteurs qui était la vraie Pamela Wisher.

— Je ferai de mon mieux, murmura Smithback.

Puis cet instant de grâce se dissipa, et Mme Wisher retrouva son maintien altier et distant. Elle inclina la tête, fit un vague geste de la main et Smithback comprit qu'il était congédié. Il balbutia des remerciements, récupéra son magnétophone et se dirigea vers l'ascenseur du pas le plus rapide possible vu les circonstances.

— Autre chose, dit Mme Wisher d'une voix dure qui arrêta Smithback au moment où il allait franchir la double-porte vitrée. Ils ne peuvent me dire ni quand elle est morte, ni pourquoi, ni comment. Mais Pamela n'est pas morte en vain. C'est moi qui vous le dis. Tout à l'heure, vous me disiez que les habitants de cette ville ne réagissaient que si on leur donnait une claque en pleine figure. C'est justement ce que j'ai l'intention de faire.

— Comment ?

Mme Wisher ne lui répondit pas. Elle se carra dans le canapé et son visage fut à nouveau happé par l'ombre. Smithback traversa le vestibule et appela l'ascenseur. Il se sentait complètement vidé. Ce ne fut qu'une fois ressorti dans la rue, clignant des yeux à la lumière vive de l'été, qu'il examina la photographie de Pamela Wisher enfant. Il se rendit compte à quel point Mme Wisher était une femme redoutable.

5.

La porte métallique estampillée ANTHROPOLOGIE MÉDICO-LÉGALE était celle du laboratoire dernier cri du musée où l'on analysait les restes humains. Margo tourna la poignée et constata qu'elle lui résistait. Bizarre. Elle était venue ici maintes et maintes fois pour l'analyse de momies péruviennes ou de troglodytes anasazi, et la porte n'était jamais fermée à clef. Au moment où elle allait frapper, on lui ouvrit.

Elle entra et s'arrêta net. Le labo, habituellement éclairé plein pot et grouillant d'étudiants de troisième cycle, était obscur. Il y régnait une atmosphère étrange. Les microscopes électroniques et les appareils d'électrophorèse s'alignaient contre le mur, silencieux. La fenêtre qui offrait une vue sublime sur Central Park était masquée par un lourd rideau. Seule une flaque de lumière blafarde illuminait le centre de la pièce. Des silhouettes se tenaient en demi-cercle, dans l'ombre, autour d'une table de dissection sur laquelle se trouvait quelque chose de marron et de noueux ainsi qu'une housse en plastique bleu recouvrant un objet de forme longue et plate. En y regardant à deux fois, Margo se rendit compte que la forme noueuse était en fait un squelette humain paré çà et là de lambeaux de tissus tendineux. Il s'en dégageait une odeur discrète, mais indéniable, de cadavre en putréfaction.

La porte fut refermée et reverrouillée dans son dos. Le lieutenant Vincent D'Agosta, vêtu, sembla-t-il à Margo, du même costume que celui qu'il portait pendant son enquête sur la Bête du Musée*, rejoignit le groupe en la saluant au

* Voir *Relic (Superstition)*, D. Preston, L. Child, Robert Laffont, 1996.

passage d'un petit signe de tête. Il avait perdu quelques kilos. Margo se fit la réflexion que son costume était assorti à la teinte terreuse du squelette.

Une fois ses yeux accoutumés à l'obscurité, Margo promena son regard sur les personnes présentes. À la gauche de D'Agosta se tenait un homme nerveux en blouse de laborantin qui serrait un gobelet de café dans sa main potelée. À ses côtés, Margo reconnut la silhouette élancée d'Olivia Merriam, la nouvelle directrice du musée. Au second plan, dans l'ombre, se tenait quelqu'un dont Margo ne pouvait distinguer les traits.

— Merci d'être venue, docteur Green, dit la directrice en lui adressant un faible sourire. Ces messieurs...

Elle fit un geste vague en direction de D'Agosta.

— ... sollicitent notre aide.

Le silence retomba. Au bout d'un moment, D'Agosta poussa un soupir exaspéré.

— Bon, on ne peut plus l'attendre ! dit-il. Il vit au diable vauvert, à Mendham, et je dois dire qu'il ne m'a pas semblé enthousiaste à l'idée de venir quand je lui ai téléphoné.

Son regard passa de l'une à l'autre des personnes présentes.

— Vous avez lu le *Post* de ce matin ? demanda-t-il.

La directrice le toisa.

— Non, dit-elle.

— Je vais vous faire un petit résumé, dans ce cas.

D'Agosta désigna le squelette sur la table de dissection.

— Je vous présente Pamela Wisher. Je suis sûr que vous avez déjà vu sa photo dans toute la ville. Fille d'Anette et de feu Horace Wisher. Disparue depuis le 23 mai aux environs de 3 heures du matin. Elle avait passé la soirée au White Cellar, une des boîtes en sous-sol de Central Park South. Elle s'est absentée pour donner un coup de téléphone et on ne l'a plus jamais revue. Du moins jusqu'à hier, quand son squelette — moins la tête — a été repêché. Apparemment, il a été rejeté par un des canaux d'écoulement pluviaux du West Side.

Margo regarda de nouveau le squelette. Ce n'était pas le premier qu'elle voyait, loin de là, mais c'était la première fois qu'elle pouvait y associer le visage d'une personne qu'elle connaissait, ne serait-ce que de nom. Il lui était difficile de croire que cet assemblage d'os avait pu être, il y a peu, la jeune et jolie blonde sur qui elle avait lu un article un quart d'heure plus tôt à peine.

— Et, avec les restes de Pamela Wisher, nous avons également trouvé *ça*, ajouta D'Agosta en montrant la forme sous la bâche en plastique. Dieu merci, jusqu'à présent, la presse sait seulement que nous avons un deuxième squelette sur les bras !

Il se tourna vers la silhouette qui se tenait à l'écart, dans l'ombre.

— Je laisse la parole au médecin légiste, le docteur Simon Brambell.

Le médecin s'avança en pleine lumière. Margo découvrit un homme d'une soixantaine d'années, svelte, le visage émacié. Ses petits yeux noirs brillaient derrière les verres de ses lunettes à monture d'écaille. Il balaya l'assistance d'un regard aussi lisse que son crâne.

— Si vous voulez bien vous rapprocher, dit-il avec un léger accent de Dublin, vous verrez mieux.

Tout le monde s'avança en traînant les pieds. Le docteur Brambell attrapa un coin de la housse bleue et, après avoir de nouveau jaugé l'assistance de son regard impassible, la souleva d'un geste fluide, dévoilant un deuxième squelette décapité dans le même état de putréfaction que le premier. En regardant ces restes, Margo eut l'impression qu'il y avait quelque chose qui clochait. Sa gorge se noua quand elle se rendit compte de ce que c'était. L'épaississement bizarre des os de la jambe et la courbure de plusieurs articulations n'étaient pas normales.

Qu'est-ce que ça signifie ? songea-t-elle.

On frappa à la porte.

— Ah, quand même ! s'écria D'Agosta.

Il alla ouvrir, et Whitney Cadwalader Frock, le célèbre biologiste connu pour ses travaux sur l'évolution des espèces, fit son entrée. Son fauteuil roulant grinça tandis qu'il le dirigeait vers la table de dissection. Sans un regard pour les personnes présentes, il examina les ossements en s'attardant sur le second squelette. Au bout de quelques instants, il se carra dans son fauteuil et adressa un signe de tête à D'Agosta et à la directrice du musée. Puis il vit Margo, et son étonnement céda très vite la place à un sourire ravi.

Margo lui sourit en retour. Frock avait été son directeur de recherches pour sa thèse qu'elle avait préparée au musée, et elle ne l'avait plus revu depuis son pot de départ à la retraite. Il avait quitté le musée pour se consacrer exclusivement à ses écrits, mais il n'y avait toujours aucun signe de publication de la suite tant attendue de son ouvrage de référence, *L'Évolution fractale.*

Le médecin légiste, qui n'avait salué l'arrivée de Frock que par un simple coup d'œil, reprit son exposé.

— J'attire votre attention sur le périoste des os longs ainsi que sur les spicules et les ostéophytes au niveau de la diaphyse et des épiphyses. Remarquez la rotation des trochanters de vingt degrés vers l'extérieur, et aussi que la cage thoracique est plus trapézoïdale que prismatique. Pour finir, je voudrais que vous notiez l'épaississement des fémurs. Dans l'ensemble, c'est un monsieur qui ne payait pas de mine. Et je ne vous ai cité que les traits les plus caractéristiques. Vous verrez le reste par vous-mêmes.

— On n'en doute pas, lâcha D'Agosta.

— Naturellement, intervint Frock, contrairement à vous, je n'ai pas eu l'occasion de faire un examen complet, mais je me demandais si vous aviez envisagé la possibilité d'une H.I.G.S.

Le légiste regarda Frock, plus attentivement cette fois.

— Hypothèse fort judicieuse, lui dit-il, mais fausse. Le docteur Frock veut parler d'une hyperostose idiopathique généralisée du squelette, une forme d'arthrite chronique dégénérative. Et ce n'est pas non plus un cas d'ostéomalacie, bien que, si nous n'étions pas au XXᵉ siècle, je n'hésiterais pas à dire que ce sujet présente le cas de scorbut le plus cauchemardesque qui soit. Nous avons exploré toutes les pistes médicales connues, sans rien trouver qui puisse expliquer cet état-là.

Brambell fit courir ses doigts avec légèreté, comme une caresse, le long de la colonne vertébrale.

— Il y a une autre anomalie commune à ces deux squelettes, reprit-il. Docteur Padelsky, vous voulez bien apporter le microscope binoculaire ?

Le gros homme en blouse blanche s'enfonça dans la pénombre puis réapparut en poussant devant lui un imposant microscope. Il le positionna au-dessus des os du cou du squelette difforme, regarda par l'oculaire, fit plusieurs réglages et recula.

— Docteur Frock ? fit Brambell, l'invitant d'un geste à s'approcher.

Frock fit rouler son fauteuil et, non sans difficulté, colla son œil à l'oculaire. Il demeura immobile pendant quelques minutes, penché sur le cadavre décharné. Puis il recula son fauteuil et ne dit rien.

— Docteur Green ? fit le médecin légiste en se tournant vers Margo.

Elle s'approcha du microscope, sentant tous les yeux fixés sur elle.

Au début, elle ne remarqua rien de particulier. Puis elle prit conscience que l'objectif était réglé sur ce qui semblait être une vertèbre cervicale dont une des faces était creusée de plusieurs entailles peu profondes espacées à intervalles réguliers. Une matière brunâtre était accrochée à l'os ainsi que des bouts de cartilage, des filaments de tissu musculaire et un amas adipo-cellulaire.

Margo se redressa lentement, se sentant gagnée par une peur ancienne, se refusant à envisager ce que ces entailles lui rappelaient.

— Votre opinion, docteur Green ? lui demanda le médecin légiste.

— Quitte à faire une supposition, il me semble... qu'on dirait des... des traces de morsures.

Son regard croisa celui de Frock. Elle savait maintenant — ils savaient tous deux — pourquoi il avait été convié à cette réunion.

Brambell attendit que tout le monde ait regardé au microscope. Puis, sans un mot, il le déplaça, le positionna au-dessus du squelette de Pamela Wisher et régla la ligne de visée sur le bassin. À nouveau, Frock puis Margo regardèrent dans l'oculaire. Aucun doute, cette fois ; Margo remarqua que certaines marques trouaient l'os et pénétraient jusque dans le canal vertébral.

— Le lieutenant D'Agosta m'a dit où ces squelettes avaient été trouvés, intervint Frock. Peut-être que des chiens sauvages se sont occupés de notre couple une fois que leurs cadavres étaient déjà arrivés dans l'égout.

— C'est une possibilité, répondit Brambell. À mon humble avis, la pression nécessaire pour faire la plus profonde de ces marques est d'environ six cents kilos par centimètre cube. Un peu beaucoup pour un toutou, non ?

— Pas pour un pitbull, dit Frock.

— Ni pour le chien des Baskerville, professeur, répliqua Brambell, sarcastique.

Frock tiqua.

— Je ne suis pas convaincu que ces marques nécessitent une si grande force.

— Un alligator ? suggéra D'Agosta.

Toutes les têtes se tournèrent vers lui.

— Un alligator, répéta-t-il un peu sur la défensive. Vous savez bien. Il y a des gens qui en achètent bébés, qui finissent par s'en débarrasser dans les toilettes, et ils grandissent dans les égouts. J'ai lu ça quelque part.

Brambell ricana doucement.

— Les alligators, comme tous les reptiles, dit-il, ont des dents coniques. Ces marques sont celles de petites dents triangulaires de mammifère. Probablement des canines.

— Des canines, mais pas celles d'un chien, dit Frock. N'oublions pas le principe du rasoir d'Occam : l'explication la plus simple est en général exacte.

— Oui, je sais que ce principe est tenu en haute estime dans *votre* branche, docteur Frock, repartit Brambell. Dans la mienne, nous suivons davantage la philosophie holmesienne : « Une fois que vous avez éliminé l'impossible, ce qu'il vous reste, *aussi improbable que cela puisse paraître,* est forcément la vérité. »

— Et ? fit Frock d'un ton sec. Que vous reste-t-il, en l'occurrence ?

— Pour le moment, je n'ai aucune explication.

Frock se renfonça dans son fauteuil roulant.

— Le deuxième squelette est intéressant, dit-il. Il vaut certainement le déplacement depuis Mendham, mais vous oubliez que je suis à la retraite.

Margo le considéra, surprise. Logiquement, le professeur aurait dû être enthousiasmé par une telle énigme. Elle se demanda si, tout comme elle, Frock ne revivait pas les événements qui s'étaient déroulés dix-huit mois auparavant. Si tel était le cas, peut-être résistait-il. Ce n'étaient pas le genre de souvenirs qui convenaient à une retraite paisible.

— Docteur Frock, intervint Olivia Merriam, nous espérions que vous accepteriez de nous aider à analyser ces squelettes. Vu les circonstances inhabituelles, le musée a accepté de mettre son laboratoire à la disposition de la police. Nous serions heureux de vous fournir un bureau au quatrième étage, ainsi qu'une secrétaire, aussi longtemps qu'il le faudra.

Frock ne cacha pas sa surprise.

— Je suis sûr que l'Institut médico-légal bénéficie des tout derniers équipements, dit-il. Sans parler des lumières du docteur Brambell ici présent...

— Ce n'est pas moi qui vous contredirai sur ce point, docteur Frock, répliqua Brambell. Mais, pour ce qui est de la qualité de notre matériel, je crains que vous ne fassiez erreur. Les restrictions budgétaires de ces dernières années nous ont fait prendre beaucoup de retard. De plus, l'Institut est un lieu un peu trop... « public »... pour cette affaire. En ce moment même, nous sommes envahis de journalistes radio et télé... Et, cela va sans dire, nous n'avons personne à la morgue ayant votre expertise.

— Je vous remercie, répondit Frock.

Il désigna le second squelette.

— Mais comment se fait-il qu'on ne puisse identifier quelqu'un qui, de son vivant, devait ressembler à, hum, à l'homme de Neandertal ?

— On a tout essayé, vous pouvez me croire, dit D'Agosta. Ces dernières vingt-quatre heures, on a vérifié tous les Tim, Dick et autres Harry portés disparus dans les environs. Rien. Et, pour autant qu'on le sache, aucun monstre de ce genre n'a jamais existé et encore moins ne s'est perdu pour finir dévoré dans un égout de New York.

Frock, la tête affaissée sur la poitrine, ne paraissait pas avoir écouté la réponse à sa question. Un claquement de langue impatient du docteur Brambell vint troubler le silence ambiant. Frock se redressa, poussa un soupir résigné et las.

— Très bien. Je peux vous consacrer une semaine. Je suppose que vous voulez que le docteur Green m'assiste ?

Margo comprit, mais un peu tard, pourquoi elle avait été conviée à cette réunion secrète. Elle savait que Frock avait une confiance absolue en elle. Ensemble, ils avaient résolu le mystère des meurtres de la Bête du Musée. *Ils ont dû se dire que Frock ne voudrait travailler avec personne d'autre que moi*, songea-t-elle.

— Excusez-moi, s'écria-t-elle, mais je ne peux pas !

Toutes les têtes se tournèrent vers elle. Margo se rendit compte qu'elle avait parlé plus sèchement qu'elle ne l'aurait souhaité.

— Enfin, je veux dire... Je ne pense pas avoir le temps en ce moment.

Frock la considéra d'un air bienveillant. Il comprenait mieux que quiconque que ce travail risquait de réveiller chez elle des souvenirs effrayants.

— Je parlerai au docteur Hawthorne, dit la directrice du musée. Vous aurez tout le temps qu'il vous faudra pour aider la police.

Margo faillit protester puis se ravisa. *Quel dommage,* songea-t-elle, *mon embauche est trop récente pour que je puisse refuser.*

— Alors, c'est entendu ! dit Brambell avec un sourire pincé. Je travaillerai en collaboration avec vous, bien sûr. Oh, avant que nous nous séparions, il va de soi que nous demandons à tous la plus grande discrétion sur cette affaire. Il n'a déjà pas été facile d'annoncer qu'on avait retrouvé Pamela Wisher morte et décapitée, si, en plus, le bruit courait que notre jeune fille de la haute société s'est fait grignoter après sa mort... ou peut-être avant...

Il laissa sa phrase en suspens et fit glisser sa main sur son crâne lisse comme un œuf.

Frock leva les yeux vers lui.

— Ces traces de morsures ne sont donc pas post-mortem ?

— Voilà, docteur Frock, la question — du moins, une des questions — qui nous préoccupe. Le maire et le préfet de police sont plutôt impatients de connaître la réponse.

Frock ne répliqua pas, et il fut clair pour tout le monde que la réunion était levée. Le groupe se détourna pour partir, pressé de s'éloigner des restes macabres qui gisaient sur les tables de dissection.

Au moment où elle passait à côté de Margo, la directrice du musée se tourna vers elle.

— N'hésitez pas à me solliciter si vous avez besoin de quoi que ce soit, lui dit-elle.

Le docteur Brambell lança un dernier regard à Frock et à Margo et emboîta le pas à la directrice.

Le dernier à partir fut le lieutenant D'Agosta. Au moment de franchir la porte, il s'arrêta.

— Si vous avez quelque chose à dire, fit-il, c'est le moment.

Il faillit ajouter un mot mais se ravisa et, sur un signe de tête, tourna les talons. La porte se referma derrière lui, et

Margo se retrouva seule avec Frock, Pamela Wisher et le squelette de forme bizarroïde.

Frock se redressa dans son fauteuil.

— Vérifiez que la porte est bien fermée, Margo, s'il vous plaît, et allumez toutes les lumières.

Il fit rouler son fauteuil jusqu'à la table de dissection.

— Il vaudrait mieux que vous vous laviez les mains et enfiliez une paire de gants.

Margo regarda les deux squelettes puis se tourna vers son ancien professeur.

— Docteur Frock ? Vous ne pensez pas que ce pourrait être l'œuvre d'un...

Il se retourna brusquement, et son visage rubicond eut une expression étrange. Leurs regards se croisèrent.

— Ne dites rien, chuchota-t-il avec vivacité. Tant que nous n'en sommes pas sûrs.

Margo soutint son regard un moment, puis elle acquiesça et se dirigea vers la rangée d'interrupteurs. Ce qu'ils ne se disaient pas les tourmentait bien davantage que les pauvres squelettes.

6.

Impatient de savoir combien de messages l'attendaient à son bureau, Smithback se faufila dans la cabine téléphonique exiguë au fond de la salle enfumée des Griffes du chat.

Smithback ne doutait pas d'être un des meilleurs journalistes de New York. Voire *le* meilleur. Un an et demi plus tôt, c'est lui qui avait porté l'histoire du Mbwun, la Bête du Musée, à la connaissance du public. Et pas à la façon détachée, « couilles molles », habituelle. Il avait été sur le terrain au côté de D'Agosta et des autres, risquant sa vie. Grâce au succès de son livre écrit dans la foulée, il avait conforté sa position de spécialiste des « faits de société » au *Post*. Maintenant, il y avait cette affaire Wisher — et ce n'était pas trop tôt ! Les gros coups étaient plus rares qu'il ne l'aurait cru, et les autres — comme cette tache de Bryce Harriman, son alter ego du *Times* — ne demandaient qu'à lui voler les scoops sous son nez. Mais, s'il jouait bien, cette affaire pourrait être un aussi gros coup que celle du Mbwun. Plus gros peut-être.

Un grand journaliste, rêvassa-t-il tout en écoutant la sonnerie du téléphone, *doit savoir tirer parti des imprévus.* Pour l'affaire Wisher, par exemple. Il avait été pris de court par la mère. Une figure impressionnante. Smithback s'était senti gêné et profondément ému. Stimulé par ces émotions dont il n'était pas coutumier, il avait écrit un papier pour l'édition du matin dans lequel il rebaptisait Pamela Wisher « l'ange de Central Park South » et dépeignait sa mort avec des couleurs tragiques. Mais son trait de génie était la récompense de 100 000 dollars offerte pour toute information qui conduirait à l'arrestation du meurtrier. L'idée lui en était venue pendant qu'il rédigeait son article et, sans faire ni une ni deux, il était allé la soumettre au nouveau rédacteur en chef du *Post*, Arnold Murray, qui avait trouvé ça « extra » et donné son feu vert sans prendre la peine d'en référer au directeur de la publication.

Ginny, la secrétaire du service, décrocha, survoltée. Vingt appels pour la récompense, tous bidon !

— C'est tout ? demanda Smithback, dépité.

— Non, en prime, on a eu droit à la visite d'un type *bizarre,* je ne te dis pas, il voulait te voir, débita la secrétaire à toute allure.

— Ah ouais ?

— Il portait des guenilles et il puait. Mon Dieu, j'en avais le souffle coupé.

Peut-être pour un tuyau, songea Smithback, tout excité.

— Qu'est-ce qu'il voulait ?

— Il a dit qu'il avait des infos sur l'affaire Wisher. Il te demande de le retrouver dans les toilettes pour hommes de Penn Station...

Smithback faillit en lâcher son verre.

— Quoi ? fit-il. Dans les chiottes ? Tu plaisantes ?

— C'est ce qu'il a dit. Tu crois que c'est un pervers ?

Elle avait prononcé le mot avec un plaisir non dissimulé.

— Mais où dans la gare ?

Smithback entendit un bruit de papier froissé.

— Attends, j'ai noté ça là... ah, voilà : niveau moins 1, à gauche de l'escalator du quai 12. À 8 heures, ce soir.

— Il t'a dit quel genre de renseignements il avait ?

— Non.

— Bon, je te remercie.

Smithback raccrocha et consulta sa montre : 19 h 45. *Il faudrait être fou pour suivre une piste comme celle-là,* songea-t-il.

C'était bien la première fois que Smithback mettait les pieds dans les toilettes publiques de Penn Station. En ouvrant la porte sur ce vaste espace surchauffé à l'air chargé de relents d'urine et de vieilles diarrhées, il se dit qu'il préférerait pisser dans son pantalon plutôt que d'utiliser ces latrines.

Il avait cinq minutes de retard. *Le type a déjà dû partir,* songea Smithback, soulagé. *À supposer qu'il soit jamais venu.* Il était sur le point de ressortir à l'air libre quand il entendit une voix rauque crier son nom.

— William Smithback ?

— Pardon ?

Smithback balaya la pièce du regard. Personne. Puis il vit deux pieds sous la porte de la dernière cabine. Celle-ci s'ouvrit sur un homme petit et maigre qui se dirigea vers lui à pas chancelants. Il avait un visage long et sale ; ses vêtements étaient noirs de crasse ; sa tignasse hirsute. Une longue barbe en pointe, de couleur indéfinissable, lui descendait jusqu'au nombril, visible à travers sa chemise en loques.

— William Smithback ? répéta l'homme en le fixant de ses yeux vitreux.

— Qui d'autre ?

Sans un mot de plus, l'inconnu se détourna et regagna le fond des toilettes. Il s'arrêta devant la dernière cabine ouverte puis se retourna, attendant.

— Il paraît que vous avez des renseignements à me donner ? lui demanda Smithback.

— Suivez-moi, dit l'homme en faisant un geste vers l'intérieur de la cabine.

— Pas question. Si vous voulez me parler, c'est ici. Je ne rentre pas là-dedans avec vous, mon gars.

— Mais c'est par là qu'il faut passer pour y aller, expliqua l'autre, l'invitant à nouveau d'un geste.

— Pour aller où ?

— En bas.

Smithback s'approcha prudemment de la cabine. Le type, qui était passé derrière la cuvette, s'efforçait de tirer une large plaque en tôle peinte qui, Smithback s'en rendit compte, masquait un trou irégulier dans le mur de brique.

— Par là ? demanda-t-il.

L'homme fit oui de la tête.

— Je laisse tomber, dit Smithback en reculant.

— Méphisto veut vous voir, insista l'homme sans le quitter des yeux. Il a des choses importantes à vous dire sur le meurtre de la fille. Très importantes.

— Sans blague.

L'inconnu ne se démonta pas.

— Vous pouvez avoir confiance en moi, dit-il simplement.

Sans trop savoir pourquoi, en dépit de ses vêtements crasseux, de son regard embrumé, Smithback le crut.

— Quelles choses ? demanda-t-il.

— Vous verrez ça avec Méphisto.

— Qui est-ce ?

— Le chef, répondit l'homme avec un vague mouvement d'épaules, comme si toute autre précision était inutile.

— Le « chef « ?

— Oui. Le chef de la communauté 666.

Smithback était sceptique mais sa curiosité fut tout de suite en éveil. Un groupe organisé sous terre ? En soi, c'était déjà un excellent sujet de reportage. Et si ce Méphisto savait vraiment quelque chose sur le meurtre de Pamela Wisher...

— Où se trouve cette communauté 666 ? demanda-t-il.

— J' peux pas vous dire, mais je peux vous montrer le chemin.

— Et votre nom à vous, c'est quoi ?

— Flingueur. Une lueur d'orgueil brillait dans son regard.

— Bon, fit Smithback, je ne serais pas contre vous suivre, mais vous vous doutez bien que je ne peux pas, comme ça, me faufiler par ce trou. Je pourrais me faire agresser, tabasser, je ne sais pas.

L'homme secoua énergiquement la tête.

— Je vous protégerai. Tout le monde sait que je suis le messager de Méphisto. Vous êtes en sécurité avec moi.

Smithback le dévisagea : yeux vitreux, nez qui coulait, barbe sale de vieux magicien. Il avait fait toute la route jusqu'aux bureaux du *Post*. Une gageure pour un type comme ça.

En imagination, il vit la tête que ferait ce bêcheur de Bryce Harriman, du *Times*, quand son rédacteur en chef lui demanderait de lui expliquer pourquoi c'était Smithback, ce « pisse-copie », qui avait eu le scoop. Et cette perspective le combla de joie.

Le dénommé Flingueur maintint le morceau de tôle pendant que Smithback passait tant bien que mal par le trou, puis il le rejoignit et remit la tôle en place en la calant entre des briques disjointes.

Smithback regarda autour de lui. Il se trouvait dans un tunnel long et étroit aux parois veinées de conduites d'eau et de gaz. La voussure était tout juste assez haute pour qu'il puisse s'y tenir debout. La lumière du soir filtrait à travers des grilles d'aération au plafond espacées chacune d'une centaine de mètres.

Le journaliste emboîta le pas à son compagnon de fortune qui, sans plus attendre, s'était engagé dans ce boyau ténébreux. De temps à autre, le vacarme d'une rame toute proche emplissait l'espace humide et froid. Smithback sentait son corps vibrer autant que ses oreilles. Ils marchèrent ainsi dans ce tunnel qui semblait ne jamais devoir finir. Au bout d'un quart d'heure, Smithback se sentit tiraillé par une inquiétude grandissante.

— Excusez-moi, dit-il, mais c'est encore loin ?

— Méphisto veut que les entrées qui sont les plus proches de nous restent secrètes.

Smithback hocha la tête et fit un saut de côté pour éviter le cadavre d'un chien. Il n'était pas surprenant que ces habitants des tunnels soient un peu paranoïaques, mais ça devenait ridicule. Ils marchaient depuis assez longtemps en direction du nord pour être arrivés sous Central Park.

Bientôt, le tunnel vira légèrement sur la droite. Smithback distingua une succession de portes métalliques dans l'épaisse paroi de béton. Flingueur s'arrêta devant une porte, sortit une clef d'une de ses poches et l'enfonça dans la serrure.

— Comment avez-vous eu cette clef ? demanda Smithback.

— On a pas mal de spécialistes dans notre groupe, lui répondit-il en poussant la porte et en invitant Smithback à la franchir.

Quand celle-ci se referma derrière lui, la noirceur de la nuit lui sauta au visage. Smithback se rendit compte alors combien il s'était senti jusque-là rassuré par le peu de lumière qui filtrait des grilles d'aération, et il se sentit gagné par la panique.

— Vous n'avez pas de torche électrique ? demanda-t-il d'une voix pressante.

L'homme fit craquer une allumette, et, dans l'éclairage vacillant, Smithback aperçut des marches en ciment qui s'enfonçaient dans l'obscurité. Flingueur agita le poignet et l'allumette s'éteignit.

— Satisfait ? fit-il de sa voix monocorde.

— Non, lui répondit vivement Smithback. Allumez-en une autre.

— Quand ce sera utile.

Smithback s'engagea dans l'escalier à tâtons en prenant appui sur les murs froids et suintants. Ils descendirent pendant, lui sembla-t-il, une éternité. Tout à coup, la flamme d'une allumette frémit à nouveau devant lui, et il vit que l'escalier se terminait devant l'entrée d'un tunnel de métro dont les rails argentés luisaient tristement dans la lumière orangée.

— On est où, là ? demanda Smithback.

— Voie 100. Niveau moins 2.

— On est arrivés ?

L'allumette s'éteignit et l'obscurité reprit ses droits.

— Suivez-moi, dit Flingueur. Et quand je vous dirai « stop », vous vous arrêterez tout de suite.

Ils s'engagèrent sur les voies. Trébuchant sur les rails, Smithback se surprit de nouveau à devoir lutter contre la panique.

— Stop !

Smithback s'immobilisa, et la lueur d'une autre allumette tremblota dans le noir.

— Vous voyez ça ? dit Flingueur en désignant du doigt un rail luisant le long duquel était peinte une ligne jaune. C'est le troisième rail. Il est électrifié. Faut pas marcher dessus.

L'allumette s'éteignit. Smithback entendit son compagnon reprendre sa marche dans la nuit lourde et humide.

— Allumez-en une autre ! cria-t-il.

L'étincelle jaillit. Smithback fit une grande enjambée par-dessus le troisième rail.

— Il y en a beaucoup comme ça ? demanda-t-il.

— Oui, lui répondit son compagnon. Je vous préviendrai.

— Putain, fit Smithback comme l'allumette s'éteignait, et qu'est-ce qui se passe si on marche dessus ?

— Vous explosez. Le courant électrique vous arrache les bras, les jambes, la tête, énuméra la voix désincarnée qui, après un silence ajouta : Vaut mieux éviter.

Flingueur fit encore craquer une allumette qui éclaira un autre rail électrifié. Smithback l'enjamba prudemment puis, suivant la direction pointée par son guide, il distingua dans la paroi une ouverture d'environ soixante-dix centimètres de haut sur un mètre vingt de large pratiquée au bas d'une voûte condamnée par des parpaings.

— On descend par là, dit Flingueur.

50

Smithback sentit un courant d'air chaud, porteur d'une odeur nauséabonde qui l'écœura, à laquelle se mêlait celle de bois brûlé.

— Par là ? répéta-t-il, incrédule et détournant la tête. Encore plus bas ? Et comment ? Vous voulez que je me laisse glisser sur le ventre ?

Son compagnon était déjà en train de se couler par l'ouverture.

— Pas question, lui cria Smithback en s'accroupissant à côté du trou. Écoutez, je ne vais pas plus loin. Si votre Méphisto veut me parler, il n'a qu'à monter jusqu'ici.

— Méphisto ne monte jamais plus haut qu'au niveau 3.

— Il va falloir qu'il fasse une exception, rétorqua Smithback en s'efforçant de paraître plus assuré qu'il ne l'était.

Il se rendait compte qu'il s'était fourré dans un sacré guêpier en se reposant complètement sur cet homme étrange et imprévisible. Il faisait noir comme dans un four et il aurait été bien incapable de retrouver la sortie.

Il y eut un long silence.

— Vous êtes toujours là ? demanda Smithback.

— Attendez ici, dit Flingueur sur un ton sans réplique.

— Vous partez ? Laissez-moi des allumettes !

Quelque chose heurta son genou, et Smithback lâcha un cri de surprise. C'était la main de Flingueur qui lui tendait quelque chose.

— C'est tout ? demanda Smithback en comptant les trois allumettes au toucher.

— J'ai besoin du reste.

La voix de Flingueur était plus lointaine. Il ajouta autre chose que Smithback ne put saisir. Le silence s'abattit tout autour de lui.

Smithback s'adossa à la paroi sans oser s'asseoir, les allumettes serrées dans sa main. Il se maudit d'avoir eu la folie de suivre ce zigoto dans ces galeries souterraines. *Aucun article ne mérite qu'on prenne un tel risque,* songea-t-il. *Est-ce que je saurai retrouver la sortie avec seulement trois allumettes ?* Il ferma les yeux et essaya de se remémorer les méandres du parcours qui l'avait mené jusque là. Finalement, il renonça : avec trois allumettes, il irait tout juste jusqu'aux rails électrifiés.

Quand il sentit que ses genoux s'ankylosaient, il se releva et tenta de percer l'obscurité, les yeux écarquillés, les oreilles tendues. Il faisait si noir qu'il se mit à imaginer des choses, des formes en mouvement autour de lui. Il demeura immobile, s'efforçant de respirer calmement. Le temps n'en finissait pas de passer. C'était dingue. Si, au moins, il...

— Le grimaud ? résonna une voix désincarnée qui montait du trou à ses pieds.

— Hein ? cria Smithback en faisant volte-face.

— Je m'adresse bien à William Smithback, grimaud de son état, non ?

— Oui, oui, je suis Smithback. Bill Smithback. Et vous, qui êtes-vous ? cria-t-il, désarçonné par cette voix sourde et chevrotante, sinistre, qui venait de nulle part.

— Méphisssssssto, lui répondit la voix en faisant siffler le « s » avec une insistance farouche.

— Il vous en a fallu, du temps ! dit Smithback avec nervosité en s'accroupissant de nouveau devant le trou.

— L'ascension est longue.

Smithback se demanda d'où pouvait venir cet homme qui avait dû monter pour arriver jusqu'à lui.

— Approchez ! dit-il.

— Que non ! Tu peux déjà être fier de toi, grimaud. Ça fait bien cinq ans que je ne suis pas venu aussi près de la surface.

— Et pourquoi ça ? demanda Smithback en cherchant à l'aveuglette la touche d'enregistrement de son magnétophone.

— Parce que, ici, c'est mon fief. De tout ce que ton regard embrasse, je suis le maître.

— Mais je ne vois rien.

Un rire sec résonna au fond du trou.

— Erreur ! Tu vois de l'ob-scu-ri-té. Et l'obscurité est mon royaume. Au-dessus de nous, les trains grondent, les habitants de la surface courent dans tous les sens pour n'arriver nulle part, mais tout le territoire qui s'étend au-dessous de Central Park — la route 666, la piste Hô Chi Minh, le Blockhaus — m'appartient.

Smithback réfléchit. « Route 666 », le clin d'œil était évident ! Les autres noms lui semblaient plus mystérieux.

— La Piste Hô Chi Minh ? répéta-t-il. Qu'est-ce que c'est ?

— Une communauté, comme les autres. Elle s'est jointe à la mienne pour plus de protection. Il fut un temps, on a bien connu cette piste. Beaucoup d'entre nous ont participé à ce combat cynique contre un pays rétrograde et innocent. Et nous avons été exclus pour cela. Aujourd'hui, nous vivons ici-bas en exil volontaire. On y respire, on s'y accouple, on y meurt. Notre vœu le plus cher est qu'on nous laisse en paix.

Smithback porta de nouveau la main à son magnétophone en espérant que l'enregistrement serait bon. Il avait déjà entendu parler de vagabonds qui, occasionnellement, trouvaient refuge dans les tunnels du métro, mais toute une population...

— Donc, tous vos citoyens sont des sans domicile fixe ? demanda-t-il.

— Nous n'aimons pas cette dénomination, grimaud. Nous avons un domicile. Si tu n'étais pas aussi timoré, je te le ferais visiter. Nous avons tout le confort. Les canalisations nous fournissent de l'eau, les câbles nous alimentent en électricité. Le peu de choses de la surface dont nous avons besoin, nos coursiers nous les rapportent. Au Blockhaus, nous avons même une infirmière, une institutrice. D'autres régions souterraines, comme le dépôt ferroviaire de West Side, sont sauvages, dangereuses. Mais, ici, nous vivons dans la dignité.

— Une institutrice ? Vous voulez dire qu'il y a des enfants, là, en bas ?

— Tu es naïf. Beaucoup d'entre nous sont ici justement parce que l'abominable machine étatique essaie de les leur prendre. Ils ont préféré mon monde de chaleur et d'obscurité à ton monde de désespoir, grimaud.

— Pourquoi est-ce que vous m'appelez comme ça ?

Le rire sec claqua une fois de plus au fond du trou noir.

— Tu n'es guère lettré pour un journaliste. Relis Pope et nous en reparlerons.

Smithback commençait à se rendre compte qu'il avait sous-estimé son interlocuteur.

— Qui êtes-vous ? demanda-t-il. Je veux dire, quel est votre vrai nom ?

Autre silence.

— Je l'ai oublié, comme pas mal d'autres choses de votre monde. Désormais, je m'appelle Méphisto. Ne repose plus cette question. Ni à moi ni aux autres.

Smithback déglutit avec peine.

— Excusez-moi, dit-il.

La voix de Méphisto s'était teintée de colère. Elle était plus sonore et tranchante dans le noir.

— On t'a amené ici pour une seule raison, dit-il.

— Le meurtre de Pamela Wisher ? fit Smithback d'un ton gourmand.

— Dans tes articles, tu disais que son corps et l'autre cadavre étaient décapités. Je suis monté jusqu'ici pour te dire que ce n'est pas le plus grave.

Sa voix se brisa en un rire sans joie.

— Que voulez-vous dire ? le pressa Smithback. Vous savez qui les a tués ?

— Ceux-là mêmes qui s'en prennent à mon peuple, répondit Méphisto d'une voix tremblante de colère. Les Hydreux.

— Les quoi ? demanda Smithback. Je ne comprends rien...

— Alors, fais silence et écoute-moi, grimaud ! Je t'ai dit que ma communauté était un havre de paix. C'était vrai jusqu'à l'an dernier. Depuis plusieurs mois, nous subissons des attaques. Ceux d'entre nous qui s'aventurent au-delà des régions sûres disparaissent ou sont tués. Sauvagement assassinés. Mon peuple vit désormais dans la peur. Mes coursiers ont essayé à plusieurs reprises de signaler ce problème à la police. La police ! Les cerbères corrompus d'une société où la morale a fait banqueroute ! Pour elle, nous sommes la lie de l'humanité, des moins que rien tout juste bons à être chassés et tabassés. Notre vie ne compte pas ! Combien d'entre nous sont morts ou disparus ? Mais quand c'est une riche héritière qui se fait arracher la tête, alors là, toute la ville s'émeut et gronde de colère !

Smithback s'humecta les lèvres en se demandant ce que savait au juste Méphisto sur toute cette affaire.

— Qu'entendez-vous exactement quand vous dites que vous subissez des attaques ?

— De l'extérieur, chuchota Méphisto après un bref silence.

— Comment ça, de l'extérieur ? De la surface ?

Il scruta l'obscurité environnante, affolé.

— Non. De l'extérieur de la route 666. De l'extérieur du Blockhaus. Il y a un autre endroit. Un endroit à l'écart. Il y a un an, le bruit a couru que des gens s'y étaient installés. Peu après, les meurtres et les disparitions ont commencé. La plupart des victimes n'ont jamais été retrouvées. Et celles que nous avons retrouvées étaient dévorées en partie et avaient la tête arrachée.

— Dévorées ? l'interrompit Smithback. Vous prétendez qu'il y a une bande de cannibales en goguette là-dessous qui tuent des gens et leur coupent la tête ?

— Je n'apprécie pas le doute que je perçois dans ta voix, grimaud, lui répondit Méphisto. Oui, c'est exactement ce que je prétends. Flingueur ?

— Oui ? fit une voix à l'oreille de Smithback.

Le journaliste fit un bond de côté en poussant un cri de surprise.

— Par où il est remonté ? demanda-t-il, estomaqué.

— Nombreux sont les chemins qui traversent mon royaume, dit Méphisto, dont la voix résonna dans le noir. Et à force de vivre ici, dans cette douce nuit, notre regard devient plus perçant.

— Écoutez, dit Smithback, ce n'est pas que je ne vous crois pas, mais...

— Silence ! tonna Méphisto. Nous en avons assez dit. Flingueur, ramène-le à la surface.

— Mais... et pour la récompense ? demanda Smithback. Ce n'est pas pour ça que vous m'avez fait venir ?

— Tu n'as donc pas écouté ce que je t'ai dit ? Ton argent ne me servirait à rien. C'est la sécurité de mon peuple qui m'importe. Retourne dans ton monde, écris ton article, dis à ceux de la surface ce que je viens de te raconter. Dis-leur que ceux qui ont tué Pamela Wisher déciment mon peuple. Et que ces meurtres doivent cesser.

La voix s'éloignait, renvoyée à tous les échos dans l'obscurité.

— Sinon, ajouta Méphisto avec une véhémence de mauvais augure, nous trouverons *d'autres* moyens de nous faire entendre.

— Mais j'ai besoin de..., commença Smithback.

Une main le prit par le coude.

— Il est parti, lui chuchota Flingueur à l'oreille. Venez, je vous remonte.

7.

Le lieutenant D'Agosta, assis dans son bureau aux parois vitrées, tâtonna le cigare qu'il avait fourré dans la poche de sa veste tout en lorgnant la pile de rapports sur la mission de plongée dans le Humboldt Kill. Lui qui croyait mettre le point final à une enquête, voilà qu'il en avait deux sur les bras ! Comme d'habitude, personne n'avait rien vu, rien entendu. Le petit ami de Pamela Wisher, prostré, n'était d'aucune utilité ; le père, mort ; et la mère, aussi muette et distante qu'une déesse de marbre. Il fit la moue. Cette histoire sentait mauvais.

Son regard tomba sur la pancarte INTERDICTION DE FUMER et sa moue s'accentua. Une dizaine de ces panonceaux avaient fleuri dans tout le commissariat la semaine précédente.

Il sortit le cigare de sa poche et en ôta l'enveloppe protectrice. En tout cas, aucune loi ne lui interdisait d'en mordiller le bout. Il le fit rouler avec délectation entre son pouce et son index, examinant sa robe d'un œil critique, puis il le ficha entre ses dents.

Tout à coup, il lâcha un juron, ouvrit le premier tiroir de son bureau, y fouilla jusqu'à ce qu'il trouve une boîte d'allumettes et en gratta une contre sa semelle. Il caressa la tête du cigare de la flamme et se cala sur sa chaise en poussant un soupir d'aise, écoutant le faible crépitement que fit entendre le tabac lorsqu'il tira une bouffée.

Le téléphone sonna sur sa ligne intérieure.

— Oui ? fit D'Agosta en décrochant.

Ça ne pouvait pas être une réclamation. Pas déjà. Il venait tout juste de l'allumer.

— Lieutenant ? fit la secrétaire du service. Il y a là un certain sergent Hayward qui demande à vous voir. Vous l'avez convoqué, paraît-il.

D'Agosta se redressa sur sa chaise en râlant.

— Je n'ai convoqué aucun sergent Hayward...

Une femme en uniforme apparut dans l'encadrement de la porte. Par réflexe, D'Agosta nota son signalement : petite, mince, poitrine généreuse, cheveux d'un noir de jais, teint diaphane.

— Lieutenant D'Agosta ? s'enquit-elle.

D'Agosta eut du mal à croire qu'une telle voix de contralto puisse sortir d'un corps aussi fluet.

— Asseyez-vous, lui dit-il.

Elle s'exécuta, très à l'aise, comme s'il était tout à fait naturel pour un sergent de débouler à l'improviste dans le bureau d'un supérieur.

— Je ne me souviens pas de vous avoir convoquée, sergent, finit par dire D'Agosta.

— En effet. Mais je suis sûre que vous l'auriez fait si je vous l'avais demandé.

D'Agosta la dévisagea en exhalant lentement la fumée de son cigare par le nez. Il la laisserait dire ce qu'elle avait à dire puis lui volerait dans les plumes. Il n'était pas spécialement à cheval sur le règlement, mais aborder aussi cavalièrement un officier supérieur dépassait les bornes. Peut-être qu'un de ses hommes l'avait harcelée ?

— Ces corps que vous avez retrouvés dans le Cloaca..., commença Hayward.

— Oui, et alors ? aboya D'Agosta, soudain sur ses gardes.

Rien n'était censé filtrer sur cette affaire.

— Avant le remaniement du service, je travaillais au ramassage des S.D.F., dit Hayward, comme si cela expliquait tout. Je suis toujours en service dans le West Side, on évacue les vagabonds de Penn Station, de Hell's Kitchen, des dépôts ferroviaires...

— Attendez une seconde, l'interrompit D'Agosta. Vous, une rafleuse ?

Il comprit tout de suite qu'il avait gaffé. Hayward se raidit sur sa chaise, piquée au vif par l'incrédulité manifeste de D'Agosta. Le silence se fit pesant.

— Nous n'aimons pas ce terme, mon lieutenant, finit-elle par dire.

D'Agosta décida qu'il avait suffisamment de soucis en tête sans devoir, en plus, ménager la susceptibilité de cette importune.

— On est dans mon bureau, dit-il en haussant les épaules.

Hayward le considéra un moment, et, dans ses yeux bruns, D'Agosta put voir fondre la bonne opinion qu'elle avait de lui.

— Très bien, dit-elle. Si vous voulez jouer à ce petit jeu, pas de problème. Bref, quand j'ai entendu parler de vos sque-lettes, ça a fait tilt. Ils m'ont rappelé plusieurs homicides qui ont eu lieu parmi les taupes.

— Les taupes ?

— Les sans-abri qui vivent dans les galeries souterraines, précisa-t-elle avec un air condescendant que D'Agosta jugea des plus irritants. Et là-dessus j'ai lu l'article paru dans le *Post* d'aujourd'hui, celui sur Méphisto.

D'Agosta grimaça. On pouvait compter sur ce fouille-merde de Bill Smithback pour affoler ses lecteurs et faire monter la pression. Depuis que Smithback s'était spécialisé dans les faits de société, on ne le tenait plus. Et D'Agosta n'était pas près de lui donner la plus petite miette de scoop qu'il tentait perpétuellement de lui arracher.

— L'espérance de vie d'un S.D.F. est très courte, dit le sergent Hayward. Elle l'est encore plus pour les taupes. Mais le journaliste a raison. Dernièrement, on a eu affaire à des assassinats d'une sauvagerie exceptionnelle. Corps décapités, éventrés. J'ai estimé qu'il fallait que je vienne vous voir à ce sujet. Mais... peut-être aurais-je dû y réfléchir à deux fois ?

D'Agosta décida de ne pas relever.

— De combien d'homicides parlez-vous, Hayward ? Deux ? Trois ?

Hayward prit un temps avant de répondre.

— Une bonne demi-douzaine, dit-elle.

D'Agosta, qui portait son cigare à ses lèvres, arrêta son geste.

— Oui, vous m'avez bien entendue. J'ai consulté les dos-siers avant de venir. Sept des meurtres commis parmi les tau-pes ces quatre derniers mois correspondent à cette façon d'opérer.

58

— Sergent, dit D'Agosta en abaissant son cigare, si je comprends bien, vous êtes en train de me dire qu'il y a un Jack l'Éventreur qui sévit en sous-sol et que personne n'est sur le coup ?

— Attendez, j'ai simplement voulu vous être utile, dit Hayward, sur la défensive. Ces homicides ne sont pas de mon ressort...

— Alors, pourquoi n'avez-vous pas suivi la voie hiérarchique classique et raconté tout ça à votre supérieur direct ?

— Mais je l'ai fait ! J'en ai parlé au commissaire Waxie. Vous le connaissez ?

Qui ne connaissait pas Jack Waxie ! Le commissaire de quartier le plus adipeux et le plus fainéant que New York ait jamais connu. Un type qui avait gravi les échelons en se tournant les pouces et en ménageant la chèvre et le chou. Un an plus tôt, après l'affaire du musée, D'Agosta devait être nommé à ce poste par le maire reconnaissant. Mais aux élections municipales il avait été battu. Entre autres retombées, au commissariat central, Waxie avait été nommé à la place de D'Agosta. Un monde !

— Les meurtres commis parmi les taupes n'ont rien à voir avec ceux commis à la surface, reprit Hayward en croisant les jambes. La plupart des cadavres, on ne les retrouve même pas. Ou on arrive bien après les rats et les chiens. Alors, vous pensez si on peut les identifier ! Quant aux autres taupes, c'est la loi du silence !

— Et Waxie classe les affaires.

— Le sort de ces gens-là ne l'intéresse pas.

D'Agosta se demanda pourquoi un vieux phallocrate pur et dur comme Waxie avait pris ce petit bout de femme flic dans son équipe. Puis son regard se posa de nouveau sur sa taille fine, son teint pâle, ses yeux bruns, et il eut la réponse à sa question.

— Très bien, sergent, dit-il. Je marche. Vous savez où ont eu lieu ces meurtres ?

— C'est à peu près la seule chose dont je dispose.

D'Agosta, dont le cigare s'était éteint, fouilla dans son tiroir en quête d'une autre allumette. Hayward sortit un listing d'une de ses poches, le déplia et le posa sur le bureau. D'Agosta le parcourut tout en rallumant son cigare.

— Le premier cadavre a été découvert le 30 avril au 624 de la 58e Rue ouest, remarqua-t-il.

— Dans la salle des chaudières, au sous-sol. Il y a un ancien accès au terminus d'une ligne ferroviaire, c'est pour ça que c'était de la compétence de l'armée territoriale.

D'Agosta opina et reporta son regard sur le listing.

— Le suivant a été découvert le 7 mai sous la station de métro Columbus Circle, lut-il. Le troisième, le 20 mai, ligne B4, voie 22, poteau kilométrique 1,9. Où est-ce, ça ?

— C'est un tunnel condamné, autrefois utilisé par les trains de marchandises, qui faisait la jonction avec le dépôt ferroviaire du West Side. Les taupes percent les murs pour pénétrer dans certains de ces tunnels.

D'Agosta l'écoutait en savourant son cigare. Il remarqua que Hayward l'observait du coin de l'œil. Encore une qui n'avait que faire de la hiérarchie. Elle avait beau être menue, elle dégageait une assurance et une autorité impressionnantes. Elle ne manquait pas de cran pour être venue le voir de sa propre initiative. D'Agosta regretta d'avoir commencé sur un mauvais pied avec elle.

— On ne peut pas dire que venir me trouver sans en référer à votre supérieur soit conforme au règlement intérieur, mais vous avez bien fait.

Hayward acquiesça imperceptiblement, comme pour accuser réception du compliment.

— Je ne veux pas marcher dans les plates-bandes du commissaire, poursuivit D'Agosta, mais je ne peux pas laisser passer ça, au cas où il y aurait un lien entre tous ces meurtres. Je suppose que c'est ce que vous vous êtes dit aussi. Alors, on va faire une chose : oublier votre venue ici.

Hayward acquiesça de nouveau.

— Je vais appeler Waxie comme si j'étais tombé sur ces rapports moi-même, poursuivit D'Agosta, et on ira faire un petit repérage.

— Il ne va pas aimer. Le seul repérage qu'il fasse, c'est regarder par la fenêtre de son bureau.

— Oh, il suivra. Ça la ficherait plutôt mal qu'un simple lieutenant fasse tout le boulot pendant qu'il reste le cul sur une chaise. Surtout si c'est une grosse affaire. Un tueur en série chez les sans-abri..., c'est potentiellement explosif. On ira faire une petite reconnaissance de terrain rien que nous trois. Inutile de rameuter les troupes.

— Un peu imprudent, mon lieutenant, s'empressa de dire Hayward. C'est dangereux en bas. Ce n'est pas notre secteur, mais le leur. Contrairement à ce que vous pensez, on n'a pas affaire à une poignée de junkies au bout du rouleau. Il y a des extrémistes, des communautés organisées, des vétérans du Vietnam, d'anciens taulards, d'ex-utopistes du S.D.S., des types en liberté surveillée ou en cavale. Ils ont la haine des flics. On aura besoin d'au moins une patrouille.

D'Agosta se surprit à être agacé par le ton catégorique de ce petit bout de femme.

— Attendez, Hayward, je ne vous parle pas d'organiser le débarquement sur les côtes françaises mais d'aller jeter un coup d'œil dans les sous-sols de New York. Déjà, je marche sur des œufs en faisant ça. Si on a quelque chose, alors là, oui, on pourra la jouer officielle.

Hayward ne répondit pas.

— Et, Hayward, si jamais j'entends des bruits courir sur notre petite expédition, je saurai d'où vient la fuite.

Hayward se leva, lissa le devant de son pantalon bleu foncé et rajusta son ceinturon.

— Compris.

— Je l'aurais parié.

D'Agosta se leva et souffla un nuage de fumée en direction du panonceau d'interdiction. Il surprit le regard dédaigneux — ou désapprobateur, il n'aurait su dire — de Hayward.

— Je vous en offre un ? lui demanda-t-il, sarcastique, en tirant un cigare de sa poche.

Pour la première fois, un petit sourire se dessina sur le visage du sergent Hayward.

— Je vous remercie, mais non, dit-elle. Pas après ce qui est arrivé à mon oncle.

— Quoi ?

— Un cancer de la bouche. On a dû lui couper les lèvres.

Sur ce, elle tourna les talons et sortit du bureau. D'Agosta remarqua qu'elle ne l'avait même pas salué. Et, tout à coup, son cigare eut un drôle de goût.

8.

Il s'assit dans le noir, à l'écoute, immobile.

Son regard glissait d'une surface à l'autre, s'attardant avec plaisir sur chaque objet. Il ne s'en lassait pas. Il pouvait rester ainsi pendant des heures, goûtant l'incroyable acuité de ses sens.

Puis il ferma les yeux et écouta les échos lointains que la ville lui renvoyait. Petit à petit, dans le bruit de fond, il distingua les conversations les plus proches, plus fortes, des plus distantes, qui se déroulaient à plusieurs pièces, voire à plusieurs étages de là. Bientôt, elles aussi se perdirent dans les brumes de sa concentration et il perçut la course menue et les couinements de souris qui allaient leur petit bonhomme de chemin à l'intérieur des murs. Par moments, il croyait entendre les vibrations de la Terre tournant sur son axe, emmitouflée dans l'atmosphère.

Plus tard, il eut de nouveau faim. Non, pas vraiment faim. Il ressentait plutôt un *manque*. Un besoin profond, non localisé, encore vague. Il ne se laissait jamais gagner par le manque.

Il bondit sur ses pieds et traversa la pièce, sûr de son pas. Il ouvrit un des becs Bunsen qui s'alignaient le long du mur du fond, alluma le brûleur et y plaça un ballon d'eau distillée. Il plongea la main dans une poche secrète cousue dans la doublure de son manteau et en sortit une fine capsule en métal. Il en dévissa l'extrémité et versa dans l'eau un soupçon de poudre blanche. Au fur et à mesure que le liquide chauffait, une fine pellicule surnageait et provoquait comme une brume à la surface.

Il coupa le gaz puis versa la solution dans un vase à bec en Pyrex. Le moment était venu de boire la décoction, de se vider l'esprit, d'accomplir les gestes rituels, de laisser les vapeurs soyeuses s'élever dans les airs et emplir ses narines. Mais il ne pouvait jamais attendre. Une fois encore, il avala goulûment le liquide, qui lui brûla le palais. Il rit intérieurement, amusé par son incapacité à suivre les préceptes si stricts qu'il avait édictés pour d'autres.

Avant même qu'il se fût rassis, la sensation de manque s'estompa, et le long et lent trip commença : tout d'abord, un picotement à l'extrémité de ses membres qui se répandit dans son corps jusqu'à lui donner la sensation que tout son être prenait feu ; puis il fut submergé par un ineffable sentiment de puissance et de plénitude ; ses sens, déjà à vif, devinrent hypersensibles au point qu'il eût pu voir des grains de poussière infinitésimaux en suspension dans l'air noir du laboratoire et entendre tout Manhattan en grande conversation, des mondanités échangées à des cocktails dans la Rainbow Room, au soixante-dixième étage du Rockefeller Center, jusqu'aux plaintes de ses enfants affamés, sous terre, en des lieux secrets et oubliés.

Ils avaient de plus en plus faim. Sous peu, la Cérémonie ne suffirait plus à les assouvir tous.

Mais, bientôt, ce ne serait plus nécessaire.

L'obscurité lui parut aveuglante, et il ferma les yeux, à l'écoute du flux sanguin qui bouillonnait dans ses oreilles. Il garderait les yeux fermés jusqu'à ce que le pic de la sensation ainsi que la pellicule étrange, argentée, qui recouvrait temporairement ses globes oculaires aient disparu.

Vite, trop vite, le fulgurant épanouissement s'estompait mais la sensation de puissance perdurait, rappel constant dans ses articulations et ses tendons de ce qu'il était devenu. Si seulement ses anciens collègues le voyaient. Ils comprendraient.

Presque à regret, il se releva, peu disposé à quitter ce lieu de tant de plaisirs. Mais il avait beaucoup d'autres choses à faire.

La nuit promettait d'être longue.

9.

En s'approchant de la porte, Margo ne put réprimer une grimace de dégoût. Concernant un musée réputé pour ses mesures d'hygiène, la porte du laboratoire d'anthropométrie — rebaptisé « La Squeletterie » par le personnel — était incroyablement sale. Comme toujours, la salle était plongée dans le noir et Margo plissa les yeux pour distinguer l'enfilade de tiroirs métalliques qui s'élevaient jusqu'au plafond, tels les rayonnages d'une immense bibliothèque. Chacun de ces douze mille tiroirs contenait, soit en entier, soit en morceaux, les restes de squelettes humains qui, pour la plupart, appartenaient à des peuples d'Afrique ou d'Amérique. En l'occurrence, Margo était intéressée par le sous-ensemble de squelettes conservés à des fins médicales. Le docteur Frock avait suggéré, comme première étape, qu'ils examinent les restes de sujets ayant souffert de maladies osseuses déformantes. Il avait émis l'hypothèse que l'examen de victimes d'ostéites telles que l'acromégalie ou la maladie de Paget pourrait peut-être les éclairer sur les raisons de l'état du squelette non identifié.

Margo soupira et se fraya un chemin parmi les rayonnages : la rencontre qui s'annonçait ne lui disait rien qui vaille. Sy Hagedorn, le responsable du laboratoire d'anthropométrie, était presque aussi vieux et décalcifié que les ossements dont il avait la charge. Avec Curley, qui gardait l'entrée du personnel, et quelques autres, Sy Hagedorn comptait parmi les derniers survivants de la vieille garde du musée. En dépit du système informatique hautement perfectionné il refusait obstinément d'adapter ses méthodes de classement au XXᵉ siècle. Lorsque Greg Kawakita, ex-collègue de Margo, avait installé son bureau dans ce labo, il avait dû supporter le persiflage de Hagedorn chaque fois qu'il connectait son ordinateur portable. Par vengeance, Kawakita avait surnommé Hagedorn « Rase-Mottes ».

Kawakita... Margo éprouva un pincement de culpabilité. Il lui avait laissé un message sur son répondeur environ six mois plus tôt, s'excusant d'avoir disparu sans laisser d'adresse et lui disant qu'il avait besoin de lui parler et qu'il la rappellerait le lendemain soir. Quand son téléphone avait sonné à l'heure dite, Margo avait tendu le bras machinalement vers le combiné mais avait arrêté son geste. Son correspondant n'avait pas parlé après le signal sonore, et Margo s'était demandé pourquoi son instinct lui commandait de ne pas décrocher. Tout de suite, elle avait compris. Kawakita était lié à tout ce qui s'était passé... au même titre que Pendergast, Smithback, le lieutenant D'Agosta et le docteur Frock. C'était son programme d'extrapolation génétique qui avait permis de mieux cerner le Mbwun, cette créature qui avait semé la terreur dans le musée et qui hantait toujours les cauchemars de Margo. Aussi égoïste que cela fût, elle n'avait pas eu envie de renouer avec quelqu'un qui lui rappellerait inutilement cette période atroce. Pourtant, avec le recul, maintenant qu'elle se trouvait mêlée à une enquête qui...

Un raclement de gorge la ramena à la réalité. Elle leva la tête et se rendit compte qu'elle se trouvait en face d'un homme, petit, en costume en tweed élimé, au visage parcheminé.

— Je me disais aussi que j'avais entendu marcher parmi mes chers fantômes, dit Hagedorn, ses bras menus croisés sur sa poitrine. Alors ?

Margo sentit l'irritation la gagner. *Ses fantômes*, et puis quoi encore ! Prenant sur elle-même, elle sortit une feuille de papier de son fourre-tout et la tendit à Hagedorn.

— Le docteur Frock veut que ces spécimens soient montés au labo médico-légal, dit-elle.

— *Trois* squelettes ? s'étonna Hagedorn en parcourant la feuille. C'est un peu irrégulier, ça.

Oh, fais pas chier, Rase-Mottes.

— Il est important que nous les ayons tout de suite, dit-elle. Si besoin était, je suis sûre que le docteur Merriam vous signerait toutes les autorisations qu'il vous faut.

Le nom de la directrice produisit l'effet escompté.

— Bon, très bien, fit Hagedorn. N'empêche, c'est tout de même contraire au règlement. Venez.

Margo le suivit jusqu'à son bureau.

— 1030-262, lut-il, extirpant, après quelques minutes de recherche, une fiche de ses tiroirs. C'est bien ma veine. C'est la rangée la plus haute, et je ne suis plus aussi jeune qu'avant, vous savez. Je suis moins à l'aise en hauteur.

Soudain, il se figea.

— C'est un « Médecine », dit-il en désignant une pastille rouge collée dans le coin supérieur droit de la fiche.

— Les deux autres aussi, répondit Margo.

Il était évident que Hagedorn attendait de plus amples explications, mais Margo s'en tint là.

— Bon, si vous insistez, dit l'administrateur quand il comprit qu'il n'obtiendrait rien de plus. Signez là, ajoutez votre service et votre numéro de poste, et n'oubliez pas d'inscrire le nom de Frock dans la colonne « Demandeur ».

Margo baissa les yeux sur la fiche écornée que Hagedorn posa devant elle. *Une carte de bibliothèque d'un autre âge !* L'identité du squelette était dactylographiée en en-tête : « Homer Maclean ». C'était bien l'une des demandes de Frock : un cas de neurofibromatose, si ses souvenirs étaient bons.

Comme elle se penchait pour apposer sa signature, elle se figea. Parmi les paraphes alambiqués des divers chercheurs qui avaient sorti ce spécimen, elle en reconnut un : celui de G. S. Kawakita, anthropologie. Il avait sorti ce squelette cinq ans plus tôt. *Pas étonnant, se dit-elle. Greg s'intéressait toujours à l'inhabituel, à l'anormal, à l'exception à la règle. Peut-être était-ce pour cela que la théorie de Frock sur l'évolution fractale l'avait tant fasciné... C'est décidé. Ce soir, je cherche le numéro de Greg dans l'annuaire et je l'appelle. Mieux vaut tard que jamais.*

Un soupir appuyé lui fit lever les yeux de la fiche. Elle croisa le regard impatient de Hagedorn.

— Je vous demande juste votre nom, lui dit-il d'un ton hargneux, pas de m'écrire un poème ! Alors, signez, qu'on en finisse !

10.

La façade baroque du club Polhymnie, toute de marbre et de grès, dominait la 45e Rue telle la proue d'un galion espagnol. Au niveau de la rue, la porte à tambour remplissait son office en ce samedi soir et laissait passer les membres de la presse new-yorkaise et — pour reprendre les propos amers de Horace Greeley — « la moitié des jeunes chômeurs de la 14e Rue ».

Une fois entré dans cette place forte lambrissée de chêne, Bill Smithback s'approcha du bar et commanda un scotch sans glace. S'il n'était guère sensible au pedigree du club, il l'était assurément à son exceptionnelle collection de whiskies d'importation. Le scotch pur malt lui emplit le palais d'un parfum de tourbière et de loch écossais. Il le savoura un long moment puis regarda autour de lui, prêt à recevoir les regards admiratifs de ses confrères.

Obtenir l'exclusivité sur l'affaire Wisher était l'un des plus gros coups de sa carrière. En moins d'une semaine, elle lui avait déjà rapporté trois articles à la une. Il avait même réussi à rendre les divagations et les vagues menaces du chef des sans-abri, Méphisto, incisives et convaincantes. Cet après-midi-même, au moment où il quittait le journal, Murray, le rédacteur en chef, si avare de compliments, lui avait flanqué une bourrade amicale dans le dos — c'est dire !

Son tour d'horizon n'ayant rien donné, Smithback s'accouda au bar. *Un journaliste a un pouvoir extraordinaire. New York est quasiment prête à prendre les armes à cause de moi.* Ginny, la secrétaire, était enfin submergée d'appels au sujet de la récompense — on avait dû lui prendre une standardiste en renfort. Jusqu'au maire qui commençait à subir la pression. Mme Wisher devait être contente de lui.

Il lui vint à l'esprit qu'il n'était peut-être qu'un pion pour elle, mais il s'empressa de repousser cette idée. Il but une autre gorgée de scotch, les yeux fermés, comme s'il savourait le signe précurseur d'un monde meilleur.

Une main se posa sur son épaule. Smithback fit volte-face et se retrouva nez à nez avec Bryce Harriman, son confrère et concurrent du *Times.*

— Oh, fit Smithback, déçu.

— Félicitations, Bill, lui dit Harriman.

Il s'accouda et tapa sur le zinc avec une pièce de monnaie.

— Une Killians ! cria-t-il au barman.

Smithback hocha la tête. *Bon sang,* songea-t-il, *il a fallu que ce soit sur lui que je tombe...*

— Ouais, reprit Harriman, bravo, ils ont dû trouver ça génial au *Post.*

— Pour ne rien te cacher, oui.

— En fait, je devrais te remercier. Ça m'a donné une bonne accroche pour un papier.

— Ah oui ? fit Smithmack avec indifférence.

— Oui. À savoir : pourquoi l'enquête piétine.

Smithback leva les yeux vers Harriman, qui poursuivait, d'un air finaud :

— Avec cette promesse de récompense, il y a pléthore de coups de fil bidon. La police n'a d'autre choix que de les prendre tous au sérieux. Moralité : les flics sont en train de perdre un temps précieux à vérifier des centaines de tuyaux percés. Un petit conseil d'ami, Bill : si j'étais toi, j'éviterais d'aller traîner mes guêtres du côté du commissariat central pendant..., oh, je ne sais pas, moi, disons..., une petite dizaine d'années.

— Arrête ton char. J'ai rendu un fier service aux flics.

— Pas à ceux avec qui j'ai parlé.

Smithback se détourna et but une bonne rasade de scotch. Il avait l'habitude de se faire chambrer par Harriman, lequel, diplômé de l'école de journalisme de l'université Columbia, se croyait sorti de la cuisse de Jupiter. Quoi qu'il en soit, Smithback avait toujours un excellent rapport avec le lieutenant D'Agosta. Et c'était ça le plus important. Harriman bluffait, comme d'habitude.

— Et à part ça, Bryce, comment se porte le *Times* ? Les ventes du *Post* ont grimpé de quarante pour cent depuis la semaine dernière.

— Je n'en sais rien et je m'en moque. Un vrai journaliste ne se soucie pas du nombre d'exemplaires vendus.

Smithback se fit un plaisir d'enfoncer le clou.

— Regarde les choses en face, Bryce, tu t'es fait voler le scoop. J'ai pu avoir une interview de Mme Wisher, et pas toi.

Harriman se rembrunit. Smithback avait frappé juste. Son confrère avait dû se faire tancer par son rédacteur en chef.

— Ouais, elle a tout de suite vu à qui elle avait affaire, répliqua Harriman. Elle t'a roulé dans la farine. Alors que l'important est ailleurs.

— À savoir ?

— À savoir l'identité du deuxième squelette. À savoir l'endroit où les corps ont été transférés. Ne me dis pas que tu n'es pas au courant ! Oh, tu étais sans doute trop occupé à papoter avec des barjes dans des tunnels de métro...

Smithback soutenait son regard en s'efforçant de ne pas trahir sa surprise. Cherchait-il à le lancer sur une fausse piste ? Non. Derrière les lunettes écaille de tortue, le regard était chargé de mépris mais sérieux.

— Je n'ai pas encore pu le découvrir, dit-il, sur ses gardes.

— Tu m'en diras tant, se moqua Harriman en lui flanquant une grande claque dans le dos. 100 000 dollars de récompense, hein ? Tout juste ton salaire des deux prochaines années. Si le *Post* ne flotte pas ventre en l'air d'ici là, évidemment.

Il rit, jeta un billet de 5 dollars sur le comptoir et s'éloigna. Smithback le suivit des yeux, irrité. Ainsi, les squelettes n'étaient plus à la morgue. Il aurait dû le découvrir lui-même. Et où étaient-ils ? Il n'y avait pas eu de service funèbre, pas d'enterrement. Ils devaient avoir été emmenés dans un laboratoire quelconque, un labo doté d'un meilleur matériel que l'Institut médico-légal ; un endroit sûr, pas comme l'université Columbia ou le centre Rockefeller, grouillants d'étudiants. Après tout, c'était le lieutenant D'Agosta qui chapeautait l'enquête. Un type de sang-froid, pas du genre à prendre des décisions sur un coup de tête. Mais pourquoi D'Agosta ferait-il déplacer les...

D'Agosta !

Tout à coup, il sut où devaient se trouver les cadavres.

Il termina son verre, sauta de son tabouret et gagna la rangée de cabines téléphoniques dans le hall. Il entra dans la première, glissa une pièce de monnaie dans l'appareil et composa un numéro.

— Curley, j'écoute, dit une voix âgée.

— Curley ! C'est Bill Smithback. Comment va ?

— Bien, docteur Smithback. Ça fait un bail, dites-moi.

Curley, qui filtrait l'entrée du personnel du musée d'Histoire naturelle, appelait tout le monde « docteur ». Les princes vivaient et mouraient ; les dynasties régnaient et tombaient ; mais Curley, Smithback en était sûr, serait gardien au musée jusqu'à la fin des temps.

— Curley, à quelle heure les deux ambulances sont arrivées mercredi soir ? demanda Smithback en priant le ciel que le gardien ne sache pas qu'il était devenu journaliste après la parution de son livre pour le musée.

— Ben, attendez voir, répondit Curley avec sa lenteur habituelle. Ça ne me dit rien du tout.

— Ah bon, fit Smithback, dépité.

Il en aurait pourtant donné sa main à couper.

— À moins que vous ne vouliez parler de celle qui est arrivée phares et gyrophare éteints ? Mais c'était tôt jeudi, pas mercredi.

Smithback entendit Curley tourner une page de son registre.

— Ouais. Un peu après 5 heures du matin.

— Exactement. Jeudi. Où avais-je la tête ?

Smithback remercia Curley et raccrocha, aux anges. Sourire aux lèvres, il regagna le bar. Un coup de fil lui avait suffi pour découvrir ce que Harriman cherchait en vain depuis des jours.

C'était logique. Il savait que D'Agosta avait fait appel au laboratoire du musée pour d'autres affaires — notamment pour celle du Mbwun. C'était un labo haute sécurité dans un musée haute sécurité. Il aurait certainement sollicité Frock, ce vieux curateur pontifiant. Et peut-être aussi son ex-assistante, Margo Green, avec qui Smithback s'était lié d'amitié quand il bossait pour le musée.

Margo Green. Voilà qui méritait d'aller y voir de plus près.

11.

Arrivée au pied de l'escalier métallique, le sergent Hayward poussa une petite porte rouillée et se retrouva sur une voie de garage désaffectée. D'Agosta la rejoignit, mains dans les poches. Une lumière sale filtrait par les grilles d'aération se succédant très haut au-dessus de leurs têtes et révélant une myriade de grains de poussière en suspension dans les airs. À gauche comme à droite, les rails s'enfonçaient à perte de vue dans le tunnel ténébreux et D'Agosta remarqua que Hayward progressait à pas silencieux et prudents.

— Où est le capitaine ? demanda-t-elle.

— Il arrive, répondit D'Agosta en frottant ses semelles contre un rail. Après vous.

Il observa Hayward. Elle avançait à pas de velours derrière le faisceau étroit de sa torche électrique. Les hésitations qu'il avait eues à lui demander de jouer les éclaireurs s'envolèrent devant l'aisance dont elle faisait preuve.

Waxie, de son côté, avait considérablement ralenti son allure depuis leur inspection deux heures plus tôt de la chaufferie où le premier cadavre avait été découvert plus de trois mois auparavant. C'était une salle humide. Des câbles pourris pendaient du plafond. Hayward leur avait montré un matelas coincé derrière une ancienne chaudière, jonché de bouteilles en plastique vides et de pages de journaux : l'appartement du mort. Une vieille flaque de sang d'environ un mètre de diamètre était encore visible sur le matelas rongé par les rats. Une paire de chaussettes de sport trouées, couvertes du manteau verdâtre et pelucheux de la moisissure, pendaient à un tuyau.

Le corps était celui d'un certain Hank Jasper, leur avait expliqué Hayward. Pas de témoin, pas de famille, pas d'amis. Le dossier ne contenait aucun autre élément : ni photographies de la scène du crime ni pièces à conviction ; tout juste un rapport concis évoquant « de multiples et profondes lacérations », un crâne fracassé, et la mention d'un enterrement rapide à Porter's Field, le cimetière des plus démunis, sur Hart Island.

Ils n'avaient rien trouvé non plus dans les toilettes de la station désaffectée de Columbus Circle, où le deuxième cadavre avait été découvert. Ils avaient tout juste constaté qu'on avait vaguement tenté de nettoyer le sang qui tapissait les vieux lavabos de faïence et les miroirs fêlés. Pas d'identification, cette fois : la tête manquait.

D'Agosta entendit un juron derrière lui. Il se retourna et vit apparaître la silhouette rondouillarde du commissaire Waxie, qui regardait autour de lui avec un air de dégoût. Son visage au teint terreux luisait dans la pénombre.

— Nom de nom, Vinnie, dit-il en traversant la voie vers D'Agosta. Vous pouvez me dire ce qu'on fout là ? C'est pas le boulot d'un commissaire de police, ça ! Surtout un dimanche après-midi.

Il fit un signe de tête en direction du tunnel.

— C'est cette petite nana qui vous a foutu sur ce coup, pas vrai ? reprit-il. Sensas, les seins, hein ? Je lui ai proposé d'être mon assistante, et au lieu de ça elle a préféré rester sur le terrain à sortir les clodos de leurs terriers. Allez comprendre.

Rien d'étonnant, songea D'Agosta en imaginant ce que serait le quotidien d'une femme aussi attirante que Hayward aux côtés de Waxie.

— Et maintenant, ma radio de merde est tombée en panne, pesta Waxie.

— Hayward m'a dit qu'elles ne marchaient pas sous terre, dit D'Agosta. Pas à tous les coups, en tout cas.

— Génial. Et comment on fait pour appeler du renfort en cas de besoin ?

— On fait sans.

— Génial, répéta Waxie.

D'Agosta le regarda. Des gouttes de sueur ourlaient sa lèvre supérieure, et ses bajoues s'affaissaient encore plus que de coutume.

— C'est votre secteur, pas le mien, lui dit D'Agosta. Pensez à la gloire que vous allez en tirer si c'est un gros coup : vous avez tout de suite pris les choses en main, vous vous êtes rendu personnellement sur les lieux... pour changer...

D'Agosta esquissa le geste de prendre un cigare dans sa poche puis se ravisa.

— Et pensez comme ça la ficherait mal si jamais ces meurtres étaient liés et si la presse disait que vous ne vous en êtes pas occupé.

Waxie lui décocha un regard noir.

— Je ne me présente pas aux élections municipales, Vinnie, dit-il.

— Oh, je ne vous parle pas de ça. Ce que je sais, c'est que s'il pleuvait de la merde, et il en pleut toujours, vous y seriez enfoncé jusqu'au cou.

Waxie grommela, apparemment un peu calmé.

D'Agosta voyait le faisceau de la torche électrique de Hayward balayer les voies, et bientôt la jeune femme ressortit de l'ombre.

— On y est presque, dit-elle. Il faut descendre un niveau en dessous.

— Encore ? se récria Waxie. Je croyais qu'on était au niveau le plus bas, sergent !

Hayward ne fit pas de commentaire.

— Et on descend par où ? s'enquit D'Agosta.

— Un peu plus loin au nord, il y a un escalier sur la droite, répondit-elle avec un signe de tête dans la direction d'où elle venait.

— Et si un métro arrive ? demanda Waxie.

— C'est un tronçon désaffecté, répondit Hayward. Ça fait belle lurette que les métros ne passent plus par ici.

— Comment vous le savez ?

Hayward ne répondit pas et balaya le sol du faisceau de sa torche, révélant la rouille orangée qui recouvrait les rails. D'Agosta suivit des yeux le rai de lumière jusqu'à croiser le regard de Hayward. Elle semblait tendue.

— Le niveau inférieur a quelque chose de spécial ? lui demanda-t-il sans se départir de son calme.

— D'habitude, dit Hayward, nos descentes se limitent aux niveaux supérieurs, mais des bruits courent. Il paraît que plus on descend, plus ils sont fous. C'est d'ailleurs pour ça que je vous avais suggéré d'emmener du renfort.

— Vous voulez dire qu'il y a des gens qui vivent là, en dessous ? s'écria Waxie avant que D'Agosta ait eu le temps de répondre.

— Évidemment, rétorqua Hayward avec l'air de dire que Waxie devrait être mieux informé. Il y fait chaud l'hiver, et c'est à l'abri de la pluie et du vent. Les seules personnes dont ils ont à s'inquiéter, en bas, ce sont les autres taupes.

— Quand y êtes-vous allée pour la dernière fois ?

— On ne visite pas les niveaux inférieurs, commissaire.

— Ah non ? Et pourquoi ?

— Eh bien, pour commencer, répondit Hayward, ceux qui vivent tout en bas, on ne les rencontre jamais. Ils ont des yeux de chat à force de vivre dans le noir. On entend du bruit, et on a à peine le temps de se retourner qu'ils ont déjà disparu. On ne fait que deux ou trois rondes par an avec des chiens pour retrouver des corps. Et même eux ne descendent pas si bas. En plus, c'est très dangereux. Toutes les taupes ne viennent pas là simplement pour trouver un abri. Certaines y viennent pour se cacher, pour échapper à la police. D'autres sont des vautours.

— Le *Post* parlait d'une communauté souterraine organisée, dit D'Agosta. Elle ne semblait pas très agressive.

— Il s'agit de celle qui vit sous Central Park, lieutenant, pas de celle installée dans les voies sous West Side. Certaines zones sont moins dangereuses que d'autres. Vous oubliez un détail mentionné dans l'article : l'anthropophagie.

Waxie ouvrit la bouche pour répondre puis la referma et déglutit bruyamment.

Ils commencèrent à longer les voies en silence. D'Agosta se rendit compte qu'il tripotait instinctivement son S & W double détente modèle 4946. En 1993, le passage au 9 mm automatique avait soulevé quelques controverses dans le service. Aujourd'hui, D'Agosta était ravi de l'avoir.

L'escalier se trouvait derrière une porte métallique sortie de ses gonds. Hayward la tira en se poussant sur le côté. D'Agosta la franchit, et ses yeux le picotèrent instantanément tandis qu'une odeur d'ammoniaque lui emplissait les narines.

— Je passe devant, mon lieutenant, dit Hayward.

D'Agosta se poussa sur le côté. *Aucune objection,* songea-t-il.

L'escalier menait à un palier puis tournait. D'Agosta sentit les larmes lui monter aux yeux. L'odeur était tenace, indescriptible.

— Mais qu'est-ce que ça sent ? demanda-t-il.

— La pisse, répondit Hayward. Et autres déjections que je passerai sous silence.

Dans leur dos, la respiration de Waxie se faisait plus sifflante.

Ils franchirent une ouverture grossière. Hayward joua de sa torche électrique et D'Agosta vit qu'ils se trouvaient à l'extrémité d'une sorte de tunnel. Sauf qu'il n'y avait pas de rails, simplement un sol en terre battue constellé de taches d'huile, de flaques d'eau, des restes calcinés de feux de camp, de détritus, de vieux journaux. Ici, un pantalon déchiré ; là, une vieille chaussure ; ailleurs, une couche de bébé souillée, encore humide.

D'Agosta entendait Waxie souffler comme un bœuf. Il se demanda pourquoi le commissaire avait cessé brusquement de se plaindre. *Peut-être à cause de l'odeur,* songea-t-il.

Hayward avançait vers un passage qui partait de la caverne.

— C'est ici, dit-elle. Le corps a été découvert dans un renfoncement de cette galerie. On ferait mieux de ne pas se séparer. Et faites attention que quelqu'un ne vous flanque un coup de tuyau sur la tête.

— Il n'y a personne, dit D'Agosta.

— Détrompez-vous, ils sont ici, répondit Hayward.

La respiration de Waxie se fit encore plus laborieuse.

Ils s'engagèrent dans la galerie à pas prudents. Hayward braquait sa torche alternativement sur les deux parois. Tous les dix mètres, une ouverture rectangulaire était aménagée dans la roche sur un espace qui avait servi de lieu de travail et de stockage aux équipes d'ouvriers, un siècle plus tôt. Le sol en était recouvert de saletés. Fréquemment, de gros rats, dérangés par la lumière, faisaient bouger les détritus en s'éloignant avec une lenteur insolente. Mais il n'y avait aucun signe de présence humaine.

Hayward s'arrêta, ôta sa casquette et glissa une mèche de cheveux derrière son oreille.

— Il est dit dans le rapport que c'était dans le recoin juste en face d'une passerelle en fer qui s'est effondrée, expliqua-t-elle.

D'Agosta mit une main devant la bouche et, voyant que c'était inutile, il desserra sa cravate et remonta le col de sa chemise en guise de masque protecteur.

— C'est là, dit Hayward.

Elle braqua sa torche sur un tas de traverses et de poutrelles rouillées puis balaya la largeur du tunnel et localisa le renfoncement. De l'extérieur, il était identique aux autres : à une cinquantaine de centimètres au-dessus du sol, un mètre cinquante de largeur sur un mètre de profondeur.

D'Agosta s'approcha et regarda à l'intérieur. Un matelas gisait sur le sol, de biais, abondamment taché de sang coagulé. Il y avait aussi du sang sur les parois, ainsi que des bouts d'on ne savait quoi dont D'Agosta préféra ignorer l'origine. La puanteur était insoutenable.

— Le corps retrouvé ici était lui aussi décapité, dit Hayward. On a pu l'identifier grâce à ses empreintes digitales. Shasheen Wilker, trente-deux ans. Casier judiciaire aussi long que le bras. Toxico.

— On a retrouvé la tête ? demanda D'Agosta.

— Non, répondit Hayward.

L'antre nauséabond ne montrait aucune trace de fouille policière. Tout en se disant qu'il aurait tout donné pour être ailleurs et faire *n'importe quoi d'autre*, D'Agosta plongea le bras par l'ouverture, attrapa le coin d'une couverture pouilleuse et la retourna d'un geste vif.

Quelque chose roula hors de ses plis en direction de l'ouverture. Ce qui restait de la bouche était figé en un cri muet.

— On n'a pas dû chercher bien loin, dit D'Agosta.

Un gémissement échappa à Waxie.

— Ça va ? Vous tenez le choc ? lui demanda D'Agosta.

Waxie ne lui répondit pas. Son visage luisait comme une lune pâlichonne dans la nuit fétide du tunnel.

D'Agosta reporta le faisceau de sa lampe sur le crâne.

— Il va falloir qu'on envoie ici une équipe de techniciens.

Il prit sa radio puis se souvint qu'elle ne marcherait pas.

— Lieutenant ? fit Hayward.

— Oui ?

— Ceux qui vivent ici n'ont pas touché à cet endroit parce que quelqu'un y est mort. Ils sont superstitieux — enfin, certains. Mais dès que nous serons partis, ils vont nettoyer le coin, se débarrasser de la tête et on ne la retrouvera plus. Ils ne veulent surtout pas de flics chez eux.

76

— Mais comment voulez-vous qu'ils sachent qu'on est venus ?

— Je vous l'ai déjà dit, mon lieutenant. Ils sont là, autour de nous. À l'écoute.

D'Agosta balaya les alentours de sa torche. Le tunnel était silencieux, inanimé.

— Conclusion ? demanda-t-il.

— Si vous voulez cette tête, il va falloir la ramener avec vous.

— Merde, souffla D'Agosta. Bon, très bien. Sergent, on improvise. Attrapez cette serviette, là...

Hayward passa devant Waxie, aussi figé qu'une statue en cire, et ramassa une serviette imbibée d'eau qu'elle étala à côté du crâne. Puis, rentrant la main dans la manche de son uniforme, elle fit rouler la tête à petits coups de poignet jusqu'à ce qu'elle soit sur la serviette.

D'Agosta l'observa, avec un dégoût teinté d'admiration, en train de nouer les coins de la serviette pour en faire un ballot. Il cligna des yeux comme si cela avait une chance de chasser le plus gros de la pestilence.

— Bon, on y va, dit-il. À vous l'honneur, sergent.

— Pas de problème.

Hayward souleva la serviette en la tenant à bout de bras.

Au moment où D'Agosta ouvrait la marche en direction de l'escalier, torche électrique au poing, un sifflement déchira l'air et une bouteille surgit de l'obscurité, frôla la tête de Waxie et s'écrasa sur la paroi du tunnel. Un bruissement se fit entendre plus loin devant eux.

— Qui est là ? cria D'Agosta. Arrêtez-vous ! Police !

Une autre bouteille leur arriva dessus en tournoyant sur elle-même. D'Agosta, gagné par un malaise insidieux, sentit sans les voir des silhouettes venant vers eux.

— Nous ne sommes que trois, mon lieutenant, dit Hayward d'une voix tendue. Si je puis me permettre, je propose qu'on se... tiiiire !

Un cri rauque retentit dans l'obscurité, puis un autre, et le bruit d'une cavalcade. D'Agosta entendit un hurlement de terreur derrière son épaule. Il se retourna et vit Waxie, cloué sur place.

— Bon sang de bonsoir, commissaire, du cran ! lui cria-t-il.

Waxie gémit. D'Agosta entendit une respiration sifflante. Il se retourna et vit la frêle silhouette de Hayward tendue, les bras le long du corps, la paume des mains tournée vers l'extérieur. Elle prit une profonde inspiration, jeta un rapide coup d'œil autour d'elle et repartit en direction de l'escalier, tenant toujours la serviette à bout de bras.

— Ne me laissez pas, je vous en prie ! gémit Waxie.

D'Agosta lui flanqua un grand coup sur l'épaule. Avec un hoquet plaintif, Waxie avança, lentement d'abord puis de plus en plus vite et finit par dépasser Hayward.

— Plus vite ! cria D'Agosta en poussant Hayward d'une main.

Quelque chose lui siffla à l'oreille. Il fit volte-face, dégaina et tira vers le plafond. Dans l'éclair de la balle, il distingua une dizaine de silhouettes qui lui fonçaient dessus, par groupes séparés, se préparant à l'encercler. Il se mit à courir vers l'escalier.

Il arriva au niveau supérieur et s'arrêta, à bout de souffle. Hayward attendait à côté de lui, l'arme au poing. Ils n'entendaient plus aucun bruit sauf les pas de Waxie, loin devant eux, qui courait le long de la voie vers la flaque de lumière.

Au bout d'un moment, D'Agosta s'écarta de Hayward.

— Sergent, lui dit-il, la prochaine fois que vous me conseillez d'amener du renfort, n'oubliez pas de me rappeler de vous écouter.

— J'avais peur que vous ne preniez la mouche, comme Waxie, dit-elle. Mais bravo, vous vous en êtes très bien tiré pour un bleu, chef.

D'Agosta la considéra, conscient du fait que c'était la première fois qu'elle s'adressait à lui comme à un supérieur. Il envisagea de lui demander à quoi rimait sa respiration bizarre de tout à l'heure, puis se ravisa.

— Vous l'avez toujours ? lui demanda-t-il.

Hayward brandit la serviette.

— Alors, fichons le camp. On fera une visite plus sérieuse un autre jour.

Tout en remontant vers la surface, l'image qui hantait D'Agosta n'était pas celle de la horde de gens courant vers lui, ni celle du tunnel aux parois suintantes, mais celle de la couche de bébé.

12.

Margo regarda le chariot sur lequel les restes de Pamela Wisher étaient recouverts d'un drap. Les échantillons et les rapports d'analyse avaient été emportés ; le corps serait restitué à la famille en fin de matinée. À l'autre bout de la pièce, Brambell et Frock travaillaient sur le squelette non identifié, pliant ses hanches difformes et effectuant des mesures précises.

— Puis-je me permettre de faire une remarque ? demanda le docteur Brambell en posant une scie vibrante.

— Mais je vous en prie, répondit Frock, magnanime.

Ces deux-là se détestaient allègrement.

Margo, qui enfilait une paire de gants en latex, tourna la tête pour dissimuler un sourire. C'était la première fois qu'elle voyait Frock avoir affaire à un homme d'un intellect et d'un ego aussi hypertrophiés que les siens. C'était un miracle que le travail ait pu avancer. En quelques jours, ils avaient fait des recherches d'anticorps, d'agents toxiques et tératogènes, une densitométrie osseuse et de nombreux autres examens. Il ne restait plus qu'à faire un séquençage d'A.D.N. et l'analyse des traces de morsures. Pourtant, le corps non identifié demeurait une énigme, refusait de livrer ses secrets, ce qui ne faisait qu'alourdir l'atmosphère déjà tendue.

— Le premier imbécile venu, dit sèchement Brambell avec son accent irlandais à couper au couteau, vous dira que ces morsures ne peuvent ab-so-lu-ment pas avoir été portées du côté dorsal, sinon, le procès transverse aurait été sectionné.

— J'avoue que je ne vois pas de quels sectionnements vous parlez, marmonna Frock.

Margo se désintéressa de la dispute qui s'amorçait. Sa spécialité était l'ethnopharmacologie et la génétique, pas l'anatomie. Elle avait d'autres chats à fouetter.

En se penchant sur le tout dernier électroprotéinogramme des tissus du squelette non identifié, elle ressentit une violente courbature dans les épaules. Cinq séries à dix rads étaient venues s'ajouter aux résultats de la veille. On était loin des trois prélèvements habituels. Sa moyenne de travail avait sérieusement augmenté ces jours derniers ; elle allait devoir faire attention au surmenage.

Un rapide examen lui confirma ses doutes : les bandes sombres des divers éléments protéiniques ne révélèrent rien de plus que les protéines musculaires humaines communes. Elle se redressa en poussant un soupir. Pour obtenir toute autre information génétique, il faudrait faire appel à une méthode de séquençage de l'A.D.N. bien plus sensible que la séparation par électrophorèse. Malheureusement, les résultats ne seraient pas disponibles avant plusieurs jours.

Tandis qu'elle mettait de côté les bandes de gel, Margo remarqua une pochette en papier kraft posée sur le poste de travail. *Des radios,* songea-t-elle. *Elles ont dû arriver très tôt ce matin.* Apparemment, Brambell et Frock, trop occupés à discutailler au sujet des cadavres, ne les avaient pas regardées. C'était compréhensible : il y avait peu de chances que les radiographies d'un corps réduit à l'état de squelette leur apprennent quoi que ce soit.

— Margo ? l'appela Frock.

Elle s'approcha de la table d'autopsie.

— Ma chère, dit-il en faisant reculer son fauteuil roulant et en lui désignant le microscope, vous voulez bien examiner cette gorge qui fait toute la longueur du fémur droit ?

Le microscope électronique était réglé sur sa puissance minimale, et, pourtant, c'était comme plonger le regard dans un autre monde. L'os jaillit sous ses yeux, révélant un relief accidenté d'étendue désertique.

— Alors, qu'en dites-vous ? demanda Frock à Margo.

Ce n'était pas la première fois qu'il lui demandait d'arbitrer un différend, et elle n'aimait pas trop endosser ce rôle.

— On dirait une fissure naturelle de l'os, dit-elle avec le plus de neutralité possible. Sans doute due à la forme d'os-

80

téite dont semble avoir souffert le sujet. On ne peut affirmer qu'elle soit consécutive à une morsure.

Frock se carra dans son fauteuil, incapable de réprimer un sourire triomphant.

Brambell cilla.

— Pardon ? fit-il, incrédule. Docteur Green, sans vouloir vous contredire, il s'agit de la marque longitudinale d'une dent, j'en suis certain.

— Docteur Brambell, sans vouloir vous contredire..., reprit Margo.

Elle augmenta la puissance du microscope, ce qui eut pour effet de transformer la légère fissure en profond canyon.

— ... je vois très nettement des pores naturels le long du bord intérieur, acheva-t-elle.

Brambell s'approcha, ôta ses lunettes et regarda par l'oculaire. Il contempla l'image un long moment puis recula lentement.

— Hmm, marmonna-t-il en remettant ses lunettes. Je répugne à l'admettre, Frock, mais vous avez peut-être raison.

— Vous voulez dire que Margo a peut-être raison.

— Oui, oui, bien sûr. Bravo, docteur Green.

La sonnerie du téléphone épargna à Margo de devoir répondre. Frock manœuvra son fauteuil et alla décrocher. Margo l'observa. C'était la première fois qu'elle prenait le temps de regarder son ancien directeur de thèse depuis que le coup de fil de D'Agosta, huit jours plus tôt, les avait à nouveau réunis. Il lui semblait un peu plus maigre, mais c'était surtout son fauteuil roulant qui avait pris un coup de vieux : le tissu était fatigué et déchiré par endroits. Elle se demanda, dans un élan de compassion, si son mentor ne traversait pas une période difficile. Si tel était le cas, cela ne semblait pas l'avoir affecté outre mesure. En fait, il avait l'air plus alerte, plus vigoureux que lorsqu'il dirigeait le département d'anthropologie du musée.

— C'était D'Agosta, dit Frock en raccrochant. Il m'annonçait que notre ami ici présent allait avoir de la compagnie. Fermez les persiennes, voulez-vous ? La lumière artificielle convient mieux au microscope. Ils auraient découvert une tête en état de décomposition avancée alors qu'ils fouillaient un tunnel du métro hier après-midi. Ils nous l'envoient pour analyse.

Le docteur Brambell marmonna dans sa barbe.

— Est-ce que cette tête est celle de… ? demanda Margo en faisant un signe de tête en direction des squelettes.

Frock secoua la tête, l'air sombre.

— Apparemment non, dit-il. Elle appartient à un autre corps.

Le silence s'abattit sur le laboratoire. De concert, les deux hommes s'approchèrent du squelette non identifié. Les murmures d'un nouveau désaccord ne tardèrent pas à se faire entendre. Margo poussa un profond soupir et se retourna vers le matériel d'électrophorèse. Elle avait une bonne matinée de classement devant elle.

Ses yeux tombèrent sur les radios. Il avait fallu batailler bec et ongles avec le labo pour les obtenir le matin même. Elle ferait peut-être mieux de les regarder tout de suite.

Elle sortit la première série de clichés et les plaça contre le dépoli. Trois radios du torse du squelette inconnu. Comme elle s'y attendait, elles montraient ce qu'ils avaient d'ores et déjà constaté en examen direct : un squelette souffrant de déformations osseuses non caractéristiques avec épaississement de la couche corticale osseuse.

Elle les remplaça par la deuxième série de radios. Trois clichés de la région lombaire, cette fois.

Elle repéra tout de suite les quatre petits points blancs. Intriguée, elle fit pivoter la loupe pour un examen plus attentif. De forme triangulaire, ils étaient situés à la base de la colonne vertébrale et enchâssés dans une excroissance ossifiée. *Ce doit être du métal,* songea Margo. *Il n'y a que le métal qui soit opaque aux rayons X.*

— J'ai là quelque chose qui devrait vous intéresser, dit-elle.

Brambell s'approcha, examina les clichés, recula d'un pas, chaussa ses lunettes et reprit son examen. Quelques instants plus tard, Frock arrivait, lui cognant les jambes dans sa hâte.

— Vous permettez ? fit-il, poussant légèrement Brambell avec son fauteuil roulant.

Il colla son visage au dépoli.

Hormis le souffle du conduit d'aération, le silence régnait dans la pièce. *Pour une fois,* songea Margo, *Brambell et Frock restent sans voix.*

13.

C'était la première fois que D'Agosta retournait dans le bureau du chef de la police depuis la nomination de Horlocker, et il n'en croyait pas ses yeux. Il avait l'impression d'être dans un snack-bar qui voudrait se faire passer pour un quatre étoiles : mobilier massif en faux acajou, éclairage tamisé, tentures épaisses, appliques bon marché en fer forgé avec globe en pâte de verre — il avait presque envie d'appeler un serveur et de commander une bière.

Redmond Horlocker était assis à son bureau imposant, vierge de tout papier. Confortablement installé dans la bergère la plus proche, Waxie lui narrait leurs tribulations de la veille. Il en était arrivé au moment où, pourchassés par une bande de sans-abri enragés, lui, Waxie, les avait tenus en respect pour couvrir le repli de D'Agosta et de Hayward. Horlocker l'écoutait, impassible.

D'Agosta avait de plus en plus de mal à se contenir. Il faillit exploser, mais sa longue expérience lui avait appris que cela ne servirait à rien. Waxie était commissaire de quartier ; il n'avait pas souvent l'occasion d'en mettre plein la vue au grand manitou. Qui sait ? Peut-être réussirait-il à obtenir un supplément d'effectifs ? En outre, D'Agosta avait l'intuition que c'était là une affaire à très hauts risques d'emmerdements. Alors, même si officiellement il était chargé de l'enquête, ça ne mangeait pas de pain de laisser Waxie se couvrir de quelques lauriers. *Plus on se met en avant au départ, plus on prend le risque de se faire écrabouiller à l'arrivée,* songea-t-il.

Waxie termina son récit, et Horlocker ménagea un silence, histoire de laisser un minimum de gravité emplir la pièce. Puis il se racla la gorge.

— Votre opinion, lieutenant ? demanda-t-il à D'Agosta.

— Eh bien, il est un peu tôt pour dire s'il y a un lien entre tous ces meurtres, mais ça mérite qu'on aille y voir de plus près, c'est sûr, et je dois dire que quelques hommes supplémentaires...

Le téléphone sonna. Horlocker décrocha et écouta quelques instants.

— Tout à l'heure, dit-il sèchement.

Il raccrocha et reporta son attention sur D'Agosta.

— Vous lisez le *Post* ? lui demanda-t-il.

— Ça m'arrive, répondit D'Agosta, le voyant venir.

— Et vous connaissez ce Smithback qui écrit toutes ces âneries ?

— Oui.

— C'est un de vos amis ?

D'Agosta fit attendre sa réponse.

— Pas exactement, dit-il.

— Pas exactement, répéta le chef de la police. Dans le livre qu'il a écrit sur la Bête du Musée, Smithback laissait entendre que vous étiez, vous me passerez l'expression, comme cul et chemise. À l'en croire, à vous deux, vous avez sauvé le monde en réglant ce petit problème qu'a connu le musée d'Histoire naturelle.

D'Agosta se tint coi. Son intervention salvatrice lors de l'inauguration désastreuse de l'exposition « Superstition » était de l'histoire ancienne, et personne dans la nouvelle administration ne semblait disposé à lui en attribuer le mérite.

— Eh bien, votre « inexactement » ami Smithback nous pompe l'air avec les coups de fil de barjes que sa proposition de récompense suscite et que nos hommes sont bien obligés d'explorer. Voilà ce à quoi sont occupés nos effectifs ! Vous êtes bien placé pour le savoir, non ?

L'air furax, le préfet changea de position sur son trône de cuir.

— Donc, vous pensez que ces meurtres de S.D.F. et l'affaire Wisher sont l'œuvre d'une seule et même personne ? reprit-il.

D'Agosta acquiesça.

— Bon. On n'aime pas trop que des S.D.F. se fassent assassiner ici, en plein New York. C'est un problème. Ça la fout mal. Mais quand ce sont des jeunes filles de la haute société, alors là on a un vrai problème. Vous me suivez ?

— Tout à fait, dit Waxie.

D'Agosta ne fit pas de commentaire.

— Comprenez-moi, reprit Horlocker, ces meurtres nous préoccupent et nous allons nous en occuper. Mais, voyez-vous, D'Agosta, des S.D.F., il en meurt tous les jours. Et de vous à moi il n'y en a que trop. D'un autre côté, j'ai toute une ville sur le dos et le maire tient personnellement à ce que l'affaire Wisher soit élucidée.

Il posa ses coudes sur le bureau et prit un air magnanime.

— Je me rends compte que nous allons avoir besoin de tout le soutien logistique possible sur ce coup. Alors, je maintiens le commissaire Waxie sur cette enquête.

Il se tourna vers lui.

— Je vous ai fait remplacer dans votre quartier le temps que tout ça soit fini.

— Bien, chef ! fit Waxie en bombant le torse.

En entendant cet échange, D'Agosta sentit quelque chose se briser en lui. Un M. Catastrophe dans le genre de Waxie était exactement ce dont il n'avait pas besoin. Lui qui avait espéré obtenir des effectifs supplémentaires, voilà qu'il en serait réduit à devoir surveiller Waxie à chaque pas ! Il avait intérêt à lui confier une tâche subalterne, où il ne risquerait pas de tout faire foirer. Mais cette situation — un commissaire de quartier affecté à une enquête conduite par un lieutenant de la brigade criminelle — créait un problème hiérarchique inédit. Quelles en seraient les retombées ?

— D'Agosta ! l'interpella le chef de la police.

— Oui ?

— Je vous ai posé une question. Quelles nouvelles du musée ?

— Ils ont fini d'analyser les restes de Pamela Wisher et ont rendu le corps à la famille.

— Et l'autre squelette ?

— Toujours pas identifié.

— Qu'en est-il des marques de morsures ?

— Il semblerait qu'ils ne soient pas tous d'accord sur leur origine.

Horlocker secoua la tête.

— Bon sang, D'Agosta, vous disiez que ces gens savaient de quoi ils parlaient. Ne me faites pas regretter d'avoir suivi votre conseil en faisant transférer ces squelettes au musée.

— Le médecin légiste en chef et l'un des pontes du musée travaillent dessus. Je les connais personnellement et je peux vous assurer qu'il n'y en a pas de meilleurs...

Horlocker soupira bruyamment et fit un geste de la main.

— Je me fous de leurs états de service ! Je veux des résultats. Avec Waxie sur l'affaire, les choses devraient bouger plus vite. Je veux des résultats d'ici à demain soir. Compris, D'Agosta ?

— Oui, chef.

— Parfait. Alors, allez-y.

Et, d'un geste de la main, il les congédia.

14.

Depuis dix ans que Smithback habitait New York, c'était la manifestation la plus curieuse à laquelle il assistait. La foule était hétéroclite en diable — grandes bourgeoises de Central Park South et de la Cinquième Avenue toutes de diamants vêtues, courtiers, commerçants, jeunes têtes brûlées avides de désobéissance civile, adolescents B.C.B.G. élèves d'écoles privées —, mais ce qui le surprenait le plus était le nombre des manifestants. Au moins deux mille personnes. En outre, il était évident que les organisateurs avaient des appuis politiques : la foule avait été autorisée à investir Grand Army Plaza un jour de semaine à l'heure de pointe. Derrière les cordons de policiers et les bataillons de caméras de télévision, des files d'automobilistes en colère s'étiraient à perte de vue.

Smithback savait que cette marche, qui rassemblait les gens les plus riches et les plus influents de New York, n'était prise à la légère ni par le maire, ni par le chef de la police, ni par aucun responsable politique de la ville. Ordinairement, ces gens-là ne descendaient jamais dans la rue pour protester contre quoi que ce soit. Or c'était justement ce qu'ils étaient en train de faire.

Mme Horace Wisher, sur une large estrade dressée à l'angle de Central Park South et de la Cinquième Avenue, parlait au micro d'une voix autoritaire diffusée par la puissante sono. Derrière elle, en toile de fond, était tendu un poster géant en couleur de la photographie désormais célèbre de Pamela enfant.

— Combien de temps ? Combien de temps allons-nous laisser notre ville agoniser ainsi ? Combien de temps allons-nous tolérer que nos filles, nos fils, nos frères, nos pères, nos mères soient sauvagement assassinés ? Combien de temps allons-nous vivre dans la peur dans nos maisons, dans nos quartiers ?

Elle laissa errer son regard sur l'assistance, à l'écoute du murmure d'assentiment qui s'élevait.

— Mes ancêtres sont arrivés à La Nouvelle-Amsterdam il y a trois cents ans, reprit-elle d'une voix plus posée. Nous sommes ici chez nous. Et nous nous y sommes toujours sentis bien. Quand j'étais petite, ma grand-mère me promenait souvent, le soir, dans Central Park. Nous rentrions de l'école à pied, toutes seules, après la tombée de la nuit. Nous ne prenions même pas la peine de fermer la porte de notre maison à clef... Pourquoi rien n'a-t-il été fait contre la délinquance, la drogue, la criminalité à mesure que ces fléaux prenaient de l'ampleur ? Combien de mères devront perdre leurs enfants avant que nous ne criions ASSEZ !

Mme Wisher s'écarta du micro le temps de se ressaisir. Une vague de colère parcourut la foule. Cette femme avait la simplicité et la prestance d'un orateur-né. Smithback, qui tenait son magnétophone à bout de bras, flairait un autre article à la une.

— Chers amis, reprit Mme Wisher avec toujours autant de fougue, le moment est venu de reconquérir notre ville. Pour nos enfants, pour nos petits-enfants. Et s'il faut pour cela exécuter les revendeurs de drogue, s'il faut investir 1 milliard de dollars dans la construction de nouvelles prisons, alors, faisons-le ! Nous sommes en guerre ! Si vous ne me croyez pas, regardez les statistiques. Ils tuent chaque jour davantage. Mille neuf cents meurtres à New York l'an dernier. Cinq par jour. Nous sommes en guerre, mes amis ; une guerre que nous sommes en train de perdre. Nous devons riposter par tous les moyens. Rue par rue, quartier par quartier, de Battery Park aux Cloîtres, de l'East End Avenue à Riverside Drive.

La rumeur de colère s'était amplifiée. Se retournant, Smithback remarqua une certaine agitation de l'autre côté des barrages de police : une limousine noire venait de s'arrêter. Un homme petit au crâne dégarni, en complet sombre, en descendit. C'était le maire, flanqué de plusieurs de ses conseillers. Smithback observait la scène, impatient de voir ce qui allait se passer. Le maire, surpris sans doute par l'ampleur de la manifestation, accourait pour ne pas rester hors du coup et manifester son intérêt pour la question.

— Voici notre maire ! cria Mme Wisher en le voyant fendre la foule en direction de l'estrade avec l'aide de plusieurs policiers. Il est là ! Il est venu nous parler !

La foule gronda.

— Mais il ne parlera pas ! poursuivit Mme Wisher. Ce ne sont pas des discours que nous voulons, monsieur le maire, mais des actes !

— Des actes ! Des actes ! scandait la foule, qui se mit à lancer des quolibets et à siffler.

Le maire monta sur l'estrade, souriant et saluant de la main. Smithback eut l'impression qu'il demandait à Mme Wisher de lui céder le micro. Elle recula.

— Non, monsieur le maire ! hurla-t-elle. Finis, les discours ! Nous en avons assez d'entendre des conneries !

À ces mots, elle tira d'un coup sec sur le fil du micro pour le débrancher et descendit de l'estrade, laissant le maire seul au-dessus de la foule, un sourire factice aux lèvres, tenu dans l'incapacité de couvrir les huées.

Ce fut surtout le dernier mot lancé par Mme Wisher qui encouragea les manifestants à exprimer leur rage. La clameur enfla et la foule tangua dangereusement vers le podium. Plusieurs bouteilles vides volèrent ; l'une d'elles se brisa à moins d'un mètre du maire. Les plus jeunes manifestants avançaient au coude à coude en direction de l'estrade en lançant invectives et insultes à son adresse. « Enfoiré ! Pédale ! Gaucho de mes deux ! » D'autres détritus furent projetés. Les conseillers municipaux, se rendant compte que la partie était perdue, aidèrent le maire à regagner au plus vite sa limousine.

Ah, songea Smithback, *intéressant de voir que la fibre révolutionnaire touche toutes les classes sociales.* Il avait rarement entendu de discours démagogique aussi bref et percutant que celui de Mme Wisher. Tandis que la tension retombait progressivement et que la foule commençait à se disperser, le journaliste se fraya un chemin jusqu'au parc. Il s'assit sur un banc pour noter ses impressions sur le vif puis consulta sa montre. Cinq heures et demie. Il se leva et traversa le parc vers le nord. Autant être bien placé, au cas où.

15.

Margo faisait son jogging tout en écoutant les informations sur son Walkman. Elle tourna au coin de la 65ᵉ Rue et s'arrêta net, surprise de voir, adossé aux grilles de son immeuble, un grand échalas qui ne lui était pas inconnu.

— Oh, fit-elle, haletante et coupant le son d'un geste vif. C'est toi.

Smithback sursauta et prit un air faussement incrédule.

— Qu'ouïs-je ? se récria-t-il. Ainsi donc, il est vrai que la morsure d'une ingrate est bien plus venimeuse que celle du serpent. En dépit de tout ce qu'on a vécu tous les deux, de l'immense vivier de souvenirs qu'on a en commun, je ne mériterais qu'un simple « Oh, c'est toi » ?

— Ce « vivier de souvenirs », comme tu dis, je fais de mon mieux pour l'oublier, figure-toi, rétorqua Margo.

Elle se pencha et se massa les mollets.

— En plus, poursuivit-elle, chaque fois que tu me tombes dessus, c'est pour ne me parler que d'un seul sujet : « Ma carrière, Ma vie, Mon œuvre. »

— Une entière réussite ! Bon, faisons comme si j'étais venu faire amende honorable, Fleur de lotus. Permets-moi de t'offrir un verre. C'est que...

Il la jaugea d'un air appréciateur.

— ... tu es au top de ta forme, en ce moment. Tu comptes te présenter au concours de Miss Univers ?

— Je n'ai pas le temps, répliqua Margo en se redressant.

Il la retint par le bras au moment où elle allait s'éloigner vers la porte.

— Au bar de l'hôtel des Artistes, dit-il, charmeur.

90

— Bon, concéda Margo tout en libérant son bras avec un petit sourire. Je ne suis pas une fille facile, mais je ne suis pas de bois non plus. Accorde-moi le temps de prendre une douche et de me changer.

Un peu plus tard, ils pénétraient dans le hall du vénérable hôtel des Artistes. Smithback salua le réceptionniste d'un signe de tête et ils gagnèrent la salle du bar.

— Appétissant, dit Margo en lorgnant les plateaux de quiches.

— Hé, j'ai dit que je t'offrais un verre, pas un repas gastronomique !

Smithback choisit de s'asseoir juste sous le tableau de Howard Chandler Christie représentant des femmes nues folâtrant dans un jardin.

— Je crois que la rousse en pince pour moi, dit-il avec un clin d'œil.

Un vieux garçon de salle, en uniforme noir et blanc, la mine chiffonnée et un sourire perpétuel aux lèvres, vint prendre la commande.

— J'aime cet endroit, dit Smithback comme il s'éloignait à petits pas. Tout le monde est très sympa. Je déteste les bars où on vous traite comme si vous étiez le dernier des derniers.

Il regarda Margo d'un air interrogateur.

— Alors ? Heure du quiz. Est-ce que tu as lu tous mes papiers depuis la dernière fois qu'on s'est vus ?

— Désolée, mais je ne parlerai qu'en présence de mon avocat, rétorqua Margo. Je précise toutefois que j'ai lu ceux sur Pamela Wisher. J'ai trouvé que le deuxième était particulièrement réussi. J'ai bien aimé ta façon de l'évoquer en tant qu'être humain, et pas seulement pour faire un scoop. Surtout que ça ne doit pas être facile, pour toi...

— Ah, je te retrouve !

Le vieux serveur leur apporta leurs boissons, une coupelle d'avelines, et repartit.

— Je reviens de la manif, dit Smithback. Cette Mme Wisher est une femme redoutable.

— Je viens d'entendre ça sur NPR. Incroyable ! Je me demande si elle se rend compte de ce qu'elle a déclenché.

— C'était presque effrayant sur la fin. Les riches et les influents viennent de découvrir la puissance de la *vulgus mobile*.

Margo rit tout en restant sur ses gardes. Il fallait toujours se méfier avec Smithback : il pouvait très bien avoir un magnétophone en marche dans une de ses poches.

— C'est curieux, dit-il.

— Quoi ?

— Le peu qu'il faut — quelques verres, ou peut-être le stimulus de la foule — pour que la bourgeoisie laisse tomber son vernis social et donne libre cours à sa violence.

— Si tu faisais un peu d'anthropologie, tu n'en serais pas aussi surpris. Et puis... d'après ce que j'ai entendu, il n'y avait pas que le gratin, à cette manif, contrairement à ce que certains journalistes voudraient nous faire croire.

Elle but et s'adossa à sa chaise.

— Bon, dit-elle, je suppose que tu ne m'as pas invitée à prendre un verre juste par amitié. Ce serait bien la première fois que tu dépenserais de l'argent sans arrière-pensée.

Smithback reposa son verre, l'air sincèrement blessé.

— Tu m'étonnes vraiment. Ça ne ressemble pas à la Margo que je connaissais. On ne se voit plus, ces derniers temps, et, quand on se croise, tu me sors ce genre de piques. Et regarde-toi : les muscles d'une gazelle. Où est passée la Margo discrète, la Margo aux épaules rondes, la Margo que j'aimais ? Bref, qu'est-ce qui t'est arrivé ?

Margo se garda de répondre. Dieu seul savait ce que penserait Smithback si elle lui disait qu'elle se baladait avec un revolver dans son sac. *Ce qu'il m'est arrivé ?* songea-t-elle. Oh, elle connaissait la réponse à cette question. Et il était vrai qu'elle n'avait cherché à revoir ni Smithback, ni le docteur Frock, ni Kawatika, ni l'agent du F.B.I., Pendergast, ni aucun de ceux qu'elle avait connus à son arrivée au musée, pour les mêmes raisons. Les cauchemars qui troublaient ses nuits lui suffisaient : elle ne tenait pas à les alimenter.

L'expression chagrine de Smithback se dissipa, et il lui sourit.

— Oh, à quoi bon dissimuler, dit-il d'un ton badin. Tu me connais trop bien. Mon invitation n'est pas désintéressée, c'est vrai. Je sais pourquoi tu fais des heures sup au musée.

Margo se raidit puis se ressaisit très vite. Smithback était très malin pour aller à la pêche aux infos en prêchant le faux pour savoir le vrai.

— Je me disais aussi ! Alors, je t'écoute : pourquoi est-ce que je fais des heures sup et comment l'as-tu découvert ?

— J'ai mes sources, répondit Smithback en haussant les épaules. Si quelqu'un est bien placé pour le savoir, c'est toi. Je suis allé papoter avec un vieux pote du musée et j'ai appris que le cadavre de Pamela Wisher et celui de son petit camarade non identifié ont été transférés au musée jeudi dernier et que Frock et toi participiez à l'autopsie.

Margo garda le silence.

— Ne t'en fais pas, lui dit Smithback. C'est *off the record*, bien entendu.

— J'ai terminé mon verre, coupa Margo en se levant. Au revoir.

— Attends ! fit Smithback en la retenant par le poignet. Il y a une chose que je ne sais pas. Est-ce que la raison pour laquelle on a fait appel à toi a un rapport avec les traces de morsures relevées sur les os ?

Margo fit volte-face.

— Comment es-tu au courant ? s'écria-t-elle.

Smithback la regarda avec un air de triomphe, et Margo comprit, mais trop tard, qu'il avait bluffé. Elle se rassit.

— Tu es un salopard de première, tu sais ça ?

— Oh, simple extrapolation de ma part. Je sais que les cadavres ont été transférés au musée, et, si tu as lu mon interview de Méphisto, tu es au courant de ce qu'il a dit au sujet de cannibales qui vivraient dans les sous-sols de Manhattan.

— Tu ne peux pas publier ça, Bill.

— Ah non, et pourquoi ? Personne ne saura que j'ai eu le tuyau par toi.

— Ce n'est pas ce qui m'inquiète, rétorqua-t-elle. Vois un peu plus loin que le bout de ton prochain article, pour une fois. Tu imagines les conséquences d'un tel papier pour la ville ? Et pour ta nouvelle amie, Mme Wisher ? Elle n'est pas au courant. Que crois-tu qu'elle dira en apprenant que sa fille a non seulement été tuée et décapitée, mais en plus dévorée en partie ?

Un instant, Smithback eut l'air peiné.

— Je sais bien, dit-il. Mais l'info passe avant tout, Margo.

— Reporte-la d'un jour.

— Pourquoi ?

Margo hésita.

— Il faut bien que tu me donnes une raison, Fleur de lotus, la pressa Smithback.

— Bon, fit Margo en soupirant. Très bien. Apparemment, les corps sont restés dans les égouts un long moment. Il est probable qu'un chien errant en aura fait son dîner.

Smithback fit triste mine.

— Aucun rapport avec des cannibales ?

Margo secoua la tête.

— Navrée de te décevoir, dit-elle. On aura demain les résultats du labo. Alors, tu auras l'exclusivité, je te le promets. On a une réunion prévue demain après-midi au musée. J'en parlerai moi-même à Frock et à D'Agosta.

— Mais quelle différence ? À un jour près ?

— Je viens de te le dire. Si tu sors cette histoire tout de suite, tu vas provoquer une panique générale. Tu as vu dans quel état étaient les manifestants, aujourd'hui ? Que va-t-il se passer s'ils croient qu'une espèce de monstre ou un mystérieux cannibale hante la ville ? Là-dessus, le lendemain, on annonce qu'il s'agit de morsures de chien. Tu auras l'air fin. Tu as déjà mis la pression sur la police avec ton idée de récompense. Si, en plus, tu sèmes la panique pour de fausses raisons, on te mettra dans le premier train avec interdiction de revenir. Patiente encore un jour, Bill, et tu l'auras, ton scoop.

Smithback réfléchissait.

— Très bien, finit-il par dire de mauvaise grâce. Mon instinct me crie que je suis fou, mais je t'accorde une journée de plus. Mais c'est *moi* qui ai l'exclu, n'oublie pas. Aucun tuyau à personne d'autre.

— Tu peux compter sur moi.

Ils se turent pendant un moment, puis Margo poussa un profond soupir.

— Tout à l'heure, tu me demandais ce qui m'était arrivé, finit-elle par dire. Je ne sais pas trop. Je suppose que ces meurtres ravivent mes mauvais souvenirs...

— Tu penses à la Bête du Musée ? la questionna Smithback en s'attaquant à la coupelle d'avelines. Ç'a été dur.

— C'est le moins qu'on puisse dire. Je... je voulais tirer un trait sur tout ça. Je faisais des cauchemars, je me réveillais en nage toutes les nuits. Quand je suis allée à l'université Columbia, ça s'est un peu arrangé. Et puis je suis revenue au musée, et tout a recommencé...

Elle se tut, songeuse, puis demanda, tout à trac :

— Bill, tu sais ce qu'est devenu Gregory Kawakita ?

— Greg ? fit Smithback, qui retourna le bol vide comme s'il s'attendait à trouver d'autres avelines en dessous. Je ne l'ai plus revu depuis qu'il a quitté le musée pour un congé sabbatique. Pourquoi ? Vous... ne sortiez pas ensemble, si ?

— Oh non ! On était plutôt en compétition pour entrer dans les bonnes grâces de Frock. C'est juste qu'il m'a laissé un message il y a quelques mois, et je n'ai pas donné suite. J'ai eu l'impression qu'il n'allait pas bien. Enfin, bref, comme je m'en voulais de ne pas l'avoir rappelé, j'ai cherché son numéro dans l'annuaire de Manhattan. Il n'y figure pas. Je me demandais s'il avait déménagé ; peut-être qu'il a trouvé du travail ailleurs.

— Mystère et boule de gomme. Mais Greg m'a toujours paru le genre de type à retomber sur ses pieds. Je te parie qu'il bosse au noir dans un groupe de réflexion pour 300 000 dollars par an.

Il consulta sa montre.

— Il faut que je remette mon papier sur la manif de ce matin à neuf heures, dit-il. Ce qui nous laisse le temps de prendre un autre verre.

Margo le considéra d'un air faussement ébahi.

— Bill Smithback offre une deuxième tournée ! s'exclama-t-elle. Comment refuser ? Ça, c'est un vrai scoop !

16.

Nick Bitterman gravit l'escalier de pierre. Arrivé sur le parapet, il s'arrêta pour attendre Tanya. Au pied du château du Belvédère, Central Park s'étendait sous le soleil couchant. Nick sentait la fraîcheur glacée de la bouteille de Dom Pérignon à travers le sac en papier qu'il tenait sous son bras — sensation agréable dans la chaleur du soir. Les coupes tintaient dans la poche de sa veste. Instinctivement, il chercha l'écrin qui contenait la bague : un diamant d'un carat serti par Tiffany sur une monture en platine qu'il avait payé 4 000 dollars dans la 47e Rue. Une bonne affaire. Tanya montait vers lui, souriante et essoufflée. Elle était au courant pour le champagne, mais pas pour la bague.

Nick se rappela la scène d'un film dans laquelle un couple trinquait au champagne sur le pont de Brooklyn puis jetait les coupes dans le fleuve. C'était pas mal, mais eux allaient faire mieux. Aucune vue sur Manhattan n'était plus spectaculaire que celle qu'on avait des remparts du château du Belvédère au coucher du soleil. Le seul truc, c'était de sortir du parc avant la tombée de la nuit.

Il aida Tanya à gravir les dernières marches, et, main dans la main, ils s'approchèrent du bord du parapet.

Nick sortit la bouteille de champagne du sac en papier kraft et commença à dévisser maladroitement le bouchon qui jaillit avec un « bang » sonore. Quelques secondes plus tard, ils entendirent son plouf dans l'étang.

— Bravo ! cria Tanya.

Nick remplit les deux coupes et lui en tendit une.

— À nous !

Ils trinquèrent. Nick but sa coupe d'un trait tandis que Tanya n'en prenait qu'une petite gorgée.

— Bois d'un seul coup ! l'encouragea-t-il.

Elle termina sa coupe en fronçant le nez.

— Ça pique, dit-elle en riant.

Nick remplit les coupes et vida de nouveau la sienne.

— Avis à la population de Manhattan ! cria-t-il du haut des remparts. C'est Nick Bitterman qui vous parle ! Je décrète que le 7 août sera le jour de Tanya Schmidt à dater d'aujour-d'hui et jusqu'à la fin des temps !

Tanya rit de bon cœur tandis que Nick, faisant déborder le champagne dans les coupes, terminait la bouteille. Ils burent, et Nick enlaça sa compagne.

— L'usage veut qu'on les jette, dit-il avec sérieux.

Ils lancèrent les verres dans les airs et se penchèrent par-dessus le parapet pour les regarder tomber dans l'étang. Nick remarqua alors que les adeptes de bronzing, les fous de rol-ler-skate et les aficionados des transats de location étaient tous partis. Les alentours étaient déserts. Il était temps qu'il sorte le grand jeu. Il plongea la main dans sa poche, en sortit le petit écrin cubique et le lui tendit. Elle l'ouvrit et il recula d'un pas pour mieux observer sa réaction.

— Oh, Nick, mon Dieu ! s'écria-t-elle. Mais elle a dû te coûter une fortune !

— Tu vaux une fortune, lui répondit-il.

Il sourit avec orgueil tandis qu'elle passait la bague à son doigt, puis il l'attira contre lui et lui donna un rapide baiser sur la bouche.

— Tu sais ce que ça signifie ? lui demanda-t-il.

Elle leva vers lui des yeux brillants. Derrière elle, l'obscu-rité mangeait les arbres.

— Alors ? insista-t-il.

Elle l'embrassa et lui glissa quelques mots à l'oreille.

— Jusqu'à ce que la mort nous sépare, *baby,* murmura-t-il.

Ils s'embrassèrent encore, plus passionnément cette fois, et il posa une main sur sa poitrine.

— Nick ! s'écria-t-elle en riant, repoussant sa main.

— Il n'y a personne, dit-il, posant son autre main sur ses fesses et l'embrassant goulûment.

— Toute la ville nous regarde, dit-elle.

— Grand bien lui fasse !

Il glissa une main sous son chemisier et lui titilla le bout du sein. La nuit se refermait sur eux.

— Allons chez moi, lui chuchota-t-il à l'oreille.

Elle lui sourit puis s'écarta de lui et s'éloigna vers l'escalier.

— Attends, dit-il. Il faut que j'aille au petit coin.

Elle se détourna pendant qu'il se dirigeait vers la tour. Il se souvenait qu'il y avait des toilettes de l'autre côté. Le silence régnait à l'ombre ; les bruits de la circulation étaient étouffés et lointains. Il repéra les toilettes, y entra et se débraguetta tout en se dirigeant vers les urinoirs au carrelage fêlé. Il s'appuya contre la faïence fraîche et ferma les yeux.

Un léger bruit vint briser sa rêverie champagnisée et lui fit rouvrir les yeux, sur le qui-vive. *Non,* se dit-il. *Ce n'est rien.* Il rit. Cette paranoïa à fleur de peau était vraiment l'apanage de tous les New-Yorkais, fussent-ils les plus blasés.

Le bruit se fit entendre à nouveau, plus fort, cette fois. Nick fit volte-face, surpris et apeuré, le sexe à l'air.

Tanya attendait sur le parapet. La brise du soir se faisait plus mordante sur son visage. Elle sentait le poids de la bague de fiançailles à son doigt. Nick prenait bien du temps. La nuit était tombée sur le parc ; la Grande Pelouse était déserte ; les lumières vives de la Cinquième Avenue clignotaient à la surface de l'étang.

Perdant patience, Tanya se dirigea vers la tour, qu'elle contourna. La porte des toilettes pour hommes était fermée. Elle frappa, timidement d'abord, puis plus fort.

— Nick ? Nick ? Tu es là ?

Aucun bruit à part le souffle du vent dans les arbres — un vent porteur d'une odeur étrangement âcre qui n'était pas sans lui rappeler celle, désagréable, de la féta.

— Nick ? Arrête de déconner !

Elle poussa la porte et entra.

Le silence se prolongea encore quelques instants au château du Belvédère, puis des cris de plus en plus perçants s'élevèrent, brisant la douceur estivale de la nuit.

17.

Smithback s'assit au comptoir de sa sandwicherie grecque préférée et, d'un signe de tête, invita le cuisinier à lui servir son petit déjeuner habituel : deux œufs pochés et double portion de hachis Parmentier. Il but une gorgée de café, soupira d'aise et posa ses journaux devant lui. Il prit d'abord le *Post*, cillant légèrement en voyant à la une l'article de Hank McCloskey sur le meurtre du château du Belvédère. Son papier sur la manifestation de Grand Army Plaza était relégué en page 4. Logiquement, vu les infos qu'il avait sur la mise à contribution du musée et les marques de morsures, c'était le sien qui aurait dû être à la une. Mais bon, il avait donné sa parole à Margo. Demain serait un autre jour. En outre, peut-être sa patience allait-elle lui valoir d'autres scoops.

Il s'attaqua au hachis avec appétit, mettant le *Post* de côté au profit du *New York Times*. Il parcourut les gros titres — euphémiques et distancés à souhait — d'un œil ironique, puis son regard s'arrêta sur un des gros titres : LA BÊTE DU MUSÉE, LE RETOUR ?, de notre envoyé spécial Bryce Harriman.

Smithback poursuivit sa lecture, le hachis se transformant en pâte à papier dans sa bouche.

8 août — Les chercheurs du musée d'Histoire naturelle de New York examinent toujours les cadavres décapités de Pamela Wisher et d'un squelette non identifié. Ils n'ont pas encore déterminé si les marques de morsures visibles sur les os sont l'œuvre post-mortem de charognards ou si elles sont liées à la cause du décès.

L'assassinat et la décapitation de Nicholas Bitterman, hier soir, au château du Belvédère, dans Central Park, augmente la pression sur l'équipe médico-légale et la pousse à répondre à ces questions au plus vite. Depuis quelques mois, plusieurs décès parmi les S.D.F. obéissent au même scénario. On ignore encore si les restes de ces personnes seront transférés au musée pour analyses.

La dépouille de Pamela Wisher a été rendue à sa famille et ses obsèques auront lieu cet après-midi même, à 15 heures, au cimetière de la Sainte-Croix, à Bronxville.

Rien n'a filtré du résultat des autopsies pratiquées au musée. Un témoin anonyme déclare : « Ils ne veulent pas provoquer de panique générale, mais tout le monde n'a qu'un nom en tête : le Mbwun. »

Le Mbwun — nom sous lequel les scientifiques désignent la Bête du Musée — était une créature monstrueuse ramenée involontairement d'une expédition en forêt amazonienne. En avril de l'année dernière, la présence de cette créature dans les sous-sols du musée avait été détectée suite à l'assassinat de plusieurs visiteurs et gardiens. Le monstre s'était également attaqué à la foule d'invités lors de l'inauguration de l'exposition « Superstition », provoquant une panique générale et détériorant le système d'alarme du musée. Le bilan avait été très lourd : quarante-six morts et près de trois cents blessés — un des plus grands désastres qu'ait connus New York ces dernières années.

Le nom de Mbwun avait été donné à cette créature par les Indiens kothoga, tribu aujourd'hui éteinte qui vivait dans le même habitat que l'animal, sur le cours supérieur de la rivière Xingú, dans le bassin amazonien. Depuis déjà plusieurs décennies, anthropologues et récolteurs de caoutchouc entendaient parler d'un mystérieux animal, une espèce d'énorme reptile, qui vivait aux abords de la rivière Xingú. En 1987, un anthropologue du musée d'Histoire naturelle, Julian Whittlesey, a monté une expédition à destination de cette région de l'Amazonie dans le but de rassembler de plus amples informations sur cette tribu d'Indiens et cette créature. Whittlesey a disparu dans la forêt ombrophile et les autres membres de cette malheureuse expédition ont trouvé la mort dans un accident d'avion alors qu'ils rentraient aux États-Unis.

Plusieurs caisses contenant des reliques de cette tribu indienne arrivèrent jusqu'à New York. Ces objets étaient empaquetés dans des fibres végétales qui constituaient la base de l'alimentation du Mbwun. Si la façon dont cette créature est arrivée au musée demeure mystérieuse, les conservateurs supposent qu'elle a dû être enfermée par inadvertance dans un conteneur avec les collections de l'expédition. La créature a survécu dans les sous-sols du musée jusqu'au moment

100

où, à court de nourriture, elle a commencé à s'attaquer aux gardiens et aux visiteurs.

L'animal a finalement été abattu et son cadavre a été retiré par les autorités et incinéré avant que des analyses taxinomiques aient pu être effectuées. Même si de nombreux mystères demeurent concernant cette créature, il a été établi qu'elle vivait sur un plateau isolé d'Amazonie qu'on appelle tepui. *De récentes extractions hydrauliques d'or sur les rives supérieures du Xingú ont sérieusement endommagé cette zone et sans doute provoqué l'extinction de l'espèce. Le professeur Whitney Cadwalader Frock, du département d'anthropologie du musée et auteur de l'ouvrage* L'Évolution fractale, *pense que cette créature est le résultat d'une aberration de l'évolution produite par l'isolement de son habitat en forêt tropicale.*

Notre témoin anonyme laisse entendre que les meurtres récents pourraient bien être l'œuvre d'un autre Mbwun, peut-être le mâle ou la femelle du premier. Ce qui, semble-t-il, est aussi le souci de la police new-yorkaise qui aurait demandé au laboratoire du musée de déterminer si les traces de morsures visibles sur les squelettes étaient celles d'un chien sauvage ou d'un animal bien plus puissant — un Mbwun, par exemple...

Smithback, la main tremblante de rage, repoussa son assiette ; il n'avait même pas entamés ses œufs. Il ne savait pas ce qui était le pire : se faire voler le scoop par ce connard de Harriman ou savoir que lui-même avait eu toute l'histoire et s'était laissé bêtement convaincre de ne pas la publier tout de suite.

Plus jamais, se jura-t-il. Plus jamais.

Au quatorzième étage du commissariat central, D'Agosta reposa le même journal en poussant un juron étouffé. Les conseillers en communication des services de police de l'État de New York allaient avoir du pain sur la planche pour éviter la panique générale. Celle ou celui qui avait vendu la mèche allait finir sur le tournebroche. Cette fois, du moins, ce n'était pas l'autre empêcheur de tourner en rond, son copain Smithback.

Il appela Horlocker. Avec lui, il valait mieux prendre les devants. Il tomba sur la boîte vocale de la secrétaire.

D'Agosta reprit le journal pour le reposer aussi sec, agacé. Waxie allait débouler d'une minute à l'autre en vociférant, nul doute, contre le meurtre du château et le délai imposé par Horlocker. Il ferma les yeux mais les rouvrit bien vite devant la sensation d'épuisement qui l'envahit. Il n'avait dormi que deux heures, harassé par la nuit passée à arpenter le château du Belvédère en quête d'indices.

Il plongea la main dans la poche de son manteau et en sortit un cigare. Au diable Horlocker. On verrait bien ce qui allait arriver.

Il alluma son cigare et s'approcha d'une grande carte de Manhattan ouest piquée d'épingles blanches et rouges. Les épingles blanches indiquaient les disparitions ayant eu lieu ces six derniers mois et les rouges, les meurtres qui correspondaient au mode opératoire du suspect. D'Agosta prit une épingle rouge dans un sachet en plastique, repéra le Réservoir de Central Park sur la carte et enfonça délicatement l'épingle à son extrémité sud. Il recula d'un pas et contempla l'arrangement bicolore.

Les épingles blanches étaient dix fois plus nombreuses que les rouges. Bien sûr, les gens disparaissent pour des tas de raisons à New York, mais, ces derniers mois, leur nombre avait triplé — et beaucoup s'étaient évaporés aux alentours de Central Park. D'Agosta scruta la carte. Son instinct lui disait que la répartition géographique obéissait à une certaine logique. Mais laquelle ?

— On rêve éveillé, lieutenant ? dit une voix mélodieuse et familière dans son dos.

D'Agosta sursauta et se retourna vers Hayward, désormais officiellement sur l'affaire avec Waxie.

— Jamais vous frappez ? fit-il sèchement.

— Si, mais vous vouliez tout ça le plus vite possible, alors ! répondit Hayward en brandissant une pile de listings.

D'Agosta les lui prit des mains : encore des S.D.F. assassinés ces six derniers mois, la plupart dans la juridiction de Waxie, à savoir Central Park/West Side.

— Bon sang de bonsoir, marmonna D'Agosta en secouant la tête. Bon, autant les faire figurer sur la carte, ceux-là aussi.

Il se lança dans l'énumération des lieux des crimes tandis que Hayward fichait des épingles rouges sur la carte, puis il s'interrompit, contemplant la riche chevelure brune de la jeune femme, son teint diaphane. Il s'était bien gardé de le lui dire, bien sûr, mais, au fond, il était ravi qu'elle l'assiste sur cette enquête. Son assurance inébranlable lui faisait l'effet d'un havre de paix au beau milieu de la tempête. Et il devait avouer qu'elle n'était pas désagréable à regarder...

Un bruit de pas précipités et des cris retentirent dans le hall. Quelque chose de lourd se fracassa avec un bruit du tonnerre. Intrigué, D'Agosta fit signe à Hayward d'aller voir ce qui se passait. Il entendit une voix geignarde et haut perchée crier son nom. Il passa la tête dans le couloir. Un individu incroyablement crasseux se trouvait dans le bureau des homicides, aux prises avec deux policiers qui essayaient de le maîtriser.

— J' veux voir le lieutenant ! s'égosillait l'homme. J'ai des informations pour lui !

D'Agosta battit en retraite dans son bureau et se replongea dans son étude de la carte. Le concert à plusieurs voix se poursuivit — celle du clochard, haut perchée, nasillarde — ponctué par les interventions de plus en plus irritées de Hayward. Le type refusait de vider les lieux.

Soudain, le clochard entra dans son bureau comme une tornade, Hayward dans son sillage. Il alla se blottir dans un angle de la pièce en se servant de son sac poubelle comme d'un bouclier.

— Faut que vous m'écoutiez, lieutenant ! cria-t-il.

— Quel saligaud ! maugréa Hayward en s'essuyant les mains sur les cuisses. C'est le cas de le dire !

— Vous approchez pas ! hurla le clochard d'une voix suraiguë.

— C'est bon, sergent, dit D'Agosta en poussant un soupir las.

Il se tourna vers l'homme.

— Bon, allez-y, je vous accorde cinq minutes. Mais foutez-moi ça dehors.

Il désignait le sac poubelle qui dégageait une odeur de pourri.

— On va me le voler, protesta l'autre.

— Vous êtes dans un commissariat, ici, fit D'Agosta. Personne ne vous les volera, vos merdes !

— C'est pas des merdes, répliqua l'homme, tendant néanmoins le sac graisseux et puant à Hayward, qui s'empressa de le jeter dans le couloir.

Soudain, le comportement du clochard changea du tout au tout. Il s'avança résolument jusqu'à une chaise, s'assit et croisa les jambes. Son odeur rappelait vaguement à D'Agosta celle du tunnel du métro.

— Mais je vous en prie, mettez-vous à l'aise, dit D'Agosta en plaçant stratégiquement son cigare devant son nez. Il ne vous reste plus que quatre minutes.

— Pour tout te dire, Vincent, je suis aussi à l'aise que mon état me le permet.

D'Agosta reposa lentement le cigare sur le bureau, ébahi.

— Je constate avec regret que tu fumes toujours, poursuivit le type, mais je vois que ton goût a évolué en matière de cigares. Tabac de république Dominicaine, si je ne m'abuse, avec robe Connecticut Shade. Quitte à fumer, ce cigare est une nette amélioration par rapport au foin dont tu avais tendance à abuser.

D'Agosta demeurait sans voix. Il connaissait cette voix, il connaissait ce mélodieux accent du Sud. Il ne pouvait l'associer au clochard crasseux assis devant lui.

— Pen...dergast ? dit-il dans un souffle.

Le clochard acquiesça.

— Mais qu'est-ce que... ?

— Tu me pardonneras cette arrivée pour le moins spectaculaire, dit Pendergast, mais je voulais tester l'efficacité de mon déguisement.

— Oh !

Hayward regarda D'Agosta. C'était la première fois qu'il la voyait prise de court.

— Lieutenant... ? commença-t-elle.

— Sergent, je vous présente...

D'Agosta désigna le personnage dépenaillé.

— ... l'agent Pendergast, du F.B.I.

Le regard de Hayward passa de D'Agosta au clochard.

— J'y crois pas, rétorqua-t-elle tout net.

Pendergast rit de bon cœur.

— Enchanté de faire votre connaissance, sergent, dit-il. Je vous serrerais la main avec joie, mais...

— Pas de problème, se hâta de dire Hayward sans se départir de son air soupçonneux.

Soudain, D'Agosta s'avança et écrasa la main fine et sale du visiteur dans la sienne.

— Bon sang, Pendergast, ça fait plaisir de te revoir ! Je me demandais ce que tu étais devenu. On m'a dit que tu avais refusé la direction du bureau de New York, mais on ne s'est pas vus depuis...

— Depuis les meurtres du musée, acheva Pendergast. J'ai vu que la presse en faisait de nouveau ses choux gras.

D'Agosta acquiesça, la mine sombre, et se rassit.

— Gros problème que tu as sur les bras, Vincent, dit Pendergast en regardant la carte. Une série de meurtres sanguinaires en surface et en sous-sol, l'inquiétude qui se propage parmi le gratin de la ville, et maintenant la rumeur du retour du Mbwun.

— Tu n'as pas idée, Pendergast.

— Excuse-moi de te contredire, mais justement, si, j'ai idée. En fait, si je suis venu te voir, c'est pour te proposer mon aide.

Le visage de D'Agosta s'éclaira tout d'abord puis se figea.

— À titre officiel ? demanda-t-il.

— Semi-officiel, répondit Pendergast avec un sourire. C'est le mieux que je puisse faire, je le crains. Disons que j'ai l'autorisation d'aider la police de New York sur cette affaire. Bien entendu, nous devons maintenir ce que nous désignons par le néologisme de « déniabilité ». Pour l'instant, il n'existe aucune preuve qu'un crime fédéral ait été commis. En clair, mon problème, c'est que je ne peux me désintéresser d'une affaire... intéressante. Une sale manie, mais j'avoue que j'ai du mal à m'en défaire.

D'Agosta le regardait, perplexe.

— Mais comment se fait-il que je ne t'aie plus revu depuis bientôt deux ans ? New York offre pas mal d'affaires « intéressantes », pourtant.

— Pas pour moi, rétorqua Pendergast.

— Voilà la première bonne nouvelle que nous ayons sur cette affaire, dit D'Agosta à Hayward en montrant Pendergast.

— Oh, tu me flattes, Vincent, fit ce dernier.

Son regard, d'un bleu d'autant plus étincelant que son visage était noir de crasse, passa de l'un à l'autre.

— Allons, reprit-il, au travail. Étant donné que mon apparence est convaincante, si j'en juge par votre réaction, je compte la tester en sous-sol le plus tôt possible. Si vous me briefez sur les derniers éléments, évidemment.

— Donc, vous pensez vous aussi que le meurtre de Wisher et ceux des S.D.F. sont liés ? demanda Hayward.

— Absolument, sergent... euh... Hayward, c'est ça ? Oh, mais vous ne seriez pas Laura Hayward, par hasard ?

— Et alors ? rétorqua-t-elle, sur ses gardes.

— Je suis ravi de vous rencontrer, sergent. Permettez-moi de vous féliciter pour votre article paru dans *Parasociologie*. Un éclairage très révélateur sur la hiérarchie parmi les S.D.F. vivant dans les soubassements de nos villes.

Hayward piqua un fard et détourna les yeux. C'était bien la première fois que D'Agosta la voyait mal à l'aise.

— Sergent ?

— Je prépare une thèse à l'université de New York, expliqua-t-elle en regardant D'Agosta comme si elle le mettait au défi d'y trouver à redire.

— Mais c'est formidable, s'exclama-t-il, surpris par sa manière d'être toujours sur la défensive. *Pourquoi ne me l'a-t-elle pas dit ? Elle me prend pour un imbécile ?*

— Bon, revenons à nos moutons, dit Pendergast. J'ai besoin de voir les rapports et les résultats d'analyses concernant les lieux des crimes. Plus nous en saurons sur ces sociétés souterraines, plus tôt nous le — ou les — trouverons. Il n'y a pas viol, exact ?

— Exact.

— Peut-être a-t-on affaire à un fétichiste qui cultive le souvenir. Il faudra s'intéresser à tous les tueurs en série ou assassins types qui sont fichés. Et aussi voir par l'informatique le moyen de déterminer s'il y a des points communs, aussi ténus soient-ils, entre les victimes, et même entre les personnes portées disparues.

— Je m'en occupe, dit Hayward.

— Parfait, dit Pendergast en se levant. Bon, si je pouvais jeter un œil sur le dossier...

— Oh, reste assis, je t'en prie, dit D'Agosta en plissant les narines. Si tu veux mon avis, ton déguisement est *trop* convaincant.

— Oh, bien sûr, répondit Pendergast d'un ton léger en se rasseyant. Convaincant à l'excès. Sergent Hayward, si vous vouliez bien me lancer ces documents...

18.

En prenant place dans le Linnaeus Hall, situé au cœur de la partie la plus ancienne du musée d'Histoire naturelle, Margo apprécia l'élégance de cette vaste salle construite en 1882. Les voûtes s'élevaient vers le ciel au-dessus de lambris de chêne foncé ; la coupole était ceinte d'une frise sculptée déroulant l'évolution dans toute sa splendeur : d'animalcules joliment travaillés à la grande figure de l'Homme.

Elle contempla l'Homme représenté en redingote et haut-de-forme, canne à la main. C'était un très bel hommage à la théorie darwinienne : longue série de transformations du plus simple au plus complexe dont l'Homme était le couronnement suprême. Ce n'était plus la conception moderne. L'évolution s'était révélée être une affaire de hasard, d'accidents, parsemée de culs-de-sac et de bifurcations inattendues. Le docteur Frock avait beaucoup contribué à cette nouvelle approche avec sa théorie sur l'évolution fractale. Désormais, les biologistes ne considéraient plus que l'Homme était l'apothéose de l'évolution, mais simplement le cul-de-sac d'une branche secondaire d'un sous-groupe de mammifères moins évolués. Et, songea-t-elle avec un sourire intérieur, le mot « Homme » était lui-même passé de mode — un grand pas en avant pour l'humanité !

Elle leva la tête en direction de la petite cabine de projection située tout en haut du mur du fond. Le Linnaeus Hall avait été transformé en salle de conférences dotée de tableaux noirs, d'écrans escamotables et d'un équipement multimédia dernier cri.

Pour la centième fois, elle se demanda de qui venait la fuite sur l'implication du musée dans l'affaire Wisher. Qui que ce fût, il ne savait pas tout — il n'avait pas fait état des difformités du deuxième squelette —, mais il en savait beaucoup. Son soulagement de n'avoir pas à intervenir en faveur de Smithback était tempéré par ce qu'elle savait désormais sur l'origine des traces de morsures. Elle attendait avec angoisse l'arrivée du cadavre de Bitterman, redoutant les confirmations qu'il pourrait apporter.

Un bourdonnement se fit entendre tandis qu'un grand écran descendait vers le sol. Sept personnes, toutes aussi tendues les unes que les autres, se trouvaient dans cette immense salle de deux mille places.

À côté d'elle, Frock fredonnait un air d'opéra de Wagner, ses doigts boudinés battant le rythme sur le bras fatigué de son fauteuil. Son visage était inexpressif, mais Margo se doutait qu'il fulminait. Le protocole imposait que ce soit Brambell, en tant que médecin légiste en chef, qui fasse la présentation — ce qui restait en travers de la gorge de Frock. D'Agosta était assis au premier rang à côté d'un commissaire de police obèse en uniforme et de deux enquêteurs qui avaient l'air de s'ennuyer ferme.

L'éclairage de la salle avait baissé progressivement jusqu'au noir complet, et Margo ne voyait plus que le visage émacié et le crâne chauve de Brambell illuminé par les mini-spots fixés au pupitre. Il tenait dans une main une sorte de stylet en plastique qui lui servait à la fois de télécommande pour le projecteur de diapositives et de curseur. *Il a vraiment une tête de déterré,* songea Margo. C'est *Boris Karloff en blouse blanche.*

— Allons droit au but, hein ? commença Brambell d'une voix guillerette et haut perchée répercutée par les nombreux haut-parleurs qui s'alignaient sur les deux murs latéraux.

Margo sentit Frock se crisper.

L'image d'un os grossi au microscope apparut sur l'écran, nimbant la salle et ses occupants d'une lumière grisâtre.

— Voici la troisième vertèbre cervicale de Pamela Wisher, annonça Brambell. Vous remarquerez que l'empreinte dentaire est très nette.

Autre diapositive.

108

— Voici l'une de ces marques de morsure grossie deux cents fois. Et, ici, une reproduction en coupe transversale. Comme vous pouvez le constater, elle correspond de manière évidente à une dent de mammifère.

La série de diapositives suivante montra les résultats des analyses effectuées sur plusieurs os des deux squelettes, notamment la pression par centimètre carré requise pour les marques de différentes profondeurs.

— Nous avons clairement identifié vingt et une marques de morsures plus ou moins profondes sur les deux victimes, poursuivit Brambell. Nous avons également relevé des traces semblant provenir d'un instrument émoussé : trop régulières pour des dents, mais trop inégales pour un couteau — on imaginerait plutôt une hache primitive ou un couteau en pierre. Elles sont concentrées sur les vertèbres cervicales — nous indiquant, peut-être, le moyen de la décapitation. Quoi qu'il en soit, la pression requise pour de telles morsures — il indiqua les résultats à l'aide de son curseur — oscille entre quarante et soixante-dix kilos par centimètre carré. Nettement moins que notre estimation initiale de quatre-vingt-quinze kilos.

Que votre estimation initiale, vous voulez dire, songea Margo en jetant un coup d'œil à Frock.

Une autre photo apparut sur l'écran.

— L'examen détaillé des fines coupes osseuses, ici, autour des marques, a révélé une perte sanguine via les zones interstitielles des os dans la moelle elle-même. Ce qui prouve qu'elles ont été faites au moment du décès.

Silence général.

Brambell se racla la gorge.

— Étant donné l'état de décomposition avancée des corps, poursuivit-il, il est impossible de déterminer la cause du décès avec une absolue certitude, mais je pense que nous pouvons affirmer sans trop de risques de nous tromper que ces victimes sont décédées des suites d'un trauma hémorragique important simultané à ces morsures.

Il se tourna vers son auditoire, emphatique.

— Je sais que vous vous posez tous une seule et même question : quelle est l'origine de ces marques ? Une certaine presse n'a pas manqué de dire que le tueur pourrait être un autre Mbwun.

Margo sentit la tension monter d'un cran dans la salle. D'Agosta s'était avancé sur le bord de sa chaise.

— Nous avons comparé ces marques à celles du Mbwun relevées il y a dix-huit mois et sur lesquelles ce musée, bien sûr, a énormément de données. Et nous en avons tiré deux conclusions.

Il prit une profonde inspiration et balaya l'assistance du regard.

— Un, dit-il, ces marques de morsures ne correspondent pas à celles du Mbwun. Ni en largeur ni en profondeur.

Margo vit les épaules de D'Agosta se détendre sous l'effet du soulagement.

— Deux : la force nécessaire pour faire de telles marques n'excède pas soixante-dix kilos par centimètre carré, ce qui nous place obligatoirement dans la catégorie des canidés ou, disons-le carrément, des *humains*. Rien à voir avec un Mbwun.

Les diapositives se succédaient à un rythme plus rapide, montrant diverses micrographies de marques de dents et de morsures.

— Un homme en bonne santé consommateur de chewing-gums peut exercer une pression des mâchoires allant de soixante à soixante-dix kilos par centimètre carré, poursuivit Brambell. Ces marques sont donc compatibles avec celles des canines supérieures d'un homme. D'un autre côté, elles peuvent avoir été faites par des chiens sauvages errant dans les tunnels, s'attaquant aux hommes, les tuant et les démembrant. Je pense toutefois qu'elles évoquent plus une mâchoire d'homme que de chien ou autre bête sauvage hypothétique qui vivrait sous terre.

— Il existe peut-être d'autres types d'habitants des sous-sols que votre théorie n'envisage pas, docteur Brambell, dit un homme d'une voix mélodieuse aux inflexions du Sud — l'Alabama ou la Louisiane — et teintée d'un brin de cynisme.

Margo tourna la tête et reconnut l'agent Pendergast, toujours aussi svelte, confortablement assis au fond de la salle. Elle ne l'avait même pas entendu entrer. Il croisa son regard et la gratifia d'un petit signe de tête.

Margo lui sourit et le salua de loin. Lui non plus, elle ne l'avait pas revu depuis le pot d'adieu dans le bureau de Frock. Ce dernier se tourna avec effort, adressa un signe de tête à Pendergast et reporta son attention sur l'écran.

110

— Vous êtes... ? s'enquit Brambell, fixant l'intervenant.

— Agent Pendergast du F.B.I., répondit D'Agosta. Il nous donne un coup de main sur cette enquête.

— Je vois, dit Brambell. Enchanté.

Il se retourna vers l'écran avec raideur.

— Passons à l'autre question : l'identification du deuxième squelette. J'ai une bonne nouvelle de ce côté-là. Je crains que ce ne soit une surprise pour mes confrères — il fit un signe de tête en direction de Frock et de Margo — car je ne l'ai su que fort récemment.

Frock se redressa dans son fauteuil roulant, le visage insondable. Le regard de Margo passa de l'un à l'autre. Se pouvait-il que Brambell leur ait caché quelque chose dans le seul but de s'attribuer le mérite de sa découverte ?

— Regardez cette diapo de très près : voici quatre petits triangles de métal fichés dans les vertèbres lombaires du squelette inconnu, dit Brambell, qui nous ont laissés perplexes lorsque le docteur Green ici présente nous les a signalés. Puis, hier soir, j'ai eu une idée quant à leur origine possible. Aujourd'hui, j'ai contacté plusieurs chirurgiens orthopédistes, et, si j'ai vu juste, nous connaîtrons l'identité de la deuxième victime d'ici à la fin de la semaine, peut-être même avant.

Il sourit d'un air triomphant, son regard s'attardant sur Frock avec un brin d'insolence.

— Vous pensez que ces triangles sont..., commença Pendergast.

— Je ne peux en dire plus pour le moment, le coupa Brambell en cliquant sur la télécommande.

Une nouvelle diapositive apparut : une tête en état de décomposition avancée, sans yeux, les dents formant un sourire sans lèvres. Cette vision répugna à Margo tout autant que lorsque la tête avait été apportée au labo.

— Comme vous le savez tous, reprit Brambell, cette tête nous a été apportée hier pour analyses. Elle a été découverte par le lieutenant D'Agosta alors qu'il enquêtait sur des meurtres récents dans les milieux des S.D.F. Nous vous donnerons un rapport complet d'ici à quelques jours, mais nous pouvons d'ores et déjà vous dire que cette tête est celle d'un indigent assassiné il y a environ deux mois. Plusieurs marques sont nettement visibles, certaines, de dents ; d'autres, d'une arme sommaire, là encore autour des vertèbres cervicales restantes.

Nous allons faire procéder à l'exhumation du corps pour de plus amples examens.

Oh non, songea Margo.

Il fit défiler plusieurs diapositives.

— Nous avons étudié l'excoriation du cou et conclu que, là encore, la force utilisée correspond à celle d'un humain, et sûrement pas d'un Mbwun.

L'écran vira au blanc et Brambell posa sa télécommande sur une table à côté de lui. D'Agosta se leva tandis que la lumière revenait dans la salle.

— C'est un grand soulagement, dit-il. Mais soyons clairs : vous dites que toutes ces marques de morsures ont été faites par un homme ?

Brambell acquiesça.

— Ça ne peut pas être un chien ou un autre animal qui vivrait dans les égouts ?

— On ne peut complètement exclure l'hypothèse d'un chien, mais je penche plutôt pour un — ou des — homme. Si nous avions des empreintes dentaires très claires, nous serions fixés, mais hélas... Par ailleurs, s'il se confirme que certaines de ces marques ont été faites par une arme, alors cela ne saurait être un chien.

— Qu'en pensez-vous, docteur Frock ? demanda D'Agosta en se tournant vers lui.

— Je suis de l'avis du docteur Brambell, répondit Frock d'un ton sec. Je vous rappelle que c'est moi le premier qui ai suggéré que ce n'était pas l'œuvre d'une créature telle que le Mbwun. Je suis heureux de voir que ma théorie a fait son chemin. Cela dit, je m'élève contre la façon dont le docteur Brambell a fait cavalier seul pour l'identification du cadavre A.

— J'en prends note, dit Brambell avec un fin sourire.

— Un tueur en série, suggéra le policier obèse.

Il y eut un silence.

— On a affaire à un barje qui s'est inspiré de la Bête du Musée, dit-il en se levant. Un dingue en liberté qui tue des gens, leur coupe la tête et, si ça se trouve, la mange.

— C'est compatible avec les données que nous avons, dit Brambell. Sauf que...

— Un serial killer S.D.F., je vous dis ! l'interrompit le gros homme.

— Capitaine Waxie, dit D'Agosta, ça n'explique pas...

112

— Ça explique tout ! s'entêta le dénommé Waxie.

Une porte s'ouvrit à l'autre bout de la salle et une voix coléreuse retentit au-dessus du groupe.

— Pourrais-je savoir pourquoi je n'ai pas été informé de cette réunion ?

Margo se retourna et reconnut immédiatement le visage grêlé de Horlocker, qui s'avançait, tiré à quatre épingles dans son uniforme tapissé de galons, talonné par deux de ses hommes.

La lassitude traversa fugacement le visage de D'Agosta avant de céder le terrain à une neutralité de circonstance.

— Monsieur Horlocker, dit-il. Je vous ai envoyé...

— Quoi ? Une note de service ? l'interrompit le chef de la police, arrivant à la rangée où D'Agosta et Waxie étaient assis. Vincent, d'après ce que je sais, vous avez fait la même erreur au musée en n'impliquant pas immédiatement vos supérieurs. Avec ce crétin de Coffey, vous étiez persuadés que c'était un serial killer et que vous contrôliez la situation. Il a fallu que le musée soit jonché de cadavres pour que vous vous rendiez compte de ce dont il s'agissait vraiment.

— Si je puis me permettre, monsieur Horlocker, intervint Pendergast dont la voix résonna haut et clair dans la salle, ce n'est pas tout à fait comme ça que les choses se sont passées.

Horloker le considéra avec hauteur.

— À qui ai-je l'honneur ? demanda-t-il.

D'Agosta s'apprêtait à répondre, mais Pendergast l'arrêta d'un geste.

— Si tu permets, Vincent, dit-il. Monsieur, je suis l'agent Pendergast, du F.B.I.

— Ah oui, j'ai entendu parler de vous. Vous aussi êtes pour quelque chose dans le méga-plantage au musée. Alors, quel bon vent vous amène ? Ce n'est pas votre juridiction, ici, que je sache.

— J'éclaire le lieutenant D'Agosta de mes conseils avisés.

— Le lieutenant n'a pas besoin de votre aide.

— Vous me pardonnerez de vous contredire, mais je pense que vous et lui avez grandement besoin de mon aide. Mais... ne vous en faites pas, je ne suis ici que pour vous aider à établir le profil du tueur, pas pour vous voler la vedette.

— Très rassurant, fit Horlocker, pète-sec.

Il se tourna vers D'Agosta.

— Alors ? Quoi de neuf ?

— L'expert médico-légal pense qu'il aura identifié le cadavre inconnu d'ici à vendredi, répondit d'Agosta. Et que les morsures ont été faites par un être humain — ou plusieurs.

— Plusieurs ? répéta Horlocker.

— Apparemment, les données convergent vers plusieurs coupables.

Brambell acquiesça.

— Comment ça ? insista Horlocker. Vous pensez qu'il y a deux barjes cannibales en liberté ? Pour l'amour du ciel, Pendergast, réfléchissez. Nous avons affaire à un S.D.F. qui tue ses semblables. Et, de temps en temps, une personne normale — comme Pamela Wisher ou ce Bitterman — se retrouve au mauvais endroit au mauvais moment et se fait buter.

— Une personne « normale » ? répéta Pendergast à mi-voix.

— Vous savez bien ce que je veux dire. Un membre productif de notre société. Quelqu'un qui a une adresse et un numéro de téléphone !

Horlocker se tourna vers D'Agosta.

— Je vous avais donné un délai. Je m'attendais à beaucoup mieux que ça.

Waxie s'extirpa de sa chaise.

— Je suis convaincu que tous ces meurtres sont commis par une seule et même personne, affirma-t-il.

— Absolument, dit Horlocker. Nous avons affaire à un S.D.F. qui a pété les plombs, qui vit sans doute dans Central Park et qui se prend pour la Bête du Musée. Et avec ce putain d'article du *Times,* la moitié de la ville est sens dessus dessous.

Il se retourna de nouveau vers D'Agosta.

— Alors, comment comptez-vous vous y prendre ?

— *Du calme, du calme**, monsieur Horlocker, dit Pendergast d'une voix apaisante. J'ai souvent constaté que celui qui crie le plus fort n'est pas forcément celui qui a le plus de choses à dire.

Horlocker le considéra, sidéré.

---

* En français dans le texte. *(N.d.T.)*

114

— Vous n'avez pas le droit de me parler sur ce ton, monsieur.

— Bien au contraire, monsieur, je suis le seul, dans cette pièce, à pouvoir me le permettre, rétorqua Pendergast de sa voix chantante. Aussi m'incombe-t-il de souligner que vous venez d'émettre une série d'hypothèses tout à fait brillantes mais totalement gratuites. Un, que le meurtrier soit un S.D.F. ; deux, qu'il vive dans Central Park ; trois, qu'il soit un malade mental ; et quatre, qu'il opère seul.

Pendergast s'adressait au chef de la police avec une patience extrême, et l'air d'un père bienveillant qui veut éteindre la colère de son fiston.

— Vous avez réussi à entasser un nombre impressionnant de contre-vérités en une seule phrase, monsieur.

Horlocker ouvrit la bouche pour répliquer puis se ravisa. Il fit un pas en avant, s'arrêta, fusilla D'Agosta du regard et quitta les lieux à grandes enjambées, ses deux sbires trottinant à sa suite. Le silence ne fut rompu que par le claquement de la porte.

— Quel casse-tête, marmonna Frock.

— Je vous conseille d'envoyer au plus vite votre rapport à Horlocker, dit D'Agosta à Brambell. Faites des coupes, ne laissez que les choses importantes. Oh, et joignez-y beaucoup de photos. Et pas de mots trop compliqués, hein ? Tapez dissert niveau bac.

Brambell partit d'un grand rire.

— Oui, je vois, lieutenant. Je ferai de mon moins bon mieux.

Margo surprit le regard noir que Waxie lança aux deux hommes avant de se diriger vers la sortie.

— Je ne trouve pas que ce genre d'humour soit très professionnel, fit-il. Et j'ai mieux à faire que de rester là à écouter vos mauvaises plaisanteries.

D'Agosta le regarda.

— En y réfléchissant, dit-il, tapez plutôt dissert niveau B.E.P.C., que le commissaire Waxie puisse le lire lui aussi.

Smithback recula de la fenêtre de la cabine de projection, d'où il avait observé la scène et coupa son magnétophone. Il attendit que tout le monde ait quitté le Linnaeus Hall. Le projectionniste revint de la salle de contrôle et tiqua en le voyant.

— Vous m'aviez dit que..., commença-t-il.

— Je sais, je sais, l'interrompit le journaliste avec un vague geste de la main. Vous étiez déjà assez nerveux comme ça. Tenez...

Smithback sortit un billet de 20 dollars de son portefeuille et le lui tendit.

— J'accepterais pas, mais ils paient si mal au musée qu'on peut à peine s'en sortir à New York, dit l'homme en fourrant nerveusement le billet dans sa poche.

— Je comprends. Inutile de vous justifier. Vous venez de contribuer à la liberté de la presse. Payez-vous un bon dîner, d'accord ? Et ne vous inquiétez pas. Dussé-je aller en prison que je ne révélerais pas ma source !

— En prison ? gémit le projectionniste.

Smithback le rasséréna en lui tapotant les épaules et sortit de la cabine, serrant son calepin et son magnétophone contre lui. Il s'engagea dans le dédale de couloirs poussiéreux dont il se souvenait si bien. Il était en veine : mamie Pocahontas — ainsi surnommée pour la prodigalité avec laquelle elle peinturlurait ses bonnes joues de rouge — filtrait la sortie nord. Il passa devant elle avec force sourires et clins d'œil complices, son pouce recouvrant, mine de rien, la date de validité de son passe périmé.

19.

Margo entra en coup de vent dans le commissariat de la 27ᵉ Rue, prit sur la gauche et descendit d'un pas léger l'escalier qui menait au sous-sol.

Arrivée au palier, elle tira la porte capitonnée qui, en s'ouvrant, libéra un vacarme assourdissant. Margo grimaça et se dirigea vers l'accueil. L'officier de service la reconnut : il était inutile qu'elle lui montre son laissez-passer et son autorisation de port d'arme.

— Prenez le 17, lui cria-t-il en lui tendant une dizaine de cibles et une paire de protège-tympans cabossés.

Arrivée au stand numéro 17, Margo sortit son arme, une boîte de balles et quelques chargeurs de son sac. Elle posa les munitions sur la saillie du mur et inspecta son petit semi-automatique. Autant ce rituel lui paraissait étranger un an plus tôt, quand elle avait acheté cette arme, autant il était devenu machinal. Satisfaite, elle enclencha un chargeur plein et accrocha une cible à la main courante qu'elle positionna à dix mètres. Elle se concentra et tira, les coudes pliés pour amortir le recul. Elle tendit le cou, plissant les yeux pour jauger la cible, puis vida rapidement les neuf autres coups de son chargeur.

Elle en vida plusieurs autres, cédant à la routine du stand de tir : recharger, changer la cible, la repositionner, tirer. Puis elle passa aux silhouettes, placées à une distance de vingt-cinq mètres. Ayant vidé son dernier chargeur, elle se retourna pour nettoyer son arme et eut la surprise de voir le lieutenant D'Agosta qui l'observait, bras croisés.

— Bonjour ! lui cria-t-elle.

Elle ôta ses protège-tympans.

— Voyons ce que ça donne, dit D'Agosta avec un signe de tête en direction de la cible.

Margo alla récupérer la silhouette.

— Jolie rosace, apprécia-t-il.

— Merci, dit Margo en riant. C'est grâce à vous.

Elle laissa tomber les chargeurs dans son fourre-tout en revoyant l'air surpris de D'Agosta quand il l'avait vue débouler dans son bureau trois mois après la fin de l'enquête sur les meurtres du musée pour le supplier de lui obtenir une autorisation de port d'arme. Autoprotection, lui avait-elle répondu. Comment aurait-elle pu lui expliquer la peur qui lui collait au ventre, et ce sentiment de vulnérabilité qui ne la quittait jamais ?

— Brad m'a dit que vous étiez une élève très douée. J'étais sûr que vous vous entendriez bien tous les deux, c'est pour ça que je vous l'avais recommandé. Pour ce qui est de la dérogation, ce n'est pas moi qu'il faut remercier, mais Pendergast. C'est lui qui a tout fait. Tenez, montrez-moi donc quel revolver Brad vous a mis entre les mains.

— Un mini-Glock, dit-elle en le lui tendant. Modèle 26, homologué New York.

D'Agosta le soupesa.

— Joli modèle, dit-il. Et léger, avec ça.

— J'ai fait tout mon entraînement avec. Je suppose que je ne saurais pas me servir d'une autre arme.

— J'en doute, dit D'Agosta en lui rendant le petit calibre. Avec un score pareil, vous devriez pouvoir tirer avec n'importe quoi. Venez, éloignons-nous de ce vacarme. Je vous raccompagne jusqu'à la sortie.

Margo passa par l'accueil pour noter son heure de départ et signer le registre et fut étonnée de voir D'Agosta faire de même.

— Vous vous entraîniez au tir ? lui demanda-t-elle.

— Eh oui, même les vieux de la vieille ne doivent pas perdre la main.

Ils sortirent de la salle d'entraînement.

— En fait, reprit D'Agosta tandis qu'ils s'engageaient dans l'escalier, les affaires comme celle-là nous mettent tous sur les nerfs. Ça m'a paru une bonne idée de venir m'entraîner. Surtout après notre petite réunion.

Margo ne fit pas de commentaires. Arrivée la première en haut des marches, elle s'arrêta pour attendre le lieutenant. Il la rejoignit, un peu essoufflé, et ils sortirent dans la rue. La soirée était fraîche ; la circulation, fluide. Margo consulta sa montre : bientôt 20 heures. Elle pouvait rentrer chez elle en faisant un petit jogging, se préparer un repas léger puis essayer de rattraper son retard de sommeil.

— Je suis prêt à parier que cet escalier de malheur a causé plus d'infarctus que toutes les pâtisseries de New York, dit D'Agosta. Vous, vous l'avez monté comme une fleur.

— Je fais pas mal de sport, lieutenant.

— J'avais remarqué. Vous avez changé. En apparence, en tout cas. Vous faites quoi ?

— De la gym en salle. De la muscu deux ou trois fois par semaine. Je m'astreins à y aller régulièrement.

— Vous soulevez combien au développé-couché ?

— Soixante-dix.

— Pas mal. Et... c'est efficace ?

Ils prirent la direction de la Sixième Avenue.

— Côté muscles ? fit Margo.

— Non.

— Je ne comprends pas, biaisa-t-elle. Je...

Ils marchèrent un moment en silence.

— Non, finit-elle par dire à mi-voix. Pas complètement.

— Je ne voulais pas être indiscret, dit D'Agosta. Mais je suis du genre à mettre les pieds dans le plat, au cas où vous ne l'auriez pas encore remarqué.

Il sortit un cigare de sa poche et en inspecta la robe.

— Je crois bien que cette sale histoire du musée nous a tous affectés.

Ils atteignirent l'avenue. Margo hésita un moment. Son regard se perdit dans le vague.

— Excusez-moi, dit-elle, mais j'ai du mal à parler de tout ça.

— Je comprends. D'autant plus maintenant.

Il alluma son cigare.

— Prenez soin de vous, docteur Green.

Margo lui décocha un sourire pâlichon.

— Vous aussi. Et merci encore pour ça.

Elle tapota son fourre-tout et se mit à courir à petites foulées vers le nord, vers le West Side, vers chez elle.

20.

D'Agosta consulta sa montre : 22 heures. Et toujours rien de nouveau malgré les efforts déployés. Plusieurs brigades avaient fait la tournée des foyers, des centres de réinsertion et des soupes populaires en quête de tuyaux sur un éventuel allumé qui porterait un intérêt excessif au Mbwun. En vain. Hayward, dont la connaissance de terrain des S.D.F. se révélait plus précieuse de jour en jour, avait mené plusieurs descentes en sous-sol. Malheureusement, les résultats, là aussi, étaient décevants : les taupes s'étaient enfoncées dans des recoins plus profonds et plus obscurs des galeries avant qu'on ait pu leur mettre le grappin dessus. De plus, Hayward avait expliqué que ces opérations ne permettaient de ratisser que la surface de l'immense labyrinthe de tunnels qui se trouvait sous les rues de la ville. Une seule chose positive : le flot de barjots qui téléphonaient à tout bout de champ dans l'espoir de décrocher la récompense promise par le *Post* commençait à se tarir. Peut-être tout le monde était-il sous le coup de l'article du *Times* et du meurtre de Bitterman.

D'Agosta baissa les yeux sur son bureau, qui croulait sous les rapports des dernières opérations, puis, pour la énième fois de la soirée, il regarda le plan du secteur punaisé au mur, le fixant intensément du regard comme pour l'obliger à lui donner la réponse qu'il attendait. Quelle était la logique de tout ça ? Il devait bien y en avoir une. Forcément. C'était la règle numéro un de toute affaire criminelle.

Il se foutait pas mal de la théorie de Horlocker : son instinct lui disait que ces meurtres n'étaient pas l'œuvre d'un déséquilibré. Les faits le confirmaient, d'ailleurs : assassinats trop nombreux, modes opératoires concordants mais pas identiques — certaines victimes étaient décapitées, d'autres uniquement mutilées, d'autres avaient la tête fracassée. Fallait-il y voir les agissements d'une secte satanique ? Quoi qu'il en soit, le délai que Horlocker brandissait au-dessus de sa tête telle une épée de Damoclès n'arrangeait pas les choses. Ce qu'il faudrait, c'était une enquête minutieuse, subtile, opiniâtre.

Bon sang, songea D'Agosta en riant intérieurement, *je croirais entendre Pendergast.*

Il entendit la porte de son bureau s'ouvrir. Il se retourna et se retrouva nez à nez avec la silhouette bibendumesque de Waxie. Sans un mot, Waxie fonça sur le plan du secteur. Il examina la profusion d'épingles rouges et blanches, mains jointes derrière le dos.

— Il y a une logique dans tout ça, finit-il par dire.

— Ah oui ? fit D'Agosta de sa voix la plus neutre.

Waxie, toujours le dos tourné, hocha la tête d'un air pensif. D'Agosta attendit la suite en se disant qu'il allait regretter jusqu'à la fin de ses jours d'avoir mis Waxie sur cette enquête.

— Qui commence ici, poursuivit Waxie en posant un doigt boudiné sur un point vert de la carte.

D'Agosta vit qu'il s'agissait du Ramble, la partie la plus sauvage de Central Park.

— Comment savez-vous ça ?

— Très simple. Horlocker a parlé avec le responsable des ressources humaines qui a fait une analyse linéaire des lieux des crimes. Il en a conclu qu'ils rayonnaient à partir de là. Vous voyez ? Les meurtres dessinent un demi-cercle autour de ce point. Le meurtre au château du Belvédère a été le révélateur. Le Ramble est plein de rochers, de grottes, de bois épais. Et de S.D.F. C'est une planque idéale. C'est là que nous trouverons notre assassin.

Il se retourna, fier de sa démonstration. Cette fois, D'Agosta ne put réprimer son ahurissement.

— Soyons clairs. Vous êtes en train de me dire que c'est un bouffon de statisticien qui vous a refilé ce tuyau ? Il n'a pas essayé de vous refourguer un plan d'épargne par la même occasion ?

Les bajoues de Waxie virèrent au pourpre.

— Je n'apprécie pas du tout le ton que vous employez avec moi, Vincent. Il n'est pas plus de circonstance maintenant qu'il ne l'était lors de la réunion de cet après-midi.

— Jack, dit D'Agosta, à bout de patience, qu'est-ce qu'un bureaucrate, même s'il bosse pour la police, connaît en matière de schéma comportemental d'un assassin ? De plus, le meurtre du château du Belvédère est celui qui correspond le moins au schéma habituel.

Il laissa tomber. Inutile de discuter. Horlocker adorait recourir à des spécialistes, des experts, des conseillers. Et Waxie était un tel béni-oui-oui...

— Je vais devoir prendre cette carte, dit Waxie.

Tandis que D'Agosta contemplait le dos massif qu'il avait devant lui, il comprit ce qui était en train de se jouer.

— Faites comme chez vous, dit-il en se levant. Les premiers dossiers sont dans ces classeurs, ici, et le sergent Hayward...

— Je n'aurai pas besoin d'elle, l'interrompit Waxie. Il me faut juste la carte du secteur et les dossiers. Faites-les porter à mon bureau demain matin à 8 heures. Numéro 2403. On m'installe au Q.G.

Il pivota lentement sur lui-même et considéra D'Agosta.

— Navré, Vinnie. Je crois que ça se résume à une question d'atomes crochus entre... Horlocker et moi. Il a besoin de quelqu'un en qui il puisse avoir entièrement confiance. Quelqu'un qui sache museler la presse. Il n'a rien contre vous, je vous assure. D'ailleurs, vous n'êtes pas déchargé de l'enquête. Et, maintenant qu'on va avancer, vous verrez que les choses iront mieux. On va planquer dans le Ramble et on va le choper, ce type.

— Je n'en doute pas, dit D'Agosta.

Il se raisonna en se disant que c'était une affaire perdue d'avance, qu'il avait voulu la refuser au départ. Rien n'y fit.

— Sans rancune, Vinnie ? fit Waxie en lui tendant une main boudinée et moite.

— Bien sûr, Jack, s'entendit-il lui répondre en la lui serrant.

Waxie regarda autour de lui, comme s'il cherchait autre chose qu'il pourrait bien récupérer.

— Bon, faut que j'y aille. Je... je tenais à vous le dire moi-même.

— Je vous remercie.

Le silence se prolongeait au point de commencer à devenir gênant. Puis Waxie lui flanqua une bourrade maladroite et sortit du bureau.

Un bruissement l'avertit du retour de Hayward. Côte à côte, ils écoutèrent décroître les pas de Waxie sur le lino du couloir jusqu'au moment où ils se fondirent dans le crépitement lointain des machines à écrire et les vagues échos de conversations. Alors, Hayward se tourna vers son supérieur.

— Comment pouvez-vous le laisser s'en tirer comme ça, mon lieutenant ? s'écria-t-elle, amère. Quand on était dos au mur dans les souterrains, cet enfoiré s'est sauvé !

D'Agosta se rassit et ouvrit le premier tiroir de son bureau pour y prendre un cigare.

— On ne peut pas dire que le respect de vos supérieurs vous étouffe, hein, sergent ? Quoi qu'il en soit, qui vous dit que c'est un avancement ?

Il finit par attraper un cigare, déchira la bague avec la pointe d'un crayon et l'alluma.

Deux heures plus tard, alors que D'Agosta prenait les dernières dispositions pour que les dossiers soient transférés à l'étage, Pendergast — tel qu'il l'avait toujours connu — fit son entrée dans le bureau : costume noir fait sur mesure ajusté à sa silhouette mince, cheveux blond-blanc coiffés en arrière lui dégageant son haut front, mocassins bordeaux cousus main *made in England*. Il ressemblait plus à un croque-mort dandy qu'à un agent du F.B.I.

— Je peux ? demanda-t-il en désignant une chaise.

D'Agosta raccrocha le téléphone et fit oui de la tête. Pendergast se coula sur la chaise avec une grâce de chat. Il regarda autour de lui, intrigué par les cartons remplis de dossiers et la marque claire, au mur, à l'endroit où s'était trouvé le plan du secteur. Il regarda D'Agosta d'un air interrogateur.

— Tout ça regarde Waxie, maintenant, lui expliqua D'Agosta. Je suis mis sur la touche.

— Tiens donc, fit Pendergast. Mais dis-moi, tu ne me sembles guère démoralisé par cette mésaventure ?

— Démoralisé ? Regarde autour de toi. Plus de plan du secteur, plus de dossiers, Hayward est rentrée se coucher, le café est chaud, mon cigare allumé. Je suis le plus heureux des hommes.

— Tu me permettras d'en douter. Cela dit, tu dormiras sans doute mieux que le sieur Waxie. « Que repose mal la tête qui porte la couronne », etc.

Il regarda D'Agosta d'un œil amusé.

— Alors, et la suite ? demanda-t-il.

— Oh, on ne m'a pas déchargé de l'enquête, dit D'Agosta. Mais ce que je suis encore censé faire, ça, Waxie n'a pas daigné me l'expliquer.

— Il ne le sait sans doute pas lui-même. Mais, à mon avis, nous pouvons être sûrs que tu ne resteras pas les bras croisés.

Pendergast se tut et D'Agosta se carra dans son fauteuil, appréciant son cigare, ne demandant pas mieux que de laisser le silence prendre possession de la pièce.

— Je suis allé à Florence, dit Pendergast au bout d'un moment.

— Ah ouais ? J'étais en Italie en automne dernier. J'ai emmené mon fils voir son arrière-grand-mère.

— Tu as visité le palais Pitti ?

— Non.

— C'est un musée, en fait. Magnifique. Il y a une vieille carte médiévale qui a été peinte *al fresco* tout juste un an avant que Colomb découvre les Amériques.

— Ah oui ?

— En lieu et place du continent américain, il n'y a rien, sauf une phrase : *Cui ci sono dei mostri.*

— Là sont les... *mostri*, fit D'Agosta. Qu'est-ce que c'est, *mostri* ?

— Monstres.

— Ah, c'est vrai ! Bon sang, j'ai oublié mon italien. Je l'ai pourtant parlé longtemps avec mes grands-parents...

— Vincent, j'aimerais te poser une devinette.

— Je t'écoute.

— À ton avis, quelle est la plus grande région inhabitée du monde dont on n'ait pas encore dressé la carte ?

— Je ne sais pas, moi... Milwaukee ?

— Non, dit Pendergast sans daigner sourire. Ce n'est pas non plus la Mongolie-Extérieure, et ce n'est pas aux antipodes. Ce sont les sous-sols de New York.

— Tu plaisantes ?

— Absolument pas, Vincent. Les sous-sols de New York me font penser à cette carte que j'ai vue au palais Pitti. C'est un territoire totalement inexploré et dont on ignore la superficie. Il y a, par exemple, une dizaine de niveaux sous Grand Central — sans compter les égouts.

— Tu y es donc descendu ?

— Oui. Après vous avoir quittés, Hayward et toi. Un véritable voyage d'exploration, crois-moi. Je voulais essayer d'évaluer l'environnement, tester ma capacité à y évoluer. J'ai pu parler avec quelques habitants des sous-sols. Ils m'en ont dit beaucoup et ont insinué davantage.

— Tu as appris quelque chose sur les meurtres ? demanda d'Agosta en se penchant en avant.

— Indirectement, oui. Mais ceux qui savent des choses vivent beaucoup plus bas. Il faut du temps, beaucoup de temps pour gagner la confiance de ces gens-là. Surtout maintenant. Ces S.D.F. vivent dans la peur. En faisant des recoupements, j'ai compris qu'un groupe de gens bizarres avait colonisé le dernier sous-sol. En fait, ils ne parlent même pas de « gens », mais de sauvages, de cannibales, de sous-hommes. Et ce sont ces êtres qui commettraient les meurtres.

D'Agosta se leva et, s'approchant de la fenêtre, contempla le paysage urbain de Manhattan plongé dans la nuit.

— Et tu y crois ?

— Je ne sais pas. Il faut que je parle à ce Méphisto. Ce qu'il a déclaré au journaliste du *Post* sonne juste, ne nous en déplaise. Malheureusement, il est très difficile d'entrer en contact avec lui. Il se méfie de tous ceux d'« en haut » et nourrit une haine féroce à l'égard des représentants de l'ordre. Mais je pense qu'il est le seul qui puisse me conduire là où je dois aller.

— Besoin d'un partenaire ?

Pendergast eut un sourire fugace.

— C'est un endroit extrêmement dangereux et sans foi ni loi. Mais bon, j'y réfléchirai. D'accord ?

D'Agosta acquiesça.

— Bien, dit Pendergast en se levant pour prendre congé. Maintenant, je te conseille de rentrer chez toi et de te reposer. Il ne le sait pas encore, mais notre ami Waxie va avoir besoin de notre aide !

21.

Simon Brambell ferma son porte-documents en fredonnant et promena un regard attendri sur le laboratoire : la douche de désinfection dans le coin, les instruments en acier chromé qui, alignés dans les vitrines, semblaient lui faire de l'œil dans la pénombre... Il était particulièrement content de lui. Une fois encore, il se remémora son petit coup de théâtre, prenant plaisir à revoir l'air imperturbable que Frock s'efforçait d'afficher — alors qu'il devait bouillir de colère, c'était certain. Voilà qui lui avait fait ravaler le sourire de triomphe qu'il avait eu sur la question de la force des morsures. Brambell avait beau être fonctionnaire, il n'en aimait pas moins, comme tout le monde, remporter de petites victoires personnelles.

Il coinça son porte-documents sous son bras et lança un dernier regard sur le laboratoire. C'était un formidable espace de travail, bien conçu, bien équipé. Que ne donnerait-il pour avoir l'équivalent à l'Institut médico-légal ! Mais... aucun risque : la ville souffrait d'insuffisance financière chronique. S'il ne trouvait pas la médecine légale aussi passionnante, il essaierait de se placer dans l'une de ces tours d'ivoire largement subventionnées sans hésiter une seconde.

Il referma doucement la porte derrière lui, toujours aussi étonné de voir le couloir désert. Il n'avait jamais connu d'équipe aussi peu disposée à travailler tard le soir. Cela dit, il appréciait ce silence reposant et nouveau pour lui, tout comme l'étaient les odeurs de poussière et de vieux bois si éloignées des relents de formol et de décomposition qui prédominaient à la morgue. Il décida, comme chaque soir, de gagner la sortie en passant par la salle africaine — les dioramas qu'elle contenait étaient, à ses yeux, de véritables chefs-d'œuvre ; et ils étaient particulièrement beaux à cette heure tardive, dans l'obscurité, chacun d'eux irradiant une lumière, comme une fenêtre ouverte sur un autre monde.

Minuit. Il traversa la salle à pas lents, distinguant à peine le troupeau d'éléphants qui en occupait le centre. Il avait un faible pour le groupe de gorilles, et il s'arrêta devant. L'effet était si saisissant qu'il aimait à se perdre dans leur contemplation. À l'allure où avançaient les choses, il en aurait bientôt terminé ici. S'il avait vu juste, ce pauvre Bitterman et les restes de Shasheen Walker correspondraient au scénario habituel.

Poussant un soupir, il se retourna vers une porte basse qu'il franchit et longea un couloir dallé en direction de la tour. Il connaissait l'histoire de cette célèbre tour : en 1870, Endurance S. Flyte, magnat de l'industrie ferroviaire et troisième directeur du musée d'Histoire naturelle de New York, avait commandé un nouveau bâtiment colossal qui avait tout d'une forteresse et qui devait s'inspirer du château gallois de Carnarvon que Flyte avait cherché — en vain — à acquérir. Des gens plus raisonnables finirent par l'emporter, et Flyte fut démis de ses fonctions alors que seule la tour centrale de sa forteresse était achevée. Joyau de la façade sud-ouest du musée, la tour hexagonale avait d'abord servi de réserve aux innombrables collections du musée. Elle avait aussi été, à ce qu'on avait raconté à Brambell, le lieu privilégié des rendez-vous galants des employés du musée.

La salle sombre, presque aussi vaste qu'une cathédrale, qui se trouvait à la base de la tour était déserte, et les pas de Brambell résonnèrent sur les dalles de marbre tandis qu'il la traversait. Il salua le vigile d'un signe de tête et sortit dans la nuit moite. Il était tard, mais l'avenue, au-delà de l'allée du musée, grouillait de monde.

Il fit quelques pas puis se retourna vers la tour, qu'il ne se lassait pas d'admirer. Elle était haute de plus de cent mètres, crénelée, et son ombre noire pouvait, par grand soleil, s'étaler jusqu'à la 59e Rue. Ce soir-là, pâle sous la pleine lune, elle paraissait tourmentée et pleine de fantômes.

Simon Brambell se dirigea vers la 81e Rue, vers l'ouest, vers l'Hudson et son modeste appartement, fredonnant toujours dans sa barbe. Au fil de sa marche, la rue prenait un aspect plus misérable et les passants se raréfiaient. Mais Brambell, marchant d'un bon pas et respirant l'air de la nuit à pleins poumons, ne s'en souciait guère. Une brise légère lui soufflait agréablement au visage, fraîche et revigorante, idéale pour une nuit d'été. Un dîner léger, une toilette rapide, un bain de bouche, et hop, il serait sous les draps dans une heure. Comme d'habitude, il se lèverait à 5 heures car il faisait partie de ces heureux élus qui n'ont pas besoin de beaucoup d'heures de sommeil — un gros atout pour un expert médecin légiste, surtout s'il veut réussir sa carrière. Brambell était arrivé le premier sur les lieux d'un crime important un nombre incalculable de fois, simplement grâce au fait d'être debout quand tous ses confrères étaient encore dans les bras de Morphée.

Le quartier devenait de plus en plus miteux, mais l'animation de Broadway Avenue, avec ses boulangeries, ses librairies et ses traiteurs n'était plus très loin. Simon Brambell longea des façades d'immeubles délabrés subdivisés devant lesquels traînaient quelques ivrognes.

Arrivé à mi-parcours, il perçut un mouvement à l'entresol d'un immeuble à l'abandon. Il pressa le pas. Une odeur particulièrement nauséabonde, inhabituelle, refluait de l'entrée obscure. Entendant du bruit dans son dos, Brambell plongea instinctivement la main dans son porte-documents, en quête du scalpel qu'il y gardait toujours. Ses mâchoires se crispèrent au contact glacé de ses doigts autour du manche ergonomique. Il n'était pas inquiet outre mesure : on l'avait déjà par trois fois menacé d'une arme — deux agressions au couteau et la troisième au revolver — et il savait comment réagir en pareille situation. Il sortit son scalpel et fit volte-face, mais il ne vit rien. Il regarda autour de lui, surpris, puis sentit un bras le prendre à la gorge et le tirer dans l'obscurité. Il pensa, avec un détachement qui le surprit, que c'était un bras ; ce devait forcément être un bras, pourtant c'était graisseux et extrêmement fort. Puis, tout de suite après, il éprouva une étrange sensation de creux juste au-dessous de la pomme d'Adam. Ah oui, vraiment étrange, cette sensation...

22.

En entrant dans le laboratoire d'anthropologie médico-légale, Margo se réjouit qu'il soit désert et plongé dans l'obscurité. C'était bien la première fois qu'elle arrivait avant Brambell. Le plus souvent, elle le trouvait assis sur un des tabourets en train de siroter un gobelet d'espresso. Il la saluait d'un simple haussement de sourcils et lui faisait remarquer que le café devait passer dans du formol piqué au service de taxidermie. Parfois, Frock était là aussi, et les deux chercheurs, penchés sur des résultats d'analyses ou sur tel ou tel rapport, polémiquaient comme à leur habitude en termes courtois.

La porte s'ouvrit sur le docteur Frock, qui se découpa à contre-jour sur le seuil du labo obscur. Il fit rouler son fauteuil vers la lumière. Margo se retourna pour lui dire bonjour, mais, devant ses traits tirés et pâles, elle s'arrêta net.

— Docteur Frock, vous allez bien ?

— J'ai de très mauvaises nouvelles, dit-il d'une voix sourde. On m'a téléphoné très tôt ce matin pour me prévenir que Simon Brambell s'est fait assassiner hier soir alors qu'il rentrait chez lui.

— Quoi ? s'exclama Margo, n'en croyant pas ses oreilles.

Frock s'approcha d'elle et lui prit la main.

— Je suis navré de vous l'annoncer aussi brutalement, ma chère. C'est si soudain, c'est terrible.

— Comment est-ce arrivé ?

— Il se serait fait agresser dans la 81e Rue. Il a été égorgé, et...

Frock laissa sa phrase en suspens. Margo remarqua que ses mains tremblaient. Tout cela lui semblait irréel, un cauchemar : elle ne pouvait se résoudre à croire que l'homme qu'elle avait entendu faire une conférence la veille puisse être mort.

— Vous ne l'aviez peut-être pas remarqué, Margo, dit Frock en soupirant, mais Simon et moi ne voyions pas toujours les choses de la même façon. Nous n'avions pas les mêmes méthodes de travail, mais j'avais une profonde admiration pour l'homme. C'est une grande perte pour la médecine légale. Et pour notre travail, en ce moment critique.

— Notre travail, répéta Margo machinalement. On sait qui l'a tué ?

— Aucun témoin.

Ils demeurèrent immobiles un moment, la main de Frock posée sur celle de Margo, tiède et rassurante.

— Je me demande qui l'Institut médico-légal va nous envoyer à sa place, dit-il en s'écartant doucement. S'ils nous envoient quelqu'un. Mais je suis persuadé que Simon aurait voulu qu'on continue dans le même esprit.

Il fit rouler son fauteuil jusqu'au mur du fond et alluma les néons, inondant de lumière le centre de la pièce.

— J'ai toujours pensé que le travail est le meilleur des antidotes contre le chagrin, dit-il.

Il retomba dans le silence puis, poussant un soupir las comme pour se forcer à continuer :

— Margo, vous voulez bien me sortir le cadavre A ? J'ai une théorie sur une éventuelle anomalie génétique qui pourrait avoir causé la déformation osseuse. À moins que vous ne préfériez prendre une journée de repos ?

— Non, dit Margo.

Frock avait raison. Brambell aurait souhaité qu'ils continuent. Elle traversa le labo à pas lents, s'agenouilla devant un tiroir et tira le long plateau métallique. Le corps non identifié qui gisait dessus avait été réduit et redisposé en morceaux irréguliers sous la housse en plastique bleu. Margo le fit glisser sur un chariot qu'elle poussa jusqu'au centre de la salle.

Frock ôta la housse en plastique avec précaution et se lança dans l'opération délicate de mesurer les os du carpe au compas électronique. Margo, toujours en proie à un sentiment d'irréalité, examina une série de scanographies. Le silence se fit pesant dans le laboratoire.

— Vous avez une idée de la piste à laquelle Simon faisait allusion hier ? demanda Frock au bout d'un moment.

— Pardon ? Oh non ! Non, aucune idée. Il ne m'en a jamais parlé. J'ai été aussi surprise que vous.

— C'est bien dommage. Et, pour autant que nous sachions, il n'a laissé aucune note à ce sujet. C'est vraiment très fâcheux, Margo. Nous ne saurons peut-être jamais ce qu'il avait découvert.

— Personne ne peut prévoir qu'il va mourir le lendemain.

— Simon était comme beaucoup de médecins légistes que j'ai connus, dit Frock en hochant la tête. Les affaires aussi passionnantes et aussi médiatisées que celle-là sont rares, et quand on tombe sur une, bah..., on ne peut pas toujours résister à la tentation de faire durer le plaisir.

Il consulta sa montre.

— Oh, mon Dieu, j'ai failli oublier mon rendez-vous en ostéologie. Margo, vous voulez bien laisser tomber ces scannographies et prendre le relais ? Je ne sais pas si c'est à cause de ce drame ou si cela fait trop longtemps que je suis penché sur ces os, mais je pense qu'un regard neuf ne nuirait pas au travail.

— Bien sûr. Que cherchez-vous exactement ?

— Si je le savais ! Je suis certain que cette personne souffrait d'une maladie congénitale. Je voudrais quantifier les changements morphologiques pour voir s'il y a eu mutation génétique. Malheureusement, cela implique de devoir mesurer presque tous les os. Je voulais commencer par ceux du poignet et des doigts, étant donné que ce sont ceux, vous le savez, qui sont le plus sensibles aux changements génétiques.

Margo baissa les yeux vers le chariot.

— Mais ça va nous prendre des jours !

Frock haussa les épaules, un brin exaspéré.

— Je ne le sais que trop, ma chère.

Il agrippa les jantes de son fauteuil roulant et se propulsa vers la porte.

Sans enthousiasme, Margo commença à mesurer les os et à rentrer leurs dimensions dans l'ordinateur. Même les plus petits nécessitaient des dizaines de mesurages et bientôt une longue colonne de chiffres s'était formée sur l'écran. Margo luttait pour ne pas se laisser gagner par l'énervement dû à cette tâche fastidieuse et au silence de mort qui régnait dans le laboratoire. Si Frock avait raison, si la déformation osseuse était congénitale, alors l'identification du corps devrait être facilitée. Et, à ce stade, ils pouvaient utiliser toutes les pistes dont ils disposaient : les squelettes du labo d'anthropologie physique ne leur avaient fourni aucun indice. Tout en travaillant, elle se demanda ce que Brambell aurait pensé. Mais se souvenir de lui était trop pénible. Songer que cet homme s'était fait agresser, assassiner... Elle s'obligea à penser à autre chose.

La sonnerie du téléphone la fit sursauter alors qu'elle effectuait un mesurage particulièrement compliqué. Il sonna de nouveau — deux sonneries brèves —, et Margo se rendit compte qu'il s'agissait d'un appel extérieur. Sans doute D'Agosta qui téléphonait au sujet du docteur Brambell. Elle décrocha.

— Laboratoire médico-légal, j'écoute.

— Pourrais-je parler au docteur Brambell, s'il vous plaît ? demanda une voix plutôt jeune.

— Le docteur Brambell ? répéta Margo, prise au dépourvu.

Et si c'était un parent ? Que devait-elle dire ?

— Allô ! fit la voix.

— Oui. Euh..., le docteur Brambell n'est pas là pour le moment. Je peux vous aider ?

— C'est assez confidentiel. Vous êtes... ?

— Le docteur Green. Je suis son assistante.

— Ah, parfait, alors ! Je suis le docteur Cavalieri, de l'hôpital Saint Luc, à Baltimore. J'ai identifié son patient.

— Quel patient ?

— Le cas de spondylolisthésis... Vous m'avez envoyé une série de ses radios. Au début, j'ai cru que c'était une blague. J'ai failli ne pas m'en occuper.

Margo prit un stylo et un bloc-notes.

— Si vous m'expliquiez tout depuis le début, docteur ?

— Soit. Je suis chirurgien orthopédique à Baltimore. Nous ne sommes que trois dans le pays à pratiquer la chirurgie corrective pour réduire les spondylolisthésis. Le docteur Brambell le savait, bien entendu.

— Qu'est-ce qu'une spondylolisthésis ?

Il y eut un silence.

— Vous n'êtes pas médecin ?

Margo prit une profonde inspiration et se lança.

— Docteur Cavalieri, autant que je vous le dise. Le docteur Brambell a été..., enfin, il est décédé hier soir. Je suis biologiste, spécialisée en génétique évolutive, et je l'aidais à analyser les restes de plusieurs victimes d'homicides. Étant donné que le docteur Brambell est mort, j'ai besoin que vous m'en disiez davantage.

— Il est mort ? Mais... je lui ai parlé pas plus tard qu'hier.

— Il est décédé subitement, précisa Margo, qui ne désirait pas entrer dans les détails.

— Mais c'est affreux ! Le docteur Brambell était une sommité de la médecine, il était connu dans tout le pays, en Grande-Bretagne, en...

Il se tut. Margo revit encore Brambell tel qu'elle l'avait vu pour la dernière fois : face à son auditoire dans le Linnaeus Hall, riant sous cape, l'œil pétillant de malice derrière les verres de ses lunettes à monture d'écaille. Un soupir poussé à l'autre bout du fil la ramena au présent.

— Une spondylolisthésis est un glissement en avant d'une des vertèbres lombaires consécutif, le plus souvent, à une fracture. On peut la corriger en fixant une attelle métallique sur la colonne vertébrale par des vis à pointe hélicoïdale. Le fait de visser l'attelle permet de redresser la vertèbre.

— Quel rapport avec ce qui nous occupe ? dit Margo.

— Vous revoyez les quatre triangles blancs visibles sur les radios que le docteur Brambell m'a envoyées ? Ce sont les pointes des vis. Votre homme a subi une opération pour une spondylolisthésis. Très peu de chirurgiens les pratiquent, ce qui facilite les recherches.

— Je comprends.

— Je sais que ces radios correspondent à l'un de mes patients pour une excellente raison, poursuivit Cavalieri. Ces vis-là étaient fabriquées par une société de Minneapolis qui a mis la clef sous la porte en 1989. J'ai utilisé leurs vis pour une trentaine d'opérations en les plaçant d'une manière particulière, selon une technique qui m'était propre, juste derrière les apophyses transverses de la deuxième vertèbre lombaire. Une technique assez brillante, soit dit en passant. Elle permet une meilleure fixation sur l'os, voyez-vous, avec moins de fusion osseuse. Personne n'a pratiqué cette méthode, à part moi et deux internes que j'ai formés. Évidemment, elle est devenue caduque après le développement de la technique de Steinmann. Au final, j'étais le seul à l'utiliser.

Margo sentit une pointe d'orgueil dans la voix du chirurgien.

— Mais voilà où le mystère commence, reprit-il. Aucun chirurgien que je connaisse ne pourrait retirer l'attelle métallique dans ce type de spondylolisthésis. Ça ne se peut pas. Il est impossible de retirer les vis, elles sont fixées dans l'os. Alors, quant à savoir pourquoi ce type s'est fait retirer son attelle...

— Oui ? fit Margo qui notait à la va-vite.

— Comme je vous le disais, dès que j'ai vu les radios, j'ai su que c'était un de mes patients. Pourtant, j'ai été très surpris par l'état du squelette. Par cette profusion d'excroissances osseuses ! Je suis sûr que jamais je n'aurais opéré quelqu'un présentant un tel squelette.

— Ces excroissances seraient donc postopératoires ?

— C'est certain. J'ai consulté mes dossiers et, grâce aux radios, j'ai pu identifier le patient. Je l'ai opéré le 2 octobre 1988.

— De qui s'agit-il ? s'empressa de demander Margo.

À cet instant, Frock rentra dans le laboratoire et fit rouler son fauteuil vers elle, à l'écoute.

— Attendez, j'ai noté ça là...

Margo entendit des bruits de papiers.

— Je vais vous faxer tout le dossier, bien entendu, mais je peux d'ores et déjà vous dire..., ah, voilà ! Il s'agit d'un certain Gregory S. Kawakita.

Margo fut parcourue d'un frisson glacé.

— Gregory Kawakita ? répéta-t-elle d'une voix étranglée.

— C'est ça, oui. Tiens, c'est drôle, lui aussi était biologiste. Vous le connaissiez ?

Margo raccrocha, incapable de prononcer un mot de plus. D'abord, le docteur Brambell, et maintenant... Elle regarda Frock et vit avec inquiétude qu'il était pâle, avachi dans son fauteuil, une main sur le cœur, oppressé.

— Gregory Kawakita ? souffla-t-il. C'est Gregory ? Oh, mon Dieu, non !

Il baissa la tête, effondré. Margo courut à la fenêtre, réprimant des sanglots. Elle ne put s'empêcher de repenser à la semaine cauchemardesque qui s'était ouverte avec les premiers meurtres au musée suivis du carnage lors de l'inauguration de l'exposition « Superstition ». Gregory Kawakita était alors conservateur adjoint au musée, lui aussi élève de Frock. C'était grâce à lui qu'on avait pu identifier et neutraliser le monstre. Son programme d'extrapolation génétique avait fourni la clef qui leur avait permis de savoir ce qu'était le Mbwun et comment l'abattre. Mais personne n'était sorti indemne de cette terrible épreuve — en particulier Greg. Il avait quitté le musée peu de temps après, à l'aube d'une brillante carrière, et personne n'avait plus entendu parler de lui.

Personne, sauf elle. Et elle n'avait pas répondu à son appel à l'aide.

Aujourd'hui, elle comprenait pourquoi il avait quitté le musée : il était atteint d'une horrible maladie qui transformait peu à peu son squelette en cet assemblage d'os tordus. Nul doute qu'il avait eu honte ; peur, aussi. Peut-être avait-il cherché à se faire soigner. Peut-être, vers la fin, était-il devenu S.D.F. Puis, cruel pied de nez à une vie autrefois si prometteuse, finir tué, décapité, les os rongés par quelque bête dans la nuit d'une galerie souterraine.

Elle regarda par la fenêtre et frissonna. Kawakita avait connu une fin horrible. Peut-être aurait-elle pu l'aider ? Mais, à l'époque, elle voulait avant tout oublier et ne pensait qu'au sport et au travail.

— Docteur Frock ? cria-t-elle.

Elle entendit le fauteuil roulant approcher dans son dos.

— Docteur Frock...

Les mots lui manquaient. Elle sentit la main de Frock se poser gentiment sur son coude tremblant.

— Laissez-moi réfléchir un moment, finit-il par dire. Juste un moment, s'il vous plaît. Comment est-ce possible ? Quand on pense que cette collection d'os disparates est... Gregory...

Sa voix se brisa. Il lâcha Margo qui demeura immobile dans la lumière montante du jour. Elle ferma les yeux et prit une profonde inspiration. Au bout d'un moment, elle se retourna non pas vers le chariot — elle n'était pas sûre de pouvoir examiner de nouveau les restes posés dessus —, mais vers Frock. Il était toujours là, derrière elle, immobile, les yeux secs, le regard perdu dans le vague.

— Nous ferions mieux de prévenir D'Agosta, dit-elle.

Frock ne réagit pas tout de suite. Puis, au bout d'un long moment, il acquiesça.

Deuxième partie

CUI CI SONO DEI MONSTRI

Il va de soi qu'il n'existe pas de recensement fiable des populations qui vivent sous Manhattan. Toutefois, selon l'étude Rushing-Bunten de 1994, 2 750 personnes cohabiteraient dans la petite zone allant de Penn Station, au sud-ouest, à la gare de Grand Central, au nord-est — nombre qui atteint les 4 500 en hiver. D'après l'auteur, ce chiffre serait en deçà de la réalité. Bien évidemment, ces groupes ne tiennent pas de registre des naissances et des décès.

En outre, vu le nombre important de toxicomanes, de délinquants, d'anciens détenus, de handicapés mentaux et de psychopathes, cet environnement ne peut être qu'hostile, voire extrêmement dangereux. Bien des raisons sont avancées pour expliquer qu'un être humain quitte la société pour aller se terrer dans l'obscurité des tunnels du métro et autres espaces souterrains : quête d'une certaine tranquillité ou d'une certaine sécurité, rejet des valeurs sociales. Une fois qu'un individu rejoint ces communautés souterraines, ses chances de survie sont estimées à environ vingt-deux mois.

Laura Hayward, *Une société de castes sous Manhattan ?*

(à paraître)

23.

La 63ᵉ Rue ouest filait vers l'Hudson, ses immeubles de grand standing cédant progressivement la place à de pimpants bâtiments de grès brun. D'Agosta marchait d'un bon pas, tête baissée, mal à l'aise, dans le sillage de la silhouette loqueteuse et malodorante de Pendergast.

— Tu parles d'une façon de passer mon après-midi de libre, grommela D'Agosta.

Il se retenait de se gratter un peu partout car, pour ce faire, il aurait dû toucher le vieil imperméable anglais pouilleux qu'il portait, sa chemise en nylon crasseuse ou son pantalon usé jusqu'à la trame. Il se demandait où Pendergast avait déniché tout ça.

Pour couronner le tout, son visage n'était pas maquillé au cirage, mais réellement crasseux. Jusqu'à ses chaussures qui étaient dégoûtantes. Quand il avait protesté, Pendergast s'était contenté de dire : « Vincent, ta vie en dépend. » Et pas question qu'il emporte son arme de service ou son badge. « Je préfère ne pas te raconter ce qu'ils te feraient subir si jamais ils trouvaient ça sur toi », lui avait fait remarquer Pendergast. *En plus,* songea d'Agosta, morose, *cette expédition est complètement illégale.*

Il jeta un coup d'œil devant lui et aperçut une femme qui venait vers eux, tirée à quatre épingles, en robe d'été et talons hauts. Elle promenait un chihuahua. Elle s'arrêta net à leur vue, eut une moue dégoûtée et détourna la tête. Au moment où Pendergast arrivait à la hauteur de la dame, le toutou se mit à aboyer à tout va. Pendergast se poussa mollement sur le côté et le chien redoubla d'animosité, s'étranglant tant il tirait sur la laisse.

En dépit ou peut-être à cause de son inconfort, D'Agosta se sentit particulièrement agacé par l'attitude méprisante de cette passante. Il se tourna vers elle et lui lança :

— Alors, ça va chez toi ?

La femme eut un mouvement de recul.

— Oh, vous êtes répugnant ! piailla-t-elle. Ne fais pas attention, *Petit Chou**.

Pendergast attrapa D'Agosta par la manche et l'entraîna, tournant dans Columbus Avenue.

— Tu es tombé sur la tête ? chuchota-t-il.

Ils pressèrent le pas tandis que la femme criait :

— Au secours ! Au secours ! On m'agresse ! Au secours !

Pendergast partit à fond de train. D'Agosta l'imita, se démenant pour ne pas se laisser distancer. Pendergast s'engouffra dans une allée transversale, tomba à genoux sur le trottoir devant la plaque en fonte d'une sortie de secours d'une ligne de métro et, faisant levier avec un petit outil crochu, la souleva puis fit signe à D'Agosta de descendre par l'échelle. Il s'y engagea à son tour, remit la plaque en place et s'enfonça dans le noir à la suite de D'Agosta. Au fond, ils tombèrent sur deux voies ferrées faiblement éclairées. Ils les traversèrent et se retrouvèrent face à un passage voûté qui donnait sur un autre escalier qu'ils descendirent.

En bas, Pendergast s'arrêta. D'Agosta le rejoignit, hors d'haleine. Après avoir attendu quelques instants, Pendergast alluma une minitorche électrique et pouffa.

— « Alors, ça va chez toi », dit-il. Vincent, à quoi penses-tu donc ?

— Je voulais juste être sympa, rétorqua D'Agosta.

— Il s'en est fallu de peu que tu ne fasses couler le navire avant même qu'on ait quitté le port. N'oublie pas que tu n'es là que pour compléter mon déguisement. Le seul moyen que j'aie de rencontrer ce Méphisto est de me poser en chef d'une autre communauté. Et un chef ne se déplace jamais sans son aide de camp.

Il désigna un tunnel étroit.

— Ce chemin mène vers l'est, vers son territoire.

D'Agosta acquiesça.

---

* En français dans le texte. *(N.d.T.)*

— N'oublie pas mes instructions, reprit Pendergast. C'est moi qui parle. Tu n'es plus officier de police. Quoi qu'il arrive, n'interviens pas.

De la poche de son trench-coat répugnant, il sortit deux vieux bonnets de laine et en tendit un à D'Agosta.

— Tiens, mets ça.

— Pourquoi ?

— Les couvre-chefs masquent la forme du crâne. En outre, si on devait se sauver, on pourrait « changer de tête » en s'en débarrassant. Souviens-toi que nous ne sommes pas habitués à nous déplacer dans l'obscurité. Ici, ils nous dominent.

Il fourragea de nouveau dans sa poche et en sortit un petit objet arrondi qu'il mit dans sa bouche.

— Qu'est-ce que c'est que ça ? demanda D'Agosta en se coiffant de son bonnet.

— Un faux palais en caoutchouc pour modifier la position de ma langue et, par conséquent, les sonorités de ma voix. Nous allons frayer avec des hors-la-loi, mon cher, ne l'oublie pas. J'ai passé presque toute l'année dernière à Riker's Island, à dresser le profil psychologique d'assassins pour Quantico. Il est possible que je tombe sur certains d'entre eux. Dans ce cas-là, il vaut mieux que ni mon apparence ni ma voix ne me trahissent. Il ne suffit pas que je me sois maquillé. Il va falloir que je modifie mon maintien, ma démarche, ma gestuelle. Pour toi, c'est plus simple : ne dis rien, fais-toi tout petit et suis le mouvement. Nous ne devons surtout pas faire tache. Compris ?

D'Agosta acquiesça.

— Avec un peu de chance, reprit Pendergast, ce Méphisto va nous donner d'autres informations sur les meurtres. Peut-être récolterons-nous des preuves matérielles supplémentaires, ce dont nous avons grandement besoin. À ce propos, vous avez une piste pour Brambell ?

Il balaya l'obscurité de la pointe lumineuse de son stylo-torche et fit un pas en avant.

— Non. Waxie et les supérieurs pensent que ce n'est qu'un meurtre gratuit de plus. Mais je me demande si les raisons de sa mort n'ont pas un rapport avec sa profession.

— Ah oui ?

— Il me semble que les victimes — en tout cas, certaines d'entre elles — ne sont pas choisies au hasard. Brambell, par exemple, était sur le point de découvrir l'identité du second squelette. Peut-être quelqu'un avait-il intérêt à ce qu'on ne la connaisse pas.

— Je dois reconnaître, Vincent, que j'ai été sidéré d'apprendre qu'il s'agissait de Kawakita. Cela nous ouvre des horizons... à la fois complexes et inquiétants qui nous donnent à penser que le docteur Frock, le docteur Green et tous ceux qui travaillent sur cette affaire devraient bénéficier d'une protection rapprochée.

— Je suis allé voir Horlocker ce matin pour lui parler de ça, justement, et il a refusé. Pour lui, Kawakita a traficoté avec Pamela Wisher d'une façon ou d'une autre et il s'est trouvé au mauvais endroit au mauvais moment. Un meurtre gratuit, comme celui de Brambell. Tout ce qui l'intéressait, c'était d'éviter que la presse ne s'en empare avant que la famille de Kawakita soit localisée et prévenue — à supposer qu'il lui reste des parents, je crois savoir qu'il était orphelin. Waxie était présent. Il se pavanait en paon adipeux qu'il est. Tout ce qu'il a su me dire, c'est de réussir à mieux étouffer cette affaire que l'affaire Wisher.

— Et ?

— Je lui ai répondu qu'il pouvait aller se faire foutre. À demi-mot, bien entendu. Je pensais qu'il valait mieux ne pas inquiéter Frock et Green, mais, après cette réunion, je les ai appelés pour leur donner quelques petits conseils. Ils m'ont promis d'être prudents, au moins jusqu'à ce que leur travail soit terminé.

— Ont-ils établi les causes de la déformation du squelette de Kawakita ?

— Pas encore. Je...

D'Agosta s'interrompit. Pendergast se tourna vers lui.

— Quoi ?

— La réaction du docteur Green m'inquiète un peu. Bon, c'est moi qui ai mis Frock et elle sur cette affaire, mais je ne suis plus très sûr que ce soit une bonne idée. Tu sais comment Margo a réagi aux meurtres du musée : sport en salle, jogging quotidien, tir au pistolet.

— C'est classique, après un traumatisme. Les gens qui sortent d'une situation terrifiante cherchent à reprendre le dessus par de la suractivité. Ça compense leur sentiment de vulnérabilité. En fait, c'est plutôt sain de réagir énergiquement à un stress intense.

144

— Quand même, je trouve qu'elle en fait trop. Et avec ce qui se passe maintenant..., eh bien, je ne suis pas sûr d'avoir pris une bonne décision en l'appelant.

— Au contraire, tu as très bien fait. Nous aurons besoin de ses compétences. Surtout maintenant que nous savons que Kawakita est mort. Tu vas enquêter à son dernier domicile connu, je suppose ?

D'Agosta acquiesça.

— Tu pourrais peut-être demander au docteur Green de t'accompagner, reprit Pendergast en poursuivant son examen minutieux du tunnel. Bon, tu es prêt, Vincent ?

— Ma foi ! Et si on tombe sur une présence ennemie ?

Pendergast eut un petit sourire.

— Faire le commerce de denrées locales permet de gagner la sympathie des autochtones, dit-il.

— De la drogue ? demanda D'Agosta, abasourdi.

Pendergast acquiesça et écarta les pans de son trench-coat. D'Agosta distingua plusieurs poches minuscules cousues dans la doublure crasseuse.

— Il semblerait que pratiquement tout le monde, ici-bas, soit ou ait été toxicomane, dit Pendergast. J'ai toute une pharmacopée sur moi : crack, cocaïne, héroïne, kétamine, P.C.P. Tout ça va peut être nous sauver la vie, Vincent. Je leur ai dû la mienne lors de ma première descente.

Pendergast plongea la main dans sa poche et en sortit une gélule noire.

— De la biphétamine, dit-il. Plus connue au sein de la confrérie souterraine sous le nom de « Beauté noire ».

Il regarda la gélule un instant puis, d'un geste vif, la goba.

— Mais qu'est-ce... ? fit D'Agosta.

D'un geste, l'agent du F.B.I. lui intima le silence.

— Il ne suffit pas que je joue un rôle, chuchota Pendergast. Il faut que je le vive de l'intérieur. Ce Méphisto est sans doute méfiant et paranoïaque. Déceler les imposteurs, c'est défendre son fonds de commerce. Ne l'oublie pas.

D'Agosta ne fit pas de commentaire. Ils étaient sortis du cadre de la société, de la loi, de tout.

Pendergast s'engagea dans le tunnel latéral, D'Agosta à sa suite. Ils marchèrent le long d'une ancienne voie ferrée. Pendergast s'arrêtait de temps en temps pour consulter ses notes. De son côté, D'Agosta fut stupéfié par la rapidité avec laquelle il perdait le sens de l'orientation et la notion du temps.

Tout à coup, Pendergast désigna une lumière rougeâtre et vacillante qui semblait en suspension dans l'obscurité à une centaine de mètres devant eux.

— Il y a des gens autour d'un feu de camp, chuchota-t-il. C'est sans doute une petite communauté du « haut », des squatters qui vivent à l'orée du fief de Méphisto.

Il contempla un moment la lueur, indécis.

— On passe au salon ? demanda-t-il tout à coup, et, sans attendre de réponse, il avança vers la lumière.

À mesure qu'ils s'en approchaient, D'Agosta distingua une dizaine de silhouettes regroupées autour du feu — certaines allongées par terre, d'autres assises sur des caisses retournées —, le regard rivé sur les flammes. Une cafetière noire sifflait, posée sur les braises. Pendergast s'avança d'un pas tranquille et s'accroupit devant le feu. Personne ne sembla faire attention à lui. Il farfouilla sous ses nombreuses couches de vêtements et sortit une bouteille de vin français. D'Agosta vit tous les regards converger vers la bouteille.

Pendergast la déboucha, but une longue goulée et poussa un soupir de contentement.

— Quelqu'un veut un petit coup à boire ? demanda-t-il en approchant la bouteille du feu de façon que tous puissent lire l'étiquette.

D'Agosta ne put réprimer un sursaut : la voix de Pendergast était méconnaissable : pâteuse, rocailleuse. Sa peau laiteuse, ses yeux d'un bleu transparent, ses cheveux presque blancs lui donnaient un air étrangement menaçant à la lueur dansante des flammes.

Un bras se tendit.

— Moi, dit un homme assis sur une des caisses.

Il prit la bouteille et but au goulot. Quand il la rendit à Pendergast, il l'avait vidée d'un bon quart. Pendergast la passa à un autre homme et elle fit le tour du cercle pour lui revenir vide entre les mains. Un murmure de remerciements indistincts s'éleva.

D'Agosta essaya de se placer dans la trajectoire de la fumée dans l'espoir que l'odeur du feu l'emporterait sur celles de sueur, de mauvais vin et de vieille urine.

— J' voudrais voir Méphisto, dit Pendergast au bout d'un moment.

146

On s'agita autour du feu de camp. Les hommes semblè-rent tout à coup sur leurs gardes.

— On s'en tape, fit le premier buveur, agressif.

— Pas moi, rétorqua Pendergast sur le même ton.

L'homme jaugea Pendergast.

— Va te faire enculer.

Pendergast réagit si vite que D'Agosta, surpris, fit un bon en arrière. L'instant d'après, l'homme était face contre terre, Pendergast au-dessus de lui, un pied appuyé sur son cou.

— Meeeerde ! geignit l'homme.

Pendergast exerça une pression avec son pied.

— On lui manque pas de respect, à Whitey, dit-il entre les dents.

— J' voulais pas te fâcher, mec. P'tain !

Pendergast relâcha un peu la pression.

— Méphisto crèche route 666, dit le type.

— Où c'est, ça ?

— Arrête, mec, ça fait super mal ! Bon, tu prends la voie 100 jusqu'à l'ancien générateur, et là tu descends par l'échelle jusqu'à la passerelle.

Pendergast libéra l'autre, qui se rassit en se massant le cou.

— Il aime pas les inconnus, Méphisto, dit-il.

— On doit causer affaires, lui et moi.

— Ah ouais ? À quel sujet ?

— Au sujet des Hydreux.

D'Agosta sentit le groupe se raidir.

— Qu'est-ce qu'ils ont ? demanda quelqu'un.

— J' raconterai ça à Méphisto.

Pendergast fit un signe de tête à D'Agosta, et tous deux s'éloignèrent du feu de camp, poursuivant leur route dans le tunnel obscur. Lorsque le feu ne fut plus qu'un petit halo rouge tremblotant derrière eux, Pendergast ralluma sa mini-torche.

— Il ne faut jamais se laisser marcher sur les pieds par ces marginaux, dit-il. S'ils sentent que tu es un faible, tu es un homme mort.

— Une jolie prise, dit D'Agosta.

— Ce n'est pas très difficile de mettre un ivrogne K.-O. La dernière fois que je suis descendu, j'ai appris que l'alcool était une drogue très recherchée dans ces niveaux supérieurs. À part le type tout mince qui était assis le plus loin du feu. Je te parie qu'il se pique, celui-là. Tu as remarqué comme il se grattait d'un air absent pendant toute cette petite altercation ? Un effet secondaire du Fentanyl, c'est indéniable.

Le tunnel bifurqua, et, après avoir consulté une carte du réseau ferré qu'il avait sur lui, Pendergast indiqua la branche de gauche, la plus étroite.

— Ça nous mènera à la voie 100, dit-il.

D'Agosta lui emboîta le pas. Après un temps qui lui parut interminable, Pendergast s'arrêta de nouveau et désigna une énorme machine rouillée dotée de plusieurs poulies d'au moins trois mètres cinquante de diamètre. Des courroies pourries gisaient en tas sur le sol. De l'autre côté se trouvait une échelle métallique qui menait à une passerelle passant au-dessus d'un tunnel désaffecté. D'Agosta descendit par l'échelle à la suite de Pendergast et le suivit le long de la passerelle branlante. Au bout, une plaque fixée au sol s'ouvrait sur une échelle elle aussi métallique qui descendait jusqu'à un large tunnel inachevé. Roches et poutrelles rouillées étaient empilées au petit bonheur contre les parois. D'Agosta vit les restes de plusieurs feux de camp, mais l'endroit semblait désert.

— Nous allons devoir descendre par là, on dirait, dit Pendergast en braquant son stylo-torche vers l'amas rocheux.

La pierre était luisante et marquée d'innombrables empreintes de mains et de pieds. Une odeur âcre montait vers eux.

D'Agosta passa le premier, s'accrochant désespérément au basalte tranchant et humide. Il lui fallut cinq bonnes minutes pour exécuter cet exercice périlleux et arriver en bas. Il avait l'impression d'être arrivé au centre de la Terre.

— Je suis curieux de voir un de ces mecs gravir ça sous l'effet d'une drogue, dit-il à Pendergast, comme celui-ci se laissait tomber sur le sol à ses côtés, les bras tremblants suite à l'effort fourni.

— Aucun de ceux qui vivent là en-dessous ne remonte jamais, dit Pendergast. À part les coursiers. D'après ce que j'ai compris, ce sont les seuls à avoir des contacts avec la surface. Ils collectent et encaissent les chèques de l'aide sociale, fouinent pour trouver de quoi manger, ramassent les bouteilles vides pour récupérer la consigne, achètent les médicaments, le lait et la drogue.

Pendergast promenait le faisceau de son stylo-torche autour d'eux, révélant une cavité rocheuse aux parois accidentées. D'un côté, une plaque de tôle ondulée d'environ un mètre cinquante de haut obstruait l'entrée d'un tunnel abandonné. Un message sans ambages était peint sur la paroi à côté : ACCÈS RÉSERVÉ À LA FAMILLE — INTERDIT À TOUS LES AUTRES.

Pendergast poussa la plaque de tôle, qui roula avec un bruit de tonnerre.

— La sonnette, fit-il remarquer.

Au moment où ils s'engageaient dans le tunnel, un homme mal fagoté apparut tout à coup devant eux. Il était grand, décharné à faire peur. Il tenait un gros tison dans une main.

— Qui vous êtes ? demanda-t-il en barrant la route à Pendergast.

— Et toi ? rétorqua Pendergast. T'es Flingueur ?

— Dehors ! gronda l'homme en les repoussant dans le puits rocheux. Je m'appelle Flint. Vous voulez quoi ?

— Voir Méphisto, répondit Pendergast.

— Pourquoi ?

— Je suis le chef de la Tombe de Grant, une petite communauté sous l'université Columbia. Je suis venu au sujet des meurtres.

Il y eut un long silence.

— Et lui ? demanda Flint en désignant D'Agosta.

— C'est mon coursier.

Flint reporta son attention sur Pendergast.

— Des armes, de la drogue ?

— Pas d'armes, répondit Pendergast. Mais...

À la lueur rougeoyante du tison, D'Agosta le vit afficher un air gêné.

— ... j'ai ma petite provision de...

— Pas de drogue chez nous, le coupa Flint. On touche pas à ça dans notre communauté.

Conneries, songea D'Agosta devant le regard fiévreux de l'homme.

— Désolé, dit Pendergast, mais je garde toujours mes provisions sur moi. Si ça pose problème...

— Qu'est-ce que tu as ? demanda Flint.

— Ça te regarde pas.

— De la coke ? insista l'homme avec une lueur d'espoir dans la voix.

— Bien deviné, répondit Pendergast après avoir ménagé un moment de silence.

— Je vais devoir te la confisquer.

— Bon, on va dire que je te l'offre.

Pendergast sortit un petit paquet enveloppé de papier d'aluminium et le tendit à Flint, qui l'empocha d'un geste vif.

— Suivez-moi, dit-il.

D'Agosta repositionna la plaque de tôle ondulée derrière eux, et Pendergast et lui descendirent, à la suite de Flint, un escalier de fer qui les mena devant un passage étroit donnant sur un palier en ciment qui dominait une vaste salle circulaire. Flint s'engagea sur une rampe de béton accrochée à la paroi. Au passage, D'Agosta remarqua des alcôves creusées dans la roche. Chacune était occupée par une personne seule ou une famille. Des visages noirs de crasse et des matelas immondes apparaissaient à la lueur vacillante de bougies ou de lampes à pétrole. À l'autre bout de ce vaste espace, D'Agosta distingua un morceau de canalisation qui jaillissait du mur. De l'eau s'en écoulait, formant une flaque boueuse sur le sol de la caverne. Plusieurs silhouettes y étaient regroupées, en train de faire la lessive, semblait-il. Cette eau sale formait un ruisseau qui disparaissait par l'ouverture d'un tunnel.

Arrivés au bas de la rampe, ils franchirent le ruisseau en marchant sur une vieille planche. Des groupes d'habitants de ce monde souterrain étaient éparpillés par terre, en train de dormir ou de jouer aux cartes. Un homme était allongé à même le sol, les yeux ouverts et vitreux, et D'Agosta se rendit compte qu'il était mort et attendait d'être enterré. Il détourna la tête.

Flint les précéda le long d'un passage duquel partaient de nombreuses galeries. Tout au bout, dans la pénombre, des gens travaillaient : certains rangeaient des boîtes de conserve, d'autres faisaient du raccommodage, d'autres encore distillaient de l'eau-de-vie. Flint les mena jusqu'à un espace éclairé à l'électricité. D'Agosta leva la tête et vit une ampoule électrique qui pendillait à un fil dénudé relié à une vieille boîte de dérivation dans un coin. Il laissa errer son regard sur les briquettes fissurées des parois. Soudain, il se figea, n'en croyant pas ses yeux. Le centre de la salle était occupé par un vieux wagon ferroviaire incliné sur ses roues arrière à au moins soixante-dix centimètres au-dessus du sol. Comment avait-il fini dans cette cour des miracles, mystère. Sur son flanc, D'Agosta devinait les lettres NEW YO CENTRA en lettres noires à demi effacées sur le métal rouge et rouillé.

D'un geste, Flint leur intima de ne plus bouger, et il monta dans le fourgon. Il en ressortit quelques minutes plus tard et leur fit signe de venir.

Ils entrèrent et se retrouvèrent dans une petite anti-chambre dont le fond était masqué par une épaisse tenture sombre. Flint avait disparu. Le fourgon était plongé dans le noir ; il y régnait une chaleur insupportable.

— Oui ? chuinta une voix étrange derrière la tenture.

Pendergast se racla la gorge.

— On me connaît sous le nom de Whitey, dit-il. Je suis le chef de la communauté de la Tombe de Grant. On a entendu parler de l'appel que tu as lancé aux communautés du dessus pour unir nos efforts et faire cesser les meurtres.

Il y eut un silence. D'Agosta se demanda qui se cachait derrière cette tenture. *Peut-être personne,* songea-t-il. *Comme dans* Le Magicien d'Oz. *Peut-être Smithback avait-il bidonné son article ? On ne pouvait jamais savoir avec ces journalistes...*

— Entrez, fit la voix.

Les pans de la tenture s'écartèrent. De mauvaise grâce, D'Agosta suivit Pendergast dans la pièce. Il y faisait sombre car elle n'était éclairée que par le faible éclat de l'ampoule nue au-dehors et par un petit feu qui couvait sous un tuyau de cheminée dans un coin. Au centre, un homme était assis sur un siège imposant qui n'était pas sans évoquer un trône. Grand, massif, des cheveux gris, longs et épais, il était vêtu d'un vieux costume en velours marron pattes d'éléphant et coiffé d'un Borsalino râpé. À son cou pendait un lourd collier navajo en argent incrusté de turquoises.

Méphisto les scrutait d'un regard étonnamment péné-trant.

— Cher monsieur Whitey*, dit-il, mondain. Un nom banal, mais, vu ton côté albinos, il te va comme un gant.

D'Agosta sentit le regard perçant de Méphisto se poser sur lui. *Quel que soit cet homme,* pensa-t-il, *il n'est pas fou. Pas complètement, en tout cas.* Il se sentit mal à l'aise.

— Et lui ? demanda Méphisto.

_____

* Blanc dans l'argot afro-américain. *(N.d.T.)*

— C'est Cigare. Mon coursier.

Méphisto dévisagea D'Agosta un long moment puis reporta son attention sur Pendergast.

— Je n'ai jamais entendu parler de la communauté de la Tombe de Grant, dit-il d'un air méfiant.

— Il y a un vaste réseau de tunnels de service sous les dépendances de Columbia, dit Pendergast. On est peu nombreux, et on se mêle pas des affaires des autres. Les étudiants sont assez généreux.

Méphisto acquiesça, attentif. Petit à petit, son air méfiant cédait la place à un sourire dont D'Agosta n'aurait su dire s'il était malveillant ou amical.

— Oui, bien sûr, dit Méphisto. Eh bien, ça fait plaisir de trouver un allié en cette période difficile. Buvons pour sceller notre rencontre. On parlera après.

Il frappa dans ses mains.

— Des sièges pour nos invités ! Et réveillez-moi ce feu ! Flingueur, va nous chercher de la viande !

Un homme petit et fluet que D'Agosta n'avait pas vu dans l'ombre sortit du fourgon. Un autre, assis en tailleur sur le sol, se leva avec une lenteur froide et alla remettre des bûches dans le feu qu'il attisa avec un gros tisonnier. *Il fait déjà bien assez chaud comme ça, ici,* songea D'Agosta, sentant de la sueur lui couler sur la peau sous sa chemise crasseuse.

Un type immense, à la musculature impressionnante, monta dans le fourgon en portant deux caisses d'emballage qu'il posa devant le siège de Méphisto.

— Messieurs, je vous en prie, dit Méphisto avec une gravité d'opérette, en invitant ses hôtes à prendre place.

D'Agosta s'assit du bout des fesses sur une des caisses tandis que le dénommé Flingueur refaisait son apparition en tenant dans les mains quelque chose qui gouttait à travers le papier journal. Il le laissa tomber près du feu, et D'Agosta eut un haut-le-cœur : c'était un rat, la tête à moitié écrasée, les pattes encore agitées de soubresauts.

— Formidable ! s'écria Méphisto. De la viande fraîche, comme vous pouvez le constater.

Il posa son regard perçant sur Pendergast.

— Vous aimez le lapereau du rail, je présume ?

— Bien sûr, lui répondit Pendergast.

D'Agosta remarqua que l'armoire à glace se tenait dans leur dos. Il comprit alors qu'ils allaient être soumis à une épreuve qu'ils avaient tout intérêt à réussir.

152

Méphisto souleva le rat par les pattes avant, prit une broche dans l'autre main, en transperça l'animal de part en part, en la rentrant par l'anus et en la faisant ressortir par la tête, puis le mit à rôtir sur le feu. D'Agosta, horrifié, ne put s'empêcher de regarder les poils se tordre en grésillant tandis que le rat était agité d'un dernier spasme. Quelques instants plus tard, l'animal flambait et une bouffée de fumée âcre s'élevait vers le toit du wagon. Puis les flammes retombèrent, révélant le cadavre noirci de l'animal et sa queue tire-bouchonnée.

Méphisto contempla le rat un petit moment, puis il le retira du feu, sortit un couteau de son manteau, racla la peau de l'animal pour la débarrasser des poils tenaces puis lui transperça le ventre pour laisser échapper les gaz de cuisson. Il le remit sur le feu, un peu plus haut au-dessus de la flamme, cette fois.

— C'est tout un art, dit-il, de préparer le « trotte-menu à la broche ».

D'Agosta sentait que tous les regards étaient fixés sur Pendergast et lui. Il n'osait imaginer ce qui se passerait s'il trahissait le moindre dégoût.

Quelques minutes s'écoulèrent dans un silence total uniquement rythmé par les grésillements du rat. Méphisto fit tourner la broche puis regarda Pendergast.

— Quelle cuisson ? lui demanda-t-il. Personnellement, je le préfère saignant...

— Ça me va, dit Pendergast aussi placidement que si on lui proposait des ortolans dans un grand restaurant.

C'est un animal comme les autres, se dit D'Agosta, au désespoir. *En manger ne va pas me tuer. Ces types en seraient capables, par contre.*

Méphisto soupira avec impatience.

— Ah, il me paraît très bien, là, non ? fit-il.

— Mangeons, proposa Pendergast en se frottant les mains.

D'Agosta resta coi.

— Ça s'arrose ! s'écria Méphisto.

Presque aussitôt apparut une bouteille de piquette à moitié vide. Méphisto la lorgna avec dédain.

— Faisons honneur à nos invités, s'exclama-t-il en repoussant la bouteille.

Une bouteille poussiéreuse de grand cru et trois gobelets en plastique supplantèrent le vin ordinaire. Méphisto débrocha le rat en le faisant glisser sur le journal.

— À vous l'honneur, dit-il à Pendergast en lui tendant l'assiette de fortune.

D'Agosta luttait contre la panique. Qu'allait faire Pendergast ? Il le vit, avec un soulagement teinté d'horreur, porter sans hésitation le rat à sa bouche et mordre à belles dents dans son flanc. Puis il entendit un bruit d'os brisés et de succion. Cela lui donna la nausée.

Pendergast se passa la langue sur les lèvres.

— Succulent, dit-il en reposant le rat devant leur hôte.

— Une technique intéressante, fit remarquer Méphisto.

— Bof, fit Pendergast en haussant les épaules. Ils foutent pas mal de raticide dans les tunnels de service sous la Columbia. En goûtant le foie, on sait tout de suite si la bête est saine ou non.

Méphisto se fendit d'un large sourire.

— Je m'en souviendrai, dit-il.

Il reprit son couteau, coupa plusieurs lamelles de viande et les tendit à D'Agosta.

L'heure avait sonné. D'Agosta sentit l'armoire à glace se rapprocher de lui dans son dos. Il ferma les yeux et s'attaqua à la viande avec une voracité feinte, n'en faisant qu'une bouchée, mâchant à toute allure et avalant d'un coup avant d'avoir eu le temps d'en sentir le goût. Il réussit l'exploit de continuer à sourire et de ne pas vomir pendant ce supplice.

— Eh bien, dites-moi ! s'écria Méphisto. Quel ogre !

La tension chuta très nettement dans la pièce ; petits rires et murmures rompirent le silence.

— Vous me pardonnerez d'avoir été méfiant, s'excusa Méphisto. Il fut un temps où la vie sous terre était plus décontractée et plus confiante. Si vous êtes ce que vous prétendez être, vous savez de quoi je parle. Nous vivons une époque difficile.

Méphisto servit du vin puis leva son verre, portant un toast. Il découpa d'autres tranches de rat qu'il fit passer à Pendergast puis broya la carcasse.

— Je vais vous présenter mes lieutenants, dit-il.

Il désigna le gros malabar derrière eux.

— Voici Petit Harry. Il a commencé à jouer aux courses très jeune. S'est lancé dans de petits larcins pour financer sa passion. Pris dans l'engrenage, il a fini à Attica. Il a beaucoup appris là-bas. À sa sortie, il n'a pas pu trouver de travail. Par

154

chance, il s'est aventuré en sous-sol et a rejoint notre communauté avant de retomber dans ses travers.

Méphisto désigna l'homme aux gestes lents assis près du feu.

— Lui, c'est Boy Alice. Il enseignait la littérature anglaise dans une école privée du Connecticut. Les choses ont mal tourné. Il a perdu son travail, a divorcé, s'est retrouvé sans le sou et s'est mis à boire. Il fréquentait les foyers d'hébergement et les soupes populaires. C'est là qu'il a entendu parler de nous. Quant à Flingueur, il est revenu du Vietnam juste pour découvrir que la patrie n'en avait plus rien à faire de lui.

Méphisto s'essuya la bouche avec la feuille de papier journal.

— C'est plus que vous ne devriez en savoir, dit-il. On a rompu avec le passé, comme vous, sans doute. Alors, comme ça, vous êtes venu me trouver au sujet des meurtres ?

— Oui, dit Pendergast. Trois des nôtres ont disparu depuis la semaine dernière, et les autres commencent à avoir peur. On a entendu parler de ton appel pour une alliance contre les Hydreux. Les tueurs sans visage.

— La nouvelle se répand. Avant-hier, j'ai été contacté par le Philosophe. Tu le connais ?

— Non, répondit Pendergast après une légère hésitation.

— Ah bon ? fit Méphisto, étonné. Curieux. C'est mon alter ego, le chef des communautés qui vivent sous Grand Central.

— On se rencontrera peut-être un de ces quatre, repartit Pendergast. Pour le moment, j'ai besoin de rapporter à mon groupe des nouvelles rassurantes. Qu'est-ce que tu peux me dire au sujet de ces meurtres ?

— Ils ont commencé il y a environ un an. Le premier, ç'a été Joe Atcitty. On a retrouvé son corps devant le Blockhaus, sans tête. Ensuite, ç'a été Annie la Brune. Puis Sergent-Major. Et ça a continué, continué. On en a retrouvé certains et pas d'autres. Un peu plus tard, les Mandres nous ont signalé une recrudescence d'activité.

— Les Mandres ? fit Pendergast.

Le regard de Méphisto se fit à nouveau soupçonneux.

— T'as jamais entendu parler d'eux ? Vous devriez sortir davantage, vous dégourdir les pattes, visiter les environs, *msieu le maire.* Les Mandres vivent au-dessous de nous. Ils ne montent jamais, ne s'éclairent pas. De vraies salamandres. *Versteh ?* Ils disent qu'il y a du mouvement en dessous d'eux, que le Grenier des Enfers a été colonisé.

D'Agosta lança un regard interrogateur à Pendergast, mais ce dernier se contenta d'acquiescer.

— Le niveau le plus bas sous la ville, dit-il comme pour lui-même.

— On ne peut pas aller plus bas, dit Méphisto.

— Tu y es déjà descendu ? lui demanda Pendergast, l'air de rien.

Méphisto le regarda comme s'il avait affaire à un fou.

— Mais tu crois que ce sont ces gens-là qui commettent les meurtres ? poursuivit Pendergast.

— Je ne le crois pas, j'en suis sûr, dit Méphisto avec un sourire amer. Ils sont là, en dessous de nous, en ce moment même. Mais je ne suis pas certain qu'on doive parler de « gens ».

— Comment ça ? demanda Pendergast, plus du tout désinvolte.

— Des bruits courent, fit Méphisto d'une voix neutre. On dit que ce n'est pas pour rien qu'on les appelle les Hydreux.

— À savoir... ?

Méphisto ne répondit pas.

— Mais... qu'est-ce qu'on peut faire ? questionna Pendergast au bout d'un moment.

— Ce qu'on peut faire ? répéta Méphisto, qui ne souriait plus du tout. Réveiller les habitants de New York ! Leur montrer qu'il n'y a pas que les taupes et les gens invisibles qui meurent !

— Pourquoi ? Que pourraient-ils faire contre les Hydreux ?

— Ce qu'ils font contre les cafards : une désinsectisation.

— Facile à dire.

Le regard dur et perçant de Méphisto se posa sur l'agent du F.B.I.

— Tu as une meilleure idée, Whitey ?

Pendergast réfléchit un moment et finit par répondre :

— Pas pour le moment.

24.

Robert Willson, bibliothécaire à la Société historique de New York, lança un regard courroucé à l'autre occupant de la salle cartographique. Un type à l'allure bizarre : costume noir, yeux d'un bleu délavé, cheveux blond-blanc coiffés en arrière dégageant un front haut. Et un enquiquineur de première. Il était là depuis le début de l'après-midi et ne cessait de demander à consulter des cartes qu'il manipulait sans ménagement. À chaque fois que Willson se rasseyait devant son ordinateur pour reprendre ses travaux personnels sur sa monographie concernant les fétiches zuñi, l'autre revenait à la charge avec de nouvelles questions.

À ce moment, l'homme se leva et s'approcha de sa démarche silencieuse.

— Excusez-moi, dit-il de sa voix traînante.

Il s'exprimait sur un ton poli mais sans réplique.

Willson détacha les yeux de son écran.

— Oui ? fit-il, très sec.

— Je suis navré de vous déranger une fois de plus, mais, si j'ai bien compris, les projets Vaux & Olmstead prévoyaient l'aménagement de canaux pour drainer les marécages de Central Park. Pourrais-je en voir les plans ?

— Ces projets ont été rejetés par la Commission des parcs, répondit Willson, les lèvres pincées. Et ils ont été égarés. Un drame.

Il reporta son attention sur son écran, espérant avoir été assez clair. *Le vrai drame serait que je ne puisse pas replancher sur ma monographie,* songea-t-il.

— Je vois, fit le visiteur, qui ne semblait pas avoir reçu le message. Alors, dites-moi, comment les marécages ont-ils été drainés ?

Willson se redressa sur sa chaise, exaspéré.

— Il me semble que c'est évident. On a utilisé les canalisations de la 36e Rue.

— Et avez-vous le compte-rendu de ces opérations ?

— Oui !

— Puis-je le voir ?

Willson soupira, se leva et franchit une fois encore la lourde porte qui donnait accès à la vaste salle des archives où le désordre régnait en maître. Les étagères métalliques menaçaient de s'écrouler sous le poids de cartes et de plans qui moisissaient en piles instables. Tandis qu'il déchiffrait la liste de références sibyllines, Willson avait l'impression de sentir les grains de poussière se poser sur sa calvitie. Ses narines le picotèrent. Il trouva enfin les plans qu'il cherchait et les ramena dans la salle de lecture. *Pourquoi faut-il toujours que les gens demandent à consulter les documents les plus lourds ?* se demanda-t-il.

— Voilà ! dit-il en posant les plans sur le comptoir d'acajou.

Le consultant les apporta au bureau où il s'était installé et commença à les parcourir. Willson le vit jeter des notes et faire des croquis dans un petit calepin relié de cuir. *Il a de l'argent,* songea Willson avec un pincement au cœur. *Aucun prof ne pourrait s'offrir un tel costume.*

Un silence divin emplit la salle de cartographie. Enfin, Willson allait pouvoir se remettre au travail. Il sortit un jeu de photographies jaunies d'un tiroir de son bureau et commença à corriger son chapitre sur l'imagerie clanique.

Quelques minutes plus tard, il sentit le visiteur de nouveau derrière lui. Il se retourna sans un mot. L'homme montra l'une des photographies, une figurine en pierre grossièrement sculptée à l'effigie d'un animal sur le dos duquel un fer de lance en silex était lié par un fin ligament.

— Je pense que vous découvrirez que ce fétiche que vous avez étiqueté « puma » est en réalité un grizzli, remarqua l'homme.

Willson dévisagea l'inconnu en se demandant si c'était sa façon de plaisanter.

158

— Cushing, répondit-il, qui a trouvé ce fétiche en 1883, l'a clairement identifié comment étant un puma. Vous pouvez vérifier la référence par vous-même.

Tout le monde se prenait pour un expert, de nos jours.

— Le grizzli fétiche a toujours un fer de lance fixé sur son dos, dit l'homme, sans se décontenancer. Tout comme celui-ci. Le puma a une pointe de flèche.

— Quelle est la nuance, au juste ? s'enquit Willson en se redressant sur sa chaise.

— On tue un puma avec un arc et des flèches, mais pour tuer un grizzli, il faut utiliser une lance.

Willson ne dit mot.

— Cushing avait tort sur ce coup, ajouta l'autre avec douceur.

Willson rassembla les pages de son manuscrit et les rangea.

— Pour être tout à fait franc, dit-il, j'aurais plutôt tendance à faire confiance à Cushing et non à...

Il laissa sa phrase en suspens.

— La bibliothèque ferme dans une heure, l'informa-t-il.

— En ce cas, j'aimerais consulter les planches des levés de terrain de 1956 du gazoduc d'Upper West Side.

Willson pinça encore les lèvres.

— Lesquels ?

— Tous, si cela ne vous dérange pas.

C'en était trop.

— Je suis navré, mais c'est contre le règlement. Les clients n'ont le droit de consulter que dix cartes d'une même série.

Il ponctua son refus d'un regard triomphant — qui, apparemment, ne fit ni chaud ni froid à son interlocuteur.

— Robert Willson, dit celui-ci en lisant son badge. Maintenant, je me rappelle pourquoi votre nom m'était familier.

— Ah oui ? fit Willson, désorienté.

— Absolument. N'est-ce pas vous qui avez fait paraître un article très brillant sur les pierres-mirages à la conférence sur les Navajos, à Window Rock, l'année dernière ?

— Oui, c'est bien moi.

— J'en étais sûr. Je n'avais pas pu y aller, mais j'ai lu les publications. J'ai fait moi-même une petite recherche sur l'imagerie religieuse des Indiens du Sud-Ouest. Oh, rien de sérieux comparé à la vôtre, évidemment.

— Je suppose, dit Willson d'un air modeste, qu'on ne peut pas consacrer trente ans de sa vie à un sujet sans que votre nom ne finisse par être connu.

— C'est un honneur de vous rencontrer. Je me présentc : Pendergast.

Willson lui serra la main et la trouva désagréablement molle.

— Je suis heureux de voir que vous poursuivez vos recherches, dit le dénommé Pendergast. Les gens s'intéressent si peu à la culture indienne.

— Merci, répondit Willson, flatté.

C'était bien la première fois qu'il tombait sur un visiteur qui s'intéressait à ses travaux — et en parlait intelligemment, qui plus est. Certes, ce Pendergast était mal informé sur les fétiches indiens, mais...

— J'adorerais parler de cela plus longuement avec vous, dit Pendergast, mais je crains de n'avoir que trop abusé de votre temps.

— Oh non ! Non, pas du tout. Qu'est-ce que vous vouliez voir, déjà ? Les levés de 56 ?

Pendergast acquiesça.

— Autre chose aussi, si je puis me permettre. Je crois qu'il existe un relevé des tunnels existants effectué dans les années 20 pour le futur réseau métropolitain. Est-ce exact ?

Le visage de Willson s'allongea.

— Mais cette série comporte une soixantaine de cartes, au bas mot !

— Oh, je comprends, dit Pendergast, l'air dépité. C'est contre le règlement, alors.

— Bon, s'écria Willson, se déridant tout à coup et réjoui de sa propre audace. Motus et bouche cousue ! Et tant pis pour l'heure de fermeture ! Je dois rester tard pour travailler sur ma monographie, de toute façon. Et puis... les règlements sont faits pour être transgressés de temps en temps, non ?

Dix minutes plus tard, il ressortait de la salle des archives en poussant devant lui un chariot si chargé qu'il en faisait gémir les lattes du vieux parquet.

25.

Smithback pénétra dans le vaste hall du Four Seasons, impatient de quitter la chaleur et les mauvaises odeurs de Park Avenue. Il se dirigea nonchalamment vers le bar d'où, maintes fois, il avait lancé des regards envieux vers l'autre bout de la pièce, vers le Picasso et vers la terre promise au-delà. Aujourd'hui, cependant, il ne s'y arrêta pas mais s'approcha du maître d'hôtel, lui chuchota un nom à l'oreille, et ce nom suffit pour que lui, Smithback, ait le droit d'emprunter le couloir de rêve qui menait au restaurant privé.

Toutes les tables étaient occupées, mais il y régnait une sérénité que rien ne semblait devoir venir troubler, comme si les bruits étaient assourdis par l'immensité même de la salle. Smithback se fraya un chemin parmi les magnats de l'industrie, les grosses pointures de l'édition et les nababs du caoutchouc jusqu'à l'une des meilleures tables, près de la fontaine. Là, vêtue sobrement d'un corsage safran et d'une jupe plissée, l'attendait Mme Wisher.

— Monsieur Smithback ! Comme c'est gentil à vous d'être venu. Asseyez-vous, je vous en prie.

Smithback prit la chaise qu'elle lui indiquait, face à elle, et regarda autour de lui. Ce déjeuner promettait d'être intéressant ; il espérait qu'il aurait le temps d'en profiter pleinement. Il avait à peine commencé à écrire son article choc qu'il devait remettre à 18 heures au plus tard.

— Un verre d'amarone ? lui demanda Mme Wisher en désignant la bouteille à côté de la table.

— Avec plaisir, répondit-il.

Leurs regards se croisèrent. Smithback se sentait bien plus à l'aise que lors de leur première rencontre. Sa nécrologie sur « l'Ange de Central Park », la récompense offerte par le *Post* et son compte-rendu favorable de la manifestation sur Grand Army Plaza lui assuraient un accueil chaleureux.

Mme Wisher adressa un signe de tête au sommelier, qui accourut pour servir Smithback. Quand il se fut éloigné, elle inclina imperceptiblement le buste et dit :

— Cher monsieur Smithback, vous vous demandez sans doute pourquoi je vous ai invité à déjeuner ?

— J'avoue que je me suis posé la question.

Smithback goûta le vin et le trouva excellent.

— J'irai droit au but. Certains événements vont avoir lieu dans notre ville. Et j'aimerais que vous en rendiez compte.

— Moi ? fit Smithback en reposant son verre.

Un léger sourire fit frémir la bouche de Mme Wisher.

— Je m'attendais que vous tombiez des nues. Mais, voyez-vous, monsieur Smithback, j'ai pris mes renseignements sur vous depuis notre dernière rencontre. Et j'ai lu votre livre sur les meurtres du musée.

— Vous l'avez acheté ? demanda Smithback avec espoir.

— La bibliothèque municipale d'Amsterdam Avenue en avait un exemplaire. Très intéressant. J'ignorais que vous aviez à ce point payé de votre personne dans cette enquête.

Smithback leva les yeux vers elle mais ne décela aucune trace d'ironie dans son expression.

— J'ai aussi lu votre article sur notre rassemblement, poursuivit-elle. Il s'en dégageait un ton positif qui faisait défaut chez vos confrères. De plus, je tenais absolument à vous remercier.

— Vraiment ?

— C'est vous qui m'avez convaincue que l'unique façon d'obtenir l'attention de la ville était de l'aiguillonner. Vous vous rappelez ce que vous m'avez dit ? « Les New-Yorkais ne réagissent que si on leur donne une claque en pleine figure. » Sans vous, je serais peut-être encore dans mon salon en train d'écrire des lettres au maire au lieu d'utiliser mon chagrin à bon escient.

Smithback opina. Un point pour la Veuve pas très joyeuse.

162

— Depuis la manifestation, notre mouvement a pris de l'ampleur, reprit Mme Wisher. Nous avons fait vibrer une corde sensible. Les gens se mobilisent — des gens puissants, influents —, mais notre message s'adresse aussi à Monsieur Tout-le-monde, à l'homme de la rue. Et c'est lui que vous pouvez atteindre grâce à vos articles.

Smithback n'aimait guère qu'on lui rappelle qu'il travaillait pour un journal populaire, mais il se garda de faire aucun commentaire. En outre, Mme Wisher disait vrai : dès la fin de la manifestation, il avait vu des groupes se former pour boire, chahuter, prêts à passer à l'action.

— Voici ce que je vous propose, poursuivit Mme Wisher en posant ses mains délicatement manucurées sur la nappe en lin. Je vous assure l'exclusivité sur toutes les actions projetées par Reprenons Notre Ville, dont certaines seront volontairement tenues secrètes pour éviter que la police n'ait le temps d'intervenir. Vous, par contre, serez admis dans le saint des saints. Vous saurez tout ce qui devra se passer et quand cela devra se passer. Vous pourrez me suivre dans mes déplacements si vous le désirez. Je puis vous assurer que vous aurez de quoi gifler vos lecteurs.

Smithback l'écoutait en faisant de son mieux pour ne pas trahir sa surexcitation grandissante. *C'est trop beau pour être vrai,* songea-t-il.

— Je suppose que vous aimeriez publier un autre livre, reprit Mme Wisher. Une fois que Reprenons Notre Ville aura gagné son combat, vous recevrez tout mon soutien en ce sens. Je vous accorderai toutes les interviews que vous souhaiterez. Hiram Bennett, le directeur littéraire de Cygnus House, qui est de mes amis, devrait être intéressé par un tel projet.

Bon Dieu, rêva Smithback. *Hiram Bennett, M. Édition en personne.* Il voyait d'ici le duel de surenchères entre Cygnus House et Stockbridge, l'éditeur du livre sur le musée !

— Je ne demande qu'une chose en retour, dit Mme Wisher, coupant net le fil de sa rêverie. Qu'à partir de maintenant vous vous consacriez exclusivement à couvrir notre mouvement et à défendre notre cause. Je veux que vous n'écriviez plus que sur nous.

— Comment ? s'écria Smithback. Mais... madame Wisher, mon journal me paie pour que je lui fournisse de la matière à un rythme régulier.

Ses rêves de gloire littéraire s'effacèrent pour céder la place à la vision de son rédacteur en chef, Arnold Murray, exigeant de la copie, le visage congestionné par la colère.

— Oui, je comprends, dit Mme Wisher. Et je crois être en mesure de vous offrir, d'ici à quelques jours, toute la « matière » dont vous pourriez rêver. Je vous donnerai les détails dès que nous aurons peaufiné nos plans. Croyez-moi, je pense que notre collaboration nous sera bénéfique, à vous comme à moi.

Smithback réfléchit à toute allure. Dans quelques heures, il devait remettre son papier sur ce que sa séance d'espionnage au musée lui avait appris. Il l'avait déjà repoussé — en vain — dans l'espoir d'obtenir d'autres informations. C'était avec cet article qu'il espérait décrocher une promotion et prendre sa revanche sur ce connard de Bryce Harriman. Quoique les effets de la promesse de récompense commencent à s'émousser sans avoir fourni aucune piste sérieuse. Son interview de Méphisto n'avait pas éveillé autant d'intérêt qu'il l'avait espéré. Il n'existait pas de preuve formelle que la mort de l'expert légiste — même si la coïncidence était plutôt suspecte — était liée aux autres meurtres. Et puis il devait aussi penser aux conséquences fâcheuses que pouvait avoir son intrusion dans le musée.

D'un autre côté, son instinct de journaliste lui disait que cette histoire Wisher sentait le ticket gagnant. Il pourrait se faire porter pâle, être aux abonnés absents pendant un ou deux jours, et, quand il réapparaîtrait, tout serait pardonné.

— Affaire conclue, madame Wisher, dit-il en relevant la tête.

— Vous pouvez m'appeler Anette.

Elle baissa les yeux sur le menu.

— Nous commandons ? Permettez-moi de vous suggérer les coquilles Saint-Jacques dans leur robe de citron et de caviar. Le chef les réussit à merveille.

26.

Hayward tourna dans la 72ᵉ Rue et s'arrêta net, surprise à la vue de l'immeuble de huit étages qui se dressait devant elle. Elle chercha dans sa poche le papier sur lequel elle avait griffonné l'adresse puis releva la tête. Pas d'erreur. Pourtant, cette bâtisse faisait plus penser au manoir de la famille Addams — en vingt fois plus imposant, disons — qu'à un immeuble résidentiel de Manhattan. Deux hauts pignons coiffaient sa façade tels des sourcils ; son toit d'ardoises cuivrées était hérissé de cheminées, de flèches, de tourelles, d'épis de faîtage — il ne manquait plus qu'un belvédère. *Ou peut-être des meurtrières seraient-elles plus de circonstance,* songea Hayward. Il portait un nom aussi étrange que son aspect : « Le Dakota ». Hayward en avait déjà entendu parler, bien sûr, mais c'était la première fois qu'elle le voyait. Il faut dire qu'elle n'avait jamais rien à faire dans l'Upper West Side.

Elle se dirigea vers l'entrée côté sud. Le gardien en faction lui demanda son identité et passa un bref appel téléphonique.

— Porte sud-ouest, l'informa-t-il en raccrochant.

Elle passa sous la voûte et déboucha dans une vaste cour intérieure. Elle tourna à droite, pénétra dans un petit hall d'entrée et prit l'ascenseur, qui s'éleva en silence jusqu'à l'étage demandé. Les portes s'ouvrirent, et Hayward sortit dans un petit couloir lambrissé sur lequel ne donnait qu'une seule porte. L'ascenseur se referma en chuintant, plongeant Hayward dans les ténèbres. Un instant, elle craignit de s'être trompée d'étage. Elle entendit un bruissement et, instinctivement, porta la main à son arme de service.

— Sergent Hayward, dit une voix onctueuse aux inflexions traînantes qu'elle aurait reconnue entre mille. C'est parfait. Entrez, je vous en prie.

La porte s'était ouverte et Pendergast se tenait dans l'encadrement, sa silhouette mince se découpant à contre-jour dans l'éclairage tamisé de la pièce.

Hayward entra, et Pendergast referma la porte.

— Asseyez-vous, mademoiselle Hayward, dit-il en lui désignant un canapé. Je vous offre un rafraîchissement ?

— Non, merci.

Elle sentit le cuir luxueux du canapé crisser sous son poids et regarda le tableau impressionniste qui se trouvait sur le mur d'en face : des meules de foin sous un soleil couchant.

— Bel endroit, dit-elle. Ce bâtiment est un peu étrange, mais enfin...

— Nous, locataires, préférons le terme d'« excentrique ». Mais beaucoup de gens ont dû partager votre avis au fil du temps, je suppose. Le Dakota — ainsi appelé parce que à sa construction, en 1884, ce quartier de la ville semblait aussi loin que le Territoire indien — dégage, je trouve, un air de solidité, de permanence qui me plaît. Bâti sur du roc, des murs de quatre-vingts centimètres d'épaisseur en rez-de-chaussée..., mais, bon, vous n'êtes pas venue pour m'entendre parler d'architecture. Tout d'abord, je vous remercie mille fois d'être là.

— Vous plaisantez ? Vous pensez que j'aurais pu laisser passer l'occasion de visiter l'antre de l'agent Pendergast ? Vous êtes une vraie légende dans nos troupes. Comme si vous ne le saviez pas !

— Que c'est rassurant, dit Pendergast en se coulant sur une chaise. Mais la visite s'arrêtera là, j'en ai peur. Je reçois plutôt rarement mais... ça m'a paru l'endroit le plus approprié pour parler.

— Ah oui, et pourquoi ça ? demanda Hayward.

— Pour parler en toute tranquillité. Je voudrais en savoir plus sur les S.D.F. qui vivent sous terre. Vous avez fait un travail de recherches sur eux. Vous êtes une spécialiste.

— Vous êtes bien le seul à le penser.

— C'est que les autres ne s'intéressent pas à cette question. Quoi qu'il en soit, je comprends que votre thèse soit un sujet sensible, et c'est pourquoi j'ai pensé que vous préfèreriez en discuter en dehors de vos heures de service, loin du commissariat.

Il a vu juste, songea Hayward. Et cette pièce étrange, apaisante, au charme austère lui semblait aussi éloignée du Q.G. que pouvait l'être la Lune. S'installant dans son fauteuil moelleux, elle sentit ses réticences naturelles la quitter.

— Je suis descendu deux fois, dit Pendergast. La première pour tester mon déguisement et faire des repérages ; la deuxième pour rencontrer Méphisto, leur chef. Je me suis rendu compte alors que j'avais sous-estimé au moins deux choses : la force de ses convictions et le nombre de ses partisans.

— Personne ne sait exactement combien de gens vivent sous terre, dit Hayward. La seule chose dont on soit sûr, c'est qu'ils sont plus nombreux qu'on ne le croit. Quant à Méphisto, il est sans doute le chef le plus célèbre. Sa communauté est la plus importante. Elle serait constituée d'un noyau dur de vétérans du Vietnam plus ou moins dérangés et d'ex-babas cool qui ont été rejoints par des éléments épars depuis le début des meurtres. Ils hantent les galeries les plus basses sous Central Park.

— Ce qui m'a étonné, c'est la diversité des personnes que j'y ai rencontrées, dit Pendergast. Je m'attendais à trouver une certaine catégorie de gens, un profil dominant. En fait, j'avais devant moi un échantillon représentatif de l'humanité.

— Les S.D.F. ne choisissent pas d'aller sous terre, dit Hayward. Ceux qui le font sont ceux qui ont peur d'aller dans des refuges, ceux qui détestent les soupes populaires et les grilles d'aération du métro, les solitaires, les illuminés. Ils vont d'abord dans le métro, puis plus bas. Croyez-moi, les cachettes ne manquent pas.

Pendergast acquiesça.

— Dès ma première descente, dit-il, j'ai été surpris par l'immensité de ce territoire. J'avais l'impression d'être un explorateur foulant un sol inconnu.

— Et vous n'en avez vu qu'une partie infime. Il y a trois mille kilomètres de tunnels abandonnés ou à moitié creusés, et huit mille toujours en service ; plus des salles souterraines, condamnées et oubliées. On dit aussi qu'il y aurait des abris antiatomiques construits en secret par le Pentagone dans les années 50, il y aurait aussi des salles de machines contenant

167

du matériel abandonné, des anciens égouts. Tout un monde parallèle, une Atlantide urbaine.

— Sergent Hayward, avez-vous entendu parler du Grenier des Enfers ?

— Oui.

— Pouvez-vous me dire où il est situé et comment s'y rendre ?

— Non. Deux ou trois S.D.F. y ont fait allusion lors de nos descentes, mais on en entend tellement avec eux qu'on ne sait plus trop ce qu'il faut croire. J'ai pensé que c'était un de leurs délires.

— Connaîtriez-vous quelqu'un qui pourrait m'en dire plus là-dessus ?

Hayward réfléchit quelques instants.

— Vous pourriez aller voir Al Diamond. C'est un ingénieur expert en structures souterraines. On fait toujours appel à lui en cas de rupture d'une canalisation ou lorsqu'une nouvelle conduite doit être percée. Ça fait un moment que je ne l'ai pas vu. Il est peut-être cané.

— Pardon ?

— Mort, je veux dire.

Le silence retomba un moment entre eux, seulement rompu par le murmure de la cascade murale.

— Si les tueurs ont colonisé un lieu souterrain secret, le nombre important de S.D.F. ne va pas nous faciliter la tâche, dit Pendergast.

— Et ça ne va pas aller en s'arrangeant, ajouta Hayward en détachant les yeux du tableau champêtre.

— À savoir ?

— C'est l'automne dans quelques semaines, le moment où les S.D.F. descendent en masse chercher un abri pour l'hiver. Si votre théorie sur ces meurtres est la bonne, vous voyez ce que je veux dire.

— Non. Je vous écoute.

— L'automne, répéta Hayward en reportant le regard sur le tableau. C'est aussi l'ouverture de la chasse...

27.

L'avenue sinistre s'enfonçait dans la zone industrielle et se terminait sur un quai où un éboulis de roches dégringolait à moitié dans les eaux boueuses de l'East River. Au-delà, on avait une vue imprenable sur Roosevelt Island et le pont de la 59ᵉ Rue. Sur l'autre rive, le tracé gris et sinueux de la voie Franklin-Roosevelt passait devant le siège de l'O.N.U. et les luxueux appartements de Sutton Place. *Jolie vue,* songea D'Agosta en descendant de la voiture banalisée. *Et quartier pourri.*

Le soleil d'août lissait le macadam qui miroitait sous les caresses de ses rayons obliques. D'Agosta desserra son col et vérifia une fois de plus l'adresse que lui avait donnée le service du personnel du musée : 11-46, 94ᵉ Avenue, Long Island City. Il regarda les immeubles autour de lui en se demandant s'il n'y avait pas eu erreur. Sûr que ça n'avait rien d'un quartier résidentiel. La rue était bordée de vieux entrepôts et d'usines à l'abandon. D'Agosta hocha la tête. *Et encore une impasse,* songea-t-il. On pouvait faire confiance à Waxie pour lui coller la mission qui, à ses yeux, était de la « moins haute importance ».

La porte métallique du 11-46 était bosselée, craquelée et recouverte d'au moins dix couches de peinture noire. Tout comme ses consœurs de la rue, elle semblait donner accès à un entrepôt vide. D'Agosta appuya sur la vieille sonnette et, n'entendant rien, frappa à grands coups à la porte. Silence.

Il attendit quelques minutes puis s'enfonça dans l'étroit passage sur le côté du bâtiment. Il se fraya un chemin parmi des gros rouleaux de papier goudronné qui se désagrégeaient et s'approcha d'une fenêtre grillagée. Il monta sur un rouleau et essuya la vitre noire de poussière avec le bout de sa cravate, y dessinant un rond dans l'espoir de voir à l'intérieur.

Il plissa les yeux et distingua un espace vide. De légères bandes de lumière barraient le sol de ciment. Au fond, un escalier menait à ce qui avait dû être le bureau d'un contremaître. À part ça, rien.

Entendant du bruit à l'entrée du passage, D'Agosta se retourna et vit un quidam qui fonçait sur lui en brandissant un long couteau de cuisine. Instinctivement, D'Agosta sauta à terre et dégaina son arme de service. L'homme s'arrêta net, considérant le pistolet d'un air étonné. Il fit demi-tour, s'apprêtant à fuir.

— On ne bouge plus ! cria D'Agosta. Police !

L'homme se retourna et le regarda d'un air amusé.

— Un flic ? fit-il, sarcastique. Mazette ! La police dans nos beaux quartiers ?

Il jaugeait D'Agosta d'un air de défi, tout sourire. Il avait un physique des plus étranges : crâne rasé peint en vert, bouc clairsemé, lunettes rondes à la Trotski, chemise coupée dans une sorte de toile de jute, vieilles baskets rouges.

— Jette le couteau par terre, lui intima D'Agosta.

— Oh, ça va ! Je vous ai pris pour un braqueur.

— Le couteau par terre, j'ai dit !

Le sourire de l'homme se figea. Il lança le couteau vers D'Agosta qui, d'un coup de pied, l'envoya sur le côté.

— Maintenant, tu te tournes lentement et tu mets les mains à plat sur le mur. Jambes écartées.

— On est où, là, en Chine ?

— Exécution !

L'homme obéit de mauvaise grâce et D'Agosta le palpa de la tête aux pieds, ne trouvant qu'un portefeuille sur lui. Il l'ouvrit d'une chiquenaude. L'adresse sur le permis de conduire correspondait à la rue. D'Agosta rengaina son arme.

— Vous savez, monsieur Kirtsema, lui dit-il en lui rendant son portefeuille, j'étais en droit de tirer, tout à l'heure.

— Hé, mais je vous l'ai dit, je pouvais pas me douter que vous étiez flic, répondit l'homme en s'écartant du mur et en se frottant les mains. Si vous saviez le nombre de fois que je me suis fait cambrioler. Et c'est même pas la peine de vous appeler, vous vous déplacez même plus. Vous êtes le premier flic que je vois dans les parages depuis des mois, et...

— Soyez moins impulsif, la prochaine fois, le coupa D'Agosta. Et je vous signale que vous ne savez pas tenir un couteau. Si j'avais été un cambrioleur, vous seriez sans doute mort, à l'heure qu'il est. Dites-moi, vous vivez à côté ?

L'homme acquiesça. D'Agosta ne s'habituait pas à son crâne peint en vert mais s'efforçait de faire comme si de rien n'était.

— Depuis combien de temps ? lui demanda-t-il.

— Trois ans, à peu près. Avant, je créchais dans un loft dans SoHo, mais je me suis fait expulser. Ici, c'est le seul endroit que j'aie trouvé où je puisse travailler sans me faire emmerder.

— Qu'est-ce que vous faites ?

— C'est dur à expliquer. Et puis... il n'y a rien qui m'oblige à vous le dire, non ?

D'Agosta alla pêcher son badge dans sa poche et le lui mit sous le nez.

— Oh, la crime ? Qu'est-ce qui se passe ? Quelqu'un s'est fait buter dans le coin ?

— Non. On peut aller chez vous et parler un moment ?

L'homme lui lança un regard soupçonneux.

— C'est pour une perquisition ? Vous devez avoir un mandat pour ça, je crois ?

D'Agosta ravala son agacement.

— Rien d'officiel. J'aimerais vous poser quelques petites questions sur l'homme qui habitait dans cet entrepôt. Kawakita.

— Il s'appelait comme ça ? Bizarre, le mec ! Grave !

Le dénommé Kirtsema invita D'Agosta à le suivre jusqu'à une autre porte métallique noire qu'il ouvrit. D'Agosta entra dans un entrepôt peint en ivoire. Le long des murs, il y avait des bidons de formes bizarres et pleins d'ordures. Un palmier mort se dressait dans un coin. Au centre de la pièce, d'innombrables ficelles noires pendaient du plafond, par touffes, en une sorte de forêt lunaire et cauchemardesque. Dans le coin le plus éloigné se trouvaient un lit de camp, un évier, une cuvette de W.C. et une plaque chauffante. Aucun autre équipement n'était visible.

— *Kézako* ? demanda D'Agosta en tripotant les ficelles.

— Surtout, ne les emmêlez pas ! s'écria Kirtsema en poussant D'Agosta sans ménagement. Elles ne doivent jamais se toucher.

— C'est quoi, un genre d'expérience ?

— Non. C'est la reconstitution artificielle de la jungle primitive dans laquelle l'homme a évolué, recréée à New York.

D'Agosta lorgna les ficelles d'un air dubitatif.

— Alors, c'est de l'art ? fit-il. Qui vient voir ça ?

— C'est de l'art conceptuel, précisa Kirtsema avec un brin d'impatience dans la voix. Ce n'est pas fait pour être vu. Sa justification est son existence même.

— Est-ce qu'il s'appelait Gregory ?

— Qui ça ?

— Votre voisin. Kawakita.

— Je vous ai dit que je ne connaissais même pas son nom. Je l'évitais comme la peste. Je suppose que c'est à cause des plaintes que vous êtes venu ?

— Vous avez porté plainte ?

— Non, mais je n'arrêtais pas d'appeler le commissariat, si bien qu'au bout d'un moment les flics ne se déplaçaient même plus. Ah, mais c'est vrai que vous faites partie de la crime. Il n'a quand même pas assassiné quelqu'un ?

Sans répondre, D'Agosta sortit un calepin de la poche de son manteau.

— Parlez-moi de lui, dit-il.

— Il est arrivé ici il y a un petit peu moins de deux ans. Au début, aucun problème, je ne l'entendais pas. Et puis la valse des camionnettes a commencé..., des livraisons pratiquement tous les jours. Des boîtes, des caisses... Après, ç'a été le bruit. La nuit, en plus. Coups de marteau. Claquements. Pétarades. Sans parler de l'odeur de brûlé, je vous dis pas..., elle vous prenait à la gorge. Il a peint ses carreaux en noir, mais un a été cassé, une fois, et j'ai pu regarder à l'intérieur avant qu'il le fasse changer. C'était bizarre, un genre de labo. Il y avait des microscopes, des gros becs Bunsen, des appareils métalliques avec des signaux lumineux, des aquariums.

— Plusieurs ?

— Oui, des rangées d'aquariums superposés. Très grands. Pleins d'algues. Apparemment, c'était un scientifique. Un disséqueur, un réductionniste. Je n'aime pas leur

172

façon de voir le monde. J'ai une conception holistique de l'être humain.

— Je vois.

— Un jour, la compagnie d'électricité s'est pointée pour ouvrir une ligne à usage industriel chez lui, et ils m'ont coupé le jus pendant deux jours. Deux jours ! Et avec ces bureaucrates déshumanisés, on peut toujours se plaindre, rien à faire !

— Il recevait des visites ? Des amis ?

— C'est rien de le dire ! Toujours la nuit. Je les entendais frapper chez lui, tous de la même façon, comme si c'était un code. C'est là que j'ai téléphoné aux flics pour la première fois. J'étais sûr qu'il se passait des trucs louches. Un trafic de drogue, peut-être. Les flics sont venus, n'ont rien constaté d'illégal, et ils sont repartis.

Il hocha la tête d'un air dépité.

— Et ça a continué de plus belle. J'appelais sans arrêt les flics pour me plaindre du bruit et de l'odeur, mais au bout de quelques visites ils ne se déplaçaient même plus. Et puis, un beau jour, oh ! y a peut-être un an de ça, le type s'est pointé chez moi. À l'improviste, un soir, vers 11 heures.

— À quel sujet ?

— Sais pas. J'ai cru qu'il voulait me demander pourquoi je l'avais signalé à la police. Tout ce que je peux vous dire, c'est qu'il m'a foutu les jetons. C'était en septembre, il faisait presque aussi chaud que maintenant, mais il portait une espèce de djellaba, capuchon sur la tête. Il était dans l'ombre, je ne voyais pas son visage. Il est resté là, immobile, et il m'a demandé s'il pouvait entrer. J'ai refusé, bien sûr. Tout juste si je ne lui ai pas claqué la porte au nez, sergent.

— Lieutenant, rectifia D'Agosta tout en griffonnant des notes sur son calepin.

— Oh, vous savez, moi, les étiquettes..., dit Kirtsema en dodelinant de la tête. « Être humain » est le seul titre qui vaille la peine d'être retenu.

D'Agosta continuait de noter. Ce portrait ne ressemblait en rien au Greg Kawakita qu'il avait rencontré dans le bureau de Frock après l'inauguration cataclysmique de l'exposition « Superstition ».

— Vous pouvez me décrire sa voix ? demanda-t-il.

— Grave. Basse. Ah oui, il zozotait un max.

D'Agosta haussa les sourcils.

— Un accent ?

— Je ne crois pas. Mais avec son cheveu sur la langue, je ne peux pas dire. Il pourrait être espagnol, tout aussi bien.

— Quand est-il parti et pourquoi ? demanda D'Agosta.

— Deux ou trois semaines après être venu chez moi. En octobre. Une nuit, deux gros camions sont arrivés. Rien d'inhabituel à cela, sauf que cette fois ils ne lui ont pas livré des affaires mais ont chargé les siennes. Quand je me suis levé à midi, tout avait été vidé. Ils avaient même nettoyé la peinture noire du côté intérieur des vitres.

— À midi, vous dites ?

— Normalement, je dors de 5 heures du matin à midi. Je ne suis pas esclave des rythmes de rotation des planètes dans notre système solaire, sergent.

— Avez-vous remarqué quelque chose sur ces camions ? Un logo, le nom d'une société ?

Kirtsema réfléchit.

— Ah oui, dit-il. « Déménagement précision scientifique ».

Le regard de D'Agosta s'arrêta une fois encore sur le crâne vert de son interlocuteur.

— Vous en êtes sûr ?

— Sûr et certain.

D'Agosta le crut. Vu son look, ce type ne vaudrait pas un pet de lapin à la barre des témoins, mais il était très observateur.

— Autre chose ? demanda-t-il.

— Oui. Peu de temps après son arrivée, l'éclairage de la rue n'a plus marché, et apparemment n'a pas pu être réparé. Je suis sûr qu'il y est pour quelque chose, même si je ne peux pas vous dire en quoi. J'ai appelé la compagnie d'électricité, mais, comme d'habitude, ses robots sans visage n'ont rien fait. Par contre, quand on oublie de payer la facture, alors là, ils rappliquent !

— Merci de votre aide, monsieur Kirtsema. Téléphonez-moi à ce numéro si autre chose vous revenait.

28.

Le conduit d'aération 12, cheminée cauchemardesque de soixante mètres de haut en brique et métal rouillé, se dressait à l'entrée du tunnel Lincoln dans la 38e Rue. Vers son sommet, un petit poste d'observation était accroché, telle une sangsue, à la paroi orangée.

Tout en gravissant l'échelle d'accès dont plusieurs boulons de fixation étaient descellés, Pendergast lançait des regards vers les voitures qui, une trentaine de mètres plus bas, s'engouffraient dans le tunnel à toute allure.

En arrivant au niveau du poste d'observation, Pendergast avisa une trappe d'accès sur laquelle il put lire : DIRECTION DU PORT DE NEW YORK. L'appel d'air dans le conduit était aussi assourdissant que le bruit d'un moteur d'avion à réaction, et il dut cogner plusieurs fois à la trappe avant qu'on ne la lui ouvre.

Il se hissa à l'intérieur de la petite cage de métal et rajusta son costume tandis que l'occupant des lieux — un homme petit et sec comme un coup de trique vêtu d'un bleu de travail — refermait la trappe. Ce nid d'aigle offrait une vue imprenable sur l'Hudson et l'imposante centrale qui refoulait l'air vicié du tunnel par les conduits d'aération. En tendant le cou, Pendergast put voir les turbines du système de filtration d'air qui tournaient à plein régime juste au-dessous d'eux.

L'homme se dirigea vers une petite table d'architecte et s'assit sur le tabouret. Il n'y avait pas d'autre siège dans cet espace confiné. Il dit quelque chose que le vacarme ambiant ne permit pas à Pendergast d'entendre.

— Comment ? cria-t-il en s'approchant de lui.

Aucune isolation ne barrait la route au bruit et aux gaz d'échappement des voitures.

— Vous êtes qui ? répéta l'autre un ton au-dessus.

Pendergast lui montra sa carte d'agent du F.B.I. qu'il examina scrupuleusement.

— M. Albert Diamond, c'est bien ça ? demanda Pendergast.

— Al, dit l'homme avec un geste vague de la main. Qu'est-ce que vous me voulez ?

— On m'a dit que vous connaissiez le sous-sol de New York comme votre poche, que vous êtes l'ingénieur à qui on fait appel, qu'il s'agisse de percer un nouveau tunnel ou d'installer une nouvelle conduite de gaz.

— Paraît, ouais, répondit Al sans quitter Pendergast des yeux.

— Quand êtes-vous descendu pour la dernière fois ?

Al Diamond brandit un poing, l'ouvrit et le referma deux fois de suite.

— Dix ? Il y a dix mois, c'est ça ?

Al Diamond fit non de la tête.

— Dix ans ?

Al Diamond fit oui de la tête.

— Pourquoi pas depuis ? cria Pendergast.

— La fatigue. J'ai demandé à être muté ici.

— Vous aviez envie d'être loin des taupes et plus près des oiseaux, c'est ça ?

Al Diamond haussa les épaules.

— J'ai besoin de renseignements ! s'égosilla Pendergast en maudissant le boucan environnant.

Al Diamond l'encouragea d'un signe de tête.

— Parlez-moi du Grenier des Enfers.

Al Diamond détourna la tête, changea de position sur son tabouret mais demeura coi.

— On m'a dit qu'il y avait des tunnels sous Central Park, poursuivit Pendergast. À une très grande profondeur. On m'a dit que cette zone avait été surnommée Le Grenier des Enfers mais qu'il n'existait pas de relevé officiel de cet endroit, en tout cas, pas sous ce nom.

Au bout d'un moment, Al Diamond regarda Pendergast.

— Le Grenier des Enfers ? répéta-t-il comme à regret.

— Vous connaissez ?

176

Diamond plongea la main dans la poche de son bleu de travail, en sortit une flasque — qui ne devait certainement pas contenir de l'eau minérale —, but une grande gorgée et la rempocha sans offrir à boire à son visiteur. Il prononça une phrase inaudible.

— Comment ? cria Pendergast en s'approchant un peu plus près.

— Je disais ouais, je connais.

— Dites-moi ce que vous savez.

— Salauds de richards !

— Pardon ?

— Salauds de richards ! Ils voulaient pas être au coude à coude avec la classe ouvrière.

— Quels « richards » ?

— Oh, vous savez bien. Astor, Rockefeller, Morgan et compagnie. Ils ont fait construire ces tunnels il y a plus d'un siècle.

— Je ne comprends pas.

— Une ligne de métro ! cria Al Diamond. Ils en voulaient une privée. Elle descendait de Pelham, passait sous Central Park, sous le Knickerbocker Hotel, sous les hôtels particuliers de la Cinquième Avenue. Stations et salons d'attente de luxe. La totale !

— Mais pourquoi si profond ?

Pour la première fois, Al Diamond s'autorisa à sourire.

— La géologie, dit-il en guise d'explication.

Et, devant l'air interdit de son interlocuteur, il crut bon d'ajouter :

— Il fallait que la ligne soit en dessous du réseau métropolitain déjà existant. Seulement, juste au-dessous, c'est du sol marneux.

— Je vous demande pardon ? hurla Pendergast.

— Du limon pourri du précambrien. On peut y installer des conduites d'eau ou des tuyaux d'écoulement, mais pas une ligne de métro. Alors, ils ont dû aller plus bas. Votre Grenier des Enfers se trouve trente étages sous terre.

— Mais pourquoi ?

Al Diamond considéra Pendergast d'un air incrédule.

— À votre avis ? lança-t-il. Ces rupins ne voulaient pas poser leurs augustes fesses sur les banquettes des métros ordinaires. Avec cette ligne privée, ils pouvaient sortir de la ville, aller jusqu'à Croton, et vaquer à leurs occupations sans perdre de temps et sans se mêler à la populace.

— Cela n'explique pas pourquoi il n'y a aucune trace de leur existence.

— La construction de cette ligne a coûté une petite fortune, et tous les dollars n'ont pas été fournis par les nababs du pétrole. Ils ont demandé des subventions à la Ville. C'est le genre de projet sur lequel il n'existe aucun document officiel.

— Pourquoi cette ligne a-t-elle été fermée ?

— Impossible à entretenir. Vu que les tunnels se trouvaient sous les conduites d'écoulement des eaux usées et des eaux de pluie, il y avait toujours des problèmes d'infiltration. Et il y a eu une forte concentration de méthane, puis de gaz carbonique, et cetera.

— Oui, fit Pendergast, tous les hydrocarbures saturés qui s'accumulent dans les niveaux inférieurs.

— Ces tunnels à la noix ont coûté 7 millions de dollars. La ligne n'a jamais été terminée. Ils n'ont été ouverts que deux ans avant que l'inondation de 1898 sature les pompes et remplisse tous ces tunnels d'eaux usées. Alors, tout a été condamné. Ils ne se sont même pas donné la peine de retirer le matériel. Rien.

Al Diamond se tut, et la petite pièce fut une fois de plus envahie par le souffle ronflant du conduit d'aération.

— Existe-t-il des plans de ces tunnels ? demanda Pendergast au bout d'un moment.

Al Diamond leva les yeux au ciel.

— Des plans ? Je les ai cherchés pendant vingt ans. Non, il n'en existe pas. Ce que je sais, je l'ai appris en parlant à des vieux de la vieille.

— Vous êtes déjà descendu dans ces tunnels ?

Al Diamond tiqua puis, au bout de quelques instants, acquiesça lentement.

— Vous pourriez me les dessiner de mémoire ?

Al Diamond ne répondit pas.

Pendergast s'approcha de lui.

— La moindre chose que vous pourriez nous apprendre sera appréciée à sa juste valeur, dit-il.

Il palpa le revers de sa veste en un geste anodin puis, mine de rien, sortit un billet de 100 dollars de sa poche intérieure. Al Diamond regarda le billet avec l'air de quelqu'un qui pèse le pour et le contre. Finalement, il le prit, le roula en boule et le fourra dans une de ses poches. Il se tourna vers la table d'architecte et, d'un trait sûr, exécuta un croquis sur une feuille de papier millimétré. Un réseau compliqué de tunnels commença à prendre forme sous son crayon.

— C'est le mieux que je puisse faire, dit-il au bout de quelques minutes. C'est le coin où je m'étais aventuré. Toute la partie qui se trouve au sud de Central Park a été cimentée, et les tunnels côté nord se sont écroulés il y a quelques années. Faut que vous descendiez d'abord jusqu'au Goulet. Vous prenez le tunnel 18 et vous descendez à l'intersection avec l'ancienne conduite d'eau 24.

Pendergast prit le croquis qu'Al Diamond lui tendait et l'examina attentivement.

— Merci. Seriez-vous prêt à redescendre au Grenier des Enfers pour en faire un état des lieux réactualisé ? Contre une rémunération substantielle, bien entendu.

Al Diamond but une bonne rasade au goulot de sa flasque.

— J'y redescendrai plus pour tout l'or du monde.

Pendergast accusa le coup d'un hochement de tête.

— Autre chose, dit Al Diamond. N'appelez pas ces tunnels le Grenier des Enfers. Ça, c'est le jargon des taupes. Parlez de la ligne Astor.

— Pourquoi « ligne Astor » ?

— C'est Mme Astor qui en avait eu l'idée. On raconte qu'elle a convaincu son mari de faire construire la première station privée sous leur hôtel particulier de la Cinquième Avenue. C'est comme ça que tout aurait commencé.

— Et d'où vient le nom de « Grenier des Enfers » ?

— Sais pas, répondit Al Diamond avec un sourire tristounet. Mais quand on y réfléchit... Imaginez une ligne de métro à trente étages sous terre..., des parois en faïence ornées de grandes peintures murales..., des salles d'attente regorgeant de canapés, de miroirs, décorées de vitraux... Et maintenant, imaginez dans quel état tout ça doit être après avoir été muré et avoir séjourné dans des eaux d'égout brutes pendant près d'un siècle.

Il s'accouda à sa table d'architecte et considéra Pendergast.

— Je ne sais pas ce que vous en pensez, mais pour moi ça doit bien avoir l'air du Grenier des Enfers.

29.

La gare de marchandises de West Side, située au creux d'une large dépression à la pointe ouest de Manhattan, était pratiquement invisible aux yeux des millions de New-Yorkais qui résidaient et travaillaient aux alentours. Ses trente-sept hectares en faisaient le plus grand terrain non exploité de l'île. Plaque tournante du commerce au début du siècle, elle n'était plus qu'un vaste no man's land traversé de rails rouillés dormant sous la bardane et où, au bout d'anciennes voies de garage, périssaient de vieux entrepôts à l'abandon croulant sous le poids du temps et des graffiti.

En vingt ans, ce terrain avait fait l'objet de maints plans de réaménagement, procédures judiciaires, manœuvres politiciennes, faillites. L'un après l'autre, les locataires des entrepôts n'avaient pas renouvelé leur bail et avaient cédé la place, selon les cas, aux vandales, aux incendiaires et aux sans-abri. Dans un coin du terrain, il y avait une sorte de petit bidonville fait d'abris de fortune en plaques de contre-plaqué, carton et tôle ondulée devant lesquels s'alignaient de pitoyables jardinets que se disputaient quelques malheureux pois et courges.

Margo s'était arrêtée au milieu de gravats calcinés entre deux bâtiments à l'abandon. L'entrepôt qui occupait cette partie du terrain avait brûlé de fond en comble quatre mois plus tôt. Sa structure était réduite à un enchevêtrement de poutrelles et de bardeaux noircis et à des pans de murs en parpaings. Margo regarda autour d'elle tandis que les ombres de la fin de l'après-midi prenaient progressivement possession des lieux. Une odeur âcre de plastique brûlé s'accrochait dans l'air.

D'Agosta la rejoignit.

— Alors, qu'est-ce que vous en dites ? demanda-t-il.

— Vous êtes sûr que c'était le dernier domicile connu de Greg ?

— Ça a été confirmé par l'entreprise de déménagement. L'entrepôt ayant brûlé aux alentours de sa mort, il y a peu de chances qu'il ait eu le temps d'emménager ailleurs. Mais il s'était inscrit sous un faux nom auprès des compagnies d'électricité et de téléphone, alors on ne peut pas en être sûrs.

Margo continuait à regarder autour d'elle.

— Je me demande s'il est mort avant ou après cet incendie, dit-elle.

— Et moi donc.

— On dirait que c'était un genre de laboratoire.

— Oui. Ce Kawakita était un chercheur, comme vous ?

— Pas exactement. Il s'intéressait plus à la génétique, à la biologie et à l'évolution. Mon domaine, c'est la pharmacologie.

— Quoi qu'il en soit, la question est : à quoi servait ce laboratoire ?

— Difficile à dire d'emblée. Il faudrait que j'en sache plus sur ce matériel, là..., et sur ce verre fondu..., que j'essaie de déterminer ce qu'étaient ces installations.

D'Agosta la regarda.

— Alors ? fit-il.

— Alors quoi ?

— Vous acceptez de vous en charger ?

Margo lui rendit son regard.

— Pourquoi moi ? Vous devez bien avoir des experts...

— Ça ne les intéresse pas, l'interrompit D'Agosta. Sur leur liste de priorités, ils placent ça juste au-dessous du piéton traversant hors d'un passage clouté.

Margo prit un air étonné.

— Mes supérieurs se fichent pas mal de Kawakita et de ce qu'il faisait avant qu'il soit tué, reprit D'Agosta. Ils pensent que c'est un meurtre crapuleux parmi tant d'autres. Tout comme Brambell, selon eux.

— Mais pas vous, n'est-ce pas ? Vous pensez qu'il était impliqué dans ces meurtres ?

D'Agosta tira un mouchoir de sa poche et s'épongea le front.

— Bah, je n'en sais rien. J'ai le sentiment que ce Kawakita mijotait quelque chose, et j'aimerais savoir quoi. Vous le connaissiez ?

— Un peu.

— Je ne l'ai vu qu'une fois, dans le bureau de Frock, lors du pot qu'il avait offert pour Pendergast. Quel genre d'homme était-ce ?

Margo réfléchit un petit moment.

— Un homme brillant, dit-elle. Un excellent chercheur.

— Et sa personnalité ?

— Il n'était pas la... coqueluche du musée, répondit Margo. Il était un peu... dur, disons. Pour moi, c'était le genre de type qui n'aurait pas hésité à franchir la ligne jaune si sa carrière avait à y gagner. Il ne fréquentait pas beaucoup le reste de l'équipe et semblait ne faire confiance à personne de crainte que...

Elle laissa sa phrase en suspens.

— Oui ?

— Est-ce vraiment nécessaire, lieutenant ? Je déteste parler des absents.

— C'est pourtant le moment le mieux choisi. Était-il du genre à avoir des activités illégales ?

— Absolument pas. Je n'étais pas toujours d'accord avec sa conception de la déontologie — il faisait partie de ces chercheurs qui placent la science au-dessus de l'humanité —, mais ce n'était pas un criminel.

Elle hésita un bref instant avant d'ajouter :

— Il m'a laissé un message quelques mois avant sa mort.

D'Agosta la regarda, intéressé.

— Vous savez pour quelle raison il voulait vous parler ? Vous n'étiez pas des amis intimes, que je sache.

— Non, des collègues. S'il avait des ennuis...

Son visage s'assombrit.

— Je... je ne l'ai même pas rappelé, reprit-elle. J'aurais peut-être pu l'aider à s'en sortir.

— Ça, vous ne le saurez jamais, je suppose. Bon, en tout cas, si vous pouviez fureter par ici pour vous faire une idée de ce qu'il faisait, ça me rendrait service.

Margo hésitait, D'Agosta le voyait bien.

182

— Et puis, qui sait ? ajouta-t-il. Peut-être que ça vous permettrait de faire la peau aux démons qui vous pourrissent la vie.

Une formule de circonstance, songea Margo. *Le lieutenant D'Agosta, en papa psy. Dans deux minutes, il va me sortir qu'examiner ce site va m'aider à cerner ma personnalité.*

— Bon, d'accord, lieutenant, finit-elle par dire.

— Vous voulez que je vous envoie un photographe ?

— Plus tard, peut-être. Pour l'instant, je vais me contenter de faire des croquis.

— Bon, fit D'Agosta, qui semblait un brin nerveux.

— Vous pouvez partir, lui dit Margo. Je me débrouillerai toute seule.

— Pas question. Pas après ce qui est arrivé à Brambell.

— Lieutenant...

— Je dois collecter des échantillons de ces cendres, de toute façon, pour une recherche de microéléments. Faites comme si je n'étais pas là.

Il tourna les talons et s'éloigna.

Margo soupira, prit son carnet à dessins dans son fourre-tout et reporta son attention sur le laboratoire en ruine. C'était un endroit sinistre qui, lui semblait-il, la regardait d'un air accusateur.

Elle se secoua, s'efforçant de chasser son sentiment de culpabilité qui, elle le savait, ne lui serait d'aucune aide. De plus, s'ils devaient trouver des indices pouvant expliquer la mort tragique de Greg, c'était bien là. Et peut-être que la seule façon pour elle de se sortir de ce cauchemar était encore de foncer tête baissée. Quoi qu'il en soit, ça aurait au moins le mérite de la faire sortir du labo d'anthropologie médico-légale qui commençait à prendre un faux air d'ossuaire. Le corps de Bitterman était arrivé de l'Institut médico-légal de New York mercredi après-midi, porteur d'une nouvelle série de questions. Les indentations sur les vertèbres cervicales semblaient indiquer une décapitation grossière à l'aide d'un couteau primitif. Le — ou les — tueur avait accompli sa tâche macabre en toute hâte.

Margo croqua grosso modo les plans du laboratoire, notant la dimension des murs, l'emplacement des paillasses et la composition des tas de scories provenant du matériel. Chaque laboratoire était différent selon les recherches qu'on y effectuait. Le type de matériel permettait de cerner la nature de ces recherches et donnait des indices sur leur champ d'application.

Son croquis terminé, Margo s'approcha des tables en métal qui avaient relativement bien résisté à la chaleur. Elle indiqua leur emplacement respectif par un rectangle puis dressa la liste des vases à bec, tubes de titrage, ballons volumétriques et autres ustensiles plus ou moins inidentifiables. Manifestement, il s'était déroulé ici des expériences de biochimie de haut niveau. Mais lesquelles ?

Margo reporta son attention sur le matériel fondu. C'étaient des installations coûteuses, à en juger par les meubles de rangement en acier inoxydable et les restes de matériel d'électrophorèse.

Margo commença par la machine la plus imposante. Son coffrage en métal, éventré par l'incendie, laissait voir ses entrailles. Margo lui donna un léger coup de pied et recula vivement tandis que la carcasse s'effondrait avec fracas. Elle se rendit compte tout à coup à quel point le lieu était isolé. Maintenant, elle était ravie que D'Agosta ait insisté pour rester.

Elle se pencha sur la machine en souriant à sa propre nervosité. Elle commença à retourner les pièces de métal calcinées et finit par trouver la plaque qu'elle cherchait. Elle frotta la suie qui la recouvrait et put lire « Équipement en génétique Westerly » ainsi que le logo E.G.W. Y figuraient également un numéro de série et l'intitulé « Analyseur de séquences — A.D.N. intégré — E.G.W. ». Margo nota ces références sur son bloc à dessins.

Dans un coin se trouvait un petit tas : les restes d'une machine fondue qui avait l'air différente des autres. Margo s'en approcha pour l'examiner, retournant les pièces une à une avec précaution, s'efforçant de déterminer leur rôle. Apparemment, il s'agissait d'un appareil de synthèse de chimie organique plutôt sophistiqué complété d'un système de fractionnement et de distillation, de gradients de diffusion et de nœuds électriques de basse tension. Vers le fond, où la chaleur n'avait pas fait trop de dégâts, elle trouva les débris de plusieurs ballons Erlenmeyer. Elle consulta leurs étiquettes recouvertes de cristaux de glace : des produits chimiques courants. Une, toutefois, retint son attention : *dehydrochole...-7 activé.*

184

Elle retourna le ballon. Cette appellation lui disait quelque chose... Elle le glissa dans son fourre-tout. Elle trouverait ça dans l'encyclopédie de chimie organique au labo.

Au pied de la machine se trouvaient les restes d'un fin calepin dont il ne restait que quelques pages noircies par les flammes. Elle le ramassa, intriguée, et il commença à se désagréger sous ses doigts. Elle glissa précautionneusement les lambeaux de pages dans une pochette en plastique qu'elle rangea dans son sac.

Un quart d'heure plus tard, Margo avait identifié assez de machines pour avoir une certitude : elle avait autour d'elle les ruines d'un laboratoire de recherches génétiques de première catégorie. Margo travaillait tous les jours sur du matériel similaire et elle en savait assez pour estimer que le coût de ce laboratoire avait dû avoisiner le demi-million de dollars.

Où Kawakita avait-il obtenu des fonds aussi importants ? Et sur quoi pouvait-il bien travailler ?

Tandis qu'elle marchait tout en continuant à prendre des notes, son regard fut attiré par cinq gros blocs de boue auxquels le feu avait donné la consistance du ciment. Ils étaient entourés d'une pluie de gravillons. Margo se baissa pour examiner ces gravats de plus près. Elle vit un petit objet en métal, de la grosseur de son poing, fiché dans la première plaque de boue. Elle prit son canif dans son fourre-tout, dégagea l'objet de son socle et le racla. Elle fit apparaître les lettres : MINNE ARIUM SUPPL. À force de tourner et retourner l'objet dans sa main, elle finit par comprendre ce que c'était : une pompe d'aquarium.

Elle se redressa et contempla les cinq blocs identiques alignés au pied d'un mur. Le gravier, le verre brisé..., des aquariums ! Énormes, si l'on en jugeait à l'étendue des flaques. *Des aquariums emplis de boue ? Ça n'a pas de sens.*

Elle s'agenouilla et planta son canif dans le bloc de boue séchée le plus proche. Il se fendit comme de la glaise. Margo ramassa le morceau le plus gros et, le retournant, eut la surprise de voir ce qui lui parut être les racines et une partie de la tige d'une plante qui, prisonnières de la boue, avaient été épargnées par les flammes. Tout en maudissant le peu de maniabilité de son canif, Margo réussit à dégager la plante de son sarcophage de boue. Elle la brandit dans la lumière déclinante du jour.

Tout à coup, elle la lâcha comme si elle lui brûlait les doigts. Au bout d'un moment, elle la ramassa et l'examina plus attentivement, son cœur battant la chamade.

Oh non, ce n'est pas possible.

Elle connaissait cette plante — la reconnaissait, plutôt. Cette tige épaisse, fibreuse, ces racines noueuses, ramenaient à sa mémoire des souvenirs douloureux : c'était cette plante rare d'Amazonie qui attisait tant l'appétit du Mbwun ; celle-là même dont Whittlesey s'était servi pour empaqueter les reliques qu'il voulait ramener au musée de New York lors de sa fatale expédition sur les rives supérieures du Xingú dix années plus tôt. Une plante qui, normalement, n'existait plus, son habitat d'origine ayant été éradiqué et les spécimens du musée ayant été détruits sur demande des autorités après que le Mbwun eut été abattu.

Margo se redressa et épousseta ses genoux couverts de poussière. Greg Kawakita avait — mais comment ? — remis la main sur cette espèce végétale et l'avait fait pousser dans ces aquariums géants. Pourquoi ?

Une pensée terrifiante la cloua sur place. Bien vite, elle la repoussa. C'était impossible. Pouvait-il y avoir un deuxième Mbwun que Greg aurait nourri ?

— Lieutenant ! cria Margo. Vous savez ce que c'est ?

D'Agosta la rejoignit et examina les résidus végétaux qu'elle lui montrait.

— Pas du tout, répondit-il.

— *Liliceae mbwunensis.* La plante du Mbwun.

— Vous me faites marcher, là ?

Margo secoua lentement la tête.

— Si seulement, dit-elle.

Ils se regardèrent, immobiles, face à face dans le soleil couchant qui teintait d'or les gratte-ciel de l'autre rive. Margo reporta le regard sur la plante qu'elle tenait toujours en main. Au moment où elle allait la mettre dans son sac, elle remarqua un détail qui lui avait échappé. À la base de la racine, elle vit une petite marque de greffage le long du xylème. Ce qui, elle le savait, ne pouvait signifier que deux choses.

Soit une expérience d'hybridation des plus banales.

Soit une expérience de génie génétique des plus sophistiquées.

30.

Hayward entra en trombe dans le bureau.

— Le commissaire Waxie vient d'appeler. Il veut que vous descendiez tout de suite à la salle d'interrogatoire. Ils l'ont eu.

D'Agosta cessa de planter des épingles « personnes disparues » sur la carte remplaçant celle réquisitionnée par Waxie et se retourna vers elle.

— Qui ça ?

— Le serial killer !

— Non, merde ! s'exclama D'Agosta qui gagna la porte en deux temps, trois mouvements, décrochant son veston au passage et l'enfilant aussi sec.

— Ils l'ont arrêté dans le Ramble. Un de nos hommes en faction a entendu du vacarme, et il est allé voir ce qui se passait. Le gus venait de poignarder un clodo et s'apprêtait à lui trancher la tête.

— Comment peuvent-ils en être sûrs ?

— Il faudra demander ça au capitaine Waxie, répondit Hayward en haussant les épaules.

— Et le couteau ?

— Fait maison. Fabrication très artisanale. Exactement ce que nous cherchions.

Ses paroles manquaient de conviction. Les portes de l'ascenseur s'ouvrirent sur Pendergast, qui, avisant D'Agosta et Hayward, haussa les sourcils d'un air interrogateur.

— Le tueur est au premier, lui annonça D'Agosta. Waxie veut que je l'y rejoigne.

— Vraiment ? fit l'agent du F.B.I. en reculant et en appuyant sur le bouton de l'étage. Eh bien, allons-y sans tarder. Je suis curieux de voir quel genre de poisson Waxie a attrapé dans ses filets.

Les salles d'interrogatoire du commissariat consistaient en une enfilade de petites pièces grises aux murs en parpaings et aux portes en métal. Le policier en faction à l'entrée prévint de leur arrivée par Interphone et leur indiqua le poste d'observation de la salle 9. Waxie, vautré sur une chaise, regardait à travers le miroir sans tain ce qui se passait dans la pièce contiguë. Il tourna la tête vers eux à leur entrée, se rembrunit en apercevant Pendergast, et ignora Hayward.

— Il a parlé ? demanda D'Agosta.

— Oh, pour parler, il parle. Il n'arrête pas, répondit Waxie. Mais jusqu'à maintenant il n'a dit que des conneries. Il prétend s'appeler Jeffrey, c'est tout ce qu'on a pu en sortir. Mais on arrivera bien à lui tirer les vers du nez, ne vous en faites pas. Vous voulez peut-être l'interroger ?

Waxie était généreux dans la victoire — et confit en autosatisfaction.

D'Agosta regarda par le miroir et vit un homme dépenaillé au regard de fou. La rapidité de son élocution formait un contraste saisissant avec la rigidité de sa posture.

— Un peu gringalet pour avoir commis tous ces meurtres, non ? remarqua D'Agosta, incrédule.

Il se pencha et appuya sur le bouton du micro. Une bordée d'injures se déversa du haut-parleur au-dessus du miroir sans tain. D'Agosta écouta un moment puis coupa le son.

— Et l'arme du crime ? demanda-t-il.

— Il l'a fabriquée lui-même. Un morceau d'acier planté dans un manche en bois. La poignée est enveloppée de tissu, ou de gaze. Elle est tellement imbibée de sang qu'on ne peut pas savoir. Va falloir attendre les conclusions du labo.

— En acier ? dit Pendergast.

— En acier, répondit Waxie.

— Pas en pierre ?

— En acier, je vous dis. Vous n'avez qu'à regarder vous-même.

— Nous le ferons, dit D'Agosta en s'éloignant du miroir. Mais pour l'instant, allons voir ce type de plus près.

Il se dirigea vers la porte, Pendergast sur les talons.

D'Agosta s'assit à la table. Waxie l'imita. Hayward se plaça à côté du policier en uniforme le plus près d'eux. Pendergast s'adossa à la porte, bras croisés.

À leur entrée, le prisonnier avait cessé de vitupérer. D'un œil noir, il lorgna les nouveaux arrivants. Son regard s'attarda un moment sur Hayward puis glissa sur les autres.

— Qu'est-ce qu'y a qui va pas ? demanda-t-il à D'Agosta.

— Justement, fit D'Agosta. Je compte sur vous pour me le dire.

— Dégage.

— Vous connaissez vos droits ? demanda D'Agosta avec un soupir.

Le prisonnier sourit de tous ses chicots.

— Ouais, fit-il. Le gros plein de soupe à côté de toi me les a lus. Et j'ai pas besoin qu'un avocat vienne me tenir la main.

— Attention à ce que tu dis, aboya Waxie, rouge de colère.

— Non, gros lard. Toi, tu fais attention à ce que tu dis. Sinon, gare à tes grosses féfesses !

Il éclata d'un rire gras. Hayward ne put s'empêcher de sourire. D'Agosta se demanda si tout l'interrogatoire s'était déroulé sur ce registre.

— Alors, demanda-t-il, que s'est-il passé dans le parc ?

— Tu veux que je te fasse la liste ? Un : il squattait mon dortoir ; deux : il a craché son venin, comme un serpent d'Égypte ; trois : il a pas respecté les commandements de Dieu ; quatre...

— Ça va, ça va, le coupa Waxie avec un geste de la main. On a le tableau. Parle-nous des autres.

Jeffrey ne dit rien.

— Allez, le poussa Waxie. Les autres ?

— Y en a eu des tas, répondit Jeffrey au bout d'un moment. Ceux qui me manquent de respect, ils s'en remettent pas.

Il se pencha vers Waxie.

— Alors, tu peux compter tes abattis, gros lard, dit-il, p'sque je pourrais bien te prendre un bout de cervelle, mec !

D'Agosta posa la main sur l'épaule de Waxie en un geste apaisant.

— Vous avez tué qui à part lui, alors ? s'empressa-t-il de demander.

— Oh, des tas, j' te dis pas. Jeffrey, dit le Chat. On connaît que moi.

— Et Pamela Wisher ? intervint Waxie. Ne nie pas !

— J' nie rien. Ces enfoirés me respectaient pas. Ils ont eu que ce qu'ils méritaient.

— Et qu'est-ce que tu as fait des têtes ? demanda Waxie dans un souffle.

— Les têtes ? répéta Jeffrey.

D'Agosta eut le sentiment qu'il était un peu désarçonné.

— T'es cuit, Jeffrey, inutile de nier, lança Waxie.

— Oh, les têtes ! s'exclama Jeffrey. Je les ai bouffées, si tu veux tout savoir.

Waxie lança un regard triomphant à D'Agosta.

— Et le type que vous avez tué au château du Belvédère ? dit D'Agosta. Comment ça s'est passé ?

— Ah, lui, c'était génial, répondit Jeffrey en se balançant sur sa chaise. Aucun respect, l'enculé. Hypocrite, bêcheur. Un ennemi.

— C'est-à-dire ? demanda D'Agosta.

— Le prince des ennemis.

— Ah oui, je comprends, intervint Pendergast, prenant la parole pour la première fois. Vous devez vaincre les forces des ténèbres.

Le prisonnier se balança plus énergiquement.

— Ouais, fit-il.

— Avec votre peau électrique.

Ses balancements cessèrent.

— Et votre regard de feu, poursuivit Pendergast.

Il décolla son dos de la porte et s'avança à pas lents vers le suspect, le regard braqué sur lui. Jeffrey le regardait venir, interloqué.

— Mais qui t'es, toi ? fit-il.

— Je suis Christopher Smart, répondit Pendergast après un silence et toujours sans le quitter des yeux.

Le changement qui s'opéra chez le suspect stupéfia D'Agosta. Il blêmit et ses lèvres se mirent à trembler. Puis, poussant un cri, il se projeta en arrière avec tant de force que sa chaise bascula et qu'il tomba à la renverse. Hayward et deux policiers se précipitèrent vers lui pour le relever.

— Bon sang, Pendergast, fit D'Agosta, je n'ai rien compris à ce que tu lui as dit.

190

— Lui si, apparemment. Sergent Hayward, installez cet homme plus confortablement. Je pense que nous pouvons le laisser aux bons soins du capitaine Waxie.

— Alors ? demanda D'Agosta à Pendergast une fois dans l'ascenseur. Qui est ce type ?

— Je ne connais pas son vrai nom, mais en tout cas ce n'est pas Jeffrey. Et ce n'est pas non plus notre homme.

— Va dire ça à Waxie.

— Nous venons d'entendre le délire paranoïaque d'un schizophrène, Vincent. Tu as remarqué comment il oscillait entre deux personnalités, du dur à cuire fanfaron — aussi peu convaincant pour toi que pour moi, j'en suis sûr — au tueur visionnaire — bien plus dangereux. Rappelle-toi : « Il a craché son venin comme un serpent d'Égypte », ou encore « Jeffrey, le Chat ».

— Oui, oui, je me souviens bien. On aurait dit qu'il récitait les Tables de la Loi ou un truc dans le genre.

— Un « truc dans le genre », je ne te le fais pas dire ! Ses divagations avaient la structure et la phraséologie d'un texte écrit. Moi aussi, ça m'a frappé. Et, à un moment, j'ai reconnu des citations du poème *Jubilate Agno,* de Christopher Smart.

— Jamais entendu parler.

Pendergast eut un sourire compréhensif.

— Œuvre obscure d'un obscur poète anglais, dit-il. Mais qui avait un sens aigu de la métaphore et de l'étrange. Tu devrais le lire. Smart l'a écrit alors qu'il était lui-même à moitié fou, en prison pour dettes. En tout cas, il y a un long passage dans le poème où Smart parle de son chat, Jeffrey, qui, pour lui, est la chrysalide d'une créature en devenir.

— Ah bon ! Et quel rapport avec notre suspect beuglard ?

— Apparemment, ce pauvre bougre s'identifie au chat du poème de Smart.

— Au chat ! s'écria D'Agosta, incrédule.

— Pourquoi pas ? C'était bien le cas de Smart ! C'est une image de métamorphose très forte. Je ne serais pas surpris que ce pauvre bougre ait été un universitaire, ou un poète raté, avant qu'il n'entame sa longue descente vers la folie. Il a tué un homme, c'est vrai — mais simplement parce qu'il aura croisé son chemin au mauvais moment. Quant au reste... Plusieurs éléments nous indiquent que cet homme n'est pas le meurtrier que nous cherchons.

— Les photos, entre autres ?

Tout inspecteur de police savait qu'aucun assassin ne pouvait détacher les yeux des photographies de sa victime ou des objets provenant de la scène du crime. Or Jeffrey n'avait pas fait mine de s'intéresser aux agrandissements.

— Absolument, dit Pendergast.

Les deux hommes descendirent à l'étage des bureaux de la brigade criminelle.

— Et aussi que rien dans le meurtre qu'il a commis — tel que Waxie nous l'a décrit — ne rappelle la sauvagerie avec laquelle l'assassin s'est acharné sur les autres victimes. De plus, dès que j'ai repéré son identification au poème de Smart, sa folie a tout de suite été évidente.

Ils entrèrent dans le bureau de D'Agosta, et Pendergast referma la porte derrière eux.

— Bon, dit-il une fois que D'Agosta se fut assis, oublions ça pour le moment. Côté victimes, l'étude corrélative que je t'avais demandée a-t-elle donné quelque chose ?

— Le service informatique me l'a apportée ce matin.

D'Agosta feuilleta un listing.

— Voyons ça, fit-il. Quatre-vingt-cinq pour cent des victimes sont des hommes... et quatre-vingt-douze pour cent habitaient — ou étaient de passage — dans Manhattan.

— Ce qui m'intéresse, surtout, c'est de savoir ce que toutes les victimes avaient en commun.

— Je vois.

Il éplucha le listing.

— Eh bien, fit-il au bout d'un moment, toutes ont un nom qui ne commencent pas par I, S, U, V, X et Z.

Pendergast eut un petit sourire.

— Elles ont entre douze et cinquante-six ans. Aucune n'est née en novembre.

— Continue.

— Aucun des meurtres n'a été commis un soir de pleine lune.

— Ah oui ? Intéressant, ça. Autre chose ?

D'Agosta feuilleta quelques pages.

— Non, c'est tout, dit-il.

— Bien, je te remercie, dit Pendergast en se carrant sur sa chaise. C'est peu, mais cela nous sera peut-être très précieux. Nous manquons d'informations, Vincent. De faits. Et c'est pour cela que je ne peux plus attendre.

— Tu... tu comptes redescendre ?

— En effet. Si le capitaine Waxie s'entête à penser que son suspect est notre homme, les patrouilles supplémentaires seront supprimées, la surveillance va se relâcher. Ce qui facilitera la tâche de l'assassin qui ne se gênera pas pour récidiver.

— Où comptes-tu aller ?

— Au Grenier des Enfers.

D'Agosta pouffa.

— Oh, voyons. Tu ne sais même pas si cet endroit existe vraiment, alors, quant à y aller ! Tu n'as que la parole de l'autre gogo.

— Je pense que nous pouvons croire Méphisto sur parole, répliqua Pendergast. Et, de toute façon, je n'ai pas que sa version. L'ingénieur des Ponts et Chaussées, Al Diamond, m'a expliqué que ce fameux Grenier des Enfers était en fait les tunnels d'une ligne de métro privée que les familles les plus riches de New York avaient commencé à faire construire au début du siècle. Le chantier a été interrompu au bout de quelques années. D'après ses indications, j'ai pu déterminer le parcours de cette ligne.

Pendergast prit un feutre sur son bureau et s'approcha du plan de la ville accroché au mur. Il posa la pointe du feutre à l'intersection de Park Avenue et de la 45e Rue, traça une ligne jusqu'à la Cinquième Avenue, continua jusqu'à Grand Army Plaza, puis partit en diagonale à travers Central Park jusqu'au nord de Central Park West. Puis il se tourna vers D'Agosta, le regardant d'un air dubitatif.

D'Agosta contempla la carte. À quelques exceptions près situées dans Central Park, les épingles qui indiquaient le lieu des disparitions et des meurtres s'échelonnaient le long de la ligne tracée par Pendergast.

— Putain de merde, souffla-t-il.

— Je ne te le fais pas dire, Vincent. Diamond m'a dit que les parties des tunnels qui se trouvent au sud et au nord du parc ont été condamnées. C'est donc sous le parc que je dois aller.

D'Agosta prit un cigare dans le tiroir de son bureau.

— Je t'accompagne, dit-il.

— Navré, pas cette fois. Il est primordial que tu restes à la surface étant donné que la police va baisser sa garde. De plus, j'ai besoin que tu aides Margo Green à déterminer précisément quels ont été les faits et gestes de Kawakita. Nous ne savons encore rien du rôle qu'il a joué dans tout ça. De toute façon, cette fois, je veux descendre ni vu ni connu. Cette expédition-là sera très dangereuse. À deux, on risque deux fois plus de se faire repérer.

Il recapuchonna le feutre d'un geste sec et le reposa sur le bureau.

— Cela dit, si tu pouvais te passer des services du sergent Hayward pendant quelques heures, elle pourrait m'être utile pour mes préparatifs.

— Bon sang, Pendergast, fit D'Agosta en posant son cigare, tu vas en avoir pour un bout de temps, toute la nuit.

— Plus que ça, j'en ai peur. Si tu n'as pas de mes nouvelles dans..., disons, soixante-douze heures...

Il réfléchit un instant puis sourit.

— Bah, dit-il, non. Envoyer une équipe de secours ne servirait à rien.

— Et pour manger ?

Pendergast le considéra d'un air faussement étonné.

— Aurais-tu déjà oublié la succulence du « lapereau des rails » à la broche ?

D'Agosta grimaça, et Pendergast partit d'un grand rire.

— Ne t'inquiète pas, Vincent. Je prendrai des provisions, des plans et tout ce qu'il faut.

— Tu nous rejoues *Voyage au centre de la Terre*, ma parole !

— Absolument. Je dois avouer que je me sens l'âme d'un explorateur sur le point de partir pour des contrées inexplorées peuplées de tribus inconnues. C'est juste bizarre de se dire que c'est juste sous nos pieds. *Cui ci sono dei mostri*, cher ami. Espérons toutefois que je ne croiserai pas la route du monstre en question.

Pendergast demeura immobile un moment, plongé dans ses pensées. Puis, saluant D'Agosta d'un signe de tête, le dernier grand explorateur sortit du bureau, la soie de son costume noir chatoyant tristement sous l'éclairage au néon.

31.

Pendergast gravit l'imposant escalier de la bibliothèque municipale de New York au pas de course. Il avait à la main un gros sac de voyage en cuir et, en dépit de la chaleur, portait un long pardessus vert olive boutonné jusqu'au col. Derrière lui, Hayward s'arrêta pour admirer les imposants lions de marbre qui flanquaient le départ de l'escalier.

— Ne vous inquiétez pas, lui lança Pendergast par-dessus son épaule. Ils ont déjà eu leur pitance pour cet après-midi.

Ils entrèrent dans le vaste hall dallé de marbre où régnaient une obscurité et une fraîcheur de bon aloi. Pendergast s'approcha d'un gardien, lui montra son badge du F.B.I. et lui posa quelques questions. Puis, d'un signe de tête, il invita Hayward à le suivre vers une porte située sous l'escalier à double révolution.

— Sergent Hayward, vous connaissez les sous-sols de Manhattan mieux que moi, lui dit Pendergast tandis qu'ils montaient dans un petit ascenseur capitonné de cuir. Vous m'avez déjà donné des conseils très précieux. Un dernier mot pour la route ?

L'ascenseur commença à descendre.

— Oui, répondit Hayward. N'y allez pas.

Pendergast eut un fin sourire.

— Je crains de ne pas avoir le choix, dit-il. Ce n'est qu'en partant en reconnaissance que nous saurons si cette ligne Astor est bien le point de départ de ces meurtres.

— En ce cas, laissez-moi vous accompagner.

Pendergast secoua la tête.

— C'est impossible, et je le regrette, croyez-moi. Mais, cette fois, mon but est de passer inaperçu. À deux, on se ferait très vite repérer, ne serait-ce qu'au bruit.

L'ascenseur s'arrêta au dernier sous-sol et ils sortirent dans un couloir obscur.

— Alors, faites gaffe, lui dit Hayward. Les taupes qui descendent aussi bas ne recherchent pas la confrontation, mais il y a beaucoup de prédateurs. L'alcool et la drogue ne font qu'empirer les choses. N'oubliez pas qu'ils ont un sens de la vue et un sens de l'ouïe plus développés que les nôtres. Et qu'ils connaissent ces galeries comme leur poche. Bref, ils ont un avantage sur vous sur tous les plans.

— C'est vrai. Alors, je ferai de mon mieux pour compenser.

Il s'arrêta devant une vieille porte, sortit une clef et l'ouvrit. La pièce dans laquelle ils entrèrent était tapissée du sol au plafond de rayonnages ployant sous des livres anciens. Les allées faisaient à peine cinquante centimètres de large, et l'odeur de poussière et de moisi était quasi nauséabonde.

— Qu'est-ce qu'on est venus faire ici ? demanda Hayward tout en suivant Pendergast parmi les rayonnages.

— Au vu de tous les plans que j'ai étudiés, c'est là le meilleur accès à la ligne Astor. J'ai encore une longue descente devant moi. Je l'entame un peu au sud de ma destination finale, mais il m'a paru prudent de réduire les risques au minimum.

Il s'arrêta et regarda autour de lui.

— Ah, fit-il en montrant l'une des allées les plus étroites, ça devrait être ça.

Il déverrouilla une autre porte, beaucoup plus petite que la précédente, qui se trouvait dans le mur du fond, et Hayward et lui descendirent un escalier à vis qui les mena dans une pièce minuscule au plancher inachevé.

— Juste sous nos pieds se trouve un puits d'accès à ce qui aurait dû être un système de pneumatiques pour expédier des livres à la bibliothèque de Manhattan, expliqua Pendergast. Commencé en 1925, le projet a été interrompu pendant la Crise de 29 et n'a jamais été repris. En tout cas, cette galerie devrait me permettre d'atteindre l'un des tunnels de la ligne Astor.

Pendergast posa son sac de voyage, inspecta le sol poussiéreux du faisceau de sa torche électrique et finit par repérer une trappe. Hayward l'aida à la soulever, et un puits étroit aux parois carrelées apparut. Pendergast braqua sa torche vers le fond, qu'il inspecta un moment. Apparemment satisfait, il se redressa et déboutonna son pardessus, qu'il ôta. Les yeux de Hayward s'arrondirent de surprise. Sous son long pardessus, l'agent du F.B.I. portait un treillis gris et noir.

— Inhabituels pour une tenue de camouflage, ces tons gris plutôt que sable, dit Pendergast avec un sourire. Conçus spécialement pour les missions de nuit ou pendant les couvre-feux.

Il s'agenouilla devant sa sacoche et l'ouvrit. Dans un compartiment, il prit un tube de fard noir de fabrication militaire qu'il commença à s'appliquer sur le visage et les mains. Puis il déroula une sorte de trousse en feutre.

— C'est un kit de déguisement de poche, rasoir de sûreté, essuie-mains, miroir, colle gomme. J'espère ne rencontrer personne, cette fois, mais j'emmène ça avec moi au cas où.

Il fourra le tube de maquillage de camouflage dans une de ses poches puis roula son kit et le glissa sous sa chemise. Il replongea la main dans sa sacoche et en sortit un pistolet à canon court qui, aux yeux de Hayward, ressemblait plus à un gadget qu'à une arme.

— Qu'est-ce que c'est que ça ? demanda-t-elle.

— Le prototype d'un 9 mm mis au point par Anschluss GMBH. Il tire des balles en matériaux composites, céramique et Téflon.

— Vous comptez faire un safari ?

— Vous avez peut-être entendu parler de mon face à face avec la Bête du Musée. Cette expérience m'a appris qu'il valait mieux prévenir que guérir. Une balle tirée par cette petite arme de poing peut traverser un éléphant de part en part — dans le sens de la longueur.

— Belle arme offensive, en somme.

— Merci. Évidemment, la défense sera aussi importante que l'attaque. Mais j'ai mon armure.

Il souleva sa chemise de treillis, dévoilant un gilet pare-balles. Dans la foulée, il prit un bonnet noir en Kevlar qu'il se vissa sur le crâne et sortit deux sachets en plastique dûment scellés qui contenaient des sortes de ficelles noirâtres.

— Du pemmican, dit-il.

— C'est quoi, ça ?

— Des lamelles de filet mignon séchées aux baies, fruits et noisettes pilées. Toutes les vitamines, minéraux et protéines dont l'organisme a besoin. Et succulent, qui plus est. Personne n'a inventé mieux que les Amérindiens en matière de nourriture pour expéditions. Lewis et Clark ont survécu pendant des mois grâce à ça.

— Eh bien, vous voilà paré, alors, fit Hayward. En espérant que vous ne vous perdrez pas.

— Ah, je vais vous montrer mes biens les plus précieux, dit-il. Les cartes. À l'instar des aviateurs de la Seconde Guerre mondiale, je les ai dessinées sur la doublure de mon blouson.

Il en écarta les pans, dévoilant les plans, tracés d'une main sûre, des lignes et tunnels souterrains représentés par niveaux.

Il remonta sa fermeture à glissière puis, comme s'il se rappelait soudain quelque chose, il sortit un jeu de clefs de sa poche et le tendit à Hayward.

— J'avais pensé les scotcher pour éviter qu'elles ne cliquettent à mauvais escient, dit-il. Mais autant que vous les gardiez.

Il lui tendit également son portefeuille et son badge F.B.I.

— Vous donnerez ça à D'Agosta. Ils ne me seront d'aucune utilité là où je vais.

Il palpa rapidement ses vêtements comme pour s'assurer que tout était en ordre, puis il s'approcha de la trappe et se glissa prudemment par l'ouverture.

— Je vous serais reconnaissant d'en prendre soin, dit-il en montrant la sacoche.

— Pas de problème, répondit Hayward. Et... envoyez-moi une carte postale !

La trappe retomba sur l'ouverture du puits noir et humide, et Hayward la referma en un tour de main.

32.

Margo examinait la solution sans ciller ; elle s'attendait à la voir changer de couleur. Frock l'observait, attentif.

Soudain, elle prit une teinte jaune vif. Margo ferma le flacon qui avait laissé chaque goutte filtrer et nota le niveau atteint dans la burette graduée.

Elle recula, en proie à une sensation de malaise teintée de peur qu'elle reconnut : cette fois encore, elle était seule avec Frock et déchiffrait la liste des caractéristiques physiques de la Bête du Musée établie par le programme d'extrapolation génétique de Kawakita. Elle se souvint d'avoir maudit Julian Whittlesey dont l'expédition s'était perdue au fin fond de la forêt amazonienne ; Whittlesey qui s'était servi d'une plante aquatique pour empaqueter les spécimens qu'il avait renvoyés au musée, sans savoir — mais comment l'eût-il su ! — que le Mbwun se nourrissait exclusivement de cette plante. De fait, lorsque son habitat fut détruit, la Bête alla tout naturellement chercher sa subsistance là où elle se trouvait, dans les caisses du musée d'Histoire naturelle, et fut ramenée avec elles à New York. Ces caisses furent stockées dans les sous-sols du musée, et, une fois ses réserves épuisées, la Bête fut obligée, pour survivre, de chercher son substitut le plus proche — qu'elle trouva, malheureusement pour l'homme, dans l'hypotalamus du cerveau humain.

Tout en contemplant la solution, Margo se rendit compte qu'à sa peur se mêlait une certaine insatisfaction. Il y avait quelque chose de curieux qu'elle ne s'expliquait pas. Elle avait ressenti exactement la même chose quand la carcasse du Mbwun avait été évacuée du musée dans un véhicule blindé et n'avait plus été visible. Elle devait admettre avoir toujours pensé que toute la lumière n'avait pas été faite sur cette histoire ; que cette créature n'avait pas révélé tous ses secrets. À l'époque, elle s'était attendue à lire un rapport d'autopsie et des explications sur la façon dont la Bête était arrivée au musée ; ou sur les raisons pour lesquelles cette créature avait une si grande proportion de gènes humains. Bref, des éléments qui auraient mis un point final à cette affaire et, peut-être, à ses cauchemars.

La théorie de Frock selon laquelle le Mbwun serait une aberration de l'évolution ne l'avait jamais satisfaite. À contre-cœur, elle s'obligea à repenser à ces quelques secondes où elle avait été face à face avec la Bête. Elle la revit fonçant sur elle et Pendergast, dans l'obscurité du couloir, les yeux étincelants. Pour elle, le Mbwun ressemblait plutôt à un hybride — mais un hybride entre quoi et quoi ?

Le bruit du fauteuil roulant de Frock la ramena au présent.

— Réessayons, dit-il. Pour être sûrs.

— Je suis déjà sûre, répliqua Margo.

— Ma chère, lui dit Frock avec un sourire, vous êtes bien trop jeune pour avoir des certitudes. Souvenez-vous : toute expérience scientifique doit être reproductible. Je ne voudrais pas vous décevoir, mais je crains fort que nous ne perdions un temps précieux. Nous ferions mieux d'examiner le cadavre de Bitterman.

Sans répondre, Margo se massa la nuque tout en examinant la solution. D'Agosta était persuadé qu'un psychodysleptique quelconque entrait dans la composition de cette plante. Jusqu'à présent, rien n'était venu confirmer cette hypothèse. *Si au moins ils avaient conservé des échantillons de la plante d'origine*, songea Margo, *on pourrait faire des études comparatives.* Mais le C.D.C.* avait exigé que toutes ces fibres végétales soient détruites et que le sac à main de Margo — dans lequel elle avait transporté de ces fibres — soit incinéré.

Alors, comment se fait-il que Greg Kawakita ait pu faire croître cette plante ? Et, surtout, pourquoi ?

Et puis il y avait le flacon étiqueté *Dehydrochole...-7 activé*. La finale qui manquait était, évidemment, *sterol*. Margo avait cherché et ri de sa propre bêtise. Bien sûr ! Voilà pourquoi

---

* Center for Disease Control. (*N.d.T.*)

ce nom lui avait paru familier : c'était la forme la plus commune de la vitamine D_3. Elle comprit tout de suite que l'équipement de chimie organique de Kawakita lui avait servi à synthétiser la vitamine D. Il restait à savoir dans quel but.

La solution vira à nouveau au jaune, et Margo nota le niveau atteint dans la burette graduée. Exactement le même que précédemment. Frock, qui commençait à ranger le matériel à l'autre bout de la paillasse, n'y prêta pas attention. Margo hésita, ne sachant trop quel parti prendre. Finalement, elle s'approcha du microscope où elle prit délicatement un autre échantillon de fibre végétale, dont la quantité diminuait à la vitesse grand V.

Frock s'approcha d'elle.

— Il est 7 heures, Margo, lui dit-il d'une voix douce. Pardonnez-moi, mais je pense que vous travaillez trop. Et si nous en restions là pour aujourd'hui ?

— J'ai bientôt fini, docteur Frock, répondit Margo. Je voudrais juste vérifier une chose avant de partir.

— Ah ! Et puis-je savoir de quoi il s'agit ?

— Je pensais faire une cryofracture d'un échantillon et obtenir une image de dix angströms au microscope électronique.

Frock tiqua.

— Dans quel but ? demanda-t-il.

Margo contempla l'échantillon, point minuscule sur le porte-objet.

— Je ne suis sûre de rien, répondit-elle, mais la première fois que nous avons étudié cette plante nous avons découvert qu'elle contenait un rétrovirus qui codait à la fois pour des protéines humaines et végétales. Je voudrais voir si ce virus est à l'origine de la drogue.

— Margo, dit Frock en riant, cette fois, je suis sûr que vous devez aller vous reposer. Votre hypothèse est insensée.

— Peut-être. Mais disons que c'est une intuition.

Frock la considéra un long moment puis soupira.

— Comme vous voudrez. Moi, en tout cas, j'ai besoin de repos. Je vais au Morristown Memorial demain, où je me soumettrai à la batterie de tests annuels qu'on nous oblige à subir quand on est à la retraite. À mercredi matin, ma chère.

Margo lui dit au revoir et se replongea dans son travail.

Elle transporta le minuscule échantillon dans une boîte de Petri et le plaça dans le petit bloc en plastique du cryoscope où il serait gelé à zéro degré et coupé en deux. Ensuite, le microscope électronique ferait une photographie de haute résolution de sa surface ainsi fracturée. Frock avait raison : en temps normal, une telle opération ne présenterait aucun intérêt. Quand elle prétendait suivre une intuition, c'était pour ne pas dire qu'elle était à court d'idées.

Le voyant vert du cryoscope s'alluma. Margo plaça le bloc en plastique sur la platine de clivage. Le couperet en diamant descendit avec fluidité, un léger clic se fit entendre et le bloc se sépara en deux. Margo plaça l'une des moitiés sur le verre dépoli du microscope électronique, régla la lame, le flux des électrons, et, quelques instants plus tard, une image en noir et blanc se dessina sur la plaque.

Margo la regarda et son sang se glaça.

Si, comme elle s'y était attendue, elle vit de petites particules hexagonales — le rétrovirus que le programme d'extrapolation génétique de Kawakita avait décelé dans d'autres fibres de cette même plante quelques mois auparavant —, elle constata que, cette fois, sa concentration était incroyablement élevée. Toutes les organelles de la plante en étaient pour ainsi dire recouvertes, et les particules étaient entourées de vacuoles contenant une espèce de sécrétion cristallisée... qui ne pouvait provenir que du rétrovirus.

Bon, il n'y a pas trente-six solutions : isoler le rétrovirus, le mettre en culture et voir quelle drogue il produit. Kawakita a dû suivre ce raisonnement. Peut-être a-t-il essayé de cloner la plante ? Ou le virus ? Et si tel était le cas...

Margo se rassit, réfléchissant tous azimuts. Tout concordait : anciennes et nouvelles recherches, le virus et sa plante hôte, le Mbwun, les fibres végétales. Mais ça n'expliquait toujours pas pourquoi Kawakita était parti du musée pour faire ses expériences dans l'isolement le plus total. Ni comment la créature elle-même avait débarqué du fin fond de la forêt amazonienne jusqu'au musée de New York pour retrouver les plantes que l'expédition Whittlesey avait...

Whittlesey !

Margo bondit sur ses pieds en portant une main à sa bouche. Sa chaise tomba à la renverse.

Tout devenait clair, tout à coup. Limpide. Terrifiant.

33.

En sortant de l'ascenseur au dix-septième étage du 9, Central Park South, Smithback remarqua tout de suite que les fenêtres du salon étaient grandes ouvertes. Le soleil qui entrait à flots teintait d'or les canapés et les tables en bois de rose, transformant ce qui, lors de sa précédente visite, lui avait fait l'effet d'un salon funéraire en un havre de chaleur et de lumière.

Anette Wisher, assise sur la terrasse, portait une élégante capeline en paille et des lunettes de soleil. Se tournant vers lui, elle lui adressa un petit sourire et l'invita à venir prendre place à ses côtés. Smithback la rejoignit en lançant un regard admiratif sur la vaste étendue de pelouse de Central Park qui se déroulait au nord, vers la 110e Rue.

— Un thé pour M. Smithback, ordonna Mme Wisher à la domestique qui l'avait escorté.

— Appelez-moi Bill, je vous en prie, dit Smithback en lui serrant la main.

Il ne put s'empêcher de remarquer que, même sous le soleil d'été impitoyable, Mme Wisher avait une peau qui semblait avoir été épargnée par les ravages du temps.

— J'apprécie la patience dont vous avez fait preuve, fit-elle en reprenant sa main. Je pense que vous serez d'accord avec moi quand je vous dirai qu'il est temps qu'elle soit récompensée. Nous avons décidé de faire une action, et, comme promis, je tenais à ce que vous en soyez le premier informé. Sous le sceau du secret, bien entendu.

Smithback but une gorgée de thé au jasmin en savourant le plaisir d'être dans ce luxueux appartement de Manhattan en compagnie d'une femme que tous les journalistes de New York rêvaient d'interviewer. *Ça compense même le fait de m'être fait voler un scoop par ce sale poseur de Bryce Harriman*, songea-t-il.

— Notre manifestation sur Grand Army Plaza a été un tel succès que nous avons décidé que Reprenons Notre Ville ne devait pas en rester là, dit Mme Wisher.

Smithback acquiesça.

— Notre plan est d'une simplicité enfantine, reprit-elle. Nos actions à venir seront de véritables opérations commando : nous agirons sans prévenir, à une grande échelle. Pour chaque nouveau meurtre commis, nous irons occuper des postes de police afin d'exiger la fin de ces atrocités. Mais je ne crois pas qu'il nous faille attendre longtemps pour assister à des changements importants.

D'un geste élégant, elle lissa une mèche de cheveux gris.

— Ah bon ? Et pourquoi ça ?

— Demain, à 18 heures, nous nous rassemblerons devant la cathédrale Saint Patrick, et, croyez-moi, la foule que vous avez vue lors de notre précédente manifestation est bien peu de chose en comparaison. Nous voulons montrer à New York que nous sommes prêts à aller jusqu'au bout. Nous allons remonter la Cinquième Avenue, traverser Central Park South vers Central Park West en nous arrêtant pour allumer un cierge et observer une minute de silence à l'endroit de chaque meurtre. Puis nous convergerons vers la Grande Pelouse de Central Park pour une veillée de prières à minuit. Je crains que nos élus n'aient pas encore reçu notre message. Mais quand ils verront tout Manhattan paralysé par la majorité de leurs électeurs ce sera chose faite, vous pouvez m'en croire.

— Et le maire ? s'enquit Smithback.

— Il se peut qu'il refasse une apparition. Les hommes politiques de sa trempe ne résistent jamais à un bain de foule. Et s'il le fait, j'ai l'intention de lui dire que c'est sa dernière chance. S'il nous déçoit encore une fois, nous exigerons sa démission. Et croyez-moi, après cela, il ne sera même plus en mesure de se faire embaucher comme éboueur à Akron, Ohio.

Un fin sourire se dessina sur ses lèvres.

— Oh, je compte sur vous pour rapporter cette petite phrase le moment venu, dit-elle.

Smithback lui sourit. Tout cela promettait d'être parfait. Tout bonnement parfait.

34.

Ce serait bientôt fini.

Il s'avança dans le temple obscur et frais en faisant courir ses doigts sur les creux et les bosses humides de ce qui tenait lieu de murs. C'était une bonne chose qu'il ait été construit ici : si semblable à celui qui avait existé là-bas, et si différent. Il se détourna et alla s'asseoir sur le trône qu'ils lui avaient fabriqué, sentant la rugosité du cuir de l'assise, le léger abandon des membres attachés les un aux autres, entendant le faible craquement des tendons et des os. Ses sens étaient aiguisés comme jamais. Il en aurait bientôt fini.

Ils avaient travaillé dur pour lui, leur chef et maître. Ils l'aimaient et le craignaient, comme il se devait, et dans peu de temps ils pourraient le vénérer. Il ferma les yeux et inhala l'air épais et odoriférant en suspension autour de lui telle une nappe de brouillard. Il y a peu de temps encore, il eût été dégoûté par la pestilence qui régnait dans le temple, mais, depuis, il avait acquis le don de l'acuité sensorielle. Grâce à la plante..., la plante à laquelle il devait tant. Tout était différent à présent. Cette odeur était pour lui comme un paysage magnifique, toujours changeant, multicolore ; ici, clair, lumineux ; là, sombre, plein de mystère. Il y avait des montagnes, des canyons, des déserts, des océans et des ciels, des rivières et des prairies. C'était une vision d'une beauté indicible. Par comparaison, le monde réel semblait plat, laid, aride.

Il savourait son triomphe. Là où l'autre avait échoué, lui avait réussi ! Là où l'autre avait été vaincu par la peur et le doute, lui avait gagné force et courage. L'autre n'avait pas découvert le défaut de la cuirasse de la formule. Lui l'avait non seulement trouvé, mais, en plus, il avait franchi l'étape suivante et optimisé la puissance de cette plante sublime. L'autre avait sous-estimé la soif de rituel, de cérémonial des Enfants. Lui, non. Lui seul en avait compris le sens.

C'était l'œuvre de sa vie — et dire qu'il ne s'en était pas rendu compte plus tôt ! C'était lui, et personne d'autre, qui avait eu le courage, l'intelligence et la volonté d'aller jusqu'au bout. Lui seul pouvait purifier le monde et le guider vers l'avenir.

Le monde ! Tout en prononçant ce mot à mi-voix, il ressentit la présence de ce monde pitoyable bien loin au-dessus de sa tête, pesant de tout son poids sur le sanctuaire de son temple. Tout était si clair à présent ! C'était un monde surpeuplé, grouillant de gens dont l'affreuse petite vie n'avait pas de but, pas de sens, pas de valeur, qui s'emballait comme un moteur tournant à vide. Ils étaient au-dessus de lui en permanence, lâchant leur merde, s'accouplant, procréant, mourant, piètres esclaves de la condition humaine. Comme il allait être simple — et inévitable — de donner un grand coup de pied dans cette fourmilière et d'écraser les pupes sous son talon ! Alors naîtrait le Nouveau Monde : si frais, si varié, porteur de tant de rêves.

35.

— Où sont vos collègues ? demanda Margo à D'Agosta en entrant dans la salle de conférences du département d'anthropologie.

— Ils ne viennent pas, répondit D'Agosta en s'asseyant. Problème d'emploi du temps.

Mais, surprenant le regard de Margo, il hocha la tête et lança :

— Bah, pour tout vous dire, ça ne les intéresse pas. Waxie croit tenir le coupable : un barje ramassé dans Central Park. Qui a tué quelqu'un, c'est un fait, mais ce n'est pas notre assassin.

— Et Pendergast ?

— En voyage d'affaires, fit D'Agosta en souriant à sa propre astuce. Alors, quoi de neuf ?

— Je vais commencer par le commencement, dit Margo. On repart dix ans en arrière, d'accord ? Une expédition en Amazonie sous la houlette d'un chercheur du musée, Julian Whittlesey. Incompatibilité d'humeur entre les membres de l'équipe. Ils se séparent. Pour diverses raisons, aucun d'eux ne survit. Mais plusieurs caisses de reliques sont expédiées au musée. L'une d'elles renferme une affreuse figurine empaquetée dans des fibres végétales. Ce qu'on ignorait, c'est que ladite figurine était la représentation d'une créature sauvage vénérée par les autochtones et que ces fibres végétales étaient en fait une plante locale qui constituait la base de son alimentation. Peu après, l'habitat de la créature est détruit lors de recherches de gisements minéraux organisées par le gouvernement local. Et, donc, ce monstre suit les seuls résidus de sa plante nourricière qui se trouvent dans les caisses, et ce jusqu'à New York. Là, la bête survit dans les sous-sols du musée en se nourrissant de rongeurs et, bien entendu, de la plante dont elle ne peut se passer.

D'Agosta opinait toujours.

— Eh bien, moi, je ne marche pas, conclut Margo. J'y ai cru, mais plus maintenant.

— Comment ça ? demanda D'Agosta, étonné.

— Réfléchissez, lieutenant. Comment une bête sauvage — même extrêmement rusée et à l'instinct très développé — pourrait faire le voyage de la forêt amazonienne jusqu'à New York ? Un sacré périple !

— Vous ne m'apprenez rien de plus que ce qui a été dit quand la Bête a été abattue. On n'avait pas d'autre explication à l'époque, et on n'en a toujours pas d'autre aujourd'hui. Le Mbwun est arrivé à New York. Je l'ai vu. J'ai senti son souffle sur ma nuque. S'il ne venait pas des bords de l'Amazone, d'où venait-il, alors ?

— Bonne question. Et si le Mbwun était en fait originaire de New York et était simplement rentré au pays ?

D'Agosta la regarda, interloqué.

— Quoi ? Qu'est-ce que vous me chantez là ?

— Supposez que le Mbwun n'ait pas été une bête sauvage mais un être humain ?

D'Agosta fit des yeux ronds comme des soucoupes.

— Si c'était Whittlesey ? acheva Margo.

D'Agosta garda le silence et considéra Margo. Elle était peut-être en excellente forme physique, mais elle devait être épuisée mentalement à force de travailler non stop sur ces cadavres. L'assassinat de Brambell et la découverte que l'un des deux cadavres était l'un de ses anciens collègues n'avaient pas dû arranger les choses. Sans compter le sentiment de culpabilité qu'elle éprouvait de n'avoir pas donné suite au message téléphonique de Kawakita... *Comment ai-je pu être bête et égoïste au point de lui demander de travailler sur cette affaire en sachant combien les premiers meurtres du musée l'avaient traumatisée ?* songea D'Agosta.

— Écoutez, docteur Green. Je pense qu'il serait préférable...

— Je sais, je sais, l'interrompit Margo. Ça paraît fou. Mais ça ne l'est pas, je vous assure. Mon assistante effectue en ce moment même des analyses complémentaires qui devraient confirmer ce que j'ai découvert. Laissez-moi terminer. Le Mbwun avait une part étonnamment élevée d'A.D.N. humain. Nous avions effectué un séquençage d'une de ses griffes, vous vous rappelez ? Nous avions trouvé des segments d'A.D.N. humain intacts, munis de milliers de paires de base. Ce n'était pas une aberration de l'évolution. De plus, souvenez-vous que Pendergast avait retrouvé certaines affaires de Whittlesey dans le repaire de la créature. Autre chose encore : celle-ci a tué tous ceux qui se sont trouvés sur son chemin, tous, sauf une personne : Ian Cuthbert. On est en droit de se demander pourquoi. Or Cuthbert était un des meilleurs amis de Whittlesey. De plus, le corps de Whittlesey n'a jamais été retrouvé...

D'Agosta leva les bras au ciel. C'était de la folie. Il repoussa sa chaise et fit mine de se lever.

— Je n'ai pas terminé, dit Margo, très calme.

D'Agosta croisa son regard. Et se rassit.

— Lieutenant, je sais que vous pensez que je délire, mais vous devez m'écouter jusqu'au bout. Nous avons commis une grossière erreur — et j'en suis autant responsable que les autres. Nous n'avons jamais reconstitué le puzzle dans son entier. Mais quelqu'un l'a fait. Gregory Kawakita.

Elle posa l'agrandissement d'une photomicrographie devant D'Agosta.

— Cette plante contient un rétrovirus, dit-elle.

— Nous le savions déjà.

— Oui, mais ce que nous avons négligé, c'est que les rétrovirus ont une capacité qui leur est propre, celle de pouvoir injecter un A.D.N. étranger à l'intérieur d'une cellule hôte. Et ils produisent une drogue. J'ai fait des essais sur les fibres végétales, ce soir. Leur matériel génétique — un A.D.N. reptilien — s'insère dans l'hôte humain par ingestion de la plante. Et cet A.D.N. provoque une transformation physique. À un moment donné de l'expédition, je ne sais ni comment ni pourquoi, Whittlesey a dû ingérer de cette plante. Il a subi un processus de mutation morphologique. Le Mbwun, c'était lui. Une fois ce changement déclenché, il a dû fournir régulièrement à son organisme la drogue contenue dans la plante. Lorsque la réserve locale a été détruite, Whittlesey savait qu'il en trouverait au musée pour l'excellente raison que c'est lui-même qui en avait utilisé comme matériau d'emballage. Il est donc allé là où étaient les caisses. Et ce n'est que lorsque le stock de fibres a été épuisé qu'il s'est mis à tuer des êtres humains, l'hypothalamus du cerveau contenant une hormone similaire à...

— Minute, l'interrompit D'Agosta, incrédule. Vous êtes en train de me dire que cette plante peut vous tranformer en une espèce de monstre ?

Margo acquiesça.

— Et je suis sûre que Greg avait aussi découvert cela. Et que c'est pour cette raison qu'il est parti du musée. Pour poursuivre des travaux personnels à ce sujet.

Elle déroula un grand schéma sur la table de conférences.

— Voici le plan de son labo tel que j'ai pu le reconstituer. Cette liste, dans le coin, répertorie tout le matériel que j'ai pu identifier. Même au prix de gros, ça a dû lui coûter plus de 800 000 dollars.

D'Agosta ne put s'empêcher d'émettre un sifflement admiratif.

— Narcodollars, dit-il.

— Exactement, lieutenant. Le niveau de production d'un laboratoire de génie génétique aussi sophistiqué que celui-ci est extrêmement élevé. J'insiste sur le mot « production ».

— En fin d'année dernière, dit D'Agosta, le bruit a couru qu'il y avait une nouvelle drogue en circulation. Le « glaze ». Très rare. Très chère. Un trip d'enfer, soi-disant. On n'en entend plus parler depuis un petit moment.

— Il y a trois étapes en génie génétique, expliqua Margo en posant un doigt sur son schéma. La première est de cartographier l'A.D.N. d'un organisme. C'est ce à quoi servaient ces machines-là, le long de ce mur. Combinées, elles permettaient de déterminer un séquençage massif. La première contrôle la réaction en chaîne des polymérases, qui permet à l'A.D.N. de se répliquer pour qu'il puisse être séquencé. Celle-ci séquence l'A.D.N. Celle-là, ici, est un supercalculateur doté d'une unité centrale à arséniure de gallium et de programmes vectoriels qui permettent d'analyser les résultats des séquençages. Et contre ce mur-là se trouvaient les restes fondus de plusieurs aquariums. Kawakita faisait pousser la plante du Mbwun en quantités industrielles afin de fournir de la matière première pour son opération. Et, ici, il y avait l'appareil qui servait à incuber les virus et à les mettre en culture.

D'Agosta s'épongea le front et chercha dans sa poche la présence rassurante d'un de ses cigares. Malgré lui, il commençait à croire à la théorie de Margo.

— Kawakita utilisait cet équipement pour isoler des gènes du virus de la plante, continua Margo en posant d'autres clichés sur la table. Ces microphotographies montrent qu'il isolait les gènes reptiliens. Pourquoi ? Parce que, manifestement, il essayait de négativer les effets secondaires physiques de la plante.

— Que pense Frock de tout ça ?

— Je n'ai pas encore eu l'occasion de lui en parler, répondit Margo, avec, crut percevoir D'Agosta, un mouvement d'humeur. Mais je suis sûre qu'il sera sceptique. Il ne démord pas de sa théorie de l'évolution fractale. Tout cela peut paraître insensé, lieutenant, mais le fait est qu'il y a beaucoup de substances dans la nature — les hormones, par exemple — qui peuvent provoquer des transformations étonnantes de ce genre. C'est moins bizarre et plus courant qu'on ne le croit. Il existe une hormone, qu'on appelle la B.S.T.H., qui transforme la chenille en papillon. Si l'on en injecte une dose à un têtard, il devient grenouille en l'espace de quelques jours. C'est ce qui se passe ici. J'en suis certaine. Sauf qu'il s'agit de transformations chez un être humain. Et...

Elle s'interrompit.

— ... il y a autre chose.

— Comme si ce n'était pas suffisant ! s'exclama D'Agosta.

Margo plongea la main dans son fourre-tout et en sortit une chemise en plastique transparent qui contenait de petits morceaux de papier brûlés.

— J'ai trouvé le carnet de bord de Kawakita dans les décombres, dit-elle. C'est tout ce qu'il en reste de lisible.

Elle posa une autre photographie devant D'Agosta.

— J'en ai demandé un agrandissement. Le premier provient du milieu du carnet. C'est une sorte de liste.

D'Agosta regarda la photographie. Il put lire quelques mots griffonnés à la hâte dans la marge gauche de la page calcinée : « wysoccan, pied-bleu amateur de matières excrémentielles » ; puis d'autres, en bas : « nuage vert, poudre à canon, cœur de lotus. »

— Ça vous dit quelque chose ? demanda D'Agosta en recopiant les mots dans son calepin.

— Non, à part « poudre à canon ». Mais quelque chose me dit que ça devrait.

Elle lui tendit un autre agrandissement.

— Voici un autre passage qui semble constitué de fragments codés de son programme d'extrapolation, dit-elle. En voilà un plus long.

D'Agosta le parcourut.

... ne peux pas vivre en sachant ce que j'ai... Comment ai-je pu, alors que je me consacrais exclusivement à... ignorais les conséquences psychologiques... mais l'autre est de plus en plus impatient. J'ai besoin de temps pour...

— On dirait qu'il était en proie à un cas de conscience, dit D'Agosta en rendant le cliché à Margo. Mais qu'est-ce qu'il faisait exactement ?

— J'y arrive. Les effets psychologiques qu'il dit avoir ignorés sont sans doute ceux du « glaze ». Quant à cette allusion à « l'autre »... Mystère...

Elle lui tendit une autre photographie.

— Et puis il y a ceci. Je pense que ça provient de la dernière page de son journal de bord. Comme vous le voyez, à côté de tas de chiffres et de calculs figurent quatre mots parfaitement lisibles, dont un en fin de phrase : « irréversible. La thyoxine pourrait... »

D'Agosta la regarda, attendant la suite.

— J'ai fait des recherches, dit-elle. La thyoxine est un algicide expérimental excessivement puissant — autrement dit un herbicide destiné à la destruction des algues. Si Greg cultivait cette plante, à quoi lui servait la thyoxine ? Et la vitamine D qu'il synthétisait apparemment ? Ça fait encore pas mal de questions sans réponse.

— Je vais en parler à Pendergast, au cas où ça l'inspirerait.

D'Agosta contempla les photomicrographies un moment puis les repoussa.

— Je n'ai pas tout à fait compris, docteur Green. Que faisait exactement Kawakita dans son labo privé ?

— Il tentait sans doute de rendre inoffensive la drogue contenue dans la plante en supprimant les gènes reptiliens contenus dans le phytovirus.

212

— Comment ça ?

— Je pense qu'il essayait de fabriquer une drogue qui n'aurait pas provoqué de difformités physiques. Qui aurait rendu son utilisateur plus alerte, plus fort, plus rapide, l'aurait doté d'une acuité visuelle plus grande. Une hyperactivation des fonctions sensorimotrices proche de celle du Mbwun, en somme. Mais sans les effets secondaires.

Margo commença à ranger les photographies.

— Pour en être sûre, je vais faire des biopsies sur le cadavre de Kawakita. Je pense que nous devrions trouver des traces de la drogue du Mbwun, considérablement altérée, et que nous devrions découvrir que la drogue elle-même a des effets narcotiques.

— Vous voulez dire que Kawakita en aurait pris ?

— J'en suis certaine. Et je pense qu'il a dû se planter, soit en la prenant trop pure ou trop coupée, avec pour résultat la déformation du squelette que nous avons constatée.

D'Agosta s'épongea de nouveau le front en se disant qu'il avait sacrément envie d'un cigare.

— Attendez, fit-il. Kawakita était un type intelligent. Pas le genre à prendre une drogue dangereuse juste pour le plaisir de voir ce qui allait se produire. Pas possible, ça !

— Vous avez raison, lieutenant. Et c'est peut-être justement là que j'ai le plus de remords. C'est que, voyez-vous, il n'a pas dû tester la drogue directement sur lui. Il a dû utiliser des cobayes.

— Oh ! Oh, merde !

36.

Bill Trumbull et ses amis franchirent les portillons automatiques du métro de Fulton Street et descendirent sur le quai en braillant à tue-tête. Ils sortaient d'un dîner princier au Seaport arrosé de pas mal de bières au cours duquel la conversation avait tourné autour d'un seul thème : leur enrichissement personnel. D'humeur joyeuse, ils cassaient du sucre sur le dos du crétin qui venait d'arriver au stage et qui, selon eux, ne tiendrait pas plus d'un mois.

Trumbull sentit un courant d'air tiède et entendit le grondement lointain d'une rame tandis que deux minuscules phares trouaient l'obscurité du tunnel. Il serait chez lui d'ici à une demi-heure. Il éprouva un agacement fugace à la pensée d'habiter au nord de la ville, si loin de Wall Street — au coin de la 98ᵉ Rue et de la Troisième Avenue — et de mettre tant de temps à rentrer. *Il faut vraiment que je déménage. Que je me trouve un loft dans le centre ou un beau trois pièces en étage dans l'East Side..., balcon, lit* king size, *moquette crème, mobilier design.*

Le grondement du métro gagna en amplitude et l'engin surgit du tunnel. Un des compagnons de Trumbull le poussa vers le bord du quai pour chahuter et il fit un bond en arrière tandis que la rame s'arrêtait dans un crissement de freins. Le groupe s'engouffra dans une voiture.

Il faisait une chaleur d'enfer. Trumbull desserra son nœud de cravate. Une certaine torpeur commençait à le gagner. Il ressentait une douleur vague mais lancinante aux tempes. Il consulta sa montre : ils devaient être au bureau dans six heures. Il soupira et se renforça sur la banquette. Le métro fonçait à vive allure dans le tunnel, si bruyant qu'il était impossible de s'entendre. Trumbull ferma les yeux.

À la station de la 14ᵉ Rue, plusieurs de ses compagnons prirent la correspondance pour Penn Station. Poignées de main, bourrades amicales, et les voilà partis. D'autres descendirent à Grand Central, et Trumbull se retrouva seul avec Jim Kolb, un opérateur qui travaillait à l'étage au-dessous du sien et avec qui il n'avait pas spécialement d'atomes crochus. Il ferma de nouveau les yeux en poussant un soupir las tandis que la rame replongeait dans les entrailles de la Terre.

Trumbull eut vaguement conscience de l'arrêt de la rame à la station de la 39ᵉ Rue, de l'ouverture et de la fermeture des portières et du nouveau plongeon du métro dans les ténèbres. *La prochaine,* songea-t-il dans son demi-sommeil.

Soudain, la rame eut un soubresaut, ralentit et s'arrêta avec moult grincements de freins. Projeté en avant, Trumbull ouvrit les yeux et regarda autour de lui, irrité au plus haut point par les cliquètements et grincements de la voiture. Un long moment se passa.

— Fais chier, tonna Kolb. Aux chiottes la ligne 4 de Lexington Avenue !

Il regarda autour de lui en quête d'une réaction et n'en obtint aucune de la part des deux autres occupants de la voiture. Il donna un coup de coude à Trumbull, qui lui fit l'aumône d'un sourire en songeant que ce Kolb était un perdant de première.

Trumbull lança un coup d'œil derrière lui. Il vit une serveuse à la jolie frimousse et un jeune Noir qui, malgré la chaleur, portait un gros pardessus et un bonnet. Il semblait dormir, mais Trumbull le lorgna d'un air méfiant. *Il rentre sans doute d'une dure nuit de mauvais coups,* songea-t-il. Il tâta l'intérieur de ses poches pour vérifier qu'il avait bien son canif sur lui. Il n'avait pas l'intention de se laisser piquer son portefeuille.

Des crépitements se firent entendre, et une voix rauque résonna dans les haut-parleurs : « Votre attention siouplé, incident technique, 'scusez-nous pour ce désagrément, nous repartons dans quelques minutes. »

— Ouais, c'est ça, à d'autres, fit Kolb.

— Hm ?

— Ils disent toujours que ça ne va pas durer longtemps. Tu parles !

Trumbull croisa les bras et referma les yeux. Son mal de tête empirait ; il avait l'impression d'être emmitouflé dans une couverture chauffante.

— Et dire qu'on paie 1 dollar 50 pour le plaisir de cuire dans cette fournaise, dit Kolb. La prochaine fois, on louera une limousine.

Trumbull acquiesça mollement et regarda sa montre. 0 h 45.

— Pas étonnant qu'il y en ait qui truandent, insista Kolb.

Trumbull acquiesça de nouveau en se demandant comment il pourrait s'y prendre pour lui clouer le bec. Il entendit un bruit à l'extérieur et regarda négligemment par la vitre. Il aperçut une silhouette qui remontait la voie parallèle à la leur dans l'obscurité. *Sans doute un agent de maintenance qui fait des interventions de nuit. Cette idée ne lui dit rien qui vaille. Oh, merde, si le métro est en panne, on va peut-être rester coincé ici jusqu'à...*

Soudain, une silhouette blanche passa, fantomatique, devant la vitre. Trumbull sursauta et se redressa, comme mû par un ressort. Ce n'était pas un ouvrier, mais une femme : une femme en robe du soir qui courait en trébuchant le long des voies. Il la regarda s'évanouir dans la nuit du tunnel en ayant le temps, dans la lumière de la rame à l'arrêt, de remarquer que son dos était éclaboussé d'une matière sombre et luisante.

— Tu as vu ça ? demanda-t-il à Kolb.

— Quoi ?

— Cette femme qui courait dans le tunnel.

— Tu auras bu un verre de trop, mon petit Billy.

Trumbull se leva et pencha la tête dehors, plissant les yeux dans la direction où la femme avait disparu. Rien. Il se rassit. Apparemment, aucun autre occupant de la voiture n'avait remarqué quoi que ce soit.

Que se passe-t-il ? se demanda-t-il. *Une agression ?*

Il regarda de nouveau par la vitre. Pas de femme à l'horizon. Le tunnel était désert et tranquille.

— Les « quelques minutes » commencent à s'éterniser, grommela Kolb en tapotant sa Rolex.

Sûr que j'ai suffisamment bu pour avoir des visions, se dit Trumbull, qui avait de plus en plus mal à la tête.

C'était sa troisième gueule de bois de la semaine. Peut-être ferait-il mieux de mettre un frein à ses sorties. Il avait dû

216

voir un ouvrier qui portait quelque chose sur le dos. Ou une ouvrière, qui sait ?

Oh, s'il se passait quelque chose d'anormal, le conducteur nous l'aurait annoncé.

Il se rassit, ferma les yeux et s'efforça d'oublier sa migraine. La plupart du temps, cela ne le gênait pas de prendre le métro. Le trajet était rapide, et le roulis de la rame, les lumières qui défilaient berçaient ses pensées. Mais, dans des moments comme celui-ci — bloqué sans explication dans l'obscurité surchauffée —, il lui était difficile de ne pas songer à la distance qui le séparait de la surface et de la station suivante.

Au début, il crut entendre une autre rame qui freinait en s'arrêtant à une station, mais, en prêtant l'oreille, il reconnut le son pour ce qu'il était : un cri lointain, étrangement déformé en étant renvoyé à tous les échos dans le tunnel, se faufilant par la vitre baissée.

— Qu'est-ce qui se passe ? fit Kolb en se redressant sur sa banquette.

Le jeune Noir sursauta et l'inquiétude s'alluma dans le regard de la serveuse. Le silence se chargea d'électricité tandis que tout le monde attendait, à l'écoute. Il n'y eut pas d'autre cri.

— Bon sang, Bill, tu as entendu ? demanda Kolb.

Trumbull ne dit rien. Il y avait eu un vol. Un meurtre, peut-être. Ou un gang qui avait pris d'assaut la rame immobilisée. Le cauchemar de tous les usagers du métro...

— On ne nous dit jamais rien, s'écria Kolb en jetant un regard fébrile vers le haut-parleur. Peut-être qu'on devrait aller voir ce qui se passe.

— À toi l'honneur, lui rétorqua Trumbull.

— Un homme a crié, dit Kolb. C'était un homme, j'en mettrais ma main au feu.

Trumbull regarda de nouveau par la vitre. Il vit une autre silhouette longer la voie dans leur direction. Elle avançait d'une démarche claudicante.

— Quelqu'un vient, dit-il.

— Demande-lui ce qui se passe.

Trumbull se pencha par la vitre.

— S'il vous plaît ! cria-t-il. Vous pouvez nous dire ce qui se passe ?

La silhouette s'immobilisa.

— Quelqu'un a été blessé ?

La silhouette repartit de son pas mal assuré et disparut entre deux voitures.

— Je déteste ces enfoirés de réparateurs, s'indigna Kolb. Ces connards touchent 40 000 dollars par an à ne rien foutre !

Trumbull s'approcha de la porte de communication vitrée pour regarder dans l'autre voiture. Son unique occupant lisait le journal. Le silence était retombé.

— Qu'est-ce que tu vois ? demanda Kolb de sa voix geignarde.

Trumbull retourna s'asseoir.

— Rien, dit-il. C'était peut-être simplement un ouvrier qui criait quelque chose à l'un de ses collègues.

— Mais pourquoi on ne redémarre pas ! s'écria la serveuse d'une voix anxieuse.

Le jeune Noir était toujours vautré sur son siège, immobile, mains enfoncées dans les poches de son pardessus. *Je parie qu'il a un revolver,* songea Trumbull, ne sachant trop s'il était angoissé ou soulagé à cette perspective.

Les lumières clignotèrent et la voiture précédente se retrouva plongée dans l'obscurité.

— Oh, merde, fit Kolb.

Un bruit sourd fit vibrer le train comme si un objet lourd l'avait frappé de plein fouet, puis il fut suivi d'une espèce de souffle étrange, un peu comme celui que ferait une montgolfière en se dégonflant.

— Qu'est-ce que c'est que ça ? demanda la serveuse.

— Je me tire, fit Kolb. Viens, Trumbull. Je retourne à la station de la 59e Rue. On ne l'a pas dépassée de beaucoup.

— Je reste ici.

— T'es fou ou quoi ? Moi, je ne veux pas rester là à attendre bien gentiment qu'un gang déboule par cette porte !

Trumbull fit non de la tête. Il fallait surtout ne pas bouger, ne pas céder à la panique. En se levant, on se ferait remarquer et on serait une cible facile.

Un autre bruit résonna dans la voiture précédente. On aurait dit des gouttes de pluie tambourinant sur le métal.

Prudemment, Trumbull se pencha sur le côté pour essayer de distinguer ce qui pouvait bien se passer dans l'autre voiture. Il vit que la vitre de séparation était maculée de peinture fraîche jetée de l'intérieur qui dégoulinait en rigoles sombres.

— Qu'est-ce que c'est que ça ? cria Kolb.

Des jeunes vandalisaient la voiture en jetant de la peinture tous azimuts. En tout cas, ça ressemblait à de la peinture. De la peinture rouge. Peut-être qu'il valait quand même mieux filer, et à toutes jambes ! Il bondit sur ses pieds et fonça vers la porte de communication avec la dernière voiture.

— Billy ! cria Kolb en lui emboîtant le pas.

Trumbull entendit des coups frappés contre la porte de communication de la voiture précédente, des bruits de pas précipités puis le hurlement de la serveuse. Sans se retourner, il ouvrit la porte du fond et sauta dans la dernière voiture.

— Oh, merde, oh, merde, oh, merde, psalmodiait Kolb toujours derrière lui.

Trumbull eut tout juste le temps de noter que la dernière voiture était vide avant que toute la rame soit plongée dans l'obscurité. Il regarda autour de lui, affolé. Les seules sources de lumière provenaient de l'éclairage faible et intermittent du tunnel et de la lueur jaunâtre et lointaine des quais de la station de la 59e Rue.

Il s'arrêta et se tourna vers Kolb.

— On va sortir par la porte du fond, lui dit-il.

À cet instant, un coup de feu claqua dans la voiture qu'ils venaient de quitter, répercuté par l'écho. Trumbull nota que les sanglots de la serveuse avaient brusquement cessé.

Kolb se retourna.

— Ils lui tranchent la gorge ! hurla-t-il.

— Tais-toi, murmura Trumbull entre ses dents.

Quoi qu'il entende, il ne devait pas se retourner. Il courut jusqu'à la porte de communication et empoigna les joints en caoutchouc, essayant de l'ouvrir.

— Aide-moi ! cria-t-il.

Kolb, en larmes, vint à sa rescousse.

— Tire, nom de Dieu ! hurla Trumbull.

Il y eut un souffle d'air et la porte céda. Une odeur terreuse, suffocante emplit la voiture. Avant qu'il ait eu le temps de faire ouf, Trumbull se sentit poussé sur le côté par Kolb qui sauta sur les voies. Trumbull prit son élan pour faire de même mais se figea. Plusieurs silhouettes progressaient lentement dans l'obscurité du tunnel en direction de Kolb. Trumbull ouvrit la bouche pour crier puis se ravisa, vacillant, incrédule. Il y avait quelque chose qui n'allait pas, quelque chose d'indiciblement étrange dans la façon dont évoluaient ces silhouettes. Kolb était cerné. L'une des silhouettes l'empoigna par les cheveux et lui tira la tête en arrière tandis qu'une autre lui bloquait les bras. Kolb se débattait en une pantomime saccadée et silencieuse. Un troisième homme sortit de l'ombre et, en un geste d'une grâce déplacée, fit glisser sa main devant la gorge de Kolb. Une gerbe de sang gicla vers le train.

Terrorisé, Trumbull recula et se pelotonna par terre. Il jeta un regard désespéré en direction de la voiture qu'ils avaient fui. Il distingua deux silhouettes accroupies à côté du corps de la serveuse, occupées à lui triturer la tête.

Trumbull se sentit gagné par un sentiment de désespoir qui lui tordit l'estomac. Il se releva d'un bond et sauta par la porte arrière. Il atterrit sur la voie en trébuchant et se mit à courir à toutes jambes. Il dépassa le groupe penché sur Kolb, fonçant vers la lueur lointaine de la station. Le repas et les bières qu'il avait ingurgités lui remontèrent d'un coup, lui dégoulinant sur les jambes tandis qu'il courait. Il entendit des bruits de pas dans son dos. On le poursuivait. Un sanglot franchit ses lèvres.

Alors, se découpant en ombres chinoises sur la lointaine clarté de la station, deux autres silhouettes encapuchonnées se dressèrent devant lui sur la voie. Trumbull s'arrêta net. Les deux silhouettes s'élancèrent sur lui à une vitesse incroyable. Derrière lui, ses poursuivants se rapprochaient. Une léthargie étrange s'empara de lui, engourdissant ses membres. Il sentit sa raison vaciller. Dans quelques secondes, c'en serait fait. Il subirait le même sort que Kolb...

Alors, dans l'éclair de lumière orangée renvoyé par les feux de signalisation, il vit le visage d'un de ses agresseurs.

Une pensée, claire, limpide, évidente, lui vint du fond de cette nuit qui avait si soudainement viré au cauchemar. Il sut ce qu'il devait faire. Vivement, il examina la voie à ses pieds, repéra les bandes jaunes du troisième rail, glissa son pied dessous et son univers explosa en mille éclairs d'une brillance miraculeuse.

37.

D'Agosta garda les yeux clos encore un moment, faisant de son mieux pour ne pas se laisser distraire par les téléphones qui sonnaient, les portes qu'on claquait.

Il soupira et s'obligea à repenser à l'étrange Alberta Muñoz, unique survivante de la tuerie du métro. Il était arrivé sur place au moment où on la remontait sur un brancard par une sortie de secours de la station de la 66e Rue : mains croisées, regard dans le vague, visage plein, maternel, teint mat qui tranchait sur la blancheur du drap qui la recouvrait. Dieu seul savait comment elle avait réussi à se cacher : elle n'avait pas dit un mot. La rame avait été transformée en morgue : sept passagers et deux employés du métro retrouvés morts, dont cinq le crâne fracassé et la gorge tranchée jusqu'aux vertèbres cervicales, trois autres décapités, et un électrocuté.

Mme Muñoz avait été admise dans le service psychiatrique de l'hôpital Saint Luc. Waxie avait eu beau vitupérer, taper du poing sur la table, menacer, le médecin de garde était demeuré intraitable : pas d'interrogatoire avant 6 heures du matin au plus tôt.

Trois têtes manquantes, songea D'Agosta. Les traînées de sang avaient tout de suite été repérées, mais le labyrinthe de tunnels humides ne facilitait pas la tâche des techniciens. D'Agosta repensa à la façon dont ce guet-apens avait été organisé. Un câble de signalisation juste après la station de la 59e Rue avait été sectionné, provoquant l'arrêt immédiat de toutes les rames de métro de l'East Side entre les 14e et 125e Rues — dont celle qui se retrouva prise au piège sous le tunnel où les assaillants étaient embusqués.

Ce plan nécessitait de la réflexion, de l'organisation et, peut-être, une connaissance de première main du système. Jusqu'à présent, aucune empreinte de pas exploitable n'avait été trouvée, mais D'Agosta estimait entre six et dix le nombre des agresseurs. C'était une attaque minutieusement préparée et parfaitement coordonnée.

Mais pourquoi ?

Il avait été établi que l'homme décédé par électrocution avait probablement marché volontairement sur le troisième rail. D'Agosta se demanda ce qu'un homme pouvait avoir vu pour en arriver là. *Quoi que ce soit, Alberta Muñoz doit l'avoir vu également. Il faut absolument que je lui parle avant que Waxie ne gâche tout.*

— D'Agosta ?

Quand on parle du loup...

— C'est pas possible, vous pioncez ?

D'Agosta rouvrit lentement les yeux et regarda le visage rougeaud et mou qui lui faisait face.

— Excusez-moi d'interrompre votre sieste, dit Waxie, mais nous avons une toute petite affaire sur les bras...

D'Agosta se leva, repéra son veston sur le dossier d'une chaise, s'en empara et enfila une manche.

— Vous m'entendez, D'Agosta ? tonna Waxie.

D'Agosta sortit du bureau en bousculant Waxie. Hayward se trouvait au standard en train de lire un fax, et D'Agosta lui fit signe de le suivre.

— Mais où vous allez comme ça ? cria Waxie en les rejoignant devant l'ascenseur. Vous êtes devenu sourd ? Je viens de vous dire qu'on avait une affaire sur les bras...

— Une affaire sur *vos* bras, rectifia sèchement D'Agosta. Débrouillez-vous. Je suis occupé.

Comme les portes de l'ascenseur se refermaient, D'Agosta ficha un cigare entre ses lèvres et se tourna vers Hayward.

— Au Saint Luc ? lui demanda-t-elle.

Il acquiesça.

Quelques secondes plus tard, les portes de l'ascenseur s'ouvraient en tintant sur le vaste hall d'entrée carrelé. D'Agosta s'apprêtait à sortir, mais il s'immobilisa. Derrière les portes vitrées, il vit une foule de gens brandir le poing. Ils étaient trois fois plus nombreux qu'à son arrivée à 2 heures du matin. La riche Mme Wisher, debout sur le capot d'une voiture de police, parlait dans un porte-voix. Les médias étaient venus en masse ; les flashs des photographes crépitaient ; les équipes de télévision avaient sorti toute leur panoplie.

— Et si on prenait une voiture banalisée au sous-sol ? lui proposa Hayward.

— Excellente idée, dit D'Agosta en battant en retraite dans l'ascenseur.

Le médecin de garde au service psychiatrie de l'hôpital Saint Luc les fit attendre dans la cafétéria du personnel pendant près de trois quarts d'heure. Il était jeune, avait un air grave et semblait mort de fatigue.

— J'ai déjà dit au commissaire Waxie qu'elle ne pouvait pas être interrogée avant 6 heures du matin, dit-il d'une voix fluette et sèche.

D'Agosta se leva de sa chaise et serra la main du médecin.

— Bonjour, docteur Wasserman. Je suis le lieutenant D'Agosta, et voici le sergent Hayward.

Le docteur répondit par un bougonnement.

— Docteur, reprit D'Agosta, je tiens à vous dire d'emblée que nous ne voulons surtout pas porter préjudice à Mme Muñoz.

Le médecin hocha la tête.

— Et vous en serez seul juge, ajouta D'Agosta.

Le médecin garda le silence.

— Je sais que le commissaire Waxie est venu ici faire du barouf, poursuivit D'Agosta. Peut-être même vous a-t-il menacé...

Wasserman explosa.

— Je travaille dans ce service d'urgences depuis des années, et je n'avais encore jamais été traité avec une telle goujaterie !

— Bienvenue au club, dit Hayward en ricanant.

Le médecin la regarda, surpris, puis se détendit quelque peu.

— Docteur, expliqua D'Agosta, les hommes qui ont perpétré cette tuerie étaient entre six et dix. Je pense que ce sont ces individus qui ont tué Pamela Wisher, Nicholas Bitterman et beaucoup d'autres. Je pense aussi qu'en ce moment même, ils sont en train d'errer dans les tunnels du métro.

Mme Muñoz est probablement la seule personne vivante à les avoir vus et à pouvoir les identifier. Si vous estimez, en votre âme et conscience, que l'interroger serait dangereux pour son équilibre psychique, très bien. Je vous demande de considérer toutefois que la vie d'autres personnes est en danger.

Le médecin le dévisagea un long moment.

— Très bien, lieutenant, dit-il avec un sourire las. À trois conditions. Je dois être présent. Vous ne devrez jamais la brusquer. Et arrêter l'interrogatoire dès que je vous le demanderai.

D'Agosta acquiesça.

— Mais je crains que ce ne soit prématuré, ajouta le médecin. Elle est encore sous le choc et souffre des premiers symptômes d'un stress post-traumatique.

— Compris, docteur.

— Bien. Nous avons pu établir que Mme Muñoz est originaire d'une petite ville du Mexique. Pour gagner sa vie, elle garde les enfants d'un couple de l'Upper East Side. Nous n'en savons pas plus.

Mme Muñoz était allongée sur son lit dans la même attitude que sur le brancard : mains croisées, regard dans le vide. La chambre sentait le savon et l'éther. Hayward se posta dans le couloir pour donner l'alerte au cas où Waxie débarquerait plus tôt que prévu. D'Agosta et le médecin s'assirent de chaque côté du lit. Ils restèrent un long moment immobiles, puis Wasserman prit la main de la patiente. D'Agosta sortit une photographie de son portefeuille et la mit sous les yeux de de Mme Muñoz.

— C'est ma fille, Isabella, dit-il. Elle a deux ans. Elle est jolie, hein ?

Il tint patiemment la photo jusqu'à ce que le regard de Mme Muñoz se fixe dessus. Le médecin fronça les sourcils.

— Vous avez des enfants ? demanda D'Agosta en rempochant la photographie.

Mme Muñoz le regarda. Et ne dit rien.

— Madame, dit D'Agosta, je sais que vous êtes entrée clandestinement dans notre pays.

La femme détourna vivement la tête. Le médecin lança un regard d'avertissement à D'Agosta.

— Je sais aussi que pas mal de gens vous ont fait des promesses qu'ils n'ont pas tenues, poursuivit D'Agosta, mais je vais vous en faire une et je vous promets de tenir parole, je le jure sur la tête de ma fille. Si vous m'aidez, j'interviendrai personnellement pour que vous ayez votre carte verte.

La femme ne répondit pas. D'Agosta sortit une autre photographie.

— Madame Muñoz ? fit-il.

Pendant un long moment, la femme ne bougea pas puis, lentement, elle tourna les yeux vers la photographie. D'Agosta se sentit soulagé.

— C'est une photo de Pamela Wisher quand elle avait deux ans, dit-il. Le même âge que ma fille.

La femme prit la photographie.

— Un ange, murmura-t-elle.

— Elle a été assassinée par ceux qui ont attaqué le métro, débita D'Agosta d'une voix rapide mais douce. Madame, je vous en prie, aidez-moi à arrêter ces monstres. À éviter qu'ils tuent d'autres gens.

Une larme roula sur le visage de Mme Muñoz, et ses lèvres se mirent à trembler.

— *Ojos,* dit-elle.

— Pardon ? fit D'Agosta.

— Les... yeux...

Elle se tut, et ses lèvres tremblèrent de nouveau.

— Ils sont venus, dit-elle. En silence. Des yeux de lézard. De démon.

Elle ne put réprimer un sanglot.

D'Agosta voulut dire quelque chose, mais un geste de Wasserman l'en empêcha.

— Des yeux... *cuchillos de pedernal...,* des visages comme celui du diable...

— C'est-à-dire ?

— Des visages *viejos...* vieux...

Elle se couvrit la tête des mains et poussa un long cri plaintif.

Wasserman se leva et, d'un geste, invita D'Agosta à faire de même.

— Cela suffit, dit-il. Sortons.

— Mais que...

— C'est terminé ! dit le médecin.

Une fois dans le couloir, D'Agosta sortit son calepin et y retranscrivit les expressions espagnoles du mieux qu'il le put.

— C'est quoi, ça ? demanda Hayward en jetant un coup d'œil par-dessus son épaule.

— De l'espagnol.

— Ça ne ressemble pas à l'espagnol que je connais, dit Hayward en fronçant les sourcils.

D'Agosta la regarda du coin de l'œil.

— Ne me dites pas que vous parlez l'espagnol par-dessus le marché !

— Oh, il faut être au moins bilingue quand on bosse sur le terrain, dit-elle avec un petit sourire. Et qu'était censée vouloir dire votre petite pique ?

D'Agosta lui tendit son calepin.

— Essayez donc d'élucider cette devinette.

Hayward prit le calepin, se dirigea vers le bureau des infirmières et décrocha un téléphone.

Wasserman ressortit de la chambre en refermant doucement la porte derrière lui.

— Lieutenant, ce n'était pas... orthodoxe, pour le moins, mais je crois que finalement ce sera positif. Merci.

— Ne me remerciez pas. Et surtout, remettez-la sur pied. J'ai encore pas mal de questions à lui poser.

Hayward raccrocha et les rejoignit.

— C'est le mieux que Jorge et moi ayons pu faire, dit-elle en rendant le calepin à D'Agosta.

— *Couteaux de silex,* lut ce dernier en haussant les sourcils.

— On n'est même pas sûrs que c'est ce qu'elle a vraiment dit, mais on n'a pas autre chose à vous proposer.

— Merci quand même, dit D'Agosta.

Il remit son calepin dans sa poche et s'éloigna à grands pas. Soudain, il s'arrêta comme s'il venait de se souvenir de quelque chose.

— Docteur, dit-il en se retournant. Le commissaire Waxie devrait sans doute être là d'ici une heure.

Wasserman se rembrunit.

— Mais..., reprit D'Agosta, je suis sûr que Mme Muñoz est trop épuisée pour recevoir de la visite, non ? Et si le commissaire vous donne du fil à retordre, envoyez-le-moi.

Pour la première fois, Wasserman se fendit d'un franc sourire.

38.

À son arrivée dans la salle de conférences du département d'anthropologie, Margo vit tout de suite que la réunion avait commencé depuis un moment. La table qui trônait au centre de la pièce était jonchée de gobelets de café, de serviettes en papier, de miettes de croissants et d'emballages divers et variés. Outre Frock, Waxie et D'Agosta, Margo eut la surprise de voir Horlocker, le chef de la police, dont les galons faisaient tache dans le décor. Il y avait de l'électricité dans l'air.

— Vous voulez nous faire croire que ces assassins vivent dans les tunnels de votre soi-disant ligne Astor ? disait Waxie à D'Agosta.

Ce dernier se retourna à l'entrée de Margo.

— Ah, fit-il, heureux que vous ayez pu venir.

Frock parut ravi de la voir et déplaça son fauteuil pour lui ménager une place à la table.

— Margo, enfin ! s'exclama-t-il. Peut-être pourrez-vous éclairer notre lanterne. Le lieutenant D'Agosta nous a parlé, mais de façon un peu abstruse, de vos découvertes sur le site du laboratoire de Greg. Il paraît que vous avez fait des recherches en mon absence. Si je ne vous connaissais pas, ma chère, je pourrais penser que...

— Excusez-moi ! s'écria D'Agosta d'une voix tranchante.

Toutes les têtes se tournèrent vers lui.

— J'aimerais que le docteur Green nous fasse part de ses découvertes, dit-il en baissant d'un ton.

Margo prit un siège, surprise que Horlocker ne réagisse pas. Il s'était passé quelque chose qui avait un rapport avec la tuerie de la veille dans le métro.

— Une petite minute, dit Waxie. Je tiens à dire que...

— Oh, Waxie, taisez-vous, le coupa Horlocker. Docteur Green, faites-nous part de la teneur de vos découvertes.

Margo raconta comment Gregory Kawakita avait créé génétiquement la *Liliceae mbwunensis*, porteuse d'un rétrovirus.

— Cette plante provoque d'importants changements physiques, expliquait Margo. Whittlesey a dû lui-même en ingérer — par mégarde, ou peut-être contre sa volonté, nous ne le saurons jamais. Mais il me semble évident que la Bête du Musée était, en fait, Julian Whittlesey lui-même.

Frock accusa le coup. Personne ne dit mot.

— Je sais que cela paraît incroyable, reprit Margo. Je crois que Kawakita l'avait découvert. Il a dû trouver quelques spécimens de la plante et a dû chercher à les modifier génétiquement. Je suppose qu'il a cru avoir débarrassé la plante de ses effets secondaires.

— Parlez-nous de la drogue, intervint D'Agosta.

— Kawakita faisait pousser la plante en très grandes quantités, dit Margo. Je pense qu'on peut en tirer une drogue de synthèse rare, le « glaze », qui, outre sa potentialité virale, a sans doute des propriétés narcotiques et hallucinogènes très puissantes. Kawakita a dû la vendre à un groupe d'usagers sélectionnés, sans doute pour financer ses recherches, mais aussi pour tester l'efficacité de ses travaux. Manifestement, il a lui-même ingéré de cette plante à un moment donné, ce qui explique les déformations bizarres de son squelette.

— Mais si cette drogue, ou plante, comme vous voulez, a des effets secondaires aussi terribles, pourquoi votre Kawakita en aurait-il pris ? demanda Horlocker.

— Ça, je ne sais pas, avoua Margo. Il a dû synthétiser de nouvelles souches. Je suppose qu'il était convaincu d'avoir débarrassé la drogue de ses effets négatifs et qu'il pourrait en tirer des bénéfices. Des essais sont en cours sur les résidus de la plante trouvés dans son laboratoire. Nous en avons inoculé à des souris et à quelques protozoaires. Jennifer Lake, mon assistante, analyse les résultats en ce moment même.

— J'aimerais savoir pourquoi on ne m'a pas informé de..., commença Waxie.

D'Agosta se tourna vers lui.

— Quand vous vous déciderez à relever votre boîte vocale et à écouter vos messages, vous verrez qu'on vous a tenu informé de chaque étape ! s'écria-t-il.

— Cela suffit, lieutenant, dit Horlocker en levant une main. Nous savons tous que des erreurs ont été commises. L'heure n'est pas aux récriminations.

D'Agosta se carra sur sa chaise. Margo ne l'avait jamais vu aussi furieux, comme s'il tenait toutes les personnes présentes, lui-même compris, pour responsables de la tuerie du métro.

— Nous sommes confrontés à une situation excessivement grave, poursuivit Horlocker. Le maire me téléphone tous les jours pour qu'on passe à l'action, et, depuis ce massacre, le gouverneur s'y est mis lui aussi.

Il s'épongea le front avec un mouchoir humide.

— Bon, reprit-il. Selon le docteur Green, nous avons affaire à un groupe de toxicomanes qui s'approvisionnaient auprès de votre chercheur, le dénommé Kawakita. Maintenant que ce Kawakita est mort, peut-être que leurs réserves de drogue se sont épuisées, ou peut-être qu'ils sont devenus fous. Ils vivent sous terre, dans ces fameux tunnels de la ligne Astor que nous décrivait D'Agosta. Et le manque les pousse à tuer : ils trouvent dans le cerveau humain l'hormone de substitution à leur drogue. Vous avez des preuves de tout ça ?

— Les restes de la plante retrouvés dans le labo de Kawakita, répondit Margo.

— La plupart des meurtres ont eu lieu sur le tracé de l'ancienne ligne Astor, ajouta D'Agosta. Pendergast l'a établi.

— Le hasard, fit Waxie.

— Et les nombreux S.D.F. qui affirment que le Grenier des Enfers a été colonisé ? dit Margo.

— Si on doit croire sur parole une bande de clochards et de drogués, où allons-nous ! s'exclama Waxie.

— Pourquoi mentiraient-ils ? s'écria Margo. Qui est mieux placé qu'eux pour savoir ce qui se passe sous terre ?

— S'il vous plaît ! intervint le préfet, décidé à calmer le jeu. Nous devons faire avec les preuves et les pistes que nous avons. Nos élus veulent que nous passions à l'action. Pas demain, pas après-demain, mais dès aujourd'hui.

Frock se racla la gorge, comme pour rappeler sa présence.

— Oui, professeur ? fit Horlocker.

— Vous pardonnerez mon scepticisme, dit Frock en faisant rouler lentement son fauteuil, mais je trouve que cette histoire n'est qu'une extrapolation à tendance fantastique. N'ayant pas participé aux derniers tests effectués, je ne peux parler en toute connaissance de cause, évidemment...

Il décocha un regard teinté de reproche à Margo.

— Mais, poursuivit-il, je reste persuadé que la vérité est dans l'explication la plus simple.

— À savoir ? fit D'Agosta, pète-sec.

Frock le toisa.

— Peut-être que Kawakita travaillait effectivement sur la plante du Mbwun, dit Frock, et je ne vois aucune raison de ne pas abonder dans le sens de Margo quand elle nous dit que nous nous sommes fourvoyés, il y a dix-huit mois. Mais quelles preuves avons-nous qu'il fabriquait une drogue et en faisait le trafic ?

— Bon sang, Frock, s'écria D'Agosta, il recevait des flots de visiteurs dans son labo de Long Island City...

Le professeur lui décocha un regard glacial.

— Vous pouvez très bien recevoir beaucoup de visites dans votre appartement du Queens, cela ne fait pas de vous un trafiquant de drogue pour autant ! Les activités de Kawakita, aussi contraires à la déontologie et aussi répréhensibles fussent-elles, n'ont certainement pas de rapport avec ce qui, je crois, est l'œuvre d'une bande de jeunes tueurs. Kawakita a été leur victime au même titre que les autres.

— En ce cas, comment expliquez-vous ses difformités ?

— Bon, très bien, reprit Frock. Il fabriquait cette drogue et peut-être en prenait-il lui-même. Et peut-être, comme le dit Margo, que cette drogue provoque des transformations du squelette. Mais vous n'avez encore pas donné l'ombre d'une preuve qu'il en faisait le trafic, ni que ses... clients sont les auteurs des meurtres. Quant à l'idée que le Mbwun n'ait été que ce pauvre Julian Whittlesey..., allons, allons, cela va à l'encontre de la théorie de l'évolution.

De votre théorie de l'évolution, songea Margo en se gardant de le dire.

Horlocker s'épongea une fois de plus le front et poussa gobelets et papiers gras pour dégager une carte étalée sur la table.

230

— Nous avons pris note de vos réserves, docteur Frock, dit-il. Mais peu importe, à vrai dire, qui sont ces gens. Nous savons ce qu'ils font et nous savons plus ou moins où ils ont élu domicile. Il ne nous reste plus qu'à passer à l'action.

— Je pense que c'est prématuré, intervint D'Agosta. Je sais que chaque minute compte, mais trop de choses sont encore inexpliquées. J'étais présent au musée au moment des meurtres de la Bête. J'ai vu le Mbwun. Si ces toxicomanes ont ne serait-ce que le dixième des capacités de cette créature... Vous avez vu les diapos du squelette de Kawakita. Je pense qu'avant de bouger il nous faut attendre d'en savoir plus. Avant-hier, Pendergast est descendu seul en reconnaissance. Nous devrions attendre son retour.

Frock fit des yeux ronds et Horlocker sursauta.

— Pendergast ! s'exclama-t-il. Je n'apprécie ni l'homme ni ses méthodes. Ce n'est pas sa juridiction ici. Et, franchement, s'il s'est aventuré tout seul en dessous, c'est son affaire. Je ne donne pas cher de sa peau. Nous avons une puissance de feu suffisante pour faire ce qui doit être fait.

Waxie approuva vigoureusement du chef.

D'Agosta ne parut pas convaincu.

— Au mieux, dit-il, je propose qu'on se limite à essayer d'endiguer tout ça en attendant d'en savoir plus par Pendergast. Je ne vous demande que vingt-quatre heures, chef.

— « Essayer d'endiguer tout ça » ? répéta Horlocker, sarcastique. On ne peut pas avoir le beurre et l'argent du beurre, D'Agosta. Vous n'avez pas entendu ce que j'ai dit ? Le maire est dans tous ses états. Il piaffe d'impatience. Nous manquons de temps, et nous n'en avons que trop perdu.

— Pour ma part, dit Frock, je partage l'opinion de D'Agosta. Il ne faut rien précipiter...

— Ma décision est prise, Frock, le coupa Horlocker en reportant son attention sur la carte.

Frock s'empourpra. Il exécuta une volte-face avec son fauteuil roulant et s'éloigna vers la porte.

— Je vais faire un tour dans le musée, lança-t-il à la cantonade. Je vois que je ne suis plus utile à grand-chose ici.

39.

De l'étroite passerelle métallique sur laquelle il se trouvait, Pendergast regardait la masse épaisse et visqueuse des eaux usées qui coulait un mètre plus bas. Ses lunettes infrarouges leur donnaient un léger reflet verdâtre et irréel. L'odeur de méthane était dangereusement forte. Toutes les deux minutes, il plongeait la main à l'intérieur de sa veste pour y prendre le tube respiratoire qui y était dissimulé afin d'inhaler une longue bouffée d'oxygène.

La passerelle était jonchée de bouts de papier pourris et de détritus divers et variés qui s'étaient coincés entre les lamelles métalliques au cours du dernier orage. À chaque pas, Pendergast sentait ses pieds s'enfoncer dans le tapis spongieux formé par la rouille qui avait prospéré tel un champignon. Il avançait rapidement, examinant les parois suintantes, à la recherche de la lourde porte de métal qui lui permettrait enfin d'accéder à la ligne Astor. Tous les vingt pas, il sortait un petit aérosol de sa poche, pulvérisait deux points sur la paroi, invisibles à l'œil nu mais décelables par une lampe-torche infrarouge. Cela l'aiderait à retrouver son chemin. Surtout si, pour une raison ou une autre, il était pressé.

Devant lui, Pendergast distingua une porte métallique dont la grosse serrure était grippée par la rouille. Il sortit de sa veste une petite scie circulaire. Une plainte aiguë emplit le tunnel tandis qu'une gerbe d'étincelles jaillissait dans l'obscurité. Quelques secondes plus tard, la serrure tombait sur le sol de la passerelle. Pendergast examina les trois gonds rouillés puis positionna la lame de la scie et les découpa.

Il rempocha sa miniscie et examina la porte d'un œil de connaisseur. Puis, empoignant le boîtier de la serrure à deux mains, il tira dessus de toutes ses forces. Le métal grinça, la porte céda et tomba dans l'eau avec fracas. De l'autre côté, un puits sombre descendait vers des profondeurs insondables. Pendergast le fouilla du regard mais ne vit rien. Il y jeta une fine corde en Kevlar et en fixa l'extrêmité à un piton qu'il ficha dans la paroi. Puis il sortit de son sac un baudrier d'escalade en nylon, s'en harnacha avec précaution et s'arrima à la corde grâce à un mousqueton doté d'un système de freinage manuel. Et il se laissa glisser dans le vide.

Très vite, ses bottes touchèrent une surface molle. Pendergast rangea son matériel puis inspecta l'endroit. Il faisait si chaud dans le tunnel qu'il ne voyait que du blanc. Il régla ses lunettes infrarouges et, peu à peu, le décor prit forme autour de lui.

Il se trouvait dans un long tunnel verdâtre dont le sol était constitué d'une espèce de tourbe d'une quinzaine de centimètres de profondeur, comme de la graisse à essieux. Si son plan était exact, il se trouvait actuellement dans un tunnel de service non loin de la ligne principale. À cinq cents mètres devant lui gisaient peut-être les vestiges du Pavillon de cristal, le salon d'attente privé situé bien en dessous du Knickerbocker Hotel qui se dressait autrefois au coin de la Cinquième Avenue et de Central Park South. Si le Grenier des Enfers existait, c'était là, à l'intérieur du Pavillon de cristal, qu'il devait se trouver.

Pendergast avança à pas prudents dans le tunnel. Les effluves de méthane et de pourri étaient étourdissants ; néanmoins, il respirait calmement, tout en sentant une vague odeur de bouc qui n'était pas sans lui rappeler celle qui avait empuanti, dix-huit mois plus tôt, les sous-sols du musée.

Le tunnel en rejoignait un autre et virait doucement vers la ligne principale. Pendergast fouilla le sol du regard et se figea. Là, dans le sol boueux, des empreintes de pas, de pieds nus, récentes, qui allaient vers la ligne principale.

Pendergast inhala une longue bouffée d'oxygène et s'agenouilla pour les examiner de plus près. Elles étaient un peu plus larges et profondes que la normale, mais il fallait tenir compte de l'élasticité du sol. Puis il remarqua que les orteils se terminaient en pointe, évoquant plus des griffes que des ongles. Entre les orteils, une fine marque suggérait une palmure.

Les Hydreux existaient bel et bien.

Il hésita une seconde, reprit de l'oxygène puis suivit les empreintes en rasant la paroi. Lorsqu'il atteignit l'embranchement, il s'arrêta, à l'écoute, et, d'un bond, tourna le coin, revolver à bout de bras.

Rien.

Là, les empreintes se mêlaient à d'autres, innombrables, au centre de la ligne principale. Pendergast les examina. Plusieurs pistes. Des traces de pieds nus, pour la plupart. Quelques empreintes de chaussures ou de bottes. Certaines étaient presque aussi larges que la lame d'une pelle. D'autres lui semblaient normales.

Un nombre incroyable de gens étaient passés par là.

Après une nouvelle inspection, Pendergast repartit et passa devant plusieurs tunnels latéraux. Des empreintes de pas en foulaient l'entrée, venant en direction de la ligne principale. *Cela ressemble à l'enchevêtrement d'empreintes qu'on trouve quand on chasse au Botswana ou en Namibie : les animaux vont tous vers un point d'eau — ou vers leur tanière.*

Une imposante structure se dressait devant lui. À mesure qu'il s'en approchait, Pendergast distingua un long quai dont les parois étaient maculées par la boue d'innombrables inondations. Il suivit le trottoir étroit à petits pas puis grimpa sur le quai en regardant autour de lui, toujours le dos au mur.

Ses lunettes infrarouges lui révélaient un décor d'une sublime décrépitude. Des appliques murales au gaz, autrefois splendides, pendaient, accrochées à des carreaux de faïence fendillés. Le plafond était orné d'une mosaïque représentant les douze signes du zodiaque.

Au bout du quai, Pendergast vit un passage voûté. Il avança dans cette direction puis s'arrêta net, sentant un courant d'air chaud porteur d'une odeur reconnaissable entre mille. Il fouilla dans son sac pour y prendre sa lampe-torche à argon assez puissante pour aveugler provisoirement quelqu'un, même dehors sous un soleil de mi-journée. Le problème était qu'elle mettait sept secondes à se recharger et que la batterie n'avait d'autonomie que pour une dizaine de flashs. Pendergast inhala une autre bouffée d'oxygène et, lampe dans une main, revolver dans l'autre, il franchit le passage voûté et avança dans la nuit noire.

234

Sa vision se brouilla le temps que ses lunettes s'adaptent au nouvel environnement. Il eut l'impression qu'il se trouvait dans une vaste pièce circulaire. Très haut au-dessus de sa tête, les vestiges d'un énorme lustre à pampilles de cristal, sales et de guingois, s'accrochaient au plafond cintré. Des espèces de filaments qui ressemblaient à des algues pendillaient de sa cage encore gracieuse. Le plafond en coupole était recouvert de carreaux de miroir, cassés pour la plupart, qui composaient un ciel dévasté. Pendergast ne voyait pas le centre de la pièce mais distinguait un escalier qui s'enfonçait dans l'obscurité. Les marches de pierre étaient couvertes d'empreintes de pieds. Au centre se trouvait une sorte de petit kiosque : un point d'information, peut-être, ou une buvette.

Des colonnes doriques rongées par le salpêtre ornaient les murs. Entre les deux colonnes les plus proches, une immense mosaïque murale — arbres, lac tranquille avec barrage de castors, montagne, orage menaçant — s'offrait dans tout son délabrement. Sans les traînées de boue séchée et de saletés qui semblaient avoir été projetées par une mer en furie, Pendergast aurait pu penser aux splendides fresques de Pompéi. Des ordures maculaient tous les murs. Au-dessus de la mosaïque, le nom « Astor » s'inscrivait en lettres élégantes. Pendergast sourit. Les Astor avaient fait fortune dans le commerce de la fourrure de castor. Il était bel et bien dans l'ancien sanctuaire de quelques familles richissimes.

Dans la travée suivante, une autre mosaïque murale représentait une locomotive à vapeur passant au-dessus des gorges d'une rivière, entre deux pics enneigés, tirant des wagons-trémies et des wagons-citernes. Le nom de Vanderbilt figurait au-dessus — un homme qui avait fait fortune dans les chemins de fer. Devant trônait un vieux canapé aux accoudoirs de travers, au dossier cassé et à l'assise éventrée vomissant un rembourrage moisi. Un peu plus loin, dans une niche au nom de Rockefeller, une dernière mosaïque : une raffinerie de pétrole dans la lueur d'un coucher du soleil, au cœur d'une charmante campagne.

Pendergast s'avança. L'enfilade de colonnes se perdait dans l'obscurité, surmontées des grands noms de l'âge d'or de l'Amérique : Vanderbilt, Morgan, Jesup, et d'autres encore, indéchiffrables. Au fond de la salle, un couloir fléché indiquant « HÔTEL » menait à deux ascenseurs années 30 dont les grilles de cuivre couvertes de vert-de-gris étaient grandes ouvertes. Leurs cabines étaient dévastées ; des câbles jonchaient le sol tels des serpents de fer. Un panneau d'affichage en acajou, voilé et complètement vermoulu, était incrusté dans un mur entre deux miroirs brisés. Seule la partie du haut avait survécu, et Pendergast put y lire :

WEEK-ENDS EN SAISON

Dest.	Heure
Pocantico Hills	10:14
Cold Spring	10:42
Hyde Park	11:03

Non loin de là se trouvait une petite salle d'attente où s'effondraient des chaises et des canapés. Au centre s'était écroulé un piano à queue Bösendorfer. Les indondations successives avaient pourri puis emporté les parties en bois, ne laissant que sa structure métallique, le clavier et un nid de cordes brisées et muettes.

Pendergast tendit l'oreille. Le silence n'était rompu que par un bruit d'eau tombant goutte à goutte. Il regarda autour de lui et aperçut une gouttière au plafond. Il repartit en direction du quai, fouillant la voûte du regard, espérant que ses lunettes permettraient d'y déceler un éclair blanc indiquant un environnement plus chaud que celui dans lequel il se trouvait. Rien.

L'odeur de bouc se fit plus forte.

Dans le halo verdâtre de ses lunettes, Pendergast comprit que ce qu'il avait pris pour un kiosque était trop bas pour en être un. Il s'approcha et vit qu'il s'agissait d'une espèce de hutte grossière construite en pierres blanches, rondes et lisses, au toit apparemment inachevé, entourée d'espèces de socles en pierre. Il s'approcha plus près et vit alors que les pierres étaient en réalité des crânes.

Pendergast s'immobilisa et inhala plusieurs bouffées d'oxygène. La hutte était construite en crânes humains dont la face était tournée vers l'intérieur. Des trous irréguliers étaient visibles dans les boîtes crâniennes. Il compta le nombre de crânes qui formaient une pile, mesura grosso modo le diamètre de la hutte et estima à quatre cent cinquante environ le nombre total de crânes. Des cheveux et des lambeaux de peau attestaient de morts récentes.

Pendergast fit le tour de la hutte et s'immobilisa. Les empreintes de pas s'arrêtaient là, des centaines d'empreintes qui formaient une jungle confuse autour de l'entrée de la hutte au-dessus de laquelle trois idéogrammes avaient été tracés.

Pas un bruit.

Pas un mouvement.

Pendergast prit son courage à deux mains. Il s'accroupit et entra dans la hutte.

Elle était déserte. Des espèces de calices d'argile — au moins une centaine — étaient posés par terre, alignés contre la paroi. Devant l'entrée se trouvait un petit autel circulaire en pierre au rebord constitué d'os humains maintenus par des lanières de peau. De curieux morceaux de métal étaient disposés sur la pierre d'autel, recouverts de fleurs pourrissantes, comme s'il s'agissait de reliques. Pendergast en prit un et l'examina, intrigué. Il était de forme plate et avait une poignée en caoutchouc. Les autres objets ne révélaient rien de plus. Pendergast glissa les plus petits dans l'une de ses poches.

Soudain, un éclair blanchâtre traversa son champ de vision. Il se tapit derrière l'autel et attendit, aux aguets. Tout semblait tranquille. Il se demanda s'il ne s'était pas trompé.

Non.

Il revit la tache blanchâtre : une silhouette vaguement humaine passait sous la voûte, venant du quai. Elle courait dans sa direction, semblant serrer quelque chose contre sa poitrine.

Dans la nuit épaisse, Pendergast tendit lentement la main qui tenait le revolver, puis celle qui tenait la lampe-torche, et attendit.

40.

Margo se massa les tempes. Après le départ de Frock, la réunion avait très vite tourné au vinaigre. Horlocker s'était éclipsé pour téléphoner au maire. Il était revenu flanqué d'un certain Haussmann, ingénieur des Ponts et Chaussées, et, pour l'heure, était en ligne avec Jack Masters, qui dirigeait les brigades d'intervention de la police de New York. Jusqu'à présent, aucune décision n'avait été prise.

La voix de Masters résonna dans le haut-parleur.

— Écoutez, disait-il, il a fallu près d'une demi-heure à mes hommes rien que pour vérifier l'existence de cette ligne Astor. Comment y introduire une équipe ?

— Envoyez-en plusieurs ! aboya Horlocker. Essayez par plusieurs accès. Donnez l'assaut par vagues successives. On sera sûrs qu'au moins une équipe réussira à investir les lieux.

— Vous n'êtes même pas fichu de me dire le nombre et la condition physique des..., euh..., enfin, je ne sais comment vous les appelez. Et nous ne connaissons pas le terrain. Le réseau de tunnels sous Manhattan est très complexe, mes hommes courront de gros risques. Il y a trop d'inconnues, trop de points d'embuscade.

— Il y a toujours le Goulet, intervint Haussmann.

— Le quoi ? fit Horlocker.

— Le Goulet, répéta l'ingénieur. Toutes les canalisations de cette zone se rejoignent là, à une centaine de mètres de profondeur. La ligne Astor se trouve quelque part en dessous.

— Nous y revoilà, fit Horlocker. On pourrait commencer par la condamner, non ?

238

Il y eut un silence.

— Je suppose, chef.

— Comme ça, ils seraient faits comme des rats.

— Peut-être, dit Masters, sceptique. Mais après ? On ne pourra pas tenir un siège. Et je nous vois mal les forcer à sortir. On sera dans une impasse. Il nous faut plus de temps pour baliser notre itinéraire.

Margo regarda D'Agosta, qui hocha la tête. C'était ce qu'il préconisait depuis le début.

— Putain de merde ! tonna Horlocker en frappant du poing sur la table. On n'a pas le temps ! J'ai le gouverneur et le maire sur le dos et ils m'ont donné carte blanche pour prendre toute initiative qui mettrait fin à ces meurtres. Et j'ai la ferme intention de m'en servir.

— Comment être sûrs que ces créatures vivent dans les tunnels de la ligne Astor ? reprit Hausmann. Les sous-sols de Manhattan sont vastes.

Horlocker se tourna vers Margo. Elle se racla la gorge, consciente d'être mise en demeure de s'expliquer.

— Il y a beaucoup de S.D.F. qui vivent dans ces tunnels, dit-elle. Si un groupe de ces créatures vivait ailleurs, les S.D.F. le sauraient. Il n'y a aucune raison de ne pas croire Méphisto sur ce point. En outre, si ces créatures ont les mêmes caractéristiques que la Bête, elles craignent la lumière. Plus leur terrier est profond, mieux c'est. Évidemment, le rapport de Pendergast...

— Merci, l'interrompit Horlocker. Vous avez entendu, Masters ?

La porte de la salle s'ouvrit brusquement, et un couinement de roues en caoutchouc annonça le retour de Frock. Margo tourna la tête et fut presque effrayée par l'expression de son vieux mentor.

— Je vous prie de m'excuser, dit-il tout de go en s'approchant de la table. Pendant que j'errais dans les couloirs du musée, j'ai essayé de réfléchir objectivement à tout ça. Et, finalement, je me suis dit que j'avais peut-être tort — ce qui est difficile à admettre, même pour moi. Mais je suppose que la théorie avancée par Margo est vraisemblable au vu des faits.

Il se tourna vers elle avec un sourire triste.

— Pardonnez-moi, ma chère, lui dit-il. Je ne suis qu'un vieux raseur trop attaché à ses théories. Surtout en matière d'évolution.

— Très touchant, persifla Horlocker. Et si on remettait la séance d'autocritique à plus tard ?

— Il nous faut des plans plus précis, poursuivait Masters, et plus d'infos sur les habitudes de nos cibles.

— Bon sang ! s'écria Horlocker. Vous n'avez donc pas écouté ce que je vous ai dit ? On n'a pas le temps de faire des recherches géologiques, mon vieux ! Waxie, une idée ?

Silence.

Frock se tourna vers Waxie, qui regardait par la fenêtre comme s'il espérait que la réponse qu'on attendait de lui serait taguée sur la pelouse de Central Park. Le commissaire fronça les sourcils, mais aucune parole ne franchit ses lèvres.

— Les deux premières victimes, dit Frock sans quitter Waxie des yeux, auraient été rejetées des égouts par un orage.

— Conclusion, elles étaient propres quand on les a repêchées, grommela Horlocker. Parfait. Et alors ?

— Les marques de morsures ne sont pas compatibles avec de la précipitation, poursuivit Frock. Il semblerait que ces créatures ont pu prendre tout leur temps pour faire leur sale boulot. Ce qui implique que les cadavres devaient être dans leur tanière, ou très près, au moment où ils ont été dévorés. Il existe de nombreux équivalents dans la nature.

— Ah oui ?

— Les eaux pluviales ont rejeté les corps, poursuivit Frock. Ne pourrions-nous pas inonder le repaire de ces créatures ?

— Exactement ! s'écria Waxie en s'écartant de la fenêtre. On va les noyer, ces salopards !

— C'est de la folie, dit D'Agosta.

— Mais pas du tout, fit Waxie en montrant frénétiquement quelque chose par la fenêtre. Quand on vidange le Réservoir, l'eau se déverse dans les égouts. Mais, en cas de trop-plein, elle se déverse dans les tunnels de la ligne Astor. Vous disiez vous-même que c'est pour ça que le projet avait été abandonné.

Horlocker se tourna vers l'ingénieur d'un air perplexe. Ce dernier acquiesça.

— C'est vrai. Le Réservoir peut être drainé par les égouts.

— Et c'est faisable ? demanda Horlocker.

— Il faut que je m'en assure auprès de Duffy, dit Hausmann. Mais le Réservoir contient environ trois millions de mètres cubes d'eau. Si ne serait-ce que trente pour cent de ce volume d'eau était soudain libéré dans les égouts, ils seraient complètement inondés. Le trop-plein irait dans les tunnels de la ligne Astor puis dans l'Hudson.

— Et le tour serait joué ! s'écria Waxie d'un air triomphant.

— Ça me semble un peu radical, dit D'Agosta.

— « Radical » ? le reprit Horlocker. Vous m'excuserez, lieutenant, mais je vous rappelle que les passagers d'un métro se sont fait massacrer la nuit dernière. Ces monstres sont assoiffés de sang, et c'est de pis en pis. Oh, peut-être préférériez-vous aller les trouver en agitant le drapeau blanc ? Mais cela ne serait pas suffisant, je le crains. J'ai tout Albany sur le dos qui exige que des dispositions soient prises. Et celle-ci me paraît tout à fait indiquée. Nous les noierons là où ils vivent.

— Comment savoir exactement où toute cette eau ira ? demanda D'Agosta.

— Oh, nous le savons, dit Hausmann. Vu le fonctionnement du Goulet, le flux sera circonscrit au niveau le plus bas sous Central Park. Les canaux de trop-plein dirigeront l'eau vers les égouts pluviaux des niveaux inférieurs via le Goulet, puis dans les tunnels de la ligne Astor, ensuite dans les canaux latéraux de West Side, et enfin dans l'Hudson.

— Pendergast disait que les tunnels de la ligne Astor avaient été condamnés au sud et au nord du parc, constata D'Agosta comme pour lui-même.

— Ils seront coincés sous le Goulet, répliqua Horlocker avec un sourire carnassier. Emportés par les eaux. Noyés. Point final. Des objections ?

— Il faudra s'assurer que toutes ces créatures soient bien dans les tunnels avant de vider le Réservoir, intervint Margo.

— Merde, fit Horlocker, dont le sourire se figea. C'est vrai, comment faire ?

— Nous avons établi qu'aucun de ces meurtres n'avait été commis par une nuit de pleine lune, dit D'Agosta.

— C'est logique, dit Margo. Si ces êtres sont comme le Mbwun, ils détestent la lumière. Ils ne sortent sans doute jamais les nuits de pleine lune.

— Et que faites-vous des S.D.F. qui vivent eux aussi sous le parc ? s'enquit D'Agosta.

— Hausmann vient de dire que l'eau irait directement dans les niveaux les plus bas sous la ville. Une zone que les S.D.F. évitent, et pour cause : à supposer que certains s'y soient aventurés, ils doivent être déjà morts à l'heure qu'il est.

Hausmann acquiesça.

— Il suffit de planifier une opération limitée qui n'inondera que les tunnels de la ligne Astor, dit-il.

— Et si des taupes ont établi un campement sur le trajet emprunté par l'eau ? insista D'Agosta.

— Ah, merde, pesta Horlocker. Bon, pour parer à toute éventualité, il vaut quand même mieux faire évacuer les lieux et emmener tout ce petit monde dans des foyers d'hébergement. En fait, on pourrait faire d'une pierre deux coups — et peut-être même nous débarrasser de cette Mme Wisher, par-dessus le marché.

— C'est très vaste, là-dessous, et ces sans-abri ne vont pas se laisser embarquer comme ça, dit D'Agosta.

— Je ne veux plus vous entendre pinailler sur les raisons pour lesquelles on ne pourrait pas faire cette opération ! s'écria Horlocker. Bon sang, combien y a-t-il de S.D.F. sous Central Park ? Une centaine ?

— Beaucoup plus que...

— Si vous avez une meilleure idée, le coupa Horlocker, ne vous gênez pas. Sinon, la cause est entendue.

Il se tourna vers Waxie.

— Cette nuit, c'est la pleine lune. On ne peut pas se permettre d'attendre un mois de plus. Nous allons opérer cette nuit.

Il reprit l'Interphone.

— Masters ? Je veux que tous les S.D.F. se trouvant dans les tunnels et autres refuges sous Central Park soient évacués avant ce soir minuit. Absolument tous les tunnels, de la 59e à la 110e Rue, et de Central Park West à la Cinquième Avenue. Une nuit en centre d'hébergement fera le plus grand bien à nos taupes. Contactez les autorités portuaires, la police montée et tous ceux dont vous aurez besoin. Et appelez-moi le maire, je veux le mettre au courant de notre opération, avoir son feu vert.

242

— Je vous conseille de prendre des flics ex-militaires avec vous, dit D'Agosta. Ils ont reçu une formation spéciale pour les rafles, ils sauront à quoi s'attendre.

— Pas d'accord ! s'empressa de dire Waxie. Ces taupes sont dangereuses. Certaines ont failli nous tuer il y a quelques jours. Nous voulons des vrais policiers.

— Des « vrais » policiers, répéta D'Agosta à mi-voix. Alors, emmenez au moins le sergent Hayward !

— Pas question. Elle nous gênerait plus qu'autre chose.

— Voilà qui prouve que vous savez de quoi vous parlez ! fit D'Agosta. C'est votre atout le plus précieux, Waxie, mais vous n'avez jamais utilisé ses capacités. Elle en sait plus que nous tous réunis sur les taupes. Vous m'entendez ? Vous aurez besoin de ses compétences, croyez-moi.

— Masters, fit Horlocker en soupirant, assurez-vous le concours du sergent Hayward. Waxie, contactez..., euh..., Duffy, c'est ça ?... Cet hydrotechnicien. Je veux que les valves soient ouvertes à minuit. Bien, il ne nous reste plus qu'à aller expliquer tout ça au commissariat central. Professeur Frock, nous pourrions avoir besoin de votre aide.

Margo vit Frock prendre un air réjoui de voir qu'on faisait appel à lui.

— Oh, merci, dit-il, mais je pense que je vais rentrer chez moi me reposer un peu. Toute cette affaire m'a épuisé.

Il sourit à Horlocker, fit un clin d'œil à Margo et quitta la pièce.

Personne ne se doute à quel point il a dû lui en coûter d'admettre qu'il avait tort, pensa Margo.

Horlocker et Waxie sortirent dans le couloir, tandis que D'Agosta s'approchait de Margo.

— Songeuse ? lui demanda-t-il.

— Oh, je ne sais pas. Je comprends qu'il ne faut pas perdre de temps, mais je ne peux m'empêcher de repenser à ce qui est arrivé quand... Elle hésita. Je regrette que Pendergast ne soit pas avec nous, acheva-t-elle.

Le téléphone sonna. Elle décrocha.

— Docteur Green, dit-elle.

Elle écouta attentivement puis raccrocha.

— Venez avec moi, dit-elle. C'est ma laborantine, elle veut me voir tout de suite.

41

Smithback bouscula un homme en costume léger et joua des coudes pour fendre la foule compacte amassée sur une grande partie de la Cinquième Avenue et qui grossissait de minute en minute. Il avait raté le discours d'ouverture que Mme Wisher avait fait sur le parvis de la cathédrale et tenait à arriver sur les lieux de la veillée de prières avant que la foule ne se disperse.

Des policiers tentaient en vain de disperser la foule. Plusieurs équipes de télévision étaient arrivées sur les lieux. Quelques cameramen étaient grimpés sur le toit de leurs camionnettes dans l'espoir de filmer l'image du jour. Apparemment, les nantis qui avaient organisé la première manifestation avaient été rejoints par une population plus hétéroclite et plus jeune. Et tous avaient pris la ville de court.

— Eh ! Smithback ! cria une voix.

Le journaliste se retourna et aperçut Clarence Kozinsky, l'un de ses confrères de la rubrique financière du *Post*.

— Incroyable, non ? La nouvelle s'est répandue comme une traînée de poudre.

— Je suppose que c'est grâce à mon article, dit Smithback.

— Désolé de te décevoir, lui rétorqua Kozinsky, mais ton article est sorti il y a une demi-heure à peine. Ils n'ont pas voulu prendre le risque de prévenir les flics trop tôt. L'info a circulé en fin d'après-midi via les télégrammes de courtiers, le réseau de la Bourse de New York, Internet et le reste. On dirait bien que le quartier des affaires soutient l'action de

244

cette Mme Wisher. Ils s'imaginent qu'elle va les aider à résoudre leurs problèmes de petits-bourgeois...

Il ricana.

— Ça dépasse le problème de ces meurtres, reprit-il. Dans tous les bars de la ville on dit qu'elle a deux fois plus de couilles que le maire ! Ils croient qu'elle va supprimer les aides sociales, débarrasser la ville des S.D.F., remettre un républicain à la Maison-Blanche, et ramener les Dodgers à Brooklyn, le tout à la fois.

— J'ignorais qu'il y avait tant de looks différents parmi nos financiers, dit Smithback en regardant autour de lui.

— Que veux-tu, tout le monde s'imagine que nos petits gars de Wall Street sont des yuppies raseurs en costume-cravate qui ont deux virgule cinq enfants, un pavillon en banlieue, et mènent une existence routinière. Personne ne semble se souvenir que la Bourse a elle aussi son menu fretin. Tu as les opérations croisées, les tractations véreuses, les blanchiments d'argent, j'en passe et des meilleures. D'ailleurs, il ne s'agit plus seulement de Wall Street. Les choses se font par téléphone portable, Internet, fax ! Les banques et les compagnies d'assurances se joignent à la farandole !

Au loin, Smithback aperçut Mme Wisher. Il dit un rapide au revoir à Kozinsky et se précipita en avant. Entourée d'un prêtre catholique, d'un pasteur épiscopalien et d'un rabbin, elle se tenait devant un parterre de fleurs fraîches. Un jeune homme aux cheveux longs et à l'air veule, en costume à fines rayures, était un peu à l'écart, la mine lugubre. Smithback reconnut en lui le vicomte Adair, le petit ami de Pamela Wisher. Mme Wisher, ses fins cheveux tirés en arrière, pas maquillée, un peu amaigrie, avait un air distant et digne. Smithback mit son magnétophone en route.

Mme Wisher resta silencieuse, tête baissée, pendant un long moment. Puis elle fit un pas vers la foule, prit un micro sans fil et s'éclaircit la gorge.

— New-Yorkaises, New-Yorkais ! lança-t-elle.

La foule fit silence. Smithback regarda autour de lui, surpris par la clarté et la portée de la voix de Mme Wisher. Il repéra quelques preneurs de son ici et là dans la foule qui tenaient leurs perches à bout de bras. En dépit de l'aspect improvisé de la marche, il était évident que Mme Wisher et sa troupe avaient tout prévu jusqu'au moindre détail.

Une fois que le silence fut total, Mme Wisher reprit, un ton en dessous :

— Nous sommes réunis ici pour honorer la mémoire de Mary Ann Cappiletti qui a été agressée et tuée à coups de revolver ici même, le 14 mars dernier. Prions.

Entre ses phrases, Smithback entendait les policiers qui, dans leurs porte-voix, ordonnaient la dispersion. Les hommes de la police montée étaient arrivés sur les lieux, mais la foule était trop compacte pour qu'ils puissent intervenir en toute sécurité, et ils avaient de plus en plus de mal à maîtriser leurs montures. Smithback savait que Mme Wisher avait délibérément omis de demander l'autorisation de manifester dans le but de créer un effet de surprise d'autant plus grand à la mairie. Ainsi que l'avait dit Kozinsky, annoncer la manifestation par des réseaux privés présentait le double avantage de l'efficacité et de la discrétion, la municipalité n'ayant eu vent de l'événement qu'une fois qu'il avait été trop tard pour l'empêcher.

— Cela fait longtemps, reprit Mme Wisher, bien trop longtemps qu'un enfant ne peut plus se promener dans New York en toute sécurité. Aujourd'hui, même les adultes ont peur dans les rues ! Dans Central Park ! Dans le métro !

Un murmure de colère secoua la foule à cette allusion au récent massacre. Smithback donna lui aussi de la voix tout en se disant qu'il était probable que Mme Wisher n'ait jamais mis les pieds dans le métro.

— Ce soir ! s'écria-t-elle, les yeux étincelants, ce soir, nous allons changer cela ! Et nous allons commencer par reconquérir Central Park ! À minuit, nous serons tous sur la Grande Pelouse !

La foule rugit, au point que Smithback eut bientôt l'impression que les cris comprimaient sa cage thoracique. Il coupa son magnétophone et le glissa dans sa poche — enregistrer cette cacophonie ne servirait à rien ; il n'aurait pas besoin de ça pour se souvenir de l'événement. Il savait que d'autres journalistes avaient dû, à présent, arriver en force ; mais il était le seul à pouvoir approcher Anette Wisher, le seul à qui elle avait donné les détails de l'organisation de cette marche. Une édition spéciale du *Post* était dans les kiosques depuis le début de l'après-midi. Elle contenait un supplément qui donnait l'itinéraire de la marche et toutes les étapes où serait faite une prière à la mémoire des victimes.

246

Smithback constata avec orgueil que de nombreux manifestants tenaient ce supplément à la main. Kozinsky ne savait pas tout. Notamment que Smithback avait joué un rôle non négligeable dans la diffusion de la nouvelle. Les ventes du journal, c'était sûr, allaient crever le plafond et toucher bien au-delà de son lectorat habituel : ce n'étaient pas seulement les travailleurs qui avaient acheté le *Post,* cette fois, mais aussi un grand nombre de gens riches et influents qui lisaient habituellement le *Times. Ce bouffon de Harriman n'aura plus qu'à expliquer ce phénomène à son vieux fossile de rédac chef,* songea Smithback.

Le soleil s'était couché derrière les tours de Central Park West. Une chaude soirée d'été s'annonçait. Mme Wisher alluma une petite bougie puis, d'un signe de tête, invita les religieux à faire de même.

— Chers amis, dit-elle en brandissant la bougie, que nos petites lumières, que nos petites voix s'unissent en un feu ardent, en un immense cri. Nous n'avons plus qu'un but dont personne ne nous détournera : leur reprendre notre ville ! Reprenons notre ville !

Tandis que la foule scandait ce slogan en chœur, Mme Wisher entra sur Grand Army Plaza. Smithback franchit enfin la première rangée de manifestants et put se joindre au petit groupe qui l'entourait. Il eut l'impression de se retrouver dans l'œil du cyclone.

— Ah, je suis ravie que vous ayez pu vous joindre à nous, Bill, lui dit-elle en se tournant vers lui et sur un ton aussi mondain que s'il arrivait à son domicile pour prendre le thé.

— Je n'aurais manqué ça pour rien au monde.

Ils passèrent devant le Plaza Hotel et s'engagèrent sur Central Park South Avenue. Smithback se retourna et vit la marée humaine qui les suivait le long du parc, tel un gigantesque serpent de mer. Des gens surgirent devant eux, venant les rejoindre de la Sixième et de la Septième Avenue. Le journaliste reconnut dans leurs rangs quelques représentants des plus vieilles familles américaines, mais surtout, en nombre important, ces jeunes gens dont Kozinsky avait parlé — courtiers, conseillers financiers, opérateurs boursiers — qui buvaient, sifflaient, hurlaient et donnaient l'impression qu'ils brûlaient de passer à l'action. Il se souvenait du peu de temps qu'il leur avait fallu pour jeter des bouteilles à la tête du maire lors de la manifestation précédente, et il se demanda dans quelle mesure Mme Wisher pourrait contrôler ses troupes si les choses s'envenimaient.

Les automobilistes avaient renoncé à klaxonner. Certains sortaient de leurs voitures pour voir ce qui se passait ; d'autres se joignaient à eux. Smithback prit une profonde inspiration, se laissant griser par cette ambiance comme par du bon vin.

Un jeune homme, à bout de souffle, rejoignit Mme Wisher.

— Le maire, lui souffla-t-il en lui tendant un téléphone portable.

Elle le lui prit des mains.

— Oui ? fit-elle d'une voix glaciale dans le combiné.

Elle écouta un long moment puis dit :

— J'en suis navrée, monsieur le maire, mais l'époque des autorisations est révolue. Vous ne semblez pas vous rendre compte que New York est en état d'urgence. Et que nous vous mettons au pied du mur. C'est votre dernière chance de ramener la sécurité dans nos rues.

Elle se tut et écouta la réponse du maire.

— Notre marche gêne le travail de votre police ? Oh, vous m'en voyez navrée, monsieur le maire. Mais je suis ravie d'apprendre que le chef de la police est en train de prendre des dispositions. Oh, puisque je vous ai en ligne, permettez-moi de vous poser une question. Où était-elle, votre police, quand ma Pamela s'est fait assassiner ? Où était votre...

Elle écouta, agacée.

— Non. Certainement pas ! La ville est envahie par la criminalité et c'est moi que vous menacez d'assigner en justice ? C'est une plaisanterie ? Si vous n'avez rien de mieux à me dire, monsieur le maire, je suggère que nous en restions là.

Elle rendit le téléphone à son jeune assistant.

— S'il rappelle, dites-lui que je suis occupée, dit-elle.

Elle se tourna vers Smithback et glissa un bras sous le sien.

— Le prochain arrêt est l'endroit où ma fille a été tuée, dit-elle. J'ai besoin d'être forte, Bill. Vous m'aiderez ? Je peux compter sur vous ?

— Bien, m'dame, répondit Smithback.

42.

D'Agosta suivit Margo le long d'un couloir poussiéreux et faiblement éclairé situé au rez-de-chaussée du musée.

— Le temps presse, dit Margo en appuyant sur le bouton d'appel d'un monte-charge. Le commissariat central a rameuté ses troupes pour cet après-midi. À croire qu'ils vont nous refaire le Débarquement. En plus, Reprenons Notre Ville organise une manif surprise dans la Cinquième Avenue.

Il flottait dans l'air une odeur qui n'était pas sans rappeler à D'Agosta certaines scènes de crime, en été...

— Le labo de taxidermie est juste au fond du couloir, précisa Margo en surprenant la grimace que D'Agosta n'avait pu réprimer. Ils ont dû mettre un spécimen à macérer.

— Je vois.

La porte du monte-charge s'ouvrit.

Ils se retrouvèrent dans un couloir étouffant bordé de tuyaux de chauffage et d'énormes caisses. L'une d'elles, ouverte, laissait échapper l'extrémité noueuse d'un os noirâtre aussi gros qu'une branche d'arbre. *Celui d'un dinosaure sans doute,* se dit D'Agosta. Il lutta contre le sentiment d'appréhension qui le saisit quand il songea aux circonstances de sa dernière excursion dans les sous-sols du musée.

— Nous avons testé la drogue sur plusieurs organismes, dit Margo en entrant dans une pièce dont l'éclairage au néon formait un contraste frappant avec le couloir miteux.

— Souris de laboratoire, algues, bactéries et autres organismes unicellulaires, précisa Margo. Les souris sont ici.

D'Agosta jeta un coup d'œil vers les cages et recula vivement.

— Nom de Dieu ! fit-il.

Les parois de toutes les cages étaient tapissées de sang. Les cadavres contorsionnés des souris jonchaient le sol, enveloppés dans un linceul d'entrailles.

— Comme vous pouvez le constater, dit Margo en montrant une cage, des quatre souris initiales, une seule est vivante.

— Pourquoi ne pas les avoir séparées ? demanda D'Agosta.

— Voir comment elles réagissaient en groupe était l'un des objets de l'expérience. Je voulais étudier les changements physiques et comportementaux.

— C'est réussi.

Margo sourit et hocha la tête.

— Nous avons nourri ces souris avec des fragments de la plante du Mbwun. Toutes ont été massivement infectées par le rétrovirus. Il est extrêmement rare que les agents infectieux affectant l'homme affectent aussi les souris. Normalement, ils ont un hôte privilégié. Maintenant, regardez ça.

Quand Margo s'approcha de la cage, la souris bondit vers elle en poussant un petit cri et s'accrocha au grillage, ses longues incisives jaunâtres dénudées et ses petits yeux rouges fixés sur elle.

— Charmant, dit D'Agosta. Elles se sont battues à mort, c'est ça ?

— C'est ça. Le plus étonnant est que cette souris-là a été salement blessée pendant la bagarre. Et regardez ses plaies : parfaitement cicatrisées. Dans les autres cages, vous observerez le même phénomène. Cette drogue doit avoir de puissantes propriétés régénératrices. La lumière semble rendre le sujet irritable, mais nous savions déjà que cette drogue rend son utilisateur sensible à la lumière. Hier, Jen est partie en laissant une lampe allumée au-dessus de la colonie des protozoaires, et, ce matin, ils étaient tous morts.

Elle contempla les cages un moment et ajouta :

— Il y a autre chose que j'aimerais vous montrer. Jen, tu peux me donner un coup de main ?

Aidée par son assistante, Margo glissa une petite cloison amovible dans la cage du haut de façon à coincer la souris d'un côté. Puis, d'un geste adroit, elle retira ce qui restait de la souris morte avec une paire de longues pinces et elle la fit tomber dans une cuvette en Pyrex.

— Voyons cela de plus près, proposa-t-elle.

Elle emporta le petit cadavre, le plaça sur la platine d'un microscope électronique et regarda par l'oculaire en remuant les restes de la souris avec un bistouri. D'Agosta la vit pratiquer une incision dans l'occiput, ouvrir le crâne et faire des prélèvements dans le cerveau qu'elle étudia un moment. Ensuite, elle sectionna le canal rachidien et examina attentivement la moelle épinière.

— Tout semble normal, dit-elle en se redressant. Outre la capacité de régénération, il semble que les premiers changements soient comportementaux et non morphologiques. Au moins chez cette espèce. Il est trop tôt pour le dire, mais peut-être Kawakita avait-il finalement réussi à neutraliser les effets de cette drogue.

— Ouais. Mais trop tard.

— C'est ce qui m'intrigue. Kawakita a dû consommer cette drogue avant d'en être arrivé là. Mais pourquoi aurait-il pris un tel risque ?

— Par outrecuidance ?

— Oh non ! Kawakita était un chercheur prudent à l'excès. Ça ne lui ressemble pas.

— Ça ne ressemble à personne de devenir toxicomane, lui fit remarquer D'Agosta. J'en vois tous les jours auxquels on ne s'attendrait pas : des médecins, des infirmières. Des flics, aussi.

— Peut-être, fit Margo, peu convaincue. Bref, ici, vous avez les bactéries et protozoaires auxquels nous avons injecté le rétrovirus. Bizarrement, après test, ils sont tous séronégatifs. Amibes, paramécies, rotifères, tous..., sauf celui-ci.

Elle ouvrit un incubateur, exposant des rangées de boîtes de Petri recouvertes de gélose violette. Elle en retira une.

— Des *Meresgerii B,* dit-elle. Ce sont des protozoaires qui vivent dans l'océan, en eau peu profonde, à la surface du varech et des algues. Ils se nourrissent de plancton. J'aime les utiliser car ils sont très dociles et exceptionnellement sensibles aux agents chimiques.

Elle en fit tomber sur un porte-échantillon qu'elle posa sur la platine d'un microscope, ajusta la netteté et s'écarta pour que D'Agosta puisse regarder.

Tout d'abord, il ne vit rien. Puis il distingua un certain nombre de formes rondes et claires qui agitaient frénétiquement leurs couronnes de cils.

— Je croyais qu'ils étaient dociles, remarqua-t-il.

— Habituellement, ils le sont.

Tout à coup, D'Agosta se rendit compte que la danse de Saint-Guy de ces créatures n'avait rien d'arbitraire : elles s'attaquaient, s'arrachaient les membranes externes, s'entre-dévoraient.

— Je croyais qu'elles se nourrissaient de plancton.

— Là encore, habituellement, oui. Ça donne la chair de poule, hein ?

— Comme vous dites.

D'Agosta s'écarta du microscope, surpris que la férocité de créatures aussi minuscules puisse le mettre à ce point mal à l'aise.

— Je pensais que ça vous intéresserait, dit Margo en regardant à son tour par l'oculaire. Parce que, s'ils ont l'intention de...

Elle s'interrompit brutalement et se raidit, apparemment intriguée par ce qu'elle voyait.

— Qu'y a-t-il ?

Margo ne répondit pas tout de suite.

— C'est bizarre, dit-elle enfin. Jen ! Je veux qu'on fasse un traceur radioactif pour déterminer quels sont les membres originaux de cette colonie.

Margo fit signe à D'Agosta de patienter. Elle aida son assistante à traiter la colonie et à la replacer sur la platine du microscope électronique. Elle regarda par l'oculaire pendant une éternité puis, enfin, se redressa et griffonna quelques équations sur son calepin. Du chinois pour le policier.

— Ce protozoaire, dit-elle enfin, a une durée de vie normale d'environ seize heures. Ceux-là sont ici depuis trente-six heures. Incubé à trente-sept degrés, la *Meresgerii B* se divise une fois toutes les huit heures. Donc, au bout de trente-six heures, sept sur neuf devraient être morts.

— Et ?

— Je viens de faire un calcul rapide et la proportion est moitié moindre.

— Ce qui veut dire ?

— Soit que la *Meresgerii B* se divise à un rythme plus lent, soit...

Elle regarda de nouveau au microscope, compta à mi-voix et se redressa, plus lentement cette fois.

— Le taux de division est normal, dit-elle.

D'Agosta chercha un cigare dans la poche de son veston.

— Leur durée de vie a augmenté de cinquante pour cent, constata-t-elle d'une voix neutre.

— Le voilà, le but de Kawakita, conclut D'Agosta.

On frappa discrètement à la porte. Avant que Margo ait eu le temps de répondre, Pendergast se glissait dans le laboratoire en les saluant tous deux d'un signe de tête. Il était à nouveau en costume impeccable, et ses traits, nonobstant la légère fatigue qu'on y lisait et une petite égratignure au-dessus du sourcil gauche, ne trahissaient pas ses récentes expéditions dans les sous-sols de la ville.

— Pendergast ! s'exclama D'Agosta.

— Lui-même, confirma l'agent du F.B.I. J'avais l'intuition que je te trouverais ici, Vincent. Désolé de ne pas avoir donné de mes nouvelles avant, mais le voyage a été plus ardu que je ne l'aurais cru. J'aurais pu venir un peu plus tôt pour vous parler de mes rencontres, mais j'avoue que je n'ai pas résisté à la tentation de prendre une douche et de me changer.

— Vos rencontres ? s'écria Margo. Vous les avez vus ?

Pendergast acquiesça.

— Pas seulement. Mais tout d'abord racontez-moi les derniers événements de la surface. J'ai appris le drame du métro, évidemment, et j'ai vu des policiers en uniforme à tous les coins de rue. Vous avez du nouveau de votre côté ?

Il écouta attentivement Margo et D'Agosta lui expliquer ce qu'ils avaient découvert. Ils le mirent au courant du projet d'inondation de la ligne Astor. Pendergast ne les interrompit que pour poser des questions sur les résultats des expériences de Margo.

— Fascinant, dit-il enfin. Et extrêmement inquiétant. J'y vois des parallèles avec les constatations que j'ai faites en bas. J'ai trouvé leur point de ralliement. Il se trouve dans les vestiges du Pavillon de cristal, la station de métro privée sous l'ancien Knickerbocker Hotel. Au centre du Pavillon, j'ai découvert une hutte bizarre faite de crânes humains. Il y avait d'innombrables traces de pas autour de cette hutte et une espèce d'autel avec de nombreux objets posés dessus. Pendant que je les examinais, l'une de ces créatures est sortie de l'obscurité.

— Elle ressemblait à quoi ? demanda Margo du bout des lèvres.

— Difficile à dire. Je ne l'ai pas vue de près. Elle m'a semblé avoir une apparence humaine, en gros, en tout cas. C'est sa démarche qui était... bizarre..., je ne sais comment vous dire... Elle courait, un peu accroupie, penchée en avant d'une façon pas naturelle. Elle portait quelque chose et j'avais bien l'impression qu'elle comptait l'ajouter aux autres trésors de la hutte. Je l'ai aveuglée avec ma lampe-torche et j'ai tiré, mais l'éclair du coup de feu a surchargé mes lunettes infrarouges, et quand ma vision est redevenue claire la créature avait disparu.

— Tu l'as touchée ? demanda D'Agosta.

— Je crois. J'ai vu des traces de sang. Mais je dois dire que je ne me suis pas attardé. À partir de ce moment-là, j'étais très pressé de remonter à la surface.

Il se tourna vers Margo.

— Je dirai que certaines de ces créatures sont plus difformes que d'autres, lui dit-il. En tout cas, nous pouvons être sûrs de trois choses. Elles sont rapides. Elles voient dans le noir. Et elles sont cent pour cent hostiles.

— Et elles vivent dans les tunnels de la ligne Astor, compléta Margo en frissonnant. Toutes sont sous l'influence du « glaze ». Kawakita étant mort, elles ne peuvent plus se fournir en plantes, et le manque doit les rendre folles.

— Effectivement, dit Pendergast.

— Cette hutte dont vous parlez doit être l'endroit où Kawakita distribuait la drogue, dit Margo. Mais tout cela évoque un rituel.

— Absolument. Au-dessus de l'entrée de la hutte sont dessinés trois idéogrammes japonais qui veulent dire, grosso modo : « Demeure de l'Asymétrique ». C'est un des noms qui désignent un salon de thé japonais.

— Un salon de thé ? fit D'Agosta. Je ne pige pas.

— Au début, moi non plus, répondit Pendergast. Mais, en y réfléchissant, j'ai fini par comprendre ce que Kawakita avait dû vouloir faire. Les *roji*, cette série de socles placés à intervalles irréguliers devant la hutte, le dépouillement du décor, la simplicité, le côté inachevé de ce sanctuaire : autant d'éléments d'une cérémonie du thé.

— Il devait distribuer la plante en la faisant infuser, dit Margo. Mais pourquoi se donner cette peine... à moins que... le rituel lui-même...

254

— J'en suis arrivé à la même conclusion, dit Pendergast. Kawakita a dû avoir de plus en plus de difficultés à contrôler ces êtres. À un moment donné, il a dû se rendre compte qu'il ne pouvait plus leur vendre la drogue et s'est retrouvé obligé de la leur fournir. Kawakita était aussi un anthropologue compétent, si je ne m'abuse ? Il a dû observer les propriétés apaisantes, asservissantes du rituel.

— Alors il a organisé une grande messe de distribution, intervint Margo. Dans les civilisations primitives, les chamans avaient recours à de tels cérémonials pour assurer l'ordre et préserver leurs pouvoirs.

— Et il s'est inspiré de la cérémonie du thé, acheva Pendergast. Par respect ou irrespect, nous ne le saurons jamais, mais j'aurais tendance à penser que c'était un brin cynique de sa part, vu ses autres emprunts à la culture japonaise. Vous vous rappelez les notes calcinées retrouvées dans les ruines de son labo ?

— Je les ai ici, avec moi, dit D'Agosta en sortant son calepin de sa poche.

Il le feuilleta jusqu'à la bonne page et le tendit à Pendergast.

— Ah, voilà, fit ce dernier. Nuage vert, poudre, cœur de lotus. Il existe diverses variétés, plus ou moins rares, de thé vert. Et ceci : « pied-bleu amateur de matières excrémentielles ». Ça vous rappelle quelque chose, docteur Green ?

— Ça le devrait, mais non.

— Ce n'est pas une substance, dit Pendergast avec un fin sourire, mais deux. Ce que les membres de la communauté de la route 666 appelleraient très certainement des « champ' ».

— Oui, bien sûr ! s'écria Margo. Caerulipes et coprophiles.

— Je ne vous suis plus, dit D'Agosta.

— Le psilocybe à pied bleu et le psilocybe, dit Margo. Deux champignons hallucinogènes des plus puissants.

— Et cet autre élément, le wysoccan, ajouta Pendergast. Si ma mémoire est bonne, c'est un breuvage qu'utilisaient les Algonquins au cours des rites de passage à l'âge adulte. Il contenait une quantité importante de scopolamine et de stramoine. Un hallucinogène et un narcotique très puissant.

— Donc, tu penses que c'est une liste de courses, en quelque sorte ? fit D'Agosta.

— Possible. Peut-être que Kawakita voulait modifier son breuvage pour rendre les utilisateurs de cette drogue plus dociles.

— Si vous avez raison, dit Margo, si Kawakita cherchait à maintenir ses consommateurs de « glaze » sous son contrôle, en ce cas, pourquoi avoir bâti cette hutte en crânes ? Il me semble qu'elle ne pouvait avoir que l'effet inverse.

— Effectivement, dit Pendergast. Il manque encore une grosse pièce au puzzle.

— Une hutte faite entièrement de crânes humains, reprit Margo, songeuse. Oh, ça me revient ! Je suis sûre que Whittlesey parlait de quelque chose comme ça dans son journal.

— Vraiment ? fit Pendergast. Intéressant, ça.

— Allons consulter les archives. On peut y accéder par le terminal de mon bureau.

En cette fin d'après-midi, le soleil dardait ses rayons obliques par la seule fenêtre du bureau de Margo, revêtant papiers et livres d'un manteau doré. Sous le regard de Pendergast et de D'Agosta, Margo s'installa à son bureau et alluma son ordinateur.

— L'année dernière, le musée a bénéficié d'une bourse pour répertorier ses notes de terrain et autres documents dans une base de données, dit-elle en tapant sur le clavier. Le journal de bord de Whittlesey devrait s'y trouver.

Elle initia une recherche sur trois mots : « Whittlesey », « hutte », « crânes ». Le nom d'un seul fichier apparut sur l'écran. Margo cliqua rapidement pour le faire apparaître puis scanna le texte. À mesure qu'il défilait, les événements lui revenaient en mémoire, et elle se revit dans un bureau du musée, lisant par-dessus l'épaule de Bill Smithback tandis que celui-ci feuilletait ce carnet aux pages moisies.

... Crocker, Carlos et moi-même continuons. Nous arrêtons très vite pour refaire conditionnement d'une caisse. Jarre brisée à l'intérieur. Pendant que je remballe, Crocker, qui a quitté la piste, a découvert les ruines d'une hutte au centre d'une petite clairière. Elle est construite en crânes humains troués au niveau de l'occiput. Un petit autel se trouve au centre de la hutte. Il est constitué d'os longs attachés par des tendons. La figurine et d'autres statuettes en bois ont été trouvées sur cet autel.

Nous amenons le matériel pour faire des relevés, réouvrons la caisse, ressortons la boîte à outils — à ce moment-là, une vieille Indienne surgit des broussailles en titubant — malade ou ivre, difficile à dire —, et se met à crier en montrant la caisse du doigt...

— Ça suffit, dit Margo plus vivement qu'elle ne l'aurait souhaité.

Elle ferma le document, ne souhaitant pas s'attarder sur la description du contenu de cette caisse fatale.

— Très étrange, remarqua Pendergast. Bon, que savons-nous, au juste ? Kawakita a purifié la drogue connue sous le nom de « glaze », l'a testée sur des cobayes, puis en a testé une version améliorée sur lui-même. Les malheureux consommateurs, déformés par la drogue et de plus en plus agressés par la lumière du jour, se réfugient sous terre. Ils se transforment en bêtes sauvages et attaquent les S.D.F. qui vivent dans les souterrains du métro. Suite à la mort de Kawakita, leur dealer, leurs attaques sont de plus en plus osées.

— Nous savons pourquoi Kawakita a consommé cette drogue, dit Margo. À cause de ses propriétés régénératrices et de sa capacité à prolonger la vie. Il semblerait qu'il ait continué à vouloir améliorer les effets de la drogue après avoir commencé à en prendre. Les cobayes que j'ai utilisés au labo n'ont montré aucune anomalie physique. Pourtant, même la version la moins agressive de la drogue a des effets négatifs impressionnants : regardez comme les souris sont devenues sanguinaires. Idem pour les protozoaires.

— Cela soulève trois questions, dit D'Agosta.

Les deux autres se tournèrent vers lui.

— Un, fit-il, pourquoi ces créatures l'ont-elles tué ? Car il me semble évident que c'est ce qui a dû se passer.

— Peut-être étaient-elles devenues incontrôlables ? suggéra Pendergast.

— Ou bien elles se sont retournées contre lui car elles l'ont rendu responsable de leur état, dit Margo. Ou peut-être y a-t-il eu lutte pour le pouvoir entre lui et l'une d'elles. Souvenez-vous de ce qu'il a écrit dans son carnet : « L'autre devient plus gourmand de jour en jour. »

— Deux, reprit D'Agosta, que fait-on de l'autre mention relevée dans ses notes : l'herbicide, la thyoxine ? Quel rap-

257

port avec le reste ? Et la vitamine D que, selon vous, il synthétisait ?

— Et n'oublions pas non plus le mot « irréversible » qu'il avait écrit dans son carnet, ajouta Pendergast. Peut-être avait-il fini par se rendre compte qu'il ne pouvait défaire ce qu'il avait fait.

— Ce qui pourrait expliquer le remords qu'il exprime sur la fin, dit Margo. Apparemment, il concentrait ses efforts sur la suppression des conséquences morphologiques de la drogue. Mais il n'a pas tenu compte de la toxicité de la nouvelle souche sur le cerveau.

— Et trois, acheva D'Agosta, dans quel but avoir reconstruit cette hutte en crânes mentionnée dans le journal de bord de Whittlesey ?

À cette question, personne ne proposa un semblant de réponse.

— Oui, tu as raison, Vincent, finit par dire Pendergast en soupirant. Cette hutte est un mystère. Aussi mystérieuse que les morceaux de métal que j'ai trouvés sur l'autel.

Il les sortit de la poche de son veston et les posa sur le bureau de Margo. D'Agosta en prit un pour l'examiner de plus près.

— Des objets mis au rebut ? suggéra-t-il.

— Non, dit Pendergast. Ils étaient diposés avec soin, voire avec amour. Comme des reliques dans un reliquaire.

— Comme objets de culte, on peut trouver mieux, dit D'Agosta. On dirait les pièces détachées d'un tableau de bord. Ou d'appareils ménagers. Des idées, Margo ?

Margo prit l'un des objets, l'examina, le reposa.

— Ça pourrait être tout et n'importe quoi, dit-elle en en prenant un autre — un tube de métal dont une extrémité était caoutchoutée.

— Oui, approuva Pendergast. Mais j'ai la certitude, docteur Green, que le jour où nous saurons ce que sont ces objets — et pourquoi ils sont conservés pieusement sur un autel de pierre à trente étages sous la ville de New York —, nous aurons la clef de l'énigme.

43.

Hayward, en tenue antiémeute, régla le faisceau de sa lampe frontale et regarda la nuée de policiers en uniforme rassemblée autour de la bouche de métro de la 59ᵉ Rue. Elle était censée retrouver la brigade 5 du lieutenant Miller, mais, dans la confusion générale, tout le monde cherchait tout le monde et personne ne trouvait personne.

Elle vit arriver Horlocker, qui était allé remonter le moral des troupes dans la station de la 81ᵉ Rue, sous le musée. Il alla se placer à l'autre bout de l'esplanade, au côté du chef des brigades d'intervention, Jack Masters, un homme fluet à l'air revêche qui, pour l'heure, parlait à un groupe de policiers en faisant des moulinets de ses grands bras. Il leur mettait des cartes sous le nez, traçait des lignes imaginaires dans les airs. Horlocker l'écoutait, approuvant du chef, pointant de temps en temps sur une carte tel ou tel point important. À la fin de ce briefing, Horlocker dispersa ses troupes et Masters s'empara d'un porte-voix.

— Attention ! cria-t-il d'une voix rocailleuse. Toutes les brigades sont là ?

Hayward avait l'impression de se retrouver dans un camp de jeannettes.

Un vague murmure lui répondit.

— Brigade 1, ici, dit Masters en désignant le premier rang. Brigade 2, côté centre-ville.

Il poursuivit sa litanie, affectant chaque brigade à divers secteurs. Hayward se dirigea vers le point de rassemblement de la brigade 5. Elle arriva au moment où le lieutenant Miller étalait une grande carte du secteur sur laquelle sa zone de responsabilité était hachurée en bleu.

— Je ne veux ni affrontement ni acte de bravoure, disait-il. Compris ? Considérez que vous réglez la circulation. Alors, pas de zèle. En cas de résistance, gaz lacrymo. Vous avez vos masques. Ne glandouillez pas. Il s'agit de leur montrer qu'on n'est pas venus pour rigoler. Mais je ne veux pas de complications. Faites votre boulot correctement, et on en aura fini dans une heure maxi.

Hayward vit sur la carte que sa brigade était affectée aux tunnels de circulation et de maintenance qui se trouvaient juste au-dessous de la station Columbus Circle.

— Souvenez-vous que la plupart de ces taupes sont des camés et des alcoolos ! aboya Miller. Elles marchent à je ne sais quelles merdes ! Ce sont des loques que vous aurez en face de vous ! Faites preuve d'autorité et ils se mettront en rangs par deux. On les mène jusqu'à cette jonction, ici, sous le terminus de la ligne 2. C'est le point de ralliement des brigades 4, 5 et 6. Une fois les trois brigades rassemblées, on évacue les taupes par la sortie côté parc, ici.

— Mon lieutenant ? l'interrompit Hayward, incapable de garder le silence plus longtemps.

Miller se tourna vers elle.

— J'ai déjà fait plusieurs descentes dans ces tunnels, je connais ces lascars. Ils ne vont pas se laisser faire aussi facilement que vous le pensez.

Miller écarquilla les yeux comme s'il la voyait pour la première fois.

— Vous ? fit-il. Une ex-rafleuse ?

— Oui, mon lieutenant, répondit Hayward en se disant que le prochain qui s'en étonnerait prendrait un grand coup de pied dans les roubignoles.

— Vous m'en direz tant, soupira Miller.

Il garda le silence. Tous les yeux étaient fixés sur Hayward.

— Un autre ex-rafleur parmi vous ? demanda Miller en laissant errer son regard sur ses troupes.

Un policier leva la main. Un Noir. Une armoire à glace.

— Nom ? aboya Miller.

— Carlin.

— D'autres ?

Le silence s'éternisa.

— Parfait.

— Nous autres, les anciens de la police des transports urbains, on connaît bien ces tunnels, dit Carlin d'une voix chaude. Dommage qu'on n'ait pas pensé à nous enrôler en plus grand nombre pour ce pique-nique, chef.

— Carlin ? fit Miller. Tu as ta lacrymo, ta matraque, ton arme. Alors, ne joue pas les poules mouillées, et donne-moi ton avis quand je te le demanderai.

Miller évalua ses hommes du regard.

— Bon sang, on est trop nombreux ici ! songea-t-il. Cette action était faite pour un petit groupe d'élite. Mais ce que le chef de la police veut, Dieu le veut !

Hayward regarda autour d'elle et, à vue de nez, estima qu'il devait y avoir une centaine de policiers autour d'elle.

— Il y a au moins trois cents S.D.F. qui vivent sous Columbus Circle uniquement, fit-elle remarquer.

— Oh ? fit Miller. Et à quand remonte votre dernier recensement ?

Hayward se garda de répondre.

— Ah, faut toujours qu'il y en ait un dans un groupe, grommela Miller. Bon, écoutez-moi, vous autres ! C'est une opération délicate, faut être synchro et obéir aux ordres ! Compris ?

Certains firent oui de la tête. Hayward et Carlin échangèrent un regard entendu.

— Très bien, brailla Miller. Par équipes de deux !

Hayward se retourna vers Carlin, qui lui fit signe de le rejoindre.

— Salut, c'était quoi, ton secteur, avant la fusion ?

— Le périmètre sous Penn Station. Salut. Je suis le sergent Hayward.

Du coin de l'œil, elle surprit le sourire moqueur dont les gratifia Miller. Le black et la nana ! semblait-il penser.

— C'est un boulot de mec, lui cria Miller. Si les choses tournent mal, je ne garantis pas...

— Le sergent Carlin est assez « mec » pour deux, lui lança Hayward.

Elle jaugea d'un air appréciateur les biscoteaux de Carlin et jeta un regard appuyé vers la bedaine de Miller. Plusieurs policiers éclatèrent de rire. Le sourire de Miller se figea.

— Je vous trouverai un truc à faire en queue, à vous deux, dit-il.

La voix de Horlocker résonna soudain dans le porte-voix.

— Messieurs ! cria-t-il. Nous avons moins de quatre heures devant nous pour évacuer les S.D.F. qui occupent les zones souterraines sous Central Park et ses environs. Gardez en mémoire qu'à minuit précis, des millions de mètres cubes d'eau vont se déverser du Réservoir dans les canaux d'écoulement pluviaux. On fera de notre mieux, mais sans garantie que deux ou trois S.D.F. égarés ne soient pas pris dans ce torrent. Alors, il est impératif que le travail soit fait, vite fait et bien fait ! Et que tout le monde ait évacué les zones concernées bien avant la dernière minute ! Tout le monde ! Bon, vous connaissez votre mission, et vos chefs de section ont été choisis pour leur expérience. Il n'y a aucune raison que cette intervention ne soit pas achevée — et réussie — avec une heure ou deux d'avance... Des repas et des abris ont été prévus pour ces gens cette nuit. Vous le leur expliquerez. Aux sorties indiquées sur vos plans, des bus prendront en charge les S.D.F. Nous ne nous attendons pas à de la résistance de leur part, mais, si tel était le cas, vous connaissez les consignes.

Il laissa errer son regard sur l'assemblée puis porta de nouveau le porte-voix à sa bouche.

— Vos collègues des sections nord commenceront leurs interventions en même temps que vous, reprit-il. Je veux une opération simultanée. Et n'oubliez pas qu'en bas vos radios auront une portée limitée. Vous pourrez communiquer entre vous et les sections proches de la vôtre, mais le contact avec la surface sera, au mieux, intermittent. Alors, respectez le plan d'action et contentez-vous de faire ce que vous avez à faire ! Bonne chance, les gars !

44.

Le commissairee Waxie sortit du poste de police de Central Park et s'engagea d'un pas poussif sous le couvert des arbres, flanqué d'un îlotier et de Stan Duffy, un hydraulicien travaillant pour la Ville.

De l'intérieur du parc leur parvenaient des cris, des huées, des coups de corne, des ronflements de moteur. Waxie consulta sa montre : 8 h 30. Il était prévu d'ouvrir les vannes à 8 h 45. Il accéléra l'allure. Ils avaient tout juste le temps.

La station de contrôle hydraulique de Central Park se trouvait à l'intérieur d'un vieux bâtiment en pierre à environ cinq cents mètres du Réservoir. Waxie apercevait entre les arbres le point lumineux de sa seule et unique ampoule à travers une fenêtre sale. Ils l'atteignirent enfin. Duffy déverrouilla la lourde porte de fer qui s'ouvrit sur une vieille salle meublée seulement de quelques tables à dessin et d'instruments hydrométriques couverts de poussière. Dans un coin, en contraste frappant avec ces intruments oubliés depuis longtemps, se trouvaient plusieurs terminaux, imprimantes et périphériques.

Ils entrèrent. Duffy referma la porte à clef et s'approcha du poste de travail.

— C'est la première fois que je fais ça, dit-il, un brin nerveux.

De sous un bureau, il sortit un manuel qui devait peser dix bons kilos.

— Ne faites pas tout foirer, hein ! s'écria Waxie.

Duffy lui décocha un regard fumasse, faillit faire un commentaire, puis y renonça. Il feuilleta le manuel pendant quelques minutes puis tapa sur quelques touches. Une série d'ordres s'inscrivit sur l'écran le plus grand.

— Comment ça marche, ce truc ? demanda le commissaire en dansant d'un pied sur l'autre.

L'humidité de la pièce réveillait ses articulations.

— C'est simple, répondit Duffy. Le Réservoir de Catskills alimente en eau, par gravité, celui de Central Park qui, même s'il a l'air imposant comme ça, ne peut contenir que trois jours de consommation d'eau de Manhattan. Il fait plus office de citerne et répond aux variations de la demande.

Il tapa d'autres commandes.

— Ce système de monitorage est programmé pour, dans la mesure du possible, anticiper ces variations — cela, grâce à la consommation des vingt dernières années et aux prévisions météo — et, en fonction, ajuster le débit d'eau venant de Catskills. Il peut ouvrir ou fermer des vannes sur plus de cent cinquante kilomètres. Parfois, évidemment, il y a des écarts. Quand la demande réelle est inférieure aux prévisions et que le Réservoir reçoit trop d'eau, l'ordinateur ouvre la vanne principale qui évacue le trop-plein vers les égouts. Quand la demande est plus forte que prévu, le programme ferme la vanne principale et rouvre les vannes en amont pour augmenter le flux.

— Ah oui ? fit Waxie, qui n'écoutait déjà plus.

— Je vais provoquer manuellement un trop-plein, ce qui veut dire que je vais ouvrir en même temps la vanne principale et celles en amont. L'eau va se déverser dans le Réservoir et s'écouler directement dans les égouts. C'est une solution simple et élégante. Tout ce que je dois faire, c'est programmer le système de telle sorte qu'il lâche sept cent mille mètres cubes d'eau à minuit puis revienne au mode automatique immédiatement après cette opération.

— Le Réservoir ne va pas être à sec ? s'inquiéta Waxie.

— Voyons, commissaire, lui rétorqua Duffy avec un sourire indulgent. Nous ne voulons pas inonder le quartier ! Tout cela peut se réaliser avec une ponction minimale sur la fourniture en eau, croyez-moi. On ne devrait pas enregistrer une baisse du niveau d'eau du Réservoir supérieure à trois mètres. C'est un système étonnant, je vous assure. Mais... je dois dire que ce que nous nous apprêtons à faire est une première. Vous êtes sûr que vous voulez toujours qu'on ouvre toutes les vannes d'un coup ? Tout ce que je peux vous dire, c'est que ça va faire une de ces vagues !

— Vous avez entendu ce que veut le chef de la police. Faites en sorte que ça marche.

— Oh ! ça va marcher.

— Je vous le souhaite parce que, sinon..., c'est vous qui risquez d'être emporté par une vague...

Duffy eut un rire nerveux.

— Oh, commissaire, les menaces sont inutiles.

Il se remit à taper tandis que Waxie faisait les cent pas.

— Combien de temps ça va prendre ? demanda Waxie.

— Dans les huit minutes, répondit Duffy.

— Huit minutes pour libérer sept cent mille mètres cubes d'eau ? rouspéta Waxie.

— Si j'ai bien compris, vous voulez que l'eau se déverse dans les tunnels les plus bas sous Central Park le plus vite possible, c'est ça ?

Waxie confirma d'un signe de tête.

— Huit minutes, c'est le débit maximal du système. Évidemment, il faudra environ trois heures pour que le système hydraulique gère toute l'opération. Ensuite, pendant que le Réservoir se vidangera, il faudra qu'une quantité d'eau équivalente soit amenée par les canalisations du nord, pour que le niveau d'eau du Réservoir ne baisse pas excessivement. Il faut une bonne synchronisation, parce que si l'afflux d'eau est plus important que le reflux..., eh bien, ce serait Central Park qui serait inondé.

— En ce cas, j'espère que vous savez ce que vous faites. Je veux que l'opération se déroule comment prévu, à l'heure prévue et sans bavures.

— Vous inquiétez pas, dit Duffy en interrompant sa frappe. Y aura pas de retard. Seulement, faudra pas que vous changiez d'avis, parce qu'une fois que j'aurai appuyé sur cette touche le système hydraulique prendra le relais et je ne pourrai plus arrêter le processus. Donc...

— Appuyez, bordel ! Appuyez ! cria Waxie.

Duffy s'exécuta avec un geste plein d'emphase, puis il se tourna vers Waxie.

— Voilà, dit-il. Maintenant, seul un miracle pourrait empêcher l'inondation des tunnels. Et il n'y a jamais eu de miracle à New York, ça se saurait !

45.

D'Agosta examina les quelques pièces en métal chromé aux embouts de caoutchouc, en prit une puis la reposa avec un air de dégoût.

— Ça ne ressemble à rien, ces trucs, dit-il. Ça a peut-être été laissé là par hasard ?

— Vincent, je t'assure qu'ils étaient disposés avec soin sur l'autel, comme en offrande, dit Pendergast, qui allait et venait dans le bureau de Margo. Et il y a autre chose qui me chiffonne. Kawakita cultivait cette plante, alors, pourquoi l'auraient-ils tué et auraient-ils incendié son laboratoire ? Pourquoi auraient-ils détruit leur seul moyen d'accès à la drogue ? Or vous avez déterminé que l'incendie du labo est un incendie criminel.

— À moins qu'ils ne la cultivent ailleurs, dit d'Agosta en tapotant machinalement la poche de sa veste.

— Allez-y, fit Margo, allumez-en un.

— Vraiment, ça ne vous gêne pas ?

— Juste un. Mais ne vous en vantez pas auprès de ma directrice.

Le visage de D'Agosta s'illumina.

— Promis juré.

Il se dirigea vers la fenêtre du bureau qu'il ouvrit, alluma son cigare et, avec délectation, souffla lentement la fumée au-dessus de Central Park.

— Je pense que nous devons envisager la possibilité de l'existence d'un autre fournisseur, dit Pendergast. J'ai essayé de déceler des traces d'un jardin en sous-sol, en vain. Une telle plantation nécessiterait de l'eau dormante et du soleil, et je ne vois pas où ils pourraient faire ça sous terre.

D'Agosta souffla un autre filet de fumée bleutée dehors et s'accouda au rebord de la fenêtre.

— Regardez-moi ce bordel, dit-il avec un signe de tête vers le sud. Horlocker va piquer une crise quand il va voir ça.

Margo s'approcha de la fenêtre et laissa errer son regard sur le manteau verdoyant de Central Park, ombragé et mystérieux sous le rose du couchant. À droite, le long de Central Park South, montait l'écho d'un concert de klaxons. Une foule compacte entrait dans Grand Army Plaza à une allure de tortue.

— Pour une manif, c'en est une ! fit-elle remarquer.

— Comme vous dites, dit D'Agosta. Et tous ces gens-là votent.

— Le docteur Frok a horreur de la foule, murmura Margo. J'espère que le chauffeur qui le raccompagnait n'est pas coincé là-dedans.

Elle tourna la tête vers l'ouest, vers la masse placide du Réservoir. À minuit, cette outre de pierre allait déverser plusieurs milliers de mètres cubes d'eau et de mort dans les entrailles de Manhattan. Elle eut un pincement au cœur en songeant aux Hydreux. Ce n'était pas exactement de mise, mais, bon... Puis elle repensa aux cages à souris tapissées de sang, à la violence soudaine de la *Meresgerii B.* C'était une drogue mortelle qui multipliait par mille l'agressivité naturelle d'une espèce, et Kawakita, qui s'était lui-même infecté, estimait que le processus était irréversible...

— Je suis ravi d'être bien au chaud dans ce bureau, dit D'Agosta en tirant une bouffée de son cigare d'un air méditatif.

Margo l'approuva d'un signe de tête. Pendergast allait et venait dans la pièce, prenant des objets en main, les reposant.

Quand le soleil se lèvera sur le parc, songea Margo, *le Réservoir aura accompli sa sinistre tâche.* Son regard se posa sur la surface de l'eau où miroitaient l'orange, le vert et le rouge du soleil couchant. C'était un beau paysage dont la tranquillité formait un contraste saisissant avec la colère des manifestants à quelques rues de là.

Margo se figea.

C'est bien la première fois que je vois un coucher de soleil teinté de vert, songea-t-elle.

Elle plissa les yeux pour essayer de mieux voir la surface de l'eau que la nuit gagnait rapidement. Dans les dernières lueurs du jour, elle vit très nettement des taches verdâtres. Une idée étrange et affreuse s'imposa à son esprit. *De l'eau dormante et du soleil... Oh non, ce n'est pas possible... Quelqu'un l'aurait remarqué... quoique...*

Elle se retourna vers Pendergast, qui, avisant son expression, arrêta de faire les cent pas.

— Qu'y a-t-il ? lui demanda-t-il.

Elle fit un signe de tête en direction du Réservoir. Pendergast regarda par la fenêtre un moment puis se raidit. Quand il se retourna vers Margo, elle vit qu'il en était arrivé à la même conclusion qu'elle.

— Autant aller voir ça de plus près, dit-il d'une voix posée.

Le Réservoir de Central Park était séparé de la piste de jogging par une haute clôture grillagée. D'Agosta empoigna la base du grillage et tira violemment dessus, l'arrachant de terre.

Talonnée par Pendergast et D'Agosta, Margo dévala l'allée gravillonnée qui menait au bord de l'eau et pataugea jusqu'à un petit groupe de feuilles de nénuphars de forme bizarroïde qu'elle reconnut avec horreur. Elle arracha la feuille la plus proche.

— *Liliceae mbwunensis*, dit-elle en la brandissant en direction de ses compagnons. Ils la font pousser dans le Réservoir. C'est ainsi que Kawakita avait solutionné son problème de production. Ses aquariums étaient trop petits. Donc, non seulement il fabriquait la drogue, mais en plus il avait hybridé la plante pour qu'elle puisse pousser sous un climat tempéré.

— La voilà, votre source de remplacement, dit D'Agosta, qui la rejoignit, cigare aux lèvres.

Pendergast s'avança dans l'eau à son tour, arrachant quelques feuilles et les examinant dans le crépuscule. Plusieurs joggeurs s'étaient arrêtés, bouche bée, pour contempler le spectacle étrange d'une jeune femme en blouse de laborantine, d'un homme ventripotent qui fumait le cigare et d'un dandy blond en costume noir enfoncés jusqu'à la taille dans l'eau d'un bassin de Central Park.

Pendergast tendit une des feuilles vers ses deux compagnons.

— Elle est montée en graine, dit-il en leur montrant une grosse cosse ouverte située à la base de la tige. Vider le Réservoir aura pour effet de déverser cette plante dans l'Hudson... puis dans l'océan.

Seule la cacophonie des coups de klaxon lui répondit.

— Enfin, poursuivit-il, heureusement, cette chose ne peut pas pousser dans l'eau salée, n'est-ce pas, docteur Green ?

— Absolument. La salinité de l'océan... Oh, mon Dieu !

— Qu'y a-t-il ? demanda Pendergast.

— La salinité ! répéta-t-elle.

— Je crains fort de ne pas comprendre, dit Pendergast.

— La *Meresgerii B* a été la seule bactérie sensible à la drogue, dit Margo. Or cette bactérie étant un organisme marin, nous l'avons testée sur des lamelles salines.

— Donc ? fit D'Agosta.

— Ajouter une petite quantité de solution saline à un virus en culture permet d'activer le virus. Dans l'eau douce du Réservoir, la plante reste dormante ; mais si ces graines atteignent l'océan l'eau salée activera le virus... et répandra la drogue dans l'écosystème.

— Et l'Hudson est une rivière à marées au-dessus de Manhattan, dit Pendergast.

— Nous avons vu quels étaient les effets de cette plante sur un micro-organisme, dit Margo. Si elle se répand et se multiplie dans l'océan, Dieu sait ce qui nous attend. Le milieu marin et, par conséquent, la chaîne alimentaire seraient totalement bouleversés. L'océan distribue de nombreuses graines d'hydrophytes et de plantes terrestres. Comment savoir quelles plantes et quels animaux seront touchés par ce virus ? Si la plante se propage dans l'océan ou si les graines atteignent les estuaires et les zones humides, elle ne fera pas de quartier.

Pendergast ressortit de l'eau d'un pas mal assuré et jeta la plante sur son épaule, maculant sa veste de costume.

— Nous avons trois heures devant nous, dit-il.

Troisième partie

LA HUTTE EN CRÂNES

Afin de mieux visualiser la diversité des couches sociétales du New York souterrain, on peut les comparer à une coupe géologique ou à une chaîne alimentaire où le rapport entre les éléments qui la composent est celui de prédateur/ proie. Au sommet de cette chaîne se trouvent ceux qui habitent la zone crépusculaire située immédiatement sous la surface — ceux qui, le jour, hantent les soupes populaires, les services sociaux, voire des endroits où trouver du travail et qui, le soir venu, réintègrent les tunnels. Juste en dessous vient le tout-venant des sans domicile fixe de longue durée, les cas pathologiques, qui préfèrent la saleté accueillante du sous-sol à celle, ensoleillée mais souvent glaçante, de la rue. Encore plus bas, on trouve les nombreux toxicomanes et délinquants en tout genre pour qui les tunnels du métro et de chemin de fer servent de refuge ou de planque. Tout au bas de l'échelle, on trouve les âmes perdues pour qui toute vie normale « en haut » est devenue trop difficile à vivre ou trop lourde à supporter. Ils fuient les foyers d'hébergement comme la peste et se terrent dans des recoins obscurs connus d'eux seuls. Sans oublier, bien sûr, des catégories plus flottantes qui existent à la périphérie de ces principales strates de la société souterraine, à savoir, les rapaces, les criminels endurcis, les illuminés, les fous.

Ces dernières années, suite aux fermetures soudaines, par décision de justice, de nombreux hôpitaux psychiatriques dans plusieurs États, cette dernière catégorie comporte un pourcentage de plus en plus élevé de S.D.F.

L'être humain a toujours eu la propension à s'organiser en communautés pour s'assurer protection, défense et relations sociales. Les S.D.F. — même les taupes les plus aliénées et les plus enfouies sous terre — ne font pas exception à cette règle. Ceux qui choisissent de vivre perpétuellement dans l'ombre n'en continuent pas moins d'avoir un semblant d'organisation sociale — quoique ce terme puisse paraître mal choisi, la vie sous terre étant marquée le plus souvent par le désordre et l'entropie, car alliances, regroupements et communautés se font et se défont avec la plus grande fluidité. En ces lieux impénétrables au jour où la vie est courte et souvent brutale, les raffinements de la civilisation sont balayés comme des cendres par le vent.

Laura Hayward, *Une société de castes sous Manhattan* ?

(à paraître)

46.

Hayward scruta le tunnel du métro désaffecté dont la voûte et les parois humides étaient balayées par le faisceau des torches électriques. Son bouclier antiémeute en Plexiglas pesait de tout son poids contre son épaule. L'officier Carlin, à sa droite, était sur le qui-vive mais calme. Il semblait connaître son métier et savoir que la dernière chose à faire dans ce monde souterrain était d'être trop sûr de soi.

Au premier rang, où se trouvait Miller, on riait fort, on parlait haut. La brigade 5 avait déjà évacué deux groupes de S.D.F. des niveaux supérieurs, des marginaux qui vivaient à l'orée de ce monde souterrain. Terrorisés, ils étaient remontés à la surface en fuyant comme des lapins devant ce peloton d'une trentaine de policiers — qui, maintenant, en rajoutaient dans le triomphalisme. Hayward hocha la tête. Ils n'étaient pas encore tombés sur un des noyaux durs des taupes. Et c'était curieux. Il y avait pourtant un très grand nombre de S.D.F. dans les tunnels du métro sous Columbus Circle. Hayward avait remarqué les restes de plusieurs feux de camp, abandonnés depuis peu. Cela signifiait que les taupes s'étaient enfoncées sous terre. Guère étonnant, vu le raffut.

La brigade continuait à avancer dans le tunnel, s'arrêtant de temps en temps quand Miller donnait l'ordre à de petits groupes de fouiller des alcôves ou des tunnels latéraux. Hayward les regardait ressortir de l'obscurité d'un pas chancelant, bredouilles, repoussant des ordures d'un coup de pied, bouclier sur le côté. L'air était chargé de vapeurs d'ammoniaque. Même s'ils étaient déjà descendus bien plus bas que les rafles habituelles, l'atmosphère de sortie en plein air ne s'était pas encore dissipée et personne ne se plaignait.

Les hommes arrivèrent au bout de la voie de garage et s'engagèrent en file indienne dans un escalier métallique qui menait au niveau inférieur. Apparemment, on ne savait ni où se terrait Méphisto ni l'importance de la route 666 — cible principale de cette expédition. « Oh, il finira par sortir de son trou, avait dit Miller. Si on ne le trouve pas, le gaz s'en chargera. »

Tout en suivant le mouvement, Hayward avait la sensation désagréable de s'enfoncer dans de l'eau chaude et fétide. L'escalier se termina dans un tunnel inachevé. De vieilles conduites d'eau, suintantes d'humidité, couraient le long des parois rugueuses. Dans le groupe de tête, les rires cédèrent la place à des murmures mécontents.

— Attention où tu mets les pieds, prévint Hayward en pointant sa torche électrique vers le sol parsemé de trous de sonde.

— Pas le moment de faire un faux pas, dit Carlin. D'un coup de pied, il envoya un caillou dans le trou le plus proche. Il tendit l'oreille et finit par entendre l'écho du point d'impact du projectile.

— Ça doit faire dans les trente mètres de profondeur. Et, au son, ça me paraît creux par en dessous.

— Regarde, souffla Hayward en pointant sa torche vers les tuyaux en bois pourri.

— Ils datent d'une centaine d'années, fit Carlin. Je pense que...

Hayward l'interrompit en lui posant la main sur le bras. Un tambourinement discret résonnait dans l'obscurité épaisse.

Des chuchotements leur parvinrent du peloton de tête. Le tambourinement s'accéléra puis ralentit, repartit, ralentit.

— Qui est là ? cria Miller.

Un autre tambourinement se fit entendre, plus sourd, puis un autre encore au point que, bientôt, le tunnel fut empli d'une sorte de symphonie infernale.

— Mais qu'est-ce que c'est que ce truc ? tonna Miller.

Il dégaina son arme et visa droit devant lui dans le noir.

— Police ! hurla-t-il. Sortez de là tout de suite !

Le tambourinement s'accentua comme une réponse ironique à sa question, mais personne n'apparut dans la lumière des torches.

276

— Jones et McMahon, avancez sur cent mètres avec vos hommes, aboya Miller. Satislaw, Fredericks, couvrez leurs arrières.

Les hommes disparurent dans le noir du tunnel.

Ils resurgirent quelques minutes plus tard, bredouilles.

— Ne me dites pas qu'il y a personne ! brailla Miller. Qui joue de ces tam-tams, alors ?

Les tambourinements s'espacèrent jusqu'à ne provenir que d'une seule source.

— Les taupes, chef, dit Hayward en s'avançant. Elles frappent sur les canalisations pour...

— On vous a pas sonnée, Hayward ! fit Miller.

Hayward vit qu'elle avait toutefois capté l'attention des hommes.

— C'est comme ça qu'elles communiquent entre elles, poursuivit Carlin.

Miller fit volte-face, mais son visage était dans l'ombre et son expression indéchiffrable.

— Elles savent que nous sommes là, reprit Hayward. Je pense qu'elles ont prévenu les communautés voisines.

— Ouais, c'est ça, fit Miller. Voilà que vous êtes télépathe maintenant, sergent ?

— Vous n'avez jamais entendu parler du morse, mon lieutenant ? rétorqua Hayward.

Miller ne dit rien, indécis, puis il éclata de rire.

— Hayward pense que les autochtones sont sur les dents, se moqua-t-il.

Certains hommes ricanèrent sans conviction tandis que le tambourinement continuait.

— Alors, qu'est-ce qu'ils disent, maintenant ? demanda Miller, sarcastique.

— Ils se sont mobilisés, répondit-elle, l'oreille tendue.

Un long silence s'ensuivit, puis Miller finit par brailler :

— Con-ne-ries ! En avant au pas de course ! On a perdu assez de temps comme ça !

Au moment où Hayward ouvrait la bouche pour protester, un bruit sourd se fit entendre non loin d'elle, et l'un des hommes au premier rang trébucha en arrière en gémissant et lâcha son bouclier. Un gros caillou atterrit aux pieds de Hayward.

— Formation ! cria Miller. Levez vos boucliers !

Le faisceau d'une dizaine de torches fouilla l'obscurité environnante. Carlin s'approcha du blessé.

— Ça va ? lui demanda-t-il.

Le policier, McMahon, acquiesça, mais il avait du mal à respirer.

— Ce salaud m'a touché au ventre, dit-il. Mon gilet pare-balles a amorti le coup.

— Montrez-vous ! hurla Miller.

Deux autres cailloux jaillirent, filant à la clarté des torches telles des chauves-souris. L'un tomba sur le sol poussiéreux ; l'autre rebondit contre le bouclier de Miller. Le lieutenant vida son chargeur en rugissant, et les balles en caoutchouc allèrent frapper la voûte rocailleuse.

Hayward écouta l'écho de cette pétarade se répercuter dans les tunnels et finir par mourir dans le silence. Les hommes lançaient des regards inquiets autour d'eux et dansaient d'un pied sur l'autre, déjà nerveux. *Ce n'est pas la bonne façon d'organiser une évacuation de cette ampleur,* songea Hayward.

— Putain, mais où ils sont ? lança Miller à la cantonade.

Hayward prit son courage à deux mains et sortit du rang.

— Mon lieutenant, nous ferions mieux de bouger tout de suite car...

Tout à coup, il y eut une pluie de missiles : bouteilles, pierres et blocs de boue leur tombèrent dessus, jetés des ténèbres. Chacun s'accroupit derrière son bouclier.

Hayward chercha Carlin des yeux.

— Oh, doux Jésus ! murmura un policier à côté d'elle.

Elle se retourna et, au spectacle qui s'offrit à sa vue, elle sentit le sol se dérober sous ses pieds : une armée de S.D.F. crasseux, en haillons, déboulait du tunnel derrière eux, les prenant à revers. Il était impossible d'évaluer leur nombre, mais Hayward avait l'impression qu'ils étaient au moins une centaine. Il criaient, enragés, en brandissant des barres de fer et des matraques.

— Derrière ! cria Miller en visant les assaillants. Reculez-vous et tirez !

Une fusillade éclata, brève mais assourdissante. Hayward crut entendre le choc des balles en caoutchouc contre la chair ; plusieurs assaillants au premier rang tombèrent en gémissant et en portant une main à leurs frusques, persuadés d'avoir été blessés.

278

— Dehors, la flicaille ! hurla l'une des taupes avec un regard de bête fauve.

La masse se précipita de nouveau en avant. Hayward vit Miller au milieu des policiers désorientés leur aboyer des ordres contradictoires. D'autres coups de feu claquèrent mais, dans le tournoiement du faisceau des torches, il était impossible d'ajuster son tir.

— Oh, merde ! murmura Hayward en voyant les Taupes foncer sur eux en hurlant dans la nuit trouée d'éclairs.

— De l'autre côté ! cria un policier. Il en arrive aussi de l'autre côté !

Il y eut un bruit de verre brisé et des déflagrations ponctuées de hurlements et de cris étranges. Hayward était tétanisée au milieu de ce chaos, déboussolée par le peu de lumière, s'efforçant de prendre ses repères.

Soudain, elle sentit un bras graisseux s'insinuer entre ses omoplates. Retrouvant immédiatement ses réflexes, elle lâcha son bouclier et, basculant légèrement en avant, elle fit passer son agresseur par-dessus son épaule puis lui donna un méchant coup de botte dans l'abdomen. L'homme poussa un hurlement de douleur qui couvrit un instant le tintamarre des coups de feu. Un autre homme surgit de l'obscurité et lui fonça dessus. D'instinct, elle se mit en position de défense : le poids du corps sur la jambe gauche, le bras gauche à la verticale à hauteur du visage. Elle feinta, rabattant son bras gauche et, d'un coup de pied, envoya son agresseur au tapis.

— Bien envoyé ! lui dit Carlin en surgissant à ses côtés.

Il faisait noir comme dans un four. Ils étaient perdus à moins qu'ils ne donnent de la lumière. Vivement, Hayward chercha à tâtons la fusée éclairante qu'elle portait à la ceinture, l'alluma, et toute la longueur du tunnel fut inondée d'une lumière orange. Sidérée, Hayward regarda le combat qui se déroulait autour d'elle. Ils étaient pris en tenaille par un nombre incalculable de taupes. Il y eut un autre jaillissement de lumière : Carlin avait eu l'heureuse idée de suivre son exemple.

Hayward, à la lumière de sa fusée, scruta la mêlée, réfléchissant au moyen d'organiser les hommes. Miller n'était pas en vue. Elle ramassa son bouclier, sortit sa matraque et s'avança prudemment. Deux taupes lui foncèrent dessus, mais des coups de matraque bien sentis les mirent en déroute. Carlin la couvrait en marchant à ses côtés, présence massive et intimidante. Hayward savait que la majorité de ces taupes souffrait de malnutrition et était affaiblie par l'usage de la drogue. Mais, même si le recours aux fusées éclairantes les avait provisoirement handicapées, il n'en restait pas moins qu'elles conservaient l'avantage du nombre.

D'autres policiers se regroupèrent autour d'eux et formèrent un rang serré contre une paroi du tunnel en faisant un rempart de leurs boucliers. Hayward se rendit compte que les taupes qui les avaient pris à revers étaient moins nombreuses qu'ils ne l'avaient cru et qu'elles rejoignaient le gros de la troupe. Les policiers resserrèrent les rangs tandis que leurs assaillants battaient en retraite dans le tunnel en direction de l'escalier en poussant des cris aigus et en jetant des pierres. Le seul moyen de sortir était de pousser les Taupes vers le niveau supérieur.

— Suivez-moi ! hurla Hayward. Rabattez-les vers la sortie !

Elle prit la tête de l'escouade qu'elle mena sur la droite des taupes, tout en évitant les jets de pierres et de bouteilles. Les S.D.F. s'enfoncèrent dans le tunnel tandis que Hayward tirait en l'air, les dispersant. La pluie de projectiles se fit moins forte au fur et à mesure que les taupes manquaient de munitions. Elles continuaient à pousser des cris et des jurons, mais le cœur n'y était plus, semblait-il, au grand soulagement de Hayward.

Elle s'accorda un léger répit, le temps de reprendre sa respiration et de jauger la situation. Deux policiers gisaient sur le sol ; l'un, la tête dans les mains ; l'autre, apparemment évanoui.

— Carlin ! cria-t-elle en désignant les blessés.

Tout à coup, une clameur s'éleva parmi les taupes. Hayward brandit sa fusée et tendit le cou pour essayer de voir ce qui se passait. Elle distingua Miller. Il était cerné par un flot de S.D.F. Il avait dû s'enfuir dans le tunnel pendant la première attaque.

Hayward entendit un bruit sec et vit un nuage de fumée verdâtre se former sous la clarté orangée de la fusée. Miller, saisi de panique, avait opté pour le gaz lacrymogène.

Il ne manquait plus que ça, songea-t-elle.

— Vos masques ! cria-t-elle.

Le gaz déroula vers eux, en vagues paresseuses, son tapis empoisonné.

Hayward ajusta son masque tant bien que mal.

Miller surgit de la nappe de gaz, masqué.

— Gazez-les ! hurla-t-il.

— Non ! protesta Hayward. Ce n'est pas le moment ! Deux de nos hommes sont K.-O.

Ignorant son intervention, Miller arracha une grenade lacrymogène à la ceinture d'un policier à côté de lui, la dégoupilla et la lança vers la horde de S.D.F. Hayward en vit deux ou trois autres fendre l'air, lancées par des policiers qui, paniqués, avaient suivi l'exemple de Miller. Les taupes disparurent dans des nuages de fumée. Hayward entendit Miller qui donnait l'ordre à d'autres policiers de jeter leurs grenades lacrymogènes dans les trous de sonde.

— Enfumez-moi ces salopards ! dit-il. Ça fera le ménage s'il y en a qui se cachent en bas !

Carlin, agenouillé près du policier évanoui, leva la tête.

— Arrêtez, bon sang ! cria-t-il.

Les volutes de gaz s'élevaient lentement, répandant leur vapeur dans tout le tunnel. La plupart des policiers jetaient leurs grenades lacrymogènes dans les trous de sonde. Hayward vit le flot de S.D.F. remonter l'escalier, tentant d'échapper aux effets du gaz.

— Fin des opérations ! hurla Miller d'une voix cassée. Remontons à la surface !

Les policiers ne se le firent pas dire deux fois et disparurent dans les nappes de gaz. Hayward rejoignit Carlin, toujours agenouillé, en compagnie de McMahon, auprès du policier évanoui. L'autre blessé, assis, main sur le ventre, vomissait. La nappe de gaz rampait vers eux.

— Éloignons-le, dit Hayward. On ne peut pas lui mettre un masque tant qu'il vomit.

Le blessé, encore conscient, se releva en chancelant et en se tenant la tête entre les mains. Hayward l'entraîna au loin tandis que Carlin et McMahon transportaient le policier inconscient jusqu'à un endroit du tunnel où l'atmosphère était encore respirable.

— Réveille-toi, mec, fit Carlin en lui tapotant la joue et se penchant pour examiner l'entaille profonde qui lui barrait le front. La nappe verdâtre du gaz se rapprochait d'eux.

L'homme battit des paupières.

— Ça va ? demanda Carlin.

— Fait chier, répondit l'homme en essayant de s'asseoir.

— Tu te souviens où tu es ? lui demanda Carlin. Comment tu t'appelles ?

— Beal, marmonna-t-il.

Le gaz allait bientôt les engloutir. Carlin détacha le masque fixé au ceinturon de Beal.

— Je vais te le mettre, d'accord ?

L'homme acquiesça vaguement. Carlin lui passa le masque sur la tête et l'aida à se relever.

— J' peux pas marcher, dit Beal.

— Appuie-toi sur nous. On va te sortir de là.

Le gaz les avait enveloppés de sa gangue verdâtre trouée çà et là par les derniers feux des fusées éclairantes. Ils avancèrent lentement en soutenant Beal et finirent par rejoindre Hayward, qui était en train d'ajuster le masque à gaz sur la tête de l'autre blessé.

— Allons-y, dit-elle.

Ils s'enfoncèrent prudemment dans la brume du gaz lacrymogène. Le tunnel semblait désert : les S.D.F. avaient pris la fuite et la brigade, Miller en tête, les avait imités. Hayward essaya de lancer un appel radio. En vain. Hayward distingua l'escalier devant eux. L'appel d'air happait le gaz vers le niveau supérieur. Toutes les taupes seraient obligées de remonter à la surface. Hayward n'avait pas envie d'être dans les parages quand elles sortiraient.

Au moment où ils atteignaient l'escalier, Beal se plia en deux et vomit dans son masque. Hayward le lui arracha d'un geste vif. Le policier plongea en avant, tête la première, puis la rejeta en arrière sous les effets du gaz. Son corps se raidit, il battit l'air des bras, échappant à leur étreinte, et s'écroula par terre en se prenant la tête à pleines mains.

— Faut qu'on se tire ! cria McMahon.

— Allez-y, dit Hayward. Je ne laisse pas cet homme ici.

McMahon ne bougea pas, indécis. Carlin lui lança un regard noir.

— Bon, d'accord, dit McMahon. Je reste avec vous.

Hayward et McMahon aidèrent Beal à se relever. Hayward colla son masque à l'oreille de Beal et lui dit, d'une voix très calme :

— Soit tu marches, soit on y reste tous. C'est aussi simple que ça, l'ami.

47.

La police de New York avait monté une cellule de crise baptisée « Opération drainage ». En entrant dans le bureau à la suite de Pendergast et de D'Agosta, Margo remarqua du matériel de communication posé sur des chariots, en attente d'être installé. Des policiers en uniforme étaient penchés sur des tables d'architecte croulant sous des cartes d'état-major.

Horlocker et Waxie étaient assis à une longue table, le visage dégoulinant de sueur. Non loin d'eux, un petit moustachu était installé devant l'écran d'un ordinateur.

— Que nous veulent ces dames ? lança Horlocker.

— Vous ne pouvez pas drainer le Réservoir, monsieur le préfet, dit D'Agosta.

— D'Agosta, je n'ai pas de temps à vous consacrer, répondit Horlocker. Entre ça et la manif organisée par la mère Wisher, j'en ai par-dessus la tête. Sans compter la rafle du siècle qui est en train de se dérouler en sous-sol. Mes effectifs en sont réduits à leur plus simple expression. Alors, vous m'enverrez un courrier, d'accord ?

Il les regarda de la tête aux pieds.

— Alors, les gars, on est allé faire trempette ?

— Le Réservoir est plein de nénuphars toxiques, intervint Pendergast. C'est la plante qui assurait la survie du Mbwun et à partir de laquelle Kawakita synthétisait sa drogue. Je vous signale qu'elle est sur le point d'essaimer.

Il balança sur la table l'échantillon qu'il avait ramené.

— Voilà, dit-il. Fragment de « glaze ». Maintenant, nous savons où ils faisaient pousser leur réserve.

— Enlevez-moi ça de là ! répliqua Horlocker.

Waxie crut bon de mettre son grain de sel.

— Hé, D'Agosta, vous venez à peine de nous convaincre qu'il fallait purger les égouts de leurs petits hommes verts, et maintenant vous venez nous raconter qu'il faut qu'on fasse machine arrière. Vous n'êtes pas sérieux !

D'Agosta lorgna avec dégoût le double menton luisant de Waxie.

— Espèce d'enfoiré, dit-il. C'était votre idée de purger ce Réservoir de merde !

— Alors là, lieutenant, je dis non !

— Messieurs, messieurs, je vous en prie, intervint Pendergast. Monsieur Horlocker, nous aurons bien le temps de faire la part des responsabilités de chacun. Le problème le plus urgent est d'empêcher les graines de se répandre dans l'eau salée, ce qui activerait le rétrovirus qu'il y a dans la plante et qui contient la drogue. Les travaux du docteur Green ont établi que cette drogue pouvait affecter un vaste échantillon d'organismes vivants, des protozoaires à l'homme, en passant par toute la chaîne alimentaire. Voulez-vous être tenu pour responsable d'une catastrophe écologique planétaire ?

— Tout ça n'est qu'un ramassis de..., éructa Waxie.

Horlocker l'interrompit d'un geste puis examina la plante qui souillait les papiers sur son bureau.

— Ça ne me paraît pas très dangereux, remarqua-t-il.

— Ne vous fiez pas aux apparences, répondit Margo. Elle est porteuse du rétrovirus du Mbwun modifié génétiquement.

Le regard de Horlocker allait de la plante à Margo.

— Je comprends votre scepticisme, dit Pendergast, mais beaucoup de choses se sont passées depuis la réunion de ce matin. Je ne vous demande que vingt-quatre heures. Le docteur Green fera toutes les analyses nécessaires pour vous prouver ce que nous avançons. Je suis sûr que nous avons raison. Mais, dans le cas contraire, je me retirerai de l'affaire et vous pourrez purger le Réservoir à votre guise.

— Ce qui m'étonne, c'est que vous soyez encore là, dit Waxie d'un ton persifleur. Vous êtes du F.B.I. et ce n'est même pas votre juridiction !

— À présent que nous savons qu'il y a fabrication et trafic de drogue, le F.B.I. peut prendre cette affaire sous sa juridiction, et très vite. Cela vous conviendrait ?

— Minute, fit Horlocker en lançant un regard noir à Waxie. Inutile d'en arriver là. Mais pourquoi ne pas régler le problème avec un bon désherbant ?

— À première vue, je n'en vois aucun assez puissant pour cela sans qu'il soit nocif par ailleurs pour la santé des millions d'habitants de Manhattan qui consomment cette eau tous les jours. Qu'en dites-vous, docteur Green ?

— Il y a bien la thyoxine, dit-elle après réflexion. Mais ça prendrait vingt-quatre heures, si ce n'est quarante-huit. Son action est très lente.

Elle tiqua.

La thyoxine, se dit-elle. *Je suis sûre d'avoir lu ça quelque part... Ah oui, dans ce qui restait des notes de Kawakita.*

— Bon, dit Horlocker. Autant s'en servir quand même. Nom de Dieu, ça commence à sentir mauvais, cette histoire !

Il se tourna vers le moustachu qui, blême, gardait les yeux rivés à son écran.

— Stan ? fit-il.

L'homme sursauta.

— Je crois qu'il vaut mieux saborder l'opération Drainage, conclut Horlocker en soupirant. Du moins, jusqu'à ce que tout ça soit tiré au clair. Waxie, joignez Masters au bigo. Dites-lui de continuer la rafle dans les tunnels, mais prévenez-le qu'on va devoir tenir les S.D.F. au chaud vingt-quatre heures de plus que prévu.

Margo nota que le moustachu devenait blanc comme un linge.

Horlocker se tourna vers l'hydraulicien.

— Vous avez entendu, Duffy ?

— C'est impossible, monsieur, dit le dénommé Duffy d'une toute petite voix.

Il y eut un silence.

— Comment ça ?

Margo eut un coup au cœur. Elle qui avait cru que leur seule difficulté serait de convaincre Horlocker !

— Qu'est-ce que vous me chantez là ? s'écria-t-il. Donnez l'ordre à l'ordinateur de tout arrêter.

— Ce n'est pas comme ça que ça marche, dit Duffy. Comme je l'ai déjà expliqué au commissaire Waxie, une fois qu'un ordre est donné, c'est la gravité qui prend le relais. Des tonnes d'eau circulent dans le système hydraulique qui est entièrement automatisé, et...

— Et quoi ? lança Horlocker en tapant du poing sur le bureau.

— Et il est trop tard pour arrêter l'opération informatiquement, acheva Duffy.

— Mais il n'a jamais été question de ça, je le jure, dit Waxie d'un ton geignard. Je vous assure que...

Horlocker le fit taire d'un regard assassin. Il se tourna vers l'ingénieur.

— Ne me dites pas ce qui est impossible, dit-il entre ses dents, mais ce qui est possible !

— Eh bien, répondit Duffy d'une voix hésitante, on peut envoyer quelqu'un sous le Goulet pour fermer les valves. Mais ce serait une opération dangereuse. On n'est pas intervenu manuellement depuis que le système a été automatisé, il y a une dizaine d'années. Et il ne faut pas songer à stopper l'afflux d'eau dans le Réservoir qui se compte en millions de mètres cubes amenés par une canalisation de deux mètres cinquante de diamètre depuis le nord de l'État. Même si vous arrivez à fermer manuellement les valves, vous ne pourrez pas arrêter l'eau qui débordera et se déversera dans Central Park.

— Eh bien, ça nous fera un lac ! répliqua Horlocker. Prenez Waxie et les effectifs qu'il vous faut et faites-le !

— Il est très difficile de descendre à ce niveau, dit Duffy, dont les mains moites tremblaient. On est directement sous le Réservoir, suspendu dans le vide sous le mécanisme des valves, au-dessus de l'eau bouillonnante, et...

— Duffy ? le coupa Horlocker. Tirez-vous et allez me fermer ces valves. Compris ?

— Oui, répondit Duffy, d'une pâleur mortelle.

Horlocker se tourna vers Waxie.

— C'est vous qui êtes à l'origine de tout ça, lui dit-il. À vous d'y mettre un terme. Des questions ?

— Oui, chef, dit Waxie.

— Je vous écoute.

— Euh, je voulais dire non, chef.

Personne ne bougea.

— Magnez-vous, bordel ! tonna Horlocker.

Margo s'écarta pour laisser passer Waxie qui, sans enthousiasme, quitta la pièce avec Duffy.

48.

L'entrée de La Cave à vin — l'un des derniers-nés des clubs en sous-sol branchés de Manhattan — était une porte étroite Art déco située dans le coin gauche de la façade de Hampshire House où elle faisait l'effet d'être une pièce rapportée. De cette position stratégique, Smithback voyait une marée humaine qui s'étendait d'est en ouest entre les vénérables ginkgos qui bordaient l'avenue jusqu'à Central Park. Beaucoup de têtes étaient inclinées dans la prière. Quelques jeunes hommes en chemise blanche avaient retroussé leurs manches, desserré leurs nœuds de cravate et buvaient des bières au goulot. Smithback remarqua une fille au deuxième rang qui tenait une pancarte : PAMELA, ON NE T'OUBLIERA JAMAIS ! Il ne put réprimer un sentiment d'orgueil en constatant que, dans son autre main, elle tenait un exemplaire de son dernier article. Si les premiers rangs des manifestants observaient un silence religieux, des cris montaient de ceux du fond, se mêlant aux grésillements des mégaphones, à la plainte des sirènes des voitures de police et au concert de klaxons.

À côté de lui, Mme Wisher posait un petit cierge au pied du grand portrait de sa fille. Sa main ne tremblait pas, mais la flamme vacilla follement dans la brise du soir. Elle s'agenouilla pour prier, et le silence se fit plus recueilli. Au bout de quelques instants, elle se releva et se dirigea vers un vaste parterre de fleurs. Quelques proches la suivirent et posèrent un cierge à côté du sien. Une minute s'écoula, puis une autre, et elle se retourna une dernière fois vers le portrait de sa fille encerclé d'un chapelet de cierges. Alors, elle parut chanceler, et Smithback s'empressa de la soutenir. Elle le regarda d'un air surpris et battit des paupières comme si elle se demandait ce qu'elle faisait là. Puis elle se ressaisit, serra le bras de Smithback avec une énergie presque poignante, le lâcha et se tourna vers la foule.

— Je voudrais partager mon chagrin, ma tristesse, ma douleur avec toutes les mères auxquelles la criminalité et la folie qui se sont emparées de notre ville ont ravi des enfants. C'est tout.

Plusieurs équipes de télévision, caméra à l'épaule, avaient réussi à se frayer un chemin jusqu'aux premiers rangs. Mme Wisher releva la tête d'un air de défi.

— Tous à Central Park West ! cria-t-elle. Tous sur la Grande Pelouse !

Smithback resta à ses côtés tandis que la foule partait vers l'ouest d'un seul pas, sans incident, comme si les manifestants avaient conscience de participer à un événement exceptionnel. Ils passèrent devant la Septième Avenue où un chapelet de feux arrière rougeoyants s'étirait à perte de vue. Les coups de sifflet des policiers et les coups de klaxon des automobilistes s'unissaient en une plainte ininterrompue. Bientôt 21 h 30. Ils étaient dans les temps. Encore trois arrêts sur le parcours vers Central Park West, puis ils investiraient le parc pour la veillée de prières à minuit.

Smithback hocha la tête et regarda Mme Wisher. Il n'en revenait toujours pas que ce petit bout de femme ait pu paralyser tout le centre-ville. Impossible qu'on ignore ses revendications, après ça ! *Et impossible qu'on ignore mes articles,* songea-t-il. Il avait déjà tout planifié. Première étape : le compte-rendu détaillé de la manifestation de son point de vue de témoin privilégié et émaillé d'une série de portraits et d'interviews ; deuxième étape : le livre. *Cinq cent mille dollars minimum de droits d'auteur pour les ventes en grand format, le double pour celles en poche, plus les droits à l'étranger, disons...*

Ses calculs furent interrompus par un bruit étrange, des sortes de vibrations qui cessèrent, puis reprirent. Autour de lui, les gens tendirent l'oreille. Apparemment, tout le monde avait entendu. Soudain, Smithback vit, à hauteur de la deuxième rue transversale, une plaque d'égout se soulever et retomber avec bruit. Un nuage de fumée s'éleva vers le ciel, puis un homme incroyablement sale se hissa sur le trottoir, éternuant et toussant dans la lumière crue du réverbère, ses vêtements déchirés flottant autour de lui. Sur le coup, Smithback crut reconnaître Flingueur. Mais non. Puis un autre homme émergea de la bouche d'égout, le visage en sang. Il fut suivi d'un autre. Puis d'un autre encore.

Smithback entendit un cri de surprise à côté de lui. Il tourna la tête et vit que Mme Wisher s'était arrêtée et regardait dans la direction de ces pauvres hères.

— Qu'est-ce que c'est que ça ? souffla-t-elle.

Tout à coup, une autre plaque d'égout, plus proche d'eux cette fois, se souleva, et plusieurs individus décharnés surgirent, désorientés, pliés en deux par des quintes de toux. Smithback regardait cette horde dépenaillée, crasseuse, les cheveux longs, n'en croyant pas ses yeux, incapable de déterminer leur âge ni même leur sexe. Certains tenaient des barres de fer à la main, d'autres des battes de base-ball, ou encore des matraques de policier. L'un d'eux portait une casquette de policier flambant neuve. Des murmures inquiets s'élevèrent dans les rangs des manifestants les plus âgés, tandis que sifflets et quolibets émanaient des jeunes cols blancs. Un nuage de fumée verdâtre s'éleva de la station de métro Columbus Circle d'où d'autres S.D.F. sortaient en courant. Bientôt, une armée de loqueteux s'était formée dans la rue. Ils clignaient des yeux, désorientés, mais, le premier choc passé, leurs regards virèrent à l'hostilité.

L'un d'eux fit un pas en avant, fixant le premier rang des manifestants d'un regard haineux. Il poussa un cri de colère et brandit sa barre de fer au-dessus de sa tête.

Tous les autres sans-abri rugirent à leur tour et levèrent le poing. Smithback vit que tous tenaient quelque chose à la main — des pierres, des morceaux de ciment, des barres de fer. Un grand nombre d'entre eux avaient des coupures et des bleus. On aurait dit qu'ils se préparaient pour un combat — ou venaient d'en mener un.

Qu'est-ce que c'est que ce plan ? songea Smithback. *D'où viennent tous ces gens ?* Il se demanda fugacement si c'était un vol à grande échelle. Puis il se souvint des paroles de Méphisto : « Nous trouverons d'autres moyens de nous faire entendre. » *Pas maintenant,* songea-t-il. *Ils n'auraient pu choisir pire moment.*

Un filet de fumée dériva jusqu'à eux et certains des manifestants se mirent à tousser. Smithback sentit les yeux lui piquer au point d'avoir mal ; il suffoqua et se rendit compte alors que ce qu'il avait pris pour de la fumée était en fait du gaz lacrymogène. Plus bas dans Broadway Avenue, il aperçut un petit groupe de policiers aux uniformes déchirés remonter l'escalier d'une station de métro et se diriger en titubant vers les voitures de police. *Merde, il vient de se passer un gros truc en dessous,* se dit-il.

— Où est Méphisto ? cria l'un des sans-abri.

— Paraît qu'i' s'est fait embarquer, lui répondit un autre.

La foule commença à s'agiter.

Il y eut un brouhaha vers les premiers rangs des manifestants les plus proches du parc. Smithback tourna la tête et vit une large grille de métro se soulever et déverser d'autres sans-abri sur le trottoir.

— Ils l'ont tué ! cria l'un de ces soldats en guenilles. Ces salauds l'ont tué !

L'homme qui s'était avancé vers les manifestants fit tournoyer sa barre de fer au-dessus de sa tête.

— Ils vont pas s'en tirer comme ça ! cria-t-il. Pas cette fois ! Ils ont voulu nous gazer, en plus !

Ses compagnons hurlèrent leur soutien.

— Ils ont détruit nos maisons ! reprit l'homme.

Nouveaux rugissements dans la foule.

— À notre tour de détruire les leurs !

Il lança sa barre de fer dans la façade vitrée d'une banque qui vola en éclats. L'alarme se déclencha, bientôt inaudible dans le vacarme ambiant.

— Hé ! cria quelqu'un non loin de Smithback. Vous avez vu ce qu'il m'a fait, ce connard ?

Les sans-abri se mirent à hurler et à bombarder de projectiles les buildings qui bordaient l'avenue. Smithback en voyait sortir de partout — par les bouches d'égout, les stations de métro, les grilles d'aération —, si bien qu'en quelques secondes Broadway Avenue et Central Park West résonnaient de leur folie furieuse. Par-dessus les cris, Smithback entendait le gémissement faible et insistant des sirènes d'ambulance. Les trottoirs étaient jonchés de débris de verre.

Smithback sursauta en entendant la voix de Mme Wisher se répercuter à tous les échos. Elle s'était emparée du micro et s'adressait aux manifestants.

— Vous voyez ? harangua-t-elle. Ce sont ces gens-là qui veulent détruire ce que nous voulons préserver !

Des cris de colère s'élevèrent autour d'elle. Smithback vit que les manifestants les plus âgés — les premiers disciples de Mme Wisher — s'étaient regroupés et palabraient, montrant la Cinquième Avenue derrière eux, s'empressant de s'éloigner. Les plus jeunes criaient leur colère et avançaient vers les premiers rangs, prêts à en découdre.

Les équipes de télévision ne savaient plus où donner de la tête. Certaines filmaient Mme Wisher ; d'autres, les sans-abri qui maintenant remontaient l'avenue en ramassant de nouvelles munitions dans les poubelles et les bennes à ordures. La colère grondait dans leurs rangs.

— Regardez cette racaille ! hurla Mme Wisher dans le micro.

Elle fit un geste de sa main libre comme pour rallier ses troupes.

— Allons-nous les laisser faire ? demanda-t-elle d'une voix implorante. Ce soir, qui plus est ?

Elle laissa sa question en suspens dans le silence tendu qui régnait autour d'elle. Les sans-abri avaient cessé de se livrer au saccage, surpris par cette voix de femme qui résonnait dans une dizaine de haut-parleurs.

— Pas question ! cria un jeune.

Avec une admiration mêlée de crainte, Smithback vit Mme Wisher lever un bras au-dessus de sa tête puis, avec une autorité toute militaire, le rabaisser en pointant les rangs de plus en plus serrés des sans-abri.

— Ce sont ces gens-là qui détruisent notre ville ! cria-t-elle d'une voix qu'elle avait du mal à contrôler.

— Regardez-moi ces clodos ! hurla un jeune homme qui fendit la foule suivi par quelques autres.

Ils se campèrent à quelques mètres des premiers rangs des sans-abri maintenant silencieux.

— Tu ferais mieux de chercher du boulot, connard ! cria le jeune homme à leur meneur.

L'air se chargea d'électricité.

— Tu crois peut-être que je me tue au travail et que je paie des impôts pour financer la gratuité des transports ?

La foule des sans-abri gronda de colère.

— Fais quelque chose pour ton pays au lieu de vivre à ses crochets ! continua l'homme.

Il fit un pas vers le meneur et cracha par terre.

— S.D.F. de mes deux, va ! fit-il.

Une bouteille siffla au-dessus de la foule des sans-abri et toucha l'homme à la tête. Il chancela et porta les mains à son front ensanglanté.

Ce fut le coup d'envoi de la mêlée générale. Avec un cri de haine, les jeunes gens foncèrent sur les sans-abri. Smithback regarda autour de lui, éperdu. Les manifestants les plus âgés avaient disparu. Il ne restait que les éléments les plus agressifs, beaucoup d'entre eux ivres. Smithback se sentit entraîné par le flot des jeunes en colère. Désorienté, il chercha des yeux Mme Wisher et ses proches et constata qu'eux aussi s'étaient éclipsés.

Il essaya de remonter la foule à contre-courant. En vain. Par-dessus les cris, il entendait le bruit écœurant de bouts de bois rompant des os et de coups de poing frappant la chair. Des cris de douleur se mêlaient aux cris de rage. Il reçut un choc violent à l'épaule, tomba à genoux et se protégea instinctivement la tête. Son magnétophone rebondit sur la chaussée, fut poussé de côté puis piétiné dans la bousculade. Smithback essaya de se relever mais rebaissa bien vite la tête en voyant un bloc de ciment voler dans les airs dans sa direction. Le chaos avait envahi la rue à une rapidité étonnante.

Pour quelle raison les sans-abri sont-ils remontés à la surface en si grand nombre ? se demanda-t-il. Une chose était sûre : chaque camp voyait en l'autre l'incarnation du mal. La loi de la jungle avait repris ses droits.

Smithback se mit à genoux, lançant des regards inquiets autour de lui, puis tituba, bousculé, poussé de tous côtés. La manifestation avait fini en eau de boudin, mais cette émeute était exploitable — peut-être même pour faire la une, si elle était aussi importante qu'il en avait l'impression. Il fallait absolument qu'il s'extirpe de cette foule et gagne un point en hauteur pour prendre la mesure de la situation. Il regarda vers le nord en direction du parc. Par-dessus l'océan de poings levés armés de bâtons et de barres de fer, il aperçut la statue en bronze de Shakespeare qui assistait placidement à la curée. Restant accroupi, il commença à se faufiler dans cette direction entre les combattants. Un sans-abri lui fonça dessus en poussant un cri et en brandissant une bouteille de bière. Instinctivement, Smithback lui allongea un coup de poing dans le ventre. L'assaillant, plié en deux par la douleur, s'effondra par terre. Smithback se rendit compte alors qu'il s'agissait d'une femme.

— Excusez-moi, madame, lui dit-il avant de filer.

Des éclats de verre et autres débris crissaient sous ses pas tandis qu'il se dirigeait vers Central Park South. Il poussa un ivrogne, dépassa un groupe de jeunes gens aux costumes sur mesure déchirés, et atteignit une partie dégagée du trottoir non loin de la statue. Il grimpa tant bien que mal sur le socle et, prenant appui sur le dernier pli du manteau de Shakespeare, il se hissa sur l'énorme livre en bronze que le barde de l'Avon tenait dans ses mains et, de là, sur ses larges épaules.

Il eut sous les yeux une scène des plus terrifiantes. La mêlée s'était agrandie dans Broadway Avenue au-delà de Central Park South. D'autres sans-abri surgissaient des entrailles de New York, des bouches d'égout et des grilles d'aération qui s'échelonnaient le long du parc. Jamais encore il n'avait vu autant de S.D.F. — ni autant de jeunes yuppies à moitié ivres. De son perchoir, il aperçut les manifestants les plus âgés, la vieille garde de Reprenons Notre ville, qui s'éloignaient du champ de bataille en direction d'Amsterdam Avenue, cherchant en vain à arrêter des taxis. Tout autour de lui, on s'empoignait, on se séparait, on revenait à la charge. Il regardait, fasciné et horrifié à la fois, les projectiles voler dans les airs, les gens combattre au corps à corps, échanger des coups de bâtons. Un certain nombre étaient étendus à terre, inconscients ou peut-être pis. L'asphalte était taché de sang et jonché de tessons de bouteille et de blocs de ciment. Toutefois, le plus gros de l'échauffourée consistait en des échanges d'insultes et de menaces verbales. On eût dit des chiens qui aboyaient mais n'osaient mordre. Quelques policiers, enfin arrivés sur les lieux, avaient réussi à infiltrer les rangs des émeutiers, mais en nombre insuffisant, et ils ne purent les empêcher de commencer à investir le parc où la situation serait nettement plus difficile à contrôler. *Mais où sont passés tous les flics ?* se demanda Smithback.

En dépit de l'horreur et du dégoût que lui inspirait cette scène, il ne pouvait s'empêcher d'éprouver une certaine euphorie : quel article en perspective ! Il plissait les yeux pour percer l'obscurité, désireux d'imprimer dans sa mémoire les scènes qui se déroulaient à ses pieds. Les sans-abri semblaient avoir pris le dessus. Ils hurlaient leur colère de plus en plus fort et repoussaient les manifestants au sud du parc. Même si bon nombre d'entre eux étaient sans nul doute affaiblis par leurs conditions de vie, il était évident qu'ils en savaient plus que leurs adversaires sur les combats de rue. Plusieurs caméras de télévision avaient été réduites en bouillie dans la mêlée, et les reporters qui avaient sauvé leur matériel restaient en arrière, au coude à coude. Certains de leurs confrères étaient montés sur les toits des buildings d'où ils filmaient la scène sous l'éclairage blafard et sinistre de leurs projecteurs.

Smithback baissa les yeux et vit trois policiers qui avançaient dans la foule en matraquant à tout va. Entre eux, il aperçut un homme en civil à l'air pas très rassuré. Corpulent. Moustache broussailleuse. Smithback reconnut le commissaire Waxie.

Le journaliste les observa, intrigué tout à coup de voir que ces policiers forçaient le passage à travers la foule des émeutiers mais sans chercher à empêcher les combats. Curieux. Ils semblaient surtout soucieux de protéger les deux hommes qu'ils flanquaient : Waxie et un autre type. Le groupe entra dans le parc au petit trot. Manifestement, ils étaient là dans le cadre d'une mission précise — et ils semblaient plutôt pressés.

Mais quelle mission peut être plus importante que cette émeute ? se demanda Smithback.

Il resta encore un moment en équilibre sur les augustes épaules de Shakespeare, ne sachant trop quel parti prendre. Puis, très rapidement, il se laissa glisser au pied de la statue, sauta par-dessus le muret de pierre et courut à la suite du groupe de policiers dans l'obscurité de plus en plus dense de Central Park.

49.

Une voix grésilla faiblement dans le mini-haut-parleur.

— Pas de discussion, exécution ! brailla Horlocker. Vous arrêtez ces...

Friture à l'autre bout de la ligne.

— Cinq cents ! s'exclama Horlocker. De dessous ? Qu'est-ce que c'est que cette histoire, Mizner ? Pourquoi ne sont-ils pas dans les fourgons ?

Il écouta la réponse de son interlocuteur. Du coin de l'œil, Margo remarqua que Pendergast, assis sur le rebord de la table, lisait *La Gazette du policier*.

— Assaut, lacrymo, rien à foutre des moyens que vous employez... Une marche ? Quelle marche ? Comment ça, ils se battent ?

Il porta le combiné à son autre oreille, l'air abasourdi.

— Non, bordel, pas de gaz lacrymo à proximité des marcheurs. Écoutez, les brigades 20, 22 sont en sous-sol ; la 21 organise les postes de contrôle, l'Uptown est aussi ouvert que... bon, dites à Perillo que je veux une réunion avec tous mes adjoints dans cinq minutes. Faites venir du renfort d'autres districts, rappelez les hommes d'astreinte, les contractuelles, tout ce que vous voulez ! Il nous faut plus d'effectifs sur ce coup, vous m'entendez ?

Il coupa avec colère sa communication et décrocha un autre téléphone.

— Curtis, appelez-moi le bureau du gouverneur. L'évacuation a capoté et des groupes de S.D.F. de la zone autour de Central Park ont déclenché une émeute. Ils se battent contre des protestataires qui ont organisé une marche côté

Central Park South. Il faut faire intervenir la garde nationale. Contactez Masters, on va avoir besoin d'un hélico, au cas où. Et le commissariat du parc. Je me charge d'appeler le maire.

Horlocker raccrocha, plus calmement cette fois. Une goutte de sueur roulait sur son front. Il regarda autour de lui, ne semblant ni voir les policiers qui s'activaient ni entendre le crépitement des radios réglées sur différentes fréquences. Margo avait l'impression d'avoir devant elle un homme dont l'univers venait d'imploser.

Pendergast plia soigneusement l'exemplaire de *La Gazette* et le posa sur la table à côté de lui.

— Je pensais à une chose, dit-il, l'air de rien.

Il s'approcha du chef de la police de sa démarche nonchalante.

— Je me disais que cette situation est bien trop dangereuse pour être laissée entre les mains d'un seul homme, fit-il avec un sourire placide.

Horlocker ferma les yeux un instant puis, comme s'il faisait un effort surhumain, il les rouvrit et les posa sur Pendergast.

— Que voulez-vous dire, au juste ? demanda-t-il.

— Nous comptons sur le sieur Waxie pour fermer manuellement les vannes du Réservoir et stopper le processus de drainage.

— Et alors ?

— Sans vouloir être..., comment dire..., indélicat, je pense que le commissaire Waxie ne s'est guère montré..., euh... très efficace jusqu'à présent. S'il échoue, c'est la catastrophe, une catastrophe qui risque de modifier l'équilibre écologique du milieu océanique.

— De plus, ne put s'empêcher de faire remarquer Margo, le rétrovirus pourrait s'insérer dans la chaîne alimentaire, et à partir de là...

— Oui, je sais, je sais ! la coupa Horlocker. Où voulez-vous en venir ?

— À ce que nous, au F.B.I., nous appelons une solution redondante.

Au moment où le préfet allait répondre, un policier signala un appel de Waxie.

— Je le bascule sur la ligne ouverte, chef.

Horlocker décrocha.

— Waxie, où en êtes-vous ?

Il écouta la réponse du commissaire.

— Parlez plus fort ! Je vous entends à peine. Le quoi ? Comment ça, vous n'en êtes pas sûr ? Eh bien, occupez-vous-en, bordel ! Passez-moi Duffy. Waxie, vous m'entendez ? Waxie ? Wa-xie !

Il raccrocha violemment.

— Rappelez Waxie ! hurla-t-il.

— Je peux continuer ? demanda Pendergast d'une voix douce. D'après ce que je viens d'entendre, le temps presse. Aussi, je serai bref. Si Waxie échoue et que le Réservoir se vidange, nous devons absolument prévoir un plan d'urgence pour éviter que la plante ne se répande dans l'Hudson.

— Et comment allons-nous faire ? demanda D'Agosta. Il est bientôt 22 heures. Le drainage est prévu pour dans deux heures.

— La seule solution, reprit Pendergast, vu le peu de temps qui nous reste, est encore de condamner les issues des tunnels de la ligne Astor en dynamitant la roche. J'ai étudié les plans. Je pense qu'une dizaine de charges d'explosifs C-4, judicieusement placées, devraient suffire.

— Vous êtes fou ? s'écria Horlocker.

Un brouhaha s'éleva à l'entrée de la cellule de crise. Des policiers déboulèrent, débraillés, l'uniforme boueux. L'un d'eux avait une méchante coupure au front. Ils encadraient un énergumène incroyablement sale vêtu d'un costume de velours en lambeaux qui se débattait comme un beau diable. Ses longs cheveux gris étaient poisseux et couverts de sang. Il portait au cou un collier de turquoises et sa longue barbe descendait jusqu'à ses mains menottées.

— On a eu leur meneur ! dit l'un des policiers, à bout de souffle.

D'Agosta regarda l'homme, étonné.

— Méphisto ! s'écria-t-il.

— Oh ! fit Horlocker, sarcastique. Un de vos amis ?

— Une vague connaissance, dit Pendergast.

Le regard de Méphisto passa de D'Agosta à Pendergast. Soudain, il fit le rapprochement et son visage s'assombrit.

— Whitey ! fit-il entre ses dents. C'était donc ça ? Traîtres ! Porcs !

Il se démena avec une force terrible et échappa aux policiers, mais juste quelques secondes avant qu'ils ne le plaquent par terre et le maîtrisent à nouveau. Il brandit ses mains menottées en direction de Pendergast et lui cria :

— Judas !

— Il est complètement barje, dit Horlocker tout en observant le corps à corps qui se déroulait à ses pieds.

— Loin de là, rétorqua Pendergast. Comment réagiriez-vous si l'on vous expulsait de chez vous à la grenade lacrymogène ?

Méphisto s'élança de nouveau en avant.

— Retenez-le ! aboya Horlocker en reculant d'un bond.

Il se tourna vers Pendergast.

— Bon, revenons à nos moutons. Si j'ai bien compris, vous suggérez de faire sauter les tunnels de la ligne Astor, c'est bien ça ?

— Non, répondit Pendergast. Simplement de boucher les sorties des tunnels. Il est impératif que nous empêchions l'eau venant du Réservoir de gagner l'océan. Mais peut-être peut-on faire d'une pierre deux coups : débarrasser les tunnels de leurs occupants et éviter que le rétrovirus ne se répande dans la nature. Tout ce qu'il faut, c'est que nous réussissions à bloquer l'eau pendant quarante-huit heures, le temps que l'herbicide remplisse son office.

Margo remarqua que Méphisto s'était calmé.

— On peut envoyer une équipe de plongeurs dans la rivière au niveau des déversoirs, dit Pendergast.

Horlocker secoua la tête.

— J'ai étudié le système de près, poursuivit Pendergast. Quand les tunnels de la ligne Astor se remplissent, le trop-plein se déverse dans le Latéral du West Side. C'est ce passage que nous devons bloquer en dynamitant la roche.

— Je n'y crois pas, intervint Horlocker en faisant craquer ses articulations.

— Mais ce ne sera peut-être pas suffisant, poursuivit Pendergast. Pour être certain qu'il n'y a aucun risque de propagation de la plante, nous devrons aussi obstruer le Grenier des Enfers. Les plans montrent que le Goulet et ses canaux d'écoulement forment un système fermé jusqu'au niveau du Réservoir, donc, ce qu'il faut faire pour coincer l'eau à l'intérieur, c'est bloquer toute possibilité de sortie au-dessous. Ce qui évitera aussi la formation d'une poche d'air qui pourrait permettre à des créatures d'échapper au flot.

298

Pendergast s'empara d'un bout de papier et d'un crayon et croqua un plan.

— Regardez. L'eau va passer par le Goulet, ici. La deuxième équipe descendra et bloquera les six sorties sous le Goulet. Le Grenier des Enfers se trouve plusieurs niveaux au-dessous, de même que les déversoirs de la rivière. L'équipe du S.E.A.L.* installera les charges dans ces déversoirs. L'eau restera bloquée dans les tunnels de la ligne Astor. Et les Hydreux ne pourront pas en réchapper. Aucun.

Méphisto, toujours à terre, ricana dans sa barbe. Margo en eut la chair de poule.

— Il va falloir que je dirige la deuxième équipe, évidemment, poursuivit Pendergast sans se démonter. Elle aura besoin d'un guide et je suis déjà descendu en bas. J'ai dessiné un plan et j'ai étudié les relevés des installations plus proches de la surface. J'irais bien seul, mais il faudra être plusieurs pour porter les charges de dynamite.

— Ça ne marchera pas, Judas, dit Méphisto de sa voix rocailleuse. Il sera trop tard quand tu arriveras au Grenier des Enfers.

— Suffit ! cria Horlocker en tapant du poing sur le bureau. J'en ai assez entendu ! La récréation est terminée ! Pendergast, j'ai une situation de crise sur les bras. Sortez !

— Je suis le seul à connaître les tunnels suffisamment bien pour entrer et sortir avant minuit, dit Méphisto à Pendergast.

Ils se regardèrent un long moment en silence, puis Pendergast finit par dire :

— Vous avez sans doute raison.

— Suffit, j'ai dit ! brailla Horlocker. Emmenez-le dans un poste du centre-ville. On s'occupera de son cas plus tard.

— Qu'y gagneriez-vous ? demanda Pendergast à Méphisto.

— De la place pour vivre. La fin du harcèlement. Le redressement des torts subis par mon peuple.

Pendergast considéra Méphisto d'un air dubitatif.

— Emmenez-le ! tonna Horlocker.

Les policiers forcèrent Méphisto à se relever et le tirè-rent vers la porte.

---

* Sea Air Land : commando d'élite chargé des missions non officielles. (N.D.T.)

— Arrêtez ! dit Pendergast sans élever la voix, mais d'un ton si catégorique que les policiers lui obéirent.

— Qu'est-ce que ça signifie ? demanda Horlocker en faisant volte-face.

— Qu'en vertu de l'autorité qui m'incombe en ma qualité d'agent fédéral du gouvernement américain je me charge de la garde de cet individu, répondit Pendergast.

— Vous vous foutez de moi ?

— Pendergast, souffla Margo, nous avons à peine deux heures devant nous.

Pendergast acquiesça.

— J'aurais aimé pouvoir m'attarder pour échanger d'autres civilités, dit-il à Horlocker, mais le temps nous est compté.

Il se tourna vers D'Agosta.

— Vincent ? Si vous voulez bien ôter les menottes à ce monsieur. Il est mon prisonnier, désormais.

— Non ! s'écria Horlocker.

— Chef, dit un des policiers, on peut rien contre les feds !

Pendergast s'approcha de Méphisto qui massait ses poignets meurtris par les menottes.

— Méphisto, j'ignore le rôle que vous avez joué dans les événements d'aujourd'hui, et je ne peux vous assurer que vous serez remis en liberté. Mais, si vous m'aidez, peut-être pourrons-nous débarrasser New York de cette bande d'assassins qui massacrent votre communauté. Et je vous donne ma parole que vos revendications pour les sans-abri seront écoutées d'une oreille attentive.

Il lui tendit la main.

Méphisto le jaugea d'un air méfiant.

— Vous m'avez déjà menti une fois.

— C'était le seul moyen que j'avais d'entrer en contact avec vous, répondit Pendergast, la main toujours tendue. Il ne s'agit pas d'un combat entre ceux qui ont tout et ceux qui n'ont rien. Si nous échouons, nous coulerons tous : ceux de Park Avenue et ceux de la route 666.

Il y eut un long silence. Puis Méphisto acquiesça sans rien dire et serra la main de Pendergast.

— Comme c'est touchant ! fit Horlocker. J'espère que vous allez vous faire bouffer par les rats !

50.

Smithback, regardant à travers les lattes métalliques rouillées de la passerelle, sondait le puits sombre qui semblait s'enfoncer vers le centre de la Terre. Il entendait, bien plus bas, Waxie et ses compagnons, mais il ne voyait pas ce qu'ils faisaient. Une fois encore, il pria le ciel qu'il ne se soit pas embarqué dans une galère. Mais quitte à avoir suivi Waxie jusque-là, autant continuer à lui coller au train et découvrir ce qu'il manigançait.

Il avança prudemment, essayant d'apercevoir les cinq hommes. Une échelle était scellée à la paroi en brique du puits. Smithback tendit le cou et regarda en bas. Des projecteurs éclairaient cet abîme, mais insuffisamment pour en distinguer le fond. Un filet d'eau coulait d'une fissure de la voûte et tombait en spirale dans le vide, disparaissant en silence dans l'obscurité. Des grincements résonnaient au-dessus de sa tête. Un souffle d'air froid monta du puits.

À présent, il distinguait Waxie et ses compagnons. Ils se trouvaient sur une petite plate-forme contiguë à l'échelle. Smithback voyait vaguement tout un réseau de tuyauteries, de roues, de valves — on aurait dit une machine infernale née d'un cauchemar de l'ère industrielle. La condensation avait rendu les barreaux de l'échelle glissants, et la plate-forme n'avait pas de rambarde.

Au-dessous de lui, les faisceaux de torches électriques balayaient les parois de brique. Les voix des policiers montaient jusqu'à lui, et il identifia celle de Waxie pour l'avoir entendue lors de sa séance d'espionnage au musée. Le gros flic semblait parler à quelqu'un par radio. Maintenant, il fixait à nouveau sa radio à sa ceinture et se tournait vers un homme assez nerveux en bras de chemise.

— Espèce de menteur, disait Waxie, vous ne m'avez jamais dit que vous étiez infoutu d'inverser le flux !

— Si, je vous l'avais dit ! Bien sûr que si ! lui répondit l'autre d'une voix haut perchée. Je regrette de ne pas avoir eu de magnéto !

— Oh, la ferme ! C'est ça, les fameuses valves ?

— Elles sont là, derrière.

Il y eut un silence suivi du gémissement du métal comme les hommes se déplaçaient.

— Elle est solide, cette plate-forme, c'est sûr ? demanda Waxie.

— Comment voulez-vous que je le sache ? rétorqua l'homme à la voix de fausset. Une fois que tout le système a été informatisé, on a arrêté d'entretenir...

— Bon, ça va, ça va. Faites ce que vous avez à faire, Duffy, qu'on en finisse !

Smithback pencha la tête dans le vide. Il vit le dénommé Duffy qui examinait le nid de valves.

— Il faut fermer toutes celles-là, dit-il. Ça fermera manuellement la canalisation principale. Comme ça, quand l'ordinateur enclenchera le drainage du Réservoir, ces valves retiendront l'eau en bloquant le siphon principal... en espérant que ça fonctionne. Comme je disais, c'est une première.

— Super. Peut-être que vous décrocherez le prix Nobel. Allez-y, faites-le.

Quelle est le but de l'opération ? se demanda Smithback. Apparemment, ils voulaient bloquer le drainage du Réservoir. *Mais pour quelle raison ? Leur ordinateur a eu un bug ?* Quoi qu'il en soit, ça ne paraissait pas mériter d'avoir quitté l'émeute la plus importante que New York ait connue depuis un siècle. Le journaliste en était tout déconfit. Il était passé à côté de l'événement.

— Aidez-moi à tourner ça, dit Duffy.

— Vous l'avez entendu ? lança Waxie aux policiers.

— C'est bloqué, annonça l'un des policiers.

Le dénommé Duffy se pencha pour examiner ça de plus près.

— Quelqu'un est venu tripatouiller tout ça ! s'écria-t-il. Regardez ! Le moyeu a été plombé ! Et, là, ces valves sont cassées. Depuis peu, apparemment.

— Commencez pas à me raconter des conneries, Duffy !
fit Waxie.

— Regardez vous-même. C'est du sabotage.

Il y eut un long silence.

— Putain de bordel de merde, fit Waxie. Vous pouvez
réparer ça ?

— Je pourrais, oui... si j'avais vingt-quatre heures devant
moi. Et un chalumeau, un arc voltaïque et, disons, une
dizaine de pièces détachées qui ne sont plus fabriquées
depuis le début du siècle.

— Si on ne peut pas fermer manuellement la canalisation, on est cuits ! Il faut réparer ça, Duffy. Vous avez intérêt
à trouver une solution.

— Oh, vous me faites chier, commissaire ! glapit Duffy.
J'ai fait tout ce que j'ai pu ! J'en ai ma claque de vous entendre râler sans arrêt ! Vous êtes un emmerdeur-né ! Et, en
plus, un gros lard !

— Vous pouvez être sûr que tout ça sera dans mon rapport, Duffy.

— N'oubliez surtout pas de dire que je vous ai traité de
gros lard !

Il y eut un silence.

— C'est quoi cette odeur ? demanda le policier resté
près de l'échelle.

— Oui, qu'est-ce que c'est que ça ? fit son collègue.

Smithback huma l'air frais et moite mais ne sentit rien
d'autre qu'une odeur de brique humide et de moisi.

— Tirons-nous, fit Waxie en se hissant sur le premier
barreau de l'échelle.

— Minute ! cria Duffy. Et la valve ?

— Vous venez de me dire que vous ne pouviez rien faire,
lança Waxie sans se retourner.

Smithback entendit un faible cliquetis venant du fond
du puits.

— Qu'est-ce que c'était ? bredouilla Duffy.

— Bon, vous venez ? hurla Waxie, qui montait pesam-
ment un barreau après l'autre.

Smithback vit Duffy s'approcher du bord de la plate-
forme et regarder prudemment vers le bas. Puis il se
détourna et se précipita vers l'échelle qu'il commença à grimper à la va-vite derrière Waxie, imité par les policiers en uniforme. Ils atteindraient la passerelle d'ici à quelques minutes.

Il vaut mieux qu'ils ne me trouvent pas ici, songea Smithback. Il se releva sans bruit dans l'idée de rebrousser chemin et de regagner la surface, furieux d'avoir fait tout ça pour rien.

Du bruit monta des profondeurs du puits : le gémissement plaintif de boulons rouillés, le claquement sonore d'une grille.

— Qu'est-ce que c'est ? cria Waxie.

Smithback revint sur ses pas et se pencha pour regarder. Il vit que le groupe qui montait à l'échelle s'était arrêté. La question de Waxie fut encore un moment répercutée par l'écho et mourut dans l'obscurité. Puis ce fut le silence. Et, petit à petit, dans ce silence, résonnèrent des bruits de pas précipités sur des barreaux de fer auxquels se mêlaient des grognements haletants qui lui donnèrent la chair de poule.

Waxie et ses compagnons braquèrent le faisceau de leurs torches vers le bas.

Rien.

— Qui est là ? cria Waxie cherchant à percer la pénombre du regard.

— Des gens sont en train de monter, annonça l'un des policiers.

— Police ! hurla Waxie d'une voix suraiguë.

Pas de réponse.

— Qui êtes-vous ?

— Ils approchent, informa encore le policier.

— Oh, de nouveau cette odeur, dit son collègue.

Tout à coup, Smithback fit le rapprochement : une odeur putride, une odeur de bouc, une odeur qui le ramena aux heures cauchemardesques qu'il avait passées dans les sous-sols du musée, dix-huit mois plus tôt.

— Dégainez vos armes ! cria Waxie, pris de panique.

Maintenant, Smithback les voyait : des formes noires encapuchonnées qui grimpaient rapidement des profondeurs, vêtues de houppelandes que le courant d'air ascendant gonflait dans leur dos.

— Vous m'entendez, en bas ? s'égosilla Waxie. Arrêtez-vous ou on tire !

Il grimpa quelques barreaux en se contorsionnant et se retourna.

— Attendez là, dit-il aux deux policiers. Découvrez ce qu'ils veulent. S'ils sont entrés sans autorisation, vous les arrêtez et vous leur dites leurs droits.

Il se retourna et continua à grimper à l'échelle le plus vite qu'il put, Duffy sur les talons.

Smithback vit les silhouettes étranges arriver à hauteur de la plate-forme et continuer en direction des deux policiers, immobiles sur l'échelle. Il y eut comme une hésitation, puis s'engagea une lutte qui, dans la pénombre, prit des airs de ballet étrange et gracieux. L'illusion s'évanouit avec la détonation d'un 9 mm qui résonna comme un coup de tonnerre dans l'espace confiné du puits. Puis il y eut un cri et Smithback vit que le policier qui se trouvait sur le barreau le plus bas était détaché de l'échelle et poussé dans le vide, son assaillant toujours accroché à lui. Son cri diminua au fil de sa chute puis s'évanouit dans le néant.

— Arrêtez-les ! cria Waxie par-dessus son épaule. Empêchez-les de monter !

Glacé d'horreur, Smithback vit les assaillants gravir lestement les barreaux métalliques qui couinaient sous leur poids. Le deuxième policier fit feu dans toutes les directions, puis fut saisi par une cheville et arraché au barreau avec une force extraordinaire. Il dégringola en tirant à plusieurs reprises, lançant des éclairs dans la nuit qui l'engloutissait. Le troisième policier se mit à grimper à toute allure.

Les silhouettes, de plus en plus nombreuses, de plus en plus proches, grimpaient par bonds. Celle qui était en tête passa à hauteur d'un projecteur, et Smithback eut le temps d'apercevoir quelque chose d'épais et humide. Elle rattrapa le policier et fit un ample geste en arc de cercle à hauteur des jambes du fuyard. L'homme hurla et se cabra. Son poursuivant se hissa à sa hauteur et lui déchiqueta le visage et la gorge tandis que ses comparses les dépassaient à toute allure.

Smithback voulait s'enfuir mais ne pouvait se résoudre à détacher le regard du spectacle qui se déroulait à ses pieds. Dans sa panique, Waxie avait glissé et se cramponnait à un côté de l'échelle, essayant de retrouver son équilibre. Duffy, qui grimpait en quatrième vitesse, arrivait à sa hauteur, mais plusieurs agresseurs le talonnaient de près.

— Il me tient par la jambe ! hurla Duffy.

Il y eut un bruit de lutte.

— Mon Dieu, aidez-moi ! implora Duffy.

Son cri se répercuta à tous les échos.

Mû par l'énergie du désespoir, Duffy réussit à se libérer. Il reprit son ascension et dépassa Waxie.

— Non ! Non ! cria Waxie, donnant des coups de pied à ceux qui essayaient de l'attraper par les chevilles. Non !

Dans la lutte, le capuchon d'un des assaillants glissa de sa tête, et Smithback fit un bond en arrière, horrifié. Ce qu'il venait de voir dépassait l'entendement, était pire que le pire de ses cauchemars : des yeux de lézard, des lèvres épaisses et baveuses, des replis de peau squameuse. *Les Hydreux dont Méphisto m'a parlé. Maintenant, je comprends pourquoi on les appelle comme ça.*

Cette vision lui redonna de l'énergie. Il se releva et remonta la passerelle en courant. Derrière lui, Waxie vidait son chargeur. Puis il l'entendit hurler de douleur et il crut que ses jambes allaient se dérober sous lui. Encore deux coups de feu. Puis le hurlement déchirant de Waxie finissant brutalement en un hoquet terrifiant.

Smithback courait sur la passerelle en luttant contre la peur qui menaçait de le submerger et de le paralyser une fois encore. Derrière lui, il entendait Duffy — *Dieu fasse que ce soit Duffy,* songea-t-il — qui arrivait en haut de l'échelle en sanglotant. *J'ai une bonne longueur d'avance. Ces créatures sont encore à une trentaine de mètres plus bas.* Un bref instant, il envisagea de faire demi-tour pour aider Duffy, mais il se rendit compte que, de toute façon, il ne pourrait rien faire.

Mais au moment où il mettait le pied sur la première marche de l'escalier qui menait à la surface, au moment où le petit bout de ciel éclairé par la lune apparaissait enfin au-dessus de sa tête, il vit avec horreur des silhouettes sombres se dresser devant lui, gommant les étoiles. Maintenant, des créatures descendaient — *Oh, mon Dieu !* Il se laissa retomber sur la passerelle, regardant éperdument autour de lui. D'un côté, il vit l'entrée d'un tunnel d'accès : une voûte ancienne bordée de cristaux calcaires — on aurait dit du givre. Les créatures approchaient vite. Smithback bondit vers le passage voûté, s'y engouffra et entra dans un tunnel bas faiblement éclairé à intervalles irréguliers par des ampoules nues. Il s'élança, courant à perdre haleine, tout en se rendant compte que ce tunnel allait dans la direction qu'il ne voulait surtout pas prendre : vers les profondeurs.

51.

— La graineterie du poulailler ? fit Méphisto en suivant Pendergast, D'Agosta et Margo dans l'armurerie du F.B.I.

Pendergast s'arrêta devant un casier, l'ouvrit et en sortit trois masques à oxygène reliés à de petites recharges. Il en garda un pour lui et jeta les autres à D'Agosta et à Méphisto.

— Au cas où il vous prendrait l'envie de « gazer » quelques autres habitants des sous-sols, sans doute ? demanda Méphisto, attrapant maladroitement le masque à gaz de ses mains menottées. Il paraît que nous pouvons être très divertissants.

Pendergast s'arrêta et se retourna vers le sans-abri.

— Je sais que vous estimez avoir été maltraités par la police, dit-il d'une voix posée. Pour tout vous dire, je suis d'accord avec vous. Il va falloir que vous me croyiez sur parole quand je vous dis que je n'ai rien à voir là-dedans.

— Janus a encore parlé. Ça, le maire de la Tombe de Grant... J'aurais dû me douter que c'était un ramassis de conneries.

— C'est votre paranoïa et votre isolement qui ont rendu ma ruse nécessaire, dit Pendergast tout en sortant de divers casiers des torches électriques, des lunettes infrarouges et de mystérieuses boîtes en métal jaune. Personnellement, je ne vous ai jamais considéré comme un ennemi.

— Ôte-moi ces menottes, alors.

— Non ! fit D'Agosta.

Pendergast, qui prenait des couteaux, arrêta son geste. Il plongea la main dans la poche de sa veste, en sortit une clef, s'approcha de Méphisto et ouvrit ses menottes. Méphisto les jeta par terre avec un geste empreint de mépris.

— Tu comptes faire de la sculpture au couteau pendant que tu seras en bas, Whitey ? fit-il. Les petits couteaux des Forces Spéciales ne te seront pas d'une grande utilité contre les Hydreux. À part pour leur faire des guili-guili.

— J'espère que nous ne rencontrerons pas d'habitant des tunnels de la ligne Astor, dit Pendergast, en coinçant deux revolvers dans sa ceinture. Mais il vaut mieux prévenir que guérir.

— Eh bien, amuse-toi bien au tir au pigeon. Après, on pourra faire un crochet par la route 666 pour un thé et des biscuits, tailler une bavette et, peut-être, faire empailler tes trophées.

Pendergast referma le casier et vint se planter devant Méphisto.

— Comment vous faire comprendre la gravité de la situation ? lui demanda-t-il d'un ton égal mais où pointait un zeste de menace.

Méphisto recula d'un pas.

— Si c'est ce que tu veux, il va falloir que tu me fasses confiance, dit-il.

— Si je n'avais pas confiance en vous, je ne vous aurais pas retiré les menottes.

— Alors, prouve-le, dit Méphisto, retrouvant sa superbe. Donne-moi un de ces Stoners rutilants que j'ai vus dans un casier. Ou au moins un calibre 12. Si vous y restez, les gars, je veux avoir une chance de m'en sortir.

— Pendergast, pas de folie ! intervint D'Agosta. Ce type est un tordu. Il n'a plus revu la lumière du jour depuis l'élection de Bush, bon sang !

— En combien de temps pouvez-vous nous amener aux tunnels de la ligne Astor ? demanda Pendergast.

— Une heure et demie environ. Si ça ne vous ennuie pas de vous mouiller les pieds.

Il y eut un silence.

— Vous semblez connaître nos armes, dit Pendergast. C'est d'expérience ?

— Septième régiment d'infanterie, répondit Méphisto. Blessé de guerre pour la plus grande gloire des États-Unis de notre putain d'Amérique. Dans le Triangle de fer.

Méphisto défit sa ceinture et baissa son pantalon crasseux, exhibant une cicatrice qui lui zébrait le ventre et descendait jusqu'à sa cuisse, où elle se terminait en une boursouflure de chair.

— Ils ont dû me rafistoler tant bien que mal avant de pouvoir m'allonger sur un brancard, dit-il avec un sourire amer.

Pendergast semblait peser le pour et le contre. Puis il se tourna, ouvrit un autre casier et en retira deux fusils automatiques. Il en garda un pour lui et jeta l'autre à D'Agosta. Ensuite, il sortit une boîte de cartouches et un fusil à pompe qu'il tendit à Méphisto.

— Ne me laisse pas tomber, soldat, dit-il, tenant toujours le fusil par le canon.

Sans répondre, Méphisto le lui arracha des mains et mit les munitions dans le magasin.

Margo remarqua alors un détail qui la chiffonna : Pendergast avait retiré pas mal de matériel des casiers mais ne lui avait encore rien donné.

— Et moi ? demanda-t-elle. Où est mon équipement ?

— Vous ne venez pas, dit Pendergast en retirant des gilets pare-balles d'un casier et en vérifiant leurs tailles.

— Et pourquoi ? s'écria Margo. Parce que je suis une femme ?

— Oh, docteur Green, je vous en prie. Vous savez très bien que ça n'a rien à voir avec ça. Vous n'avez pas d'expérience de ce genre d'opération, c'est tout.

Il ouvrit un autre casier.

— Tiens, Vincent, tu prends ça ?

— Des grenades offensives M-26, fit D'Agosta en les maniant avec précaution. On emmène assez d'armes pour envahir la Chine, ma parole !

— Pas d'expérience ? répéta Margo, revenant à la charge. C'est moi qui vous ai sauvé la vie au musée, vous l'avez déjà oublié ? Sans moi, ça ferait belle lurette que vous auriez été bouffé par le Mbwun !

— Je suis le premier à le reconnaître, docteur Green, répondit Pendergast en s'harnachant d'un appareil muni d'un long tuyau.

— Ne me dis pas que c'est un lance-flammes ! s'exclama D'Agosta.

— Un FastFire ABT, si je ne m'abuse, dit Méphisto. Quand j'étais bidasse, on appelait la gelée qu'ils projettent le « brouillard pourpre ». L'arme sadique d'une république en faillite morale.

Il regarda à l'intérieur d'un casier d'un air dubitatif.

— Je suis anthropologue, reprit Margo. Je connais ces créatures mieux que quiconque ! Vous aurez besoin de mes compétences !

— Pas au point de mettre votre vie en danger, dit Pendergast. Le docteur Frock est anthropologue, lui aussi. Vous pensez qu'on devrait le faire descendre dans ces tunnels en fauteuil roulant pour connaître son avis éclairé sur la question ?

— C'est moi qui ai découvert tout ça, dit Margo en haussant le ton. Vous l'avez oublié, ça aussi ?

— Elle a raison, dit D'Agosta. Sans elle, nous ne serions pas là.

— Ce n'est pas pour autant que nous devons lui faire risquer sa vie, rétorqua Pendergast. Je vous rappelle qu'elle n'est jamais descendue dans ces souterrains et qu'elle ne fait pas partie de la police.

— Bon ! s'écria Margo. On oublie mes compétences, on oublie l'aide que je vous ai apportée par le passé. Je suis tireur d'élite. D'Agosta peut le confirmer. Et je ne vais pas ralentir votre progression. En fait, c'est peut-être vous qui risquez de devoir courir après moi pour ne pas vous laisser distancer. Si jamais ça tourne mal en bas, une personne de plus ne sera pas de trop !

Pendergast la fixa de ses yeux bleu pâle.

— Pourquoi tenez-vous tant à nous accompagner, docteur Green ? demanda-t-il.

— Parce que...

Margo s'interrompit, s'interrogeant soudain sur ses réelles motivations. *Ce serait tellement plus simple de leur souhaiter bonne chance, de rentrer chez moi et de me plonger dans la lecture du roman de Thackeray que je veux commencer depuis un mois.* Puis elle se rendit compte que ce n'était pas une question de principe. Dix-huit mois plus tôt, elle s'était retrouvée face au Mbwun, elle s'était vue reflétée dans ses yeux cruels. Ensemble, Pendergast et elle avaient tué la Bête. Et elle avait cru que c'était fini. Comme les autres. Ils avaient crié victoire trop tôt.

— Il y a deux ou trois mois, dit-elle, Greg Kawakita a essayé de me contacter. Je n'ai pas donné suite. Si je l'avais fait, peut-être que tout cela aurait pu être évité. J'ai besoin d'aider à y mettre un terme.

Pendergast continuait à l'observer.

— C'est vous qui m'avez remise dans cette histoire, nom de Dieu ! cria-t-elle à D'Agosta. Et je n'en avais vraiment pas envie. Mais, maintenant que je suis là, je reste ! Je veux aller jusqu'au bout !

— Là aussi, elle a raison, dit D'Agosta. C'est moi qui lui ai demandé de m'aider sur cette enquête.

Pendergast posa les mains sur les épaules de Margo — un geste amical qui ne lui ressemblait guère.

— Margo, je vous en prie, dit-il. Essayez de comprendre. Au musée, nous n'avions pas le choix. Nous étions coincés à l'intérieur avec le Mbwun. Aujourd'hui, c'est différent. Nous allons sciemment au danger. Vous êtes une civile. Je suis navré, mais c'est ainsi.

— Pour une fois, je suis d'accord avec le maire Whitey, dit Méphisto. Vous me semblez quelqu'un d'intègre. Autrement dit, vous ne seriez pas à votre place en telle compagnie. Laissez ces officiels se faire buter tout seuls.

Pendergast dévisagea Margo un petit moment encore puis la lâcha et se tourna vers Méphisto.

— Quel est notre trajet ? lui demanda-t-il.

— La ligne Lexington, à partir de la station Bloomingdale. Il y a un tunnel abandonné à cinq ou six cents mètres côté nord. Il nous amène tout droit sous le Parc, puis il bifurque vers le bas en direction du Goulet.

— Bon sang, s'écria D'Agosta, c'est peut-être par là que les Hydreux sont passés pour attaquer le métro.

— Peut-être, dit Pendergast.

Il garda le silence un moment, plongé dans ses pensées.

— Allons retirer les explosifs section C, fit-il tout à coup. Allons-y. Nous avons moins de deux heures devant nous.

Margo les regarda s'éloigner à grands pas.

— Merde ! cria-t-elle, furieuse, en jetant son sac par terre.

Elle flanqua un grand coup de pied dans le casier le plus proche. Puis elle se laissa tomber sur le sol et se prit la tête dans les mains.

52.

Snow vérifia l'heure à la grosse horloge murale : 22 h 15, et promena son regard sur la salle des transmissions, puis vers la montagne de paperasses sur le bureau devant lui. Il tiqua. Il avait été affecté là le temps, soi-disant, de se remettre d'une infection pulmonaire bactérienne, mais toute l'équipe de la fluviale et lui-même savaient très bien qu'en réalité on l'avait mis au placard. Le brigadier-chef l'avait pris à part, félicité pour le superboulot qu'il avait fait, mais Snow n'avait pas été dupe. Et que les squelettes qu'il avait découverts aient marqué le début d'une vaste enquête de police n'y avait rien changé. Le fait est qu'il avait perdu, dès son premier plongeon. Même Fernandez n'avait plus le cœur de le mettre en boîte.

Il soupira et regarda par la fenêtre sale les quais déserts depuis longtemps et l'eau sombre et huileuse qui luisait dans le noir. La nuit était agitée. L'équipe était partie en mission suite à un accident d'hélicoptère qui s'était crashé dans l'East River en début de soirée, et ça chauffait en ville. Il y avait de l'action partout sauf dans le petit coin des quais de Brooklyn où il était censé faire du secrétariat.

Soudain, il entendit le vrombissement du moteur Diesel d'un canot qui arrivait à quai. *Déjà ?* songea-t-il. Il y eut un bruit de course précipitée sur le ponton en bois, et, quelques instants plus tard, la porte s'ouvrit sur deux hommes en combinaison de plongée sans insigne et au visage peinturluré en noir et vert.

— Où est la brigade ? aboya le plus balèze des deux avec un fort accent du Texas.

312

— Accident d'hélico sur l'East River, répondit Snow. Vous êtes envoyés en renfort ?

Il regarda par la fenêtre et fut surpris de voir non pas le canot habituel bleu et blanc de la police, mais un puissant in-bord à la coque aussi noire que le visage des deux hommes.

— Tout le monde est parti ? demanda l'homme.

— Tout le monde sauf moi. Qui êtes-vous ?

— Pas les cousins que ta mère avait perdus de vue, p'tit gars. On a besoin de quelqu'un qui connaisse le chemin le plus court pour aller dans le Latéral du West Side, et tout de suite !

Snow tressaillit malgré lui.

— J'appelle le brigadier-chef par radio, dit-il.

— Pas le temps ! Pourquoi pas toi ?

— Ben, je connais le réseau autour de Manhattan. Ça fait partie de la formation de base, tout plongeur...

— Bon, tu peux nous y emmener ? l'interrompit l'homme.

— Dans le Latéral du West Side ? La plupart des con-duits sont bouchés par des grilles, ou trop étroits pour...

— Oui ou non ?

— Je crois que oui, murmura Snow.

— Ton nom ?

— Snow. Officier Snow.

— Suis-nous.

— Mais... et ma combinaison et... ?

— On a tout ce qu'il faut. Tu pourras te changer à bord.

Ce n'était pas une proposition, mais un ordre.

Snow se leva et suivit les deux hommes à l'extérieur.

— Vous ne m'avez toujours pas dit qui vous étiez...

Le Texan s'arrêta, un pied sur le plat-bord du canot.

— Commandant Rachlin. Chef de patrouille du S.E.A.L. Maintenant, magne-toi. Je t'explique l'opération, dit-il en soulevant un siège et en prenant une liasse de cartes dans le coffre qui se trouvait dessous. On sera par quatre équipes de deux.

Il regarda autour de lui.

— Donovan ! cria-t-il.

— Oui, chef ! fit un homme, arrivant au pas de course.

Sous le Néoprène et le maquillage, Snow ne distinguait pas son visage.

— Donovan, je te mets en tandem avec Snow.

Il y eut un silence dans lequel Snow crut percevoir un certain agacement chez le dénommé Donovan.

— De quoi s'agit-il ? demanda-t-il.

— D'une D.S.M., répondit Rachlin.

— Une quoi ?

Le commandant le regarda, un brin étonné.

— Une démolition sous-marine. Tu n'as pas besoin d'en savoir plus.

— Ça a un rapport avec les décapitations en série ?

Le commandant accusa le coup.

— Pour un têtard pas sevré qui se prend pour un plongeur de la police, tu poses vachement de questions, mon chou !

Snow ne dit rien. Il n'osait pas regarder Donovan.

— On peut planifier notre parcours à partir de là, dit Rachlin en montrant un point sur une carte. Mais la nouvelle usine d'épuration rend ces zones d'accès obsolètes. Donc, il va falloir que tu nous fasses passer par là.

Snow se pencha sur la carte plastifiée. En haut, une légende indiquait : LEVÉ DES ÉGOUTS DE WEST SIDE — PARTIE INFÉRIEURE — 1932. Au-dessous de cet intitulé était tracé un labyrinthe de lignes entrecroisées. Snow examina ce réseau complexe, réfléchissant à toute allure. Le Humboldt Kill était le point d'accès le plus facile, mais, de là, ça faisait une sacrée trotte jusqu'au Latéral — et un parcours plein de coudes, qui plus est. En outre, il n'avait pas spécialement envie d'y retourner s'il pouvait l'éviter. Il essaya de se souvenir de ses heures de formation, de ces longues journées passées sur des bateaux à fureter le long de canaux boueux. Par où, en dehors de là, passait le Latéral ?

— Hé, je ne te demande pas de me faire une dissert, dit Rachlin. Grouille. On n'a pas toute la nuit !

— L'usine d'épuration des eaux d'égout, dit-il enfin. On peut passer par le bassin de décantation principal.

Il y eut un silence.

— Plonger dans des eaux d'égout brutes ? intervint un homme à la voix de basse.

Le commandant se tourna vers lui.

— T'as bien entendu, fit-il.

Il jeta une combinaison de plongée à Snow.

— Allez, mets ton costard. Il faut qu'on soit arrivés sur les lieux à minuit moins six au plus tard.

53.

Assise sur le sol carrelé et froid, Margo ne décolérait pas, ne sachant trop à qui elle en voulait le plus : à D'Agosta, pour l'avoir entraînée dans cette galère ? À Pendergast, pour avoir refusé qu'elle les accompagne ? Ou à elle-même, pour être incapable de faire une croix dessus ? Or, ça, elle ne pouvait s'y résoudre. Elle se rendit compte à quel point le combat terrifiant que Pendergast et elle avaient mené contre le Mbwun avait jeté une ombre sur sa vie, pulvérisant sa tranquillité d'esprit. *Et, maintenant, ça, pour couronner le tout...*

Elle savait bien qu'il avait voulu la protéger, néanmoins, elle ne pouvait surmonter sa frustration. *Sans moi, ils en seraient toujours à faire des conjectures. C'est moi qui ai fait le lien entre le Mbwun et Whittlesey. C'est moi qui ai découvert ce qui s'est réellement passé. Avec un peu plus de temps, j'aurais peut-être même pu assembler les dernières pièces du puzzle et découvrir ce que signi- fiaient les fragments de notes de Kawakita, ce qu'il cherchait à faire avec la thyoxine, et pourquoi il synthétisait de la vitamine D.*

En fait, la question de la thyoxine était assez claire. Appa- remment, sur la fin, Kawakita s'était rendu compte que ses dernières souches de « glaze » n'attaquaient plus seulement le corps mais aussi le cerveau. Peut-être avait-il compris le danger que cette plante représentait pour l'équilibre écologi- que de la planète. Quoi qu'il en soit, il semblait acquis qu'il avait décidé de défaire ce qu'il avait fait et de débarrasser le Réservoir des *Liliceae mbwunensis*. Peut-être les créatures avaient-elles appris son intention. Ce qui pourrait expliquer sa mort, car la dernière chose qu'elles voulaient, c'était qu'on leur coupe les vivres. Par contre, cela n'expliquait toujours pas ce qu'il traficotait avec la vitamine D. Était-elle nécessaire pour le séquençage génétique ? Non, impossible...

Soudain, Margo se redressa. *Il cherchait à détruire la plante, ça, j'en suis sûre ! Du coup, il savait qu'il courait un grand danger. Donc, la vitamine D ne devait pas servir à la production du « glaze », mais à...*

Tout à coup, elle comprit.

Elle se releva d'un bond. Il n'y avait pas une seconde à perdre. Galvanisée, elle se mit à ouvrir un casier après l'autre, en déversant le contenu dans l'allée étroite, s'emparant à la hâte du matériel dont elle avait besoin et le jetant dans son fourre-tout : masque à oxygène, lunettes infrarouges, boîtes de munitions pour son semi-automatique.

Elle courut à la porte de l'armurerie et fouilla du regard la vaste salle de stockage. *Ça doit être quelque part par là*, songea-t-elle. Elle fila entre les placards au pas de course, déchiffrant rapidement leurs étiquettes. Soudain, elle s'arrêta, ouvrit la porte de l'un d'eux et en sortit trois bouteilles de plastique qu'elle posa par terre à côté de son fourre-tout. Dans un autre, elle prit plusieurs bidons d'eau distillée. Puis elle se remit à courir dans les allées, cherchant encore, pestant intérieurement. Finalement, elle ouvrit un troisième placard rempli de bocaux contenant diverses sortes de comprimés. Elle lut fiévreusement les étiquettes, trouva ce qu'elle cherchait et retourna vers son fourre-tout.

Elle s'agenouilla, ouvrit les bocaux et en versa le contenu sur le sol, formant une petite pyramide de pilules blanches. *Quelle est la concentration, Greg ?* se surprit-elle à dire à mi-voix. *Aucun moyen de le savoir, il va falloir que je choisisse au pifomètre.* À l'aide du couvercle d'un des bocaux, elle réduisit les pilules en poudre puis en versa plusieurs poignées dans chaque bouteille de plastique. Elle y ajouta de l'eau et secoua vigoureusement les bouteilles puis regarda la suspension. *Pas assez homogène, peut-être, mais je n'ai pas le temps de faire mieux. Elle se dissoudra sous peu.*

Margo se releva, ramassa son fourre-tout, envoyant valdinguer les bouteilles vides dans l'allée, puis elle gagna la rangée d'ascenseurs au bout du couloir. Au moment où les portes se refermaient, elle consulta sa montre. *Merde*, songea-t-elle. *Pas le temps.* Elle appuya comme une folle sur le bouton du hall d'entrée. Quand les portes se rouvrirent, elle commença à prendre son élan pour piquer un sprint mais, avisant une flopée de gardes, elle crut bon de traverser le hall à pas mesurés. Elle montra son passe « visiteur » et sortit tranquillement dans la nuit fraîche de Manhattan.

Une fois sur le trottoir, elle courut vers la chaussée et héla un taxi.

— 59e Rue, Lexington Avenue, dit-elle en claquant la portière.

— O.K., fit le chauffeur, mais ça risque d'être long. Y a une espèce de manif vers Central Park, la circulation est plus serrée que les poils de cul d'un chien !

— Faites le maximum, lui dit Margo en lui tendant un billet de 20 dollars.

Le chauffeur démarra sur les chapeaux de roues et prit vers l'est, puis tourna dans la Première Avenue en zigzaguant de file en file. Ce ne fut que dans la 47e Rue qu'ils furent bloqués. Margo voyait devant eux tant de voitures et de camionnettes à l'arrêt qu'elle avait l'impression d'être dans un parking. Bruits de moteur, concert de klaxons : six files de véhicules dont les feux arrière formaient une ligne continue jusqu'au bout de la nuit. Sans perdre une seconde, Margo ouvrit la portière, sauta du taxi et partit en courant en remontant le flot des passants.

Cinq minutes plus tard, elle atteignait la station de métro Bloomingdale. Elle descendit l'escalier quatre à quatre en se frayant un chemin parmi les derniers fêtards. Son fourre-tout était tellement lourd que la bandoulière lui sciait l'épaule. Elle crut entendre, dominant la cacophonie des bruits de moteur et des coups de klaxon, un rugissement étrange et étouffé au loin, comme si dix mille personnes hurlaient d'une seule voix. Elle s'engouffra dans la bouche de métro et le bruit fut noyé par le vacarme d'une rame qui arrivait. Elle composta son ticket, franchit le portillon automatique et descendit en courant vers le quai. Quelques personnes étaient regroupées au bas de l'escalier.

— Vous avez vu ces types ? disait une jeune femme en T-shirt de l'université Columbia. C'était quoi, le truc qu'il portait sur le dos ?

— Du raticide, je parie, répondit son compagnon. Y a de ces rats là-dessous, je te dis pas. Maousses ! Tiens, hier soir, à la station de la 4e Rue ouest, j'en ai vu un aussi gros que...

— Par où sont-ils allés ? l'interrompit Margo, hors d'haleine.

— Ils sont partis sous le tunnel, par là...

Margo fonça à l'autre bout du quai. Devant elle, les voies s'enfonçaient dans la nuit. Après avoir vérifié qu'une rame n'arrivait pas dans un sens ou dans l'autre, elle sauta sur les voies.

— En v'là une autre qui s'y met ! glapit une femme dans son dos.

Rajustant son fourre-tout sur son épaule, Margo se remit à courir en s'efforçant de ne pas glisser sur le lit de gravillons entre les rails. Elle plissait les yeux pour essayer de voir le plus loin possible, dans l'espoir de distinguer trois silhouettes. En vain. Elle faillit appeler Pendergast mais se ravisa : ce n'était pas très loin d'ici que l'attaque du dernier métro avait eu lieu.

Au moment même où elle pensait à cela, elle sentit un souffle de vent sur sa nuque. Elle tourna la tête et son cœur flancha : derrière elle, dans l'obscurité, elle aperçut le cercle rouge, symbole de l'express numéro quatre, distant mais indéniable.

Elle se mit à courir plus vite, aspirant à pleins poumons l'air lourd et humide. Le métro ne resterait à quai que le temps de laisser descendre et monter les passagers, puis il redémarrerait et foncerait droit sur elle. Elle regarda autour d'elle, éperdue, en quête d'un renfoncement où elle pourrait se réfugier. Mais le tunnel s'étirait, lisse, sombre, interminable.

Derrière elle résonna le cliquètement des portières qui se refermaient, le chuintement des pneumatiques et le ronronnement de la motrice tandis que le métro s'élançait. Elle se précipita vers le seul abri possible : l'étroit espace entre les lignes nord et sud. La peur au ventre, elle sauta par-dessus le troisième rail et se recroquevilla entre des poutrelles rouillées, essayant de se faire le plus petite possible contre l'aiguillage qui se dressait à côté d'elle, sombre sentinelle.

Le métro avertit qu'il approchait par un coup de sifflet assourdissant. Margo, projetée en arrière par l'appel d'air qu'il provoqua sur son passage, s'accrocha désespérément à une poutrelle. La rame fila à toute allure à côté d'elle, ses vitres lançant des éclats de lumière. Elle avait l'impression qu'un film défilait sous ses yeux. Puis le métro s'éloigna, tanguant légèrement sur les rails, ses roues crachant une pluie d'étincelles.

Margo, toussant à cause du nuage de poussière soulevé par le passage de la rame, les oreilles bourdonnantes, sauta de nouveau sur la voie et regarda dans les deux directions. Devant elle, à la lueur rougeoyante du métro qui s'éloignait, elle distingua trois silhouettes émergeant d'une alcôve creusée dans la paroi du tunnel.

— Pendergast ! cria-t-elle. D'Agosta, attendez-moi !

Les silhouettes s'arrêtèrent et se retournèrent vers elle. Margo piqua un sprint et reconnut bientôt les traits fins de l'agent du F.B.I. qui la regardait venir, impassible.

— Docteur Green ? fit-il de sa voix mélodieuse.

— Nom d'un chien, Margo ! s'exclama D'Agosta, en colère. Mais qu'est-ce que vous êtes venue faire ici ? Pendergast vous avait demandé...

— Taisez-vous et écoutez-moi, l'interrompit Margo en s'arrêtant devant eux. J'ai compris ce que Kawakita cherchait à faire en synthétisant de la vitamine D. Rien à voir avec la plante, ou le « glaze ». Non. Il voulait se fabriquer une arme.

D'Agosta la regarda, ahuri. Méphisto, qui se trouvait derrière lui, les observait, silencieux, spectral.

— Je vous assure, reprit Margo, à bout de souffle. Nous savons que les Hydreux détestent la lumière. D'accord ? Mais c'est plus que ça. Ils la craignent. La lumière est mortelle pour eux.

— Je ne suis pas sûr de vous suivre, dit Pendergast.

— Ce n'est pas la lumière en elle-même, dit Margo, mais ce qu'elle provoque. La lumière du soleil sur la peau stimule la production de vitamine D par l'organisme, d'accord ? Si la vitamine D est un poison pour ces créatures, une exposition directe à la lumière provoquerait des souffrances atroces, voire la mort. C'est la raison pour laquelle certaines de mes cultures n'ont pas survécu : elles étaient restées toute la nuit sous la lampe allumée. Et cela explique aussi la déformation du squelette de Kawakita. Une carence en vitamine D provoque une ostéomalacie, maladie qui se caractérise par le ramollissement des os. Le docteur Brambell avait dit que le squelette de Kawakita était celui de quelqu'un qui avait souffert d'une forme gravissime de scorbut, vous vous rappelez ? Eh bien, c'était le cas.

— Mais ce ne sont que des suppositions, dit D'Agosta. Vous avez des preuves de ce que vous avancez ?

— Pour quelle autre raison Kawakita aurait-il synthétisé de la vitamine D ? s'écria Margo. Pour lui aussi, c'était un poison, souvenez-vous. Il savait que les créatures le traqueraient s'il détruisait leur stock de plantes et que, sous les effets du manque, elles feraient un carnage. Non, il devait détruire les plantes ET les créatures.

— Oui, ce doit être la seule explication, approuva Pendergast. Mais pourquoi être venue nous raconter ça ?

— Parce que j'ai ici trois litres de solution de vitamine D ! s'écria Margo en tapant contre son fourre-tout.

— Oh, vous savez, ironisa D'Agosta, côté armes, on est parés.

— Si ces créatures sont aussi nombreuses que nous le pensons, rétorqua Margo, vos armes à feu ne suffiront pas. Souvenez-vous de ce qu'il nous a fallu pour abattre le Mbwun.

— Nous n'avons pas l'intention de les rencontrer..., dit Pendergast.

— Mais vous ne prenez aucun risque en trimballant toutes ces armes au cas où, acheva Margo. Vous pourrez les blesser avec vos balles. Mais ça...

Elle tapota son sac.

— ... les tuera à coup sûr.

— Bon, très bien, dit Pendergast en soupirant. Donnez-nous ça. Nous allons prendre chacun une bouteille.

— Non. C'est moi qui les porte.

— Voilà un autre métro, annonça Méphisto.

— Je vous ai déjà expliqué, dit Pendergast à Margo, que ce n'est pas...

— Si je suis venue jusqu'ici, fit Margo, sentant la colère la gagner à nouveau, ce n'est pas pour faire gentiment demi-tour ! C'est hors de question ! Vous voulez que je vous signe une décharge au cas où je me ferais une égratignure ? Pas de problème !

— Ce ne sera pas nécessaire, répondit Pendergast en poussant un profond soupir. Très bien, docteur Green. Ne perdons plus de temps en discussions stériles. Méphisto, conduisez-nous en bas.

54.

Smithback s'arrêta net sous le tunnel, à l'écoute des bruits de pas. Ils lui semblaient plus loin, cette fois. Il inspira profondément et déglutit avec l'impression désagréable d'avoir le cœur coincé dans la gorge. La nuit l'entourant, il s'était égaré dans le dédale d'étroits passages et n'était plus très sûr de marcher dans la bonne direction. Peut-être avait-il tourné en rond et repartait-il vers les tueurs ? Pourtant, son instinct lui disait qu'il s'éloignait de la scène de boucherie.

Les créatures ne pouvaient être que les Hydreux dont lui avait parlé Méphisto ; celles qui, sans doute, avaient massacré les passagers du métro. En quelques minutes, ils avaient tué quatre hommes... Les cris de Waxie lui résonnaient encore aux oreilles au point qu'il ne savait plus s'ils s'étaient gravés dans son souvenir ou étaient toujours portés par l'écho.

Un autre son retentit, bien réel celui-là : des bruits de pas. Très proches. Il regarda autour de lui, paniqué, en quête d'une cachette. Soudain, il eut une lumière aveuglante dans les yeux ; une lumière derrière laquelle se dressait une silhouette. Smithback banda ses muscles, se préparant à un combat qui, il l'espérait, serait court.

Mais, alors, la silhouette fit un bond en arrière en poussant un cri de terreur. La torche électrique tomba par terre et roula vers Smithback, qui fut submergé par le soulagement quand il reconnut le visage du dénommé Duffy.

— Chut ! murmura Smithback, en rattrapant la torche. Je suis journaliste, j'ai tout vu.

Duffy était trop choqué, ou trop essoufflé, pour demander à Smithback ce qu'il fichait là. Il s'assit par terre, pantelant. Toutes les trois secondes, il jetait un regard terrorisé en arrière.

— Tu sais comment on sort d'ici ? lui demanda Smithback.

— Non, hoqueta Duffy. Peut-être. Je ne sais pas...

— Je m'appelle Bill Smithback, murmura le journaliste en aidant Duffy, qui tremblait comme une feuille, à se remettre debout.

— Stan Duffy.

— Comment tu as fait pour leur échapper ?

— Je les ai semés dans les... les conduits de trop-plein.

Une grosse larme roula sur sa joue maculée de boue.

— Comment se fait-il que ces tunnels n'aillent que vers le bas ?

Duffy s'essuya les yeux d'un revers de manche.

— On est au niveau des canalisations secondaires. En cas d'urgence, l'eau s'évacue à la fois par la canalisation principale et ces canalisations secondaires, directement jusqu'au Goulet. C'est un système fermé. Tout passe par le Goulet.

Tout à coup, ses yeux s'agrandirent comme s'il se souvenait de quelque chose. Il regarda l'heure à sa montre.

— Faut qu'on sorte d'ici ! dit-il. On n'a qu'une heure et demie devant nous.

— Pourquoi ? Que va-t-il se passer dans une heure et demie ?

— Le Réservoir va se vidanger à minuit. Et toute l'eau va passer par ces tunnels.

— Quoi ! s'exclama Smithback.

— Ils veulent inonder les niveaux les plus bas, les tunnels de la ligne Astor, pour se débarrasser de ces créatures. Ils ont voulu arrêter le processus, c'est pour ça qu'on est venus, mais maintenant c'est trop tard...

Les tunnels de la ligne Astor, se répéta Smithback. *Ça doit être le fameux Grenier des Enfers dont Méphisto m'a parlé.*

Sans crier gare, Duffy s'empara de la torche électrique et partit en courant. Smithback le suivit. Le tunnel en rejoignait un autre, plus large, qui descendait en spirale tel un tire-bouchon géant. L'obscurité était totale, hormis le faisceau vacillant de la torche. Au bout d'un moment, Duffy s'arrêta.

322

— Je les ai entendus ! cria-t-il.

— Mais non, dit Smithback, qui arrivait à ses côtés.

Duffy était déjà reparti au pas de course, et Smithback l'imita, son cœur battant à tout rompre, ses rêves d'article remonté à la une bien loin de ses préoccupations. Une ouverture sombre se découpa sur le flanc du tunnel. Duffy accéléra dans cette direction, et Smithback le suivit. Tout à coup, le sol se déroba sous ses pieds. En une fraction de seconde, il glissait le long d'une déclivité humide. Les gémissements plaintifs de Duffy résonnaient quelque part devant lui tandis qu'il essayait vainement de s'agripper à une rugosité quelconque, mais la surface était glissante et inexorablement lisse. C'était pis que le pire de ses cauchemars. Soudain, il entendit un plouf et, quelques secondes plus tard, il atterrissait lui aussi dans une flaque d'eau d'une cinquantaine de centimètres de profondeur.

Il se releva tant bien que mal, endolori par sa chute mais heureux d'être toujours entier. Là, le sol semblait plat et l'eau plus claire. À côté de lui, Duffy sanglotait sans pouvoir s'arrêter.

— Arrête, lui souffla Smithback. Tu vas nous faire repérer par ces créatures.

— Oh, bon Dieu, gémit Duffy. C'est pas possible..., où elles sont ? Tu crois que...

— Chuuuut ! ordonna Smithback.

Duffy hoqueta, s'efforçant de réprimer ses sanglots.

— Où est la torche ? lui chuchota Smithback à l'oreille.

Duffy continuait à sangloter tout bas et il ne répondit pas. Puis un rai de lumière troua l'obscurité, tout près d'eux. Miraculeusement, Duffy la tenait toujours à la main.

— Où sommes-nous ? lui demanda Smithback.

Il n'obtint que quelques hoquets en guise de réponse.

— Duffy ! Où sommes-nous ?

— J' sais pas... Dans un des déversoirs, sans doute.

— Et tu sais où ça va, ce machin ?

— Ça évacue l'eau excédentaire du Réservoir, répondit Duffy en reniflant. Si on continue vers le bas jusqu'au Goulet, on pourra peut être arriver aux canalisations inférieures.

— Et de là, comment on peut sortir ?

— Sais pas.

Smithback s'épongea le front et ne dit rien, s'efforçant de repousser sa peur et sa douleur. Il essaya de penser à son article. *Bon Dieu, ce serait génial, une histoire comme celle-là dans la foulée des meurtres au musée*, songea-t-il.

Des bruits d'éclaboussures résonnèrent à une distance difficile à évaluer à cause de l'écho. Smithback tendit l'oreille. Il était clair qu'ils se rapprochaient.

— Ils sont toujours à nos trousses ! glapit Duffy.

Smithback le saisit par le bras.

— Duffy, tu te tais et tu m'écoutes. On ne peut pas les semer. Il faut qu'on les perde. Tu connais les lieux : il faut que tu me dises comment nous y prendre.

Duffy se débattait en gémissant de peur.

Smithback serra son bras plus fort.

— Écoute, tout va bien se passer si tu te calmes et si tu réfléchis.

Duffy parut se détendre. Smithback entendait sa respiration haletante.

— Bon, fit l'ingénieur. Bon. Au fond des déversoirs d'urgence, il y a une station de volumétrie. Juste avant le Goulet. Si c'est bien là que nous nous trouvons, on peut peut-être se cacher à l'intérieur...

— Allons-y, intima Smithback.

Ils pataugeaient dans l'obscurité, le faisceau de la torche électrique dansant d'une paroi sur l'autre. Le tunnel fit un coude, et Smithback se trouva devant un vaste mécanisme : une espèce de tournevis géant à l'horizontale sur un socle de granit. À la base de la machine se trouvait une petite plate-forme grillagée. Le gros du flux passait devant la station ; sur la gauche, un petit tunnel latéral s'enfonçait en serpentant. Smithback prit la torche, s'agrippa à la rambarde et se hissa sur la plate-forme, puis aida Duffy à l'y rejoindre.

— Dans le conduit, murmura-t-il à son oreille.

Il le poussa à l'intérieur puis s'y faufila à son tour, jetant la torche dans le courant avant de reculer dans l'obscurité.

— T'es fou ? Tu viens de jeter...

— Elle est en plastique, dit Smithback. Elle flottera. J'espère qu'ils suivront la lumière en descendant le courant.

Ils se turent. Au bout de quelques minutes, le bruit de pieds pataugeant dans l'eau devint plus distinct. Les Hydreux approchaient — et vite, apparemment. Derrière lui, Smithback sentit que Duffy se tendait, et il pria le ciel qu'il ne craque pas. Les bruits de pas et d'eau devinrent plus forts. Maintenant, le journaliste entendait leur respiration profonde, sifflante, comme celle d'un cheval fatigué. Les flic-flac arrivèrent à leur hauteur et s'arrêtèrent.

L'odeur de bouc était forte, à présent. Smithback ferma les yeux très fort. Derrière lui, son comparse tremblait de tous ses membres.

Flic, flac, flic, flac, flic, flac..., d'autres créatures arrivaient, se regroupaient... Le silence s'installa... Puis il y eut des espèces de reniflements sourds, et Smithback se souvint avec terreur que le Mwbun avait un odorat très développé.

Flic, flac, flic, flac...

Avec un soulagement immense, Smithback entendit décroître le bruit des pas. Les créatures s'éloignaient.

Il se força à respirer lentement, profondément, comptant chaque expiration. À la trentième, il se tourna vers Duffy.

— Dans quelle direction, les égouts pluviaux ?

— Tout au bout, derrière nous.

— Allons-y.

Prudemment, ils se retournèrent dans l'espace confiné et fétide et se dirigèrent à croupetons vers l'autre bout du conduit. Duffy émergea enfin à l'air libre. Smithback l'entendit poser un pied dans l'eau, puis l'autre. Au moment où il s'apprêtait lui-même à sauter, un cri déchira le silence et un jet de liquide trop épais et trop tiède pour être de l'eau éclaboussa son visage. Il recula vivement dans le conduit.

— Au secours, cria Duffy. Au s'cours..., non..., pas..., mais qu'est-ce que..., oh, mon Dieu, mes intestins..., pitié...

Sa voix se mua en une sorte de gargouillement baveux bientôt dominé par un bruit d'eau agitée en tous sens. Smithback, terrorisé, se replia le plus vite qu'il put vers l'intérieur du conduit. Il entendit un bruit sourd, un bruit de viande coupée au hachoir, suivi d'un craquement d'os brisés.

Arrivé à l'autre bout du conduit, il sauta, atterrit sur le dos, se releva le plus vite qu'il put et détala dans le tunnel latéral, sans plus rien entendre, sans plus réfléchir, ne pensant qu'à une chose : courir, courir, courir. Il s'éraflait aux parois du tunnel, trébuchait, battait l'air de ses bras, s'enfonçait de plus en plus dans les entrailles noires de la Terre. Il déboucha dans un autre tunnel. Courut encore. Un autre tunnel, plus large cette fois. Et, soudain, un bras, humide et d'une force incroyable, s'enroula autour de son cou tandis qu'une main puissante se plaquait sur sa bouche.

55.

Au bout d'une heure, la flambée de violence qui avait embrasé Central Park South était réduite à quelques rares étincelles. Avant 23 heures, la plupart des émeutiers eurent épuisé leur réserve de fureur et d'énergie. On évacua les blessés sur les côtés. Cris, insultes et menaces remplacèrent peu à peu les coups de poing, de matraque et les jets de pierres.

L'avant-garde de Reprenons notre Ville, à savoir la caste la plus riche et la plus influente de New York, s'était empressée de quitter les lieux et avait battu en retraite dans ses hôtels particuliers et luxueux duplex. D'autres marcheurs s'étaient regroupés sur la Grande Pelouse, supposant que la police materait rapidement cette émeute et espérant que la veillée de prières se déroulerait comme prévu. Mais, quand les policiers serrèrent les rangs et commencèrent à prendre les émeutiers en tenaille, ces derniers s'enfoncèrent dans le parc, s'approchant dangereusement de la Grande Pelouse et du Réservoir, qui se trouvait juste après. L'obscurité du parc, la densité du sous-bois et le dédale de sentiers ne facilitaient pas le travail de la police.

Les forces de l'ordre progressaient prudemment. En nombre restreint à cause de l'opération coup de poing massive, elles étaient arrivées un peu tard sur les lieux de l'émeute. Les gradés n'avaient que trop conscience que des gens influents pouvaient être encore parmi la foule, et la perspective de « gazer » ou de matraquer la fine fleur de l'élite new-yorkaise ne séduisait guère le maire, politiquement prudent.

326

Les brancardiers de l'équipe médicale d'urgence enfournèrent Beal dans leur ambulance sous les yeux de Hayward. Il gémit puis porta une main à sa tête bandée.

— Faites gaffe ! dit Hayward à l'infirmier.

Elle s'appuya contre un battant de la porte arrière et se pencha à l'intérieur.

— Ça va ? demanda-t-elle.

— J'ai connu mieux, répondit Beal avec un pauvre sourire.

— Ne t'en fais pas.

Elle se détourna, prête à partir.

— Sergent ! la héla Beal.

Elle se retourna.

— Ce salaud de Miller aurait été fichu de me laisser retrouver la sortie tout seul ou même de me noyer. Je crois bien que je vous dois la vie, les gars.

— Oh, n'en parlons pas. C'est le boulot. Pas vrai ?

— Peut-être... mais, en tout cas, je ne l'oublierai pas. Merci, sergent.

Hayward abandonna Beal aux bons soins des infirmiers.

— Beal a été embarqué ? demanda Carlin en surgissant à ses côtés.

— À l'instant. Et l'autre ?

— Il a refusé tout traitement médical. Des nouvelles de Miller ?

Hayward haussa les épaules.

— Je suppose qu'il traîne dans un bar d'Atlantic Avenue, à l'heure qu'il est, en train de siroter des bières et de vanter ses « exploits ». C'est comme ça que ça marche, non ? Il aura une promotion et nous, des avertissements pour insubordination.

— Ça marche peut-être comme ça d'habitude, mais pas cette fois, dit Carlin avec un sourire entendu.

— Comment ça ? demanda Hayward.

Mais avant que Carlin ait eu le temps de répondre, elle ajouta :

— Impossible de dire ce que Miller a fait ou n'a pas fait. Je suppose qu'on a intérêt à livrer un rapport.

Hayward s'empara de sa radio, l'alluma. Des torrents de bruits, de friture et de panique inondaient chaque fréquence. Elle l'éteignit et la coinça dans sa ceinture, puis fit signe à Carlin de la suivre jusqu'à la voiture garée au coin de la rue.

Un agent de police en tenue antiémeute était posté à côté et scrutait la rue, un fusil à pompe à la main.

— Où se trouve le Q.G. de cette opération ? demanda Hayward.

Le policier souleva la visière de son casque.

— Il y a un poste de commandement au château, dit-il. C'est ce que dit le dispatcher, en tout cas. Les choses sont plutôt bordéliques pour le moment. Il n'y a qu'à regarder.

— Le château du Belvédère, dit Hayward en se tournant vers Carlin. Allons-y.

— Putain de merde, marmonna Carlin tandis qu'ils dévalaient Central Park West. T'as vu ça ?

Hayward tourna la tête en direction du sud, et son élan fut coupé net par le spectacle de désolation qui s'offrit à sa vue. La 65e Rue était un vrai champ de bataille : vitrines brisées, auvents en lambeaux agités par la brise. La présence policière y était plus importante, les barrages omniprésents. La plupart des voitures garées le long du trottoir n'avaient plus ni pare-brise ni vitres. Une dépanneuse embarquait la carcasse fumante d'un taxi.

— Apparemment, des taupes en colère sont passées par là, dit Hayward.

Ils traversèrent la rue puis gagnèrent le parc. Après ce spectacle de fin du monde, les étroites allées goudronnées, désertes et silencieuses, leur firent l'effet d'un havre de paix. Pourtant, les bancs fracassés, les poubelles retournées et les ordures calcinées témoignaient de ce qui s'était passé là aussi. Et le bruit qui venait des profondeurs du parc ne leur disait rien qui vaille.

Tout à coup, Hayward s'arrêta net et fit signe à Carlin de l'imiter. Devant eux, dans l'obscurité, elle distinguait un groupe de gens qui avançaient comme un seul homme en direction de la Grande Pelouse. *En tout cas, ce ne sont pas des flics,* songea-t-elle. *Ils semblent être en civil.* Des cris et des insultes montèrent du groupe, confirmant ses soupçons.

Elle se mit à courir sur la pointe des pieds. Arrivée à dix mètres du groupe, elle s'arrêta.

— Stop ! cria-t-elle, la main sur son arme de service. Police !

Le groupe s'arrêta, et les têtes se tournèrent vers elle. Il y avait cinq hommes. Plutôt jeunes. En veste de sport et polo.

Hayward avait repéré les armes qu'ils portaient à la main : deux battes en aluminium et un coutelas.

Ils la regardaient de haut, un sourire narquois aux lèvres.

— Ouais ? fit l'un d'eux en faisant un pas vers elle.

— N'avancez plus ! cria Hayward.

L'homme s'arrêta.

— Bon, alors dites-moi, les jeunes, où vous allez comme ça ?

Celui qui s'était avancé pouffa devant l'incongruité de cette question et, d'un mouvement de tête, montra l'intérieur du parc.

— On est venus s'occuper de tout ça.

— Ce qui se passe ici ne vous regarde pas, répliqua Hayward.

— Sans blague ? se récria le garçon le plus proche d'elle. On a des amis qui se sont fait tabasser par une bande de clodos. Il est hors de question qu'on laisse faire ça.

— C'est du ressort de la police, objecta Hayward.

— La police ! singea le jeune homme. Elle a même pas été foutue d'empêcher ces fumiers de saccager la ville.

— Ils ont déjà tué une trentaine de personnes ! fit un autre en brandissant un téléphone portable. Dont Mme Wisher. Des salopards d'East Village et des militants de l'université de New York sont venus leur prêter main-forte. Les nôtres ont besoin d'aide.

— Compris ? fit celui de devant. Alors, lâchez-nous les baskets, ma petite dame.

— Un pas de plus et je vous fais la raie au milieu avec ça, dit Hayward en dégainant sa matraque d'un geste fluide.

Elle sentait la présence de Carlin à ses côtés.

— Facile, de jouer les dures, fit le jeune homme avec mépris. Avec une matraque à la main, un revolver à la ceinture et une armoire à glace à ses côtés.

— Vous vous imaginez que vous allez pouvoir nous arrêter tous les cinq ? fit un autre.

Hayward soupira et rengaina sa matraque.

— Recule de vingt pas, Carlin, dit-elle.

Carlin ne bougea pas.

— Exécution ! cria Hayward.

Carlin la considéra pendant quelques instants puis recula sans quitter le groupe des yeux.

— Bon, maintenant, tu m'écoutes, dit Hayward en mesurant le meneur du regard. Même sans uniforme et sans arme, je pourrais vous ramener à coups de pied au cul dans les jupes de vos mères, tous autant que vous êtes, d'accord ? Alors, vous suivez mes instructions à la lettre, ou sinon c'est au poste que vos mômans iront vous récupérer. Elles devront faire la queue pour payer votre caution. Et tout l'argent et l'influence du monde ne pourront pas gommer les mots « agression à agent » de votre casier judiciaire. Je vous rappelle que ce chef d'accusation vous interdit de travailler pour la justice, d'être fonctionnaire et de négocier des actions. Et vos papas ne vont pas être contents, mais alors pas du tout !

Elle se tut.

— Compris ? Alors, jetez vos armes, reprit-elle froidement.

Personne ne bougea.

— J'ai dit : jetez vos armes ! hurla-t-elle.

Dans le silence qui suivit, elle entendit le tintement d'une batte en alu tombant sur l'asphalte. Puis un autre. Puis un bruit plus sec : celui d'une lame d'acier sur la terre. Elle attendit un long moment, puis recula d'un pas.

— Carlin ! dit-elle d'une voix plus calme.

Il la rejoignit illico.

— Tu veux que je les fouille ? fit-il.

Hayward secoua la tête.

— Vos permis de conduire, dit-elle au groupe. Jetez-les par terre. Ici.

Après un moment d'incertitude, le jeune qui s'était avancé sortit son portefeuille de la poche intérieure de sa veste et, d'une chiquenaude, lança son permis qui atterrit aux pieds de Hayward. Ses compagnons l'imitèrent.

— Vous pourrez les récupérer à partir de demain après-midi au commissariat central, dit-elle. Demandez le sergent Hayward. Bon, maintenant, vous allez sortir du parc par l'ouest, rentrer chacun chez vous et aller au lit sans faire d'histoires, compris ?

Personne ne moufta.

— J'ai mal entendu ! brailla Carlin.

— Compris, répondirent-ils d'une seule voix.

— Alors, dégagez, leur ordonna Hayward.

Les jeunes restaient sur place comme s'ils avaient pris racine.

— Plus vite que ça ! aboya Hayward.

Ils se mirent en route en silence, d'abord lentement, puis de plus en plus vite, en direction de Central Park West. Quelques instants plus tard, ils avaient disparu.

— Quelle bande de petits cons, fit Carlin. Tu crois vraiment qu'il y a eu trente morts ?

— Tu parles, répondit Hayward en se baissant pour ramasser armes et permis de conduire. Bien sûr que non. Mais si la rumeur continue à se propager, ce genre d'invidus va pas arrêter de se pointer, et ça va être l'escalade. Allez, viens. Autant aller faire notre rapport et voir en quoi on peut aider. Parce que demain, on va se faire sonner les cloches pour ce qui s'est passé dans les tunnels.

— Pas cette fois, repartit Carlin avec l'ombre d'un sourire.

— Comment ça ?

— Cette fois, les justes seront récompensés. Et tous les Miller du monde seront pendus haut et court.

— Depuis quand as-tu le don de prophétie ?

— Depuis que j'ai appris que notre ami Beal est le fils d'un certain Steven.

— Steven Beal, le sénateur ? s'exclama Hayward, sidérée.

Carlin acquiesça.

— Il ne s'en vante pas, dit-il, de peur qu'on pense qu'il cherche à se faire pistonner. Le coup qu'il a reçu sur la tête a dû lui délier la langue.

Hayward hocha la tête et se retourna vers la Grande Pelouse.

— Sergent ? fit Carlin.

— Oui ?

— Pourquoi m'avez-vous demandé de reculer devant les autres zozos, tout à l'heure ?

— Pour bien leur montrer que je n'avais pas peur. Et que je ne frimais pas.

— Vous l'auriez fait ?

— Quoi ?

— Vous savez bien..., leur botter le cul.

Hayward le défia du regard.

— À votre avis ?

— À mon avis..., je crois que... vous êtes une sacrée bonne femme, sergent Hayward.

56.

Le canot de la police fendait les eaux noires de l'Hudson. Dans la cabine, Snow enfilait sa combinaison de plongée et sentait la coque vibrer au rythme du gros bimoteur Diesel. Le canot donna de la bande. Snow se cogna la tête contre la cloison. Il jura et se frotta le front. Pour avoir mal, il avait mal. En tout cas, il ne rêvait pas. Il était vraiment à bord d'un canot de police plein de plongeurs du S.E.A.L. armés jusqu'aux dents, en route pour Dieu sait quelle mission. Il avait peur tout en éprouvant une certaine impatience de passer à l'action. *C'est ma chance de me racheter. Je vais faire tout ce que je peux pour ne pas la gâcher.*

Il ajusta sa lampe frontale, enfila son deuxième gant et remonta sur le pont. Le commandant Rachlin, qui parlait avec le pilote, se retourna à son approche.

— Et ton camouflage ? lui demanda-t-il. Pourquoi t'as mis tant de temps ?

— L'équipement est un peu différent de celui auquel je suis habitué, chef.

— Eh ben, t'as intérêt à t'y faire d'ici l'immersion.

— Oui, chef.

— Donovan, occupe-toi de ça, fit Rachlin en désignant Snow de la tête.

Donovan s'approcha et se mit à lui barbouiller les joues et le front de traînées noires et verdâtres.

Rachlin fit signe au reste de l'équipe de faire cercle autour de lui.

— Bon, écoutez-moi tous, dit-il en déroulant une carte plastifiée sur ses cuisses. On va plonger via le bassin de décantation principal en amont du Latéral du West Side. À en croire Snow, c'est le chemin le plus court. À partir de la première colonne montante, on suivra l'itinéraire prévu jusqu'à cet embranchement. Ce sera notre point de ralliement. Une fois en position, les équipes Alpha, Bêta et Gamma prendront chacune un tunnel. Pour ma part, je prendrai la tête de l'équipe Alpha. Snow et Donovan formeront l'équipe Delta. Ils couvriront nos arrières. Des questions ?

Snow en avait plusieurs, mais préféra les garder pour lui.

— Bon, poursuivit Rachlin, on descend, on place les pains de plastic et on remonte. Facile comme bonjour. Les explosions devraient condamner les conduites les plus basses qui se déversent dans le Cloaca. Une autre équipe descend en ce moment même de la rue pour condamner l'accès depuis la surface. Des vrais pros, apparemment...

Il ricana dans sa barbe.

— Ils nous ont conseillé de porter des L.I.

— Des quoi ? fit Snow.

— Des lunettes infrarouges, chéri. Mais essaie donc d'en porter par-dessus ta combinaison et ton masque.

Il cracha dans l'eau.

— On n'a pas peur du noir, nous. Et si on nous cherche, on nous trouve ! Bref. Hastings, Clapton, Beechman, vous prenez des armes automatiques. Je ne veux qu'un porteur d'armes par équipe. Lorenzo, Campion, Donovan et moi, on sera les artificiers. Comme on va prendre des explosifs en supplément, on sera chargés comme des baudets, c'est moi qui vous le dis. Bon, équipez-vous !

Les hommes mirent les armes automatiques en bandoulière.

— Et moi ? demanda Snow.

— Quoi, toi ? fit Rachlin.

— J'aimerais être utile à quelque chose. Vous aider.

Rachlin le considéra un moment, puis il eut un petit sourire.

— O.K., dit-il, tu seras notre « M. Puzzle ».

— Votre quoi ?

— « M. Puzzle », répéta le commandant. Beechman ! Envoie le kit par ici.

Rachlin attrapa au vol le sac en Néoprène que Beechman lui lança et l'accrocha à la ceinture de Snow.

— Tu le gardes jusqu'à ce qu'on ait atteint le point de sortie, dit-il.

— Je vais avoir besoin d'une arme, mon commandant.

— Trouvez-lui quelque chose.

Quelqu'un lui lança un fusil à harpon qu'il s'empressa de passer en bandoulière. Il crut entendre ricaner mais n'y fit pas attention. Snow avait pris pas mal de poissons au harpon dans la mer de Cortés, mais il n'avait jamais vu de flèches aussi longues et aussi effilées que celles accrochées sous son fusil. Des charges d'explosifs ventrues y étaient fixées.

Le vrombissement des moteurs se fit plus sourd et la vedette s'immobilisa au niveau d'un appontement en ciment sous la découpe sombre de la station d'épuration de Lower Hudson. Snow leva la tête vers l'immense structure de béton et son cœur se serra. La station, entièrement automatisée, était censée être du dernier cri, mais il avait entendu dire que les problèmes se succédaient depuis sa mise en route cinq ans plus tôt. Il pria le ciel d'avoir eu raison de suggérer de passer par le bassin de décantation.

— Vous croyez qu'on devrait les prévenir de notre arrivée ? demanda-t-il.

— T'en fais pas pour ça, lui rétorqua Rachlin avec un sourire amusé. Je m'en suis occupé pendant que tu te changeais. Nous sommes attendus.

Les hommes sautèrent prestement sur le terre-plein. Snow regarda autour de lui pour prendre ses repères. La station de contrôle n'était pas loin. Il fit signe aux autres de le suivre. Ils gravirent un escalier métallique puis passèrent devant une enfilade de bassins d'aération et de décantation. Des odeurs de méthane et d'égout s'accrochaient dans l'air, vapeurs méphitiques. Après les bassins, Snow s'arrêta devant une porte métallique jaune citron qui tranchait avec la grisaille ambiante. Dessus, peint en lettres rouge vif, était écrit : ACCÈS INTERDIT SOUS PEINE DE DÉCLENCHER L'ALARME. Rachlin poussa Snow et flanqua un grand coup de pied dans la porte, qui s'ouvrit sur un couloir violemment éclairé au néon. Comme promis, une sirène se déclencha, continue, insistante.

— Avance ! dit Rachlin d'une voix calme.

Ils montèrent deux volées de marches et se retrouvèrent sur un palier, devant plusieurs portes closes. Rachlin commença à prendre son élan, prêt à les défoncer une à une,

334

puis, se ravisant, il s'avança, tourna une poignée..., et la porte s'ouvrit.

Ils pénétrèrent dans une vaste salle inondée de lumière. Il flottait dans l'air une odeur d'eau d'égout épurée. Des écrans de contrôle et des régulateurs s'alignaient aux murs. Au centre, un surveillant était assis devant des écrans de contrôle. Il était seul. Il raccrocha le téléphone et se retourna vers ses visiteurs, échevelé et clignant des yeux comme si la sonnerie du téléphone l'avait réveillé d'un sommeil profond.

— Vous savez quoi ? fit-il. Je viens de parler au sous-directeur de...

— Parfait, l'interrompit Rachlin. Ça nous fera gagner du temps. Il faut que tu fermes le système d'évacuation principal tout de suite !

L'homme sursauta comme s'il venait de se rendre compte de la présence de Rachlin. Puis son regard glissa sur les membres du commando du S.E.A.L., et ses yeux s'arrondirent.

— Mince, s'exclama-t-il, impressionné par le fusil à harpon de Snow. Il ne plaisantait pas, alors ?

— Grouille-toi, chéri, roucoula Rachlin, ou on te jette dans le bassin et ce sera ta carcasse qui servira de bouchon.

L'homme se leva d'un bond, trottina jusqu'à un panneau de contrôle et abaissa plusieurs manettes.

— Cinq minutes, dit-il. C'est le mieux que je puisse faire. Au-delà, tout ce qui vient de l'ouest de Lenox Avenue serait refoulé.

— Ça devrait nous suffire, dit Rachlin en regardant l'heure à sa montre. Conduis-nous au bassin de décantation.

Légèrement essoufflé, le surveillant les fit ressortir sur le palier, redescendre une volée de marches et longer un étroit couloir au bout duquel il ouvrit une petite porte. Ils descendirent un escalier en colimaçon peint en rouge et débouchèrent sur une petite passerelle suspendue à quelques mètres au-dessus d'une eau bouillonnante et écumeuse.

— Vous allez vraiment plonger là-dedans ? demanda l'homme qui n'en revenait toujours pas.

Snow baissa les yeux sur les flots spumescents, plissa involontairement les narines et regretta une fois de plus d'avoir été de garde ce soir-là et d'avoir suggéré ce point d'immersion. *D'abord, le Cloaca, et maintenant...*

— Affirmatif, répondit Rachlin.

L'homme s'humecta les lèvres avec un air de dégoût.

— Bon. Eh bien, vous trouverez le conduit d'amenée à un mètre cinquante environ, dans la partie est du bassin. Faites attention à la valve du propulseur. Je l'ai coupée, mais l'hélice tournera toujours sous l'effet du flux résiduel.

Rachlin acquiesça.

— La première colonne montante se trouve où exactement ? demanda-t-il.

— À une centaine de mètres de profondeur, répondit le surveillant. Allez toujours sur la gauche quand les conduits se divisent.

— C'est tout ce qu'il nous faut savoir, dit Rachlin. Bon, maintenant, tu remontes et tu remets tout en route dès que tu arrives.

L'homme ne bougea pas, regardant toujours le groupe.

— Exécution ! brailla Rachlin.

Le type détala et remonta l'escalier quatre à quatre.

Snow plongea le premier, se laissant tomber dans la cuve bouillonnante. Quand il rouvrit les yeux, il fut surpris de constater combien l'effluent était clair : l'eau semblait légère, pas du tout sirupeuse, à peine teintée d'un blanc laiteux. Les autres plongèrent à leur tour. Snow sentit l'humidité gagner du terrain sur sa peau et s'efforça de ne pas y penser.

Il se mit à nager à contre-courant. Devant lui, il voyait l'hélice à l'arrêt de la valve du conduit d'écoulement. Ses pales de métal tournoyaient au ralenti. Il s'arrêta pour laisser le temps à Rachlin et aux autres de le rejoindre. Bientôt, les sept plongeurs du S.E.A.L. étaient en suspension à côté de l'hélice. Rachlin désigna Snow, puis compta avec les doigts. À trois, Snow et Donovan se faufilèrent entre les pales. Suivirent l'équipe Alpha, puis Bêta et enfin Gamma.

Snow se retrouva dans un immense conduit métallique qui s'enfonçait dans des profondeurs noires et insondables.

La terreur qu'il avait ressentie dans le Cloaca menaça de nouveau de s'emparer de lui, mais il la repoussa, se força à respirer plus lentement, compta les battements de son cœur. Pas de panique. Pas cette fois.

Rachlin et son coéquipier se faufilèrent entre les pales, puis le commandant, d'un geste sec, indiqua à Snow qu'il devait continuer. Il descendit dans le boyau, les autres à sa suite. Il entendit derrière lui le gémissement d'une turbine, puis l'hélice commença à prendre de la vitesse. Autour de lui, le courant augmenta de façon notable. Impossible de revenir en arrière désormais, même s'il l'avait voulu.

Le conduit faisait un coude vers le bas. Ils arrivèrent à une première fourche, puis à une deuxième. À chaque fois, Snow prit sur la gauche. Après une éternité, lui sembla-t-il, ils finirent par arriver à la première colonne montante : un boyau d'acier à peine plus large que ses épaules. Rachlin fit signe qu'il voulait prendre la tête du groupe. Snow laissa passer les hommes du S.E.A.L. et s'enfonça dans l'eau à leur suite, entouré d'une myriade de bulles d'air. Au bout de quelques mètres, Rachlin cessa de descendre et tourna dans un boyau horizontal encore plus étroit que la colonne montante. Snow se rapprocha de Donovan, respirant difficilement. Ses bouteilles cognaient contre les parois au gré de sa nage.

Soudain, l'acier étincelant céda la place à une vieille canalisation en fer couverte d'une rouille spongieuse. Les premiers plongeurs envoyaient une eau orangée et opaque dans leur sillage. Snow ne voyait plus rien à travers son masque. Il nagea plus vite et sentit le mouvement rassurant des palmes de Donovan. Ils s'arrêtèrent brièvement, le temps que Rachlin consulte son plan à l'aide d'un stylo-torche étanche. Il y eut deux autres coudes, puis une courte montée, et Snow sentit sa tête fendre la surface de l'eau. Ils se trouvaient maintenant dans un passage d'environ cinq mètres de diamètre et à moitié plein d'eau stagnante. Le collecteur latéral.

— Snow et Donovan à l'arrière, dit Rachlin, la voix étouffée par son masque. On reste en surface mais on continue à respirer l'oxygène des bouteilles. L'air doit être chargé de méthane, ici. Suivez-moi en formation standard.

Le passage s'élargit et s'ouvrit sur une vaste salle pentagonale. À son extrémité partaient trois larges tunnels secs.

— Les Trois Points, dit Rachlin. Notre point de ralliement. L'opération devrait être du gâteau, mais on va la faire dans les règles. On va suivre la procédure habituelle. Les règles sont simples. Identifiez-vous, mais tirez sur quiconque représenterait une menace ou voudrait vous empêcher de faire votre travail. Point d'émersion : le canal de la 125e Rue.

Il regarda ses hommes et ajouta :

— Très bien, messieurs. Le moment est venu de mériter nos primes de risque !

57.

Pendant quelques secondes, Margo, terrifiée, crut qu'on les attaquait. Elle fit volte-face en braquant son arme droit devant elle, tout en répugnant à l'idée de voir la chose contre laquelle Pendergast se battait. D'Agosta poussa un juron. Plissant les yeux à cause des lunettes infrarouges auxquelles elle ne s'était pas encore habituée, Margo vit que Pendergast était aux prises avec quelqu'un. *Peut-être un S.D.F. rescapé de la rafle,* songea-t-elle. En tout cas, il en avait l'air : trempé, crotté, ensanglanté.

— Éteignez-moi ça ! murmura Pendergast.

Le faisceau de la lampe-torche de D'Agosta aveugla Margo puis s'éteignit. Elle ne vit plus rien le temps que ses lunettes aient compensé la soudaine surexposition, puis sa vision se rétablit. Elle retint son souffle. Cette silhouette dégingandée, cette tignasse hirsute lui étaient familières...

— Bill ? demanda-t-elle, incrédule.

Pendergast avait plaqué son adversaire au sol et le serrait dans ses bras d'une manière quasi protectrice en lui murmurant des paroles apaisantes. Au bout d'un moment, l'homme cessa de se débattre. Pendergast le relâcha doucement et se releva. Margo se pencha. C'était bien Smithback.

— Laissez-lui une minute, dit Pendergast.

— Ça alors ! fit D'Agosta. Vous croyez qu'il nous a suivis ?

— Non, répondit Pendergast. Personne ne nous a suivis. Nous sommes arrivés au Goulet. Là où tous les collecteurs du périmètre de Central Park se rencontrent. Apparemment, il était poursuivi et sa route a croisé la nôtre. La question est de savoir qui étaient ses poursuivants. Ou quoi ?

Il prit son lance-flammes et regarda D'Agosta.

— Autant préparer votre lampe, Vincent.

Soudain, Smithback se dressa sur son séant.

— Ils ont tué Duffy ! cria-t-il. Vous êtes qui ? Aidez-moi, j'y vois rien !

Margo rempocha son arme et s'agenouilla au côté de Smithback. Cette expédition dans les entrailles de Manhattan lui faisait l'effet d'un cauchemar interminable. Et de voir son ami surgir de nulle part, pétrifié de peur, traumatisé, ne faisait que renforcer son impression d'irréalité.

— Bill, dit-elle d'une voix douce. C'est moi, c'est Margo. Tout va bien. Calme-toi. On n'ose pas se servir de nos lampes-torches, et on n'a pas de lunettes infrarouges supplémentaires. Mais on va t'aider.

Smithback la regardait en clignant des paupières.

— Je veux sortir d'ici ! cria-t-il soudain en se relevant tant bien que mal.

— Sortir ? répéta D'Agosta, sarcastique. Et ton scoop ?

— Vous ne pouvez pas remonter à la surface tout seul, dit Pendergast en posant une main sur son épaule.

Smithback semblait épuisé. Ses épaules s'affaissèrent.

— Qu'est-ce que vous faites ici ? demanda-t-il.

— J'allais vous poser la même question, lui rétorqua Pendergast. Méphisto nous guide jusqu'aux tunnels de la ligne Astor — le Grenier des Enfers. On a le projet de vidanger le Réservoir pour noyer les créatures.

— Une idée de Waxie, précisa D'Agosta.

— Mais il se trouve que le Réservoir est plein de la plante du Mbwun, reprit Pendergast. Et il est hors de question que cette plante atteigne l'océan. Il est trop tard pour empêcher le vidage de l'eau, alors un commando du S.E.A.L. est passé par la rivière pour obturer les déversoirs inférieurs. Nous allons obturer les espaces au-dessus des tunnels de la ligne Astor pour contenir le flux, empêcher qu'il se déverse dans la rivière. Si nous réussissons, il restera circonscrit au niveau du Goulet.

Smithback, tête baissée, ne disait mot.

— Nous sommes armés et prêts à affronter tout ce qu'il peut y avoir en bas, poursuivit Pendergast. Nous avons des plans. Vous serez plus en sécurité avec nous. Vous comprenez ce que je vous dis ?

Smithback s'était calmé. Sa respiration était devenue plus régulière et il finit par acquiescer imperceptiblement.

— Alors, qu'est-ce que tu étais venu foutre ici ? demanda D'Agosta.

Pendergast l'arrêta d'un geste, mais Smithback releva la tête et regarda D'Agosta.

— J'ai suivi Waxie et un groupe de policiers sous le Réservoir, dit-il d'une voix calme. Ils voulaient fermer des vannes, mais elles avaient été sabotées ou je ne sais quoi... et alors...

Il s'arrêta net.

— Et alors, ils sont arrivés.

— Tais-toi, Bill, intervint Margo.

— Je me suis sauvé, continua Smithback en déglutissant. Avec Duffy. On a couru. On s'est cachés... mais ils nous ont découverts... et...

— Cela suffit, l'interrompit Pendergast.

Il y eut un silence.

— Un sabotage, dites-vous ? demanda Pendergast.

Smithback acquiesça.

— Duffy m'a dit qu'on avait traficoté les valves.

— C'est fâcheux. Très fâcheux.

Pendergast avait un air que Margo ne lui avait jamais vu.

— Il vaut mieux continuer, dit-il en remettant le lance-flammes à l'épaule. Ce Goulet est l'endroit idéal pour une embuscade.

Il regarda autour de lui.

— Méphisto ? chuchota-t-il.

Il y eut un bruissement dans l'obscurité. Méphisto sortit de l'ombre, bras croisés, large sourire aux lèvres.

— Je ne faisais qu'admirer de loin ces touchantes retrouvailles, dit-il de sa voix chuintante. Ainsi, la fine équipe est au complet. Tiens, grimaud ! Je vois que tu as osé descendre bien plus bas que lors de notre première rencontre. On y prend goût, alors ?

— Pas particulièrement, répondit Smithback d'une voix sourde.

— Quel honneur d'avoir notre mémorialiste personnel ! persifla Méphisto.

— Allons-y, le coupa Pendergast.

— Très bien, très bien ! fit Méphisto. Pas d'impatience.

Il se détourna et s'engagea dans un large boyau qui s'enfonçait dans le noir.

— Non ! s'écria Smithback.

— Allez, venez, l'exhorta D'Agosta en faisant un pas vers lui. Donnez-moi la main.

Le boyau déboucha sur un tunnel haut de plafond, et le groupe attendit dans le noir que Pendergast ait placé plusieurs pains de plastic. Puis il leur fit signe de continuer. À quelques centaines de mètres, ils arrivèrent, au grand soulagement de Margo, à un trottoir de sûreté qui passait à quelques mètres au-dessus de l'eau glacée et croupie dans laquelle ils progressaient, enfoncés jusqu'aux chevilles, depuis tout à l'heure.

Ils grimpèrent sur le trottoir, et Margo eut l'impression d'entendre le grondement d'une chute d'eau. Méphisto les conduisit jusqu'à un passage étroit qui se termina devant une petite cascade. Une échelle en fer, presque invisible sous plusieurs décennies de détritus, était fixée à la paroi d'un tunnel vertical qui partait de la base de la cascade.

Ils s'y engagèrent à la queue leu leu et se retrouvèrent sur un sol pierreux sous le raccord de deux conduites de près de deux mètres de diamètre.

— *Nous sommes arrivés**, dit Méphisto.

Pour la première fois, Margo perçut une certaine nervosité derrière son air bravache.

— Le Grenier des Enfers est juste sous nos pieds, précisa-t-il.

Pendergast leur fit signe de ne plus bouger, consulta ses cartes puis disparut dans l'ancien tunnel. Les secondes passèrent, puis les minutes, et bientôt Margo sursautait à chaque goutte d'eau qui tombait du plafond moussu. Une fois encore, elle s'interrogea sur les mobiles qui l'avaient poussée à venir. Il lui était de plus en plus difficile d'ignorer le fait qu'elle se trouvait à plusieurs centaines de mètres sous terre, dans un dédale de couloirs de service et de tunnels obscurs, nauséabonds et tombés dans l'oubli avec un adversaire invisible qui, d'une seconde à l'autre, menaçait de...

Il y eut un mouvement à côté d'elle.

---

* En français dans le texte. (*N.d.T.*)

— Chère docteur Green, dit Méphisto de sa voix soyeuse, je regrette que vous ayez décidé de participer à notre petite balade. Mais, puisque vous êtes ici, peut-être pourriez-vous me rendre un service. Comprenez que j'ai bien l'intention de laisser nos chers amis prendre tous les risques. Mais si quelque chose de déplaisant devait m'arriver, pourriez-vous vous charger d'une petite livraison pour moi...

Margo sentit qu'il lui glissait une enveloppe dans la main. Intriguée, elle fit le geste de la lever à hauteur de ses lunettes.

— Non ! s'écria Méphisto en lui rabaissant le bras d'un geste brusque et en lui enfonçant de force la main dans sa poche. Vous aurez tout le temps qu'il faut pour ça plus tard. Si nécessaire.

— Pourquoi moi ? demanda Margo.

— Qui d'autre ? Ce dandy du F.B.I. ? Ou peut-être ce gros modèle économique de notre chère police municipale ? Ou ce journaleux mort de trouille ?

Des pas rapides résonnèrent dans l'obscurité, et Pendergast réapparut à la clarté des lampes-torches.

— Bien, dit-il à Méphisto, c'est parfait. Devant nous se trouve la passerelle par où je suis descendu la première fois. Les charges placées sous le Goulet devraient régler la question du flux allant vers le sud. Il ne nous reste plus qu'à placer les autres pour empêcher tout débordement des collecteurs sous la partie nord du parc.

À l'entendre, on croirait qu'on va à une garden-party, songea Margo, reconnaissante toutefois qu'il cherche à dédramatiser la situation.

Pendergast empoigna le lance-flammes, débloqua le cran de sûreté et exerça plusieurs pressions sur la gâchette.

— Je passe en premier, dit-il. Ensuite, Méphisto. Je compte sur vous. Si vous sentez qu'il y a quelque chose d'anormal, d'étrange, prévenez-moi.

— Notre présence ici est déjà étrange, fit Méphisto. Depuis l'arrivée des Hydreux, c'est une zone interdite.

— Margo, vous suivez Méphisto, poursuivit Pendergast. Et vous vous occupez de Smithback. Vincent, j'aimerais que vous couvriez nos arrières. Au cas où.

— D'accord, répondit D'Agosta.

— J'aimerais vous aider, murmura Smithback. Je ne sers à rien si je n'ai pas d'arme.

Il s'exprimait d'une voix lasse mais déterminée.

— Vous savez tirer au pistolet ?

— Je faisais du tir au pigeon d'argile avec un calibre 16.

D'Agosta se retint de rire. Pendergast pinça les lèvres et réfléchit un petit moment. Puis il tendit à Smithback l'un des fusils qu'il portait en bandoulière.

— C'est un M-79, lui dit-il. Il tire des balles explosives de 40 mm. Mais soyez sûr d'être au moins à trente mètres avant de tirer. S'il devait y avoir de l'action, j'espère qu'il y aura assez de lumière pour que vous y voyiez quelque chose.

Smithback acquiesça.

— L'idée d'un journaliste faisant joujou avec un fusil lance-grenades me rend un peu nerveux, commenta D'Agosta.

— On place les charges et on part, dit Pendergast. Ne tirez qu'en dernier recours. Le bruit des détonations attirerait toute la colonie sur nous. Vincent, règle la lampe-torche sur l'éclairage stroboscopique et sers-t'en à la première alerte. On les aveugle d'abord, et on tire dans la foulée. Et n'oubliez pas de retirer vos lunettes avant, sinon, la lampe-torche les saturerait. Nous savons que ces créatures craignent la lumière, alors, si elles découvrent que nous sommes là, autant en tirer parti. Margo ? Vous êtes sûre de ce que vous avancez côté vitamine D ?

— Cent pour cent sûre, répondit Margo. Enfin... à quatre-vingt-quinze pour cent, disons.

— Je vois. Bon, s'il y a un affrontement, il vaut mieux utiliser d'abord votre pistolet.

Il lança un dernier regard à ses compagnons puis prit la tête du groupe en direction de l'ancien tunnel. Au bout d'une cinquantaine de mètres, Pendergast leva un bras. Un par un, ils s'arrêtèrent. Très lentement, il porta un doigt à ses lèvres pour leur signifier de ne faire aucun bruit. Puis il plongea la main dans la poche de sa veste et en sortit un briquet qu'il approcha de l'ajutage du lance-flammes. Il y eut un souffle, une étincelle et une petite lueur bleutée dansa dans l'obscurité.

— On se fait des crêpes ? murmura Méphisto.

Margo retint son souffle et s'efforça de rester calme. L'air était chargé de relents de méthane et d'ammoniaque. Et de cette odeur de bouc qu'ils ne connaissaient que trop.

58.

Snow appuya son dos endolori contre le mur en brique de la plate-forme. Il ôta ses palmes et les posa au pied du mur où les ceintures de lest et les bouteilles d'air comprimé étaient déjà alignées. Il esquissa le geste de décrocher le sac en caoutchouc de sa ceinture puis se ravisa, se souvenant que le commandant lui avait donné l'ordre de ne pas s'en séparer tant que la mission n'était pas terminée. Le sol était glissant sous ses bottillons en Néoprène. Il ôta l'embout du détendeur de sa bouche, plissa le nez en sentant l'odeur ambiante. Ses yeux le picotèrent et il cligna des paupières. *Autant s'habituer tout de suite à l'air ambiant*, songea-t-il. *À partir de maintenant, on continue à pied.*

Autour de lui, les hommes du S.E.A.L. ôtaient leurs masques, posaient leurs bouteilles d'air comprimé, ouvraient leurs sacs étanches, préparaient le matériel. Le commandant Rachlin alluma une fusée éclairante et la ficha dans une fissure de la paroi. Elle lança une gerbe d'étincelles qui baigna la salle d'une lumière rougeoyante.

— Préparez vos radios, dit-il. Ne les utilisez qu'en cas d'urgence. Je veux un silence permanent. Souvenez-vous : chaque équipe a son porteur de pains de plastic supplémentaires. Si, pour une raison ou une autre, une des trois équipes de tête ne pouvait pas mener sa mission à bien, les autres devront prendre la relève.

Il consulta une nouvelle fois sa carte plastifiée puis la roula et la glissa sous l'étui de son couteau.

— Delta, dit-il en s'adressant à Donovan, vous restez ici, au point de ralliement, pour couvrir nos arrières et prêts à intervenir si une équipe échoue. Bêta ! Vous prenez ce tunnel. Gamma, celui du fond. À environ cinq cents mètres, vous trouverez des puits verticaux ; c'est là que vous placerez vos charges. On se retrouve ici à 23 h 20 au plus tard. Si on est en retard, on saute avec la baraque.

Rachlin lança un regard dur à Snow.

— Ça va toujours, mon chou ?

Snow acquiesça.

— Allons-y, alors. Beechman, tu m'accompagnes.

Les trois équipes s'enfoncèrent dans l'obscurité, leurs ombres glissant sur les parois des tunnels, leurs bottillons faisant un bruit mou sur le sol spongieux. À mesure que le bruit de leurs pas diminuait, Snow se sentait gagné par un sentiment de danger de plus en plus grand.

Donovan, quant à lui, explorait la salle, examinait la façon dont les vieilles briques étaient assemblées. Au bout de quelques minutes, il revint sans bruit vers le matériel, silhouette fantomatique à la lueur de la fusée éclairante.

— Ce que ça schlingue, ici, dit-il en s'accroupissant au côté de Snow, regardant le fusil à harpon de son compagnon avec un sourire narquois.

— Vaudrait mieux pour toi que t'aies une vraie arme, dit-il, au cas où on devrait intervenir.

Il fouilla dans l'un des sacs et en sortit un pistolet-mitrailleur. Il le lança à Snow et prit une boîte de munitions dans le sac.

— Ce sont des bandes de trente cartouches, dit-il. Elles se vident en moins de deux secondes en automatique, alors, léger, le doigt sur la détente, hein !

Il lui tendit une deuxième boîte.

— La première détente, c'est pour le XM-148, le lance-grenades. Tiens, voilà des cartouches de 40 mm, au cas où tu aurais des ambitions.

— Dis donc, fit Snow, c'est quoi un « M. Puzzle » ?

Donovan se fendit d'un large sourire.

— Bah, autant que je te le dise. C'est le pauvre mec qui se retrouve en charge des fusées éclairantes au magnésium. Obligatoires pour toutes les missions de nuit, même les officieuses comme celle-là. C'est con, mais c'est comme ça. Elles sont ultraéblouissantes. Tu dévisses le haut pour armer le détonateur, tu la jettes à une bonne distance et tu as une intensité lumineuse de cinq cent mille candelas. Le problème, c'est qu'elles ne sont pas très stables. Il suffit qu'une balle touche ce sac, et boum ! T'es dispersé façon puzzle, si tu vois ce que je veux dire.

Il pouffa une fois encore et s'éloigna.

Snow changea de position en maintenant le sac le plus loin possible de son torse. Le silence retomba, rompu seulement par le grésillement continu de la fusée éclairante. Puis Snow entendit son compagnon se remettre à rire.

— Hé, mec ! Viens voir. Y a un barje qui est venu ici se balader pieds nus.

Snow cala le pistolet-mitrailleur contre la paroi, se leva et rejoignit Donovan. Une série d'empreintes encore fraîches marquaient le sol boueux.

— Un géant, murmura Donovan. C'est l'abominable homme des égouts, c'est pas possible !

Il rit encore.

Plus Snow examinait les empreintes, étrangement larges, plus son sentiment d'inquiétude grandissait. Il entendit un grondement lointain.

— Qu'est-ce que c'est que ça ? souffla-t-il.

— Quoi ?

— Un peu tôt pour faire exploser les charges, non ?

— J'ai rien entendu.

— Moi, oui, dit Snow, le cœur battant.

Donovan tendit l'oreille.

Rien.

— Relax, Max, fit-il. Tu commences à entendre des voix.

— On devrait peut-être contacter le chef de patrouille.

— On va pas le faire chier avec ça.

Il consulta sa montre.

— Ne l'appeler qu'en cas d'urgence, tu te souviens ? Et le site d'intervention n'est pas loin d'ici, de toute façon. Ils seront de retour dans une dizaine de minutes.

Il cracha dans la boue.

La fusée éclairante s'illumina en un dernier flamboiement et s'éteignit, plongeant la salle dans l'obscurité.

— Merde, fit Donovan. Snow, passe m'en une autre. Elles sont dans le sac à tes pieds.

Il y eut un autre grondement sourd qui se précisa peu à peu : le staccato d'un pistolet-mitrailleur qui résonnait à travers les parois comme un orage lointain.

346

Dans le noir, Snow entendit Donovan bondir sur ses pieds et appuyer sur le bouton d'appel de la radio.

— Équipe Alpha, chef de patrouille, vous me recevez ? À vous.

Des parasites lui répondirent.

Tout à coup, le sol trembla.

— Putain, c'était une grenade ! s'écria Donovan. Alpha ! Bêta ! Vous me recevez ? À vous.

Le sol trembla de nouveau.

— Snow, prends ton arme.

Snow entendit Donovan tirer la culasse de son fusil.

— Putain, mais qu'est-ce que c'est que ce merdier ? fit-il. Alpha, vous me recevez ? À vous.

— Cinq sur cinq, répondit Rachlin. On a perdu le contact avec Gamma. Tenez-vous prêts.

— Reçu, répondit Donovan.

Il y eut un silence, puis la voix de Rachlin couvrit de nouveau les parasites.

— Delta, Gamma doit avoir des difficultés à placer les charges. Préparez le surplus. On a déjà placé les nôtres. On vérifie où en est Bêta.

Donovan alluma sa torche et regarda Snow.

— Allons-y, lui dit-il. Il va falloir qu'on place les charges de Gamma.

Il mit sa torche à l'épaule en la coinçant sous la sangle de son harnais et partit au petit trot en tenant son fusil, canon devant lui. Prenant son courage à deux mains, Snow le suivit dans le tunnel. En regardant par terre, il remarqua des empreintes de pieds, visibles à la lueur dansante de la torche — elles étaient plus nombreuses par ici et partaient dans tous les sens, formant un enchevêtrement confus. Il déglutit avec peine.

Au bout de quelques minutes, Donovan ralentit et s'arrêta à hauteur de ce qui ressemblait à une ancienne voie de garage.

— Ça ne devrait plus être très loin, murmura Donovan en éteignant sa torche.

Ils se turent et tendirent l'oreille.

— Où sont-ils ? chuchota Snow.

Donovan ne se donna pas la peine de répondre.

Soudain, la voix de Rachlin résonna dans le noir.

— Nous sommes de retour au point de ralliement, dit-il. On part voir où en est l'équipe Bêta.

— Viens, fit Donovan en s'élançant en avant.

Il s'arrêta net.

— Tu sens ? chuchota-t-il.

Snow ouvrit la bouche pour répondre et la referma aussitôt. Une puanteur flottait dans l'air. Instinctivement, il détourna la tête. C'était une odeur terreuse, une odeur de fruit blet, plus âcre encore que celle des eaux usées et qui rappelait étrangement celle d'une boucherie.

Donovan secoua la tête comme pour reprendre ses esprits puis s'apprêta à s'élancer de nouveau en avant. À cet instant, la radio grésilla à l'oreille de Snow, et la voix de Rachlin résonna dans le noir.

— ... attaque... lancez les fusées éclairantes...

Snow se demanda s'il avait bien entendu. Rachlin s'était exprimé d'une voix calme qui ne lui ressemblait guère. Elle se noya dans une vague de parasites ponctués par de sourdes détonations.

— Alpha ! cria Donovan. Vous me recevez ? À vous.

— On nous attaque, cria Rachlin. Bêta est injoignable. On place leurs charges. Beecham, là !

Par-dessus la neige électronique, il y eut un bruit sourd suivi d'une forte explosion. Et puis un cri, trop rauque, trop déchirant pour être humain. Et, de nouveau, le crépitement d'un pistolet-mitrailleur.

— Delta..., dit Rachlin dont la voix mourut sous les parasites..., cernés...

— Cernés ? fit Donovan. Par qui ? Besoin de renfort ?

Autres coups de feu. Un hurlement.

— Alpha ! hurla Donovan. Besoin de renfort ? À vous !

— Oh, mon Dieu, dit Rachlin. Beechman..., mais qu'est-ce que...

La liaison fut brutalement coupée. Snow, immobile dans le tunnel obscur, se dit que c'était peut-être une panne. Puis un hurlement terrifiant lui parvint, guttural, si puissant qu'il eut l'impression qu'il était poussé près de lui, suivi d'un bruit de Néoprène qu'on déchire.

— Alpha, vous me recevez ? fit Donovan. À vous !

Il se tourna vers Snow.

— La fréquence est toujours ouverte... Commandant, ici Delta, à vous !

Il y eut des grésillements suivis par ce qui, aux oreilles de Snow, parut être un bruit de boue. Donovan régla de nouveau sa radio. En vain.

— Viens, fit-il en préparant son arme.

— Où ça ? demanda Snow, sous le choc.

— Faut encore placer les charges de Gamma.

— T'es dingue ? T'as pas entendu ? Il faut qu'on sorte d'ici tout de suite.

Donovan le gratifia d'un regard noir.

— On va placer les charges de l'équipe Gamma, l'ami, lança-t-il d'un ton sans réplique. On achève la mission.

— Et le commandant ?

Donovan le regardait toujours.

— D'abord, on achève la mission, dit-il.

Snow comprit qu'il n'avait pas le choix. Il serra la M-16 contre lui et suivit l'homme du S.E.A.L. dans l'obscurité. Il aperçut une lumière tremblotante devant eux, reflétée sur la paroi au détour d'un coude du tunnel.

— Reste prêt à tirer, lui murmura Donovan.

Snow prit le virage à pas prudents, collé à la paroi, et s'arrêta net. Devant lui, le tunnel finissait en cul-de-sac. Des barreaux de fer scellés dans le mur du fond montaient jusqu'à la bouche d'un large passage au plafond.

— Oh, putain, gémit Donovan.

Une fusée éclairante crépitait par terre dans un coin. Snow jeta des regards éperdus autour de lui, horrifié par ce qu'il découvrait. Les parois étaient balafrées par de multiples impacts de balles ; l'une d'elles était creusée par un trou aux bords déchiquetés et calcinés ; deux corps gisaient sur le sol boueux ; le contenu des sacs et les armes étaient éparpillés à côté.

Donovan, d'un bond, s'était approché d'un des corps, comme s'il voulait le secouer. Puis il recula vivement, et Snow eut le temps d'apercevoir une combinaison déchirée du cou à la taille et un moignon ensanglanté là où aurait dû se trouver la tête.

— Campion aussi, dit Donovan d'un air lugubre en regardant l'autre S.E.A.L. Putain, mais qui peut avoir fait un truc pareil ?

Snow ferma les yeux un instant, respirant par à-coups, se cramponnant au peu de courage qui lui restait.

— Quels qu'ils soient, ils ont dû monter par là, dit Donovan en montrant le conduit au-dessus de leur tête. Snow, ramasse cette boîte de munitions.

Le jeune homme s'exécuta. Au moment où il la soulevait, elle faillit lui glisser des mains. Il regarda de plus près et s'aperçut qu'elle était pleine de sang et de bouts de chair sanguinolents.

— Je vais placer les charges ici, prévint Donovan en sortant des pains de C-4 de son sac à dos. Couvre-moi.

Snow épaula son fusil et tourna le dos à Donovan pour surveiller le virage qui chatoyait à la lueur vacillante de la fusée éclairante. Sa radio chuinta. Étaient-ce des parasites ? Ou quelque chose qu'on traînait dans de la boue ? N'était-ce pas un gémissement qu'il venait d'entendre ?

La radio se tut de nouveau. Du coin de l'œil, il vit Donovan placer le retardateur dans les charges d'explosifs et le régler.

— 23 h 55, dit-il. Ce qui nous laisse près d'une demi-heure pour sortir d'ici.

Il se baissa, arracha les plaques d'identification du cou de ses camarades décapités et les glissa sous la veste de sa combinaison.

— Tirons-nous, dit-il en ramassant son arme.

Au moment où ils s'apprêtaient à repartir, Snow entendit un bruit feutré derrière eux. Il se retourna. Plusieurs silhouettes descendaient du conduit et se laissaient tomber sur le sol à côté des corps décapités. Snow vit, avec un étrange sentiment d'irréalité, qu'elles portaient des sortes de houppelandes et étaient encapuchonnées.

— Filons ! cria Donovan en se mettant à courir.

Snow le suivit. La peur décuplait sa course. Ils foncèrent dans le tunnel, fuyant cette scène de cauchemar. Au moment où ils abordaient le virage, Donovan glissa dans la boue et s'étala de tout son long.

— Feu ! cria-t-il tout en s'emparant de son arme et en allumant une fusée éclairante.

Snow se retourna. Les silhouettes venaient vers eux, courant avec une lenteur assurée. Au flamboiement de la fusée, ils ralentirent nettement, puis s'élancèrent de plus belle. Il y avait quelque chose de bestial dans leur allure qui glaçait les sangs. Snow tendit l'index vers le pontet de son arme ; au même moment, une énorme explosion retentit à côté de lui :

Donovan venait de tirer au fusil lance-grenades. Il y eut un éclair de lumière, et le tunnel vibra sous l'effet de souffle. Le pistolet-mitrailleur se mit à tressauter entre les mains de Snow, qui se rendit compte qu'il était en train de tirer comme un fou, mais dans les parois du tunnel. Il lâcha la détente. Une autre silhouette apparut à travers la fumée de la grenade dans sa ligne de mire. Il visa, tira. La tête de la créature fut projetée en arrière, et Snow entraperçut un visage incroyablement ridé et noueux dont les traits disparaissaient sous d'énormes bourrelets de peau. Il y eut une autre explosion, et la vision d'horreur disparut dans les flammes et la fumée provoquées par la grenade que venait de lancer Donovan.

Le pistolet-mitrailleur de Snow tirait à vide. Il éjecta le chargeur, en prit un autre dans sa poche et l'enclencha. Donovan et lui attendirent, prêts à faire feu. Les bruits de pas décroissaient.

Ils repartirent. Donovan ralluma sa torche qui projeta un fin rayon rouge devant eux. Snow marchait derrière, le souffle court. Devant eux se trouvaient le point de ralliement, leur matériel et le chemin vers la sortie. Il ne pensait plus qu'à ça désormais : sortir, regagner la surface. Il ne voulait surtout pas penser à ces êtres monstrueux qui s'étaient précipités sur eux ni à ce qui ce serait passé si...

Il buta contre Donovan, chancela et regarda autour de lui en se demandant pourquoi son compagnon s'était arrêté brusquement.

Alors, à la clarté de la torche, il vit un groupe de ces créatures devant eux : dix, douze peut-être, immobiles, dans l'air vicié du tunnel. Certaines avaient des choses dans les mains — si tant est qu'on puisse parler de mains. Il essaya de mieux voir, fasciné et terrifié à la fois. Bien vite, il détourna les yeux.

— Mon Dieu, murmura-t-il. Qu'est-ce qu'on fait ?
— On tire dans le tas.

59.

Pendergast enfonça les détonateurs dans le C-4 et régla le retardateur en vérifiant l'heure à sa montre. Puis il ramassa son sac, le remit en bandoulière et se releva, signalant qu'il était temps de partir vers la position suivante. Autour de ses lunettes infrarouges, son visage était gris de poussière et son costume, si impeccable d'habitude, était déchiré et maculé de boue. En d'autres circonstances, Margo l'aurait trouvé ridicule. En l'occurrence, elle n'avait pas du tout envie de rire.

L'air était si irrespirable qu'elle gardait une main plaquée sur la bouche et sur le nez. N'y tenant plus, elle inhala une bouffée d'oxygène avec son masque.

— Ne fume pas tout, lui murmura Smithback avec un sourire qui manquait de conviction.

Ils poursuivirent leur chemin dans l'étroit tunnel. Dans l'obscurité, Margo servait de guide à Smithback. Au bout de quelques minutes, ils s'arrêtèrent de nouveau. Pendergast consulta ses plans puis prit les charges d'explosifs que Margo avait dans son sac et les plaça dans une niche en haut de la paroi.

— Parfait, dit-il. Encore une série et on pourra remonter. Il faudra faire vite.

Ils repartirent, mais Pendergast s'arrêta brusquement.

— Qu'y a-t-il ? chuchota Margo.

D'un geste, il lui intima de se taire.

— Vous avez entendu ? demanda-t-il au bout d'un moment à voix basse.

Margo tendit l'oreille mais n'entendit rien. L'air vicié, fétide, formait comme une balle de coton qui étouffait tous les bruits. Tout à coup, elle perçut un bruit sourd, puis un autre — un peu comme un coup de tonnerre qui aurait lieu sous leurs pieds.

— Qu'est-ce que c'est que ça ? demanda-t-elle.

— Je ne sais pas, répondit Pendergast.

— Ce ne serait pas les charges placées par ceux du S.E.A.L. ?

— Non, fit Pendergast en secouant la tête. Ce n'est pas assez puissant.

Il écouta un moment, intrigué, puis fit signe aux autres de continuer à avancer. Margo le suivit de près, guidant Smithback au gré des irrégularités du terrain qui montait, descendait selon les zigzags du tunnel. Elle en vint à se demander qui avait construit ce passage à une cinquantaine de mètres sous Manhattan. Elle s'imagina marchant dans Park Avenue et voyant, par transparence, tout un réseau de puits, de tunnels, de galeries et de couloirs souterrains telle une fourmilière géante...

Pendergast s'arrêta encore.

— Chuchotez, si vous devez parler, dit-il. Compris ? Vincent, prépare la lampe-torche.

Devant eux, le tunnel était obstrué par une large plaque de fer rivetée à la paroi. Une porte se découpait en son centre, qui était ouverte. Pendergast la franchit avec agilité, prêt à se servir du lance-flammes dont la veilleuse dessinait des traînées blanchâtres dans le champ de vision de Margo. Il regarda autour de lui puis se retourna et fit signe aux autres qu'ils pouvaient le rejoindre.

Tout en entrant prudemment dans ce lieu clos, Margo se rendit compte que les bruits qui montaient de dessous étaient en fait le battement de tam-tams auxquels se mêlait une mélopée chantée à voix basse.

Pendergast gagna rapidement le centre de la salle et s'agenouilla à côté d'une large plaque de métal.

— C'était la salle de maintenance de la ligne Astor, dit-il. Si je ne me trompe pas, nous nous trouvons juste au-dessus du Pavillon de cristal, le salon d'attente privé situé sous le Knickerbocker Hotel. Nous devrions pouvoir le voir.

Il réussit à débloquer les crochets corrodés et fit doucement glisser la plaque sur le côté. Une lumière vacillante monta vers eux, et l'odeur de bouc — cette odeur dont tous les cauchemars de Margo étaient imprégnés — devint plus forte. Les échos des tam-tams et des chants prirent une ampleur nouvelle. Pendergast se pencha pour regarder. Des lueurs chatoyantes dansèrent sur son visage. Il demeura un long moment immobile puis recula lentement.

— Vincent, murmura-t-il. Je crois que tu devrais jeter un coup d'œil là-dessus.

D'Agosta s'agenouilla au bord du trou et remonta ses lunettes sur son front. Margo remarqua les gouttes de sueur qui y perlaient dans la faible lumière et sa main qui, instinctivement, se porta à son arme. Il se redressa sans un mot.

Smithback s'avança à son tour et regarda. Il écarquilla les yeux, et sa respiration se fit plus laborieuse.

— Ah, tiens, murmura Méphisto, sarcastique. Notre grimaud est tout excité.

Margo n'avait pas l'impression que Smithback appréciait ce qu'il voyait. Ses mains se mirent à trembler, légèrement d'abord, puis de façon incontrôlable. D'Agosta le tira en arrière. Il se laissa faire. Une expression horrifiée était inscrite sur son visage.

Pendergast fit signe à Margo.

— Docteur Green, chuchota-t-il, j'aimerais bien savoir ce que vous en pensez.

Elle s'agenouilla au bord du trou et plongea son regard dans le vide. Pendant quelques secondes, elle fut incapable de comprendre ce qu'elle voyait. Puis elle se rendit compte qu'elle se trouvait au-dessus des vestiges d'un énorme lustre en cristal et dominait ce qui avait été autrefois une pièce d'une rare élégance : colonnes doriques, immenses fresques murales, tentures de velours en lambeaux qui contrastaient avec la boue qui maculait les murs. Juste en dessous, entre les bras brisés du lustre à pampilles, elle vit la hutte en crânes dont Pendergast leur avait parlé. Une centaine de silhouettes encapuchonnées tournaient autour en oscillant, traînant les pieds et psalmodiant des paroles inintelligibles au rythme monotone des tam-tams. D'autres créatures ne cessaient d'arriver, entraient dans la danse et unissaient leurs voix à celles de leurs congénères. Margo regardait, partagée entre l'horreur et la fascination. Il n'y avait aucun doute : c'étaient bien les Hydreux.

— On dirait une sorte de rituel, murmura-t-elle.

354

— En effet, répondit Pendergast à son oreille. Voilà sans doute pourquoi ils ne commettent aucun meurtre les nuits de pleine lune. Apparemment, leur rituel continue. La question est de savoir qui — ou quoi — le préside maintenant que Kawakita est mort.

— Il est possible qu'il y ait eu un « coup d'État », suggéra Margo. Dans les sociétés primitives, il arrivait souvent que le chaman soit tué par un rival qui briguait sa place.

— Oui, fit Pendergast. Et si l'une de ces créatures a tué Kawakita, ça expliquerait pourquoi les meurtres ont augmenté en nombre et en atrocité.

— Regardez leur façon de marcher, murmura Margo. Comme s'ils avaient les jambes arquées. C'est peut être dû à un début de scorbut. Si leur organisme ne peut supporter la vitamine D, voilà le résultat.

Soudain, il y eut du remue-ménage autour de la hutte. Un chant guttural monta vers Margo. Les rangs des Hydreux se disloquèrent. Des cris retentirent. Puis Margo aperçut une silhouette en houppelande, le capuchon sur la tête comme les autres, portée sur une espèce de trône fait d'os reliés par des lanières de cuir. La procession s'approcha de la hutte, irréelle dans la pénombre, et entra à l'intérieur tandis que le chant s'amplifiait, répercuté aux quatre coins de la salle.

— On dirait bien que le grand prêtre est arrivé, chuchota Margo. Leur cérémonie ne devrait pas tarder à commencer.

— Vous ne croyez pas qu'on ferait mieux de partir ? fit D'Agosta. Je suis navré d'interrompre votre quart d'heure *National Geographic*, mais je vous rappelle qu'il y a environ quinze kilos d'explosifs qui ne devraient pas tarder à péter !

— Exact, confirma Pendergast. Et une dernière charge à placer. Venez, docteur Green, il faut qu'on y aille.

— Une seconde, souffla-t-elle.

En bas, une dizaine de créatures entraient dans la salle et se dirigeaient vers la hutte. Arrivées devant l'entrée, elles s'agenouillèrent et placèrent plusieurs objets noirs en demi-cercle. Le chant continuait. L'une d'elles sortit de la hutte, tenant deux torches à bout de bras.

Margo plissa les yeux, essayant de mieux voir les objets noirs. Ils étaient au nombre de six. De loin, on aurait dit des ballons au contour irrégulier. Apparemment, c'étaient des objets de culte. Margo se souvint que certaines tribus indiennes, notamment les Chudzi, utilisaient des pierres rondes peintes en blanc et rouge pour symboliser la course quotidienne de...

À cet instant, l'une des créatures arracha le capuchon qui recouvrait l'objet le plus proche, et Margo recula en réprimant un cri.

Pendergast prit sa place et regarda pendant un long moment ce qui se passait.

— Nous avons perdu les hommes du S.E.A.L., chuchota-t-il au bout d'un moment.

Méphisto s'avança vers l'ouverture et regarda à son tour.

— Eh oui, fit-il, ils le savaient, pourtant, que c'est dangereux de nager juste après un repas...

— Vous croyez qu'ils auront eu le temps de placer les explosifs avant que...

D'Agosta laissa sa phrase en suspens.

— Espérons-le, murmura Pendergast.

Il remit tout doucement la plaque en place.

— Allons poser la dernière charge et partons tant qu'il en est encore temps, dit-il. Gardez vos positions. N'oubliez pas que nous sommes quasiment dans leur tanière. Restez très vigilants.

— Tu m'étonnes, ironisa Méphisto.

Pendergast le toisa.

— Nous reparlerons de la piètre opinion que vous avez de moi — et de vos piètres talents de chef cuisinier — une autre fois.

Sur ce, il tourna les talons et s'éloigna. Ils sortirent par un passage à l'autre bout de la salle en marchant le plus vite possible. Au bout d'une centaine de mètres, Pendergast s'arrêta, à l'intersection d'un tunnel aux parois grossières qui montait d'en bas. De là, on entendait parfaitement les tam-tams, qui semblaient très proches.

— Bizarre, murmura-t-il. Ce tunnel ne figure pas sur mon plan. Bon, aucune importance, la dernière charge d'explosifs devrait faire s'écrouler cette partie de toute façon.

Il s'approcha d'une porte blindée qui se trouvait dans un coin.

— C'est l'accès à l'escalier de service qui descend jusqu'aux tunnels de la ligne Astor. C'est ici que nous allons poser la dernière charge.

Il sortit les derniers explosifs de son sac et installa silencieusement la dernière charge.

— Bon, reprit-il, partons le plus vite possible. Nous avons une demi-heure devant nous.

Il se dirigea vers la sortie et s'arrêta net.

— Vincent, chuchota-t-il. Tu es prêt ?

— Toujours prêt...

Pendergast vérifia son lance-flammes.

— Si nécessaire, je crache le feu et on bat en retraite. On attend que les flammes se soient calmées avant d'avancer. Ce modèle projette un mélange hyperinflammable conçu pour des combats de proximité, mais le combustible s'accroche aux surfaces pendant quelques secondes après le tir. Compris ? Retirez vos lunettes et fermez les yeux à mon signal. Et préparez vos armes.

— Que se passe-t-il ? chuchota Margo en sortant son Glock et en libérant le cran de sûreté.

Elle sentit l'odeur, toujours la même, annonciatrice de l'approche de ces créatures.

— Il faut qu'on dépasse ce tunnel d'accès, dit Pendergast. Allons-y.

Tout à coup, il y eut une cavalcade. Pendergast abaissa le bras, D'Agosta régla la torche sur sa puissance minimale, et Margo vit avec horreur une dizaine de monstres monter vers eux par le tunnel latéral à une vitesse qui donnait la nausée. Soudain, tout se passa très vite : Pendergast cria, D'Agosta poussa au maximum la puissance de sa lampe-torche et un rayon de lumière d'une intensité presque surnaturelle troua l'obscurité ; puis il y eut un souffle étrange, et une flamme bleu orangé jaillit du lance-flammes. Bien qu'elle fût derrière Pendergast, Margo sentit une vague de chaleur incroyable sur son visage. Le jet de flamme atteignit les créatures qui se ruaient sur eux, et tout sembla s'embraser dans une pluie d'étincelles. Les Hydreux continuèrent à courir sur quelques mètres, et Margo eut l'impression qu'elles étaient vêtues d'étranges robes de feu qui se ratatinèrent et tombèrent en poussière. La lampe-torche s'éteignit, mais pas avant que la terrible image de corps entassés les uns sur les autres, déformés, la chair boursouflée par les flammes, battant l'air de leurs jambes, ne se grave à tout jamais dans la mémoire de Margo.

— Replions-nous ! hurla Pendergast.

Ils battirent en retraite dans la salle des machines tandis qu'il lançait un autre jet de flammes en direction des monstres. Dans la lumière orangée, Margo vit avec terreur que bien d'autres montaient vers eux. Instinctivement, elle brandit son arme et tira plusieurs fois de suite. Deux créatures tombèrent à la renverse. Margo s'aperçut que, dans la bousculade, elle avait perdu Smithback. Il y eut une détonation tout à côté d'elle : le fusil de Méphisto. Elle entendit crier — mais peut-être étaient-ce ses propres cris ; des cris qui se mêlaient aux hurlements de douleur des êtres brûlés vifs. Puis le tunnel vibra sous le souffle d'une explosion : D'Agosta venait de lancer une grenade.

— Vite ! cria Pendergast. Vite ! Par l'escalier de service !

— Mais t'es fou ? fit D'Agosta. On sera faits comme des rats !

— On est déjà faits comme des rats ! Ils sont trop nombreux, et il vaut mieux ne pas tirer ici, on pourrait déclencher les explosifs ! Au moins, dans les tunnels de la ligne Astor, on a une chance ! *Go !*

D'Agosta ouvrit la porte, et le groupe s'engagea dans l'escalier. Pendergast, qui couvrait leur fuite, lançait toujours des jets de flamme en direction du tunnel. Une fumée âcre s'engouffra dans l'escalier. Margo sentit ses yeux la brûler. Refoulant ses larmes, elle vit une autre créature arriver sur eux, un couteau en silex à la main. Elle plia un genou et vida son chargeur, notant avec détachement la façon dont la chair s'ouvrait comme une fleur sous l'impact des balles. La créature s'écroula, pour être immédiatement remplacée par une autre. Il y eut encore un jet de flamme et l'Hydreux partit en arrière, dansant, se contorsionnant dans une couronne de feu.

Ils débouchèrent dans une petite salle haute de plafond, aux murs et au sol carrelés. Au-delà d'une voûte néogothique, la lueur rougeoyante provenant de la cérémonie était visible. Margo regarda autour d'elle, jetant les cartouches par terre tandis qu'elle rechargeait fébrilement son pistolet. Des volutes de fumée s'enroulaient dans les airs. Avec un immense soulagement, elle constata que cette salle était déserte. Apparemment, il s'agissait d'un ancien petit salon d'attente réservé aux enfants : plusieurs tables basses s'y trouvaient encore et l'on pouvait y voir des jeux de dames, d'échecs et de backgammon enrobés de toiles d'araignées et de moisi.

— Dommage pour celui qui avait les noirs, murmura Méphisto en regardant un échiquier. Il n'était plus qu'à un coup de la victoire.

Il y eut un bruit de course précipitée dans l'escalier, et un nouveau groupe d'Hydreux surgit dans la pénombre et avança vers eux. Pendergast s'accroupit et actionna son lance-flammes. Margo mit un genou à terre et tira.

Il y eut du mouvement sous le passage voûté, et d'autres créatures, venant du Pavillon de cristal, leur foncèrent dessus. Sous les yeux de Margo, Smithback — qui essayait désespérément de tirer au fusil lance-grenades — fut vite maîtrisé et plaqué à terre ; Pendergast, dos au mur, tirait au lance-flammes en arc de cercle. En proie à un étrange sentiment d'ir-réalité, Margo visa les créatures à la tête et se mit à tirer coup sur coup. Une créature tomba, puis une deuxième, et puis... son chargeur fut vide. Elle tendit le bras le plus vite qu'elle put vers son sac derrière elle en priant le ciel d'avoir le temps d'y prendre d'autres munitions. Puis il y eut une sorte de mêlée autour d'elle : des bras s'enroulèrent autour de son cou comme des filins d'acier, son arme lui fut arrachée des mains, une odeur fétide de chair putréfiée la fit chavirer — et elle ferma les yeux, pleurant de douleur, de peur, de rage, se préparant au mieux à l'idée de mourir.

60.

Snow regarda les silhouettes sombres s'amasser devant la sortie du tunnel. Après s'être immobilisées un instant dans la lumière fulgurante de la torche, elles avançaient de nouveau avec une détermination qui donnait la chair de poule. Ils n'avaient pas affaire à des êtres sans cervelle qui attaquaient instinctivement ; il y avait une stratégie derrière tout ça.

— Écoute, lui dit Donovan d'une voix calme. Charge une grenade dans le XM-148. On fait feu ensemble à mon signal. Tu vises à gauche du groupe, moi à droite. Et tu recharges et tu fais feu le plus vite possible. Ces fusils ont tendance à tirer haut, alors vise légèrement vers le bas.

Snow alimenta son chargeur, le cœur battant à tout rompre. Il sentit Donovan se crisper.

— Feu ! hurla ce dernier.

Snow appuya sur la détente. L'arme faillit lui échapper des mains tant le recul était fort. Il y eut deux explosions et l'étroit tunnel s'emplit de gerbes de lumière orangée ; Snow se rendit compte qu'il avait tiré trop sur la gauche et touché le plafond. La terre trembla, et une partie de la voûte s'écroula. Des cris de terreur s'élevèrent parmi les créatures encapuchonnées.

— Encore ! hurla Donovan, qui rechargeait.

Snow fit de même et tira de nouveau, un peu plus à droite cette fois. Il regarda, tétanisé, la grenade jaillir du canon, partir en vrille — au ralenti, lui sembla-t-il — et passer au-dessus des assaillants. Les parois du tunnel tremblèrent de nouveau et il y eut un autre éclair de lumière.

— Plus bas ! cria Donovan. Ils gagnent du terrain !

360

Secoué de sanglots, Snow dégoupilla une autre grenade avec les dents, chargea son fusil et tira. Elle explosa au beau milieu du groupe de créatures, dont les hurlements furent étouffés par la déflagration.

— Encore ! hurla Donovan, faisant feu à son tour. Tire !

Snow chargea, tira. Trop court. Un appel d'air brûlant leur revint au visage. Snow en tomba à genoux. Il se redressa, aveuglé par la poussière, cligna des yeux. Il n'avait plus de grenade. Il relâcha la double détente.

Donovan lui fit signe d'arrêter de tirer. Ils attendirent, fusils pointés dans le noir pendant plusieurs minutes. Finalement, Donovan abaissa son arme.

— Putain, quelle dégelée, chuchota-t-il. Tu as fait fort. Reste ici un moment, je vais en reconnaissance. Si tu entends quoi que ce soit, appelle. Je doute qu'après ça je trouve autre chose que des pièces détachées. Mais, bon, je préfère aller vérifier.

Il alluma une fusée éclairante et la lança dans le rideau de fumée. Puis il s'avança à pas prudents en restant collé à la paroi du tunnel. À mesure que la fumée se dissipait, Snow distinguait la silhouette de Donovan, sa tête, ses épaules...

Il le vit enjamber les corps mutilés qui gisaient par terre. Arrivé à l'entrée du tunnel, il regarda prudemment autour de lui puis, d'une rotation du corps, il sortit dans la salle. Finalement il fut happé par l'obscurité. Snow se retrouva seul dans le noir. Il se rendit compte alors que le sac de fusées au magnésium était toujours accroché à sa ceinture, oublié dans la bataille. Il faillit le décrocher pour le laisser là mais se ravisa. *Rachlin m'a donné l'ordre de ne jamais m'en séparer,* songea-t-il.

Rachlin...

Ce n'est pas possible, ces créatures n'ont pas pu tuer tous les hommes du S.E.A.L. Ils sont armés jusqu'aux dents et experts au combat. S'il s'est passé la même chose dans les deux autres tunnels, peut-être que certains ont pu en réchapper en remontant par les échelles. Dans ce cas, il vaudrait mieux faire demi-tour et...

Snow interrompit le flot de ses pensées, surpris par le sang-froid avec lequel il raisonnait. *Je suis peut-être plus courageux que je ne le croyais... ou plus inconscient. Si seulement ce con de Fernandez me voyait !*

La silhouette de Donovan réapparut devant lui. Il surveillait toujours les alentours. Au bout de quelques instants, il fit signe à Snow de le rejoindre. Snow courut vers lui puis s'arrêta devant le spectacle sinistre qui s'offrait à sa vue. Le matériel, toujours aligné, intact, le long de la paroi, contrastait avec les corps démembrés éparpillés sur le sol.

— Grouille ! cria Donovan qui, bras croisés, l'attendait impatiemment à côté de l'équipement. Pas le temps de faire du tourisme !

Soudain, de la nuit épaisse de la voûte, une créature sauta dans le vide en poussant un cri strident. Elle tomba sur les épaules de Donovan.

Celui-ci vacilla mais réussit à se dégager. Deux autres créatures atterrirent sur le sol, bondirent sur lui et le firent mettre à genoux. Snow recula, chancelant, voulut tirer sur ces monstres mais ne put régler son tir. Une autre créature s'élança, couteau à la main, et Donovan poussa un cri aigu, presque féminin. Il y eut un bruit de découpage, des rugissements gutturaux, et soudain la créature leva un bras, brandissant la tête de Donovan. Paralysé par la peur, Snow vit les lueurs rougeoyantes du tunnel se refléter dans les yeux morts de Donovan.

Il tira — par rafales, en arc de cercle, comme Donovan le lui avait montré — en direction des créatures serrées autour du corps de son coéquipier. Il criait sans entendre ses cris. Il tira jusqu'à vider son chargeur.

Dans le silence absolu qui s'ensuivit, il fit un pas en avant, sonné, fouillant l'obscurité du regard, à l'affût de l'apparition d'un autre de ces êtres cauchemardesques. Il fit un autre pas. Un autre encore.

La nuit semblait tanguer autour de lui comme un navire. Sans plus réfléchir, Snow fit demi-tour, prit ses jambes à son cou et s'enfonça dans le tunnel en courant, pataugeant dans l'eau boueuse, son fusil vide gisant sur les pierres luisantes derrière lui.

61.

Margo ferma très fort les paupières et essaya de ne plus penser dans l'espoir de se couper de la douleur.

Au bout de quelques secondes, il ne se passait toujours rien.

Soudain, elle sentit qu'on la soulevait de terre et qu'on la transbahutait cahin-caha. Le poids de son sac en bandoulière lui sciait l'épaule.

Sa terreur se teinta d'espoir.

Au moins, je suis toujours vivante.

Elle arriva dans un espace saturé de cette odeur de bouc et faiblement éclairé. Elle se força à rouvrir les yeux pour essayer de prendre ses repères et comprit qu'elle était dans le Pavillon de cristal.

La puanteur était à son comble. Margo lutta contre une panique et un désespoir de plus en plus grands. Elle fut jetée par terre sans ménagement. Le souffle coupé, elle essaya de se redresser sur un coude et regarda fiévreusement autour d'elle. Elle vit qu'elle était entourée d'Hydreux qui dansaient d'un pied sur l'autre dans leurs houppelandes loqueteuses, le capuchon sur la tête.

L'un d'eux se pencha sur elle. Les pans de son capuchon s'écartèrent et, chez Margo, la répulsion l'emporta sur la pitié et sur la crainte d'un danger imminent. Elle vit un visage de gargouille à la peau grotesquement ridée, boursouflée, alourdie de replis graisseux et de fanons autour de deux yeux de lézard, noirs, morts, aux pupilles en tête d'épingle. Elle détourna la tête.

Tout à coup, Pendergast atterrit à côté d'elle. Smithback et Méphisto, qui se débattaient comme de pauvres diables, suivirent le même chemin.

Pendergast lui lança un coup d'œil interrogateur et elle lui fit signe que tout allait bien. Il y eut de nouveau du remue-ménage, et D'Agosta atterrit à côté d'eux. On lui arracha son arme, qu'on jeta au loin. Il avait une entaille au-dessus d'un œil qui saignait abondamment. Un Hydreux arracha le sac de l'épaule de Margo et le jeta par terre. Puis il s'avança vers D'Agosta.

— Arrière, mutant de mes deux ! lui lança le lieutenant.

La créature se pencha sur lui et lui balança un coup de poing dans la figure.

— Tu ferais mieux de coopérer, Vincent, dit Pendergast d'une voix toujours aussi posée. Ils sont légèrement plus nombreux que nous.

— Je me demande pourquoi on est encore en vie, dit D'Agosta.

— Si tu veux mon avis, c'est juste une question de timing. Je crois que leur cérémonie est sur le point de commencer.

— Tu entends ça, grimaud ? fit Méphisto en ricanant dans sa barbe. Oh, je suis sûr que le *Post* devrait être preneur de ton prochain papier : « Comment devenir un martyr ».

Les chants reprirent à voix basse. Margo fut relevée sans ménagement. Les rangs des Hydreux s'écartèrent, et elle put voir la hutte en crânes à cinq ou six mètres devant eux. Elle contempla avec dégoût cette construction macabre. Des créatures y pénétrèrent, et des filets de fumée s'élevèrent bientôt par le toit inachevé. La hutte était ceinte d'une haie d'os longs humains plus ou moins propres. Margo vit les pierres cérémonielles alignées devant l'entrée. À l'intérieur, elle distinguait l'espèce de chaise à porteurs sur laquelle le grand prêtre avait été amené. Elle se demanda quelle apparence il devait avoir. Elle n'était pas sûre de pouvoir supporter une nouvelle fois la vue d'un visage aussi terrifiant que celui qui s'était avidement penché sur elle quelques instants plus tôt.

On la poussa violemment en direction de la hutte. Elle trébucha mais ne perdit pas l'équilibre. Du coin de l'œil, elle vit que D'Agosta et les autres étaient contraints de suivre. Smithback fit mine de résister. L'une des créatures sortit un long couteau en silex des replis de son grand manteau et le lui mit sous la gorge.

— *Cuchillos de pedernal,* murmura Pendergast. C'est bien ce que vous avait dit la survivante du massacre du métro ?

D'Agosta acquiesça.

Arrivés devant la rangée d'os, on les força à s'agenouiller. Autour d'eux, les chants et l'accompagnement des tamtams avaient augmenté en intensité. Le regard de Margo tomba sur la pierre plate la plus proche d'elle. Plusieurs objets en métal y étaient disposés avec soin, comme pour un rituel.

Tout à coup, elle retint son souffle.

— Pendergast ? chuchota-t-elle.

Il se tourna vers elle, dans l'expectative. D'un signe de tête discret, elle lui indiqua la pierre plate.

— Ah, fit-il. Les gros morceaux. Je n'avais pu prendre que les plus petits.

— Oui, murmura Margo dans un souffle. Mais je sais ce que c'est. J'en reconnais un. C'est la poignée de frein d'un fauteuil roulant.

Pendergast accusa le coup mais ne dit rien.

— Et ce morceau, là, poursuivit Margo, c'est un bout du levier à bascule.

Pendergast essaya de s'approcher de la pierre plate, mais l'une des créatures l'en empêcha.

— Ça n'a pas de sens, dit-il. Pourquoi un arrangement pareil...

Il s'interrompit.

— Lourdes, murmura-t-il.

— Quoi ? dit Margo.

Mais Pendergast ne dit rien de plus et regarda avec attention la vague silhouette à l'intérieur de la hutte.

Il y eut du mouvement, et une procession émergea de la hutte, par groupes de deux, portant des chaudrons emplis d'un liquide fumant. Le chant s'intensifia au point de devenir, aux oreilles de Margo, une longue plainte cacophonique et monotone. Les Hydreux déposèrent les chaudrons dans des trous creusés dans le sol du Pavillon de cristal. Puis quatre créatures sortirent de la hutte, portant l'espèce de chaise à porteurs recouverte d'un drap noir et épais. Elles firent le tour de la hutte à pas mesurés. Une fois arrivées devant la pierre plate la plus large, elles y déposèrent leur fardeau puis ôtèrent le drap noir qui le recouvrait et rentrèrent à pas lents dans la hutte.

Margo regarda le grand prêtre assis sur son trône d'os. Son visage était invisible dans l'obscurité. Seul signe de vie : le tambourinement de ses doigts boudinés sur le bras de son fauteuil. Les chants diminuèrent. On sentait qu'ils touchaient à leur fin, que quelque chose allait se passer. Soudain, le grand prêtre leva un bras, et le chant cessa brusquement. Alors, comme il se penchait en avant, la lueur du feu révéla son visage.

Pour Margo, le temps s'arrêta. Elle en oublia sa peur, sa douleur aux genoux, les retardateurs des charges d'explosifs qui émettaient leur tic-tac dans les sombres tunnels au-dessus d'eux. L'homme assis devant elle sur ce trône d'os humains — dans son sempiternel costume-cravate en cachemire — n'était autre que Whitney Frock.

Elle voulut parler, mais aucun son ne sortit de sa bouche.

— Oh, c'est pas vrai ! fit Smithback dans son dos.

Frock regarda la foule assemblée devant lui d'un air absent, totalement inexpressif. Un silence de mort s'était abattu dans le Pavillon de cristal.

Lentement, le professeur porta le regard sur les prisonniers, Smithback, D'Agosta, Pendergast. Quand ses yeux croisèrent ceux de Margo, il sursauta, et une lueur s'alluma dans son regard.

— Oh, ma chère, dit-il. Comme c'est fâcheux. J'ignorais que vous jouiez les conseillers scientifiques dans le cadre de cette petite randonnée souterraine, et je suis sincèrement navré de vous voir là. Si, si, je vous assure, ne me regardez pas comme ça. Souvenez-vous que j'ai épargné votre vie quand il a fallu que je me débarrasse de cet Irlandais de malheur. J'ai peut-être eu tort, remarquez.

Margo, qui n'en croyait ni ses yeux ni ses oreilles, était toujours incapable de dire quoi que ce soit.

— Enfin, soupira Frock. C'est la vie !

Son regard s'assombrit.

— Quant à vous, dit-il en s'adressant aux autres, je vous souhaite la bienvenue. Je pense que des présentations s'imposent.

Il se tourna vers Méphisto.

— Par exemple, reprit-il, j'aimerais savoir qui est cet individu hirsute et en guenilles. On dirait un animal pris au piège — je reconnais que c'est un peu le cas, remarquez. Un autochtone, je présume ? Qui vous sert de guide ? Je te le demande encore une fois : quel est ton nom ?

Silence.

Frock se tourna vers ses lieutenants.

— Tranchez-lui la gorge s'il ne répond pas, dit-il. Nous ne tolérons pas le manque d'éducation, n'est-ce pas ?

— Méphisto.

— Ah, Méphisto ! L'érudition, aussi limitée soit-elle, n'est pas toujours souhaitable. Surtout chez les épaves dans ton genre. Méphisto. Dieu que c'est banal ! Oh, je suppose que c'est censé inspirer la peur dans le cœur de tes galeux disciples ? Tu ne m'as pas l'air diabolique pour deux sous, pourtant. Rien qu'un pitoyable clochard camé jusqu'aux os. Oh, je ne vais pas me plaindre : toi et tes semblables m'avez été très utiles, je l'admets. Peut-être retrouveras-tu un de tes anciens compagnons parmi mes Enfants, d'ailleurs...

Méphisto redressa la tête mais ne dit rien.

Margo observait l'homme qu'elle avait devant elle. Il n'avait rien à voir avec son ancien professeur, le Frock aimable, plein de tact, qu'elle avait toujours connu. Il dégageait une arrogance et une froideur qui la glaçaient d'horreur.

— Et Smithback, le journaliste ! dit Frock avec un sourire narquois. Avez-vous été emmené pour témoigner de la victoire que vous comptiez remporter sur mes Enfants ? Quel dommage, vous ne pourrez pas raconter la fin de l'aventure dans le torchon pour lequel vous écrivez.

— Les jurés n'ont pas fini de délibérer sur cette question ! rétorqua Smithback d'un air de défi.

Frock ricana.

— Frock, mais qu'est-ce que ça signifie ? explosa D'Agosta, n'y tenant plus. Je vous conseille de vous expliquer ou...

— Ou quoi ? aboya Frock en se tournant vers le lieutenant de police. Je vous ai toujours considéré comme un grossier personnage, mais tout de même ! Je suis surpris qu'il me faille souligner en rouge que vous êtes mal placé pour exiger quoi que ce soit de moi !... Ils sont désarmés ?

La créature la plus proche de lui acquiesça lentement.

— Revérifiez celui-là, dit Frock en désignant Pendergast. C'est un vrai renard.

Pendergast fut relevé de force, fouillé puis remis à genoux. Frock, souriant, les dévisagea tour à tour.

— Ça vient de votre fauteuil roulant, n'est-ce pas ? lui demanda Pendergast en indiquant les objets posés sur la pierre plate.

— De mon plus confortable, précisa Frock.

— Pourquoi ? demanda Margo, retrouvant l'usage de la parole.

Le professeur la dévisagea un long moment puis fit un signe à ses lieutenants, qui allèrent se mettre en rang derrière les chaudrons. Alors, Frock se leva, sauta au bas de son siège et marcha vers l'agent du F.B.I.

— Voilà pourquoi, dit-il.

Puis il leva les bras au-dessus de sa tête et cria d'un ton triomphant :

— *Comme moi, vous serez guéris ! Comme moi, vous serez sauvés !*

Un cri retentit dans l'assemblée et se prolongea indéfiniment. Margo s'aperçut alors que ce n'était pas un cri, mais une sorte de réponse toute faite. *Ces créatures parlent. Essaient, tout au moins.*

Les sons moururent peu à peu et le chant reprit, de même que les battements sourds et monotones des tam-tams. Les Hydreux s'avancèrent à pas traînants vers les chaudrons disposés en demi-cercle. Les lieutenants allèrent dans la hutte et en revinrent avec des sortes de calices en argile finement travaillés. Les créatures s'avancèrent en file indienne devant chaque chaudron et, l'une après l'autre, prirent le calice entre leurs doigts cornés et le portèrent à leurs lèvres sous leurs capuchons. Margo détourna la tête, écœurée par les bruits de succion.

— Voilà pourquoi, répéta Frock à l'adresse de Margo. Vous ne voyez donc pas que ceci est plus précieux que tout ?

Soudain, Margo comprit. La cérémonie, la drogue, les morceaux du fauteuil roulant, l'allusion de Pendergast à la grotte de Lourdes.

— Pour que vous puissiez marcher, dit-elle. Tout ça pour que vous puissiez de nouveau marcher ?

Les traits de Frock se durcirent.

— Comme c'est facile pour vous de vous poser en juge, fit-il. Vous qui avez marché toute votre vie sans même y penser. Est-ce que vous imaginez ce que c'est que de ne pas avoir l'usage de ses jambes ? Être infirme de naissance, c'est déjà atroce, mais le devenir alors que vous avez encore toute votre vie devant vous, c'est insupportable ! C'est inhumain !

Il s'approcha de Margo et la regarda dans les yeux.

— Oh, bien sûr, pour vous je n'ai toujours été que le professeur Frock, le bon vieux professeur Frock..., oh, quel malheur qu'il ait contracté la polio dans ce village du bush africain..., quel dommage qu'il ait dû abandonner son travail sur le terrain... Ce travail, c'était ma vie !

— Et, donc, vous avez repris les travaux de Kawakita, dit Pendergast. Vous avez fini ce qu'il avait commencé.

— Pauvre Greg, lança Frock avec mépris. Il est venu me trouver, au désespoir. Comme vous l'avez sans doute compris, il avait pris la drogue trop tôt ! Tss, tss ! Quand je pense que je lui avais toujours dit et répété de suivre strictement les procédures de recherche. Mais ce pauvre garçon était trop impatient. Trop arrogant. Il se voyait déjà immortel ! Et il a pris cette drogue sans avoir établi quels étaient tous les effets secondaires du rétrovirus. Vu les modifications morphologiques plutôt... spectaculaires, dirons-nous, qu'il a subies, il avait besoin d'aide. Suite à une intervention chirurgicale, il avait une plaque métallique dans le dos qui le faisait horriblement souffrir. Il était seul. Il ne savait plus à quel saint se vouer. Il avait peur. Vers qui aurait-il pu se tourner, à part moi, qui me morfondais dans ma retraite dorée ? Et, bien sûr, j'ai été en mesure de l'aider. Non seulement en lui ôtant sa plaque vissée, mais aussi en purifiant la drogue. Pourtant la cruauté de ses expériences...

Il désigna l'assemblée d'un ample geste du bras.

— ... lui a été fatale. Lorsque ses cobayes se sont rendu compte de ce qu'il leur avait fait, ils l'ont tué.

— Ainsi, c'est vous qui avez purifié la drogue, et vous en avez pris, intervint Pendergast.

— Nous avons fait les dernières mises au point dans un affreux petit labo que Greg avait au bord de la rivière. Il n'était pas convaincu qu'il faille aller plus loin. Il avait perdu la foi. Ou peut-être n'avait-il jamais eu ce genre de courage, cette force d'âme qu'un chercheur visionnaire doit avoir pour aller jusqu'au bout de ses convictions. Donc, c'est moi qui ai terminé ce qu'il avait commencé. Ou, plutôt, qui ai parfait ce qu'il avait mis au point. La drogue provoque toujours des modifications morphologiques, bien sûr, mais dans le sens d'une guérison, d'une correction des accidents de la nature, et non d'une défiguration. Voilà la vraie justification, la vraie utilisation de ce rétrovirus. Je suis la preuve vivante de ses capacités régénératrices. C'est moi le premier qui ai fait la transition. En fait, je sais aujourd'hui que j'étais le seul à en être capable. Mon fauteuil roulant était ma croix, voyez-vous. Il est désormais vénéré comme le symbole de notre nouveau monde.

— Votre nouveau monde, répéta Pendergast. Et la plante du Mbwun qui pousse dans le Réservoir ?

— Une idée de Greg. Les aquariums reviennent très cher et sont très encombrants, voyez-vous. Mais c'était avant...

— Je crois que je comprends, dit Pendergast, aussi débonnaire que s'il devisait avec un vieil ami dans un salon de thé. Vous aussi aviez l'intention de vider le Réservoir.

— Gregory avait réussi à modifier génétiquement la plante afin qu'elle puisse croître sous un climat tempéré. Nous comptions drainer le Réservoir, c'est un fait, et répandre la plante dans les égouts. Mes Enfants n'aiment pas la lumière du jour, voyez-vous, alors ces tunnels sont l'endroit idéal. Mais notre cher ami Waxie nous a évité le dérangement. Il est — excusez-moi, il était — si impatient de voler de bonnes idées aux autres. Souvenez-vous : c'est moi qui ai suggéré de vidanger le Réservoir.

— Docteur Frock, dit Margo sur un ton qu'elle espérait ferme, les graines de cette plante iront dans les canaux d'écoulement pluviaux, puis dans l'Hudson et enfin dans l'océan. Une fois en milieu salin, le virus sera activé et polluera tout l'écosystème. Vous savez ce que ça signifie pour la chaîne alimentaire ?

— Justement, ma chère, tout est là. Je dois reconnaître que nous sommes à une étape de l'évolution, que nous allons faire un saut dans l'inconnu. Mais en tant que biologiste, Margo, vous serez d'acccord avec moi si je vous dis que la race humaine est en pleine dégénérescence. Elle a calé du point de vue de l'évolution. Elle est de plus en plus mal adaptée. Je suis l'instrument de la régénération de l'espèce.

— Et où comptiez-vous vous planquer pendant l'inondation ? demanda D'Agosta.

Frock éclata de rire.

— Ah, je suppose que votre petite excursion vous a fait croire que vous connaissiez tout ce monde souterrain. Le sous-Manhattan est bien plus vaste, bien plus étendu, bien plus terrible, bien plus merveilleux que vous ne l'imaginez, croyez-moi. Je l'ai souvent parcouru pour le plaisir de savourer l'usage retrouvé de mes jambes. Ici, je suis libéré de la comédie que je suis obligé de jouer en surface. J'ai découvert des cavernes d'une extraordinaire beauté. Des anciens tunnels utilisés par les contrebandiers hollandais du temps de La Nouvelle-Amsterdam. Autant d'endroits douillets, qui ne figurent sur aucun plan, où mes Enfants et moi pourrons nous retirer pendant que les eaux du Réservoir se précipiteront vers l'océan en charriant dans leurs flots les graines de la *Liliceae mbwunensis*. Et... après le déluge, nous reviendrons en notre demeure pour jouir des bienfaits qu'il aura laissés sur son passage. Et, bien sûr, pour attendre l'avènement de ce que j'appelle le Nouvel Holocène.

Margo le regarda, sidérée. Il lui sourit avec une arrogance qu'elle ne lui avait jamais vue. *Il ne doit pas être au courant, pour les charges d'explosifs,* songea-t-elle.

— Eh oui, ma chère. C'est ma théorie de l'évolution fractale poussée à l'extrême. Le rétrovirus — le « glaze », si vous préférez — inséré au cœur même de la chaîne alimentaire. Quoi de plus normal, n'est-ce pas, que ce soit moi qui serve de « passeur », d'activateur ? L'extinction des dinosaures est une bagatelle comparée à l'ampleur de ce qui va se passer. Les perspectives qui s'ouvrent devant nous sont tout bonnement fascinantes.

— Vous êtes malade, dit Margo.

— Et vous avez toujours eu connaissance de nos faits et gestes, ajouta Pendergast. Comme si vous nous téléguidiez.

— En un sens, oui. C'est moi qui ai formé Margo, alors je me doutais qu'elle voudrait aller jusqu'au bout. Quant à vous, je savais que votre curiosité serait toujours en éveil. Alors, j'ai fait en sorte que le drainage du Réservoir ne puisse être empêché. Et le fait de découvrir l'un de mes Enfants ici, blessé par vous-même, n'a fait que renforcer ma conviction. Mais bravo ! Quelle excellente idée d'avoir envoyé vos petits hommes-grenouilles en éclaireurs ! Heureusement, mes Enfants, qui venaient à la Cérémonie, ont fait en sorte qu'ils ne puissent troubler notre petite fête... Je dois dire que je suis tout de même un peu déçu que quelqu'un de votre intelligence ait pu s'imaginer qu'il lui suffirait de descendre avec ces pitoyables armes pour nous vaincre. Ah, je suppose que vous ne vous doutiez pas que mes Enfants étaient aussi nombreux. Mais il y a tant d'autres choses dont vous ne vous doutez pas...

— Je pense que vous avez oublié de nous préciser une chose, intervint Margo.

Frock s'avança vers elle. C'était tellement étrange de le voir marcher qu'elle avait des difficultés à raisonner.

— Je pense que c'est vous qui avez tué Kawakita, dit-elle. Vous l'avez tué, et vous avez laissé son corps ici afin de le faire passer pour une victime comme les autres.

— Ah oui ? Et pourquoi aurais-je fait cela, je vous prie ?

— Pour deux raisons, rétorqua Margo avec un peu plus d'assurance. J'ai retrouvé une partie des notes de Kawakita dans les décombres de son laboratoire. Il est clair qu'il avait des remords. Il parlait de la thyoxine. Je pense qu'il s'était rendu compte des conséquences que la salinité aurait sur le rétrovirus et qu'il avait l'intention de détruire la plante avant que vous ayez pu la déverser dans l'Hudson. Il avait peut-être le corps et l'esprit déformés, mais chez lui, au moins, la voix de la conscience ne s'était pas complètement tue.

— Oh, ma chère, vous n'avez rien compris. Vous ne pouvez pas comprendre.

— Vous l'avez tué parce qu'il savait que les effets de cette drogue sont irréversibles. Osez dire que ce n'est pas vrai ! Je l'ai découvert en faisant des expériences au labo. Vous ne pouvez pas guérir ces gens, et vous le savez. Mais eux, le savent-ils ?

Les chants s'affaiblirent légèrement, et Frock regarda fugacement autour de lui.

— Délire d'une femme désespérée ! cria-t-il. Vous me décevez, ma chère.

Ils écoutent, songea Margo. *J'ai peut-être une chance de les convaincre.*

— Oui, bien sûr, intervint Pendergast. Kawakita avait mis en place cette cérémonie pour distribuer la drogue parce qu'il pensait avoir trouvé le moyen de maintenir ses pauvres victimes dans un état de docilité permanente. Mais il ne prenait pas ce rituel au sérieux. Contrairement à vous. En tant qu'anthropologue, vous n'avez pas su résister à la tentation de créer un culte à votre personne. Une garde prétorienne armée de couteaux primitifs ; une hutte en crânes comme temple ; un reliquaire pour votre fauteuil roulant, symbole de votre guérison miraculeuse.

Frock se dressait devant eux avec raideur, silencieux.

— C'est pour ça, en fait, que les meurtres ont redoublé, poursuivit Pendergast. Rien à voir avec le manque, n'est-ce pas ? Il y avait de la drogue plein le Réservoir ! Non, c'est pour une autre raison. Une raison obsessionnelle. Architecturale.

Il fit un signe de tête en direction de la hutte.

Frock le regarda. Ses lèvres tremblaient.

— Et pourquoi pas ? fit-il. Chaque nouvelle ère a sa nouvelle religion.

— Cette cérémonie dépend entièrement du contrôle que vous exercez sur ces créatures, dit Pendergast. Si elles savent que les effets de la drogue sont irréversibles, quelle autorité aurez-vous sur elles ?

Des murmures s'élevèrent parmi les Hydreux les plus proches.

— Ça suffit ! cria Frock en frappant dans ses mains. Assez perdu de temps. Préparez-les !

Margo se sentit empoignée sous les aisselles et relevée de force. On lui mit un couteau sous la gorge. Frock la regarda avec, une fois encore, une expression ambiguë.

— Je regrette que vous ne puissiez connaître le grand changement avec nous, dit-il. Mais beaucoup tomberont en cette période transitoire. C'est inévitable. Ne m'en voulez pas.

Smithback s'élança vers Frock mais fut vite maîtrisé.

— Docteur Frock ! cria Pendergast. Margo a été votre étudiante ! Rappelez-vous comme nous avons lutté contre le Mbwun tous les trois ! Docteur Frock, vous n'êtes pas entièrement responsable de ce qui s'est passé ! Vous pouvez encore faire machine arrière !

— Pour détruire ma vie ? Que je fasse machine arrière... vers quoi, monsieur l'agent du F.B.I. ? Vers mon titre purement honorifique et plutôt ridicule, vous en conviendrez, de professeur émérite à la retraite ? Vers les dernières années de ma vie ? Oh, je suis sûr que Margo n'aura pas manqué de vous parler de l'autre effet secondaire de cette drogue : elle élimine la concentration des radicaux libres dans la masse moléculaire des tissus vivants. Autrement dit, elle prolonge l'existence. Vous voudriez que je renonce à ma liberté de mouvements ET à la vie ? Vous plaisantez ?

Il consulta sa montre.

— 23 h 40, annonça-t-il. Nous n'avons plus le temps.

Soudain, il y eut comme un souffle d'air, une série de crépitements et de petits nuages de poussière jaillirent des crânes au sommet de la hutte. Margo se rendit compte que c'était un tir de pistolet-mitrailleur.

Il y eut un bruit sourd. Puis un autre. Et tout le Pavillon de cristal explosa en un jaillissement de lumière. Des cris de peur et de douleur résonnèrent de tous côtés. Il y eut une autre explosion. Les chants furent happés par la confusion générale. Margo entendit monter des cris de colère. Elle ferma les yeux. Autre explosion. Autres cris de douleur. Elle se rendit compte qu'un des deux Hydreux qui la tenaient lui avait lâché le bras. Mue par l'énergie du désespoir, elle se libéra de l'étreinte du second, se jeta à terre, fit des roulés-boulés, se réceptionna à quatre pattes et regarda autour d'elle en clignant des yeux. Des flammes immenses montaient du sol. Les Hydreux gisaient par terre, la tête dans les mains ou cachée sous leurs capuchons, se tordant de douleur. Non loin d'elle, D'Agosta et Pendergast avaient eux aussi réussi à se libérer et couraient porter secours à Smithback.

Soudain, il y eut une explosion encore plus forte que les précédentes et tout un côté de la hutte s'effondra, en flammes. Une pluie d'os vola dans les airs.

— Certains hommes du S.E.A.L. doivent s'en être tirés, cria Pendergast en tirant Smithback vers eux. Ces tirs proviennent du quai. Allons-y tant qu'on est libres de nos mouvements. Où est Méphisto ?

— Arrêtez-les ! hurla Frock en se protégeant les yeux d'une main.

Mais les Hydreux, aveuglés, couraient de tout côté dans la confusion la plus totale.

Une autre grenade tomba juste devant la hutte, faisant voler en éclats la haie d'os longs et l'un des chaudrons. Une coulée de liquide fumant se répandit sur le sol, luisante dans le faisceau de la lampe-torche. Les Hydreux poussèrent des cris d'horreur et ceux qui étaient par terre se mirent à laper goulûment la précieuse décoction. Frock hurlait et gesticulait dans la direction d'où venaient les tirs.

374

D'Agosta et les autres coururent se réfugier derrière la hutte. Margo regarda autour d'elle, en quête de son fourre-tout. La lumière commençait à faiblir et quelques créatures avançaient sur eux, une main en visière, l'autre tenant un couteau en silex.

— Docteur Green ! cria Pendergast. Venez !

Soudain, elle vit son sac, éventré, sur le sol poussiéreux. Elle s'en saisit et courut à la suite de Smithback. Le groupe dut s'arrêter devant le tunnel menant au quai, bloqué par un rang d'Hydreux.

— Oh, merde, fit Pendergast.

— Eh ! résonna soudain la voix de Méphisto. Napoléon de mes deux !

Margo vit Méphisto qui grimpait sur l'un des quais déserts, son collier de turquoises se balançant autour de son cou.

Frock se tourna vers lui, plissant les yeux.

— Alors, comme ça, je suis un clodo camé jusqu'à l'os ? hurla Méphisto. Regarde ça !

Il plongea une main dans l'entrejambe de son pantalon crasseux et en sortit une sorte de disque en plastique vert.

— Tu sais ce que c'est ? cria-t-il. Une mine antipersonnel. Des pointes de métal enrobées de Téflon ! Une charge équivalente à vingt grenades ! Ça fait mal, c'est moi qui te le dis !

Méphisto fit mine de la lancer en direction de Frock.

— Elle est armée. Alors, je te conseille de demander à tes laquais de s'écarter.

Les Hydreux ne bougeaient plus.

— C'est du bluff, répondit Frock d'une voix calme. Tu es un moins que rien, mais je ne pense pas que tu sois prêt à te suicider pour autant.

— T'en es sûr ? fit Méphisto avec un sourire mauvais. Je vais te dire un truc. Je préfère être réduit en bouillie plutôt que de finir comme bibelot dans ta cahute.

Il fit un signe de tête à Pendergast.

— Hé, la Tombe de Grant ! Tu me pardonneras, j'espère, d'avoir volé ce joujou dans ton armurerie. Les promesses, c'est bien beau, mais je voulais être certain que plus personne, jamais, ne s'attaquerait à la route 666. Alors, maintenant, vous avez intérêt à vous radiner dare-dare de ce côté si vous voulez qu'on ait une chance de remonter.

Pendergast secoua la tête et tapota sa montre pour lui faire comprendre qu'ils n'avaient plus le temps. Frock gesticulait comme un fou vers les créatures qui cernaient les quais.

— Égorgez-le ! cria-t-il.

Les Hydreux s'avancèrent en masse vers Méphisto, qui s'éloigna vers le milieu du quai.

— Bye-bye, m'sieur Whitey ! cria-t-il. Souviens-toi de ta promesse !

Margo détourna la tête au moment où il lançait le disque dans les rangs des Hydreux à ses pieds. Il y eut mille éclairs de lumière orangée, l'espace humide et sale s'emplit d'une chaleur solaire, puis il y eut une secousse tellurique qui la projeta à terre. Elle se redressa sur les genoux et regarda autour d'elle : un rideau de flammes s'était élevé derrière les décombres de la hutte, rouge sur la lumière blafarde des fusées éclairantes. Pendant un bref instant, elle vit la silhouette de Frock — bras levés en un geste de triomphe, ses cheveux blancs léchés par des langues de feu — avant que tout soit englouti dans des tourbillons de fumée et de flammes.

Dans la confusion générale, les Hydreux qui leur barraient la route avaient rompu les rangs.

— Vite ! cria Pendergast.

Margo ramassa son sac et courut derrière les autres. Ils passèrent sous la voûte à l'autre bout du Pavillon de cristal. Débouchant sur le quai, elle vit que D'Agosta et Smithback s'étaient arrêtés devant un homme en combinaison de plongée, le visage mouillé de sueur et barbouillé de noir.

Elle entendit des respirations sifflantes derrière elle, de plus en plus proches. Les Hydreux avaient reformé leurs rangs et leur fonçaient dessus. Margo s'arrêta et leur fit face.

— Margo ! lui cria Pendergast. Mais qu'est-ce qui vous prend ?

— Il faut les empêcher d'aller plus loin ! répondit-elle en fouillant dans son sac. On n'arrivera pas à les semer !

— Ne faites pas l'idiote ! dit Pendergast.

Margo l'ignora, sortit deux bouteilles de son sac, en prit une dans chaque main et aspergea l'entrée du passage voûté.

— Arrêtez-vous ! cria-t-elle. Ces bouteilles sont pleines de vitamine D ! Assez pour tuer un groupe sept fois plus nombreux que vous !

376

Un Hydreux fonça sur elle en brandissant son couteau. Elle l'aspergea au visage puis arrosa un deuxième. Les deux créatures tombèrent par terre en se tordant de douleur. Une odeur âcre de peau brûlée emplit l'air.

Les autres Hydreux s'arrêtèrent, marmonnant des sons incompréhensibles.

— De la vitamine D ! hurla Margo. De la lumière en bouteille !

Elle en jeta deux minces filets par-dessus les rangs des Hydreux. Ils poussèrent des sortes de petits gémissements et se protégèrent la peau du mieux qu'ils purent sous leurs houppelandes. Margo fit un pas vers eux et arrosa ceux du premier rang. Ils tombèrent par terre en poussant des cris déchirants. Elle s'avança encore, arrosant de droite à gauche. Les cris redoublèrent, puis les rangs des Hydreux se disloquèrent et ils s'enfuirent, abandonnant leurs congénères blessés à leur triste sort.

La jeune femme recula et vida le reste de la solution sur toute la largeur du passage, les parois et la voûte de telle façon que la sortie en soit complètement imbibée. Elle jeta les bouteilles vides et rejoignit les autres en courant. Ils l'attendaient devant une trappe grillagée au bout du quai.

— Il faut qu'on retourne au point de ralliement, disait le plongeur. Les charges devraient sauter d'ici dix minutes.

— À vous l'honneur, Margo, dit D'Agosta.

Au moment où elle se laissait tomber dans la conduite, une série d'explosions fracassantes résonnèrent au-dessus de sa tête.

— Nos charges ! cria D'Agosta. Les incendies ont dû les déclencher prématurément.

Pendergast se retourna pour lui répondre mais fut coupé dans son élan par un grondement sourd qui monta du sol sous ses pieds et fit vibrer tout son corps à mesure qu'il gagnait en amplitude. Un vent étrange souffla dans le passage voûté — le déplacement d'air dû à l'effondrement du Pavillon de cristal —, porteur de poussière, de fumée, de détritus et d'une odeur de sang.

62.

Margo se laissa glisser dans le conduit et atterrit dans un long tunnel où crépitaient les derniers feux d'une fusée éclairante. Des tas de gravats affleuraient ici et là à la surface de l'eau dormante. Au-dessus d'elle, la terre tremblait toujours. De la poussière et des débris de toutes sortes s'engouffraient dans le conduit et se posaient sur ses épaules.

Smithback tomba dans l'eau à côté d'elle, suivi par Pendergast, D'Agosta et le plongeur.

— Qui êtes-vous ? lui demanda D'Agosta. Et qu'est-il arrivé à vos collègues du S.E.A.L. ?

— Je ne fais pas partie du S.E.A.L., répondit l'homme. Je suis de la fluviale. Je m'appelle Snow.

— Tiens donc, fit D'Agosta. Celui par qui tout est arrivé !

Le plongeur alluma une fusée éclairante, et le tunnel baigna dans une lueur cramoisie.

— Oh, c'est pas vrai ! murmura Smithback.

Margo se rendit compte que ce qu'elle avait pris pour des gravats était en fait les corps décapités de plongeurs en combinaison abandonnés à leur agonie muette. Les parois du tunnel étaient balafrées d'innombrables impacts de balles et de grenades.

— C'était l'équipe Gamma, murmura Snow. Quand mon coéquipier s'est fait tuer, j'ai couru ici pour venir leur prêter main-forte. Des créatures m'ont poursuivi dans le conduit, et puis elles ont laissé tomber, je me demande pourquoi...

— Elles ont dû avoir peur d'arriver en retard au bal des débutantes, dit D'Agosta en contemplant l'étendue du massacre d'un regard dur.

— Vous n'avez vu aucun autre du S.E.A.L. au-dessus, chef ? demanda Snow. J'ai suivi leurs empreintes, j'espérais que certains avaient survécu...

Il laissa sa phrase en suspens. Le silence se fit pesant.

— Bon, allons-y, dit Snow d'une voix pressante. Il y a encore vingt kilos de plastic qui vont sauter.

Ils s'engagèrent dans le tunnel, Snow et D'Agosta en tête. Margo les vit s'enfoncer sous une voûte au bout du tunnel. À côté d'elle, Smithback respirait de plus en plus difficilement. Margo laissa errer son regard sur le sol. Tout autour d'elle gisaient les corps déformés et ensanglantés d'une dizaine de créatures. Elle aperçut un capuchon dont les rebords brûlés laissaient voir une peau marbrée au réseau veineux extraordinairement épais.

— Étonnant, dit Pendergast en la rejoignant. Faciès reptilien, c'est indéniable, et pourtant les attributs humains prédominent. Une étape intermédiaire, pourrait-on dire, entre l'homme et le Mbwun. Bizarre, tout de même, que les métamorphoses soient plus importantes chez certains sujets que chez d'autres. Dommage qu'on n'ait pas le temps de faire des examens poussés.

Ils débouchèrent dans une vaste salle au bout du tunnel où leurs pas résonnèrent à tous les échos. D'autres corps gisaient dans l'eau peu profonde.

— C'était notre point de ralliement, dit Snow tout en fouillant vivement dans le matériel toujours posé au pied de la paroi. Il y a assez de bouteilles pour nous tous, mais pas assez de combinaisons. Bon, il faut faire vite. Si on est encore là quand les charges vont exploser, toute cette salle va nous tomber sur la tête.

Pendergast tendit une bouteille d'air comprimé à Margo.

— Docteur Green, nous devons vous remercier. C'est grâce à vous que nous avons pu nous en sortir. Et je vous promets de vous emmener dans mes prochaines excursions.

Margo eut un petit sourire et chaussa des palmes.

— Merci, mais une m'a suffi.

Pendergast se tourna vers Snow.

— Quel est votre plan pour sortir d'ici ? lui demanda-t-il.

— Nous sommes rentrés par la station d'épuration sur l'Hudson, répondit Snow en chargeant la bouteille d'air comprimé sur ses épaules. On devait ressortir par la partie nord du Latéral du West Side, au niveau de la 125ᵉ Rue.

— Vous pouvez nous y emmener ? lui demanda Pendergast en aidant Smithback à fixer sa bouteille d'air comprimé.

— Je crois, répondit Snow, qui sortait des masques de la pile d'équipement. J'ai vu les plans du commandant. On fait le chemin en sens inverse jusqu'à la première colonne montante. De là, on atteindra le déversoir qui nous mènera au Latéral. Mais il va nous falloir nager longtemps et être très prudents. Il y a pas mal de vannes, de conduits collecteurs. Si on se perd là-dedans...

— J'ai compris, le coupa Pendergast en s'harnachant de ses bouteilles d'air comprimé. Smithback, Margo, vous avez déjà fait de la plongée ?

— J'ai pris quelques leçons au lycée, fit Smithback en prenant le masque que Pendergast lui tendait.

— Avec tuba, aux Bahamas, répondit Margo.

— Le principe est le même, lui dit Pendergast. Respirez normalement, restez calme, et tout se passera bien.

— Dépêchez-vous ! les pressa Snow.

Il courut jusqu'au bout de la caverne, talonné par Smithback et Pendergast. Margo les suivit en fixant la courroie d'attache de ses bouteilles.

Soudain, elle se cogna contre Pendergast qui s'était arrêté et regardait par-dessus son épaule.

— Vincent ? fit-il.

Margo se retourna. D'Agosta ne bougeait pas, bouteilles d'air comprimé et masque toujours à ses pieds.

— Allez-y, leur dit-il.

Pendergast le regarda d'un air interrogateur.

— Je ne sais pas nager.

Snow jura entre ses dents. Personne ne bougea. Puis Smithback s'avança vers le lieutenant.

— Je vais vous aider. Vous n'aurez qu'à vous accrocher à moi.

— Je vous avais prévenus, fit D'Agosta. J'ai grandi dans le Queens. Je nage comme un fer à repasser.

380

— Pas avec cette bouée, fit Smithback en lui tapotant le ventre.

Il prit une bouteille d'air comprimé par terre et força D'Agosta à s'en harnacher.

— Vous vous accrochez à moi, et tout ira bien. Je nagerai pour deux. Il faudra garder la tête au-dessus de l'eau dans le second sous-sol. Sinon, faites exactement ce que je ferai.

Il jeta un masque à D'Agosta et le poussa vers le groupe. Au fond de la salle, une rivière souterraine s'enfonçait dans l'obscurité. Snow et Pendergast ajustèrent leurs masques et plongèrent. Margo fit glisser son masque sur ses yeux, plaça l'embout du détendeur dans sa bouche et se glissa à son tour dans l'eau noire. L'oxygène des bouteilles était une vraie bénédiction après l'air vicié du tunnel. Derrière elle, elle entendit un plouf sonore et vit D'Agosta patauger comme il pouvait dans l'eau visqueuse et tiédasse, soutenu par Smithback.

Margo nagea aussi vite qu'elle put dans le tunnel en suivant l'éclairage vacillant de la lampe frontale de Snow, s'attendant à chaque instant que la caverne s'écroule sous les déflagrations des pains de plastique placés par les hommes du S.E.A.L. Devant elle, Pendergast et Snow s'étaient arrêtés. Elle les rattrapa.

— Immersion à partir d'ici, dit Snow. Attention à ne pas déchirer votre combinaison et surtout n'avalez rien. Il y a une vieille conduite métallique à la base de ce tunnel, et...

À cet instant, ils sentirent les débuts d'une vibration au-dessus de leurs têtes : un tremblement sourd, cadencé, qui enflait et prenait de plus en plus d'ampleur.

— Qu'est-ce que c'est ? fit Smithback. Le plastique ?

— Non, répondit D'Agosta. Écoutez : c'est un bruit continu. Ça doit être la vidange du Réservoir. Plus tôt que prévu.

Ils restèrent immobiles dans les eaux noires et croupies de la caverne souterraine, fascinés malgré le danger par le grondement majestueux de millions de mètres cubes d'eau qui se déversaient dans l'ancien réseau de canalisations au-dessus de leurs têtes et venaient droit sur eux.

— Plus que trente secondes avant l'explosion des dernières charges, fit remarquer Pendergast d'une voix calme en consultant sa montre.

Margo s'efforçait de respirer calmement. Si les charges n'explosaient pas à temps, ils étaient perdus.

Le tunnel se mit à vibrer violemment, la surface de l'eau à osciller de plus en plus fort au point de faire des vagues. Des petits bouts de charpente et de ciment tombèrent tout autour d'eux. Snow ajusta son masque, fit un signe de tête encourageant à ses compagnons et s'enfonça dans l'eau. Smithback le suivit en entraînant D'Agosta malgré ses protestations. Pendergast fit signe à Margo de plonger avant lui. Elle s'enfonça dans les ténèbres, essayant de suivre la petite lumière de la lampe frontale de Snow qui descendait, descendait puis disparut dans une étroite conduite recouverte de rouille.

Le tunnel fit deux coudes. Margo jeta un rapide coup d'œil derrière elle pour s'assurer que Pendergast suivait toujours. Dans la faible lumière des eaux tourbillonnantes et terreuses de l'effluent, elle le vit qui lui faisait signe d'avancer.

Devant elle, le groupe s'était arrêté au point de jonction avec un conduit vertical en acier étincelant. Sous ses pieds, Margo en vit un plus étroit qui s'enfonçait vers le bas. Snow fit un signe vers le haut, indiquant que le déversoir qui menait au Latéral du West Side était juste au-dessus d'eux.

Soudain, il y eut un grondement derrière eux, horrible, amplifié par l'étroitesse de cet espace empli d'eau. Il y eut deux fortes secousses coup sur coup. Sous l'éclairage tremblotant de la lampe frontale, Margo vit les yeux écarquillés de Snow. Les derniers pains de plastic venaient de sauter juste à temps, faisant s'écrouler les déversoirs du Grenier des Enfers, le scellant à tout jamais.

Au moment où Snow leur indiquait frénétiquement qu'ils devaient aller vers le haut, Margo sentit une résistance dans ses jambes, comme si une lame de fond s'apprêtait à la tirer en arrière. Cette sensation disparut aussi vite qu'elle était venue, mais l'eau autour d'elle lui parut plus dense. Pendant un quart de seconde, elle eut l'impression étrange d'être en suspension dans l'œil d'un cyclone.

Puis il y eut une nouvelle explosion, l'étroit conduit s'écroula au-dessus de sa tête sous les hurlements de son armature d'acier, et, tandis que le grondement s'amplifiait, Margo se sentit aspirée dans les ténèbres liquides.

63.

Le sergent Hayward remontait le Mall en courant, Carlin à ses côtés. Malgré son gabarit, il faisait de longues foulées aussi gracieuses que celles d'un sportif de haut niveau. Apparemment, la rencontre avec les taupes, le gaz lacrymogène et le chaos qu'ils avaient trouvé à la surface ne lui avaient fait ni chaud ni froid.

Dans l'obscurité de Central Park, le vacarme qui leur avait paru si lointain tout à l'heure était assourdissant : des cris étranges, sorte de mélopée gutturale, montaient et descendaient comme s'ils possédaient une vie propre. Des lueurs d'incendie jetaient sur les nuages échevelés des reflets cramoisis.

— Putain, fit Carlin, on dirait qu'un million de personnes sont en train de s'entre-tuer.

— C'est peut-être le cas, lui répliqua Hayward en voyant un commando de la garde nationale foncer au pas de course vers le nord.

Hayward et Carlin franchirent le Bow Bridge, firent le tour du Ramble et s'approchèrent des lignes arrière de défense des forces de police. Une file de véhicules étaient garés dans le parc, moteur au ralenti. Un hélicoptère ventru survolait les rues à hauteur des arbres, giflant l'air de son énorme rotor. Des policiers avaient encerclé le château du Belvédère. Un lieutenant fit signe à Hayward de le rejoindre. Toujours flanquée de Carlin, elle traversa l'esplanade du château et gravit les marches qui menaient au pied des remparts. Là — au beau milieu d'une foule de gradés de la police, d'élus municipaux, de gardes nationaux et d'hommes à l'air nerveux qui parlaient au téléphone portable — se trouvait le chef de la police, Horlocker, qui avait pris un sacré coup de vieux depuis que Hayward l'avait vu pour la dernière fois, quelques heures plus tôt. Il avait l'air d'un boxeur à la fin du douzième round. Il s'était adossé au mur du Château comme s'il avait besoin de soutien.

— Bon, fit-il en soupirant, est-ce qu'ils ont fini de mettre la thyoxine dans le Réservoir ?

— Oui, lui répondit un policier. Il y a un petit quart d'heure.

— Pourquoi on ne m'a pas tenu au courant, bordel ? fit-il. Il posa le regard sur Hayward.

— Des nouvelles de D'Agosta ? lui demanda-t-il en se décollant du mur.

— Non, chef.

— De Waxie ?

— Non, chef.

— Oh, bon Dieu de bon Dieu de bon Dieu, marmonna-t-il en se laissant de nouveau aller contre le mur. Quelle heure est-il ?

— 23 h 50, lui répondit le policier.

— Mais comment ça se fait qu'ils continuent à foutre le bordel ? dit-il en montrant la Grande Pelouse.

— Quand on essaie de les embarquer, ils se dispersent et se reforment ailleurs. Et on dirait qu'il en arrive de partout. Ils rentrent dans le parc côté sud. Durs à mater, sans gaz lacrymo...

— Ben, pourquoi vous ne les utilisez pas ?

— Ce sont vos ordres, chef.

— Mes ordres ? Ceux de la bande à Wisher sont partis, maintenant, alors allez-y, gazez-moi tout ça !

À cet instant, il y eut un bruit d'explosion, mais curieusement sourd, comme s'il montait du centre de la Terre. Horlocker sembla reprendre vie.

— Vous entendez ça ? dit-il en se redressant d'un bond. Ce sont les charges ! Le plastique !

Les policiers qui l'entouraient applaudirent des deux mains. Carlin se tourna vers Hayward, l'air perplexe.

— Des charges ? fit-il. Quelles charges ?

— Si je savais, répondit Hayward avec un haussement d'épaules. Je me demande ce qui les rend si joyeux quand on voit ce bordel.

384

Ils se tournèrent tous deux vers la Grande Pelouse, où le spectacle était toujours aussi ahurissant. Cris de rage, insultes et coups de poing montaient vers eux. Soudain, Hayward entendit un souffle étrange au-delà de la pelouse, comme si les fondations mêmes de Manhattan cédaient sous le poids de ces affrontements. Alors, elle remarqua que la surface du bassin du Réservoir, d'habitude aussi étale que celle d'un étang, étaient agitée de petits remous et qu'une myriade de bulles éclataient en son centre.

Le silence s'abattit sur le poste de commandement et tous les yeux se tournèrent vers le Réservoir.

Il y eut un énorme bruit de succion immédiatement suivi du grondement terrifiant de millions de mètres cubes d'eau se déversant avec une force incroyable dans les sous-sols de Manhattan. Pendant ce temps-là, sur la Grande Pelouse, la bataille faisait rage. Au-delà des cris, Hayward entendait ou, plutôt, sentait l'eau se répandre dans un vaste réseau de galeries souterraines et de tunnels oubliés depuis longtemps.

— Trop tôt ! cria Horlocker.

La surface du bassin du Réservoir baissait à vue d'œil, lentement d'abord, puis de plus en plus vite.

— Arrêtez ! cria Horlocker.

Le niveau d'eau continuait de baisser inexorablement, exposant les parois fissurées du bassin. Soudain, le grondement faiblit, la surface de l'eau redevint plus calme, la baisse de niveau ralentit.

Le silence régnait toujours en maître au poste de commandement.

Hayward vit alors un filet de bulles entrer dans le Réservoir côté nord. D'abord petites, elles grossirent, grossirent jusqu'à devenir de gros bouillons.

— Putain, murmura Horlocker. Ils ont réussi.

Les déversoirs du bas étant condamnés, la vidange du Réservoir cessa. Pourtant, l'eau venant des nappes aquifères de la partie nord de la ville continuait de se déverser dans le bassin, dont le niveau augmenta à nouveau peu à peu. Bientôt, toute l'eau contenue dans le Réservoir parut trembler sous l'effet d'une pression souterraine. Dans un grondement de tonnerre, le niveau d'eau monta, monta, finit par atteindre le rebord du bassin... et déborda.

— Mon Dieu, fit Carlin. J'espère qu'ils savent nager.

Une énorme quantité d'eau se déversa sur le parc obscur dans un grondement qui couvrit les échos de la bataille. Hayward, figée sur place devant ce spectacle terrifiant, avait l'impression que la baignoire d'un géant était en train de déborder. Le courant était tellement fort qu'il retournait la terre, emportait des arbustes et des taillis. *C'est comme un fleuve en colère*, songea-t-elle. *Rien ne lui résiste.* Et ce fleuve improvisé fonçait droit sur la Grande Pelouse.

Il y eut quelques instants de suspense intolérable quand le torrent furieux disparut derrière les arbres au nord de la Pelouse ; puis il réapparut, serpent luisant qui charriait sur son dos des bouts de bois, des racines, des ordures. Quand la foule vit cette trombe d'eau arriver sur elle, les combats cessèrent illico. Et ce fut la débandade : certains grimpaient dans les arbres pour se mettre à l'abri ; d'autres couraient vers les sorties les plus proches.

Et les flots continuaient de progresser, passant tout près des terrains de base-ball, emportant d'innombrables feux de camp, renversant les poubelles, envahissant le théâtre Delacorte en un festival de gargouillis, avalant le Turtle Pond et venant s'écraser contre les remparts du Château du Belvédère dans des gerbes d'écume. Puis la crue parut cesser. La surface de ce nouveau lac artificiel se calma. Plus rien ne bougea. Et les étoiles purent enfin se refléter en toute quiétude à la surface de ce nouveau miroir que la Terre leur offrait.

Pendant un long moment, personne ne dit mot dans l'entourage de Horlocker. Puis une salve d'applaudissements éclata spontanément sur les créneaux du château du Belvédère et monta dans l'air vif de la nuit.

— Je regrette que mon père ne soit pas là pour voir ça, dit Hayward en souriant à Carlin. Il n'aurait pas manqué de dire : « Rien de tel qu'un seau d'eau pour séparer des chiens qui se battent. » Je te parie tout ce que tu veux !

64.

Le soleil levant effleurait la surface de l'Atlantique, embrassant du bout de ses rayons les côtes sablonneuses de Long Island, caressant les criques, les ports, les villages, les stations balnéaires, recouvrant de sueur la surface des routes asphaltées. À l'ouest, il illuminait les berges de New York, teintait de rose la grisaille des buildings, frappait l'East River de ses doigts d'or, faisait miroiter les façades de dix mille buildings comme pour laver la ville en lui offrant une chaleur et une lumière nouvelles.

Sous l'enchevêtrement épais des voies ferrées et des fils électriques qui passaient au-dessus de l'étroit canal connu sous le nom de Humboldt Kill, aucune lumière ne pénétrait jamais. Les immeubles qui le bordaient, aussi gris que vides, étaient trop hauts et trop serrés pour laisser passer les rayons du soleil. À leur pied gisait une eau dormante et épaisse qui clapotait seulement lorsqu'un métro passait sur la ligne aérienne.

Tandis que le soleil entamait sa course inexorable vers l'ouest, un unique rai de lumière, d'un rouge sanglant, s'enfonça dans ce labyrinthe de bois et d'acier rouillé comme un couteau dans de la chair tendre. Il disparut aussi vite qu'il était venu, mais non sans avoir éclairé une image étrange : celle d'une silhouette boueuse couchée en chien de fusil sur le fin revêtement de brique à quelques centimètres au-dessus de l'eau.

La nuit et le silence reprirent possession du canal fétide. Mais la tranquillité des lieux fut de courte durée. Un vrombissement se fit entendre dans l'aube grise, lointain d'abord, puis de plus en plus proche. Il passa au-dessus du canal. S'en éloigna. Revint. La surface de l'eau croupie se mit à frissonner, puis à trembler, comme ramenée à la vie malgré elle.

D'Agosta se tenait en vigie à l'avant de la vedette du garde-côte.

— Là ! cria-t-il au pilote en montrant la silhouette du doigt. Dites à ces hélicos de s'éloigner, bordel ! Il font remonter toute la puanteur de l'eau. On va sans doute avoir besoin d'une évacuation médicale d'urgence.

Le pilote regarda d'un air sceptique les hautes façades et les ponts au-dessus de sa tête mais ne dit rien.

Smithback s'approcha du garde-fou et scruta l'obscurité.

— C'est quoi, cet endroit ? demanda-t-il en se couvrant le nez de sa chemise.

— Le Humboldt Kill, lui répondit D'Agosta.

Il se tourna vers le pilote.

— Accostez, que le médecin puisse aller l'examiner. Mon Dieu, pourvu qu'elle aille bien, murmura-t-il pour lui-même.

Le pilote arrêta la vedette au bord du revêtement et coupa les gaz. D'Agosta et le médecin sautèrent à terre et s'agenouillèrent à côté du corps. Pendergast, à l'arrière de la vedette, observait la scène, tendu, pâle.

Margo eut un soubresaut, ouvrit les yeux et regarda autour d'elle en clignant des paupières. Elle tenta de se redresser puis porta une main à son front en gémissant.

— Margo ! C'est moi, D'Agosta.

— Ne bougez pas, lui intima le médecin tout en lui palpant le cou.

Ignorant son conseil, Margo se redressa et s'assit.

— Eh ben, il vous en a fallu du temps, les gars ! dit-elle avant d'être prise d'une quinte de toux.

— Quelque chose de cassé ? demanda le médecin.

— Tout ! répondit-elle. Ma jambe gauche, au moins.

D'une main experte, le médecin découpa le jean boueux sur toute la longueur de la jambe puis la palpa. Il examina le reste de son corps et dit quelques mots à l'oreille de D'Agosta.

— Elle va bien ! cria D'Agosta. Demandez à l'équipe médicale de nous attendre au dock.

— Alors ? fit Margo. Où étiez-vous ?

— On ne savait pas où vous aviez disparu, ma chère, dit Pendergast qui les avait rejoints. On a retrouvé l'une de vos palmes dans un bassin de décantation de la station d'épuration, en miettes. On a craint que... Enfin, tout de suite après, on a décidé de faire des recherches au niveau de tous les déversoirs secondaires du Latéral du West Side.

— Quelque chose de cassé ? cria Smithback de la vedette.

— Tout juste une fracture incomplète, dit le médecin. Préparons la civière...

— Je crois que je peux..., fit Margo en tentant de se lever.

D'Agosta l'arrêta d'un geste.

— On fait ce qu'a dit le docteur, lui dit-il, un brin paternel.

Smithback et le pilote firent passer la civière par-dessus bord, puis le journaliste sauta à terre pour aider à y installer Margo. Il fallut que les trois hommes unissent leurs efforts pour la hisser à bord.

— Sortez-nous de là, et vite, fit D'Agosta au pilote.

Le moteur Diesel vrombit, la vedette démarra en marche arrière puis s'élança sur les eaux mortes du canal. Margo appuya délicatement la tête sur un coussin gonflable tandis que Smithback lui rinçait le visage et les mains avec une serviette humide.

— Ça fait du bien, murmura-t-elle.

— Dans dix minutes, on vous débarque, lui dit Pendergast. Et dans vingt, vous êtes bien au chaud dans un lit d'hôpital.

Margo faillit protester, mais le regard de Pendergast l'en empêcha.

— Notre ami Snow nous a parlé de certaines choses qui poussent dans le Humboldt Kill, dit-il. Croyez-moi, ça vaut mieux pour vous.

— Que s'est-il passé ? demanda Margo en fermant les yeux et en se laissant bercer par les vibrations rassurantes du bimoteur.

— De quoi vous souvenez-vous ? lui demanda Pendergast.

— D'avoir été séparée de vous... de l'explosion...

— L'explosion vous a projetée dans une conduite de drainage, expliqua Pendergast. Avec l'aide de Snow, nous sommes passés par la colonne montante et nous sommes finalement sortis dans l'Hudson. Vous avez dû être aspirée dans le déversoir latéral qui se vide dans le Humboldt Kill.

— Apparemment, vous avez suivi le même chemin que les deux squelettes, fit D'Agosta.

Margo semblait s'être assoupie. Puis elle remua les lèvres et finit par articuler :

— Frock...

Pendergast lui posa un doigt sur la bouche.

— Plus tard, dit-il. Chaque chose en son temps.

Margo secoua la tête.

— Comment a-t-il pu faire ça ? murmura-t-elle. Prendre cette drogue... faire construire cette épouvantable hutte...

— Eh oui, remarqua Pendergast, c'est toujours très perturbant de voir à quel point on ne connaît pas les gens qui nous entourent. Qui peut dire quels désirs secrets brûlent en leur âme ? On n'aurait jamais soupçonné que Frock souffrait à ce point-là d'avoir perdu l'usage de ses jambes. Sa mégalomanie était déjà plus évidente. Tous les grands chercheurs le sont plus ou moins. Il a dû voir tout de suite que Kawakita avait affiné la drogue — il est évident que celle qu'il avait prise lui-même était déjà modifiée par rapport à celle avec laquelle il avait créé les Hydreux. Frock était sûr de lui au point de ne pas douter un seul instant qu'il réussirait là où Kawakita avait échoué. Il a pressenti les potentialités correctives de la drogue et les a poussées à leur extrême limite. Mais si la dernière version du « glaze » ne détruisait plus le corps elle détruisait le cerveau. Et ses désirs les plus profonds, les plus secrets ont ainsi été magnifiés, pervertis et sont devenus l'unique mobile de ses actes. La hutte est l'ultime illustration de sa folie. Il se prenait pour Dieu — pour son Dieu, celui de l'évolution.

Margo grimaça, inspira profondément, ferma de nouveau les yeux et se laissa bercer par le tangage de la vedette. Ils sortirent du Cloaca, filèrent sur le Spuyten Dyvil et atteignirent l'Hudson. Déja, l'aube s'effaçait devant une chaude journée d'été. D'Agosta regardait silencieusement le sillage écumeux de la vedette.

Dans son demi-sommeil, Margo sentit une épaisseur dans sa poche. Elle y glissa la main et en sortit l'enveloppe que Méphisto lui avait donnée quelques heures auparavant. Elle la décacheta avec curiosité. Elle contenait une feuille de papier, mais le message qui y était écrit avait été délavé par les eaux ; l'encre avait dégouliné en longues traînées bleuâtres. Il y avait aussi une photographie noir et blanc fanée et froissée. C'était celle d'un petit garçon joufflu en salopette et minicasquette de conducteur de train, à califourchon sur un cheval à bascule. L'enfant regardait l'objectif en souriant. À l'arrière-plan, on voyait un vieux mobile-home entouré de cactus. Et, dans le lointain, une chaîne de montagnes. Margo regarda la photographie un long moment, voyant dans le visage heureux de l'enfant le fantôme de l'homme qu'il était devenu. Puis elle la replaça délicatement dans l'enveloppe qu'elle remit dans sa poche.

— Et le Réservoir ? demanda-t-elle à Pendergast.

— Le niveau n'a plus fluctué depuis six heures, répondit-il. Apparemment, l'eau a été contenue.

— Donc, nous avons réussi.

Pendergast ne répondit pas.

— Oui ou non ? insista-t-elle.

Pendergast détourna la tête.

— Il semblerait.

— Comment ça ? Vous n'en êtes pas sûr ?

Il tourna vers elle son regard bleu pâle.

— Avec de la chance, les tunnels qui se sont effondrés vont endiguer le trop-plein, et il n'y aura pas de fuite. D'ici à vingt-quatre heures, la thyoxine aura détruit les plantes qui sont encore dans le Réservoir et les tunnels en dessous. Mais on ne peut pas en être sûr — pas encore.

— On le saura un jour, quand même ?

D'Agosta sourit.

— Je vais vous dire, fit-il. Dans un an jour pour jour, je vais aller manger chez Mercer, dans South Street, je commanderai un bon steak bien saignant, et, si je n'en ressors pas en voyant des petits éléphants roses, alors on pourra dire que c'est gagné.

— Pour ma part, dit Pendergast, je vais faire une croix sur les *frutti del mare* pendant un moment.

Margo le regarda du coin de l'œil, prête à rire avec lui de sa petite plaisanterie. Mais il ne se départit pas de son air grave et sérieux. Finalement, elle finit par hocher la tête d'un air compréhensif.

EN FIN DE COMPTE

Reprenons Notre Ville n'organisa pas d'autres manifestations. Mme Wisher devint membre honoraire du conseil municipal de New York, chargée des relations avec les électeurs. Lorsqu'une nouvelle équipe fut élue l'année suivante, elle put mettre en place un programme d'instruction civique. Un petit carré de pelouse dans la 53e Rue est porte désormais le nom de square Pamela Wisher.

Laura Hayward refusa une promotion et préféra prendre une année sabbatique pour terminer ses études à l'université de New York.

Le récit de première main que publia Bill Smithback de cette nuit terrible resta plusieurs mois en tête des listes des meilleures ventes — et ce, malgré les coupes importantes imposées par les pouvoirs publics sous le contrôle de l'agent du F.B.I. Pendergast. Sur une suggestion — ou plutôt un ordre — de Margo, Smithback renonça à cinquante pour cent de ses droits d'auteur au profit de diverses œuvres caritatives qui s'occupent des sans-abri.

Un an jour pour jour après l'inondation des tunnels de la ligne Astor, Pendergast, D'Agosta et Margo Green déjeunèrent ensemble dans le célèbre restaurant de fruits de mer de South Street Seaport. Nul ne sait ce qu'ils se sont dit, mais une chose est sûre : en sortant, D'Agosta était hilare et, manifestement, soulagé.

NOTE DES AUTEURS

Si les personnages et les événements décrits dans ce roman sont fictifs, il n'en est pas de même pour le monde souterrain qu'il évoque et ses habitants. On estime à plus de cinq mille le nombre de sans-abri qui vivent dans le labyrinthe de galeries souterraines, stations désaffectées, tunnels de métro, anciennes canalisations et autres lieux à l'abandon sous Manhattan qui, par endroits, peuvent aller jusqu'à trente niveaux sous terre. La gare de Grand Central elle-même est construite au-dessus de sept niveaux de tunnels et galeries. La ligne Astor, avec ses luxueuses salles d'attente rongées par le temps, existe bel et bien, mais sous un autre nom, à un autre endroit et à plus petite échelle.

La plupart des choses qui sont rapportées sur les « taupes » sont exactes. Dans beaucoup d'endroits souterrains, les sans-abri se sont organisés en communautés — telles que « La Route de Birmanie » ou « Les Condos » — qui sont dirigées par un « maire ». Parmi ceux qui vivent au sein de ces communautés, il en est qui ne sont pas remontés à la surface depuis plusieurs semaines, mois, voire années, et leurs yeux se sont habitués à des niveaux de luminosité très bas. La nourriture leur est amenée par les « coursiers », et, quand ils sont à court de vivres, il leur arrive de manger du « lapereau du rail », comme nous l'avons décrit dans le roman. L'une de ces communautés au moins a un instituteur à mi-temps — car il y a aussi des enfants qui vivent là, souvent amenés par leurs mères pour éviter que la garde ne leur soit retirée. Il est exact que les taupes communiquent entre elles en morse, en tapant sur les canalisations. Et certaines prétendent avoir vu les vestiges fabuleux d'une somptueuse salle d'attente du siècle passé, profondément enterrée sous la ville — avec des miroirs dorés à l'or fin, des fresques murales, une fontaine, un piano à queue et un immense lustre à pampilles — en tout point identique au Pavillon de cristal.

Les auteurs tiennent à attirer l'attention des lecteurs sur l'ouvrage de Jennifer Toth, *The Mole People* (« Les Taupes »), Chicago Review Press, 1993, dont la lecture leur a été très précieuse.

REMERCIEMENTS

Les auteurs tiennent à exprimer toute leur gratitude à Bob Gleason, Matthew Snyder, Denis Kelly, Stephen de Las Heras, Jim Cush, Linda Quinton, Tom Espensheid, Dan Rabinowitz, Caleb Rabinowitz, Karen Lovell, Mark Gallagher, Bob Wincott, Lee Suckno et Georgette Piligian.

Une mention spéciale pour Tom Doherty et Harvey Klinger car, sans leurs conseils, « Le Grenier des enfers » n'aurait pu être mené à bien.

Merci à toute l'équipe de vente de chez Tor/Forge pour leur professionnalisme et leur engagement.

Et, surtout, merci à vous, chers lecteurs. C'est votre enthousiasme pour « Superstition » qui nous a poussés à écrire cette suite.

À vous tous — ainsi qu'à tous les autres qui auraient mérité d'être mentionnés —, nos plus vifs remerciements.

*Ce volume a été composé
par Nord-Compo
et achevé d'imprimer en décembre 1998
par **Bussière Camedan Imprimeries**
à Saint-Amand-Montrond (Cher)
pour le compte des éditions Robert Laffont
24, avenue Marceau, 75008 Paris*

SIMON LISTER

Simon Lister is a cricket writer and senior BBC TV news producer. His first book, *Supercat* – the authorised biography of Clive Lloyd – was shortlisted for the British Sports Book of the Year Award. It was, said the *Guardian,* 'beautifully written'. He has been a contributor to the *Wisden Cricketers' Almanack* and has covered the county game for the *Sunday Telegraph* and the *Financial Times*. For ten years, his magazine column, *Eyewitness,* has appeared in *The Wisden Cricketer* and its successor *The Cricketer*.

Simon Lister

FIRE IN BABYLON

How the West Indies Cricket Team Brought a People to its Feet

YELLOW JERSEY PRESS
LONDON

Published by Yellow Jersey Press 2016

2 4 6 8 10 9 7 5 3 1

First published in Great Britain in 2015 by Yellow Jersey Press, an imprint of Vintage, Random House, 20 Vauxhall Bridge Road, London SW1V 2SA

penguin.co.uk/vintage

Addresses for companies within The Random House Group Limited can be found at: www.randomhouse.co.uk/offices.htm

The Random House Group Limited Reg. No. 954009

A CIP catalogue record for this book is available from the British Library

ISBN 9780224092241

The Random House Group Limited supports the Forest Stewardship Council® (FSC®), the leading international forest-certification organisation. Our books carrying the FSC label are printed on FSC®-certified paper. FSC is the only forest-certification scheme supported by the leading environmental organisations, including Greenpeace. Our paper procurement policy can be found at www.randomhouse.co.uk/environment

Printed and bound in Great Britain by Clays Ltd, St Ives Plc

For Madeleine, who makes everything possible
– and everything worthwhile.

Contents

Foreword

by Clive Lloyd

When I read this book, a lot of powerful memories returned. I recalled places and events and fragments of conversations that hadn't entered my mind for years; I remembered long-forgotten scenes from dressing rooms, airport lounges, hotel lobbies. Bus journeys through Pakistani mountain passes and slightly less terrifying coach trips from Nottingham to Swansea. Once again I heard Joel Garner's deep laugh and the infectious chuckle of Alvin Kallicharran. Once more I saw that look in Viv's eyes when he knew it was going to be his day. I glimpsed Desmond Haynes's mischievous raised eyebrows, which were the sign that some kind of horseplay was around the corner.

Small moments from big games came back to me too: taking guard in a Test match at Melbourne and looking up through the heat haze and the din to see Dennis Lillee in the distance, ready to do his worst. I remember leaning on my bat at the non-striker's end at the Oval and inhaling the exuberant buzz that only a West Indian cricket crowd far from home can create. A small moment that brought me great pride. How could we not try to do our best with that kind of support?

Sitting at my desk as I write, I can almost feel my soaked shirt sticking to my shoulders again as I slumped on a dressing-room bench after a game. Time and again over ten seasons that sensation was often accompanied by dizzying elation – a Test win, a series victory and twice a World Cup. Of course, there were also times when sitting on that bench all I felt was frustration or a disappointment so heavy that it could have overwhelmed me. Reading *Fire in Babylon* has reminded me that being captain of the West Indies brought so many privileges – and so many emotions.

With the hindsight of nearly 40 years, I believe two words sum up those days: joy and hope. The joy came from sharing a field with a very special group of sportsmen, and the hope came from our belief that tomorrow could be even better, that there was more excellence to come, that the job was not complete.

From my first Test as captain at Bangalore in 1974, through the adventure of World Series Cricket, to my last Test in Sydney in 1985, I played alongside 45 other West Indian cricketers. Some, like Arthur Barrett and Rangy Nanan, I captained just a couple of times. Others, such as Vivian Richards and Michael Holding, seemed to walk on every step of the same path. But whether these men were there for a pace or a mile, we all achieved something memorable. It was an unforgettable decade. Building on what had been patiently laid down, we turned the West Indies into winners and brought joy and respect to the region. It sounds simple, unremarkable even, but when you consider our painful history, the bitter impositions forced upon those who came before us and the particular ordeals that the inhabitants of the Caribbean have had to overcome each day of their lives, you can begin to understand why winning cricket matches for the West Indies meant so much to us all – those at home and those making their way around the world. Excellence had arrived. Our collective and individual skills had at last been recognised and could not be denied any longer. We represented a people who could make a difference. As the great writer C. L. R. James put it, we had entered the comity of nations.

What I particularly like about *Fire in Babylon* is the way it explains how the tradition of West Indian cricket developed. At the end of the book – and I hope I'm not giving anything away here – the author writes that the teams led by Vivian Richards and me did not fall from passing comets, ready to go. He's right. We had to fight hard to get to where we did. We had battles with our own administrators. We took on those less discerning people who believed that men and women from the Caribbean had nothing good to offer. We stood firm against those inside the game who tried to blunt our talents by changing the laws of cricket. The players came through it all, but at times it was very tough. There are many revealing interviews in this book but, believe me, there are other things that we haven't shared, things that will stay private. It wasn't always easy. Yet even in the midst of disappointments, disagreements or setbacks, I knew that we could draw on the great men of our past for inspiration. In my playing days I always felt the shade from the branches of our cricket family tree. I believe its roots are deeper and stronger than those of all the other cricket-playing nations. I knew that Rohan Kanhai and Garry Sobers had learned from Frank Worrell and that he in turn had taken good things from the example of George Headley and Learie Constantine. When it was my time to lead the side, the knowledge that there were links in the chain to which I was connected was an invaluable source of strength.

My great hope is that today's West Indian cricketers can somehow absorb that strength too. We all know that the sides written about in *Fire in Babylon* enjoyed very different fortunes to those of the past few years. I am now in my sixth decade with West Indian cricket. I have been a player, captain, coach, manager, board member and selector. I will never give up trying to get us to where I know we can be. The joy may have been rationed in recent years, but we must always have hope. Always. Just to read about fellows like Charles Ollivierre in this book fills me with hope. Here was a young man setting off into the unknown more than a hundred years ago, unsure of the outcome. A pioneer for West Indian cricket. A man with determination and a dream. I know there are young cricketers with similar strength of character in the Caribbean today. They must be protected and encouraged.

This is a fine book indeed. I doubt there will be a better book written about this period in West Indies cricket history. We have been blessed with writers who have understood what the game has meant to the people of the Caribbean – C. L. R. James, Michael Manley, Hilary Beckles, Tony Cozier and Tony Becca. I know that the author is from London town and not Georgetown, but *Fire in Babylon* has added to that long tradition.

Clive Lloyd CBE
April 2015

Cricket is more than a sport, it is a political and social process that requires detailed investigation.

Sir Vivian Richards

For some folks it was more exciting that they were going to meet their cousin from Birmingham rather than anything Viv might do. It was about having a good day out.

Colin Babb

Prologue

Michael Holding was crying.

Crying on a cricket pitch.

He was a young man, just 21 years old, who still lived at home with his parents on the Caribbean island of Jamaica. He worked as a government computer programmer at the Central Data Processing Unit on East Street in Kingston.

He sat on his haunches and stared down at the grass as the tears came. He wasn't alone. Far from it. He was in Sydney in Australia. He was representing the West Indies in a Test match, and roughly 39,000 people inside the Sydney Cricket Ground were watching him weep. It was just after tea on Sunday 4 January 1976.

Holding was a fast bowler. Really very fast. But he hadn't played Test cricket before this tour. He had been chosen by the captain of the West Indies, Clive Lloyd, for his promise, not his results.

The West Indies were in Australia to play six Test matches. This one in Sydney was the fourth. Lloyd's side were behind in the series but it was still close. It was the toughest cricket Holding had known, but they could still win.

First ball after the tea break on the second afternoon, Holding had got the wicket of the opening batsman, Ian Redpath. Caught behind by the wicket-keeper, Deryck Murray. That brought Ian

Chappell to the crease, the former Australia captain. The West Indies were getting back in the game.

Chappell had given up the skipper's job the previous year, worn down by the grind and determined not to endure the fate of his predecessor, who had found out he'd been sacked from teammates told by a reporter. 'The bastards won't get *me* that way,' Chappell had promised his wife when he accepted the captaincy. Anyway, it wasn't his problem any longer; the responsibility of leading the country's cricket team now lay with his younger brother Greg, who was padded up in the dressing room, next in.

Ian Chappell was an articulate, thoughtful, intelligent man. He could also be opinionated, caustic and had a visceral disregard for bullshit. As he said himself, there were many more opinions around the Chappell family breakfast table each morning than there were glasses of orange juice. 'Aw, you're just like your old man,' the South Australia wicket-keeper Barry Jarman had once taunted the young Chappell on the team bus. 'You think you know everything.'

Chappell walked from the Sydney Cricket Ground dressing room to the middle of the pitch. Collar pointing up, moustache pointing down. Shirt unbuttoned almost to the nipples. Sleeves rolled up to the elbows. His articulacy, thoughtfulness and intelligence weren't evident at this exact moment; he just looked like what he was – a bloody tough cricketer.

First ball, Michael Holding bowled him a beauty. It was fast – short but not too short – on the line of the off stump. It moved away just a little after it bounced. Chappell had to play at it.

'Oh yeah, and I hit it,' he says. 'Because it was short, I edged it right next to my ear, playing a defensive shot, so to me it sounded like a bloody gun going off.'

Behind the stumps Deryck Murray took the catch. His second in two balls.

'It was about the only time in my career that I thought about walking,' says Chappell. 'I actually did a little shuffle towards the gate because I was batting at the Bradman–Noble end so the dressing rooms were off to the right. I took a pace but then my natural instincts took over and I stood there. I couldn't believe it when Reg Ledwidge didn't give me out.'

Murray was holding the ball above his head in his glove, shouting the appeal. At first slip Alvin Kallicharran threw his hands high. Lawrence Rowe at second slip joined in, and Clive Lloyd at third jumped off the ground. But umpire Ledwidge said no. He decided that the ball had not touched the bat. Ian Chappell was not out.

By now Michael Holding had run to the fielding position of extra cover as his celebration turned to dismay. He crouched down and he began to cry. The tears were caused not just by the injustice of the moment. At that instant Holding had been overwhelmed by the potency of his emotions during the past two months; the peevish, disagreeable and ill-humoured atmosphere that had polluted the West Indies dressing room. The lack of respect shown by some teammates to Lloyd and to the tour manager, who was a friend of Holding's father. The inability of his captain to provide harmony away from the ground and tactical acuity on it. The cutting comments of the Australian players and the hooting vulgarity of the spectators. He missed his family and had spent Christmas apart from them for the first time. Sitting in a crappy three-star hotel room eating rum-flavoured fruit cake sent by his mother was no substitute. And apart from all that he was being paid about £350 for the whole damned tour. If this was Test cricket, you could forget it.

'We were playing against a very good team, highly motivated with some great fast bowlers under conditions that most of us were unfamiliar with,' says Holding. 'Big grounds, huge crowds, very partisan. Yes. It was like a war. Eventually you get to realise what Test cricket is all about, and it is not as simple as it may seem.'

Holding's room-mate, Andy Roberts, was the first player to console him and help him to his feet. Lance Gibbs ran over to offer solace. Holding went back to his bowling mark but was so distracted that it took him nearly ten minutes to complete the eight-ball over. The crowd jeered and mocked. Chappell was sufficiently embarrassed by the umpire's mistake to consider giving his wicket away. The temptation passed. Instead, he hooked the last ball of Holding's over for four.

1

'Our business was to admire, wonder, imitate, learn'

The West Indian side which had landed in Australia towards the end of October 1975 was a mix. A mix of those who had seen much and those who understood very little. The opening batsman Roy Fredericks from Guyana had played 39 times for the Test team; his partner Gordon Greenidge from Barbados had played five times. Lawrence Rowe from Jamaica had scored a triple, a double century and a century in Test match innings since 1972; Vivian Richards from Antigua had yet to make that many runs combined in all of the Test matches he had played. Michael Holding didn't know the feeling of taking a Test match wicket, yet Lance Gibbs had experienced it 293 times; the Guyanese off-spinner needed just 15 more wickets to break the world record total. Clive Lloyd was older than 12 of the squad and younger than four of the men he captained.

Lloyd had been in charge of the side for 18 months. He was 31 but had known the challenges of taking decisions on others' behalves since he was a teenager. His life had changed the night he climbed on his bicycle and pedalled through a tropical storm whipping Georgetown, the capital of British Guiana on the South American mainland. He was 14 and was delivering the news to relatives that his father was dead.

Arthur Lloyd was a driver who liked to drink. He was chauffeur to an Indian doctor and had been warned many times that the amount of alcohol he drank would shorten his life, but in 1950s Georgetown a man's options for entertainment were pretty limited. There was the dance hall, the cinema, the race track and not much else. As Clive Lloyd lay in his bed, he would often hear the chink of glasses and the laughter of the jockeys from Durban Park who drank at the Lloyds' house. In the mornings he looked on aghast at his father standing in the bathroom, coughing blood into the sink. The death of Arthur Lloyd – and the manner of it – traumatised the teenager.

Lloyd had no choice but to leave school as soon he was able in order to support his widowed mother and his four younger sisters. He became an administrative clerk for the Ministry of Health, and that was his lot. Lloyd was from the black lower middle class, towards the bottom of colonial society, and he was expected to stay there. His formal education had ceased and there was no practical way of it continuing. British Guiana was a stifling place in the 1950s, where an enveloping stasis of education, the law, religion and above all class and race kept people such as Lloyd pinned in their place.

But he did have cricket.

The colony had produced few outstanding players before Lloyd was born, but then, in the 1950s, there came a flourish of talent: Rohan Kanhai, Joe Solomon and Basil Butcher. And Lance Gibbs. The off-spin bowler playing his final Test matches on the Australia tour in 1975–76 was Lloyd's older cousin. The teenager adored his cricketing relative. Gibbs had always been a talented spinner – he had to be to get recognised. When he first went for trials with the British Guiana side, he had to perform as a leg-break bowler because there was another off-spinner called Norman Wight – a light-skinned Portuguese. He wasn't as good as Gibbs, but because of the colonial structure, the enveloping stasis, he was the chosen player.

Gibbs's success brought hope to Lloyd. And he needed hope. 'In an outpost of colonialism where a young man's only capital is his body,' wrote the American sports journalist Robert Lipsyte, 'cricket heroes offered promise and possibility.' Lloyd himself would only say it was a 'rough, rough scene' and that his life was not easy. 'After my father died, I knew that I had to be somebody. Most of the decisions I made for my family, I made on my own.'

By the end of his teenage years, Lloyd had become a batsman to watch at the Demerara Cricket Club. He was developing athletic skills that would transform his life, his talent the ejector seat that flung him away from his constraints. Even so, this new trajectory was informed by the values he had learned in his early years. Like millions of other Caribbean boys born around the time of the Second World War, Lloyd experienced what they called in Georgetown a British Christian education. Sitting in a classroom in South America, he was drilled in the history, literature and moral code of a tiny distant country that had a claim over the land he lived in. He knew about Shakespeare, the rivers of England, Trafalgar.

'It was only long years after', reflected the cricket journalist and Trinidadian intellectual C. L. R. James, 'that I understood the limitations on spirit, vision and self-respect which were imposed on us by the fact that our masters, our curriculum, our code of morals, *everything* began from the basis that Britain was the source of all light and leading, and our business was to admire, wonder, imitate, learn; our criterion of success was to have succeeded in approaching that distant ideal – to attain it of course was impossible.' Lloyd himself puts it simply: 'Given where I came from and given my personal history, why the hell was I taught about the Battle of Hastings?'

Yet an unintended consequence of Lloyd's education was that the values it imparted – a commitment to excellence, the idea that knowledge brings reward, the authority of the teacher, the particular dynamics of male company – helped to make him into the sort of man who could cope intellectually with the complex challenge of captaining the West Indies cricket team. In short, his experiences in his home and his classroom informed his leadership.

The Australian summer of 1975–76 was to test it in new and unpleasant ways.

* * *

A fast bowler from Antigua, Andy Roberts, had delivered the first ball of the West Indies' tour. Not in Australia but in Papua New Guinea. This new nation was only five weeks old and the West Indies were happy to assist with its independence celebrations. Up in the north, by the muddy waters of the Markham River, Clive Lloyd tossed up on a concrete wicket covered by a canvas mat at a ground in the small administrative city of Lae. Cricket had been known in the region for almost a century since Protestant missionaries had used the game as a tool to distract the Papuans from their supposed sexual profligacy. Alongside the Bible, the evangelists prayed the sport would turn the islanders into 'obedient, chanting, cricket-loving Christians'. They had had some success. An Australian expedition in the years before the First World War noted that it was impossible to raise a team of porters for a trek into the interior until the village match was completed.

The game versus the West Indies in October 1975 was short, just 25 overs per side, but it caught the attention of the people who lived there. Bob Turnbull was 22 at the time, working as an accountant. In his spare time he was secretary of the Lae Cricket Association. 'It was the sort of place where you tended to drink a lot,' he recalls. 'Australian men who were posted there with their wives were told by older expats that the experience would either make or break their marriage.'

Bob and other volunteers had made sure that the grass around the concrete wicket had been cut short and had put up parasols along the boundary. But there was no pavilion, no tent, and nowhere for anyone to get changed. So the West Indies got into their whites at the nearby Melanesian Hotel and were driven to the ground in locals' cars. Well over half the city came to the match. Children were given the day off school and sat on the grass around the outfield. Under the shade of a tree, perched on a small blue plastic chair, Clive Lloyd signed autographs.

The journalist Jack Fingleton, who had played for Australia under Don Bradman in the late 1930s, was on the trip and was asked to predict the fortunes of the West Indies and their captain over the next three months.

Anything could happen at all. The West Indians are unpredictable cricketers. And they're likely to do anything. It's a big ordeal for Clive Lloyd. Whether Clive will be as good a skipper as Frank Worrell, well, he's got a lot to do. Frank Worrell was a great man, a great leader. But Clive Lloyd has now had a lot of experience in England, and he was the hero of that great game, remember at Lord's when they beat us in the cup final? And that has led a lot of people to say that they are the champions.

The rough outfields of Lae and Port Moresby were a long way from the manicured splendour of Lord's and London. On the longest day of the summer in June 1975 the West Indies had beaten Australia in the first World Cup final. Almost until the end, at a quarter to nine at night, either side could have won. It was so exciting that in Australia hundreds of thousands of people stayed up through the night to watch, causing a surge in the nation's electricity supply system. Never before had a match from overseas been televised in Australia from first ball till last. Clive Lloyd had made a hundred. Vivian Richards had run out three Australian batsmen, and yet with their last two players at the crease Australia could still have lifted the cup. After nearly nine hours of cricket, when Deryck Murray ran out the fast bowler Jeff Thomson, there were only 17 runs between the two sides. The West Indies became champions of the world.

Now, four months on, Australia wanted to contest that accolade. Their new captain, Greg Chappell, believed that winning a competition in which the cricket began and ended in a day was one thing. An unremitting examination of skill, technique and ticker over five days – Test cricket – was much more likely to show who was the best side in the world. And he was clear as to why – despite the defeat at Lord's – his side were better. 'Fast bowlers all through Test history have been the difference between a good side and a great side,' he said.

Australia had two very fast bowlers. Dennis Lillee and Jeff Thomson. They were from opposite sides of the country – Lillee was from Perth and Thomson from Sydney – and they bowled very differently too. But they both had extreme pace and a loathing for batsmen that couldn't be extinguished.

Thomson had been able to bowl fast since he was a kid in New South Wales. When he was 12, he played for the Saturday boys' team in the morning, then the under-16s until lunch and then the men's side in the afternoon. If his dad wasn't around to pick him up, he'd run between the three grounds. At the Bankstown club as a teenager, his pace accelerated from slippery to dangerous. He once had an argument in a shopping centre with his school friend Lenny Durtanovitch, also a good bowler, about which one of them had broken more batsmen's fingers (Durtanovitch would later change his surname to Pascoe and play for Australia alongside Thomson). He could remember the first time a ball he bowled hit a batsman in the face. 'It reared and smashed him straight in the eye. It was frightening to see this bloke just screaming and shaking and the pitch was spattered with blood.'

When England had played the 1974–75 Test series in Australia the summer before the West Indies, Thomson had never bowled faster and had never been fitter. He showed off for TV by chasing wild pigs through the bush. It may have been a stunt but it looked impressive. After jumping from a moving jeep, Thomson sprinted and sidestepped before rugby-tackling the grunting animals to the ground. 'I hope none of the Pommies can run as fast as this thing,' he panted at the camera, smeared with orange bush dust while holding his latest victim, squealing and shaking, upside down by the back legs.

Away from the cricket field, Dennis Lillee promoted himself in a slightly more urbane way, modelling summer suits for the David Jones department store. Pure wool blend fabric in silver-grey, blue-grey or beige, the Townsman Celsius 30 could be hanging in any Australian man's wardrobe for just $120. He may have exuded a brand of nascent Aussie metropolitan sophistication in his adverts, but Lillee was no less a hard man than his hog-wrestling bowling mate.

What did he hope to do to a batsman?

'I'm trying to scare him,' Lillee answered. 'Trying to hurt him, perhaps in the ribs or the leg or something like that so that he at least knows you're around.'

'Dennis Lillee was a self-made bowler and athlete,' says Greg Chappell. 'I've seen him try to play tennis and golf – it wasn't natural for him. He made himself into a great fast bowler through hard work and willpower. Whereas Thommo was just born to bowl fast – he was born to do most things fast. He was blessed with a natural athleticism and a beautiful build.'

Lillee was 26, a year older than Thomson, and had been around Test cricket for a year longer. He was beloved by Australians because he had rid them of their fear, which had been growing fast by the end of the 1960s, that the country had run out of quick bowlers. When he bowled, he had the concentration of a batsman. He had self-discipline and a capacity for reflection. As a young Test bowler, he could deliver little more than an outswinging ball, albeit a rapid one. But after being told he had three fractures in his spine in 1973, he recovered when many thought his international cricket career was over and taught himself several other ways of getting batsmen out: balls which cut off the seam towards and away from the stumps, bouncers that were fast, bouncers that were slower.

'The first thing a batsman had to do with Dennis was to overcome his skill and courage,' says Ian Chappell. 'Then you had to overcome his iron will. He was always the last guy in our side to concede that the match couldn't be won. He never, ever asked me for a defensive fielder. If he wanted someone in a different position, it was to get a wicket. It was a hell of a help for a captain that he was never wanting men back to save boundaries. The best way of summing him up is that he was a captain's dream and a batsman's nightmare.'

The thing Jeff Thomson did best – some days at nearly 100 miles per hour – was to bowl a ball which would bounce from the pitch and then head straight for a batsman's throat. The combination of angle and velocity to make that happen was unusual. Batting against such a ball was very difficult.

Ian Chappell reckoned he could hook any bowler in the game except Thomson. No point trying. The ball that was short enough to hit would go way over your head, and the one that was at the right height wasn't short enough. Thomson's bowling style – he released the ball from behind him as if it came from the arm of a catapult – enabled him to get the bounce of a man three or four inches taller. Deliveries that a cricketer would recognise as being almost a 'good length' could not be driven off the front foot because they passed the batsman at chest height.

He also had a fantastically strong arm. During the England series the Australia wicket-keeper Rod Marsh would often yell 'No, don't!' at Thomson as the bowler picked the ball up from the deep and prepared to fizz it at him as he stood over the stumps 60 yards away. Marsh had learned that he was either about to experience a burning pain in his palms or watch the ball flash over his head.

'Thommo was the most lethal bowler I've seen – certainly for those two and a half years in the mid-70s,' says Ian Chappell. 'He is also one of the funniest men I know. Often very funny without trying to be. He would just say whatever was on his mind – not a loudmouth, just says what he thinks. That's Thommo. If he didn't like you, you knew about it pretty quickly.'

Aside from his bowling skill, Thomson was a superb artist, draughtsman and designer. His mother had taught him the botanical names of dozens of Australia's plants, and he was a fine gardener too. Years after he retired from cricket, he would add tens of thousands of dollars to the value of Greg Chappell's house by planning and building a landscaped outdoor living area, with decking, a thatched roof, flower beds, floodlights on the tennis court. No, he wasn't stupid, but he liked to play up to the preconception of the brainless Aussie fast bowler.

'We were standing in the pub once and he was speaking,' says Ian Chappell, 'and I said facetiously, "Jesus, Thommo – that's a big word for a fast bowler." And he said, "Yeah, mate, I'm a lot smarter than you bastards know, but I'm quite happy for you to think I'm dumb.'

* * *

After the little adventure in Papua New Guinea, the West Indies had a further month to prepare for the first Test match in Brisbane, which would begin on 28 November. They would play against four Australian states as well as take on local sides upcountry. These were light duties. In Adelaide Clive Lloyd oversaw net practice and played squash. They made a TV advert for men's toiletries. To the tune of a tacky calypso, they sang,

> Sweat all day in burnin' sun,
> Aussie pacemen not much fun.
> Batsman wear Brut 33,
> He got hundred runs by tea.

In one sequence Ian Chappell batted against Lance Gibbs, only to be fooled by the spinner, who had him stumped. They filmed the take again and again; each time the wicket-keeper knocked off the bails with Chappell stranded out of his crease.

'You must have that fuckin' world record by now, haven't you?' Chappell asked Gibbs.

In Melbourne the West Indies team were guests of the Victoria Racing Club and watched Think Big retain the Melbourne Cup. At the Queen Elizabeth Oval in Bendigo the local sewerage department was given the afternoon off so staff could watch the West Indies defeat the Victoria Country XI. In the game at Dubbo, five hours' drive from Sydney, children searched for cricket balls spanked by Vivian Richards beyond the war memorial in Victoria Park and people bought prize raffle tickets for a pig and two autographed bats.

* * *

Both captains looked hard at the Woolloongabba pitch in Brisbane, on which the first Test match was to be played. The Queensland wicket had too little grass and had seen too much water. Heavy rain had got underneath the covers protecting the square and the lord mayor of the city was getting the blame.

Alderman Clem Jones was both a-politician and a groundsman. One of the reasons he was mower-pusher-in-chief at the Gabba was that he had sacked the ground's previous curator. Jones stood towards the left of Australian politics and as a boy had stood at the family piano to sing the Internationale. It was on account of his membership of the Labor Party that Sir Donald Bradman had once informed him that the two men could never be friends. Undaunted by this impediment, Jones had, during his many years in office, provided the city with its first proper sewerage system and its first tarmac roads. In gratitude, a stand at the cricket ground was named after him. Horticulture though was more of a challenge.

'They tell me he was a fine lord mayor,' says Ian Chappell. 'I'm sure he was. But he was a bloody awful groundsman.'

'The only bloke in Queensland who couldn't grow grass,' adds his brother. 'The wicket at Brisbane was just rolled mud with a lot of grass clippings mixed in.'

The alderman was not the sort of man to be put off by criticism or excessive dampness. He stabbed his Test wicket with a kitchen knife to aid ventilation and then brought in a heat lamp used to hatch chickens to dry the wicket out. 'It should be an extremely interesting pitch,' he concluded.

Having seen it, the captains of both Australia and the West Indies thought it would be a spinners' pitch and so for the only time in the series four slow bowlers played in the same Test match. But after three balls it was a fast bowler who took the contest's first wicket. Dennis Lillee got Gordon Greenidge out for nought, just as he had been against the amateurs of Papua New Guinea a month earlier, and just as he would be in the second innings. But as the Australia players gathered to slap Lillee's back, Greg Chappell realised that he had made a serious tactical mistake. In his first Test as captain he'd committed the elementary error of not putting a fielder in front of the wicket on the off side for his opening bowler.

'I had four slips and a couple of gullys and a bat-pad. I remember Ian saying to me at the beginning of the series, "I'm not going to interfere, but if you need any help I'll be there." He must have been biting his tongue when I set that field.' As the new West Indies batsman, Lawrence Rowe, took guard, the captain quietly moved a man to the correct position.

Almost all of the other mistakes on that first day came from the West Indies. They hit sixes and fours but quickly lost wickets. In a match that could have lasted for 15 two-hour sessions over five days, they had appeared to lose it by lunch at the end of the first session. Their spendthrift batting – all out for 214 – reminded one Australian reporter of the nonchalant participants in an annual office match. By the end of the first day Australia were already building their own total.

Before he left the ground that evening, Greg Chappell took a look at the pitch. The grass clippings glued in place by the lord mayor's mud had dried up, and those that hadn't blown away looked like desiccated shreds of tobacco. The top crust of the mud was starting to break off. That night Chappell woke several times to fret about batting last on such a poor wicket. If it looked like this after day one, what would the bloody thing be like by the fourth innings?

As soon as he arrived at the ground on the second morning he walked out to look at the pitch again. It didn't have a mark on it.

Christ, what's happened here? he thought. Under the laws of cricket, titivating a Test match pitch once the game had started is a serious crime.

So I knocked on the West Indies dressing room door and asked for Clive. I said, 'Have you seen the deck?' And he said, 'No – do you think I should?' 'I think it's probably worth the walk,' I said. Well, I thought Clive would blow his top because the wicket had so obviously been touched up. He walked up and down the length of the track and looked at the alterations. After a while I said, 'What do you think?' and he said, 'Well, it wouldn't have been much of a game without them,' and walked off. Had it been 12 months further into Clive's captaincy I think there would have been an international incident because there was no doubt that Clem Jones had been out there and used the hose and the roller and done a bit of midnight repair work, which was obviously illegal.

The alderman's intervention flattened out the pitch and killed it. Greg Chappell's fears about batting on it also disappeared. He scored a hundred in each innings, which helped his team to win the first Test with a day to spare. In the dressing room at the end of the game his older brother lit him a celebratory cigar, and the next day, wearing an Arsenal football shirt, which he had picked up in London that summer, he was relaxed enough to be photographed at home in Kenmore, posing with his baby son and wife.

In his first Test match Michael Holding didn't take a single wicket.

*   *   *

There were no doubts about the pitch for the second Test at Perth on the west coast. It was the hardest, fastest wicket in the cricket world. Made for quick bowlers. Since the 1930s the grass on the WACA (Western Australian Cricket Association) square had

13

sprouted from mud scooped out of the banks of the Harvey River. Tonnes of alluvial soil full of clay, which set fast in the sun like cement, were carried 70 miles north to the ground from a site near the town of Waroona. A groundsman could turn a stump by hand into the dampened earth in the afternoon, but if he tried to do the same in the evening the wooden spike could barely make a dent.

Jeff Thomson bowled the fastest ball that cricket had recorded – 99.68 miles per hour – during this game. Roy Fredericks was the batsman, not that he was greatly inconvenienced. On the second day, after Australia had made 329, Fredericks scored one of the best hundreds seen at the WACA ground. He hooked the second ball of his innings, a bouncer from Dennis Lillee, for the finest of sixes into the river end. It would have crashed into the back of the newly built police headquarters on the corner of Hay Street if its withering swiftness hadn't been halted by the seats of the southern stand. Within three quarters of an hour Fredericks had reached 50, and his hundred came in less than two hours.

Watching at the northern end of the ground with his mother was a 17-year-old schoolboy called Charles Maskell-Knight. He was a junior member at the ground and that meant he could sit anywhere he wanted in the Members' Stand. Charles's favourite spot was somewhere in the first ten rows or so behind the bowler's arm.

'There was a lot of anticipation,' he remembers, 'because the English had been well beaten the year before. So we'd got rid of the Poms, and the Pakistanis, who were due to come the next season, didn't really count, but we knew about and were excited by the West Indies.' Charles and his mother observed Fredericks's extraordinarily bold innings as the batsman hooked and drove and cut at Lillee and Thomson, and then Gary Gilmour and Max Walker. 'He just seemed to go berserk. There was disbelief to start with because our bowlers were thought to be so dominant. Then there was a hush as we all took it in and, finally, applause every time Fredericks played a shot.'

Twenty runs came from one Thomson over, 22 from another bowled by Gilmour. Fredericks was a small man but strong and quick. As a teenager his fast reactions and early sight of a moving ball had won him a place in British Guiana's table-tennis team. Yet only when he was seen stripped, revealed the cricket correspondent of *The Times*, was it possible to tell from where his power came. Fredericks had forearms like ten-pound trout, wrote John Woodcock – and wild ones at that.

'I don't want to denigrate Roy's innings,' says Greg Chappell, 'but that was some of the least intelligent bowling that I have ever seen. At least two of our bowlers were just intent on trying to knock Freddo's head off, so the length was way too short. I had no success in trying to rein them in and get them to pitch the thing up.'

It certainly wasn't just bad bowling. This was one of *the* remarkable attacking innings of modern Test cricket. Fredericks had the attention of the whole ground. All of Perth seemed to be represented.

'In the Members' Stand there were the sort of people I went to school with,' remembers Charles Maskell-Knight.

There was old Perth money, those well enough off to send their kids to private school. There were academics from the university, doctors, retired school teachers. Then the Test Stand – what became the Inverarity Stand – which was ticketed, so people who were upper working class – the decent and the decorous – out for the day with their families. Then round to the Southern End, where you had the big bar. That was your brickies, labourers, concreters. The home of the all-day drinkers, where the chants of 'Lil-lee, Lil-lee, Lil-lee' came from. It was a sort of well informed rowdyism. Australian humour. Not meaning to wound.

Standing in the back bar with his mates and holding a can of Swan lager was Scotty Mitchell. He was 19, an apprentice mechanic and had driven for three hours from the family farm to get to the WACA. He could make out the members across the ground with their binoculars and white shirts. Where Scotty stood, there was much to see and hear apart from the cricket. There was heckling and shenanigans, repartee and smart-aleckry. A favourite crowd trick was to make a large lasso and lay the loop in a walkway until a woman walked over it. If she was snared, only a kiss for the holder of the rope would set her free. Every so often Scotty would make his way from the bar with another soft drink for his younger brother Glenn, who refused to move from his spot at the front of the crowd by the boundary edge.

On their way in they had watched Clive Lloyd in the nets smash a ball straight over Nelson Avenue and into the car park of the Gloucester Park Trotting Ground, where it hit the windscreen of a parked car. 'You'd better find out whose that is,' they heard Lloyd say. 'I might owe him an autograph.'

Scotty brought Glenn another drink. Fredericks was still batting. 'Come on, Lillee. Bowl him out!' someone bellowed at the local fast bowler, who was walking towards them to get to the end of his run.

'Do you wanna try?' Lillee asked, holding the ball out to the laughing crowd.

Lillee got him eventually. Roy Fredericks's innings was ended by the first ball bowled after the tea interval. He had scored 169. Charles returned home that evening keen to tell his father about what he had seen, but Mr Maskell-Knight was grumbling. He had missed the innings, missed the whole day out, because he'd been stuck volunteering at a polling station in the Swan Valley.

Australia was having a general election. About the same time that Charles's father arrived home in the Perth suburb of Greenmount, the Labor Prime Minister Gough Whitlam was conceding defeat across the other side of the country at a school hall in Canberra. Charles had been as fascinated by the election campaign as he was by the touring West Indies. In November the governor general, who acted as Australia's head of state on behalf of the Queen, had taken the extraordinary step of dismissing Whitlam from office. The dismissal was the greatest constitutional crisis Australia had known.

'The bastard's sacked us,' Whitlam told his stunned cabinet colleagues half an hour later.

His centre-left government had come to power in 1972 on a platform of social reform. Australian troops came home from Vietnam; the voting age was lowered; communist China was recognised; and free university education was introduced. However, the Labor Party didn't control the upper house of Australia's legislature, and in 1975 the Senate refused to pass a budget bill. As the impasse became more intractable, the prospect of the government's money supply drying up increased, and the governor general acted. Whitlam was dismissed, and had now been walloped by the Liberal-led coalition at the election which followed.

By the Monday rest day of the Perth Test, the extent of Labor's defeat was evident. Australia's cricketers were feeling almost as glum. The West Indies had made a huge 585 in their only innings, and with Andy Roberts bowling as fast as anyone had seen him (Deryck Murray stood further back from the stumps than Rod Marsh did for Thomson) his team were soon to win by an innings. The *Sydney Morning Herald* noted that Gough Whitlam had been 'donkey-licked'. So had Australia.

On the day after the election, with the West Indies heading for a win, a wag had stood up in the Southern End and shouted at the ragged Aussie batsmen, 'You're stuffed! Four wickets down, 200 behind, and the Libs have got back in!'

*　　*　　*

The Test series had been promoted by Australian television as a virility contest between fast bowlers: Roberts and Holding versus Thomson and Lillee. It was to be thrilling, gladiatorial, unpredictable, possibly dangerous. The Australia pair was spoken of on TV as 'the most talked-about cricketers in the world – the underlying point was controversy – controversy about bouncers or bumpers – deliberate intimidation aiming to hit the batsman'. But that was hyperbole. There was no Bumper War. Skirmishes perhaps but no bloody battle.

'I've heard we bounced the West Indies out in '75–76,' says Greg Chappell. 'We didn't. I didn't want Thomson bowling bouncers at their blokes because his pace and the pace of the pitch meant they went way over the batsman's head and sometimes over the wicket-keeper's too. That's what I was trying to get into them at Perth. The bouncer itself was redundant.'

That's not to say that the pace of the Australian bowlers – and the damage they could do – wasn't a real concern inside the West Indian dressing room. The team talked about it and worried about it. And it was true that Alvin Kallicharran had hooked a ball into his own face and broken his nose during the second Test. But so far the most damage done by Dennis Lillee since the West Indies arrived had been to an Australia teammate. Playing for Western Australia against Victoria, Lillee had dropped one short to Max Walker, fractured the swing bowler's cheek below the eye and then watched as the Victorian was removed from the pitch on a stretcher and taken to hospital.

After the second Test at Perth, where Thomson had the fastest ball in the world recorded by academics from the University of Western Australia, journalists wondered if, with only four wickets taken and the fire and the direction missing, he should be dropped for the third Test at Melbourne.

The Bumper War really wasn't happening.

Not that Thomson cared much. He had been distracted by some dreadful news. In the tea interval on the second day the Australia selector Sam Loxton had walked into the dressing room to tell him that his flatmate from Brisbane had been killed.

Like Thomson, Martin Bedkober was a cricketer from New South Wales. He had moved to Queensland because he thought he would have more opportunities to play the first-class game. He was a 23-year-old wicket-keeper and a good batsman. The third young cricketer in the flat was Ian Davis. While Thomson was at the Test, Davis and Bedkober were playing in a local Brisbane match for the Toombul District club. Davis was out and back in the pavilion when a short ball from a medium-fast bowler hit his friend in the chest, near the heart. Bedkober collapsed very soon afterwards. Players on the pitch tried to save his life, as did the ambulance crew which rushed to the field and then took the cricketer to the Royal Brisbane Hospital. Davis went too and was the first to be told of the death. He had to post a parcel of his mate's unwashed clothes back to his grieving mother in New South Wales.

In the week between the second and third Tests Jeff Thomson returned to Sydney for Martin Bedkober's funeral. He now felt differently about the thing he did best. He still wanted to bowl as fast as he could, but he didn't particularly want to knock blokes over any more.

* * *

Thomson wasn't dropped for the third Test match at the Melbourne Cricket Ground; instead a huge crowd saw him take six wickets.

Never before on a Boxing Day had so many people been in one place to watch a Test match. Queues had started at about six o'clock in the morning, and by 9.30 most of the seats had gone and the standing areas were jammed. People were even sitting on the flat roofs of the small club offices built on top of the stands. Somebody counted 85,661 spectators inside the MCG, but the club secretary reckoned the temperature of 33 degrees Celsius was too much for some and had cost the Melbourne Cricket Club the price of up to 15,000 tickets. Even so, the lines for drinks were an hour long for those who hadn't brought their own beer. Those who did were asked by the ground authorities to stick to the local limit of 24 cans per patron. One senior police officer on duty that day reckoned there was a 'car fridge' for every bloke in the ground.

No great surprise then that by the late afternoon some spectators in the southern stand were lobbing open cans full of beer (or perhaps their own piddle) at each other. Ice cubes were flung. Fights started. St John Ambulance staff treated about 200 people who had either cut themselves, were suffering from sunburn or had fainted. Three streakers were taken by police to the City Watch House to be charged, along with 11 other spectators accused of offensive behaviour or of being drunk and disorderly.

A feature writer from *The Age* newspaper printed some of the interviews he'd recorded with spectators that day.

'It's good to see this at the cricket,' said a man called Barry Howson who'd come from the suburb of Lilydale. 'It's getting more like the football.' Further along the stand other people were less happy with the exuberance. Two well-dressed ladies who had journeyed with their husbands from Traralgon, two hours' drive away along the south-eastern freeway, had to keep moving the blanket they were sitting on to avoid the rivulets of beer and urine flowing down the terraces. Neither husband was drinking. 'We come from the country and we think this is disgusting,' they said. 'It makes you ashamed to be Australian.'

If their blanket had remained dry and if they'd had the fortitude to remain, the sober folk of Traralgon would have witnessed Lillee and Thomson bowling as well as they had the previous summer against England. They took 9 of the 10 wickets to fall on the first day, and the West Indians could not get back into the game. By the fourth afternoon they had been beaten.

The West Indies were now two–one down in the six-match series. They could still win it, but that was unlikely. Clive Lloyd had a side with talent – the huge win at Perth proved that – but it was weighed down by a collective temperamental fragility which the captain was too inexperienced to correct. Winning was a treat, not an expectation. The side was also shy of one more outstanding bowler and another fine batsman. These realities impaired Lloyd's leadership. His belief that men who were good enough to play international cricket should have the emotional maturity to work out their own shortcomings was reasonable enough; it just didn't work with some of these players. Resentment over selection was also evident, particularly in the case of Gordon Greenidge. He was in poor form – a pair of noughts in the first Test, dropped for the second, brought back for the third, in which he made three and eight, then dropped again. Sure, he couldn't get a run, but the humiliation he felt was compounded by the manner of his replacement. Bernard Julien was a lower-order all-rounder who was asked to open the innings, and Greenidge believed the reasons for the switch were never adequately explained to him.

Players began criticising each other. At the Hotel Windsor in Melbourne a row between Alvin Kallicharran and Keith Boyce at a team meeting about whether or not they should play the hook shot ended up with Michael Holding chasing after Kallicharran to plead with him to return to the room. Aside from all of this, there was a dressing room sense that the umpiring was pretty ordinary.

Lloyd complained about decisions made at significant moments of the game at the MCG. He was not squealing, he said, but it was important for the officials to be familiar with the laws of cricket.

Then came the Sydney Test.

Dennis Lillee was unable to play because he was ill, but very fast, accurate bowling disrupted the West Indies once more. Serious concentration was needed to bat against Thomson's pace. In the first innings Vivian Richards was unsettled by how quiet his batting partner Lawrence Rowe had become. Rowe usually whistled when he batted, and of late his chosen tune had been 'Games People Play' by the Spinners. But in Sydney Richards at the non-striker's end heard nothing.

'What is it, Yagga?' he said at the end of an over. 'Why aren't you whistling?'

'I'm not doing that when this guy is bowling,' replied Rowe, nodding towards Thomson. 'He hides the ball in his run-up – you can't see it except from between his legs at the last minute – and whenever he rips a quick one, there isn't enough time for you to whistle anything.'

During this match Thomson hit Lloyd on the jaw, Bernard Julien had his right thumb fractured, and Michael Holding hit the ball into his own face. More damagingly, several West Indians again played thoughtless attacking shots – hooks – and lost their wickets. The offenders should be laid out and flogged on their backsides, suggested the *Jamaica Star*. To amplify the West Indian batsmen's shortcomings, Greg Chappell hooked beautifully to make one of the best hundreds seen on the ground. The West Indies' bowling had been listless, wrote the cricket reporter of the *Sydney Morning Herald*, the fielding poor, and the batting as unreliable as ever. In his column in the same paper Ian Chappell revealed he had been surprised by some of Clive Lloyd's tactical decisions, while Bill

O'Reilly – who had played for Australia in the Bradman years – called the West Indian captain clueless.

Australia had been rescued by its captain, commented John Woodcock in *The Age*; the West Indies not led by their own. Lloyd was a super cricketer, he went on, but not an assertive captain. Then there were Michael Holding's tears on the Sunday afternoon. 'What would Frank Worrell have said?' wondered Woodcock. 'No excuses would have done for him. That is what all West Indian sides need, the moderating influence of a Worrell.'

Australia won the Sydney Test by seven wickets. The widow of Sir Frank Worrell was soon to fly in to present the trophy named after her husband, for which the two sides competed. The silver prize would be staying in Australia.

* * *

Clive Lloyd was damaged by what was said and written about his captaincy. He was aware too that the spirit of the side was undeveloped and that he had not been able to cheer those who needed support. This tour was getting more difficult the longer it went on. 'On and off the pitch,' he would say years later, 'I was still working it through.' One report suggested that Deryck Murray would become the skipper once the tour was over.

Lloyd had not quite lost the dressing room but he had certainly misplaced it temporarily. Back in Melbourne for the final Test of the series – after another defeat at Adelaide had made the score four–one to Australia – a teammate from Lancashire, where they both played county cricket, paid a visit. David Hughes popped into the pavilion to say hello, but Lloyd was batting in the middle. Instead, he registered the dismal sight of a team getting hammered but the men in the dressing room seeming disinterested. They played table tennis out the back and weren't even watching the game. This final Test match would end in defeat too, the series lost by five matches to one. The West Indies knew they had been subdued and just wanted to get home.

In fact, the West Indies had been thrashed. Humiliated. Undone by a better side playing better cricket. They had been cowed by the fast bowling of Dennis Lillee and Jeff Thomson, who between them took 56 West Indian wickets, while Roberts and Holding hadn't bowled well enough or stayed fit enough to return the threat. The AUS $500 bet that Thomson had made with a businessman from the Caribbean that he would get more men out than Roberts was collected.

Lloyd's intention – to captain a side that had pride, judgement and discipline, that would not capitulate – had been stillborn. This defeat – and the style of it – meant that the world was still satisfied, even justified, to regard the West Indies as 'calypso cricketers'. It was a phrase detested by West Indians. 'It meant we were just all fun, frolic but no real substance, entertaining the crowd and then losing,' says Michael Holding. Correspondents, commentators, desk subs and Australian players used the term throughout the tour.

What was harmless journalese to Australians was a pejorative put-down to a West Indian. 'Our visitors of course are renowned for the relaxed attitude they appear to have towards their batting responsibilities – this is what makes them so popular with the paying public,' wrote Bill O'Reilly.

'It was patronising,' says Lloyd. 'The suggestion was that we had always been slap-happy, unthinking – players who only hoped for the best. There was a lazy way of looking at the West Indies and West Indian cricket in those days. And "calypso cricket" was a big part of it.'

This team knew that their predecessors had frequently illustrated collective endeavour and application as well as personal enterprise. The sides led by Frank Worrell and Garry Sobers beat Australia and then England and India twice each between 1962 and 1967 to become the unofficial, yet undisputed, world champions. Further back, it was possible to recall the determination of the all-rounder Learie Constantine. He trained for months to develop into a specialist slip catcher in order to complement his batting and bowling before the 1928 tour to England so he would be noticed and asked to stay on as a professional player. His determination involved hours of labour on the slip machine, gymnastic exercises and hard thought. 'No cricketer has worked at his cricket and studied it more than this so original and creative of cricketers,' commented his biographer C. L. R. James. 'So much for the persistent illusion of West Indian spontaneity.'

Fifty years on, the spontaneity myth remained, and what infuriated the players was that they had nothing with which to counter the stereotype. Their cricket on this tour had been the poorest of rebuttals.

Yet despite their defeat – as well as because of it – the West Indians had been a lasting attraction. They were marketable. Cricket in Australia was now as popular as it had been in the years after the Second World War. Almost three quarters of a million tickets were sold to watch the six West Indies Test matches in five Australian cities that summer, and millions of people watched at home. Only in the previous five years had international cricket series been broadcast live across Australia – and if you lived in the city where the game was being played, only the last session of the day was televised. Around this time the national broadcaster, the ABC, reported that one in four citizens was watching their coverage at some point on the day of a Test match. Right across this vast country Australians wanted to enjoy Test cricket.

* * *

All summer Paul Newman had been fiddling with his TV aerial – a wire coat hanger stuck in the back of the family set – to get the best picture of the cricket.

Paul lived near Wellington, a small town in rural New South Wales. He was 14 years old and a very good cricketer – probably the best of his age in the area – an all-rounder who opened the batting. Even though he was a teenager, he played senior cricket. In the country, where there was nothing much to do, the game helped him to keep busy and stay out of trouble. If the TV reception was no good, there was always the portable radio. Paul kept in touch with the Test score by listening to the commentary while he played outside. He had his favourites. Not Jeff Thomson, Greg Chappell or Gary Gilmour, but Lawrence Rowe, Vivian Richards and Clive Lloyd.

Paul supported the West Indies.

'In a typical town like Wellington they had what they called a mission,' he says. 'That was where the Aboriginal people were segregated from the white population, and you actually lived outside of the town. The white people liked to call it a mission because it sounded religious, but actually it was a reserve.' Paul was from the Wiradjuri people on his father's side; his mother was descended from the Darug and the Murrawarri. 'So really Aboriginal people and non-Aboriginal people didn't mix, you know? When I was growing up, there were only certain shops that we could go in to buy our groceries – places where blacks were allowed. But because I could play cricket really well, I was accepted. I had a talent. To be an Aboriginal person in my neighbourhood and be in a cricket team with white kids was a big thing back in those days.'

This was the late 1960s and early 1970s, not the 1930s.

'[The Aboriginal people] are, without doubt,' wrote the essayist

Craig McGregor in his *Profile of Australia* in 1966, 'the most depressed and under-privileged minority in Australian society. Poverty-stricken, barely educated, degraded by white prejudice, disoriented and with little hope for the future, they expose the seamy side of Australian egalitarianism.'

Another writer, the Aboriginal activist and playwright Kevin Gilbert wanted to show Australia what 'really existed in these outback towns'. *Because a White Man'll Never Do it* recorded the testimony of people from around the country.

> For example, in those days, in Moree, black kids weren't free to go in the swimming baths. Blacks couldn't go where they chose in the picture show. At Walgett they weren't allowed to drink out of the glasses in a local milk bar. Young girls weren't allowed to try on dresses in a frock shop there. And, of course, there was the pub discrimination. These were the things that we were trying to pick up, the grassroots discrimination that we were trying to bring out into the open.

'Don't forget,' says Paul Newman, 'that when I was born, I was invisible. I didn't exist as an Australian. Let me explain that to you. The constitution which set up federal Australia in 1901 – the modern Australia if you like – had a preamble about what the nation would achieve, and it excluded Aboriginal people. The referendum that changed all that wasn't until 1967.' That 1901 declaration was not just a legislative document, it was Australia's symbolic birth certificate. It created the identity of the nation. It read, 'In reckoning the numbers of people of the Commonwealth or of a State or other part of the Commonwealth, aboriginal natives shall not be counted.'

From the very beginning of Australia's national life, there was a profound and lasting fear that racial contamination, principally from Asia, would pollute and corrupt the new democracy. Australia's first prime minister, Edmund Barton, told colleagues in the House of Representatives in 1901 that he didn't believe 'the doctrine of the equality of man was really ever intended to include racial equality ... These races are, in comparison with white races – I think no one wants convincing of this fact – unequal and inferior.'

For indigenous Australians, the consequences of such attitudes were calamitous. Until well after the Second World War there were large areas of the country where Aboriginal people weren't allowed to vote, buy alcohol, travel unmolested or marry a white Australian. Half a century of legislation had ensured that most of the people whose ancestors had been on the land for at least 50,000 years were forced by law to live on reserves under strict white control.

One of those people was Eddie Gilbert, a first-class cricketer from Queensland. He was an extremely quick bowler, whose pace knocked the bat from Donald Bradman's hands against New South Wales in 1931. In the same over he had Bradman caught behind for nought. Bradman would later say that this spell of bowling was the fastest he had faced in his career – including batting against England's Harold Larwood. The romantic version of Bradman's dismissal has the ball smashing through the stumps, breaking the white picket fence at the Gabba boundary and killing a dog named Churchill.

Gilbert's life was not romantic though. An Aboriginal man playing first-class cricket was almost unheard of. He needed written permission from an official called the Aboriginal Protector to leave his reservation to play in other states. Some members of the Queensland side tolerated him; others refused to speak to him or travel with him. When he died in 1978 he owned nothing and had been tormented for years by alcoholism and mental illness.

Paul Newman was born in 1961. At the time his family lived in a small shack with a tin roof, dirt floors and no mains water or lavatory. It was the year that the West Indian cricket side led by Frank Worrell departed Australia after a thrilling Test series played in a great spirit. Worrell had written in the days before he left, 'We've had open-hearted hospitality, the red-carpet treatment, without prejudice or patronage . . . the colour question has never arisen.' On the day Worrell's team left Melbourne, ten open-topped cars drove the players to a reception at the town hall organised by the city's lord mayor. Hundreds of thousands of Australians cheered them along the way.

The affection Australia showed for these dark-skinned visiting sportsmen was genuine; the relationship the country had with its own black people was much more complicated. Two months after Worrell's side left, the Australian parliament recommended that Aboriginal people should be expected to 'live as members of a single Australian community . . . accepting the same responsibilities, observing the same customs and influenced by the same beliefs, hopes and loyalties as other Australians'.

By the time Paul Newman was following the West Indies during the 1975–76 tour, official attitudes were changing, albeit slowly. Portions of the most discriminatory legislation, for instance that regarding land rights, were being repealed in some parts of the country. There had been a few isolated examples of Aboriginal sporting success: the boxer Lionel Rose, the tennis player Yvonne Goolagong and Harry Williams, who played football for Australia at the 1974 World Cup finals. But the traditional notion of what it meant to be Australian more than lingered.

'It didn't work for me,' says Paul.

When I was watching the cricket, I couldn't barrack for Australia. Aged 14, it was an instinctive reaction. Nowadays I can reflect that what I was working out was the sensation that I hadn't ever been valued within mainstream society. I didn't feel Australian. If I had, would my mum have needed to warn me about going outdoors after dark? When I was growing up we were told by our parents to stay at home. If you were a black person on the street at night, it was not unknown for the police to pick you up and bash you.

Paul's allegiances were formed by what he calls the 'overt prejudice and covert racism' he saw when he was growing up. 'For me, that was typical of country New South Wales in the early 1970s. That was life, you know?' But when he watched the West Indies on his black and white TV in Wellington he saw something fresh. For the first time in his life he was looking at a group of black people who excelled.

They were so talented. They were able to perform on the field, and from where I was standing, that was one way of getting around the racism that I was experiencing. These were men who could go out there and do something well. Score the runs, get the wickets. We could connect to their humour, the way they carried on when they got a wicket – that was black people's humour. The way they spoke and the things they thought when they were interviewed on the TV or radio – we could connect with that.

It was a connection appreciated by some of the West Indian players. Vivian Richards remembers visiting Aboriginal reservations to give away match tickets for West Indies games.

We knew that these indigenous people were on a suffering path. I saw a whole lot of racism in Australia concerning Aboriginal people, and I would see it again when I signed to play with Queensland in 1976, so I can identify with that. There were people here who needed representing. I felt it, I can't lie about that. So the times that we were able to touch up Australia in Australia, it wasn't just a sporting victory – it brought pride to the people who had been oppressed and a feeling that 'Hey, these other people can be beaten.' That was one of the more serious messages that the West Indies team could have sent to these indigenous people.

Richards's phrase 'a suffering path' is an apt one. Between 1910 and 1970 thousands of Aboriginal children were forcibly removed from their families by law. It was part of Australia's policy of 'assimilation'. For the politicians it was an effort to absorb indigenous people into white society. For Paul it was nothing less than a campaign of deliberate cultural extinction. In his state of New South Wales indigenous children who were ruled to be 'neglected, destitute or uncontrollable' could be taken.

I am one of those Stolen Generation kids. I had seven brothers and sisters and I have memories of the police and the welfare coming to the mission. They took us away to Coonamble police station. I can still visualise being put in that police cell at five years of age. I was fostered, then ended up in a boys' home until my dad was able to get us back. This country has never used the word apartheid, but my view was that it was apartheid in action. I know everything I've told you may seem pretty complicated, but it's really the only way I can answer the question 'Why did I support the West Indies?'

Everything that I've described helped to form my life experiences. As I said, people like me were invisible. We always had been. That's why I had an affiliation with these black people from other countries. We saw those West Indies cricketers as brothers. They were my cricketing mob.

* * *

'Yeah, I think it's fair to say that Australia had a pretty unattractive track record when it came to racial tolerance in the seventies', reflects Ian Chappell.

It doesn't make me very proud. I had plenty of discussions with people at the tennis club along the lines of 'How would you feel if your daughter came home with a black man?' My response was always this: 'First, I trust my daughter's judgement, so if she likes someone, there's a good chance I will too. Secondly, I've played against a lot of boys from the Caribbean who are really good guys and I'd be happy for her to go out with any of them. So don't give me that shit.'

The sort of conversations Chappell had at his tennis club were being held across Australia in the 1970s. The 'dangers inherent in attempting to achieve a multi-racial society too quickly are apparent from a recent survey,' the *Sydney Morning Herald* reported in August 1971. A thousand people in Sydney and Melbourne were asked for their views on different types of potential immigrant. Thirty-four per cent said that 'Negroes' should be kept out of Australia entirely; 32 per cent believed that 'only a few' should be let in; 29 per cent wanted no restriction, while 3 per cent thought they should be actively encouraged to come to Australia. When the same question was asked in 1964 – three years after Frank Worrell and his side had been joyfully waved off – 47 per cent of those who answered wanted no 'Negroes' to be allowed into Australia. In 1948 that figure had been 77 per cent. The disarmingly honest headline above the 1971 survey was WE ARE LESS RACIST.

The following year Ian Chappell was preparing to lead Australia in two Test series, at home against Pakistan and away in the West Indies.

It must have crossed my mind that one of the blokes might come out with something racial and I didn't want that on my conscience. So in Adelaide in the dressing room before the first Pakistan Test, I said to them all, 'If I hear any comment prefixed with the word "black" you'll have a problem with me. If you call someone a "lucky bastard", that's up to you, but I've never heard any of you call someone a "lucky white bastard" and I don't expect to hear the word "black" used. If I do hear it, there'll be a problem.'

When I was growing up, this sort of language just wasn't used around our house. If you do use those words a bit in your life, they will come out at some point on the field. You can't turn it on and off like a tap. It offends me when I hear it. Life is not about your skin. You're either a good bloke or a prick, and colour's got bugger all to do with it.

* * *

The newspaper for which Chappell wrote throughout the 1975–76 series, the *Sydney Morning Herald*, welcomed the West Indies players to Australia like this. They were 'dusky revellers in white. Not the Black and White minstrels, but entertainers to delight the hearts of a nation . . . Calypso cavaliers, drawn from a dozen tiny islands nestling in the Caribbean, they play their cricket in the life-style of their sun-drenched islands, with the rhythm of a steel band, with a grin and for the sheer joy of scampering around an oval.' And as the series went on, a particular theme regarding West Indian athleticism developed. Bernard Julien ran like a gazelle. When he wasn't bowling, Andy Roberts was a sleepy cat. Michael Holding seemed in good enough condition to enter for the Melbourne Cup – a horse race.

None of this was surprising – such metaphors were well-established journalistic devices which had accompanied the West Indians for as long as they had played international cricket. Neville Cardus of the *Guardian* once described the batting of Learie Constantine against England as 'the attack and savagings of a panther on the kill, sinuous, stealthy, strong and unburdened. The batsmanship of the jungle, beautiful, ravaging, marvellously springy, swift as the blow of a paw.' Cardus also made this observation of the 1928 West Indies team fielding at Lord's: 'There are six of them black as ebony, and three with faces of chocolate brown. When they smile they are loveable; we see white teeth and we think of melons and the dear humorous friends of our nursery days in a hundred tales of the old plantations.'

By 1975 the *Herald* had Andy Roberts doing 'galley slave work' when he bowled nine overs in a row, while the spectator dressed in a gorilla suit and dancing on the boundary edge during the Sydney Test was making a 'fancy-dress contribution to calypso cricket'.

The West Indian players could read these lines with little more than a shrug of the shoulders; they were less tolerant of the explicit racial abuse they received off the pitch throughout the tour, including notes slipped under their hotel-room doors and postcards written by bigots disguised as correspondence from children. They also had to cope with racist comments from spectators.

'Half of Australians are as wonderful as you could get, down to earth, and then there is that other side,' says Vivian Richards. 'People get angry and call you a black bastard. And I get rather annoyed that someone is going to call me a black bastard. Because I am not. So I take offence to that and I would be confrontational.'

'There was always someone in the crowd who would happen to think it was funny,' remembers Scotty Mitchell.

Particularly in those days and particularly after a few Swan lagers. Back then about the only black-skinned people were the local Indigenous people, and there would have been very, very few who went to the cricket. So for most people in the crowd I reckon their contact with black people was minimal. To see in the flesh such well-built athletic men who were black would have been something most people from Perth wouldn't have experienced before.

'The whole thing where the colour of your skin came into it was something that you had to overcome. I wouldn't want to go into the variety of things that were said because I don't think I need to repeat them,' says Gordon Greenidge. 'It wasn't healthy because it wasn't something that you expected, it wasn't something you wanted, it wasn't something that you were briefed about, so when it came it hurt, and yes, it left a bit of a scar for a while. These people were ignorant – they didn't know about black people, they hadn't had a friendship or a relationship with a black person. They don't know about the Caribbean.'

Greenidge makes a distinction between the specifically racist abuse he heard shouted by spectators and the aggression transmitted by Australian cricketers. 'I had never experienced anything like this,' he recalls. 'This was something very different again, and it was like a war. We have Australians against West Indians, you have the black against white, and you're thinking, *Well, you know, there can't be a lot of love going on here*. They didn't let up. They let you know: "We're in charge and you're not coming on our patch to do well."'

'I'm sure Dennis Lillee may well have told a batsman he would knock his fuckin' block off. That's standard fare for fast bowlers, and I heard it plenty of times myself,' recalls Ian Chappell.

'Ian Chappell – aggressive,' says Vivian Richards.

Dennis Lillee – in your face. Sure, they would say the odd thing, but it wasn't racial. No. Just the normal Aussie bravado. Heavy stuff at times which would sometimes blow your ears out. Now, in the crowd there was a different tempo when it came to this race stuff. There were a few rotten apples in the sack, and even though you could smell them, you mustn't let it ruin the rest of the crop. These guys were struggling to get to grips with the fact that there was plenty of space on the earth for everyone.

'I can tell you – hand on heart, hand on Bible, wherever you want it – there was no racial abuse from our team during that series,' insists Greg Chappell.

My brother would never have accepted it and neither would I. We were tough and aggressive, we swore at different times on the cricket field but we never abused anyone. And I know, having spoken to some of the opposition from those times, that they were very disconcerted by it. Particularly if they had perhaps come from a culture of deference, to go up against this aggressive, snarling bunch of blokes. But at no stage did any of our players racially vilify anyone. What is worth saying is that there was every chance that there was racism coming from over the fence, from someone in the crowd.

'It didn't happen on the field,' says Clive Lloyd. 'I was a big guy in those days and I carried a big bat. Do you think I would just stand there and let it go on if I was hearing that sort of thing from first slip?'

Michael Holding says he is 'extremely grateful' that he never heard racial abuse on a Test match pitch. 'Yes, you would hear it from people in the stands. They have paid their money so let them say what they want – I don't care. On a cricket field I never came across any racial abuse because if I had my career wouldn't have lasted as long as it did. I wouldn't just have listened and walked away.'

Throughout the series the two sides drank in each others' dressing rooms after the day's play had ended. There were rounds of golf together on the rest days of some of the Test matches. In the pavilion at Sydney Michael Holding introduced his father to Ian Chappell. After the West Indies victory at Perth Chappell wrote, 'If we had to lose a Test, it couldn't be to a more pleasant and entertaining bunch.' On a later tour Chappell would take Clive Lloyd's children on a day out to the Luna Park fairground in Sydney and carry Lloyd's daughter on his shoulders for the afternoon. Lloyd says he would not have allowed this to happen if he had had any doubts about Chappell's character.

* * *

It had been a terrible tour for the West Indies. The Jamaican cricket journalist Tony Becca was there throughout.

> I spoke to George Headley and Garry Sobers before I left, and Garry predicted that the West Indies would get clobbered. Lose and lose badly. Now the team that went there was the best team, but it was too young, too inexperienced. George said that if the wickets were as fast and as bouncy as they had been when he was there in 1930–31, then the Australians would rip us to pieces. The West Indian batsmen were just no match for them – Lillee and Thomson. It hurt me to see them. I had never seen a bowler like Thomson. He was fast like the wind.

'It was dreadful,' says the middle-order batsman Alvin Kallicharran. 'A lot of youngsters in Australia for the first time and we got a walloping. We didn't have the weapons and they really came at us. It wasn't easy. But even after the taste of the beating we got, we still thought we could be a good team.'

'Oh, we were completely demoralised by the end,' admits Vivian Richards. 'Australia was like a lion's den, and we didn't know how to get out. We were a young side, but what it showed to us was that we needed to find some people who were as sharp and as aggressive as they were. Individuals who gave as much as we had been getting.'

The only hope that Clive Lloyd retained from his experience in

Australia was the memory of the crushing win in Perth. West Indian batting and bowling at its very best – powerful and authoritative. But it was only a speck of solace. Lloyd's team had been routed, and he had been accused publicly of inadequacy. There was no way he was going to throw it away though. No way. Lloyd was dogged. He had a resilient streak that had almost certainly been passed down to him by his Barbadian mother.

'We were in a bar at the end of the tour having a drink,' says Vivian Richards, 'and Clive said to me, "Never again." "What do you mean?" I asked him. "The next time we come back here," he replied, "we'll be winners."'

2

The England captain had something wrong with his mouth

Martin Adrien was at school in the summer of 1976. He had been in England for five and a half years. He first saw London through the window of an aircraft three days before Christmas in 1970. He was 11 and had left the Caribbean island of Dominica in a short-sleeved shirt. Somewhere down there, at a place called Gatwick Airport, his dad was waiting for him. Martin had come to England to get an education. His dad, who in Dominica had been a farmer growing bananas, yams and sweet potatoes, had been living in east London since 1959. Now he had sent for Martin and his sister.

'He was looking for better-paid work and so he retrained as a welder,' says Martin. 'There was an open invitation to come over, a shortage of manpower. He was wanted and now we were joining him. I'd read about this great country, and yes, I was very excited.'

Martin bowled fast and he could bat. He had played his last game of cricket in Dominica the day before he got on the plane.

Any village of any size would have a cricket ground. My village was Dublanc. Only about 400 people lived there but we had a pitch that was used every Saturday and Sunday. We had a bag of shared kit. You were very fortunate if somebody you knew from England sent over a bat, gloves or some pads. We would usually make bats from coconut-tree branches and would burn plastic and melt it into the shape of a ball. So being hit by a cricket ball meant nothing. A plastic one was far more painful.

In east London Martin went to a school in Canning Town, which took a bit of getting used to. In his father's house there was discipline. Strict rules. No TV, no playing until homework was done, but at school he was surprised at how the pupils spoke back to the teachers. When spring came, he played cricket for the school and bowled well but was taken off if he picked up too many wickets. That wouldn't happen in Dominica. In the playgound he was told by other kids that his colour was a problem. He hadn't been prepared for that.

'At home the white people were just other Dominicans. I'd just assumed everybody was the same. Now there were other black kids in my school but a pretty strong element of racism too. It took me two years to find what I would call a "white friend" because of my first experience of white boys and girls.'

* * *

Vivian Richards had also been sent to England to further his education. The school he went to in 1972 was the Alf Gover cricket school in Wandsworth in south London. Richards was 20 then, and Andy Roberts, who was a year older, went with him. It was the first time that two young sportsmen from the island of Antigua had been given such a chance. Their fares and fees had been paid for by the local voluntary coaching committee, the money raised by holding jumble sales, dances and barbecues.

Richards and Roberts hated England in November. They lived in a freezing guest house in Putney, and Richards soon lost all his money. It had been folded carefully into the back pocket of his trousers. Had it been stolen?

'Well, that was my excuse,' says Richards.

I had no wallet, and my fingers were so cold that perhaps I pulled the roll of cash from my pocket and had no feeling of it going missing. It was a rude awakening. What is this place? How can we play cricket in these temperatures? It seemed to be dark all day, midday looked more like midnight. Ah man, that guest house was crazy stuff. Every night before we went to bed we had to make sure that we had enough ten-pence pieces to stick into the machine to give us the necessary juice – the electric and the heat. We would go to the pub. Andy didn't drink, but if I had a few pints, and then we'd get home and realise 'Oh wow – no ten-pence pieces!' so sometimes we had to man it out, you know?

During the six weeks they stayed the highlights were a visit to Highbury to watch Arsenal beat Leeds United two–one in the football first division and moving to Hackney, where Roberts's sister rented a flat. It was warmer there and they ate food that they were used to. During the day Richards was told by Alf Gover to close his batting stance to make his defence stronger and Roberts was made to run between a pair of wooden stools lined up at the bowling crease to stop him from falling away as he released the ball.

'Before I went to Alf Gover I was a brash cricketer,' reflects Richards now. 'It was all about going after any- and everything, but with Alf it was about judging the conditions you were playing in, making the necessary adjustments. Aggressive stroke play, but technique too. Tight when playing forward, nice bat and pad.'

The people of Antigua had saved up to send these young cricketers to England because they thought they had great promise. No one from the island had played Test cricket for the West Indies. Many hoped that Roberts or Richards would be the first. Such was the expectation that three years previously Richards had caused a crowd invasion during his first game for Antigua. It was against

St Kitts in the Leeward Islands tournament. Batting at the Antigua Recreation Ground in St John's, he was given out first ball, caught off his glove. Richards's recollection is that the umpire from Montserrat almost joined in with the bowler's appeal. The *Antigua Star* reported that he 'immediately demonstrated where the ball struck him (on his thigh), showed some disgust at the decision and left the field.'

The batsman's indignation had an immediate effect on parts of the crowd of several thousand, who had been there since the morning but had not seen any play until after lunch because of a damp pitch. 'Simultaneously, spectators from the ringside swarmed onto the field, brushed aside policemen and began to shout in protest. St Kitts players, apparently alarmed at seeing the hundreds of men converging onto the field, ran to the haven of the Players' Pavilion.'

'Indeed, I saw it all happen,' says Tapley Lewis. He is pointing to the stadium behind him as he sits waiting for a fare in his taxi in St John's. 'I guess Vivi was still a kid, something like that. I was 19 years old, a mechanic in those days, and we wanted to see some cricket. Vivi, you see, we knew was a good player. We knew he was capable of good play and we wanted to *see* good play. He was like a little king to us, but that day he was gone for nothing. That's why there was a rush on the ground.'

According to the *Star* newspaper, the officials weren't as sprightly as the fielders. 'Both umpires were slower in leaving the field, and despite police protection the crowd closed in around George Edwards and cuffed him several times while threatening him.' There was a 50-minute delay and placards with NO VIVI, NO MATCH were held high outside the pavilion. 'In other parts of the field several crowds gathered and heatedly discussed the whole matter.' Telephone calls were placed to St Kitts by Antiguan officials, who ruled between them that, if the St Kitts captain had no objection, Richards should be allowed to bat again.

The cuffed umpire, George Edwards, was replaced by the former Test bowler Bunny Butler. In the dressing room Richards's main fear after naively agreeing to go back out and bat to calm the crowd down, was that his father – a senior warder in the prison next to the ground – would realise that his own son was the cause of the commotion. Malcolm Richards had been a talented cricketer himself but was determined that his son would not take up the sport for a living. He had beaten Vivian and his brother when they were younger for pretending to be ill so that they could take part in a game rather than attend church on Sunday. 'By the mercy of God,' Malcolm would later recall, 'I forgot my hymn book and I returned. When I came home, I met them properly dressed, playing cricket. I was a disciplinarian who brought the discipline of the jail home.'

The riot set off by Richards wasn't the last of the trouble. The following week the final of the tournament between Antigua and Nevis was abandoned after a Nevis batsman refused to walk. The team was chased back to their hotel. Their manager gave a live description on Radio ZIZ of what happened next. 'Bus loads and car loads of people besieged the hotel threatening to shoot some members of the team. Some of them broke bottles,' he said. The locals were apparently hunting for the competition trophy, which Nevis were claiming to have retained. The team had to be driven under police escort to the airport and immediately caught a specially chartered aircraft home, where according to the *Workers' Voice* newspaper up to 4,000 delighted people were there to greet them when they touched down.

The two disturbances are fine illustrations of how seriously cricket was viewed in the Caribbean. It could quickly provoke discontent.

Bitterness could erupt between the territories. Cricket in the West Indies had *never* been a game without consequence played by smiling, carefree islanders.

On top of whatever punishment Vivian Richards received from his father, he was banned from playing for Antigua for two years for causing the upheaval at the game. And those Antiguans who thought Richards had let them down by getting banned and therefore weakening their side shouted abuse as they passed his house. He was ostracised by some, but still supported by many. One ally was a local businessman who believed Richards deserved rehabilitation. He didn't mention the riot when he wrote on Richards's behalf to Church and Oswaldtwistle Cricket Club – who played in the English Lancashire League – in March 1973.

'I would like to draw to your attention', he began, 'a young cricketer by the name of Vivian Richards who would like to play for your cricket club in the league as a professional . . . Vivian Richards is the type of batsman that crowds will walk miles to see,' read the typed airmail letter. 'He is sound and polished and full of strokes and he hits the ball very hard. He is a good off-spinner and a very good fields man. He is rated in the same class with Clive Lloyd in the covers (world class).' The sponsor was even willing to pay the young man's airfare, adding that he was a very quiet lad who loved his cricket very much. 'Richards is all set to come now,' the letter concluded.

Church and Oswaldtwistle didn't reply. That season they signed Ken Arthur, a Barbadian who would go on to play one 2nd XI championship game for Glamorgan. Vivian Richards had missed out on the Lancashire League, but six months after his winter in Wandsworth his skills were recognised elsewhere in England. Richards agreed to play for a small club called Lansdown in Somerset. For the 1973 season he was paid one pound a day as assistant groundsman, to push the roller and score as many runs as he could while he qualified to play for Somerset.

'He held his bat like a Stradivarius fiddle,' said Len Creed. 'He was superb. His right hand could have been tied behind his back.' Creed was a West Country farmer and betting-shop owner who had connections with Lansdown and Somerset. He had flown to Antigua on holiday with a touring team called the Mendip Acorns, had heard of Richards and, keen for a young overseas player to come to Somerset, persuaded him to fly to England.

When Richards scored 81 not out in his first game for Somerset at the start of the 1974 season Len Creed wept as his discovery was clapped off the field. The county captain, Brian Close, led the applause. It was a fine start. A week later Richards had to face Mike Procter, a fearsome South African all-rounder who would be bowling fast for Somerset's great rivals Gloucestershire. Would Richards cope? In Procter's first over Richards hit him for two fours and a clanging six, sending the ball straight into the old organ works on the east side of Somerset's ground in Taunton.

'You could hear it rattling round the machinery in there, never to be seen again,' said the Somerset coach Tom Cartwright. 'It was a magical few minutes . . . one of the most electrifying moments in cricket that I've ever witnessed.'

By the beginning of the English summer of 1976 Vivian Richards had scored centuries for Somerset and for the West Indies. He was sending newspaper clippings of his success home to his father. Just as the 1973 airmail letter to Church and Oswaldtwistle had predicted, Richards was all set.

*   *   *

Being from Guyana, Clive Lloyd was used to rain. Storms could last for several days, and in Georgetown, a coastal city built below the level of the high tide, flooding was not unusual. When that happened parts of the outfield at Georgetown Cricket Club, the Bourda, would be underwater. Such a flood occurred during a storm at the beginning of April 1976 when the West Indies were in the middle of a Test series against India. It was a downpour that helped to shape how the West Indies would play their cricket for the next 20 years.

They were to play 12 Test matches in 1976. Five of them would come during the summer series in England. Three had already been lost to Australia. The four Test matches against India at home mattered greatly for Clive Lloyd's future and that of the side.

The West Indies won the first Test in Barbados and were fortunate to draw the second in Trinidad. Two fast bowlers, two spinners and a seam bowler were chosen for both matches. Then it rained in Guyana, and the third Test couldn't be played at the Bourda, so it was decided to use the Queen's Park Oval in Port of Spain again. There was a popular view (which Lloyd would later say was 'mythical thinking') that the Trinidad pitch was good for spinners. The West Indies included three: Imtiaz Ali, Albert Padmore and Raphick Jumadeen. Between them they bowled leg breaks, off spin and slow left arm.

When the West Indies declared their second innings on the fourth day they were well in front. India would have to bat last and needed 403 runs to win. Only one team in the history of Test cricket – Australia against England in 1948 – had scored that many in a fourth innings to win a game. That evening India still needed nearly 300 runs and the match seemed safe. It was a suitable time for Lloyd to be told by the West Indies Cricket Board of Control that he would continue as captain for the tour of England.

On the final morning, Trinidadians who supported India had been to temples and offered prayers for a win. (By the 1970s, nearly 40 per cent of people on the island were of Indian descent. They had been settling in Trinidad since the late 1830s, when workers were brought in to replace freed black slaves on the sugar plantations.) They brought sweets blessed by the priests to the ground. They sang a calypso about their batsman Sunil Gavaskar and in return he scored a hopeful hundred. By the afternoon, with India still batting comfortably, the target had shrunk further and portions of the crowd began to intone Hindu devotional songs. It did the trick. The West Indian spin bowling was now feeble. With seven overs of the day's play to spare, India won.

The West Indies had somehow lost a match in which their spinners had bowled 107 overs in the fourth innings. Just three wickets fell on the last day, and two of those were run-outs. In almost a hundred years of international cricket only five other Test captains had declared their second innings and seen the total passed. This was a West Indian humiliation. From New Delhi, the Indian Prime Minister Indira Gandhi sent a telegram to her side congratulating them on their 'exciting and well-earned victory'. In the West Indies dressing room the captain asked his bowlers to estimate how many runs they thought they could have defended.

Wayne Daniel was listening. He was a 20-year-old fast bowler from St Philip parish in Barbados. He had been selected in the squad, but not the final XI. 'It was a very sombre, solemn dressing room. Lloydy wasn't very happy at all. He was fuming. He felt that the bowlers had let him down. And rightly so. It wasn't his style to pick on people but he was cross.'

'I wasn't put off spinners for life by the experience,' says Clive Lloyd. 'It's just that the ones we had weren't winning games for us. It was a low moment.' What the embarrassment clarified in his mind – combined with the team's experience in Australia – was that he needed bowlers who could be relied upon, match after match, to take 20 opposition wickets. 'I didn't simply crave a pace attack. What I wanted was a formidable attack.' But Lloyd and those who advised him now knew that attack would have to be based on speed. Lance Gibbs no longer played, and if the best West Indian slow bowlers couldn't do it on a Trinidad turner, they wouldn't do it anywhere.

Without the rain in Georgetown, the West Indians' spin humiliation at the Queen's Park Oval would not have happened and the need for a new bowling strategy would have seemed less urgent. Weather had influenced cricket history. In July 1788 a violent hailstorm, with huge stones that were said to have killed hares and partridges, had accelerated the French Revolution by ruining crops, increasing food shortages and further upsetting the urban poor. The Georgetown storm of 1976 brought forward a revolution in West Indian cricket.

'We used to select our teams in the standard way,' explains Deryck Murray.

Two opening batsmen, three middle order, an all-rounder, a wicketkeeper, two fast bowlers, two spin bowlers. That's a balanced team, but we needed to think now in terms of what our strengths were. If, like the Australians, we had four or six fast bowlers, then so be it. We pick four and we put the opposition batsmen under the same sort of pressure that we had known. After the two quicks, who are our next two best bowlers? Ali or Jumadeen may be good spin bowlers but they were not as likely to win a Test match for us as fast bowlers. This was a major change in the thinking of West Indies cricketers. We felt that we could withstand any given situation and we could adapt to it.

After Queen's Park, India and the West Indies had won a Test each and there was one left to play. Only one spin bowler was chosen for the final Test at Sabina Park in Jamaica, and Wayne Daniel was added to the team. If the West Indies were going to win the match and the series, they would do it with speed on a hard shiny pitch.

'Man, it was quick,' says Michael Holding. 'The sun got into it, and that old Sabina gloss showed up.'

India batted first and did well, if slowly, on the first day. The problems came before lunch on the second. The pitch had recently been relaid, and a ridge appeared at the northern end, possibly created by an underground drainage channel. Holding began bowling from around the wicket, which made it much harder for the Indian batsmen – who had scored nearly 200 and lost only one wicket – to avoid the trajectory of the short ball. It was also an act of aggression. The *Guardian* reported that 'the innings was wrecked by a fiery spell from Holding on a pitch which suddenly came to life. Gaekwad caught a vicious bouncer on the left ear and was taken to hospital. Gundappa Vishwanath was caught off his gloves from another bouncer which dislocated and broke the middle finger of his right hand and Brijesh Patel joined the casualty list when Holder found the ridge and sent him to hospital for stitches to a gashed face.'

'It was rearing, rising and flying. I don't think I have ever seen a wicket-keeper stand as far back as Deryck Murray did in that game,' says Wayne Daniel. 'There were times when he would leap into the air, right hand, left hand, and the ball would go over him and bounce into the sight screen. He was a long way back. And yes, even Vanburn Holder bowled a couple of fast deliveries. Show me a bowler who wouldn't exploit the pitch he had been given to bowl on.'

The India captain, Bishan Bedi, declared 'in disgust' at 306 for 6 with two men retired hurt. Later he said it was for 'self-preservation.

Suppose we had got hit on the head.' He was referring to himself and his fellow non-batting spinner, Bhagwath Chandrasekhar. 'Who would have done the bowling?' The manager of the India side told reporters that what had happened was not in the spirit of the sport. 'It was almost like war,' said Polly Umrigar, 'and the whole charm of the game is being lost.'

Nearly 40 years later, Michael Holding now admits that he was not comfortable with the way he was asked to bowl. There may or may not have been a ridge at one end, he says, but 'in truth we bowled an awful lot of short balls'. The tactics were born out of 'sheer desperation' to succeed caused by the pressure of defeat in Australia and the need to go to England as winners, not losers. A more experienced team, reckons Holding, with a more experienced captain would have had the self-confidence to win the game another way.

Bedi's extraordinary declaration changed the direction of the Test. When the West Indies batted, they scored 85 more runs than India, who had several men absent hurt. All 17 members of the India squad fielded at some point, and there was a further hospital visit for one who needed an emergency operation for appendicitis. Because of all the injuries, when it came to the Indians' turn to bat again Bedi closed the second innings after five wickets had fallen and the lead over the West Indies was just 12 runs. He had given the game away. The Indians insisted they had no more fit batsmen. The end came quickly. The Indian seamer Madan Lal pointedly bowled five bouncers in a row in the first over of the West Indies' innings. The West Indians needed less than another over to win.

The victory meant that the West Indies had taken the series by two Tests to one, but the debate over the manner of the win stretched from Kingston to London. On Jamaican television the West Indian journalist Tony Cozier told viewers that when India were in the field 'we had cricket for the connoisseur', but that when the West Indies bowled they had seen 'cricket for the sadist'.

Would the West Indies soon be doing this sort of thing in England? From his office at the House of Lords in Westminster, Lord Brockway – who by coincidence had spent his adult life campaigning against organised violence – wrote to the British press asking if 'the Caribbeans', as he called Clive Lloyd's team, had besmirched cricket, a sport which was 'the symbol of good conduct'? To save the game, he decided, there must be a rule 'outlawing a leg ball which would hit a man above waist level. Is it cricket to aim at a man's head rather than the wicket?'

The fury of Sunil Gavaskar lasted for at least several years. 'That was not great captaincy,' he later wrote of the West Indian tactics, 'it was barbarism.' The local crowd, he said, should be called a mob. 'The way they shrieked and howled every time Holding bowled was positively horrible. They encouraged him with shouts of "Kill him, maaan!" "Hit him, maan!" "Knock his head off, Mike!" All this proved beyond a shadow of a doubt that these people still belong to the jungles and forests instead of a civilised country.'

Wayne Daniel fielded in front of that crowd. He has a different memory.

Now you see I don't remember them shouting, 'Kill him!' It wasn't like that. In those days the crowd were excited and they liked the fact that you were able to make the batsman flinch or run. It was the same in Barbados. It was a thrill to see the fear of God put into the batsman. The crowds went to Kensington or Sabina to see fast bowling. They went to see the ball fly, they went to see bouncers. They wanted to see aggressive fast bowling. And that is what fast bowling is all about. Just like the crowd in Australia were excited by and enjoyed Lillee and Thomson.

Clive Lloyd wasn't greatly upset by the Indians' reaction. His view was that those who couldn't play pace shouldn't play international cricket. 'We had quick bowlers and their batsmen simply couldn't cope.' He was annoyed by the way the game ended. 'The Indian tactics were not exactly a show of guts. If you're brave enough, you'll make runs.' Bishan Bedi's main complaint seemed to be the very particular suffering of modern international captains whose bowlers didn't go above 75 miles per hour: 'it's plain and simple. The West Indies knew we couldn't retaliate.'

The Indians left the Caribbean. Some still wore their bandages as they walked to the aeroplane which would fly them home via England. The 12 players who went on to Bombay were grateful to be shunned by most local cricket lovers. 'They apparently feared that, as on a previous occasion, they might be beaten up by fans disappointed by their play,' wrote one correspondent. 'Bishan Singh Bedi wisely decided to stay on in London.'

The West Indians were soon following Bedi there.

'We'd won the series and we were going off to England,' says Daniel. 'Especially for the guys who had come back from Australia, it was a great moment. Vanburn Holder had told me of the gloom, the heavy silences in the dressing room in Australia. Guys weren't speaking to one another, the blame game was on – "You did this, you should have done that" – all that sort of thing. There was no camaraderie. So this win brought the smiles back. And you know West Indians like to be bouncy and upbeat.'

* * *

The England captain Tony Greig had something wrong with his mouth. His county side were playing the West Indies at Hove at the end of May 1976, but Greig had to leave the ground to go and see his dentist. He had gum trouble and instead of joining his Sussex teammates when he returned, he climbed up to the pavilion roof for a television interview with the BBC. The first Test was in two days' time.

Greig soon became impatient. He thought the reporter was writing his side off before the series had begun. He had been in Australia to see the West Indies lose and reckoned they lacked discipline and staying power.

I'm not really quite sure they're as good as everyone thinks they are. I think people tend to forget that it wasn't long ago that they were beaten five–one by the Australians; they struggled very much to handle them and they only just managed to keep their heads above water against the Indians just a short while ago as well. Sure, they've got a couple of fast bowlers, but really I don't think we're going to run into anything any more sensational than Thomson and Lillee and so really I'm not all that worried about them.

Greig was then asked about how he had picked his team. England were short of experienced batsmen, but was the selection of the Somerset captain Brian Close – who was 45 – 'a panic measure'?

'One of the things which obviously must be done,' replied Greig 'is that we've got to handle these fast bowlers. It's been the one thing that we've fallen down on in the past and we're trying to protect against that. Brian Close is a very strong man, a very brave man, and we think he's the best man for the job right now. I've got someone who can stand up and let them hit him all day and he won't worry about it.'

The England captain then came out with the two sentences that would transform the cricketing summer.

'I think you must remember that the West Indians, these guys, if they get on top, they are magnificent cricketers, but if they're down, they grovel. And I intend, with the help of Closey and a few others, to make them grovel.'

To grovel: 'to lie or crawl abjectly on the ground with one's face downwards' or 'to act obsequiously in order to obtain forgiveness or favour'.

'My dad didn't even like cricket, and he got excited about it,' recalls Martin Adrien. 'On Sunday there was no TV at home, but we were allowed to read the newspapers, and I remember him leading a passionate discussion about the word grovel. He kept saying, "This is about more than cricket." I hadn't been overtly Afro-centric at that time, but something about it hit home with me and my friends. It became a big talking point.'

Greig's comments, which were broadcast on the *Sportsnight* programme along with speedway highlights and a British light-welterweight championship fight at the Royal Albert Hall, also became a talking point within the West Indies team. It was a Wednesday evening and they were at their hotel in Nottingham preparing for the first Test. They reacted in different ways.

Gordon Greenidge remembers it as a 'serious moment' which

triggered off a feeling of contempt around the team. It felt as if it was a deliberate comment to degrade us. I think the whole team felt very hurt. It was now combat, it was now a battle where there was no way England could have won. That comment alone was sufficient to set the tone for the whole series. No one let up in any way at all because it hurt. Whether he meant it to or not, it hurt, and of course that drove the guys to perform even better, greater than perhaps they thought they could.

Deryck Murray's description is of a 'motivational speech with racial overtones'. What irritated him and several other players was the context of the remarks, given Greig's background. Even though he was playing for England, Greig had been born and brought up in white South Africa, where profound discrimination against black people was an official policy of the apartheid government.

Michael Holding's recollection is that those West Indian players who had lived in England and had played county cricket were more disturbed by 'grovel' than he was. 'It wasn't as if we were all sitting in a room and watched it together. When I heard the word I didn't know exactly what "grovel" meant. I knew to a fair degree what he was talking about but I didn't know of any ulterior motives or connotations behind the word. Eventually you hear people start to say that word is used in South Africa.'

'We were supposed to have gone to a team meeting,' says Vivian Richards, 'and all of sudden there's this clip. The television was on, and we saw Tony Greig saying his stuff. The appetite was there immediately. I remember Clive Lloyd said, "Guys, we don't need to say much – the man on the television has just said it all for us." We knew what we had to do . . . We took that seriously. Very, very seriously.'

Wayne Daniel heard about it later. 'We had the team meeting early that evening. I don't remember anything being discussed there. It was the next day in the dressing room that we talked about it. Deryck and Andy Roberts were saying, "What? He's going to make us grovel?"'

Clyde Walcott was the manager of the West Indies side for the tour. The next day he said that the England captain's interview had been 'just another of those psychological moves . . . that are made before a big match'. Later he would add, 'To say that about West Indians, some of whose countries had only recently become independent of Britain, whose ancestors were slaves taken to the Caribbean from Africa, was an incredible gaffe.'

'It was a slight against all black people, not just black cricketers,' says Martin Adrien. '"Grovel" made people think about the colonial past and slavery. And from a South African cricketer, with all that was going on at the time, it made it worse. It is a very disturbing term coming from that man about a black team. He was saying, "I am up here, you are down there; I have my foot on your throat and I'm going to squeeze." Yeah. It drew an instinctive reaction from me.'

Tony Greig hadn't used the word as a calculated racial taunt, but it was an almighty blunder. In the days that followed he sought to explain himself on local black radio shows. He had been thoughtless and crass, and was not helped by his intense competitiveness. 'On the cricket field', wrote his England teammate Mike Brearley, 'he bears all the marks of one who would compete with his grandmother for the last nut on Christmas Day.'

'Let me see if I can say something on behalf of the sinner!' suggests Ronald Austin. Ronald is from Georgetown in Guyana, a man who has followed the West Indies cricket team closely since he was a boy. In 1976 he was visiting London.

Greig had been in the West Indies in 1974, bowling off spin against a team that included Garry Sobers, Rohan Kanhai, Kallicharran and Lloyd. He succeeded in putting pressure on them. He was adept at containing these batsmen and then purchasing wickets. He scored runs himself and, as I recall, was brilliant in the field. Any charitable human being would be forgiven for thinking that in the circumstances the England captain would again fancy his chances against these Caribbean opponents. Yet overconfidence and carelessness impaired his judgement. Using the word 'grovel' was bad enough. His greater error was to underestimate the improvement in West Indian batting and bowling.

Greig had sharpened the desire of the West Indies to beat England. His ineptitude helped to unify the West Indian team and gave them a specific sense of purpose and a focus for their enmity. 'Tony Greig was the inspiration,' says Andy Roberts. 'Not because of his colour, not because he was from South Africa but because of the word 'grovel'. That is what motivated us. It had nothing to do with anything else.'

The players on the 1976 tour had a simple plan which they repeated to each other often: to do everything as well as they could. Do everything you can to win. Play your best cricket at all times. Never be complacent. 'Because we felt all of those things,' says Wayne Daniel,

we thought we would get our game right. So we didn't let that comment make it personal. We stayed calm. Then, if at the end of the series we had won, had torn England apart, then we could say, 'Who's grovelling now?' So the senior players told us, 'He said what he said, so let's catch well, let's bowl fast, let's get in and stay in. Play your best cricket and we will prevail.' That is what Greig's comment inspired us to do – that was our thought – much more so than, 'Hey, here's a white fellow talking crap and we're going to knock his head off.'

Thirty years after the series ended, Tony Greig reflected on his *Sportsnight* appearance and confessed that he didn't regret his comments because of the effect they had; he regretted them because 'with hindsight, I cringe when I see them. Because it was very inappropriate. I've got no axe to grind with how the West Indians reacted. I would have done the same thing. There are times in your life when you get things wrong and you make mistakes, and that was one of mine.'

As Vivian Richards put it, it was a 'stupid remark'.

* * *

Even before the 'grovel' interview, England's players, selectors and cricket journalists knew that it was likely to be a difficult summer. Only Tony Greig, Alan Knott and possibly Derek Underwood had the talent to match that of any of the West Indies players. There had been a Test trial which solved nothing, as the England XI had bowled out The Rest for 48. Selection was further complicated by the fact that two of England's best batsmen – Dennis Amiss and Graham Roope – had both played poorly for a Marylebone Cricket Club XI against the West Indies days earlier. Amiss had ducked into a short ball and left the pitch with a bleeding head. Roope had made 18 and 3.

Neither was picked for the first Test at Trent Bridge; the side chosen was one that could keep a game safe and possibly had the 'tenacity' wrote John Arlott in the *Guardian*, 'to worry a finer but less purposeful team into error and defeat'. Arlott's colleague at the *Observer*, Tony Pawson, predicted, 'We have to rely on John Edrich, David Steele and Bob Woolmer to wear down the West Indian pace and hope that their more exciting stroke play may again get them in trouble from time to time.' This was a team picked to hang on. Winning was a possibility; entertaining was unlikely.

There was also a realisation that this West Indies side was different from the sort of team that had toured England so pleasantly in the past. After watching Vivian Richards make a hundred against Hampshire, the *Guardian* noted, 'There looks to be a greater meanness nowadays about the West Indies' batsmen. They are not the jolly Caribbean beans of old.'

At the team's first news conference Clive Lloyd was asked how many bouncers his bowlers would send down in an over. 'Fast bowling is not all about bouncers,' he replied.

The way the team had recently bowled against India made some

British journalists prickle: 'The West Indies have packed their side with fast bowlers for this summer's tour of England and it is clear that there will be plenty of short stuff,' stated Henry Blofeld. 'Will the English umpires . . . do what their opposite numbers abroad have failed to do? And if they do [warn players about intimidatory bowling], will it be to loud cries of "discrimination" or even "racialism"?'

There came an even more distressing warning from the traditionally sober authority on the game, the *Wisden Cricketers' Almanack*. In 'Notes by the Editor' there was a paragraph about the risk of serious injury from being hit by a cricket ball. The editor quoted a medical doctor and former chairman of the Cricket Society called R.W. Cockshut. Dr Cockshut had well-known opinions on several other subjects: one was the Victorian novelist Anthony Trollope, another was the belief that all young boys should be circumcised to promote chastity and lessen the temptation of masturbation in their teenage years. Dr Cockshut was clearly no stranger to hopelessly unrealistic theories.

As for cricket, he had published research which predicted that in 1976 alone there could be 'up to ten deaths and 40 irreversible brain injuries caused by the impact of cricket ball on skull'. The weekly carnage would be prevented by awarding the batting side ten runs every time a player was hit above the hips. 'Bumpers would disappear overnight,' was *Wisden*'s conclusion. Dr Cockshut's fears were never realised. The West Indies killed no one in 1976. The doctor's desire to outlaw both short balls and foreskins came to nothing.

* * *

If Tony Greig wondered how the West Indians might respond to what he had said on television, he probably got his answer when he came in to bat on the fourth morning of the first Test at Nottingham.

He arrived at the crease at 11.49 and was back in the dressing room by noon. Seven balls was all it took. The end came after Andy Roberts bowled two sharp deliveries which bounced and cut back into his body – 20 runs awarded to England in the world of Dr Cockshut – then a fuller ball, one of the fastest of the day, knocked back the England captain's off stump. Tony Greig had made nought. Vivian Richards made 232. This meant he'd now scored more than 1,000 Test runs in 1976 alone. It was not enough to win the game though. The first Test of the summer ended in a draw.

Richards missed the second Test at Lord's in London because he was ill. But Martin Adrien made it. 'That's right. Me and a couple of friends – we weren't sitting where our tickets said we should because we soon realised where the fun part of the ground was.'

They made their way to the Nursery End opposite the famous Lord's pavilion, to join hundreds of other people supporting the West Indies.

'It was the first time I'd seen so many people from the West Indies in one place, and from different islands,' he says. 'At home my father mostly socialised with other Dominicans living in London; the cliques stuck together. There was lots of banter about which was the best island, which had the best players; the Jamaicans were believing that they *were* the West Indies, the Barbadians saying that without three or four of their own the West Indies were no good. "Where the hell *is* Dominica?" somebody shouted.'

Martin Adrien and his friends had brought nothing to eat, but it didn't matter.

'Other people were unpacking fried fish and offering it around, chicken, rice, salad, plenty of rum. It was a complete surprise to be included. It was an eye-opener to see all these different Caribbean people and how we watched cricket.'

It wasn't all peace, love and boiled dumplings at the Nursery End in 1976 though. Just before five o'clock in the afternoon on the first day Tony Greig came to the wicket. There were shouts of 'This ain't no cricket match no more; it's all-out warfare. War, war! Grovel, grovel!' Later on a fistfight between two West Indies supporters started about whether or not their former captain, Rohan Kanhai, should have been selected for the tour. 'Age doesn't come into it,' said the bloody-nosed victor. 'Send for Rohan – ask the great E. W. Swanton!'

Not everyone took the cricket so seriously. The lunch box could be more important than the soapbox. Cricket was a West Indian social occasion.

'Take my mother,' says the cricket writer, Colin Babb.

She does not even like cricket. But she always wanted the West Indies to win because of what the team represented to her as a migrant in this country. It was crucial because it showed that collectively we could beat the English. So people like her were fans of participating in the day. They came and brought food and everything else because it was a day out with the family. For some folks it was more exciting that they were going to meet their cousin from Birmingham rather than anything Viv might do. It was about having a good day out.

By 1976 West Indians living in Britain had been enjoying a day out at the most famous cricket ground in the world for more than a quarter of a century. Lord's – the headquarters of the game – was a special place for their cricketers; it was on this ground in 1950 that the side won a Test match in England for the first time.

'Yes, sir, I was there,' says Sam King, speaking at his house in Brixton, south London. 'I was there in my uniform with my buttons polished.' In 1950 he was Corporal King, a 24-year-old technician in the Royal Air Force who had timed his leave to coincide with the Test match. He had always enjoyed the game and in England had played for RAF sides as a batsman and wicket-keeper. 'In emergencies,' he confides, 'I could bowl some medium. I had signed up for the RAF in 1944 from Jamaica. My mother had said to me, "Go and help. The mother country is at war. If you live, it will be a good thing." I worked on Lancasters and Spitfires at bases across the United Kingdom but my favourite was the American Dakota. I was good with those old propeller aircraft. If it break down, you call me up, even today, and we'll get it going.'

For the five days of the 1950 Test Sam King left his friend's house in Mitcham in south London every morning and took a train to Lord's. West Indies sides had been to England four times since 1928 to play Test matches but had always been beaten. One of the players he saw was Sonny Ramadhin, a slight 21-year-old spinner who had never played first-class cricket, never mind Test cricket, until earlier that year. No one from an Indo-Caribbean racial background had been picked to play Test cricket for the West Indies before.

Ramadhin's grandparents were labourers who had come to Trinidad from India to cut sugar cane in the nineteenth century. Sonny, who was orphaned by the time he was three, had learned to bowl in cleared patches of cane stubble. When he was a teenager, it became clear that he had a particular gift. He was a slow bowler who turned the ball sharply towards a right-handed batsman off the pitch. But with no obvious change to his bowling action, he could also spin the ball the opposite way.

Sixty-five years after he first came to England, Sonny Ramadhin is still here. He lives in a village on the edge of the Peak District, a few hundred yards from one of the pubs he managed after he retired from playing. His son-in-law Willie Hogg and his grandson Kyle Hogg both played county cricket for Lancashire.

'My local club in Trinidad was called Leaseholds Limited,' recalls Ramadhin.

Leaseholds were the oil people on the San Fernando side of the island. In 1950 I had a job driving a tractor, cutting the fairways on their golf course. Leaseholds had two golf courses – not for all the employees of course, just the whites. We weren't allowed to play on it. Anyhow, my hobby was fishing, not golf. As for the cricket, my bowling was something natural. I used to bowl to the older men in the practice net and they were amazed that I could turn the ball both ways. But I didn't know that people couldn't read me until I came to England. All I knew was that I bowled an off break and a leg break.

The official souvenir programme for the 1950 tour of England does little to clear up the mystery of Ramadhin's talent. 'The nature of his spin has not been exactly specified but it is known that he bowled round the wicket in at least one match, which suggests a break from the off. But it is also said that he spins more with the finger than with the wrist and that although he does not bowl the googly he is able to disguise his off break – which indicates a preponderance of leg-spin. We must wait and learn.'

By the last day of the 1950 Lord's Test match England were still learning. Sam King had seen Ramadhin take 11 England wickets. Among others, he had dismissed Cyril Washbrook, Bill Edrich and Godfrey Evans. 'I was surprised to get all these English people out. I didn't know which one was which or who was the next batsman coming in. I just bowled against whoever walked out.'

Ramadhin's room-mate on tour, Alf Valentine of Jamaica, took seven more wickets with his slow left-arm spin. No runs were scored from 75 of the overs he bowled in the game. Like Ramadhin, he had never played Test cricket before he went to England.

'There were hardly any West Indies supporters in the ground to see it at all,' remembers Sam King. 'Certainly no more than 50, probably nearer 20. On several of the days I sat on my own. But don't forget, there were not many of us in the whole country. After the war I returned to England in 1948 – I was one of those Jamaicans who arrived on the *Empire Windrush*. I remember walking once from the Union Jack club in Waterloo to Woolworth's in Brixton to buy some razor blades and I didn't see a single black man or woman on the whole journey.'

Between 1948 and 1950 well under 1,000 immigrants came to Britain from the West Indies. In 1951 the figure was around 1,000 and in 1952 and 1953 it was about 2,000 each year.

Despite their small numbers, the fans from the Caribbean watching the last day's play at Lord's in 1950 were noisy and enthusiastic. 'As each wicket had fallen this morning,' reported the *Guardian*, 'they had leaped from their seats, embraced each other in an ecstasy and danced and sung to the accompaniment of their guitars until they felt Goddard [the white captain of the West Indies] needed their advice once more on exactly how he should dismiss the next batsman.'

The last England wicket fell soon after lunch. The West Indies had won a Test match in England for the first time – by 326 runs. Some of the supporters ran across the field to congratulate the players, although Ramadhin – who often played that summer wearing his pyjamas under his cricket whites because he was cold – sprinted for the pavilion. *The Times* reporter witnessed a rush of people, 'one armed with an instrument of the guitar family singing with a delight that rightfully belonged to them'.

'I was actually on the pitch because I wanted to take a look at the wicket,' Sam says. 'It seemed like a good one, but a little damp. Anyhow, I was thinking about getting the train back to Mitcham and someone says to me, "Kitchener is making a song, man. Come on." So we went up to his side and there were about 20 of us there.'

Kitchener was Lord Kitchener, a musician and calypsonian who had been a fellow passenger of Sam's on the *Windrush*.

'We sat down and Kitch was writing a celebration song, and somebody shouted, "Put Valentine and Ramadhin in". The next time I heard the song it was on the wireless – they played it all the time – even on the news.'

> Cricket lovely cricket, at Lord's where I saw it;
> Yardley tried his best – Goddard won the Test.
> They gave the crowd plenty fun; the second Test and
>   West Indies won.
> With those little pals of mine – Ramadhin and Valentine.

These words are from the version called 'Victory Test Match' recorded soon after by another calypsonian who was at the ground, Lord Beginner. This recording and Kitchener's tunes strummed and sung in London that day were almost certainly the first cricket calypsos heard in Britain.

'I didn't learn of the song until weeks and weeks after,' says Sonny Ramadhin. 'I heard people singing it, and I also heard it on the radio before one of the later Test matches. It was great to hear people singing your own name – it was as if they were worshipping you! When the team got back home after that tour it was the only calypso they played – the steel bands, everyone. People were given a day off work – Ramadhin and Valentine Day they called it. It was like a bank holiday.'

That win at Lord's meant more to the region than most people in Britain could realise. For C. L. R. James, its significance was such that he was certain Caribbean self-identity could not begin to be fully realised until the inventors of cricket had been beaten in England by the West Indies. In *The Development of West Indies Cricket: The Age of Nationalism* the Barbadian academic and cricket writer Hilary McD. Beckles described how the win affected the father of a friend: the man, an immigrant bus driver in the West Midlands, had a formal picture taken of himself in evening dress, gloves, hat and cane the day after the Lord's win. The hire of the outfit came to two pounds and ten shillings, and when his wife found out the cost, she left him for a week. He wore the suit and its trimmings all day in celebration as he drove his bus along its route around Birmingham. He told his son why – despite the trouble it caused him – it had been the most fulfilling day of his life: 'Winning the series three–one. The first time we beat them *wasn't* the big thing. It was Lord's, son – going into their own backyard and taking their chickens out of the coop and frying them on the front lawn. For me, son, the empire collapsed right there. Not Churchill or Wellington could bring it back. Shackles were gone and we were free at last because the chickens were out of the coop.'

'We all knew that England ruled us as a colony,' says Sam King, 'but our attitude was that if we could beat them at Lord's, we could beat them at anything. In the days afterwards we were all a little bolder. At my RAF station it meant that I could stand up a bit taller.'

That determination to beat England, the desire for some sort of change to the way things had been, went completely over the heads of the English cricket establishment. Sir Pelham Warner, who had grown up in Trinidad and captained England, wrote this welcome to the 1950 tourists: 'The West Indies are among the oldest of our possessions, and the Caribbean Sea resounds to the exploits of the British Navy. Nowhere in the world is there a greater loyalty to, love of, and admiration for England.'

'This one cricket match had a great effect. We showed we could do something well,' concludes Sam King. 'After that day employers here began to realise that if you took a West Indian and trained him as a machinist or a car sprayer or whatever it was, he could do it. He could work, he could achieve. And when the English saw that, they asked us to get our Caribbean friends to come to England and work for them too.'

By 1963, when Frank Worrell brought his side to Lord's, there were many more West Indian supporters to watch. And the talk was not just of the cricket. As well as opinionated running comment-aries on the players' abilities, there were arguments about the poli-tics of the Caribbean and the experience of a decade of living in England. The Trinidadian-born writer V. S. Naipaul published a feature article in *Queen* magazine after spending five days sitting with, and listening to, West Indians during the engrossing Lord's Test that summer.

'You know what's wrong with our West Indians? No damned disci-pline. Look at this business this morning [Wes Hall and the England bowler Fred Trueman had been clowning with each other on the pitch]. Kya-kya, very funny. But that is not the way the Aussies win Tests. I tell you what we need is conscription. Put every one of the idlers in the army. Give them discipline.'

'Which one is Solomon? They look like twins.'

'Solomon have the cap. And Kanhai a lil fatter.'

'But how a man could get fat, eh, playing all this cricket?'

'Not *getting* fat. Just putting on a lil weight.'

'O Christ! He out! Kanhai!'

'... And boy, I had to leave Grenada because politics were making it too hot for me.'

'What, they have politics in Grenada?'

Laughter.

'You are lucky to be seeing me here today, let me tell you. The only thing in which I remain West Indian is cricket. Only thing.'

'... You hear the latest from British Guiana?'

'What, the strike still on?'

'Things really bad out there.'

'Man, go away, eh. We facing defeat and you want to talk politics.'

With one ball left in the 1963 Lord's match, all four results were still possible. The England batsman Colin Cowdrey, who'd earlier had his arm fractured by a delivery from Wes Hall, had returned at the fall of the ninth England wicket.

'Cowdrey comes in,' wrote Naipaul, 'his injured left arm bandaged. And this is the ridiculous public school heroism of cricket: a man with a bandaged arm saving his side, yet without having to face a ball. It is the peculiar *style* of cricket, and its improbable appreciation that links these dissimilar people – English and West Indian.'

The game ended in a dramatic draw. The Lord's Test of 1976 was drawn with much less excitement. The third game of the series was in Manchester.

* * *

Cedric Rhoades was a proud host. He was chairman of Lancashire County Cricket Club and was pleased with how the wicket for the Old Trafford Test had turned out. There had been no rain in Manchester for three weeks, but the pitch had been inspected and approved by officials.

'We have got a pitch fit for any Test,' said Rhoades. 'It is hard and fast and will play true. It should give every cause for satisfaction, and both batsmen and bowlers will get a fair crack out in the middle.'

He was certainly right about a fair crack out in the middle. It was almost an inch wide and ran towards the stumps at the Stretford End of the ground. The shorn grass on the wicket grew only in clumps and was encircled by bare patches of dry earth. The ball could rise sharply from a fast bowler's good length or keep trickily low. If it hit the edges of the long crack its movement couldn't be predicted.

Who'd want to open the batting on this pitch?

After he checked into the team hotel, Brian Close was soon found by his captain. 'He said, "Come and have a cup of tea up in my room with me,"' recalls Close.

> So I dumped my bags and went to Greigy's room. There he was, lying on the bed. He turned round and said, 'The selectors and I have been thinking, and we want you to open the innings with John Edrich in this Test match.' I said, 'Nay, Tony. I haven't opened the batting for quite a number of years now. And anyway, what's Bob Woolmer in the side for? He's an opening batsman, isn't he?' Greigy said, 'Yes, but the selectors and I have been thinking, and we reckon he's got a lot of Test years left in him and we don't want him killed off.' Those were the exact words. So I said, 'Oh. So it's all right to sacrifice me then.' And that's how I came to open the innings at Manchester.

But it would be the West Indies, not England, who had to bat first. And they struggled. On the first morning they were 26 for 4 and later in the day 211 all out. Only Gordon Greenidge, with a hundred in the best innings of his career so far, kept the West Indies from what may have been a losing first-innings total. England's problem was that they were then bowled out for 71. Wayne

Daniel knocked Tony Greig's stumps out for 9 runs. By the Test's third evening England were batting to save the match after Greenidge and Vivian Richards made second-innings hundreds. England would have to score 552 to win.

Brian Close and John Edrich were the England openers. When Close had batted in his first Test match in 1949, only five men in this West Indies side had been born. Now he was 45, almost bald and had a sticking plaster on his left elbow. John Edrich was 39. When their counties had played the West Indies earlier in the 1976 season, both Close and Edrich had done pretty well. Newspapers reported that the West Indies had been 'powerless to stop' Edrich when he made a hundred for Surrey at the Oval, while Close had 'time to spare' against Roberts and Daniel, scoring 88 for Somerset at the end of May.

It was to be a little different on this muggy evening in June.

There have been many accounts of the aggressive bowling and desperate defensive batting seen during this passage of play. Some versions contradict others. One of the least subjective is likely to be the statistical record compiled by Bill Frindall, who was the BBC radio scorer for the *Test Match Special* programme. He noted each ball with particular symbols he had devised and made additional comments on that evening's play as it took place.

The session lasted for an hour and twenty minutes, beginning at ten past five and ending at half past six. Seventeen overs were bowled: four by Andy Roberts, seven by Michael Holding, three by Wayne Daniel and three by the spinner Albert Padmore. Including one wide and nine no balls, the batsmen faced 112 deliveries – Close 57 and Edrich 55.

Saturday had been very warm with a breeze in the morning but by late afternoon it was just hot and sticky. Noisy too. The England bowler Mike Selvey was playing in his first Test match. 'It was a very strange day. It was humid, building up as the play went on, getting very oppressive. The weather seemed to reflect the nature of the crowd. Among the West Indian fans – and there were a lot of them – there had been this cacophony, a tympanic noise from the drinks cans all day, banging out a rhythm. Building up, building up.'

After four balls from Andy Roberts, Brian Close stepped away because he was put off by the racket and movement in the crowd. At the end of the next over Clive Lloyd walked towards the West Indies supporters to ask them to be less of a distraction. If there's too much noise, he told them, how will the umpires be able to hear our snicks from the bat edge?

According to Frindall, the West Indians bowled 16 bouncers at the two English batsmen that evening. Each bouncer was marked in his scorebook with an upward-pointing arrow. There was also one downward-pointing arrow to signify a ball that kept low; by now this was a pitch of inconsistent bounce. Holding and Daniel bowled six bouncers each and Roberts bowled four. Brian Close was first hit on the chest by Holding from the last ball of the sixth over – not by a bouncer, but by a short-length ball that leaped up.

This was the point when the intent of the West Indies bowling seemed to change. Roberts was replaced by Daniel, who bowled six bouncers at Edrich in his first two overs. In between, Holding bowled a further two at Close.

'I remember bowling a couple of short balls to John Edrich,' confirms Daniel. 'I didn't get to bowl at Close much because he was marooned at the other end. The pitch was a lively one that evening. My main memory is fielding at leg gully and thinking that if the ball came off the bat edge to me, how am I going to catch it? It was fast and hostile.'

By six o'clock, after 50 minutes of batting, Close and Edrich had not crossed or scored a run from the last seven overs. Close had faced all of Holding's last 25 deliveries. Roberts came back on for

Daniel, and Edrich managed to hit him for four through backward point. They were England's first runs – other than extras – for 39 minutes.

Then, at four minutes past six, Holding began his fifth consecutive over to Brian Close from the Warwick Road End. It would be one of the more infamous overs of modern Test cricket. Three slips, a gully, a leg gully and a short leg were waiting for a deflection. Close played at and missed the first ball. The second was a 90-miles-per-hour bouncer which would have hit him straight in the face had he not snapped his neck away from the ball. The third was another bouncer which scorched across Close's nipples. The next ball, also short, caught Close more towards the leg side, and slammed into his ribcage. This was the blow that made him buckle and grimace as if he had been punched very hard. He staggered, stayed up, and for a pace or two the Yorkshireman's bat became a walking stick.

'And that's hurt him,' said the television commentator Jim Laker. 'That's somewhere I think round about the mark where earlier he let one bounce off him. And although he will never show any trace of emotion whatsoever, or give anybody the impression at any time in his cricket life he's ever been hurt, that really must have stung him.'

Vivian Richards was fielding close by at short leg. Yes, he was playing for his country, but this was his county captain in pain. 'I went up to him. "Are you OK, skipper?" Closey eventually gathered himself together and bellowed, "Fuck off." What a man.'

Holding ran in again for the fifth ball. Again it was fast and short, and Close jerked back as if avoiding a jab to the chin. Behind the wicket Deryck Murray caught the ball, fingers pointing up, in front of his own face. And that was enough for the umpire Bill Alley. It was to be the last bouncer, but not the last short-pitched ball, that Close and Edrich would see that evening.

Alley walked towards Holding and, raising his finger as if giving him out, warned him officially that – according to the laws of cricket – he was guilty of 'persistent bowling of fast short-pitched balls . . . constituting a systematic attempt at intimidation'. He could receive one more warning but a third offence would mean Clive Lloyd would have to stop him bowling.

On the edge of the pitch a policeman went into the crowd. 'Scuffles along boundary,' noted Bill Frindall in his scorebook.

Holding's last ball was not short but it hit Close again, this time in the groin.

'Brian Close is going to be a mass of bruises when he eventually gets back into the haven of the pavilion,' Laker told BBC viewers. In fact Close was hit on the body three times, once in Holding's third over and twice in the sixth, Frindall marking each occasion with a navy-blue dot. So Close probably had three bruises on his body. There is a famous photo of him bare-chested in the dressing room with six or seven weals on his torso. But that was actually taken in 1963 after Close's innings against the West Indies' bowlers Wes Hall and Charlie Griffith at Lord's.

'As a fast bowler,' reflects Michael Holding, 'you know that you can do damage, but you still have to go and do what you think is necessary to get people out. If that means bowling a bouncer, if it means bowling directly at someone's body, you have to do it. It is up to the batsman to have enough skill to hit the ball and defend himself to see he doesn't get hurt.'

'The key to it was the poor pitch, it really was,' says Mike Selvey.

They didn't bowl in a way that you'd describe as dangerous. They targeted the torso, that's where most of it went, at rib height. But of course there was this crack at the Stretford End which ran longitudinally down the pitch. Now for a right-hander facing a right-arm bowler, it was irrelevant because it was too straight, but for left-handed batsmen, as Edrich and Close both were, it was lethal. The crack was quite wide by Saturday, and the pitch was just nasty – up and down – and of course it was all exacerbated by their pace as compared to the speed at which Mike Hendrick and I were bowling.

'The umpire was there to regulate the game,' says Wayne Daniel. 'I was just trying to bowl as fast and aggressive as I could, but to intimidate never came into my mind.'

'Fast bowling does intimidate batsmen,' reckons Brian Close. 'The faster you bowl, the more intimidating it is. It's part of the job, and if you're a batsman you've got to cope with it. You just go out and do your job of protecting your wicket and building an innings and scoring runs, that's what a batsman's job is. And whatever the difficulties are – whether it's bounce, pace, swing, movement, spin – you've got to cope with it. You're there to make runs.'

Tony Cozier was covering the series and saw every ball of the evening session. 'A lot was made of Daniel and Holding bowling like they did, but what do you do?' he asks. 'These men out there batting were 39 and 45. You don't blame the bowlers, you blame the England selectors. How can you take a 45-year-old man and make him go out in front of that sort of attack? It was crazy. Absolutely crazy.'

'Brian Close was a brave man,' says Clive Lloyd, 'but at that age should you really be sticking your chest out when the ball is coming at 90 miles per hour? He should have been watching the game from the bar, enjoying a drink. These men were past it. The pitch was not good enough. There was no instruction from me to bowl an intimidatory line. As it was – tactically – the length wasn't right. We should have bowled fuller, and they'd have probably lost four wickets that evening.'

Tony Greig was very clear that Brian Close and John Edrich had been chosen to face the West Indies for a reason: 'We always knew we were going to get into trouble. That's why I picked these two blokes because they could be discarded. There was no real point in putting a youngster in there because I knew what we were in for. It was very dangerous. The truth is that we had to pick a team for a Test match where we knew we were going to be jumping around all over the place.'

Neither did Greig blame the West Indies for the way they bowled. 'Boy, if I had been Clive Lloyd that day and I'd been dishing it out, you better believe I would have let those bowlers go until such time as we were pulled into line. It was not up to Clive Lloyd to say to his bowlers, "Look, be nice to two of the toughest opening batsmen in the history of the game."'

Albert Padmore bowled the last over of the day. It contained two full tosses, but Close was so unused to playing attacking shots, it was still a maiden. He and Edrich headed for the pavilion. In the England dressing room the players who hadn't batted gawped at the pair that had. Somehow they had survived without being seriously hurt. Mike Selvey remembers the scene.

Brian sat opposite me on the other side of the room, almost certainly with a broken rib, saying, 'I'll be all right, I'll be all right. Cup o' tea, just get us a cup o' tea.' And on my left was Edrich. He was sitting with his pads still on and he was leaning forwards on his bat, and his cap was pushed right back on his head. And he slowly started giggling to himself, not manic, but noticeable. And someone said, 'What is it, Eedee?' and through his chuckling, John went, 'Have you seen the scoreboard, Closey? Have a look through the window. You've got one run. All that, and you've got just one run.'

In the *Sunday Times* the former Sussex player Robin Marlar noted the bravery of the England openers and wrote, 'The number of balls pitched at a length on a line to hit the stumps were so few they could have been counted. The rest were, by inference, directed at the batsman's body or to induce a fending-off catch. Intimidation? Of course it was. And umpire Alley finally warned Holding. Some like steak tartare, but this cricket was too raw for my stomach.'

The West Indies would win the match by a huge margin. On the last afternoon Tony Greig, who was barracked on sight by the many West Indian supporters in the ground, was clean-bowled once more, this time for three.

'"Grovel" is an emotive word', wrote John Arlott, 'and it has stuck in more craws than he can possibly have anticipated when he used it.'

Neither Brian Close nor John Edrich played for England again. 'The silly buggers sacked us both,' says Close.

*　*　*

For two days before the fourth Test in Leeds the International Cricket Conference held its annual meeting at Lord's. In its concluding statement it condemned intimidatory bowling and 'earnestly emphasised the need to bring the spinner into the game'. The same day the West Indies picked four fast bowlers to play in the next Test match. If they won at Headingley, they would win the series.

Gordon Greenidge, who had batted so poorly in Australia, made his third century in as many innings against England. His runs helped his side to a lead, just as Andy Roberts's six wickets helped the West Indies to a win by 55 runs on the fifth day. He was bowling at least as fast as he had in Australia. Standing at second slip, Greenidge decided that he needed to wear a box when Roberts was bowling.

This West Indies side had beaten England in England. Clive Lloyd now shared this feat of captaincy with only four other West Indians – Goddard, Worrell, Sobers and Kanhai. His team led the series two–nil and there was still a Test left to play. Lloyd was in charge of men who were playing entertaining, even dramatic cricket. 'Intense fast bowling, spectacular fielding and aggressive batting' was how John Arlott described it. The day after the Headingley victory he wrote that 'the West Indians' joy at their win revealed how much success matters to them; but no other team of modern times has remotely suggested that they felt the manner of winning equally important'.

On the balcony at Headingley the players who had rushed from the pitch jumped into the arms of those who had watched. Deryck Murray embraced his father, who had been looking on from the dressing room. A long time after the match was over the group was still being serenaded from the outfield by West Indians gathered below. 'I was looking at the faces of the people crowding around and you could *feel* their pride,' says Wayne Daniel.

You could *feel* their happiness standing there looking up at us. You could feel their expectation, their hope. I thought, *I can't let these people turn away feeling bad*. I had to represent the West Indies for these people. What that meant was that we couldn't lapse and have fun. We had to be on top of it all the time. The senior guys repeated this time and again. Andy Roberts, Roy Fredericks, Deryck Murray – they were tough, hard men. I remember bowling a half-volley at Leeds, and the look I got from Andy Roberts at mid-off I'll never forget. He said nothing but his face told me, *What the hell are you doing? You can't be bowling half-volleys for the West Indies*. I had never seen such competitive discipline before. I certainly learned what Test cricket meant in 1976. You could never be off, you always had to be on – and that lesson came to me straight from those guys.

* * *

'I was there with my dad, my PE teacher and my maths teacher. They were all cricket nuts. I was 11.' Trevor Nelson is a DJ and broadcaster whose parents came to London from St Lucia. The first time he saw the West Indies play was at the Oval in 1976. It was the last Test of the summer.

> It was like a carnival. Everyone had tin cans; there was a sense of freedom, freedom of expression. I was a kid, but now I can remember that day and understand why there was such a noise. From day to day people like my dad had been wandering around in this society knowing they were the underdog and kind of feeling they shouldn't be there sometimes. There was no sense that these black people could stick their chests out proudly. They were second-class citizens. But in the ground it was the first time I saw black guys boasting, shouting stuff, getting excitable. It was confusing because the county cricket me and Dad watched on TV on a Sunday seemed very quiet, respectful. But here people were selling fried fish and other food. My dad brought a massive hamper, chicken, sandwiches, stuff to share. He was joking with his friends. I'm almost certain I witnessed someone cooking in the ground.

The Oval is very near the London suburbs of Brixton and Lambeth, places where lots of people who had come from the West Indies lived. By the beginning of the 1970s just under half of all the black people in Britain lived in London. For the final Test several thousand West Indies supporters gathered in the stands on the first morning in the northern part of the ground near the Vauxhall End with their backs to the gasworks. There were men in three-piece suits with their wives who had left Trinidad 25 years ago, youths in flared trousers with tight-fitting shirts whose parents had been born in Barbados, bearded teenagers with braids and leather caps who had Jamaican grandparents. There were banners and signs, rum and beer, horns and hand bells. All tickets had been sold for the first three days, and the English cricket authorities had asked Clive Lloyd to appeal to the fans not to make too much noise during play. Their concern was that the din might go beyond exuberance and become intimidatory. But any hope for peace and quiet was a forlorn one. The din would last for as long as the Test match.

Martin Adrien spent two days there with his friends. 'The Oval was a celebration Test. It was an event. You were going somewhere. So for a day at the cricket you could well wear a suit. It was like your Sunday best, and at the time for a fair number of those people cricket would have been second only to church.'

Vivian Richards was the chief celebrant and batted masterfully again. His first Test innings in England that season had been 232 at Nottingham. In this final one he scored 291.

'I was the right age to be impressed by Viv,' recalls Martin.

He was the first man I remember who had a bit of arrogance. His walk was slow, I remember that. 'I'm coming, but you've got to wait for me.' Looking back, I suppose what I was struck by was here was a man representing the region. His success was the region's success. He was scoring runs for the Caribbean. I think for the first time I had seen at close hand a successful West Indian. He was proud. In 1976 that was dynamic and a little bit disturbing.

'You see to me, growing up in London, this wasn't how black people should look,' adds Trevor Nelson.

On TV it was always the white people who were in charge and the black people were always chasing them, but on the cricket field that wasn't the case. My dad and his friends were proud. I had an inner glow that we could beat England at this posh game and we weren't posh. All black people I knew were working class. White people who play cricket were upper class, or so it seemed, but we battered them. We didn't have the equipment they had, the system, the coaches, the pitches – but, yeah, look at that. We're good!

The West Indies made 687. They had never scored so many runs against England in a single innings. As he took it all in, Trevor Nelson was intrigued by how the cricketers affected his father's behaviour.

England seemed to me to look quite old – I don't know, maybe it was David Steele's silver hair. They looked like blokes who worked during the week and played at the weekend. But the West Indies looked like warriors. They looked as if they'd come to steal some-thing, to rob you, take the spoils. And my dad was revelling in the way England were getting beaten. He was so pro-West-Indian, it was unbelievable. It was a side of him I hadn't seen before. I always saw him as a reasonably impartial, reserved man until we got to that ground. Then he became like just a mad West Indian fan taking the living piss out of the English. I mean all of them were. Every time there was a boundary they were just dancing, screaming, singing, rubbing it in. Massively. I actually think there was a bit of payback going on there. There was a *lot* of payback going on there. And I realised that West Indians could be good at something. Cricket. Cricket was it.

When the West Indies declared their second innings late on the fourth afternoon their lead was huge. As he led his sweaty, dusty and downtrodden side from the field, Tony Greig knew England had no hope of winning. In view of all of the West Indian spectators, he sank to his knees and crawled a few yards on all fours. He had grovelled. The crowd howled in delight. And now he had to bat.

* * *

Michael Holding walked towards the white disc on the ground that marked the start of his run-up. For now he held the ball in his left hand. Putting some spittle on the index finger of his right hand, he used it to polish the side of the ball. As he reached his mark, he turned towards the batsman knowing he was 21 strides away from bowling his next delivery. Seven months ago he had cried on the pitch at Sydney. Now he had already taken eleven wickets in the match, and would go on to take another three.

The cricket ball in his hand was nearing the end of its life. The royal warrant insignia of a lion and a unicorn stamped on one side in gold leaf had flaked away. The dyed red leather outer case, which had been especially chosen from the hides of Scottish cattle unblemished by the nicks of barbed wire, was scuffed, cracked and swollen. Parts of the Northern Irish linen thread which made up the seam had frayed and loosened. The ball, which had been shaped and baked and stitched and polished by hand in a small Kent village called Chiddingstone Causeway, would soon be discarded into a box or a basket somewhere in a shed or a cupboard at the Oval.

Holding accelerated towards the batsman, each stride longer than the last. Halfway through his run-up he transferred the ball from his left hand to his right without even knowing he was doing it. Two seconds later, running almost as fast as he could, he jumped and let the ball go at 90 miles per hour with a full circle of his arm. Some fast bowlers were ugly to watch and others were beautiful. Holding was beautiful.

Tony Greig saw the ball coming of course. He knew what he had to do to stop it hitting his stumps, but the ball came too fast. It curved in towards him in the air and with a dipping trajectory tore past his feet. Greig, off balance and falling to his right, knew he had been beaten. The ball struck the bottom of the middle of the three stumps, knocking it sideways. The leg stump shot completely out of the ground. A ricochet caused the off stump to lean in the opposite direction.

Michael Holding had clean-bowled the England captain again.

The noise of celebration was intense. It whipped around the Oval stands and could be heard on the pavement outside the ground, where, at a homemade stall, West Indian supporters looked up and added their own cheers. The stall was doing good business selling shots of rum, lengths of sugar cane and a vinyl single called 'Who's Grovelling Now?'

> Who's grovelling now?
> Who's grovelling now?
> Greig, you're a loser somehow.
> If you had your way, you would never let us play,
> So tell me – who's grovelling now?

> Lloydy, you're a champion
> You never, never lose your cool.
> Though the bigots try to put you down
> You never, never wear a frown.
> You play the game like a gentleman
> You lick the ball like calypsonian
> You put your men them at ease –
> You're the king from the West Indies.

*   *   *

In time Michael Holding's 14 wickets at the Oval and Vivian Richards's double century would be seen as jewels in the crown of

West Indian cricket. Big moments in the renewal of a cricket nation. When these young men had been small boys in the early 1960s, the West Indies had risen to the highest level of the international game under the captaincy of Frank Worrell and then Garry Sobers. But by the end of the decade the foundations of that success – the wins against Australia, England and India – had collapsed. The best players were stale after years of cricket and had not been replaced. That weakness caused division, and the qualities necessary for leadership – playing skill, example, authority, insight, cussedness and luck – had evaporated. The period of rebuilding after 1965 had been fitful and incomplete; for nearly seven years, the West Indies didn't win a series. From December '68 until July '73, they didn't win a Test match. And there was no assurance that this latest West Indies would bring lasting success.

'We shouldn't forget,' reflects Ronald Austin,

that the teams Lloyd took to Australia and then to England carried with them no guarantees. Many people back in the West Indies expected little. These men were potentially good young cricketers, but Richards, Greenidge, Roberts and Holding had excelled only in a few regional games between the islands and in a small number of Test matches. Nor had the leadership of the West Indies side – a uniquely important role – been solved by Lloyd's appointment. I think he'd led Guyana in just a few matches in the regional competition. The decision to make him captain of the West Indies was not a unanimous one, and Lloyd has said since that of the selectors who chose him, only Clyde Walcott truly believed in his qualities.

The historical, geographical, racial and political complications of West Indies cricket meant that some in the Caribbean had actually been pleased at the failure of Lloyd and his team in Australia. There were others who suggested that after his catastrophic spinal injury in 1971, Lloyd would always be psychologically feeble. He had lain in hospital for weeks not knowing if he'd walk again, never mind play cricket, after diving for a catch while fielding for the Rest of the World at Adelaide.

A commander will always be more confident of success if he knows that he has protection and support in his rear, and Lloyd did not have that.

Neither had the West Indies ever enjoyed the experience of being a 'professional' team. They didn't play enough regional or Test cricket for that. In 1963, when Frank Worrell's side won in England, Jamaica had not played in Trinidad for 13 years. Barbados had hosted Trinidad – its nearest big cricket neighbour – just six times since 1949. In contrast, during those years the two best county sides in England – Yorkshire and Surrey – played against each other 26 times. West Indian cricketers had to cross the gap between club cricket and the international game almost in one step. This is why in his book *Summer Spectacular* about the 1963 tour of England J. S. Barker wrote that, despite their talent, it was no surprise that the West Indies now and again 'tobogganed into a scarcely credible abyss of ineptitude'.

So as the players drank beer and champagne on the Oval dressing-room balcony, celebrating a three–nil series win against England, all of these things were swirling around the balcony with them. All of these impediments and uncertainties from years gone by, as well as the recent past, were somewhere in Clive Lloyd's mind. But the summer of 1976 had ameliorated West Indian cricket. The professionalisation of the West Indies began in England under Lloyd's captaincy.

The fire in Babylon had been lit.

3

'Regret No Coloureds'

Athneal Ollivierre was an old man. He died in a small room in his house next to the sea. It was 4 July 2000. Several thousand miles away the West Indies had had a game against a New Zealand A side abandoned at Bristol because of bad weather. Two days after Athneal died the West Indies would lose by six wickets to Zimbabwe at the same ground. The old man had known nothing of the one-day NatWest Bank series; the West Indian team knew nothing of the old man's death. There was though a thread of connection between them that stretched back for a century.

Ollivierre had been a renowned athlete. He wasn't a cricketer, but a whaler. One of the very last. In the waters around the small island of Bequia – a fleck in the Caribbean Sea – Ollivierre had handled a cinnamon-wood harpoon shaft with the dexterity and certainty of a javelin thrower. He would fling the 40-pound weapon three feet into a humpback's blubber before jumping on the whale's back to drive his lance towards its vital organs. Once, to the astonishment of his crewmates and his neighbours, he had killed a whale with a single blow to its huge heart.

'Who made the human being?' he would ask if visitors challenged his profession. 'God!' he would answer for himself. 'And who made the whale? God! And he say man shall rule.' Athneal Ollivierre was a man of courage who looked out to sea for adventure and sustenance. His distant cousin Charles had done the same.

On 4 July 1900, a hundred years to the day before Athneal would die, Charles Ollivierre was playing cricket in Leicestershire. The county were about to lose to the first West Indian side to tour England. Ollivierre would stay in England after the tour to make his living with Derbyshire and become the first black man from the West Indies to play county cricket.

Ollivierre had sailed to England on the RMS *Trent* with Aucher Warner's West Indies side. Warner, as captain, was of course a white man. He was a descendant of Sir Thomas Warner, a bodyguard of James I and later a seventeenth-century Caribbean slave owner and colonial politician. Charles Ollivierre – one of five black players in the touring team – had been born in St Vincent, the larger island to the north of Bequia, in 1876. His family were whalers. They had learned the craft from the Yankee crews of New England which had sailed south to the Grenadines to hunt in the middle of the nineteenth century. Alongside the 'estate owners', 'government officials' and 'doctors' listed on the *Trent*'s handwritten manifest, Mr C. A. Ollivierre was described as a 'traveller', aged 47 and married. In fact he was 23 and a single man. He would never return to the West Indies.

Charles Ollivierre and Aucher Warner had met on the cricket field before. After living in Bequia and St Vincent, Ollivierre had gone to Trinidad. Aged 19, he played for the island against the first English side to play in the Caribbean, and Warner was his captain. Before George Headley, experienced cricket watchers in the West Indies thought Ollivierre was the finest batsman they had. He was strong, could cut the ball late and hard as well as loft it over the heads of the off-side fielders for four. At school he had thrown a cricket ball 126 yards and had once played a one-handed cut shot for six. During the 1900 West Indies tour a newspaper would describe Ollivierre as having a 'certain allusive nuance, suggestive of a far-away glamour which no English player possesses'.

When the white batsman Malcolm Kerr returned to Jamaica after the 1900 tour ended, he told people who the team's most valuable player had been. 'The best man was undoubtedly Ollivierre, the black man from St Vincent. There was nobody like him. He's a unique bat. I need hardly say that the blacks were the favourite of the British public. I think most of them suspected us all to be black. The people we met had queer ideas about the West Indies and used to ask us very quaint questions sometimes.' Despite Ollivierre's powers, the West Indies team were weak and not a lot was expected from them. At a lunch in Bridgetown before they left Barbados, the Solicitor General Gerald Goodman gave them a less-than-encouraging pep talk; he told them that they knew very little about cricket and would be lucky to win a single game.

Soon after the side arrived in England, a newspaper cartoon showed infantilised black men grovelling around the towering England batsman W. G. Grace and crying, 'We have come to learn Sah!' Most of the games were lost. At the Grand Hotel in Charing Cross at the end of the tour they were given a dinner by the West Indian Club. At this event Ollivierre and his teammates listened to Lord Harris – politician, cricket grandee, former governor of Bombay, son of a governor of Trinidad – who hoped that the visit to the mother country had been a pleasant one and that 'during their stay in England they had learned something, not only as to cricket but as to the advantage of Empire'. One of the toasts proposed that evening was 'The Colonial Office'.

But Charles Ollivierre had scored nearly 900 runs on the tour, and Derbyshire liked the look of him. They took a very unusual decision. Money was found for him to stay in England so that he could qualify through residence to play for the county. He was soon lodging in Talbot Street in Glossop with a family of six, working as a 'writing clerk'. That year Glossop Cricket Club, two minutes' walk from Talbot Street, won the Central Lancashire League for the first time – with Ollivierre's help.

Ollivierre's funding came from Samuel Hill Wood, who had inherited family money made from local cotton mills. Hill Wood enjoyed football and cricket, or at least was shrewd enough to recognise that sport connected him to voters who would put him on local councils and eventually into Parliament. Between the wars he would turn away from Glossop, sell up and leave for London, where he became chairman of Arsenal Football Club, but at the beginning of the century he spent a lot on Glossop North End FC and played for them on the wing. He also played at the cricket club and was captain of Derbyshire. The allowance he gave Ollivierre meant the West Indian had a private income and could play cricket as an amateur. This gave him a higher status than a 'professional' cricketer, who was paid a club wage for his services.

The *Derby Daily Telegraph* thought Ollivierre took risks that his regular batting partner, 'the Midland amateur, Mr L. G. Wright, declined'. Neither was he free from 'dubious strokes. Still, those blemishes are so hopelessly outnumbered by the general beauty and grace of his hitting that they may well be overlooked.' The Leicestershire professional Albert Knight believed Ollivierre to be 'the Bernard Shaw of the cricket world' because 'the plain common tack is beneath him. When you see Mr Ollivierre play a fine innings, you see a batsman unexcelled save by Ranjitsinhji.' In the six years Ollivierre played for Derbyshire as a batting all-rounder, his best-known innings came in 1904 when Essex scored 597 in their first innings at Chesterfield – and lost. Ollivierre made 229 then 92 not out to help Derbyshire win by 9 wickets.

Ollivierre was a cricket pioneer – the first West Indian to be rewarded for his talent in England. Over the next 80 years, others would follow – George Headley, Learie Constantine, Frank Worrell, Sonny Ramadhin, Garry Sobers, Clive Lloyd, Vivian Richards, Joel Garner, Malcolm Marshall – all hired by the leagues or counties to fill their grounds. Ollivierre, though, was not by any means the first black sportsman in Britain. By the time he arrived, black athletes had been known of for at least a hundred years. One – a former slave called Tom Molineaux – boxed 39 rounds against the all-England champion at Copthorne Common in Sussex in 1810. He lost but became famous. 'The Black stripped, and appeared of a giant-like strength,' wrote one correspondent on the day of the fight, 'large in bone, large in muscle and with arms a cruel length.' This description is an important one, according to the academic Ellis Cashmore. It was one of the first instances of sports journalism in which whites associated blacks with 'natural, instinctive ability rather than learned competence. The trope continued.'

Nor was Ollivierre an oddity, even though he was almost certainly in an ethnic minority of one when he walked along Spire Hollin from Talbot Street heading for Glossop Cricket Club. Black men had been stationed in Cumbria in the third century, guarding Hadrian's Wall on behalf of the Roman empire. Twice in five years Queen Elizabeth I ordered that the black urban poor of London be transported out of England: 'there are divers[e] Blackamoors brought into this realm, of which kinde of people there are already here too manie . . . Her majesty's pleasure is that those kinde of people should be sent forth of the land.'

These attempted expulsions failed; black people – probably between 15,000 and 20,000 in her day – were already too embedded in English society to be removed. So the chambermaids and domestic servants, the musicians, labourers and prostitutes remained – to the distaste of some. In 1788 the author Philip Thicknesse decided that, 'London abounds with an incredible number of these black men . . . and every country town, nay in almost every village are to be seen a little race of mullatoes, mischievous as monkeys and infinitely more dangerous.' By the time of Charles Ollivierre's arrival in 1900, there had been a small continual black presence in Britain for at least 500 years.

Photographic portraits of the time, paid for by the sitters, show that black people had their pictures taken in Chichester and Tunbridge Wells, Sunderland and Bury. Others lived in Doncaster, Glasgow or Canterbury. Ollivierre's was another black face in the headquarters of an empire that had never been so powerful or as ideologically endowed. In 1897 the diamond jubilee of Queen Victoria's reign had been a celebration of empire. Watching the procession of colonial troops in London on the anniversary, the *Daily Mail* recorded, 'We send out a boy here and a boy there, and a boy takes hold of the savages of the part he comes to, and teaches them to march and shoot as he tells them to obey him and believe in him and die for him and the Queen.'

The sport that Ollivierre played so well was one which was woven into the empire – and the empire was blended inseparably with the idea of racial superiority. 'What is Empire but the predominance of race?' wondered the former Liberal prime minister Lord Rosebery in 1910. 'In the late Victorian period . . . cricket was taken to encapsulate the essence of England and had a key role in how the English, particularly the economically privileged, imagined their national identity . . . cricket and imperialism became mutually supporting ideologies,' wrote Jack Williams, the author of *Cricket and Race*. By playing cricket a man had to accept a set of binding values – fair play, sportsmanship, decency, acquiescence to the will of the leader. He had to accept that behaviour was governed by certain laws.

As a cricketer, Ollivierre would have absorbed these realities quickly enough. And although his status as an amateur sportsman would have given him some advantages, he was still 'this coal-black batsman', an immigrant trying to earn a living in a country defined absolutely by class and colour. As one Victorian essayist put it, 'The English poor man or child is always expected to remember the condition in which God has placed him, exactly as the negro is expected to remember the skin that God has given him. The relation in both instances is that of perpetual superior to perpetual inferior, of chief to dependant, and no amount of kindness or goodness is suffered to alter this relation.'

More pertinently for Ollivierre, this view existed within the Derbyshire dressing room. One of his teammates was the England professional Bill Storer. According to the author and Essex batsman E. H. D. Sewell, Storer 'believed in England for the English and was not enamoured of importations, especially of the ebony hue'. There seems to be little evidence, though, of such enmity outside the dressing room. Newspaper reports of Ollivierre batting for Derbyshire often record the warmth of the crowd when recognising his skills. On the cricket field he was forgiven his colour because of his talent. But away from the field he was less protected. The British practice of stopping young black men is not a recent policing innovation. Ollivierre was once pulled over and fined five shillings by the Bakewell Bench for riding his bicycle on the pavement as he made his way through the Derbyshire town of Baslow.

Charles Ollivierre played cricket in a country where racial discrimination was not a casual accident of empire, but a central characteristic of imperial Britishness. Racial superiority was as important to the philosophy of empire as coal was to its industrial furnaces. This was an arrangement that some black contemporaries of the sportsman wanted to change. In July 1900, while Ollivierre was playing for the West Indies against Staffordshire in Stoke-on-

Trent, the first Pan-African Congress was being held in London. It was organised by a lawyer from Trinidad called Henry Sylvester Williams. He wanted the meeting to be the 'first occasion upon which black men would assemble in England to speak for themselves and to endeavour to influence public opinion in their favour'.

The delegates, including the black American intellectual William Dubois, demanded improvements to the social, political and economic lives of descendants of Africans dispersed through slavery to America and the Caribbean. They discussed the legacy of slavery and European imperialism and the significance of Africa in world history. In his closing address 'to the nations of the world' Dubois predicted that the issue of the twentieth century would be 'the problem of the colour line [racial discrimination]. The question of how far differences of race – which show themselves chiefly in the colour of skin and the texture of the hair – will be made the basis of denying to over half the world the right of sharing to utmost ability the opportunities and privileges of modern civilisation.'

*　*　*

Like Charles Ollivierre, Lebrun Constantine tried to make the most of those limited opportunities. In 1895 he had been the first black man allowed to play cricket for Trinidad, and in 1900 he was on the England tour with Ollivierre. When Lebrun couldn't afford to travel to England again for the 1906 tour, a white Trinidad businessman was so aggravated that he bought the player a chest of clothes and provisions, hired a fast launch and put the cricketer on board to catch the liner which had already sailed for England with the West Indies side.

Lebrun's grandfather had been a slave and his own family name was almost certainly that of a French slave owner. Lebrun knew all about the wickedness of the plantation system. The family told the story of Lebrun's son being hustled back inside as a white estate owner on horseback, who 'would happily have ridden over any nigger children if they had got anywhere near his path', galloped along the street.

That child was Learie Constantine, who was to become even more important a black figure in Britain than Ollivierre. Because he was a better cricketer and more people noticed him, he was able to alter some British perceptions of race through his own achievements, patience and intellect in a way that Ollivierre could not. His biographer Peter Mason wrote that in Constantine were mirrored 'many of the struggles, tensions and aspirations that the West Indians experienced during the twentieth century. His life story was a reflection of the initial rejection, gradual acceptance and, in some areas, final acclaim, that was the lot of immigrants in Britain during the period.' C. L. R. James believed that Constantine belonged to that distinguished company of men who, through cricket, influenced the history of their time.

Learie Constantine had proved his all-round skill on two cricket tours of England with West Indies sides in 1923 and 1928. In 1929 he rebelled, in the words of James, 'against the revolting contrast between his first-class status as a cricketer and a third-class status as a man'. Constantine was determined not to be, as his father was, famous but poor. He moved from Trinidad to Lancashire.

Constantine was contracted to play for Nelson Cricket Club in the Lancashire League, proving again the curious British axiom that the pursuit of sporting success could temporarily at least make people colour-blind. Nelson wanted Constantine's talent and were prepared to pay for it. Within a few seasons he was one of the wealthiest professional sportsmen in the country.

Nelson had been in debt when Constantine joined them, but the gate money their West Indian brought in soon made them rich. Sometimes there were 14,000 spectators at their ground. The league had 14 clubs, but Nelson brought in 75 per cent of its total match receipts. In 1934, when a different league tried to sign Constantine, the other Lancashire League clubs tipped in money to help Nelson keep him where he was. They did so because Constantine's play was a brilliant money-making spectacle. His fielding was extraordinary. He once took ten wickets for ten runs. He once scored a century in just over half an hour. He once made 192 – an inconceivably large score in Saturday-afternoon league cricket. For Lancashire League spectators, Constantine was an exotic circus act. These were 'the impulses not common to the psychology of the over-civilised places of the earth. His cricket is racial,' is how Neville Cardus put it. 'His movements are almost primitive in their pouncing veracity and unconscious beauty . . . a genius!'

The trope continued. Cardus was an admirer but attributed the black man's success to an instinctive, visceral sorcery rather than the combining of intellect, athleticism and strategy. However, the writer was perspicacious enough to recognise the effect of Constantine's skill on those from the West Indies who saw him play. He could have been writing about Vivian Richards in 1976: 'While Constantine played a wonderful innings, a number of his compatriots wept for joy and shook hands in brotherly union. Con was their prophet; they saw in his vivid activity some power belonging to their own blood, a power ageless, never to be put down, free and splendid.'

But even for a superstar such as Constantine, there were limits to his acceptance in British society. After the local paper described his fast bowling during a match in 1933 Constantine received a letter. 'Dear Nigger,' it began. Constantine was then warned not to bowl aggressively against Colne the coming weekend. 'Well, Nigger, if you start bumping them on Saturday you will get bumped, not half, so try to play the game – and remember you are playing against white men and not niggers.'

The following season there was a suggestion that Constantine, who had by now lived in the county for long enough, might play for Lancashire in the first-class game. Years later in the *Manchester Evening News* one of the Lancashire players – Len Hopwood – revealed the tension that the idea had caused.

> He was the most exciting and electrifying cricketer of his era . . . rumour grew that Lancashire wanted that attraction. In those days the thought of a black chap playing for Lancashire was ludicrous. We were clannish in those less enlightened times. All hell was let loose when it was heard that negotiations were going on. In the dressing room we wanted none of Constantine. We would refuse to play. Constantine never did become a Lancashire player. We had nothing against him personally. He was, in fact, very popular with us. But the thought of a black man taking the place of a white in our side was an anathema. It was as simple as that.

Nelson – eventually – grew very proud of its most famous citizen. After Constantine retired from cricket and qualified as a lawyer in London, the headline in Nelson's newspaper was LOCAL BOY MAKES GOOD. When he became Britain's first black peer in 1969, Constantine made sure his title included the town. He and his wife enjoyed living in England, but there were frequent episodes of racism about which he would not remain quiet. Many were included in *Colour Bar*, the book he wrote in 1954 after he had left the game. It was an intelligent and reflective memoir based on his experiences as a black immigrant sportsman.

Even though he had made innumerable white friends since 1929, Constantine's considered view was that the United Kingdom of the 1950s was only a little less intolerant than South Africa or segregated

America. He thought most British people were 'quite unwilling' for a black man to enter their homes, nor would they wish to work with one as a colleague, nor to stand shoulder to shoulder with one at a factory bench. 'Hardly any Englishwomen and not more than a small proportion of Englishmen would sit at a restaurant table with a coloured man or woman, and inter-racial marriage is considered almost universally to be out of the question.' Constantine also criticised the Queen and the Commonwealth for what he reckoned was a false portrayal of unity. 'However misled the people of Britain may be over Commonwealth matters and however they are made to think that the Christmas broadcast is an unbiased picture of a completely happy empire, the rest of the world is under no such delusions.'

These were not the remarks of a sour, worn-out failure. Constantine was not just one of the best cricketers of the first half of the twentieth century, he was a well loved public figure. During the Second World War the government had asked him to be the civil servant responsible for the welfare of the tens of thousands of West Indians who came to Britain to assist the war effort. He was also a radio broadcaster, a journalist and a barrister, and after independence in 1962 a government minister in Trinidad and the country's first high commissioner in London. He would sit in the House of Lords as Baron Constantine of Maraval in Trinidad and Nelson in the County Palatine of Lancaster. Yet 54 years after his father had watched Charles Ollivierre bat in Stoke-on-Trent and the first Pan-African Congress began in London, Constantine asked his English readers,

How would it seem to you if we applied the lessons you have taught us? If we shut you into reservations, kept you in slum ghettoes in towns, taught our children to shout at white houseboys, kicked your white rulers off their thrones for asking questions? It is hard to make it understood by white people how much we resent – and fear – this perpetual undercurrent of jeering, this ingrained belief in the white mind that the coloured man, woman or child is a matter for mirth or – at the very best – a kind of devoted loyal dog to a white all-powerful master?

Colour Bar was published in 1954. That same year about 24,000 people from the West Indies emigrated to Britain. Similar numbers followed over the next four years. In 1958, ten years after the *Empire Windrush* had docked at Tilbury carrying Sam King and the Lords Beginner and Kitchener, there were 125,000 Caribbean immigrants in the country. All of them were British citizens. Almost all had been invited by Conservative and Labour governments or other official bodies to fill job vacancies. The historian Peter Fryer noted that 'willing black hands drove tube trains, collected bus fares, emptied hospital patients' bed pans'.

Most headed for Britain expecting the best. The Barbadian novelist George Lamming described the optimism he and his fellow travellers felt as they left the Caribbean. 'Migration was not a word I would have used to describe what I was doing when I sailed with other West Indians to England in 1950. We simply thought we were going to an England that had been painted in our childhood consciousness as a heritage and a place of welcome.' Many were greatly surprised by the sort of welcome they got.

'Dan Jacobson, walking along Finchley Road looking for some-where to live,' recounts the historian David Kynaston in *Austerity Britain*, 'was struck by how many of the little notices advertising rooms to let included the rubric "No Coloureds" or even, testifying to some obscure convulsion of the English conscience, "Regret No Coloureds".'

The writer and broadcaster Trevor Phillips was born in London in 1953.

On the face of it, my parents came here for the same reasons as everybody else – to find work. Well, actually, the other reason a lot of the people came here was because they were bored. British Guiana in the 1950s was a dull place. My father came because he was a man with a lot of energy – some of which he put to good use, some of which he didn't – but he realised after the war in Guiana that he would spend the rest of his life at best – *at best* – as a clerk on the docks. And he wanted better for himself and his family.

People leaving the West Indies hoped that the mother country would give them something that their homeland could not. The cost of living had almost doubled across the Caribbean after the war; there was high unemployment and almost no social security. 'No one knows how the jobless live,' wrote the journalist Joyce Egginton at the time. 'It is not surprising that thousands have left the West Indies. The surprising thing is that so many have stayed.'

Contrary to popular views in 1950s Britain, the immigrants weren't all labourers without skills. About half the men and a quarter of the women were skilled manual workers, but many had to accept jobs which weren't equal to their abilities and accommodation which didn't fulfil their needs. The houses and flats in which single men had lived together when they first arrived in the early 1950s were not suitable for their wives and their children who now joined them. They were no longer willing to bunk up six to a room in parts of town that no one cared about. Very quickly immigrant families were competing with the settled population for housing.

The parents of the DJ Trevor Nelson arrived in London in the early 1960s.

Dad had been an overseer on a banana plantation in St Lucia, but here he started as a bus conductor. My mum was a child minder. They lived in a room with a lot of other people in Hackney. Freezing cold. There was racism about, it was hard to get a job, hard to get accommodation. A lot of West Indians were very proud and very well brought up. They were clean, well dressed, always liked to wear a suit – they came off those boats looking pretty smart, you know. And they were hard workers. But British people didn't know that.

What many British people did know was that they didn't like so many black people in the country. The tension was soon noticed by the government. Evidence about the effects of immigration was gathered. A Cabinet working party concerned with 'Coloured People Seeking Employment in the UK' which sat from 1952 to 1953 heard from the Metropolitan Police that 'on the whole coloured people are work-shy and content to live on national assistance and immoral earnings. They are poor workmen . . . they are said to be of low mentality and will only work for short periods.'

This description of his parents' generation does not surprise Trevor Phillips.

These people had to swallow the indignities and the ghastliness of the early days. And they did. It was real, but its impact could be overstated. My parents didn't expect too much more. Bear in mind that my father was amazed coming in on the train from Southampton that there were white people sweeping the platforms. There were many humiliations visited on people like my parents, but you had to consider that where they came from their humiliations and indignities at the hands of the colonial power were if anything worse. So they weren't surprised by much of what they encountered in Britain. What they did expect was something better for their children.

The experiences of these Caribbean immigrants to Britain in the 1950s did much to shape their lives – and their children's lives – for at least the next 30 years. The Jamaicans living in Lambeth and Brixton, the Trinidadians and Guianese who settled in Notting Hill, the Dominicans who stayed together in Paddington, and the Vincentians who bought homes in High Wycombe, not to mention those West Indians in Bristol, Leicester and Birmingham: many of them had expected to be in Britain for just a few years. For better or worse, most of them soon realised that they would not be going home. Their future was in a small country which was cold and where it often rained. They soon knew that most of the English people they met wouldn't like them. They had taken a calculated risk.

*   *   *

There were disturbances in Nottingham and the North Kensington area of London in the summer of 1958. These were quickly described as 'race riots' but were as much to do with poverty, inept policing and working-class exclusion as the frustrations felt by poor whites living alongside recently arrived blacks. Trevor Phillips believes the events, though violent and frightening, were not unexpected. In the book *Windrush: The Irresistible Rise of Multi-Racial Britain*, which he wrote with his brother Mike Phillips, North Kensington is described as an area with

transient single men packed into a honeycomb of rooms with communal kitchens, toilets and no bathrooms. It had depressed English families who had lived through the war years then watched the rush to the suburbs pass them by while they were trapped in low income jobs and rotten housing. It had a raft of dodgy pubs and poor street lighting. It had gang fighting, illegal drinking clubs, gambling and prostitution. It had a large proportion of frightened and resentful residents.

In riots over several weekends, petrol bombs were thrown from rooftops, black men were chased and beaten (as were a good number of white youths who came from other parts of London to take part in or watch the disorder), but no one was killed. It was not until nine months later, in May 1959, that there was a racist murder in Notting Hill. Kelso Cochrane was a 32-year-old carpenter from Antigua who had broken his thumb at work. Late on a Saturday evening he was returning to his girlfriend's flat off the Golborne Road, having visited Paddington General Hospital, when six men attacked him. One of them stabbed him to death.

More than 1,200 people walked up Ladbroke Grove from his funeral service to his burial in Kensal Green Cemetery. Politicians took an interest in the murder and the circumstances surrounding it. The housing minister toured the area to see how the slum clearances were going. The Duke of Edinburgh visited nearby youth clubs. The murderer was never found. Kelso Cochrane was buried on 6 June 1959. Nine years earlier to the day Alf Valentine had been bowling out Lancashire before the first Test at Old Trafford. The decade which had begun for West Indians in Britain with the novel joy of Sonny Ramadhin sprinting from the Lord's outfield with his pyjamas beneath his cricket flannels was ending far more darkly.

* * *

Until the late 1960s or early 1970s it was easy enough for white people, even in Britain's cities, to be largely unaware of the presence of black people unless they were living next door. But this changed when the immigrants had children who went to school. Black families were now visible in the playground and at the school gate in a way that they never had been before.

'This was phase one,' says Trevor Phillips.

Fast-forward a few more years and then those children are in their mid-teens and are visible on the city street. Some of them hanging about, cheeking people. A few may be stealing and getting into rucks with the police. Of course black families had the same concerns as most other people – how to get a job, where to live – but what was unique was this whole generation of children coming past puberty, confronting the world and being confrontational themselves.

As Andy Roberts and Vivian Richards sat on a London bus heading for batting and bowling lessons in the winter of 1972, they were travelling through a city where relations between immigrants and the authorities were bad and getting worse. The previous year the police had been given greater powers to arrest suspected illegal immigrants. Black welfare organisations in London were getting more complaints about encounters with the police, particularly with small groups within the Metropolitan force – the Special Patrol Group and the Immigration Intelligence Unit – which they accused of racism and violence. When the home secretary proposed altering the Police Code to contain a sentence that would make it an offence to discriminate against black immigrants, the officers' union replied that it was a 'gross insult even to suggest it'.

Black immigration was now widely perceived as a problem, while a small number of MPs such as the Conservative Duncan Sandys believed it their duty to express their fears about topics such as inter-racial marriage. 'The breeding of millions of half-caste children would merely produce a generation of misfits and create increased tensions,' he said. Nearly 200 years after the complaints of Philip Thicknesse, some were still afraid that in every English village there would been seen a little race of mullatoes.

The government was sufficiently concerned by the poor relations between the police and black people to appoint a select committee of MPs to consider the issue. In 1972 it concluded that while there was some racial prejudice within the force, most of the issues were caused by cultural misunderstandings. Young West Indians in particular were a problem, their behaviour often intended to make police officers 'lose their cool'.

The stereotype that black youngsters were more likely to break the law than white teenagers was complemented by another – that they were less intelligent. Educational theories about black capability went back many years. In 1947 an anthropology student from Cambridge was dispatched on a field trip to Cardiff with calipers and a tape measure to record the size of black children's heads. By the late 1960s many black parents were certain their children were being discriminated against at school. In west London and the West Midlands immigrant pupils were bussed to overflow schools because white parents had complained that there were too many in each class. The initiative had the blessing of the minister of education.

More seriously, a disproportionately high number of immigrant children were being sent to 'educationally subnormal' schools. Black parents knew this was happening, but there were no official figures to confirm it. Then in 1970 a PhD student called Bernard Coard who taught at one of these schools was handed a leaked Inner London Education Authority document that comprehensively confirmed their fears. In at least six London boroughs, while the immigrant school-age population was about 17 per cent, the figure for black children at ESN schools was twice that. Three quarters of immigrants at ESN schools were West Indian. In such an environment the pupils had little hope and no role models.

They expected to be failures, and their teachers expected them to be failures. Once in this type of school, it was almost impossible to return to a better one. 'It was a racist scandal,' wrote Bernard Coard. 'The system was using these schools as a convenient dumping ground for black children who were anything but educationally subnormal.'

These issues – education, housing, rough policing, discrimination at work – may have been an irrelevance for some in the crowds who came to support the West Indies at Test matches in Leeds, Manchester, London or Birmingham in 1969, 1973 or 1976, but for many others applauding Sobers, Kanhai or Lloyd they most certainly were not. In 1974 Horace Ové directed the first black British feature film. *Pressure* was shot in Ladbroke Grove in west London and examined the tensions of growing up in urban Britain. The central character was Tony, a school leaver born in England yet unable to convince himself that he is either English or part of an oppressed black minority. After being picked up by the police he has a furious row with his ashamed mother.

'Ma, you don't have to do anything to be arrested by the police when you're black.'

'Anthony, me and your father live in this country for years. And we never had anything with the police. Never! We work hard and we mind we own business. All we must respect the white people's laws. They know best. They own the place. They is the lord and masters. We have to work hard and hope they leave we alone. Oh God! Why is the Lord punishing me?'

'To hell with the bleeding respect! Where has that got us?' [He tears the wig from his mother's head.] 'Look! This is what they do to us. They make us feel inferior. Look how you have to cover up your own hair with this piece of shit just to be like them.'

'I wasn't being picked up every week by the cops,' reflects Trevor Phillips, 'but for people like me there was this constant sensation, the everyday experience of being black – the regular, grating humiliations you suffered – and certainly much of what happened took place at our schools and on the street.'

'I went to a grammar school and didn't have much contact with the police but I was still confused,' adds Trevor Nelson. 'I was English, but black. In Hackney there were lots of us – as well as Turks, Cypriots, Irish people – but I never saw anybody like me on the telly. I didn't really know what the West Indies stood for. Nothing to hang my hat on.'

On 24 May 1976, as Michael Holding and Andy Roberts were bowling out MCC at Lord's, the MP Enoch Powell was on his feet four miles away in the House of Commons. He wanted a halt to immigration. Assaults on the police happened every day, he claimed. 'There are cities and areas in this country where in daylight, let alone after dark, ordinary citizens are unwilling and afraid to go,' he told the chamber. The people who lived in these places had seen their environment 'transformed beyond all recognition, from their own homes and their own country to places where it is a terror to be obliged to live'. Mr Powell predicted that tomorrow or next year or in five years there would be terrible violence. 'Nothing can prevent the injection of explosives and firearms with the escalating and self-augmenting consequences which we know perfectly well from experience in other parts of the United Kingdom and the world.' Compared to these areas, he concluded, Belfast in Northern Ireland would seem an enviable place.

The author Colin Babb grew up in south London in the 1970s. 'I didn't feel British at all,' he says.

I wasn't comfortable with my Britishness until I was much older. At home in Streatham I was West Indian. I ate Caribbean food; I listened to Caribbean music. Everything was geared to 'back home', and it was constantly talked about. I had an English friend called Nick. At his house for tea we had toad-in-the-hole. When I told my family, no one knew what it was that I'd eaten, and they'd been in Britain for ten years. My family thought that English people were strange. 'English people do that' or 'That's an English thing' were phrases I'd hear. They drank too much – too much alcohol and too much tea – and they couldn't dance. When *Top of the Pops* was on the TV, my mother would say, 'The rhythm is over here and the English people are dancing over there.' But more than anything else, we wanted to beat them at anything we could.

Cricket offered that opportunity. 'People don't realise it was very strange for us being brought up in a blanket-white world,' says Trevor Nelson, 'despite your immediate environment being full of black and Asian kids. That's why cricket was such a big deal to people like my dad. I remember him talking about Sobers, Worrell, Valentine, Everton Weekes. We had *Wisden* in the house. So I knew that history in cricket was very important. The history of the game seemed as significant as what was going on at the time.'

In 1976 Clive Lloyd's side was what was going on. They were being watched by a new crowd. Every time the West Indies had come to England since 1950, more and more West Indians had come out to see them play. But that summer was the first time that large numbers of second-generation fans – British West Indians – had been able to connect the success of the team with what was happening in their own lives. This point wasn't lost on Trevor Phillips.

This was different. These guys were taking to the field, and not only were they in charge, they behaved as though they had the right to be in charge. On the cricket pitch they were anybody's equal, and I suppose for young people it was quite simple: these guys didn't take any shit from anybody. And I think there would have been a perception – an unfair one by the way – that our parents had taken shit for all their lives, and suddenly along come these athletes who just couldn't imagine that anybody would treat them in an inferior way. For me there was a sense that if you disrespected Holding or Roberts or looked at them in the wrong way, they could take your head off, and that was exhilarating for a young person.

* * *

On the Saturday of the first Test at Trent Bridge in 1976 those spectators who had brought a copy of *The Times* with them to the ground may have glanced at the letters page while Bernard Julien was bowling to David Steele or Bob Woolmer was facing Wayne Daniel. One correspondent warned that London was going the same way as New York, which was now a 'ruined city'. The principle cause was West Indians, who had 'an appalling reputation for mugging, illiteracy, juvenile delinquency, trafficking in drugs and vice, etc.' The solution in London – because 'ordinary marriage and the typical nuclear family' were largely unknown among the immigrants – was to 'repatriate as many of these unmarried or unsupported West Indian mothers with their children as soon as possible, with the lubricating help of generous grants'.

'I know that our spectators in England struggled more than those anywhere else in the world,' says Andy Roberts. 'They said to us, "You don't know how we feel when we lose and have to go back to the assembly lines and the factories. When we win, we can go back and hold up our heads high." Some of my best bowling was against England.'

4

'My tradition is all cricket, no pay'

Shortly after the West Indies arrived in Australia in October 1975 two reports appeared side by side on the sports pages of the *Sydney Morning Herald*. Unintentionally they exemplified the wretched financial arrangements of modern international cricket. The first story announced that there would be a rematch of the World Cup final, to be played in Adelaide five days before Christmas. The original game at Lord's had been one of the most exciting days of limited-overs international cricket, played by the world's two best teams and watched by millions on television.

'Picturesque Adelaide Oval is certain to be packed for the one-day fixture which will be sponsored by Benson and Hedges and Gillette,' predicted the *Herald*. The winning team would receive 1,800 Australian dollars, or about $150 per man.

In the next column was a short story about a new men's tennis tournament to be held in Hawaii in 1976, sponsored by the Avis car rental company. The players would be competing for a prize of $249,600. Arthur Ashe would get to the final of that competition. A year later the American was a guest at the centenary Test match between Australia and England in Melbourne. Looking around at the crowd of more than 60,000 he said to one of the Australian players, 'You'll be enjoying the gate money from this'.

'No, mate,' was the reply. 'We're all getting 200 bucks each.'

'Athletes from other sports were being paid properly, and crick-eters were playing for the love of it,' says Clive Lloyd. 'We played 24 Tests in my first two and a half seasons as captain. We were playing attractive cricket. People would come to see us, and not only were all the seats sold out, but they'd run out of food too. So someone was making a few quid. It just wasn't us. Don't call me a legend, an icon, a superstar, then pay me nothing.'

* * *

A year before the centenary Test nobody who played cricket knew Kerry Packer or was aware that he had recently taken over his father's publishing business. Even Packer himself hadn't expected that. He was the second son of a millionaire, and until the early 1970s had merely had responsibility for some of his father's maga-zines. The boy whose childhood nickname had been Boofhead because of his apparent dim-wittedness wasn't supposed to inherit the company. That only happened because his elder brother fell out with their father.

Frank Packer was a better businessman than he was a parent. Kerry had been sent to boarding school when he was five, even though it was only half a mile from the family mansion. 'He used the polo whip very well,' Kerry Packer once revealed in a television interview, 'but I never got a belting from him I didn't deserve.'

'Kerry had a sort of Stockholm Syndrome relationship with Frank,' one of his friends would later remark.

When Frank Packer died in 1974 and Kerry took over Australian Consolidated Press, he was determined to show investors – and probably his dead father – that he could make the business into a bigger, richer company. He was looking for opportunities.

Packer liked most sports and he liked television; the company owned a couple of TV stations. Packer thought sport and television suited each other and could make him money. Cricket had particular potential. It had never been more popular in Australia, and a day's play was long enough for a rewarding number of commercial breaks.

However, Packer's plan to show lots of cricket in order to make lots of money was thwarted by the men who controlled the first-class game. The Australian Cricket Board had a long-standing arrangement with the national public broadcaster, the ABC. Packer offered the board much more money for the contract. In June 1976, at a converted carpet showroom in Melbourne which was the headquarters of the Victorian Cricket Association, he famously propositioned the ACB chairman and treasurer: 'Come on, gentlemen; we're all whores. What's your price?'

The board didn't recognise itself in Packer's collective description. There would be no deal. But within a year the consequences of this meeting would have a permanent effect on international cricket, particularly for the West Indies. Packer decided that if he couldn't buy the cricket, he would buy the cricketers instead and broadcast the matches on his TV channels. His plan was extraordinarily bold, if inchoate. He didn't yet know who would play in those matches or where they would take place. To succeed he would need the world's best cricketers. Fortunately for Packer, they would not need much persuading.

'I was playing for Middlesex – the money was nothing really,' remembers Wayne Daniel. 'I toured with the West Indies – the money was nothing. In '76 we were playing to packed houses but we weren't getting anything for it. Then when we saw what Packer was offering, we said, "You can really be paid this to play cricket?" We knew we could not pass this up. We knew it would not happen again in our lifetime.'

'We were a winning team, and when we looked at our pay and what other people were getting, we were at the bottom of the heap,' says Deryck Murray. 'I'll give you an example. When we were in England in 1973 it was a short tour, just three Tests. At the end of the first one the English authorities announced that they had covered all their expenses, including the entire West Indies' fee! And we were saying. "Hang on! Who negotiated this? Why has our own board sold us so short?" Even our own board members didn't respect us.'

Packer did respect the players – up to a point. If they were prepared to turn their backs on traditional cricket, he would pay them more than they thought they could ever earn from the game and he would stick up for them in the almighty row that would surely follow. Many Australian cricketers were ready to rebel. They were no longer motivated just by the honour of playing for their country, as the authorities thought they ought to be. Ian Chappell – even though he was no longer captain – met Packer, was sworn to secrecy and was told to raise an Australia side for a competition that would be known as World Series Cricket (WSC).

Tony Greig was also recruited. It would cost him the captaincy of England, but he would lead a World XI to play the Australians. He needed the best West Indians in his side. In April 1977 he flew with a WSC lawyer to Trinidad, where the West Indies were playing Pakistan in a Test series. Also on the plane was Austin Robertson, a director of WSC and one of Kerry Packer's most senior officers. He had been a brilliant Australian Rules footballer in the late 1960s before getting involved in journalism, marketing and promotion. Over several years he spent days next to Packer, planning and executing this extraordinary cricket project. He has never spoken in detail about his experiences before now.

The first thing people ask me about Kerry is, 'Was he frightening?' Well yes, he could be – he did shout, but he was a very funny man too. And he could be thoughtful. There were many times when we sat in his office in companionable silence. He would take hours deliberating over what would go in the hamper that each member of staff received at Christmas. 'Should we have the Scottish short-bread or the spiced hazelnuts?' he'd ask. 'Aw, put 'em both in.' He'd anguish about what would go in the hamper, then he'd go downstairs the next afternoon and sack three people.

Robertson had already been on the phone to Clive Lloyd from London, and he came to Trinidad hoping to finalise a deal.

'I'd told him we wanted to sign him, Viv, Michael and Andy. I also wanted to sign four Pakistanis while I was there. So we met. Michael wasn't there because he was injured in Jamaica. We talked it through and they had a few questions but were fairly quiet. At the finish Tony Greig said, 'What do you think?' Clive nodded, Vivi just laughed and said yes and then Andy said, 'I am saying yes, but I am not saying finally yes until tomorrow.' Clive asked him what the hell he meant, and Andy just repeated the sentence. Anyway, Clive and Viv signed that night. And at nine o'clock the next morning there was a knock on my hotel room door. It was Andy. He signed his contract with hardly a word.'

The offer made to the West Indies captain in the Hilton Hotel in Port-of-Spain left him staggered. Lloyd accepted around AUS $90,000 plus expenses for a three-season contract. This was three times as much *per year* as he had got from the West Indies Cricket Board of Control in England in 1976. It was the sort of money that could give a man financial security for life. Robertson paid him a third before he left Trinidad.

These West Indian cricketers were temperamentally suited to

such an experiment. (In fact the code name among the West Indian recruits for the Packer tournament was The Experiment.) For seven decades cricketers from the Caribbean had been used to leaving the region to earn money. Would Charles Ollivierre have signed for a Victorian Packer? Almost certainly. Lloyd, Richards and Roberts were from the same tradition. There was a long-established willingness within West Indies cricket to make money from the game off the usual paths. Lloyd had always told his team that they would only improve their salaries if they won Test matches, and part of his job as captain had been to negotiate pay and bonuses for his players with the WICBC before every series.

But deciding to play for Packer could well mean never playing for the West Indies Test team again. Money aside, the decision imperilled a goal that these West Indians had striven for since they were boys. Colonial black and Indo-Caribbean teenagers knew that being a cricketer and hearing their names on the radio improved a man's life in a land where skin colour permanently limited prospects.

'It was all about playing for the country,' says Lloyd. 'Being a household name, being somebody. In the 1950s and 1960s in the Caribbean, cricket brought you social status. The guys who walked through the gates at Bourda in their maroon blazers on the morning of a Test match were elite people – that was the perception. You were no longer some little kid from Guiana, but a man whom people from different colours and classes held in awe.'

One of the first phone calls that Lloyd made after he signed was to Michael Holding's parents. Their son was living at home, having won a government scholarship to study computer science at the University of the West Indies in Jamaica. He didn't expect to be playing cricket for much longer. His shoulder injury wasn't going away, and despite the success in England in 1976 he disliked touring. Sussex had offered him £10,000, a car and a house to play for them in 1977, but he wasn't interested. He was mindful of his mother's insistence that he had to have letters after his name, some sort of diploma 'because you have got to earn a living later on'.

Clive called from Trinidad and he said, 'Mikey, there are a couple of gentlemen coming to see you. They want to talk about some cricket that is going to be played in Australia by a private enterprise.' I said, 'Exactly what do you mean by that?' 'They will explain everything,' he replied. I said, 'Who are they?' When he told me that one of them was Tony Greig, I said, 'Tony Greig?!' I still remembered what had happened with him in England. 'Why should I be wanting to talk to Tony Greig?' Clive said, 'No, just listen to what they have to say.'

In Sydney Kerry Packer was impatiently wondering how his Caribbean shopping spree was going. In Trinidad Austin Robertson was in bed.

The phone went at three in the morning. I picked it up and the voice said, 'Packer.' That was his way of saying hello. 'Oh yes. Hello, Mr Packer.' 'Have you signed them yet?' was his next sentence. 'Well, we've got everyone except Michael Holding . . . ' 'Why haven't you got him?' 'He's in Jamaica, Mr Packer, but we're heading there first thing in the morning. I'm sure it'll all be right.' 'Call me when you've got him.' And he hung up. He was a man on a mission.

At the Sheraton hotel in New Kingston, Robertson and Greig got out the contract. The England captain also pulled out of his briefcase a brochure which had been designed to convince clients of Packer's bona fides. Greig was anxious for Holding to read it. Laughingly, the young bowler pushed it aside. 'If Clive says it's OK, it's OK,' he said.

They showed Holding the contract. Twenty-five thousand Australian dollars a year for three years – about US $27,600. Holding was used to earning US $200 per Test match. It was 'an incredible package'. But there was a problem. Packer's competition planned to bring together players from throughout the cricket world, including from South Africa. The first plans for WSC included the possibility of playing matches in the apartheid republic. For many black West Indians, entering racist South Africa was inconceivable, and even those for whom it wasn't knew their lives would be made very tough once they returned to the Caribbean. Holding was concerned that five white South African cricketers had also been offered WSC contracts.

Three of them – Mike Procter, Eddie Barlow and Barry Richards – played county cricket in England and had regular contact with black players from the Caribbean; Richards opened the batting for Hampshire with Gordon Greenidge. Governments in the West Indies, as well as the WICBC, had reluctantly come to terms with this situation. To prevent black players from playing English county cricket was to stop them from earning salaries that could never be matched at home. However, two more South Africans – Graeme Pollock and Denys Hobson – were also wanted by Packer, and they lived and played in South Africa. By the simple logic of this cricketing arrangement, they represented the regime.

Holding told Greig and Robertson that he would sign his Packer contract only if the prime minister of Jamaica, Michael Manley, gave him permission. Packer needed the West Indians but he also wanted the South Africans, particularly Pollock, who had proved before South Africa were isolated from international cricket at the beginning of the decade that he was one of the game's best batsmen. So in August 1977 Packer and Clive Lloyd flew to Jamaica to meet the prime minister.

Manley the socialist liked Packer the capitalist. At their meeting in Jamaica House he judged him to be an 'amiable pirate', a risk-taker who was shrewd enough to withdraw before risk-taking became recklessness. Their discussions were frank and humorous, but Manley made it clear that he held the anti-apartheid struggle to be a 'sacred responsibility'. By the end of the meeting Packer had agreed that players would not be brought into the World XI directly from South Africa. He had yielded. It was an unusual sensation for Packer, so back in Australia he thought he would have another go.

He made a long-distance call to Kingston for a further discussion with Manley. He got put through to the prime minister's special adviser. Look, said Packer, Graeme Pollock is no supporter of apartheid – he once walked off the ground with Procter and Barry Richards during a protest against black players being excluded from the South Africa side. The reply from Jamaica was that this was not about one man's decency; it was about using any opportunity to exert pressure on the South African government. The answer was still no.

Graeme Pollock had signed a three-year WSC contract. Kerry Packer paid him a full year's salary and bought him a plane ticket back to South Africa from Australia. He didn't play a single game.

The way was clear for West Indians to be Packer players, and Michael Holding's prospects were about to change. When he checked at his bank that the WSC advance had arrived, it was the first time he had seen a comma in his account book. No wonder cricketers signed for Packer. As Clive Lloyd says, 'We were crossing from one world into the next.' Pay for Test cricketers had risen noticeably throughout the decade, but had started from a such a low base that it was still comparatively poor. Graham Marsh, a professional golfer and the brother of Rodney Marsh, earned more than the entire Australia Test side put together. Vivian Richards recalls county players paying more attention to their petrol expenses than their batting averages. John Snow, the England fast bowler who would also sign for WSC, put it like this: 'If I'd have been outside Lord's on St John's Wood Road emptying the dustbins instead of inside playing cricket, I would have been earning more money in the course of the week and been finished at midday.'

'They were being paid fish-and-chip money,' says Austin Robertson.

Michael Holding has few pleasant memories of life on tour as an international cricketer before WSC.

We were staying in hotels in the Caribbean and in England that would be considered one star, or one and a half stars. You didn't even have a TV set in your room. If you wanted to watch TV you would have to sit in the lobby to watch the communal television. Some of the hotels where we stayed, you went into your room, you and your room-mate, and you had your cricket bag and your suit-case. When you put them on the floor there was no room to walk. You had to be stepping over everything. You'd be dying to get to the ground just so you could leave your cricket bag there.

The West Indies were stronger than they had been for a decade and wanted recognition for it. The 1976-77 series against Pakistan would be won with two new young fast bowlers called Colin Croft and Joel Garner taking 58 wickets between them. As their captain points out, 'we played some damn good cricket far from home and, to be honest, stayed in some pretty crappy places.' They were first-class sportsmen travelling in economy. Some of them couldn't get their legs into the space behind the aircraft seats. It was the old way.

* * *

By the early weeks of May 1977, the plans for World Series Cricket had been made public. In England, after the touring Australian Test side had been at his house for a barbecue, Tony Greig told the press, 'There is a massive cricket project involving most of the world's top players due to commence in Australia this winter. I am part of it along with a number of English players. Full details and implications of the scheme will be officially announced in Australia later this week.'

The extent of Packer's ambition left the cricket establishment aghast. Thirty-five cricketers had signed deals to play each other in a series of five-day 'Super Tests' and one-day games. The winners of the competition would share AUS $100,000 in addition to their salaries. The scheme was immediately condemned by the authorities and some newspapers: it was a 'circus' and those who had got involved were 'pirates'. In the weeks that followed there were talks between the International Cricket Conference and Packer. These came to nothing. The high priest of establishment cricket journalism, E. W. Swanton, wrote in *The Cricketer* of the game's 'sinister upheaval'. He said that the ICC – which administered the world game – had responded reasonably to try 'to legitimise the bastard child' of Kerry Packer 'despite the sordid circumstances of its conception'.

Speaking outside Lord's after one failed meeting in June 1977, Packer told reporters that his tournament was expanding. He had signed up 16 players from the West Indies, which meant WSC would now have three teams: an Australia XI, a World XI and a West Indian side. 'I will now take no steps at all to help anyone. It's every man for himself and the devil take the hindmost.'

The cricket boards of control in England and Australia were outraged by Packer's plan. They had been humiliated by its secrecy, outflanked by its ambition and were ill prepared for its arrival. They felt betrayed by the defection of so many cricketers. Public opinion in the two countries broadly matched the boards' emotions.

It was different in the West Indies. There was no great feeling that their players had been disloyal by signing for Packer. Those from the lower classes who did well for themselves usually got a slap on the back, not one in the face. 'Indeed,' wrote Michael Manley, 'empathy between player and public was automatic, fashioned in the crucible of the common historical forces.' The WICBC knew it could not confront its rebel players in the way that the England and Australia boards had confronted theirs, by trying to ban them from playing 'official' cricket. It realised quickly that the West Indians involved had the support of the people. The board had little choice but to recognise – for the time being at least – that its Test team would also be a Packer team.

'The board didn't like it at all. Not at all,' says Wayne Daniel. 'I've no doubt their true feeling was that we were traitors who had abandoned West Indies cricket and we were going to be cut loose. But the West Indian public wanted to see the best men play for the West Indies. It was very much driven by the public, and that made it very difficult for the board to strong-arm us. We were the West Indies' team.'

The board was further weakened because it had little money. The distances between Caribbean territories and the small cricket grounds meant that the board couldn't make cash from touring teams. There was no full-time professional cricket played in the region and little meaningful sponsorship. Knowing all this, in the privacy of their meeting room the WICBC had disagreed with the ICC's decision to exile Packer players from Test cricket. Yet publicly it voted to support the ICC.

In November 1977, Packer supported the High Court challenge to an ICC ruling that three of his cricketers be banned from playing

Test matches. The judge in London agreed with the cricketers that they had been subject to an unreasonable restraint of trade. The decision was received joyfully in the Caribbean. Crowds in the Antiguan capital, St John's, celebrated because their two local heroes, Roberts and Richards, would be allowed to continue to play for the West Indies. The *Daily Gleaner* in Jamaica said the ruling was a triumph for human rights. 'The International Cricket Conference had sought to impose limitations on how professional cricketers should earn a living, a right as basic to the everyday tradesman as to the sportsman who plays for pay.'

When the £200,000 legal bill for the High Court failure came through, the ICC decided it was to be shared equally by all members, despite the clear position of the West Indies board. The WICBC president, Jeffrey Stollmeyer, thought it a 'morally inde-fensible' decision. In order to avoid bankruptcy, the board was forced to ask for donations.

The WICBC may have been weak but it had no ideological empathy for its own players. Historically it came from a different place. As in almost every other area of colonial life, West Indies cricket administration was closely linked to the elite white culture of the plantations. The board had existed since 1927 but there would not be a black president of the organisation until the 1980s.

In 1977 the captain and the president were not close, and they never would be. 'Jeffrey and I never really clicked,' says Lloyd.

We had something in common, of course, because we both captained the West Indies. But there was little else. We were from different eras. I remember, later in my career, I had led the side for a long time and we were in Trinidad, and a friend of mine said to me, 'Are you coming to Jeff's for dinner tonight?' And I said, 'A dinner at Jeffrey's? I hadn't heard there was one. I've been skipper for seven

years now and he hasn't ever invited me in for a bite; I don't expect
he's going to start now.' It was as if it was still the days of the elite.
Now, I'm not saying there was a colour issue going on between us,
but let's say we never quite gelled.

* * *

Seven months after the secrecy, revelations, bitterness and court
cases came the cricket. The first Super Test began on 2 December
1977. Clive Lloyd tossed up with Ian Chappell in the middle of a
stadium that had seats for 80,000 spectators. Fewer than 500 had
people sitting on them. 'Scattered round like confetti in a graveyard'
was how John Thicknesse of the *Evening Standard* described those
watching.

The Australian Cricket Board had made certain that Packer's
players were not allowed inside the main cricket grounds so the
venue was VFL Park, an Australian Rules football field half an hour
outside Melbourne on the Mulgrave Freeway. The wicket for the
match had been grown in a greenhouse on two huge concrete trays
before being moved to the ground to be left to settle while an armed
guard patrolled nearby. After plans to manoeuvre the trays by
hovercraft failed, they were carefully taken into the middle of the
pitch on trailers and lowered by crane. The curator was John Maley,
the man who had succeeded the impulsive and unpredictable Clem
Jones in Brisbane. He was young and clever and had managed to
make good wickets at the Gabba without resorting to mud and
grass clippings.

'Look mate,' explains Austin Robertson,

if you don't have a pitch, you can't play. Without John Maley's fore-
sight, WSC wouldn't have happened. He had a staff of four plus
himself to create wickets in four stadiums. At the showground in
Sydney he started from scratch and made a Super Test wicket in

less than four months. All sorts of new ideas – chicken wire in the soil to hold it together, a tent with lights in to kid the grass that the sun was shining at night. Richie Benaud said it was one of the best cricket pitches he had ever seen – true, lightning fast, wonderful. Maley was a magician.

A thousand miles away from Melbourne in Brisbane, the 'real' Australia Test side was beginning a series against India in front of a larger crowd of 9,000. Clumsily, a Packer press officer would claim that WSC was more entertaining because the boundary count was higher in Melbourne. The propaganda continued in the *Sun-Herald* on the Sunday of the first match with a full-page advert. It promised, 'Australian lawns won't be cut today' because Packer's 'top pro' cricket on Channel 9 would 'separate the men from the boys'.

When the Test and the Super Test ended (both were exciting games of cricket) there was only one winner when it came to numbers. More than 30,000 tickets had been sold to watch the loyalists; only about 13,000 were bought for the Packer game. A WSC executive tells a story from the time of standing next to Kerry Packer on the street outside the ground, saying, '"Look, this car's coming in." But it would drive by.' The numbers of spectators were an embarrassment to WSC, but for the viewer who tuned in at home it was a new television experience. There were eight not four cameras at the ground, and for the first time play was filmed from both ends of the ground, which ended the frustration of watching alternate overs from behind the batsman. Zoom lenses brought close-ups of the cricketers' faces while they played.

'Before Kerry Packer, there was no way of seeing someone really grimacing when they got hit – no way of seeing the strain on a fast bowler's face when he was running in,' says Michael Holding. 'Packer made people at home recognise exactly what was taking place on a cricket field. You couldn't hear when the ball hit the bat in years gone by. With stump microphones you heard the impact. The ball hits someone's body and now you could hear a slight thud. You heard everything. If someone said something, you heard it. So it was a completely different world. It was no longer a distant thing. All the nuances were brought into your living room.'

Very few large crowds went to see World Series Cricket in its first season of 1977–78. The one-day games were more popular than the Super Tests, and the innovation of playing at night under floodlights was a success. A white ball was used and there were black sightscreens. Players, spectators and commentators all agreed that it was easier to see a white ball at night than a red ball during the day. The only difficulty was for the umpires. Giving LBW decisions when a white ball hit a white pad tested their judgement. It may be that the cricketers would have to wear a different colour. Yet among all the uncertainties of WSC's first year, the players knew one thing for sure. This was the highest standard of cricket they had played.

'Each day we were against the best,' says Andy Roberts. 'Every team had genuine fast bowlers, world-class fast bowlers, every team. And every morning you wake you know that your cricket is going to be harder than the day before.'

Wayne Daniel had never played tougher cricket.

Oh yeah, it was hard. So competitive. The opposition were hard and mean. There was no friendship on the pitch. The verbals – especially from the Australians – would just fly. But we had been given these contracts and we had to perform. We had been given this money and we had to prove that we were good enough to earn it. Out there it was a fight – no sense at all that this was just a game of cricket. And to handle it you had to be in the elite bracket.

'The competition between them was pretty bloody fierce,' says Austin Robertson, 'but off the field it was like a travelling family, a big multicultural family. They got on well but, gee whizz, there was not much quarter given or asked for on the field. It was bloody serious.'

'Serious cricket,' echoes Michael Holding. 'Every match you played in WSC was a serious match. You never went to play against, say, a state team that had perhaps two outstanding cricketers and a lot of others making up the numbers. Whether you were playing in Toowoomba or Melbourne, you were playing against the best cricketers in the world.'

'You had Viv Richards facing Dennis Lillee. You had the Chappells facing Colin Croft, and David Hookes facing Andy Roberts. Zaheer Abbas facing maybe Wayne Daniel. It was gladiatorial. Gladiators fighting against each other. Not unlike ancient Rome,' suggests Colin Croft.

Not quite. Still, Croft was right that playing WSC – like entering the Colosseum – came with some personal risk. The world's fastest bowlers were letting the ball go on pitches that were not used to cricket. Some of the drop-in wickets were good, others were dead, and some were dangerously fast. The crowds had been told they would get drama and excitement, and that included the chance of injury. WSC had amended a convention of the game to allow bouncers to be bowled at anyone in the opposition, not just the most able batsmen, and for the first time players began to wear protective headgear.

The first batch looked like what they were – white motorcycle helmets with visors. Dennis Amiss, who was playing for the World XI, didn't mind; the company that made his said it could withstand a shotgun blast from ten yards. That was fine, but if anyone had fired a gun at Amiss's head he probably wouldn't have heard it go off. His hard hat completely covered his ears and he couldn't hear his batting partner calling to him. It was modified after a series of run-outs.

David Hookes didn't have a helmet. Against the West Indies in the second Super Test at Sydney in December 1977 the young Australian batted like he didn't need one. Wearing his bright-yellow Australia WSC felt cap, he smashed Joel Garner for 17 in one over followed by 22 off Michael Holding. Then he faced a spell from Andy Roberts.

Roberts was not a demonstrative man, and his silence could perturb those who didn't know him. He was most content listening to music on his boombox in his room: the Commodores, the Manhattans, Teddy Pendergrass. Only rarely would he come to the hotel bar. 'Me and Bernard Julien, Collis King, Albert Padmore, we would be down there or at a party, but not Andy or Mikey Holding,' says Wayne Daniel. 'Paddy and I might be out at the disco shaking it a bit, but the two bowlers roomed together and kept themselves together.'

Roberts needed little save his boombox and a cricket ball.

'I remember him bowling for the Combined Islands against Barbados – must have been '75 or so,' says Daniel,

and he was lightning. Bowling at the speed of light. And the only person who would take him on was Collis King. No one else would come out. They all had diarrhoea, twisted ankles, broken arms, hiding in the cupboard. It was fear, naked fear. He got six wickets or something, Andy came out of the ground that evening and people went berserk. There was utter adulation – crowds on this side, crowds on that side, and they were calling him, shouting out, 'Fruity! Fruity, man!' – that was his nickname – 'Fruity, you so quick, man. You so fast, Fruity.' They loved it. Well, Andy walked straight on – not a smile, didn't look right, didn't look left, still sweating, face solemn – straight on the bus. Not a word. That was Andy. He didn't need that connection with people. The only person he spoke to a lot was Holding.

If Roberts didn't give much away to friends, he certainly wouldn't pass the time of day with batsmen. Vivian Richards remembers the confrontation with Hookes. 'David got a bit cheeky and he was signalling these sixes himself, you know. He didn't leave that up to the umpire. We all knew Andy, and Andy did set him up.' One of Roberts's skills as a fast bowler was to bowl two bouncers in a row. The first would be slow, which he hoped the batsman would hook for four. The second, which the batsman thought would be more of the same, was a yard and a half quicker. 'Oh yeah, Andy was one of these guys who could set you up easily. He knew how to catch a fish,' says Richards. 'He gave Hookes the bait first time and bang! He took it. And the next one had the ingredients on it and just hit him.'

Roberts doesn't recall much about the ball that struck Hookes, but he does remember how he used to take on attacking batsmen.

I would make all my adjustments at the top of the run and not when I get to the crease. All the adjustments I need for that ball are calculated in my mind. If I'm going to bowl a bouncer then I watch for the movement of the batsman. If his first movement is forward I know I have to bowl the bouncer a little bit shorter than the length I would like to bowl. If he moves back then I have to bowl a little bit fuller than the length I would like to bowl.

Sometimes you watch the demeanour of a batsman. Any time I look in his eyes and he looks away then I know yes, I have him. Because the minute he can't look at you then you know there is something wrong. I don't have to sledge. My eyes and the ball do all the sledging for me. I never said a word to a batsman. I didn't have to. Basically, I never show any emotion.

'It sounded like a bloody gun going off.'

Ian Chappell considers walking after edging the ball to Deryck Murray – but thinks better of it. This moment in the Sydney Test in 1976 changed the way the West Indies would play their cricket forever.

'If this was Test cricket, you could forget it.'

Michael Holding completing his over through his tears at Sydney.

Clive Lloyd tossing up with Greg Chappell before the Sydney Test at the start of 1976. 'Australia had just been rescued by its captain,' wrote the cricket reporter John Woodcock at the time, 'the West Indies not led by its.'

Some of the MCG spectators celebrate an Australian boundary during the third Test. 'In the crowd there was a different tempo when it came to this race stuff. There were a few rotten apples in the sack,' remembers Vivian Richards.

Another defeat in Australia – this time at Melbourne at the end of the third Test.

'The gloom, the heavy silences... guys weren't speaking to one another. The blame game was on.'

'He should have been watching the game from the bar, enjoying a drink. These men were past it.'

John Edrich (39) looks on as Brian Close (45) avoids a short ball on that Saturday evening at Old Trafford in 1976. Neither would play for England again.

A shirtless Roy Fredericks had forearms like 10-pound trout, observed *The Times* – 'and wild ones at that'.

Here he shares a moment of joy in the Headingley dressing room with Vivian Richards after the fourth Test of 1976. The series was won.

Vivian Richards drives square off the back foot at the Oval in 1976, adding more runs to his record total of 1,710 for the year. Alan Knott is the wicket-keeper.

The Test and County Cricket Board had asked Clive Lloyd to appeal to supporters before the match to make less noise. He did, they didn't.

Michael Holding turning England to dust at the Oval in 1976. He took 14 wickets.

Tony Greig has his stumps knocked over for the fifth and final time against the West Indies in 1976. Who's grovelling now?

Greig's wicket at the Oval is a delight for the players – and a spectator.

From Bequia to Buxton. Charles Ollivierre in the Derbyshire XI at the turn of the 20th century.

J. HUMPHRIES   A. WARREN   W. BESTWICK   G. CURGENVEN   L. G. WRIGHT   S. NEEDHAM
W. STORER   C. A. OLLIVIERRE   S. H. ASHCROFT (CAPTAIN)   S. CADMAN   H. F. WRIGHT

Charles Ollivierre batting in the nets for Derbyshire during the 1905 season. He was the Neil Armstrong of Caribbean cricket, but his achievements have never been widely acclaimed.

Learie Constantine was a brilliant West Indian all-rounder, highly-paid league cricketer, politician and diplomat.

'Cricket is the most obvious and apparent, some would say glaring, example of the black man being kept in his place,' said Learie Constantine.

The Times reported a rush of people, 'one armed with an instrument of the guitar family singing with a delight that rightfully belonged to them.' Lord Kitchener and his backing band on the Lord's outfield in 1950.

'The nature of his spin has not been exactly specified... we must wait and learn.'

Sonny Ramadhin, aged 20 in England in 1950.

The body of Kelso Cochrane is driven up Ladbroke Grove in June 1959. More than 1,000 people were at the funeral service but his murderer was never found.

'We were crossing from one world to the next,' recalls Clive Lloyd. He wasn't wrong.
World Series Cricket in 1977. R. McDonald, centre, second row.

'It was a colour that is, should we say, less than manly in the Caribbean parts.' Wayne Daniel does his best to
look butch in Packer Pink during the second season of World Series Cricket in 1979.

Hookes moved back and across in his crease as he saw the second bouncer coming, but he was fooled by its speed. Even though he had scored 81 runs, he was nowhere near in position. The ball shattered his jaw. His yellow felt cap fell to the ground, and he had to be helped away. In *The Cricket War* by Gideon Haigh the author recounts how in the dressing room Hookes spat out blood mixed with tiny slivers of bone.

Kerry Packer drove him to hospital in his own car, and the batsman stayed there for two days. Five weeks later he was playing and made a pair of 50s on his return. His jaw had healed, but the recollection of the accident remained. As his career went on, Hookes had flashbacks about the ball that hit him. It didn't matter who was bowling – even slow bowlers brought back the memory. More often than not, after such an episode he would get out.

'We didn't want to see that,' recalls Richards, 'but at the time David was behaving in this cocky sort of fashion, Andy just got one in the right spot, and that was it. And that just changed the whole career for David Hookes – he was never the same player after that.'

The West Indies won the second Super Test easily, as they had the first. They had now taken AUS $36,000 of Packer's prize money to the Australians' AUS $3,900. 'We are much better now than in 1975–76,' said Clive Lloyd at a news conference. 'Our pace attack is much more penetrative.' Dennis Amiss's wife landed in Australia on the same day that Hookes spent his first night in hospital. She had four new helmets in her luggage. Two were sent straight to Sydney. WSC officials immediately ordered another half-dozen.

* * *

As the first season of World Series Cricket continued, the animosity between traditionalists and modernists deepened, and a stand-off between the West Indies board and the team became inevitable.

The pragmatism of the WICBC only went so far, while its traditions and ideology seemed more irrelevant with every day's play of a Packer match. A confrontation had been deferred largely because there had not yet been a calendar clash between WSC games and the official West Indies Test itinerary.

The tensions that had already fractured cricket in Australia and England came to the Caribbean when a weakened Australian Test side played in the West Indies in March 1978. The West Indies – with a team that had completed its first WSC season – won the first two of five matches. Clive Lloyd went into the selection meeting for the third Test in Guyana expecting it to last ten minutes or so. Instead it went on for six hours. By early the next morning Lloyd was no longer captain.

At the Pegasus Hotel in Georgetown two simmering arguments provided the context for what followed. First, the board had insisted that the WSC West Indians declare their availability for selection to tour India later that year, a series that would coincide with the second Packer season. Second, the board had been piqued by the decision of three young players – Colin Croft, Desmond Haynes and Richard Austin – to accept deals from Packer rather than offers put to them first by the WICBC.

Lloyd was handed a team sheet that didn't include Haynes, Austin or Deryck Murray. Murray was the players' shop steward and had been negotiating with the board over the team's welfare. Lloyd was furious.

They wanted to get rid of guys who had just helped us win a Test match. It made me mad that the selectors were bowing to pressure from the board. They were saying stupid things in that room like, 'Are you telling us we can never drop anyone now?' but these weren't cricketing decisions. It was simple malice. After the meeting I left the hotel and it was the early hours – two, three o'clock. I spoke on the phone to Joey Carew, who was one of the selectors, and I told him I was going to resign because I couldn't put my name to such a side. He said, 'Oh, you'll feel different in the morning,' and I said something like, 'Look at your watch, Joey – it is the morning.' And that was that.

So the Test side needed a new leader. Within hours the team also needed two new batsmen, three bowlers and a wicket-keeper. Gordon Greenidge and Vivian Richards said that they no longer wanted to be considered for the Test side, as did Andy Roberts, Joel Garner and Colin Croft.

By an apparently extraordinary coincidence, and despite a regional airline strike, half a dozen new West Indies players happened to be in Guyana and were selected for the third Test. The WICBC had prepared for this moment. The WSC players who had been dropped even found the luggage of the new players in their hotel rooms. Alvin Kallicharran – who had returned his AUS $600 advance cheque to Packer uncashed – was promptly appointed the new Test captain.

Had there been any doubt about whether the WSC players should be loyal to the West Indies board or an Australian businessman, they were resolved by the selection row in Georgetown. The team had no choice but to stick together because Packer and his brand of cricket was all they had. At a news conference held by the WICBC in Guyana, Jeffrey Stollmeyer had called Packer 'a parasite on cricket'.

The estrangement of the board and the players changed the character of West Indian cricket permanently and gave the players a new independence. Lloyd, Murray and Fredericks were now not only the senior members of the side, they were also its administrators and disciplinarians. They, not a tour manager working for the WICBC, had to tell the players when to practise and when to be back at the hotel in the evening. If a bowler swore at an umpire or if a batsman stayed out late, they would punish him. Only a faint connection remained with the cricket authorities in the Caribbean: Deryck Murray's father was a member of the board. Should they need one, there was still a discreet avenue of communication between Australia and home.

*   *   *

When the first season of WSC came to an end in February 1978 Kerry Packer claimed, 'We are still amateurs, but we are more professional than we were, and we will become even more professional.' The West Indian team had won the one-day competition and two of the three Super Tests they played against Australia. The verdict of traditional cricket was that the season had fallen well short of the sensation that Packer had predicted. The editor of *The Cricketer* magazine, David Frith, believed that as a greater number spectators had enjoyed seeing a shadow Australia XI play India, the success of the coming winter's Ashes series – England against the same Australia side – was practically guaranteed. 'There is a strongly held expectation,' he wrote, 'that World Series Cricket will chase its tail and end up devouring itself.'

The Cricketer got it wrong. By the end of the next WSC season the Australian Cricket Board had capitulated almost entirely to Packer's wishes. The loyal but weak Australia Test side was thrashed so easily by England that crowds lost interest before the series ended. Its star player, Jeff Thomson, would finally succumb to a Packer contract. 'How did we get him?' Tony Greig was once asked. 'Oh, probably by parking a new speedboat in his front yard.'

One match illustrated the success of World Series Cricket in that second season. It was held on the night of 28 November 1978. Packer had won the legal fight for his teams to play at the Sydney Cricket Ground. Australia versus the West Indies. Six huge lighting towers had been built around the grand old stadium with the political assistance of the Labor premier of New South Wales, Neville Wran. Packer had hoped for a crowd of 20,000. More than twice as many had arrived by the early evening when the police asked him if they could relieve pressure on the gates by allowing thousands more people inside. Packer agreed and let them in for nothing.

He was watching from the stands when the floodlights powered on to wash the ground with white light. *World of Cricket* recorded that the 'buzz of excitement never left the game throughout the Australians' innings as the players stood out like white porcelain statues on the light green field'. A new era in Australian sport had begun. Richard Cashman noted in *'Ave a Go, Yer Mug!* – his history of cricket crowds – that from this night floodlit cricket 'became as much an integral part of a Sydney summer as the annual expansion of the city's cockroach population'. The *National Times* reporter Adrian McGregor wrote that Packer had 'achieved the proletarianisation of cricket'.

A quarter of a million tins of beer were drunk. There was free car parking. Old-age pensioners and the unemployed were allowed in for 50 cents. In between innings the crowd was let onto the field – usually an offence. A fruit fight at the front of the Noble Stand was allowed to continue without interruption. The event, reflected John Woodcock in *The Times*, was 'an awesome display of modern manners'. To compare it to the Australia versus England Test match taking place in Brisbane was impossible, he said. The two had as much in common as a pop concert and Trooping the Colour. The match was as much a layman's picnic as a bigot's nightmare. The revolution was superficial, he concluded, but had gained so much strength that it would cause some serious heart-searching among the establishment of the game. 'The first round of 1978–9 had gone to Mr Packer'.

'I remember it like it was last night,' says Colin Croft, 'because it was one of the most exciting nights I've had in my life. You just saw people coming into the cricket ground. They threw the doors open and they had a wonderful time. The intensity of the crowd, the expectation, the novelty, the difference – all of that made Kerry Packer's WSC what it was. It was an anomaly, it was something unique.'

The uniforms that the players wore later in that second season were unique too: yellow for the Australians, sky blue for the World team – and pink for the West Indies. The organisers claimed the colour was 'coral' but coming as they did from a region that had rigidly conservative views on manliness, it was a great embarrassment for the players. The West Indies was a place with strict limits on brotherly love. As Wes Hall once said in a speech to honour Garry Sobers, 'Garry, we love you as much as a man can love another man – and still be a man.'

'We had a modelling session with just the players,' recalls Austin Robertson. 'Greig came out first in his sky-blue World uniform, then Ian Chappell in the yellow, and then – it wasn't Clive, it was Viv – came out in the pink. And you know that swagger he has? Well it was no use, the whole bloody room was in uproar.'

Complaints to Kerry Packer were gruffly rejected. 'If you don't stop moaning, I'll buy you matching bloody handbags as well.'

'It was a colour that is, should we say, less than manly in the Caribbean parts,' says Colin Croft. 'A wonderful colour for ties and shirts but certainly not for an outfit to be playing in for the West Indies, and a lot of the guys were upset. But we couldn't change it, so we decided that the only way to use that pink to our advantage was to make sure we didn't lose.'

Other things were upsetting the West Indies. Some in the squad were complaining about the busy schedule, which included late finishes and early starts, last-minute flights and rearranged trips to rural towns to play in the Country Cup competition. The pay was good but the itinerary was cruel. Dissatisfaction leaked from the dressing room onto the pitch. 'We were feeling very sorry for ourselves,' admits Deryck Murray. 'We felt the bus was leaving too early in the morning and the games were too far away. All the things you see when you're not in form and not winning.'

The captain decided that some in his side liked the money but not the graft. There needed to be an intervention, and he spoke to Packer. It came after Lloyd's side had been bowled out for a gutless 66 by Australia at the SCG. Six of the team were out for nought and only two made double figures.

In the stand Packer was unimpressed. 'He got up abruptly and stormed towards the door,' remembers Austin Robertson. 'I thought, *Fuck. Something's going to go on.* So I followed him. The West Indies dressing room was as I always remember it – the music was on and no one seemed too worried about anything. And Kerry said, "I've got a few things to say." When it was all over, there wasn't a bloody whisper.'

'He certainly wasn't using language fit for the dinner table,' remembers Colin Croft. '"Gentlemen, you are wasting my time. Most of you are walking around Australia with your appendage in your hand. I could get rid of you immediately. Qantas 001 leaves here every afternoon and some of you could be on it."'

'There were a few Fs, Bs and Cs flying around,' says Clive Lloyd.

'He said, "You're the most exciting cricketers in the world, but I'm not seeing it,"' remembers Wayne Daniel. '"It's not good enough. You're just here playing with your dicks. But I didn't bring you down here for that. I won't have it, and that will be the end of you." It was the quietest moment I've known in a full dressing room. Viv,

Lloydy, Gordon – all silent. It was a real dressing-down. Like talking to schoolboys.'

What struck Michael Holding was that a proud Australian was berating a side that had been beaten by Australians. 'It was the way we had lost the game that made him mad. This was a man who had put up millions of dollars trying to build something, to project something: "This is going to be great, the best cricketers in the world, the greatest cricket that you will ever see." We had been trounced, but he was not interested in that; he was interested in the product, and we let him down. We were well paid and he expected better.'

The threat of having their livelihood taken away had an effect on the WSC West Indies. They began to improve. The change coincided with the arrival of a new member of the team.

Dennis Waight was an Australian rugby league trainer who had grown up surfing on the northern beaches in the suburbs of Sydney. He liked boxing, beer and footie but didn't have much time for cricket. Kerry Packer wanted each of his three sides to have a physiotherapist, and Waight was assigned to the World team but decided he could get more out of the West Indies. But the relationship didn't begin well.

When Waight first met the players, he had been drinking late into the evening with Jeff Thomson, Rod Marsh and Len Pascoe at a hotel bar in Perth. 'We'd been giving it quite a serve,' says the trainer. Clive Lloyd appeared in the lobby with his tired team, straight off a flight. Thomson drawled to Waight, 'Aw, your new mates are here.' Red-faced and beery, Waight wobbled over to introduce himself. He returned to his drinking pals a few minutes later having promised the underwhelmed West Indians that he would meet them at 0600 out the front for an inaugural team run.

I carried on drinking for an hour and then said to the receptionist, 'Ring me at 0430. Keep ringing, and if that doesn't work, knock the bloody door down.' Anyway I got up and felt terrible and had a 20-minute cold shower. But in those days I was pretty fit and went for a good long run. I arrived back in the foyer to hear Clive say, 'I told you he wouldn't turn up.' I tapped him on the shoulder and said, 'Where have you been? I've been waiting outside!'

He led the players on a run – and kept running with them for the next 22 years.

Fitness programmes for cricket teams were unusual in 1978; players were left to get themselves ready for matches. Some were lazier than others. Waight introduced the West Indies to lots of running, some weight training and regular stretching. 'At first they weren't interested when I took them to the local park,' he says. 'I told the skipper what my plans were and that they weren't putting any effort in. He said, "You'll have a rebellion on your hands here, but I'll back you up."'

Slowly the players accepted Waight's methods. They had fewer injuries and discovered that their new endurance and flexibility helped them.

'They thought it was funny that a cranky, red-faced little guy who liked a drink was pushing them all so hard. I mixed with the players up to a point. I've always taken people as they are, and if a bastard's a bastard, he's a bastard. I tried to treat them all fair. I didn't want to be one of the boys because I had to yell at them every day. And that's why it worked for so many years.'

Despite the yelling, the players took Waight to be their totem; they even insisted on giving him a cut of the prize money. They knew that he had become an important part of their success. He brought them a discipline that Caribbean cricket had never previously known. Dennis Waight made them a better team.

The only time he didn't open his hotel-room door was if there was an episode of *The Phil Silvers Show* on TV. Otherwise, bowlers would visit for a muscle rub that turned into a fraternal chat. Often they would leave cheered up by his straightforward wisdom and a mug of wine from the cardboard cask he kept in his kit bag.

* * *

It had never been Kerry Packer's intention to keep his cricket in Australia. The success of the second season confirmed that the product was robust enough to be exported. WSC headed to the Caribbean, where the WICBC was not in good shape. It had lost its best cricketers to Packer, its Test side was a weak second XI which was losing matches as well as the support of fans. Just a fortnight after the WSC project was made public in May 1977 one of the board's senior members had said, 'The West Indies board is in need of money and if there was a Packer in the West Indies, the board would welcome him.'

WSC officials had done reconnaissance work in the Caribbean as early as April 1978. Meetings were held with a rather nervous Jeffrey Stollmeyer, who desperately needed the money but was anxious not to be seen to be sabotaging ICC unity. Stollmeyer made it plain that he was entering into a rather distasteful relationship. Super Tests did indeed come to the Caribbean in 1979, but Stollmeyer would grant the negotiations and the matches only three sentences in his autobiography: 'The games came and went. There was some good cricket and some bad, but I have no doubt these games, like so many of the other Packer contests, will be quickly forgotten for they form no part of cricket records. I would accept Mr Packer's money for our board's survival, but I could not bring myself to attend any of his matches.'

The series – between the West Indies and Australia – wasn't so quickly forgotten by the players. The cricket was hard, the schedule was relentless and there were crowd disturbances in Barbados and Trinidad. But what happened there was 'as a vicarage tea party is to a bar-room brawl compared with Guyana', wrote the *Observer* columnist Peter Deeley. During the fourth Super Test at Bourda Ian Chappell and his teammates barricaded their dressing-room door with kit bags, put batting helmets on, and were poised with upturned chairs for weapons, expecting the rioting fans outside to attack them.

'Oh shit, yeah, it was pretty fucking serious' is Chappell's particular memory of the 'quickly forgotten' game. Bottles had been thrown onto the pitch, hoardings broken, wire fences mangled and administrative offices trashed by some of the 13,000 spectators after hours of delays blamed on a supposedly damp outfield. Some fans had been in the ground since eight in the morning, their mood not improved by people running onto the field, rolling around and standing up to show that their clothes were dry. However, the umpires believed the bowlers' run-ups were unsafe.

'It's gonna blow, man,' the former fast bowler Wes Hall predicted from the stands. And it did.

'Wes and I ended up hiding behind an overturned table,' says Austin Robertson.

We couldn't get to the dressing room because there were too many bricks and bottles and Christ-knows-what being thrown. How someone wasn't bloody killed that day, I don't know. When they pulled the fence down, there was nothing between us and the mob. Wes and I were stuffed. It was bloody terrible. It only ended because the police turned up with these trucks and turned the water guns on them. It was the most frightening experience of my life.

At the height of the riot the West Indies players wedged their pounded-upon dressing-room door shut with the team's massage table. Bottles and stones crashed through the broken windows. Desmond Haynes, who was hiding in a lavatory, realised how serious the situation was when a police officer dived in to join him. Lawrence Rowe tried to smash through an exit with his bat, but the wooden planks were cemented into the wall.

After a frightening 90 minutes, police saturated the stands with tear gas and baton-charged the rioters, and the players were safe. That evening the West Indians tried to rationalise why their own supporters had attacked them. Joel Garner decided that it was a sign of the general urge to revolt: people were 'symbolically attacking political leaders that they dare not confront in reality'. David Hookes put it slightly differently when interviewed for *The Cricket War*: 'We were told West Indians are "just great cricket lovers" and they are. But they're also very physical, very aggressive and very pissed.' Michael Manley concluded that a cricket match had once again 'revealed the tense indiscipline that lurks beneath the surface of any society still uneasy with itself'.

Several of the players thought that the violence of the Sunday crowd would cause the match to be abandoned. It wasn't, and the Monday spectators were as clement as those the day before had been fractious. Even though large parts of the ground had been ransacked, play began on time. But the weather and the riot meant that there was not enough time for anything but a draw.

The tour ground on: there were still six one-day games and a Super Test to get through. All in all, 37 days of cricket had been planned in less than two months. Most rest days were taken up with travel. Bringing Packer cricket to the Caribbean was in part a goodwill gesture to West Indian supporters who hadn't seen their best cricketers play at home for two seasons. But the schedule was hastily conceived and exhausting for the players. The West Indies could always rely on one of Roberts, Holding, Daniel or Croft to get wickets, but the workload expected of Lillee and Thomson for the Australians had diminished their powers, and they would never really return.

The cricket boards had also been weakened by the two seasons of World Series Cricket. The ACB in particular had been greatly wearied by the struggle. For all the frustrations of the WSC tour of the West Indies, it had been a huge political victory for Packer because the WICBC had cancelled an official visit by New Zealand in order to host it. Packer even paid the board compensation for the lack of Kiwis – a larger sum than it would have got had they arrived. Money and influence had trumped traditional authority. The boards had been bearded.

'The old crowd have taken a lot out of Caribbean cricket but have given little back,' said one of the local WSC organisers during the tour. 'In the old days they got the MBE, and the players finished up on the dole queue. People today want to see their stars but they also want to feel they are properly taken care of. For the first time a West Indies player can stroll into a bar at the Hilton, hold his head up high and order a round of drinks as an equal.'

The calypsonian the Mighty Sparrow put it this way:

Sobers, Worrell and Learie get title
But money, we give them very little.
When they dead write a book say how good they used to play
My tradition is all cricket, no pay

Packer was close to victory. Nearly three years after meeting those ACB officials in a Melbourne carpet showroom, the same two men invited Packer to lunch at the Melbourne Cricket Ground. Once,

Bob Parish and Ray Steele had denounced Packer as a wrecker; now they wanted a way out. Their official Australia side had been thrashed by England, and more people now watched Super Tests than Tests. Profits were down and morale among loyalist players was terrible. Most significantly, the ACB had changed its mind entirely about television rights and had accepted the principle of exclusivity.

At the end of May 1979 the details of the settlement were made public. In effect, the deal gave Packer exclusive rights to Test cricket in Australia for the next ten years. Packer promised not to put on rival games, while the ACB got to select the national side and pledged not to discriminate against WSC cricketers who wanted to play in Test matches. A Packer subsidiary company would control the future marketing of cricket in Australia. For all this, Packer would pay about AUS $1,000,000 a year. The price of the authorities' harlotry had at last been revealed. In *The Cricket War* Gideon Haigh wrote, 'Journalists, photographers and television cameramen jockeyed round the table as Parish read from a statement with customary gravity . . . Melbourne 30 May 1979 is official cricket history's equivalent of Munich 30 September 1938 with Parish as Neville Chamberlain.'

World Series Cricket had changed almost everyone who had taken part in it, but none more so than the West Indians. The money had transformed their personal lives. It was a very long way from 1961, when Frank Worrell had returned as a hero from the tour of Australia only to sell his house in Barbados to survive – and this was a man who had prepared for the future by obtaining a university degree.

'Whether we liked it or not,' says Ronald Austin, 'Australia had again played a role in the development of our cricket. Kerry Packer taught the players to understand that to be paid as professionals they had to perform as professionals. Apart from any of the other transformations, Packer gave West Indians a fair wage so that they could lead comfortable and decent lives.'

The choice between the old cricket pay and the new was, as Joel Garner says, 'a no-brainer. The difference was so vast it was unbelievable.' The players' welfare had also been thought of. Their wives were allowed in their hotel rooms; their families were given vouchers for McDonald's meals and taxi fares; their children were looked after in Kerry Packer crèches. None of this could or would have been matched by the WICBC, whose poverty and strictures had hastened the players' liberation from its stifling authority.

That estrangement brought advantages. In Michael Holding's words, the squad 'became more like a family'. Previous West Indies sides on tour had tended to fragment into island or cultural cliques. 'Yes, you knew them as players and you knew about their cricket, but you didn't know too much about their personal lives. During WSC we found out about what we liked and what we disliked, about the wife or the girlfriend of your room-mate, how many kids were in the family.'

'We were athletic, we were fit, we were big, we were strong,' says Colin Croft. 'That might have been because we were black, but we were also victorious, we were winning and we seemed to be having a good time doing it. Now that is a wonderful combination.'

'It created a bond between these men,' concludes Wayne Daniel. 'We recognised that we had to fight all the time to show the board that we were good enough. That we were too good to be discarded. That was the experience of battle. We were tougher, harder, psychologically stronger. We knew we had to come out of it as winners. We had a meanness that a West Indian team never had before.'

'After Packer it was like a door had shut on the past,' reflects Clive Lloyd. 'We had some power, we had better conditions, we had some money, we had some negotiating muscle. The players, not the administrators, could call the shots a bit more. We weren't there yet, but we were getting there. Above all, the cricket played by these boys from the West Indies had got pretty good too.'

And yet, for all its successes, Packer's enterprise did not bring the players absolute satisfaction. For two years Test cricket had not been the best cricket. Yes, the West Indies wanted to play the most competitive cricket they could, but they also wanted to be – officially – the best Test side in the world. The pull of the maroon blazer was still strong. 'Playing for Kerry Packer, yes. Making a good living, yes. But that is not ultimately what we wanted,' says Holding. 'Despite everything, we felt like outcasts.'

The players wanted to retain what they had learned, and use their new confidence to win Test matches. Not least because they now realised that Australia could be beaten. There had been 43 matches of all types between the two sides since December 1977, and Lloyd's side had 26 victories to Australia's 11. 'We saw for the first time that the Australians had a soft underbelly,' says Lloyd. 'They weren't as tough as they seemed. They had some great cricketers, but we found out that they suffered under pressure. That was a huge discovery.'

The final matches of Kerry Packer's tournament were played in the West Indies. On each side there were eight men who had taken part in the 1975–76 Test series in Australia, but there had been a profound shift in strength since then. This Caribbean round of Super Tests ended one all, but there was no doubt that the West Indies were the better team. It all finished in Antigua in April 1979. Australia batted well in their second innings to draw the game.

In the dressing room afterwards Rod Marsh turned to Ian Chappell and asked him a question of the West Indians that would have been inconceivable three years earlier: 'We made 'em respect us, didn't we?'

5

'No point in planning to take their queen out'

The second cricket World Cup was held in June 1979. The West Indies had come to England as champions to defend the trophy. After the convulsions of the past two years, the tournament appeared to be a sign of restored harmony in the international game.

On the outfield at Lord's the eight teams – Sri Lanka, Pakistan, West Indies, England, Australia, New Zealand, India and Canada – lined up in rows marked out by the ground staff and stared up to the pavilion balcony to have their photograph taken. Most wore a uniform of blazer and slacks, but England and New Zealand allowed their players to choose their own suits; they all looked as if they were between seminars at a secondary-school teachers' conference. The West Indies were in mufti too – Deryck Murray in his ironic post-colonial beige safari suit, Larry Gomes dressed as a best man, Joel Garner in a fawn jacket that if supported by tent poles could have shaded a family of four.

It looked like unity, but it wasn't really. Neither England nor Australia had included players who had taken part in World Series Cricket. The International Cricket Conference had yet to agree to the settlement between Packer and the Australian board. (There would be talks throughout the World Cup in the hope of arriving at an agreeable position.) And in the qualifying tournament the Sri Lankan government had forbidden its team to play against Israel for political reasons.

Alvin Kallicharran was back in the West Indies side, the most senior player to have rejected a WSC contract. Three other men whom he had captained during the schism had been selected too: Faoud Bacchus, Gomes and a young fast bowler from Barbados called Malcolm Marshall. Kerry Packer's demand that his players would not be ostracised once back in their national sides was being tested out in reverse in the West Indies team. Those who had shunned WSC needed to be reintegrated, but reminders of the recent past were evident. Vivian Richards played wearing a white WSC shirt with sticking plaster taped over the logo on his breast.

On the morning of the final, which the West Indies had reached with little trouble, Richards woke up and before even saying good morning to Desmond Haynes in the other bed announced, 'There's going to be a lot of people at Lord's today. It would be a good time to really turn it on.' The opposition would be England. Several young players who had been thought too green to face the West Indies in 1976 were now in the side: David Gower, Ian Botham, Derek Randall and Graham Gooch. They were a useful one-day team, especially in the field, and were led by an intelligent captain, Mike Brearley.

Four years previously Brearley had gathered up his sandals and sprinted barefoot onto the field at Lord's with hundreds of other invading spectators after Deryck Murray ran out Jeff Thomson to win the 1975 World Cup for the West Indies. Now he had to work out how to beat them. How to score enough runs against the bowling of Roberts, Holding, Croft and Garner. How to stop Greenidge, Haynes, Richards, Lloyd and Collis King from smashing his own bowlers.

The lower tier of the Grand Stand and the front of the Mound Stand were filled with West Indies' supporters. One man held a banner saying VIV – SUPERBAT. HOLDING – BIONIC SPEED. But England started well, taking four West Indies wickets for 99 runs. Batting at number six, Collis King left the dressing room wearing Desmond Haynes's boots and went down the back stairs to walk through the Long Room to the pitch. As he put on his gloves in the pavilion, he felt something inside one of them. It was a miniature bottle of brandy, one of the half-dozen or so he kept in his kit bag. Too far from the dressing room to return, he decided that he could do only one thing. In the calm of the pavilion he drank it all in one gulp. As he made his way to the crease his chest burned with the spirit.

'You been drinking rum?' asked Vivian Richards as they met in the middle.

'Brandy.'

Almost at once King was fizzing with Barbadian power. He square-slashed Botham for four down the hill to the Mound Stand. Phil Edmonds went the same way and a pair of innocent seam-up wobblers from Wayne Larkins were clubbed into the crowd for consecutive sixes. England's fastest bowler, Bob Willis, had been injured in the semi-final and his allotment of twelve overs had to be bowled by three stand-ins: Gooch, Boycott and Larkins. Richards warned King to be wary of Boycott; no one in their right mind would want to be tagged with the label of getting out to such ordinary bowling in a World Cup final. King, who had spent two seasons at Nelson – Learie Constantine's club in Lancashire – wasn't worried:

'Smokey,' he said to Richards, 'I ain't gonna let Geoffrey get *this* man. In the league there would be no mercy, so why should this be any different?'

Between them, England's part-time bowlers gave away 86 runs

as King and Richards sped the West Indies towards 200. The usually astute Mike Brearley reflected later that watching the partnership had brought him close to tactical impotence. It was, he said, like attacking tanks with pea-shooters. King made 86 before being caught on the boundary. Richards stayed on. Past a hundred and with the lower order coming and going, he took his team to 286 from their 60 overs. In the last over of the innings Richards twice walked across his stumps to the off side as Mike Hendrick was about to bowl and hit him for six through square leg. He left the field undefeated and the owner of a century in a Lord's final. 'That shot is my invention,' he said to himself.

* * *

Batting in a helmet for the first time, Geoffrey Boycott opened the innings for England with his captain. Neither had the flair of Richards or King. Boycott was a remorselessly efficient accumulator of runs but not known for stylish improvisation. Brearley had made a 50 against New Zealand in the semi-final but a pair of noughts against Pakistan and Canada. In fact they both played well against the pace of the West Indies, but their runs came too slowly and Boycott took 17 overs to reach double figures. They preserved their wickets but batted without intent. England had got their tactics wrong. Vivian Richards – who would have been delighted to bat against his own bowling – was allowed to get through 10 overs of off spin for 35 runs.

During the tea interval Mike Brearley was in the England dressing room telling his side he now wanted to get on with it, and increase the scoring rate. But while he drank several glasses of lemon squash, two cups of tea and ate a rock cake, he was talked round by the rest of the side, who valued wickets in hand over quick runs. But scoring seven an over against Garner and Holding, Croft and Roberts and even the fast-medium of Collis King was far too much to ask. In the last session of the day Joel Garner twice took two wickets in two balls as England were forced to hit out. 'The innings disappeared like names rubbed from a blackboard,' wrote John Arlott. Eight wickets fell for eleven runs. England had been routed for 194, and the West Indies had won the cup again. They were – no doubt – the best side in the world.

The West Indies board decided that the captain should be rewarded for the team's historic achievement. It offered Lloyd a £50 bonus. He declined. They came back with an improved offer – £100. 'Can you imagine what would happen to English men who won two World Cups?' asks Lloyd. 'They'd be given the freedom of London and never have to buy a drink again. I got offered £100. It was as if Packer had never happened.'

*　*　*

After the World Cup, there was travel. At the end of 1979 the West Indies toured Australia again to play Test cricket. Every time since 1930 they had left the country defeated; this though was a new world controlled by Kerry Packer. Australia would face the West Indies, but they would also play England at the same time in a separate Test series. All three sides would also play each other in a one-day tournament designed to mimic the success of WSC. The new arrangements required explanation, so a half-page advertisement appeared in the *Sun-Herald* in early November 1979 to make it all clear. Appropriately, the headline was CRICKET 1979/80 – OR WHO'S PLAYING WHO FOR WHAT.

'For two years the loyalties of players and supporters alike have been divided between the Australian Cricket Board and World Series Cricket,' chirped the advert. 'Now the two bodies have united.' The new economics of the game were heralded, not hushed up. The West Indies and Australia would not only play for the Frank Worrell Trophy, but for prize money of AUS $19,000 in each Test.

At Sydney Airport Clive Lloyd said that this would be his final overseas tour. He was 35 and his knees hurt when he batted. He missed the first Test because he needed an operation, so Kerry Packer found him a surgeon. Lloyd's players expressed their concern by rifling through his kit bag for souvenirs to remember their skipper by. Without him the West Indies drew the match at Brisbane.

But there was to be no repeat of the West Indian capitulation of '75–76. This Australia side was older and frailer. Whereas the fire of WSC had tempered the West Indies, the experience had scorched the Australians. With Lloyd recovered and Gordon Greenidge batting as well as he ever had, the team won the one-day tournament and with it AUS $32,000. Four days later, at the end of January 1980, they began the third and final Test in Adelaide, having won by ten wickets at Melbourne in the second. Eight men in the West Indies side remembered the humiliation of their previous tour. With centuries by the captain in the first innings and Kallicharran in the second, the West Indies won easily by 408 runs. LLOYD TAKES HIS REVENGE FOR 1976 was the headline on the back page of the *Sydney Morning Herald* the next day.

It was impossible to see this victory in isolation. To the West Indies it was so much more than winning a Test series. Never before had they succeeded in Australia. Lloyd's vision – to deliver victory with searing pace and extraordinary batting – had been perfectly realised. Vivian Richards had proved beyond doubt that he was the best batsman on earth. The four great bowlers were Colin Croft, Michael Holding, Andy Roberts and Joel Garner. Malcolm Marshall couldn't get in the side and Wayne Daniel couldn't even get on the plane. The fast bowlers shared the Test wickets equally and almost exclusively. They took 55 of the 56 Australian wickets to fall in the series.

In the Caribbean their supporters delighted in the accomplishment.

'We had always feared in the West Indies that the Australians were too big to be beaten,' says Ronald Austin. 'Mentally and physically too big. I do remember my father and his friends speaking of the physical attributes of the Australians with awe when they first laid eyes on Keith Miller and Ray Lindwall in the 1950s. Now, when Worrell almost defeated these big Australians in '61, something stirred in all of us, but the fiasco in 1968 and the drubbing in 1976 took us back to a kind of mental prison.' This first victory by Clive Lloyd's side achieved two things, he goes on. Not only had West Indians avenged the disgrace of 1975–76, they had also crossed a psychological barrier. 'We now had a team equal to any in the rest of the world. In fact I would go further and say that as we developed this capacity to match Australia, the West Indies also planted the seeds for the victories by India and Pakistan in Australia which were still to come. We had sculpted a model for success. The West Indians had contributed to the change in the order and structure of world cricket.'

Sitting back in a dressing-room chair with a beer at the Adelaide Oval, Lloyd told journalists that his side had finally got rid of the notion that they were only good when they were on top. They had proved that they could fight back when things weren't going well. 'We have learned a lot over the years.' His knees seemed better too. He would be available to lead the side in England in the coming summer and before then on a short tour of New Zealand.

* * *

Jeremy Coney was making plans to bat against the West Indies.

'I did some preparation. I thought about things. One of them was *How do I not get out?*' says the former New Zealand batsman. 'Don Neely had some ideas.' Neely was a New Zealand selector, and like Coney from Wellington. During January 1980 he took the batsman to Kilbirnie Park, where he had cut a practice pitch – not in the middle but at the edge, abutting a large concrete terrace where spectators usually sat. 'Don stood on the third step back and hurled the ball at me,' says Coney. 'We were trying to recreate what might occur when I was facing Joel Garner. So straight away I had to think differently about where the ball would be coming from, what lengths would it be hitting?'

Joel Garner was six feet eight inches tall, and when bowling would release the ball from about ten or eleven feet. At some grounds his arm reached higher than the top of the sightscreen.

Neely's approach was, says Coney, a typically New Zealand way of thinking. 'After all, our cricket in those day was a cottage industry. The national side was run from the secretary's garage. All the sweaters and caps were kept there. But we have a saying in New Zealand – the "number eight piece of wire" mentality. Using whatever ordinary material you have to hand to improve something. A simple method to solve a complicated problem. That's how we took on the West Indies.'

When they weren't at Kilbirnie Park, Neely and Coney wound the country's only bowling machine up as fast as it would go. *How can I stay in?* was the simple thought that kept returning to Coney as he faced the 90-miles-per-hour plastic balls. He knew that if he could stay in, things usually got better.

Some shots would have to go, of course. There weren't many you could play against Croft, Garner, Roberts and Holding – they were too quick, and the middle of the bat would not arrive soon enough. Unless the pitch was very slow, you gave away the hook. Coney knew there would be a man at fine leg and one behind the square-leg umpire waiting for the half-hit shot. So against the bowling machine he worked on his square cut. Yes, he was prepared to play the cut shot because it was a little easier to control and he could hit it hard, but he also practised how to get out of the way. A lot of the time he just did that.

Swaying, ducking, crouching – watching the ball until the last possible moment, resisting the temptation to scrunch up his shoulders and just close his eyes. *How am I not going to play the ball?*

'There is no shot in the coaching manual called the Drive off the Throat,' he says. 'It doesn't appear.'

The other thing he found time to do was to get a chin strap fitted to his helmet. He'd not attached one before and he didn't want to jerk his head out of the way in the middle of a carefully-built innings only to see his hard hat fall on the stumps.

* * *

The West Indies arrived in New Zealand on the first day of February 1980. They had finished playing at Adelaide in the final Test against Australia on 30 January. Their next game was against the New Zealand Cricket Council President's XI at Eden Park in Auckland three days later. There was no time for a break.

New Zealand were the world's worst Test side. Many of the teams that came their way flew across the Tasman Sea as an afterthought to a tour of Australia. New Zealand had never won a Test series in their own country and for their first 31 years of Test existence not a single game. And yet in 1980 they had some good players. Richard Hadlee was becoming a genuine Test all-rounder; Geoff Howarth was a fine batsman and an indefatigable young leader. John Wright and Bruce Edgar were at the top of the order and in the middle was Jeremy Coney.

The West Indies, says Geoff Howarth, were probably expecting a few quick wins inside three days. They had flown out of Australia with more than AUS $140,000 in prize money. 'We got carried away thinking we were God's children,' admits Michael Holding. 'We'll walk this.' Instead, one of the most rancorous, ill-disciplined and quarrelsome Test series of all time was about to begin. 'They were supposed to be unbeatable – there was no contest. They had been through a hard trip of Australia; they were a little blasé, a bit homesick. We caught them on the hop,' says Howarth.

'They needed to get used to the New Zealand ways, and they didn't,' says Coney. 'They had to carry their own luggage; they stayed in smaller hotels; the food they expected and the service they expected as top of the pops didn't quite match up. There was no gamesmanship about the arrangements on our part – that was just New Zealand at the end of the '70s. That's how we all lived. The sort of money they'd won in Australia – well for us that was like all our lottery numbers coming up at once.'

The West Indies' first warning came in Christchurch, where they lost the one-day international by a single wicket. But as long as the three-match Test series was won, this wouldn't matter. The first Test was in Dunedin, where the weather was cold and the West Indies didn't like the endless servings of sausages and beans. There was almost no prize money on offer.

After three months in Australia on wickets that usually bounced and on which it was safe to play back, the West Indies batted badly. Vivian Richards was not there – back pain and a hip problem had forced him to return to the Caribbean. The ball kept lower and the batsmen didn't get sufficiently forward. A record number of 12 LBW decisions were awarded by the two home umpires at Dunedin, seven of them against the tourists.

New Zealand did bowl well, but quite soon into the game Lloyd's team felt that the decisions being made by the umpires were not always impartial. By the fifth day the West Indies were bowling to save themselves from defeat. The New Zealanders needed only 104 in the last innings to win. The world's worst Test side were looking like they would beat the world champions.

'Before the series started we honestly didn't think about the result,' says Coney.

We just wanted not to be humiliated. I think the only way we thought we could beat someone so superior was ball by ball. Stay in this ball. Hang in there the next ball. Beat them by a hundred thousand little cuts to bring down the giant. No point in planning to take their queen out – it was much more a case of trying to trap a pawn. We weren't prepared to throw the bat at the ball and give it away. We defended and defended, letting go, letting go. Getting hit, letting go. Not giving them easy wickets.

And the win in the limited-overs match had meant a lot. 'We realised that they panicked a bit in that game as we took it away from them, and we thought, *Wow! They are human. It is possible to see the Plimsoll Line*. We got a lot of confidence from that.'

With New Zealand's score at 28 for two in the fourth innings, Michael Holding was bowling to the number four, John Parker. Paper blew across the outfield in the breeze. Holding, wearing a sweater, came at Parker off his short run. It was a good ball that rose quickly, and Parker had to play at it. The ball touched his glove on the way through to Deryck Murray, who caught it. There were immediate and loud appeals, but the umpire John Hastie thrust both hands into his coat pockets. He wasn't going to give Parker out.

'Holding bowled a perfect leg cutter,' remembers Colin Croft. 'Not only did the ball hit his hand, it tore off his glove. I was fielding at mid-off so I couldn't miss it.'

The bowler was so exasperated by the decision that he carried on down the pitch and kicked down two of Parker's stumps. At the crease Parker looked down and fiddled with the fastening on his glove. In the crowd a man sitting on the terrace beyond square leg put his hand to his mouth in shock.

'Michael couldn't believe it,' recalls Coney. 'He let loose this wonderful, flexible, refined drop-goal of a kick. The leg, up over the waist and past the shoulder then the head. Stumps flying. Fantastic. Ballet teachers throughout the world furious with envy and John Parker almost saying, "You can't give that out; it only *just* touched the glove!" Yes, of course it was out, but those were the days when you had your own umpires in your own country. New Zealand umpires umpiring in New Zealand conditions.'

Fred Goodall was the other official. 'I walked in from square leg to remake the wicket,' he recalls. 'I said to Clive Lloyd, "What your fast bowler has just done is unacceptable. Please have a word with him." And from somewhere in the field I heard a player say out loud, "You're nothing but cheats." That was my first inkling of how serious the situation was.'

Parker was soon caught behind again, this time with Garner bowling. He was given out, and other batsmen followed promptly. Three wickets fell with the score on 44, and at tea New Zealand were 95 for 8, needing 9 runs to win. Take away the extraordinary animosity, and you had a terrifically exciting Test match. The post-tea crescendo included a ball from Holding that grazed the stumps but did not remove the bail. Then Lance Cairns was caught. His team still needed four to win but had just one wicket left. The end came with a frantic leg bye run by the last pair at the crease. New Zealand had won a Test match against the West Indies for the first time since 1969.

Lloyd's team were not happy. They were no longer used to losing. They complained that the umpires' decisions had 'aided and abetted' the New Zealand victory. Only Desmond Haynes attended the post-match ceremony, and the team manager, Willie Rodriguez, told the press that he had given Michael Holding a 'talking-to' but not a reprimand. He later told a journalist that it had been 'impossible for us to win' on the last day because of the umpires' ineptitude.

'When Willie Rodriguez said something like "We were set up,"' recalls Coney, 'we felt that went too far. It was slightly insulting because it suggested a collaboration between the administration and the officials. These guys were not professional umpires.'

The West Indies' state of mind had hardly improved by the start of the second Test at Christchurch nine days later. Rodriguez had asked publicly for the umpires to be changed. John Hastie was, but Fred Goodall remained from Dunedin. Goodall was a secondary-school teacher who had first stood in a Test match in 1965. In 1978 he had spent half a season umpiring in the English county championship.

'It was an awful bloody atmosphere,' recalls the New Zealand cricket journalist Don Cameron. 'By the time of Christchurch and the second Test it was getting worse and worse. A local radio station composed a satirical calypso ridiculing the West Indies.'

'It was a calypso that 30 years ago everyone in New Zealand might have had a giggle at, but it wasn't very nice,' reflects Coney.

'My memory is that it was to the tune of the Simon and Garfunkel song "Cecilia",' says Fred Goodall. He begins to sing:

Mr Goodall, you're breaking our hearts,
You ain't seeing straight, and we're losing.
If you carry on going this way,
We'll pack up our bags and go home. Go on home.

'The players thought it was a joke,' he adds. 'I remember both sides singing it when they walked onto the pitch at Christchurch.'

Again the West Indies didn't bat well; again the New Zealanders did. But present throughout was the visitors' sincere belief that the umpiring was at best incompetent and at worst conniving. On the third day the New Zealand captain, Geoff Howarth, on 68, touched a ball to the keeper. 'I leaned back to a short ball and got a thumb on it,' he confesses. 'Everyone behind knew it was out but not the umpire. I think that was probably the straw that broke the camel's back for the West Indies.'

'I saw nothing and heard nothing,' says Fred Goodall, 'but apparently there was a brush of the glove.'

By tea Howarth was still in and had scored 99. As the break came to an end, Jeremy Coney was getting ready to continue their partnership.

'I was waiting in the little pavilion corridor at Lancaster Park, and the umpires went out but there were no West Indians. We waited two minutes, five minutes, eight minutes. Still no team. Umpires in the middle looking at their watches. Then administrators running past me in the opposite direction and knocking on doors, going into dressing rooms.'

The West Indies were refusing to come back out.

Fred Goodall remembers: 'The other umpire said to me, "I've got news for you and it's all bad. The West Indies aren't coming." They wanted me changed there and then.'

Captain Lloyd had had enough. He was prepared to make the protest alone so that the younger players in the side wouldn't get into trouble, but the dressing-room door stayed shut with everyone inside. 'It was a protest against seeing and hearing some extraordinary things on the tour,' says Lloyd.

Lots of stuff happened on the field and off. When one of my senior players checked into a hotel, he asked for directions to his room and the guy said, 'Why don't you go and sleep in that tree over there?' Then, during the match, the umpires were telling me that we were bowling too fast for them to see what was happening. 'What you really mean,' I replied, 'is that you're unable to umpire at this level.' Players were gloving the ball all over the place; fellows were plumb in front and not being given LBW. 'Our livelihood is on the line here,' I remember saying. 'Why don't we just call this a goodwill tour and forget that these are Test matches?'

The West Indies were 12 minutes overdue when they were persuaded back onto the pitch, but the last part of the day could not be described as Test cricket. The bowling was repetitively short; little effort was made to field or even catch the ball.

'That final session took the game into disrepute,' says Goodall. 'The West Indies let the ball go to the boundary and they dropped catches accidentally on purpose.'

Jeremy Coney experienced the West Indians' ill will very personally. 'Colin Croft bowled the last over of the day to me. Geoff was the non-striker, and I noticed he'd taken his batting gloves off, so he had no intention of coming down my end. Now Colin was a bowler who came from very wide, so his front foot went outside the return crease. The ball came back at quite an acute angle towards you and the stumps, so you always had to arch your back to get out of the way.'

Coney received five short balls in a row from Croft.

I thought, *That's OK – last ball coming*. Colin ran in. Quite quick, 90 miles per hour maybe? Brett Lee pace. Anyhow, I didn't see it. I thought, *He's held on to that one*, and then it hit my helmet. Beamer. Straight at my head. You see, you get used to looking at a certain area of the pitch for the bounce of the ball, but there was none. Just nicked the helmet and I wasn't wearing a visor, so I thought, *Another couple of inches there and I'm hit in the face*. Not a word from Colin. I was a bit riled. It was so close to cleaning me out. I should add the next morning – very quietly as he was walking past me to slip – Clive Lloyd said, 'Sorry about that, Jeremy.' It needed to be said.

Given the events of the day, the journalist Don Cameron was surprised to bump into a smiling Desmond Haynes in the hotel that evening. Haynes was snacking on a piece of fried chicken. 'I went into the players' room and they were all there. "Why the party?" I asked Dessie. "Oh, we're going home," he said. Straight away I phoned Jeff Stollmeyer in the Caribbean and asked him for a comment. "It won't happen," he told me. "The manager will be told that they'll be carrying on."'

Six players in the squad wanted to leave New Zealand immediately – halfway through the Test match, halfway through the tour. They had cleared their kit from the dressing room at the ground and packed. The next day was Sunday, the rest day. It was spent in negotiations between New Zealand officials and the West Indies.

At some point Geoff Howarth spoke to Clive Lloyd. 'I said to Clive, "Look, I'm sorry about the umpires. Can we have a truce? I'll go into your dressing room and say, 'If we nick it we'll walk,' and you do the same in our dressing room."' The negotiations seemed to work. The West Indies had another team discussion and by one account decided to stay in New Zealand by thirteen votes to two. The tour would continue. Very quickly though any goodwill created by the rest-day rapprochement disappeared once the players were back on the field.

In New Zealand's first innings, Geoff Howarth was eventually out for 147 but Coney and Hadlee continued to build the score. Colin Croft was bowling again. Coney was the non-striker when Hadlee tried to hook a short ball. 'Richard was batting and there was a little edge – there *was* an edge – a fine one, and the players knew. And given not out by Goodall,' says Coney.

'By this stage I was having a running battle with Colin Croft,' says the umpire. 'He was bowling very wide of the crease and was being no-balled for his front foot but also for being outside the return crease. "Go back to teaching," he'd say. "You don't know the rules." Hadlee slashed at a bouncer; everyone appealed, and I thought I'd made a good decision giving him not out. Only years later did Hadlee tell me he'd got an edge on it.'

Behind the wicket Deryck Murray had his arms wide open with the ball displayed in his glove. He thought it was out and said so. He threw the ball back to Croft, who walked past Goodall. Something unpleasant was said.

'If we're bowling too quickly for you to be a proper adjudicator then you shouldn't be standing there,' says Colin Croft. 'I don't blame them for their incompetence; I blame the New Zealand cricket board for appointing them. If you have a lousy umpire to operate with the world's best fast bowlers then you get crap umpiring. End of story.'

'Following that loud appeal from the West Indians, Colin Croft was noticeably upset,' the television commentator told viewers. 'He had a word or two to Fred Goodall, and this has prompted Goodall to go down and speak to Clive Lloyd.'

Goodall paused play. Lloyd wasn't moving from slip, so the umpire, now joined by his colleague, walked the 40 yards to where Lloyd and Murray were standing. Both looked like wronged innocents with the constable approaching: arms behind backs, legs relaxed, weight on one hip, looking down, Murray picking at the turf with his boot.

A short discussion took place before the umpires walked back to their positions. Croft bowled again and Goodall shouted, 'No ball,' the bowler's eleventh of the innings. Clearly still fuming, Croft headed for his mark but as he passed Goodall at the stumps deliberately and petulantly flicked both bails off with his fingers. The crowd jeered. Goodall looked about him.

'I said, "I'll get those Mr Umpire," and I bent down and put them back on,' says Jeremy Coney. 'Next ball – and remember Colin usually came in quite wide to get his position at the stumps – he just ran in straight and barged Fred, who went past me at a rate of knots. I think it hurt him a bit.'

It looked as if Croft had deliberately run into the umpire.

'I will maintain until the day I die that he was standing in the wrong place,' says Croft. 'If you studied my approach you would know that I would hit umpires. He was not the only umpire – I've done it in England, I've done it in the Caribbean. The man made a big noise out of it, and I suppose if he was in Hollywood he would have gotten an Oscar. I'm six feet six inches and 230 pounds. If I'd meant to hit him, he wouldn't have got up. It's crap that I barged him deliberately.'

In the dressing room the watching New Zealand captain was less sure.

'Colin Croft should have been banned for life for what he did,' says Geoff Howarth.

He tried to pretend he'd lost his run-up. It was disgraceful. It was nothing to do with cricket; it was the worst session I've ever seen or been involved in. I heard shouts of 'Hit him' from fielders. It was because it was 12,000 miles away in little old New Zealand that the authorities turned a blind eye. Fred was a stick-in-the-mud but he wasn't a cheat, just out of his depth. The West Indies said that many decisions went against them. Well that's a lot of crap. We had rough decisions too. They just behaved like kids.

Yet again Goodall had to take the long walk to Clive Lloyd.

'I said, "I've taken verbal abuse as an umpire but I've never been struck before. You deal with Croft because we mean to in our written report to the New Zealand board."'

Lloyd allowed Croft to continue bowling. He was done listening to the officials. The game had been ruined. It would be drawn as the West Indies gave away easy runs and in their second innings scored some themselves. Haynes, Rowe and King all made hundreds as the Test ran out of time. New Zealand could now not be beaten in the three-match series.

'We were very drained mentally,' explains Alvin Kallicharran. 'It wasn't indiscipline. The tour shouldn't really have gone on. As for the umpiring, oh boy. That messed up the tour more than anything else. I don't blame Colin Croft at all. I don't blame him if it was accidental or intentional.'

As a result of the controversy the *Evening Post* newspaper reported that a local cricket official who had praised the West Indies for being well mannered and enjoyable company had received abusive phone calls at his home. 'What do you think of your black boys now, nigger lover?' one caller had asked him. In an editorial the next day the *Post* made it clear that 'narrow-minded bigots who indulge in racial stereotyping deserve only one reaction from decent people in the community – absolute contempt'.

* * *

The final Test in Auckland also finished as a draw. The West Indies, Test and one-day world-beaters, had been defeated in a spiteful, sour series. A journalist dispatched from Australia by *The Age* to investigate the tour wrote, 'It has taken the West Indies only three and a half weeks to obliterate the world champion tag they had earned in the past three and a half years. Three and a half weeks of petulance, bad temper and violent behaviour.'

The West Indies' team manager, Willie Rodriguez told the press that there was no point in having a news conference before his side left for home. 'It would be an insult and a waste of time because none of you listens to anything I say.' However, he was able to slip in that he had many things to report back to the WICBC, mostly about how the game should be improved in New Zealand.

'I don't remember this tour with any real pleasure,' says Jeremy Coney. 'The acrimony increased as it went on, and they just didn't want to be there. However, having captained New Zealand in Pakistan in 1984 – a very difficult experience for a visiting team getting used to local umpiring – I got an inkling of how the West Indies might have felt.'

In the Caribbean the popular view was that the West Indies had been cheated of victory. The *Chronicle* of Guyana believed 'the deliberate design to defraud the West Indies team out of the series was so glaring that not even the Pope captaining a Vatican team would have taken it like a Christian'. In Trinidad, the cricket official Lance Murray, Deryck's father, castigated the West Indies umpiring association, which in a show of international fraternal affection had come out in support of their colleagues in New Zealand. Such a stance, said Mr Murray, was 'bold-faced, out of place and sacrilegious'.

Of course there were consequences. And contrition. Clive Lloyd wrote to the president of the WICBC after the tour ended and accepted some responsibility for what had happened: '. . . under the strain we were responsible for certain acts of protest which were unprofessional and in retrospect I take the blame for not being firm . . . I wish to offer an apology to the WICBC and the New Zealand Cricket Council.'

'They were just bad umpires,' he says now,

but we should not have behaved in that manner. If I had my time over again I'd have handled it differently. I wish those things hadn't happened – no man wants black marks on his record. But it's a lucky man who gets through life without having the odd confrontation. Every boy has had a little fight in the playground at some time, or else you wouldn't know what the other side is like. I was captaining men of character; we'd been through a lot together and we were no longer going to take whatever came our way. I think I'm as fair as the next person and that I played my cricket hard. If I got beaten, then no problem, but I don't like incompetence. At the highest level of sport you cannot have incompetence. Are there bad tennis umpires at Wimbledon? I don't think so. If there were, people wouldn't come back the next day.

'They were angry, and understandably so,' says Jeremy Coney. 'There *was* a sympathy for the West Indies. They'd been away from home for a very long time. They encountered a young team that even though they weren't sophisticated, were going to fight tooth and nail. But the umpiring did go against them when they created a dismissal. So it made them cross. They began to dwell on the unfairness of it all and then in their minds it became bias. Then they started to sulk.'

Before the 1980 tour to England the West Indies players were required by the WICBC to sign a contract that included penalties for bad behaviour. Willie Rodriguez was not asked to continue as manager. As for New Zealand, visiting teams had long complained that the umpiring wasn't of the highest quality. The previous season the Pakistan captain had commented that 'regrettable decisions' had been made while his side were there and that some of the routine work of the two umpires had been inefficient.

Ian Chappell had toured New Zealand as captain of Australia in 1974.

Fred was around then, yeah. I just think he was a very bad umpire, which was par for the course in New Zealand. They were 'not out' men. And as always happens with that sort of umpire, when they do eventually give one, they crack and give a shocker. Fred wasn't a cheat, but I just thought he was a very, very bad umpire. The only umpire I knew who was a cheat was an Australian from Perth, but he didn't umpire Test cricket. There were a couple of South Africans I played under who were dead-set cheats. Well, if they weren't cheats, they were extremely patriotic.

'Fred was regarded as our top umpire,' says Jeremy Coney. 'There is no doubt that he was intractable, and officious if you didn't know him. He was unbending and unyielding. He wasn't frightened to make a decision. But I never felt that he was a cheat. He was, like the other umpires – Hastie, Woodward – out of his depth.'

'I think it was probably true that we were out of our depth,' reflects Fred Goodall 35 years after the series ended.

We weren't used to the quartet of fast bowlers. By the time you watched the front foot land on the popping crease, the ball was in the wicket-keeper's gloves. There were no professional umpires in New Zealand then of course. We all had other jobs. Our training in those days was all about knowing the laws of the game; we weren't ever trained for instance in the body language of batsmen who nicked it and then stood there. There's a heck of a lot more to cricket umpiring than just knowing the rules.

Despite the apologies and the firm purposes of amendment, the rancour between New Zealand and the West Indies did not wither. After the tour finished Fred Goodall made some after-dinner speeches about his experiences at the hands of the West Indies.

According to Don Cameron, those engagements included 'biting and racial criticism of the West Indians'.

'I did say something at an after-dinner speech in 1981,' admits Fred Goodall.

It was a flippant remark that could have been taken the wrong way, and some people decided it was a racist remark. It was a pun that badly misfired back on me. There was a popular confectionery bar in New Zealand at the time called a Coconut Rough. My joke in relation to their cricketers and that series was that I didn't know the main export from the West Indies was the Coconut Rough. It wasn't intended to be racist, but it has rebounded very seriously against me. Which I fully accept. I didn't last long on the public-speaking circuit, for obvious reasons.

When the West Indies next toured New Zealand in 1987, umpire Goodall was introduced to Vivian Richards, the new West Indian captain.

'He wouldn't shake my hand but said, "We've heard about you." I was sent to Coventry by the West Indies and only Richards talked to me. It was very unpleasant. It was hell. H-E-L-L. Personal comments that were cleverly said out of earshot of anyone else. They were gunning for me. One thing Richards did say to me was "We'll teach you to make fun of our people."'

6

'Unless the cricketer had heroic qualities, we did not want to see him'

Davids Murray had always wanted to play cricket for the West Indies. He had been born very close to the Kensington Oval in Barbados and while he was still a boy his talent was evident. He captained his school team and was chosen for the Barbados youth side, then the West Indies youth XI. Few were surprised by his skill because Murray was the son of a West Indian cricket king.

David's dad was Everton Weekes – the middle batsman of the three Ws. Frank Worrell, Weekes and Clyde Walcott were the brilliant Barbadian triptych in the West Indian side that played such exciting cricket after the Second World War. Weekes, a working-class genius who would one day receive a knighthood for his talents, first scored runs for fun in the Thursday afternoon blue-collar Barbados Cricket League. Then he got to a thousand Test runs faster than Donald Bradman. The Ws had been born within a few-dollars-on-the-meter Bridgetown taxi fare of each other between the middle of 1924 and the end of 1926. They were a holy trinity, three consubstantial persons in one almighty side. Local people, almost without qualification, loved them.

The writer Ramachandra Guha tells the story of Archbishop of

Canterbury Michael Ramsey visiting Bridgetown in 1969 to preach to the Anglican flock gathered in the pews of St Michael's Cathedral. 'He began by saying he had come to talk about the three Ws. A huge cheer went up, to become a collective groan when the prelate continued, "Yes, the three Ws – work, witness and worship!"'

David Murray knew the cathedral's pews, its perfume and its prayers. He had been brought up in the Anglican faith and was a choirboy. He knew the wooden benches of the Kensington Oval just as well and had seen Nari Contractor hit by that infamous Charlie Griffith bouncer in 1962. 'Just a schoolboy, but I still hear the *conk* of the ball on his head.' Murray also knew the sands of Brownes Beach, Brandons Beach and Bayshore Beach.

'I would get up early every morning and train at five o'clock,' he says. 'I knew every scavenger in Barbados at that time when I'm up on the road. I do a lot of road work myself. And beach work. For the team and for yourself as a wicket-keeper you should be fit. We had these fast bowlers coming – there was a whole heap of them at the time.'

Murray – whose famous father was batting at Cardiff Arms Park against Glamorgan when he was born on a Monday in May in 1950 – was touring England himself with the West Indians by the time he was 23. But the keeper's job he wanted was held by another Murray – no relation – the vice-captain, Deryck. David would have to wait. He did not start a Test match until the Packer schism of 1978 offered him a place. Malcolm Marshall once said that David Murray was the best wicket-keeper he ever bowled to. But this Murray would play only 19 Test matches in his life. By the beginning of 1983 he was flying to a forbidden land and towards his final games of cricket.

* * *

In the first week of January 1983 a story appeared in the Jamaican newspaper the *Daily Gleaner*. The batsman Lawrence Rowe was denying having signed a contract to play cricket in South Africa. The newspaper's source – thought to be another player – named 14 other West Indian cricketers who would be going. They were, said the source, to be paid at least US $90,000 each and would return for another tour at the end of 1983. In South Africa a club official in Pretoria had let slip that he had been told to make preparations for the arrival of an 'international team'. Would there be more than one side? There could be players from Australia, New Zealand and England too, said the *Star* in Johannesburg.

To most readers of the *Gleaner*, this was extraordinary news. Black players travelling to a country ostracised by much of the world because it practised state-sanctioned racism? But the next day the mystery tour was called off. Cancelled by the South African Cricket Union. Its president, Joe Pamensky, said that the leaking of the story had put pressure on several players – whom he wouldn't name – and they had withdrawn. The tour would now be scrapped because it was no longer of 'true international standard'.

In the Caribbean the WICBC was mightily relieved. At a cricket lunch in Jamaica its president, Allan Rae, praised both Lawrence Rowe and Colin Croft – who were at the table with him – for not going to South Africa. 'I believe the cricketing fraternity of the West Indies ought to say a big thank you,' he told his audience. 'The gentlemen have put temptation behind them.'

Except they hadn't. There still was a tour. It would be made by West Indian players and, secretly, it was going ahead. Within a week, six cricketers from Barbados met at Grantley Adams International Airport heading for Miami. They had gathered at a house near the airport before leaving it as late as they could to check in. Collis King was there, covering his face with a straw hat to hide from a TV news crew that had picked up the story. As he strode past the camera with an Adidas sports bag on his shoulder, he walked into a pillar and the hat fell off.

Reports in South Africa now claimed that the idea of a tour had been conceived in London in the summer of 1982. Ali Bacher, a former South Africa captain and recruiter-in-chief of rebel cricketers, had tried to persuade the West Indian Sylvester Clarke, who was playing for Surrey, to become Vintcent van der Bijl's opening bowling partner for Transvaal. Clarke said no but kept the business card he had been given. He passed it on to the former Barbados bowler Gregory Armstrong, and by October 1982 there was a fully formed plan to take an entire West Indies XI to South Africa. Code names were used for the players and contact between them was apparently maintained via public telephone boxes.

And now, at the beginning of 1983, they were about to depart. With King were Alvin Greenidge (no relation of Gordon), Emmerson Trotman, Ezra Moseley and Sylvester Clarke. Albert Padmore arrived at Adams airport 20 minutes late and caused the flight to be delayed. Derick Parry would fly from Antigua to join them in Miami. Lawrence Rowe was heading there too, from Kingston, but when he was asked why he was flying to Florida, Rowe assured reporters that he was due in Miami on business and would be back in Jamaica the following evening.

He didn't return. He was heading to South Africa to captain a team of black men in a country where black people had few rights. He was heading into the heart of apartheid.

*   *   *

South Africa hadn't played proper international cricket for 13 years. The last Test side to go to the republic had been Australia in 1970. At Port Elizabeth that March the visitors were beaten for the fourth time in four matches by a brilliantly talented – and entirely white – South African side. There would be no more Test cricket for nearly a quarter of a century. Most sporting nations refused to play South Africa because of apartheid. By law, black and white were forbidden to mix freely. Segregation was everywhere and people who challenged the iniquity were punished. By the mid-1960s those punishments ranged from the pettily bureaucratic to imprisonment, detention without trial, torture and extrajudicial killings.

One of apartheid's chief architects was Hendrik Verwoerd, who was prime minister from 1958 until he was stabbed to death in the House of Assembly in Cape Town on a September afternoon in 1966. He was very concerned that sport must not undermine apartheid. In 1962 Verwoerd's minister of the interior proclaimed, 'The mixing of races in teams taking part in sports meetings in the republic and abroad must be prevented. The government cannot allow teams from the republic to be composed of whites and non-whites. Conversely, foreign teams which are so composed cannot be permitted to enter the republic.'

In 1964 South Africa's invitation to appear at the Olympic games was withdrawn. Later the same year the governing body of international football, Fifa, suspended South Africa. Neither of these decisions was straightforward; there were many within the football and Olympic worlds who had argued it was right and acceptable to include the apartheid republic.

In the years that followed, South Africa's governing National Party tried a little window-dressing to present the republic as a nation of multiracial sport, but nothing meaningful had changed. Black sports unions may have been given some leeway, but rigid racial separation remained. Black, coloured and Indian spectators – if they were allowed in at all – still had to enter sports stadiums by different gates, sit in different seats and use different lavatories. In 1968, when Verwoerd's successor B. J. Vorster refused to allow the England cricket team into the country because one of its players was Basil D'Oliveira – a 'Cape Coloured' batsman who had left South Africa to play for England – the worldwide reaction against the republic helped to accelerate its full sporting isolation.

And so for many nations – not least, independent post-colonial black nations – the idea of their athletes taking their skills to South Africa was all but inconceivable. The anti-apartheid struggle was both principled and visceral, wrote Michael Manley. 'To the members of the black diaspora, the oppression which continues unabated in South Africa has become the symbol of more than a tyranny to be overthrown. Apartheid points like a dagger to the throat of black self-worth in every corner occupied by the descendants of Africa.'

*　*　*

On Wednesday 14 January 1983 Lawrence Rowe and most of his side touched down at Jan Smuts Airport in Johannesburg.

'The last five minutes of that flight,' he would recall,

I can remember it vividly. There was total silence. I think everybody was more or less thinking the same thing: *We are now getting ready to land in South Africa.* Whoever was thinking about a career for the West Indies again, it is now gone. It hit everybody now that, *Hey, this is it.* This is the moment of truth now. We are here, we're coming down. What are we to expect when we get down there? What would the black people be feeling when we walk off the plane? This was the thinking of most of the guys.

At the airport they were served beer by black waiters with bottle openers and protected by white policeman with guns. Lawrence Rowe told reporters, 'We are professionals. We are here to do a job.

Obviously we are feeling a bit jittery.' A hundred or so people had cheered and clapped as the players arrived. Three black people stood silently holding a poster: FREEDOM FIRST – CRICKET LATER.

Other West Indian team members flew in during the next few days. The South African Cricket Union arranged with the Department of Internal Affairs for their passports not to be stamped to indicate that they had visited South Africa, as it might cause the cricketers problems in later life. A few other players were expected to join the rebels but never arrived. Alvin Kallicharran was already there, playing for Transvaal. He was no longer part of the West Indies Test team. In 1981 he had signed a contract for the provincial side, a decision which ended his international career. Now he would play county cricket for Warwickshire in the English summer and for Transvaal in the English winter.

When all the players eventually gathered, there were the Jamaicans Rowe, Richard Austin, Everton Mattis, Ray Wynter and Herbert Chang. Barbados was best represented – by Alvin Greenidge, Emmerson Trotman, Collis King, Ezra Moseley, David Murray, Franklyn Stephenson and Sylvester Clarke. The manager and his assistant – Albert Padmore and Gregory Armstrong – were from Barbados too. Derick Parry was from Nevis, Bernard Julien from Trinidad. Colin Croft and Kallicharran were Guyanese.

Back in the West Indies the official reaction was forthright. 'They had better not come here,' warned Trinidad's national security minister. 'I wouldn't be able to guarantee their safety if they did.' Michael Manley – now the opposition leader in Jamaica – said the players' decision amounted to 'selling out their patrimony, humiliating their race and country for a mess of pottage'. They should get nothing less than life bans from cricket, he said.

Another Jamaican politician said the players had 'deceived the nation up to the very last moment that they began their blood-money mission to racist South Africa. The dignity of man and in particular the fight of the black man in South Africa for his normal, basic, God-given rights cannot be quantified in terms of money – not even the fortune of Croesus or the gold at Fort Knox.' The minister concluded that Lawrence Rowe and Colin Croft's deception of WICBC president Allan Rae as they sat next to him at the lunch table was 'especially vicious and heinous as they caused Mr Rae to make an embarrassing and premature expression of gratitude'.

Rae later recalled how he had passed Rowe a note before speaking. 'I wrote, "I have to make a speech before this luncheon is finished. Is it true you're going to South Africa?" He wrote at the bottom of the paper, "I'm staying," and I got up and praised him to the highest heavens.'

Secrecy – and in consequence deception – had been critical if the rebels were to make it to South Africa unmolested. In *The Times* some days before the tour's beginning Alvin Kallicharran had let it be known that he was considering legal action because his name was being 'tarnished' in connection with the enterprise. 'How is it possible for me to arrange such a tour when I'm currently playing for Transvaal?' However, eight days later in the same newspaper Joe Pamensky commended the Guyanese batsman for his role in the planning of the trip: 'Alvin Kallicharran has proved to be one of South Africa's greatest ambassadors.'

The Barbadian cricket journalist Tony Cozier wrote at the time that the revelation of the tour was a 'shattering blow to the collective morale of the governments of the region, who in common with other black, third world countries, have waged a steadfast campaign against South Africa'. The barriers that these governments had sought to erect around the republic and had strenuously sought to maintain 'were being trampled over by their own cricketers'. A black team had been lured to a country that despised black people. 'It was a major accomplishment by South Africans both political and cricketing,' he said.

But not everybody condemned the rebels. On Caribbean phone-in radio shows and on the letters pages of the region's newspapers there was regular support for the cricketers. They were praised for trying to better themselves financially. Al Gilkes went on tour with the side to report for the *Nation* newspaper in Barbados, the only black journalist to do so. As the trip went on he formed the belief that 'Rowe and his rebel team had become not the mercenaries they were being labelled outside South Africa but black missionaries converting and baptising thousands and thousands of whites into a religion of black acceptance and respect from Cape Town to Johannesburg, to Durban and right into the throne room of Afrikanerdom itself, Pretoria.'

The WICBC was of course wounded by the deception. It had been betrayed by those it least expected to breach the sanction. But in fact there had been several warnings. In 1982 Clive Lloyd had even submitted a paper to West Indian governments predicting that a tour by a renegade West Indies XI was likely. 'If members of what might be considered the West Indies first and second XIs were to give in to the considerable temptations that could be offered, the implications for both West Indies and world cricket could be grave,' he wrote. 'The problem is a political and economic one and requires a political and economic solution . . . It would be idle to pretend that the Caribbean could hope to match the scale of the South African offers . . . but if an attractive offer of alternative employment is provided, cricketers would then be put on the spot if they were to take up offers to go to South Africa.'

Lloyd's plan – which would have meant a stipend for certain players – wasn't seriously entertained.

* * *

David Murray had made the journey to South Africa by himself. He arrived in Johannesburg from Australia, where he had been playing club cricket for Glenelg in Adelaide. 'I was booked in at the Carlton hotel,' he remembers 'and as soon as I walked in I got a lot of looks: *This man is a black man.* I got to the desk to sign in and they looked at me. I didn't sleep that night. I just wanted to get to the guys. You could feel the segregation between black and white and coloured. It was in the air. It was frightening.'

Murray had left his pregnant Australian wife behind him. Kerry Murray said that her husband was trembling when he made the final decision to go. Within a fortnight she had given birth to their child, a daughter called Ebony. The SACU sent Murray champagne to celebrate, but very quickly he was threatened with never being able to see his daughter in Australia. The Australian Prime Minister Malcolm Fraser let it be known that no West Indians who played in South Africa would be allowed back into the country. The plan would prove politically unworkable, but for a while it unsettled Murray still further. 'It's hard to play cricket with all the stories coming out,' he said at the time. 'Of course I don't support apartheid, but I don't get involved in the political side. I just know how to keep wicket and bat a bit.'

The South African cricket authorities needed this tour to work because previous visits had failed. The West Indies were not the first rebel team to be lured to the republic, but it was hoped they would be the most exciting. An English team captained by Graham Gooch had been easily beaten by South Africa the season before, but not as easily as a pitifully lame Sri Lanka side that hadn't won a single match in late 1982. South African cricket watchers wanted to believe that their side, despite its years of banishment, was still capable of beating a classy opponent. Nothing had been proved by the visits of the English and Sri Lankan mercenaries.

The West Indies' arrival also coincided with substantial changes within South Africa, which were making the white population uneasy. While there was plenty of cash available to turn some black athletes' heads ('We have all the money we need to induce the best cricketers in the world', boasted the SACU), the country had been experiencing a sharp recession. Many white people were becoming poorer. Moreover, the extraordinarily elaborate bureaucracy set up to administer apartheid had never been more costly. White professionals were leaving South Africa to find work and to escape what was fast becoming the world's number one pariah nation, and notable divisions, previously unthinkable, were opening between working-class and middle-class Afrikaners.

South Africa had never felt so estranged. 'Instead of being at the southern end of a continent controlled by Europeans, in a world dominated by Europeans and North Americans, South Africa had become an isolated anomaly', wrote Leonard Thompson, a scholar of the republic's history and politics. 'Whereas the structure of Southern African society had been compatible with the structure of the societies in tropical Africa, the Caribbean, much of Asia and the United States before World War II, that was no longer the case. Since 1948, systematic racism had become the bedrock of South Africa's law and practice. The ways had parted between South Africa and the rest of the world.'

Of all the measures taken against South Africa, the sporting boycott appeared to be particularly effective. By the late 1970s white sports administrators were pleading with the government to authorise mixed events in the hope that they might just prove to be the beginning of the republic's reintegration into international sport. Cricket was one of the first games to experiment with mixing, but according to Sam Ramsamy, who ran the South African non-racial Olympic committee, mixed cricket in the apartheid republic was a trick and a failure.

Writing in *The Cricketer* at the time of the rebel West Indian tour, he revealed,

> black clubs – on innocently affiliating to the previously all-white provincial leagues – discovered that they could only play in fixtures that were approved by the white government. Blacks were not allowed to join white clubs or vice versa. Blacks discovered that they were not allowed to use shelters where food or drinks were served. Blacks were told that the clubhouses and changing rooms were for whites only. Black players were forced to change in their cars while whites enjoyed the luxury of the clubhouses. During lunch breaks blacks had to leave the ground for their meals while the whites could eat in the clubhouse. Blacks quickly discovered that they were being used to create a showpiece of propaganda for the outside world so that white South Africa could again enjoy international participation.

Joe Pamensky insisted that there had never been any question of conning black cricketers. Naturally, he said, there were some teething problems in bringing about such important changes, 'but these happily were isolated incidents and quickly settled'. There was, he said, no place in the SACU's set-up for clubs that practised racial discrimination.

And so South Africa desperately needed a distracting sporting success – and was prepared to pay for it. Even after Lawrence Rowe's team arrived, the recruitment of black cricketers to add to the West Indian squad continued. Michael Holding, who was playing for the

Australian state of Tasmania, was telephoned in bed by the rebel captain, who offered him US $250,000 to join the gang. 'I made it plain to Lawrence that I wasn't interested. I know it's a lot of money but the principle of the thing is far more important,' said the fast bowler to a newspaper at the time.

Now he can elaborate.

My reaction when I heard about the team that went down to South Africa was that they were traitors. They were selling out the region. I could not understand why anyone would want to play cricket there with the apartheid regime still in force. That was my immediate reaction. Having watched what had taken place in the townships with the killing of the black people there, the way black people were treated. I just could not understand why any West Indian cricketer would want to go down there, and I was disgusted.

Others had been asked too. Their decision to reject the South African money took them a little longer. Several early press reports about which players had decided to take part in the tour named Malcolm Marshall, Desmond Haynes and Hartley Alleyne. Certainly they were tempted, and when the rebels returned for a second tour at the end of the year Alleyne would be with them. Like David Murray, all three had been in Australia at the end of 1982.

Marshall recalled that Ali Bacher had somehow got hold of the number of the flat where he was staying in Melbourne and in the strictest secrecy called to offer him $50,000 to join up. Tickets in his name were ready at the airport. Marshall told Bacher that he was intrigued and flattered by the offer. Bacher told him not to mention it to a soul. Marshall agreed but went straight round to see Haynes and Alleyne to tell them.

The three men discovered that they had all been made similarly secret offers by Bacher but of very different amounts. They were conflicted. Marshall was only 24 but knew that the money would be enough to set up a business in Barbados – if he was allowed to return there. However, he was interested to learn that Colin Croft had signed up for the tour. If Croft was banned from the Test team, it was very likely that Marshall would be his replacement. Like Haynes, he immediately thought about how he would be treated back home if he took apartheid money. 'I was plagued by the idea that I could become an outcast among my own people for helping to add succour to a political system which openly denigrated blacks,' he wrote in his autobiography.

Haynes's biographer Rob Steen recorded similar thoughts. The temptation for the batsman was great, no question of that. 'I was very nervous and confused about the whole thing. I had to look at the whole situation in the long run, at the prospect of securing my future . . . I felt that what was going on in South Africa was wrong but by the same token I did not believe that going there would change anything. There is so much hypocrisy in the world.'

The decision they took to refuse South Africa was a late one; up until the departure of the rebels there was some uncertainty about where Haynes, Marshall and Alleyne actually were. Some reports said that they had left Australia for Johannesburg. David Murray says that he spoke to them about meeting in Perth to fly together to South Africa. Desmond Haynes solved the mystery when he rang officials in Barbados on 13 January to let them know that he and his two friends would be flying back to the island via San Francisco. When they arrived at Grantley Adams airport they were slightly embarrassed to see cheering crowds and the chairman of the national sports council. 'I am so glad you boys have had the good sense to turn down the offer and to come home to your own people,' the politician told them. 'You will not regret this. You will be able to live with yourselves – which may not be the case for some of your countrymen.'

He wasn't joking. The same day the WICBC banned the rebels from any sort of cricket sanctioned by the board. Life bans.

* * *

Less than two days after landing in South Africa the West Indians were playing cricket – a 50-over game against Western Province at Newlands in Cape Town. Richard Austin in a sun hat and Alvin Greenidge in a maroon helmet walked out to open the West Indian batting. They had crossed the line. In the press box one mischievous reporter asked, 'I wonder what John Vorster is doing right now?' There were to be provincial matches and two 'Test' matches against South Africa plus six one-day games.

The second fixture of the tour, against Border, was David Murray's first. As he stood behind the wicket, the enormity of his decision was now inescapable. 'Yeah. The first ball I received in South Africa was a dismissal. A Sylvester Clarke first-ball catch, and the guys ran from first slip and all over the field. All I was thinking was *You can't play for the West Indies again once the umpire said "Play."* So, first ball of my tour and my career was finished. I shed a tear, I remember that very much. Water came down the eyes as if to say, *You can't play for your country again.* I was solemn. Very.'

* * *

Robin Buckley is sipping a beer in the back room of his house in Pretoria. The two family dogs are sniffing the air for the scent of snacks. In his day Robin was a fine club cricketer. Some of his trophies sit on the shelf above him. 'Just Mickey Mouse stuff,' he chuckles.

Robin saw the West Indies team play in the second 'Test' match of their first tour in Johannesburg. He couldn't wait. He watched

Collis King make a hundred and smiles when describing the way King could drive a yorker off the back foot through the covers.

'We were starved,' he says. 'We'd missed out on the West Indies of course. I remember asking friends from England, "What is Andy Roberts like? What does he *look* like? What is his style? How does he bowl?" We didn't see any of it. So when these guys came out, we were off like a shot to go and see them. People couldn't get enough of them here.'

Like a lot of white middle-class cricket lovers in South Africa, Robin Buckley was less interested in politics than he was in sport. He had a university friend who had been imprisoned for his beliefs by the regime, but his view is that meddling politicians – for and against apartheid – wrecked people's enjoyment of sport. 'These black cricketers were ambassadors. The crowds realised that they were putting their lives on the line and taking a chance, so there was support and respect for that. As for the situation we were in, that was just the law. My family was brought up to respect people; we worked with black people; I sat next to a black guy in my car every day. But that was the law. Sitting watching it all happen, there was not much you could do about it.'

He also knew that however mild the transgression, the authorities' reach – and memory – was long. As a student at Natal University he had once illegally played cricket against a local Indian XI.

After the game one of the players said, 'Did you see the police there? They were taking photographs of us all.' 'You must be kidding,' we answered. Well, 15 years later I was working as a surveyor and had a job looking at a government building in Pretoria – the Special Branch police offices or something. They assigned a chap to walk with me to make sure I didn't go anywhere I shouldn't. Along the way he showed me the room with all the files of the naughty people in it. So I gave him my card and said, 'See if you can find anything on me.' A little while later he came back and said, 'There was a photo of you when you were younger in cricket whites.' It had been taken at that game in 1971.

Politicians mess it up for the sportsmen – just let them get on and play. It made me sad that people like Viv Richards and Clive Lloyd would say, 'I will never come to your country because of what it represents.' But I also think that they didn't actually understand that there were people here who didn't think like the government. I would say that most English-speaking people here would give you roughly the same answer. If you spoke to Afrikaners, well, you'd perhaps get a different answer. I think we probably all knew that the tour was a trick, but I wasn't going to turn around and say, 'This is a government ploy; I'm not going to go and watch.' Here was an opportunity to see these guys, and we knew the people playing against them and we wanted to see cricket. It might come with a bit of a taint to it but we weren't going to miss it. What you have to understand is that nobody could foresee when apartheid would end, you know?

*   *   *

Essop Pahad is sitting in the shade on the back deck of his house in Johannesburg. At his feet are some of his grandchildren's toys. On the wall by the front door are two framed pictures, one of Muhammad Ali and one of Nelson Mandela looking on while Chris Hani, once the leader of the South African Communist Party, gives a speech.

'What you must understand', Essop insists,

is that white South Africans would say of these black cricketers, 'Ah, but they are different. They aren't like the black people who cut our lawns. Our blacks can't play cricket, they aren't any good.' Because if they admitted that we were all the same and that we had skills which were as good as theirs, then you were admitting there had to be a change. And they were refusing to change. No one could turn a blind eye like a white South African could in those days. Liberals and others.

Pahad is a cricket-lover, a sports lover born in the Transvaal just before the Second World War. As a teenaged member of the Indian Youth Congress he campaigned against Frank Worrell bringing a cricket side to South Africa. He became a communist and later, an African National Congress politician. He didn't see much cricket in the 1980s though, because he was exiled in Iron Curtain Czechoslovakia. After apartheid had been dismantled, he served in the government of his student friend, President Thabo Mbeki.

The pair studied at the University of Sussex together, where Pahad combined his academic life with political agitation. In 1965, he went to Lord's to meet the MCC Secretary, 'Billy' Griffith. 'Wow. We're sitting in the Long Room,' said his companion, Dennis Brutus. Brutus was a poet and anti-apartheid sporting activist. They were hoping to persuade MCC not to let the South Africa side tour England that summer. Griffith granted them an audience in the famous pavilion where women were not yet allowed (even though the wedding reception of Griffith's own daughter had been held there) to listen to the pair's arguments in favour of sporting boycotts.

'He gave us a typical conservative English answer about politics and sport not being mixed,' remembers Pahad. Before long the student was arrested on St John's Wood Road for putting up stickers protesting against the tour. He laughs. '"Don't worry," a friend told me as I was being taken away. "They're not like the South African police."

'I think it is fair to say', he goes on,

that the anti-apartheid movement had its origins in England, and it became the most powerful solidarity movement the world has ever seen. We had spent 18 years building this organisation up, and by 1983, when nobody wanted to touch apartheid South Africa, you get these black cricketers coming here, a huge, huge disappointment. For the regime it was a great success. They had broken the boycott, or so they thought.

I regarded these black men as traitors. Traitors to the cause. Because it was treachery of the highest order – and treachery for what? They didn't come here to develop cricket, they came here because they were offered a lot of money. It's understandable of course because most cricketers in the West Indies weren't being paid very much at all. But they were making a fast buck on the back of somebody else's oppression. They gave respectability to a pariah state. Giving solace and comfort to the fountainhead of world racism.

Of course those who went to South Africa disagreed – publicly, at least. They had a variety of reasons for going. Some were un-employed; others recognised that, given the strength of the 1980s West Indies side, they would never play Test cricket; some who had played Test cricket before knew they never would again. Sylvester Clarke, for instance, was a superbly destructive fast bowler but probably sixth or seventh in line to take the new ball for Clive Lloyd's side. Lawrence Rowe and Alvin Kallicharran knew exactly what it took to play Test cricket – they had 96 caps between them – but were distressed by the way their careers had ended. Both thought they had been unfairly dropped from the side, and in a manner that was disrespectful of their service. Professionally at least, they felt they had nothing to lose by playing cricket in South Africa.

For Colin Croft the decision was also about where he had come from and where he wanted to go. 'I had hopes and aspirations of getting a degree in engineering. I had hopes and aspirations of becoming an airline pilot way back in 1979 when I was an air traffic controller. So the possibility presented itself during WSC to get some money.'

And now, five years later, another opportunity had arisen.

I can recall some names that I know from when I was in high school – Basil Butcher, Joe Solomon, Roy Fredericks. They all played for Guyana and the West Indies and they got nothing out of it, absolutely nothing. I'd had a tough life so anything I have accumulated since I played cricket for the West Indies is a bonus. I came from a very poor background, so for me to put on a suit like this or to be dressed up or driving a car is, to use a modern circumstance, 'elevation'.

You say to a man, 'Well, you mustn't go to South Africa.' But you don't provide anything else for him, so what is he supposed to do? How is he supposed to feed his kids? Is he supposed to go to the grocer and say, 'My name is Colin Croft; I played for the West Indies. I need two baskets full of groceries.' It doesn't work that way.

When Collis King was interviewed by the CNN journalist Don Riddell for a 2013 documentary called *Branded a Rebel*, he said it was dissatisfaction with the West Indies' cricket authorities that helped him make his decision. 'I wasn't getting treated right as far as the West Indies were concerned. I was still scoring runs yet I wasn't on the team. And I said to myself, *Well, cricket is my job. You're not picking me; I'll go to play cricket someplace where people will see proper cricket*. And that's why I went.'

And there was the cash. 'It's true to say', mentioned one of the squad once he had arrived in South Africa, 'that I'm getting more money from this short tour than I can earn in Jamaica in a year. I'm just trying to secure my financial future.'

'Well, money is everybody's god, let's be honest,' is how Colin Croft puts it.

An official programme recorded that 'for the majority of the players the principal motive for making the tour has been the financial angle. The words of one of the players – Richard Austin – may well be echoed by all. "I cannot feed myself and my family on principles." The lot of the West Indian cricket professional who is not counted among the few top stars is far from easy.'

'How do you become a mercenary?' asks Croft. 'Simply because you are paid to play the same sport that you've been paid to play before? I had played for the West Indies and had been paid. Was I not a mercenary then? When I played World Series Cricket was I not a mercenary? But if I go to South Africa and I'm being paid, I'm a mercenary now? I'm not sure I know what the difference is.'

A decade after the tour, speaking to Michelle McDonald from the website caribbeancricket.com, Lawrence Rowe explained why he had accepted the captaincy of rebel team: 'By going I didn't believe we could have made it any worse for the [non-white] South Africans. The second thing was, by going, there was just a possibility that we might have a little opening, and especially if I went and we won, it would have been a victory for the black people. Number three, money was involved.' The money was about 60 times as much as he was getting paid for playing for Jamaica. 'And most of the guys were pissed off with the West Indies board.'

Rowe believed that after the runs he scored against England in 1980–81 he should have been selected for the tour to Australia. Instead, he and Alvin Kallicharran were 'thrown through the window' and dropped.

So here is an offer, 60 times more. You have your family, and for some people like Everton Mattis these people didn't own a car, had four or five children, didn't have a house, didn't have anything. The people of influence would have passed them on the road. If you were leaving a Jamaica match you had to go get the bus carrying your own bag. How do you tell a man in a position like that not to accept $100,000 to go play five months of cricket over the two tours?

Rowe's notion that a West Indian side playing cricket in apartheid South Africa was 'a victory for the black people' which could bring hope for the future irritates Essop Pahad.

This idea – that sport during that time in South Africa could bring people together – it's absolute rubbish. There is not one single black person in South Africa, except the ones that were already sell-outs, who would make that argument. It didn't prove anything. We already knew that Sobers, Richards, Roberts, Kanhai were some of the best cricketers the world had seen. We didn't need to discover that blacks could play cricket too. The whole thing was designed to placate the whites in South Africa that all was not lost. They were being herded into their *laager* and fed the illusion that actually *We are in control of the situation.*

Neither does the former politician think that West Indian cricketers were historically ignorant of apartheid.

In 1966 I was in Brighton with Thabo Mbeki. One day he would become president of South Africa. We're doing our masters degrees together at Sussex University and the West Indies were touring. They came to play Sussex at Hove. I had a nice little house in Spring Street and Thabo said, 'Let's invite the team there.' And so they all came and spent the evening – Hall, Griffith, Kanhai, Sobers. A lot of drinks, a lot of food. We talked about apartheid and the hope of a boycott. There was cricket conversation, talk about the sanctions, about the importance of isolating apartheid South Africa. So they were not unaware. I remember that we spoke to them about the importance of demonstrating the capacity of blacks. And for us, those West Indies cricketers were the epitome of that. So for those of us who loved cricket, this tour in '83 was especially crushing because we thought the West Indies were the greatest team.

* * *

'We made these decisions in our life, rightly or wrongly,' says Alvin Kallicharran. 'But we weren't involved with the whites alone. We went into townships. We went into Soweto, we went into Coloured and Indian areas. What people were seeing for the first time was blacks against whites, and that opened up lots of avenues for black cricketers in South Africa. People have to look at the plusses too.'

Kallicharran's supporters at the time wrote that by playing in South Africa he would help to break down barriers between black and white a lot faster than politicians could. Some black sports administrators inside South Africa were less sure. Krish Mackerdhuj, who would later become the first non-white president of a South Africa cricket board, told the *Sydney Morning Herald* in 1982, 'Sure, there will be certain black sportsmen who would welcome Kallicharran. But the majority detest his presence because he is non-committal to their struggle for non-racialism in sport.'

Kallicharran was disgusted by spectators who heckled him and said that if they carried on he would not be able to sympathise with their cause. 'I will play the game, regardless of what any person or organisation has to say about me or my choice,' quoted the *Herald*. 'I am a professional cricketer. Like a doctor or a teacher trained to do a particular job, I am best at cricket. I earn my living from playing and coaching cricket, and I don't think anybody has the right to stop me from doing this.'

What was obvious was that almost all of Transvaal's cricket supporters – that is their white fans – adored Kallicharran. The warmth of the applause he received when he scored his first hundred for the side made him cry.

'The loudest cheer I ever heard for any cricketer at the Wanderers was for Alvin Kallicharran in his last innings there,' remembers Robin Buckley. 'These guys left their mark here. People shouting anti-apartheid things at sport is stupid, absolutely crazy, because that's where you get to influence people – you get inside the *laager* mentality and have a chance to make people change. The best thing was to play sport together. Let these South Africans see what the rest of the world is all about.'

* * *

To see what South Africa was about, the rebel side of 1983 had to go through a curious transformation. They had to become 'honorary whites'. This was less a process of signing documents or carrying a piece of paper than an existential change of status. The argument was that any black person *invited* to South Africa automatically became an honorary white. Practically, this allowed Rowe and his team to go to places – restaurants, hotels – or to travel in taxis forbidden to black South Africans by law.

'I remember thinking, *These guys have sold out*,' says Michael Holding, 'and I suppose having now accepted the term 'honorary white', if they paid them enough money they would even accept chains on their ankles. I remember saying that. Now, looking back on it, perhaps that was a little bit harsh, but that is just the way I felt at the time.' The insult of being granted such a status was too much for Vivian Richards. It was 'as low as you can get in selling your soul'. He says he would rather have died than lost his dignity in such a way. 'How can a black man be a honorary white man?' he asks. 'No money in this world would get me to go to South Africa if I had to give them my natural status. I was going to sit anywhere on a train I wanted to sit. I was going to go anywhere that I wanted to go. That is the privilege of human beings.'

'What is wrong with the colour of my skin?' wonders Holding. 'What is wrong with my ethnicity? Why should anyone tell me that I should be an honorary anything apart from what I am? If I am black, I am black – I am proud of it. Why would a white man want to go to a black country or where black people rule and say that he is an honorary black? That is absolute rubbish. There is no way I would accept that.'

Lawrence Rowe is sure he never signed a piece of paper to become an honorary white. Colin Croft is certain he didn't either. 'This story where they said we were given white status or some crap like that, that was very, very wrong. You see, it was not so. None of us were given white status – that's crap. But politically it was expedient for them to say that.'

When Croft returned to South Africa later in the year to fulfil his contract, he took a train journey. The conductor of the train certainly saw him as nothing other than black.

I was asked to remove myself from a train carriage because it was for whites only. It became an international incident because people wanted to make a big thing out of probably what was a big thing. The conductor told me I was sitting in the wrong carriage. Fine, I was prepared to move. Politically you're saying to me, 'Because my skin is black I can't sit in this carriage.' That's not fine but that's what the law says. Another man in the carriage made a noise about it. I managed eventually to get to Cape Town without moving. Again the newspapers had it wrong because they said we'd moved and we didn't.

The man who had 'made the noise' was called Raymond Roos. He recalled that his Christian duty had prevented him from watching Croft being harangued by the conductor. In his version of the story he and Croft went and sat on the benches in an inferior carriage together with black passengers. Whatever took place, it was deeply awkward for the promoters of the tour.

'It's such a pity in this day and age', lamented Joe Pamensky, 'that such an embarrassing situation should arise and that one of our esteemed international visitors should be the victim of a system that so many of us in South Africa are attempting to change.'

'I couldn't have handled that,' says Clive Lloyd,

and I would never have put myself in that position. It's ludicrous. But that's what these boys had to do in South Africa; they were made honorary whites for the duration. It was demeaning. Think about the things we experienced in England in the 1950s – NO DOGS, NO BLACKS, NO IRISH on the guest-house doors. We experienced bad things in America, prejudices that we had to overcome. The worst thing is for someone to tell you that you are a lesser person because of your colour. I can't accept that.

A decade before the West Indians flew in, the black Guyanese novelist E. R. Braithwaite had visited South Africa. He had been given a visa and granted honorary white status. *Honorary White* became the title of his next book. After the sanitised sightseeing trips, which had been carefully provided by the Ministry of Information to show South Africa at its best, he managed to unravel a conflicting story. Black acquaintances among the urban poor explained the misery of their lives in the Johannesburg townships of Soweto and Alexandra. They also impressed upon him the preposterous reality of his own temporary privileged status.

Braithwaite concluded, 'the "Honorary White" thing was no better than a kick in the ass. The intention was the same. To humiliate the black visitor; to deny him the dignity of his blackness; to remind him in that society he had no identity except that which they, the Whites, chose to let him have. As a Black I was invisible, not there, not to them. To be seen and heard, I needed an overlay on my invisibility.'

Lawrence Rowe's side were certainly seen and heard by plenty of people. Much of the cricket they played was broadcast live on television, and during the first tour the grounds were full. Some of the matches were undoubtedly exciting. For South Africa their stunted Test greats – Richards, Pollock, Procter – all showed the skills that had never come to full bloom in international cricket. For the West Indies XI Sylvester Clarke in particular announced himself as a bowler of frightening power. He won the second 'Test' almost by himself. Collis King made thrilling runs. The crowds were delighted by the contests. But who was watching?

'The first thing is all of the venues were sold out. *All* of the venues were sold out,' stresses Colin Croft. 'I remember the first day we played at Cape Town they had so many people they had to bring in the boundary to 60 meters, and not keep it at 75 or they couldn't get the people in the ground. At least one third, I would say, maybe a half of the patrons were black.'

Lewis Manthata is a teacher and historian of black cricket. He was born and brought up in Soweto. He was living there as a young boy when the rebel cricketers came. In his neighbourhood at least he says there was little interest in cricket.

The first thing you have to know is that you cannot even quantify in percentages the number of black people in Soweto in the 1980s who would have played and enjoyed cricket. It was tiny. Absolutely tiny. You're talking about possibly 20 people who played cricket at the time in Soweto. I can name those families if you like, because cricket was not a community-based sport. It was known largely as an elitist sport played by English-speaking people from the Eastern Cape. Soccer was the game. To play soccer was almost to take part in a political act. It was seen as the sport which allowed people to relieve their frustrations against the apartheid system.

If there were hardly any black cricketers in the townships, does it follow that there would be hardly any black spectators at the games?

I wonder. It's unlikely that in Johannesburg for example many black people at the time would *freely* have watched these matches. If they did, it's very likely that they would have been mine workers put under pressure by mine owners to be there. But the sight of buses and buses full of black people turning up to watch cricket at the Wanderers in 1983 would be surprising. Those days were the height of organised oppression. We lived more or less in a police state. P. W. Botha was in power.

Yet David Murray tells the story of Ali Bacher coming into the dressing room at Berea Park in Pretoria and weeping with joy at the sight of the sold-out stadium. 'So many black people came to watch the game, and Ali Bacher said, you know, "We turned away thousands more – in the heart of Pretoria." He cried and said, "You have made it here."'

* * *

The first Caribbean tour of South Africa lasted just a month. It was over by the middle of February 1983. The second tour at the end of the year was twice as long. It began in November and lasted until the end of January 1984. The novelty that had been part of the first series was missing the second time around. There were rows between the players and the organisers about money, and on some occasions there were fewer spectators in the stands.

Someone who did want to see the cricket was the husband of Margaret Thatcher – the British prime minister. Dennis Thatcher had business interests in South Africa connected to his directorship of the motor parts firm Quinton Hazell. In January 1984 he planned to visit the Ford and Volkswagen factories in Port Elizabeth and the Toyota plant in Durban. At the invitation of the Transvaal Cricket Council, he also hoped to catch a couple of days of the game against the West Indians. It was a nice thought, but attending the match could cause difficulties.

'Mr Thatcher has told me', wrote the prime minister's private secretary in a confidential letter to the Foreign Office at the beginning of January 1984, 'that he is conscious that, if the press show interest in his visit, he is likely to be questioned about the wages paid to black employees of his company in South Africa – he is therefore setting in hand some research on this matter.'

The invitation caused a flutter at the Foreign Office. Within days, the foreign secretary Geoffrey Howe had set out reasons why the kindness of the Transvaal Cricket Council should be rejected. His reservations were passed back to Downing Street, where it was left to the private secretary to break the regrettable news to Mr Thatcher's wife.

'Prime Minister,' he wrote in a briefing note at the end of the week, 'I am awfully sorry to raise this point, but I think it would be better if Mr Thatcher did not attend the cricket matches between South Africa and the West Indian touring team . . . I can well see some British newspapers and the Opposition in Parliament setting out to embarrass you if Mr Thatcher does go to these events.

'You may like to discuss this with Mr Thatcher over the weekend,' he suggested gently.

Graeme Pollock would make 41 on the first day at the Wanderers, and Ezra Moseley and Hartley Alleyne would get four wickets each, but Dennis Thatcher wasn't there to see them. On this occasion at least the prime minister took her foreign secretary's advice.

* * *

Ali Bacher wanted the 1983–84 West Indian tourists to be as attractive a team as possible, and so there were changes from the first squad. Three men were told they were no longer needed – Richard Austin, Herbert Chang and Ray Wynter – they were replaced by Hartley Alleyne, Faoud Bacchus and the Surrey batsman Monte Lynch. Bacher had tried to get even better-known players to join the side. He had sensed how close Malcolm Marshall had appeared to be to signing for him the first time, and he was apparently also interested in Gordon Greenidge, Vivian Richards and Joel Garner.

Marshall had agreed to meet Bacher again during the English county season of 1983; he was curious about how the rebels had been received in South Africa. Among those who he spoke to when they got back the general view seemed to be that they had been very well looked after and had enjoyed the honorary white lifestyle, but few would contemplate returning by choice. Marshall's final meeting with Ali Bacher was at a cheap cafe on the London Road in Southampton early one morning. Around them sat dockers from the night shift tucking into fried breakfasts and slurping large mugs of tea.

By now there was only one question that Marshall needed answering, and that was 'How much?' Quietly Bacher responded with a figure that he thought the bowler would have to yield to: one million US dollars.

A million dollars for a two-month tour plus a contract with Transvaal? Marshall was only temporarily dumbfounded. 'I looked him straight in the eye,' he wrote. '"No thanks," I told him. Now it was his turn to be staggered. He spilled his coffee down his shirt-front in shock. Recovering his poise and wiping down his shirt, he could scarcely contain his disbelief at my audacity. "Malcolm Marshall," he said. "You are a very good cricketer but a foolish young man." With that he excused himself and we left the dock workers to their breakfasts.'

That morning shaped the rest of Marshall's career. By saying no to Ali Bacher, he would go on to play another 64 Test matches for the West Indies, becoming probably the best fast bowler the side had ever had. That was not a possibility for Sylvester Clarke or Franklyn Stephenson. For them big cricket ended in the apartheid republic. Only one rebel – Ezra Moseley – would wear a real maroon cap again. After the players' life bans were lifted in 1989, he would be chosen to play against England in two Tests the following year.

* * *

The last game the rebels played together ended on 31 January 1984. The West Indian side beat South Africa by six wickets at St George's Park in Port Elizabeth. Alvin Kallicharran and Collis King were there, not out at the end. Kallicharran would continue to play cricket in South Africa with Transvaal, then Orange Free State. King had a deal to play with Natal, as did Alleyne. Bacchus, Moseley and Clarke also took part in South Africa's regional tournament, the Currie Cup. The contracts were welcome because going back to the Caribbean after visiting South Africa was not straightforward. Colin Croft and Lawrence Rowe both headed for the USA and settled in Florida.

'I suppose in retrospect it was not a good decision,' says Croft.

Maybe from naivety, maybe from singularity I may have made a mistake there, I could understand that. I take whatever comes with it. A lot people will say, 'Well look, in some sense he might have embarrassed the Caribbean.' I would agree with that perhaps, I might just agree with that. But you see the West Indies is a very small place and the minds are small. Very small-minded. I went to the US. I lived there for a while and I've come back to the Caribbean, and life goes on. It was a mistake. It happened. Done.

Others who ended up back in the West Indies found life there very difficult. After spending time in Australia, David Murray went home to Barbados to live with his grandmother.

Woah! I came back here, and I'm telling you it was like you were outcast. The government got very drastic and said, 'Hey, you can't play when you return home on local pastures.' It was a life ban – it was not nice at all. People looking scornful that you're not a Barbadian, you're alien. It was amazing. Barbados is a very serious society; they don't give you a second chance. It was demoralising, sad at the time. It wasn't easy, it wasn't easy at all. I don't know how to describe it. I still feel it up to now, you know, and this was more than 30 years ago.

Murray was now without his wife and his child, who had stayed in Australia. The money he had earned from playing in South Africa was gone. Drugs, which had been a part of his life for many years, now took him over. For months at a time he was homeless. He resembled one of the Bridgetown scavengers he had seen on those early-morning training runs when he had been working to become the best cricketer he could.

'Their reception back in the Caribbean varied from island to island,' says Michael Holding. 'In Jamaica they were total outcasts. When they came back here they were in shock because they did not believe that they would be treated as poorly as they were. A lot of them got affected mentally. Some of those guys right now at this moment are not stable mentally. I'll call names. Richard Austin walked the streets of Jamaica. Very unfortunate, very sad. Herbert Chang, another one. Very unfortunate, very sad. They just were, as everyone will say, naive.'

Austin was known locally in Kingston as Danny Germs. He ended up living on the streets around New Kingston and Cross Roads and sleeping in a bus shelter. A quarter of a century after the tour he was still homeless, often high on crack and living under a bush in a hotel car park. Despite the efforts of his family and his local cricket club, Kensington, which had allowed him to play in the Senior Cup competition after the life ban was lifted, he always seemed to slip back into drugs and crime. 'I made the street my friend and my home,' he once said. He died aged 60 in 2015.

'My greatest innings,' says Vivian Richards,

rather than the ones at Lord's or at the Rec in Antigua, was having said no to the apartheid regime. Not going. That to me is worth more than any triple century, double century, the fastest century, whatever. It was a crucial decision in my life. There was little temptation for me. It wasn't hard to make the decision. Why should I be paid all this money that could be used to uplift people elsewhere just for a game of cricket? I couldn't see myself being part of that. I would have let a lot of people down, but that wasn't the point. It was about me. I couldn't be part of something that was so obviously discriminatory. No. To me that was selling out in a big way. Everyone had their own explanation for why they went.

I'm not going to judge them one bit. They took the decision and they have to live with it.

When a BBC documentary crew found Herbert Chang several years after he returned from South Africa, he was sleeping in a shed near the wharves in the Greenwich Town area of Kingston. He was barefoot, incoherent and taking food handouts from people who lived in the yard with him. His job as Jamaica's youth cricket coach had long gone. His wife and children had left him. 'He is emotionally disturbed,' his brother told the documentary team, 'withdrawn and unable to relate to other people. You can't get to him no more.'

Sympathy for Chang and Austin was very limited, at least from the cricket authorities in Jamaica. Rex Fennell, the island's board president at the time, said going on the rebel tour was like 'murdering your brother. It was like putting a knife into the back of the South African people.'

'I'm sorry to hear they're not well,' said the former WICBC president Allan Rae when asked about the health of Austin and Chang in 1991. 'To use a loose and unpleasant phrase, I wouldn't like to see any of them in the gutter. But apart from that, I would say that's where my interest would end.'

'I talked to some of the West Indians who went on that tour,' says Vivian Richards, 'and some not only felt humiliated but were also utterly ashamed of themselves.'

'I think that any judgement made on these men must be tempered by some understanding of the dilemma they faced,' reflects Ronald Austin.

On one hand, they made a fundamental error in believing that a visiting cricketing team could have any major impact on the internal dynamics of the apartheid system or soften the hearts of those who governed it. On the other hand, it is clear that they felt excluded and forgotten. Yet again the Caribbean had neglected to create the institutions necessary to support our cricketers and to afford them a reasonable standard of living. C. L. R. James once said that if we cannot take care of our cricketers, we do not deserve them. This is still true. But the real tragedy of the whole episode is the realisation of what we lost. Sylvester Clarke was a fast bowler of unique skills; Ezra Moseley could swerve a cricket ball like no other bowler in international cricket. There has always been a poverty of ideas in the region that played a role in the eventual loss of our eminence in the game. That came because of a failure to appreciate the true value of a West Indian cricketer.

* * *

Nowadays, David Murray says he is no longer a drug addict. Depending on who he is talking to, he either regrets going to South Africa or he doesn't. He either expected to be banned for life or it was a shock. When he tells of his rise and fall, few lines from Caribbean literature seem so well matched to his experience as these from *The Middle Passage* by V. S. Naipaul: 'Unless the cricketer had heroic qualities, we did not want to see him, however valuable he might be. And that is why, of those stories of failure, that of the ruined cricketer was the most terrible.'

'I try to live day to day,' Murray says. 'Give things some praises and do my little exercises and try to be as spiritual as possible. I had my little lull – a few little hiccups – but I am over them now, you know what I mean?'

But when he talks, hope is often followed by sorrow.

'It's amazing how with cricket you come from love to hate. You still conscious of the cricket going on, but I think from that tour I lost a bit of love for the game, you know? Can happen, you know what I mean? It was heavy, very heavy, very heavy. Your own people look down on you like you've just murdered a dozen people. It was harsh. Eyes, cross eyes, people look on you, you know, bad looks. It heavy. They still do, up to today, I'm telling you, up to today. It's not easy.'

7

They all really could bowl with their eyes shut

A month after the first renegade side left for South Africa, the Test team were playing again, this time at home to India. It was a sign of the West Indies' strength that, despite the fracture caused by the apartheid tours, only Gus Logie in the first Test and Winston Davis in the fifth made their debuts. The team could prosper without the rebels. They would not be missed.

Since the surprising defeat to New Zealand at the beginning of 1980 Clive Lloyd's side had won three Test series as well as retaining the Frank Worrell Trophy in Australia. By the time the rebel players were counting their final krugerrands, the Test side had won two more. Five series victories. Undefeated against Pakistan, Australia and India, and the first side since Donald Bradman's Australians in 1948 not to lose a first-class game on tour in England. The West Indies were now unchallenged as the best side in cricket. What better way to confirm it than by winning the World Cup for the third time?

The 1983 competition was held in England. The West Indies had a little shock when they were beaten by India at Old Trafford in their first group game. Still, there was nothing much to worry about. India were seen as a poor side whose only other victory in three World Cups had been against the amateurs and club players of East

Africa in 1975. They had a new captain, Kapil Dev, who was quarrelling with Sunil Gavaskar, his predecessor and the team's star batsman. Gavaskar was out of form and was dropped for one of the games. India seemed underprepared. After all, they hadn't even played a one-day international game in their own country until 1981.

So there was some surprise when India also beat Australia and England to get to the final at Lord's. There they would play Clive Lloyd's team again. The West Indies hadn't lost since that first game in Manchester. Their semi-final win against Pakistan at the Oval was an easy one; even the leg spin and googlies of Abdul Qadir, which had tormented Desmond Haynes and Vivian Richards, couldn't throw them off course.

'I don't see us slipping up again,' said Lloyd the day before the final when asked if India could repeat the success of their group game. 'We're more relaxed now and playing well.' Richards was scoring runs, and the four fast bowlers – Garner, Marshall, Roberts and Holding – were either quicker or cannier than ever. Marshall even had the confidence to order a new BMW sports car, which he would pay for from his winnings after the final. Relaxed and playing very well indeed.

India batted and still had more than five overs left of their allowance of 60 when they were bowled out. They made 183, at least 40 runs short of a decent score. The young Barbadian bowler had taken two wickets; he was almost running his finger along his new walnut dashboard.

India were a side of medium-pace bowlers – a bit of seam movement here, a little wobble through the air there – nothing that the experienced West Indies feared. But wickets fell. Richards, who had been clubbing boundaries from Madan Lal, played too soon when trying to hook him to the stands. His top edge went high and over mid-wicket, but, running back, Kapil Dev took a fine over-the-shoulder catch. It was the moment of the game. The West Indies were unable to control the bowling that remained. Lloyd, with a twanged groin, was out for eight on the same score as Larry Gomes, and then the careful Jeff Dujon fell. The world champions were 124 for 8, then 126 for 9. There would be no last-wicket miracle stand from Garner and Holding. At 7.30 p.m. the final wicket fell, and to general amazement and not a little delight from many watching, India had won the World Cup. Spectators from all sides but the pavilion speedily flooded the ground. A West Indian supporter in a mustard-coloured suit lay face down on the grass, unable to watch. In the scrum and run for the dressing rooms Michael Holding injured his leg and had to have it put in plaster.

'Hordes of fans poured across the hallowed turf straight at the members' enclosure,' wrote the *Sunday Times* sketch writer, 'enabling some of the senior incumbents to relive in imagination their more alarming imperial experiences.'

With a side dependent on gritty players from the looked-down-upon north of the country rather than the traditional cricket city of Bombay, India had enjoyed the most unlikely of victories. Kapil Dev's matey captaincy had abandoned the master–pupil relationship that previous Indian sides had been expected to recognise and changed the way India has viewed its cricket ever since. The huge tremor of this win meant that in India, one-day cricket would now rule over the five-day Test, and during the next 25 years, India would become the dominant economic and political force in the world game, generating billions of dollars in television money. The win at Lord's in the 1983 World Cup was the Big Bang moment for this new universe.

In the West Indies dressing room there was a hell of a row. The bowlers blamed the batsmen, and Lloyd bawled out Andy Roberts for saying the wrong thing at the wrong time. What they had seen today was a performance of amateurs, the captain said. There was disbelief, anger and humiliation. As the recriminations went on, Lloyd had something else to add – he was resigning.

"'I have had enough," he said. "Somebody else can take over,"' is what Malcolm Marshall remembered. 'It left us still further dumbfounded. Our "father" was going to desert his "children" in their hour of need.' Lloyd made it official that evening in the Wellington Suite of the Westmorland Hotel opposite Lord's. In front of the team, WICBC members and journalists he said he'd spoken to his wife and together they had decided that it was time to go. 'West Indies cricket woke up this morning with the realisation that not only have they been dethroned as World Cup champions but that after nine years they now have to look for a new captain' said the sports lead article in the next day's *Gleaner* in Jamaica.

'We lost that World Cup because of complacency,' says Michael Holding. 'The West Indies team thought, *This is a cakewalk. We will just go out there and get the runs. If I don't get them, then five or six will get them.* We pretty much gave them the match because we thought that irrespective of how we played we would win. Clive said that he was finished because it had become so acrimonious in the dressing room. He said, "It will all fall on me. I am happy to resign and walk away from it." It was not a happy time.'

Andy Roberts disagrees: 'I do not think it was complacency; I just think we batted badly on that day. Bowlers win matches. Batsmen draw or lose us matches. Now we've bowled first and we bowled out India for 183. Our batsmen could not score us 183. After 1975, as the years go by, I study the games, and every single cup we play, we have to bat bad once. Once. And it just happened that the one time we choose to bat badly was in the final.'

For several weeks the West Indies had no captain. Eventually the board persuaded Lloyd to change his mind, and he took the side to India at the end of 1983. They won all five of the one-day internationals and the Test series.

* * *

India's win in the 1983 World Cup was such a surprise not least because it came against the West Indies' best four fast bowlers of the era: Roberts, Holding, Marshall and Garner. All were extremely difficult to play against, and even the very best batsmen were apprehensive about facing them. But they played together in just seven Test matches and never more than four games in a row. This was because, as Marshall's promise was becoming increasingly obvious, Roberts's career was ending. When the side went to India at the end of 1983 Holding and Marshall led the attack. 'Who wants the new ball?' asked Clive Lloyd. 'Give it to Malcolm,' said Holding immediately. 'He's the fastest now.' Very soon afterwards Marshall would replace Roberts, the man from whom he'd learned so much.

Deryck Murray reckons that Holding was the fastest of the bowlers he kept wicket to, but Roberts was the best. No other bowler was as intelligent or had such strength. His great rounded shoulders were like cannonballs. Once, to emphasise his point of view, Roberts lifted Dennis Lillee up by his lapels in the lobby of the Old Melbourne Inn. He tried to make every ball he bowled different from the last, with small variations of angle and trajectory that would unsettle a batsman. He combined nous with extreme pace. Roberts, more so than any other modern West Indian bowler, possessed the skills that C. L. R. James described as being 'the result of psychological sensitivity and response to a particular batsman at a particular time on a particular wicket at a particular stage in the game'.

'I wish people would remember me for my outswinger,' says Roberts. But he will always be best known for the cunning of those two-speed bouncers.

The eight-team photo at Lord's before the start of the 1979 World Cup competition. Some were told to wear blazers, others chose for themselves – with mixed results. From l-r: Sri Lanka, Pakistan, West Indies, England, Australia, New Zealand, India and Canada.

'You been drinking rum?'

'Brandy.'

Vivian Richards in a mid-pitch discussion with Collis King during their match-winning stand in the 1979 World Cup final.

Joel Garner, Colin Croft, Andy Roberts and Michael Holding in the dressing room at Adelaide about to bowl against Australia on the 1979–80 tour.

'The leg over the waist and past the shoulder then the head. Stumps flying. Fantastic. Ballet teachers throughout the world furious with envy.'

An infamous moment in West Indian cricket. Michael Holding kicks down the stumps in Dunedin on the 1979-80 tour of New Zealand.

Bernard Julien warms up in front of an almost entirely white crowd at Durban before a one-day game on the renegade tour of South Africa in February 1983.

Frank Worrell in August 1963, checking on the progress of his waxwork at Madame Tussaud's. The first black official Test captain of the West Indies became one of the most influential men in the Caribbean.

West Indians watching Frank Worrell's side during the 1963 tour of England.

'He knows everything?' C. L. R. James once asked Frank Worrell. 'Everything,' Worrell replied.

Garry Sobers sits behind the gleaming Wisden Trophy at the end of the tour of England in 1966. He was the greatest all-rounder cricket had seen.

The West Indians at Worcester in May 1984. All but six of the squad had played county cricket and England held no fears for them.

The end of Andy Lloyd's Test career at Edgbaston in 1984.

'I should have played it better, but even now, every time I go through in my mind how I could have played it, it still hits me.'

Vivian Richards batting with 'extreme prejudice' at Old Trafford during his 189 not out in the 1984 one-day international.

A missed chance? It may have been, given the looks on the faces of (l-r) Joel Garner, Gordon Greenidge, Roger Harper, Vivian Richards and Clive Lloyd. The slip cordon for the third Test at Headingley during the 1984 tour of England.

The 1984 Blackwash in England. Five-nil to the West Indies. 'In the 1980s', says the writer Colin Babb, 'the Test ground was a point of assembly... It was the only time in my life where I stood in an open public arena with lots of other people like me.'

'He has moulded the most successful team in the history of the game. He and his men have expanded the horizons of cricket... he has shown us how and has taken us to the mountain top.'

He understood the West Indian psyche. Clive Lloyd – the captain who taught his cricket team how to win.

'Clive was more like the father figure, Viv was more the sergeant major,' says Desmond Haynes – who was captained by both men. Richards played the game to represent his people. He played to prove that the creators of the game were no better than the people who had learned it from them.

Colin Croft: 'When the warrior walks out on to the field, it's a war zone.'

Malcolm Marshall of Barbados. Possibly the best fast bowler the West Indies have ever had?

'How do I score against Joel Garner?' Geoffrey Boycott once asked Ian Botham. 'You don't. No one does', was the reply.

Andy Roberts wasn't a big party man. 'I didn't drink, so most nights I would stay in my room and think about cricket.'

'If I grip the ball here to bowl a bouncer,' says Roberts, putting his fingers across the seam of a cricket ball and not either side of it,

the ball hits the ground on the shiny side and it's not going to bounce. It's going to skid. Skid onto the batsman. If it hits the seam then it will rear. In order to bowl the two-pace bouncer, the first one I would run in and don't jump, I will go straight through and don't jump at all in my delivery stride, and the ball will come on at normal pace. Now if I run in and I jump, for me to jump I have to put in more effort to elevate to a certain height and in doing that I am also transferring that effort into the delivery, so that is where you get the difference in pace. The second one would come on to you quicker. A lot quicker.

Like most things Roberts did on a cricket field, it was carefully planned. 'I wasn't a big party man – I didn't drink – so most nights I would stay in my room and think about cricket. We didn't have laptops or DVDs of our matches, so my own memory was my computer.'

Roberts had a lot of processing power. Clive Lloyd tells the story of playing against him in the West Indies in the Shell Shield competition, Guyana versus the Combined Islands. 'He bounced me viciously. Usually he didn't say much, but he came down the pitch and went, "That's for hooking me for six in Dominica." The shot he was referring to had been played five years previously. He'd waited that long to give me his quicker bouncer.'

'I am a warrior,' say Roberts simply. 'I have a job to do, and when I go on a cricket field I have no friends; all my friends are back in the pavilion. But if a batsman gets injured it is very difficult for me to go and look at him, because if you get up to bat again, the next ball I bowl to you may be another bouncer. No, the sympathy is in here,' he says, tapping his chest. 'You may not see it and I can't show the batsman, but it is in here.'

Apart from bouncers, Roberts had a lesser-known skill that also confounded batsmen. Experienced players would look at the ball in the bowler's hand as he ran in. They would note which side of the ball had been polished so they could predict which way it would swing when it was bowled. But Roberts was able, after hours of practice, to flick the ball around 180 degrees in his hand in the moments before he let it go in his delivery stride. The shine was now on the other side, and many batsmen expecting the outswinger were LBW or bowled by a ball that swerved back into them.

That finesse was learned over several years. When Roberts began, he was what he calls an 'out-and-out fast man' bowling straight. Now and again he'd let go of a ball that came back into the batsman. Then he read in a newspaper that the old England fast bowler Fred Trueman thought he was good but not great. But he could be great if he brought his arms higher.

'In Australia in '75–76 I changed my action, got my arms higher at the point of the gather and learned to swing the ball away from the right hander. And that was my most regular delivery. But whatever I did, in my mind I became a batsman. I used to think what I would be able to do if a particular delivery was bowled at me. That's why the batsman was often presented with the unexpected.'

No West Indian bowler was closer to Roberts than Michael Holding.

They first met on a bench in Jamaica, twelfth men on opposite sides in a match against the Combined Islands. They chatted and became friendly. 'When I got into the West Indies team, we became room-mates and talked a lot,' recalls Holding.

I got to realise that Andy's cricket brain was brilliant. Not everyone who is great at their craft has the ability to pass that on. He taught me a lot about fast bowling, about studying batsmen, seeing their weaknesses and their strengths. I'll give you a fine example. We were in India in '83. Andy was ill and he didn't play in this Test match. Might have been Kanpur. I was out there bowling to Syed Kirmani. Andy was in the dressing room and noticed something about him. At the next water break he sent out a message with the twelfth man who said, 'Go round the wicket. Don't bowl anything short, just attack his leg stump.' I didn't know why Andy said that, but I had so much faith in him that I did what he suggested. In that same over Kirmani lost his leg stump and was walking back to the pavilion.

Like Roberts, Holding developed into an intelligent, crafty bowler. At the beginning of his career he had presented batsmen with little else than sheer speed. 'I had the advantage of being able to bowl at 90 miles per hour, but only rarely did I swing the ball a lot. In England it would go if I bowled very full, but in most countries I depended on hitting the seam regularly and getting movement that way. Whichever batsman I had to bowl to, left or right, I wanted to move the ball away from him. Doing that meant there was no second line of defence. He just had his bat and not his pad.'

Holding's great speed was enhanced by a run-up of extreme grace. Few bowlers could match it. Since being a teenager he had run well. He had been a fine long jumper and hurdler (but not the champion 400-metre runner that many think he was) so had experience of having to plant his foot in the right place every time he competed. Holding bowled very few no balls as a Test cricketer. The discipline of his youth meant that he never had to concentrate on running in smoothly. This talent was brought on by the West Indies' trainer Dennis Waight, who got all of his bowlers to practise their approach to the stumps at full speed while blindfolded. They all really could bowl with their eyes shut.

'As far as I am concerned, bowling is about action and reaction,' says Holding.

You bowl a ball; you see the reaction of the batsman. *What do I need to do now to combat that action of the batsman?* That's what I'm thinking about walking back to my mark. *OK, he did that when I pitched the ball in a particular area – what can I do?* It is a continuous process. A bowler is always thinking about what the batsman did. Remembering the last delivery. If that batsman is going to be an outstanding player, he has got to forget that last delivery and focus on the next one.

That might be difficult for Geoffrey Boycott. The England batsman will remember one particular over from Holding for the rest of his life. At the Kensington Oval in March 1981 he received six balls of such quality that many people believe it to be the best over by a fast bowler in modern cricket. Boycott had practised facing Holding, Roberts, Croft and Garner before the tour started by batting indoors in Yorkshire on a polished wooden floor to mimic the sheen, skid and speed of a Caribbean wicket, but on the second day of the third Test at the start of England's innings in Barbados, that did him little good.

Holding had been told by Clive Lloyd before the West Indies went out to field that he only wanted a short spell from him – three or four of the fastest overs he could bowl.

The first ball to Boycott was short of a length on off stump, and the batsman played it uncomfortably high off his gloves to just in front of second slip. To the next three balls he played and missed as Holding got faster and faster and the crowd got noisier. The fifth ball headed for the batsman's throat, and again only his glove saved him. Before the last ball of the over Holding decided that Boycott would be expecting another short one. He had noticed too that the batsman had deliberately been playing inside the line of the ball – not getting his bat or his feet fully towards off stump. The sixth ball was full. It moved at great speed and away a little from the straight. Boycott's off stump was jettisoned from the earth. Four slips, a gully, a wicket-keeper and short leg all danced towards the bowler in congratulation.

'Bridgetown exploded,' wrote Scyld Berry in the *Observer*. 'They had come over the walls and through the fences, they had sat on the stand roofs with such an expectation in mind. And Holding fulfilled it when, after five short deliveries he sent his off stump cartwheeling back to the wicket-keeper.'

Later that evening Frank Keating of the *Guardian* went with Boycott to the hotel room of the BBC reporter Michael Blakey, who had been editing a TV news item and had the film of the batsman's humiliation. Staring at the small portable screen, Boycott asked for the over to be replayed four or five times. 'At the end he said knowingly, "Thanks, I think I've seen all I need to see."'

According to Holding, the over has become part of cricket folklore because 'Geoffrey Boycott goes around the world telling people it was the greatest thing ever. People have jumped on the bandwagon.' He disagrees. It wasn't even the best over he remembers bowling. That came in a WSC match against Australia in 1979 when he got both Ian and Greg Chappell out.

* * *

If Michael Holding's greatest attribute was pace, Joel Garner's was trajectory. His height meant that the ball – full or short – was always difficult for the batsman to judge. The bounce from the length he bowled most often took the ball into the batsman's chest rather than past his waist. Such a Garner delivery was too short to drive but too full to cut. The direction – almost always straight – also took away the possibility of deflected runs either side of the wicket.

'How do I score against Garner?' Geoffrey Boycott once asked the bowler's Somerset teammate Ian Botham, the night before England were due to bat against the West Indies. 'You don't,' replied Botham: 'no one does.'

'Right. I may as well go to bed then,' announced Boycott.

Garner also became known as the owner of the world's most exquisite yorker – a full ball which landed at the batsman's toes at more than 80 miles per hour – which was extremely difficult to stop from hitting the stumps or his pads. It was taught to him by the Barbadian Test bowler Charlie Griffith, and he mastered it early in his career. Later, Vanburn Holder would teach him how to bowl the outswinger when all he had known previously was how to nip the ball back into the batsman.

The skills Joel Garner already possessed, as well as those he learned, made him possibly better than all of his fast-bowling peers except Malcolm Marshall. Garner was thought of as a supporting bowler rather than as one to lead the attack with the new ball, but alongside Holding, Roberts, Croft and Daniel, only Marshall took more wickets, bowled more Test overs and had a lower average (by three hundredths of a run) than Joel Garner. And no one went for fewer runs per over.

C. L. R. James once wrote a very brief letter to *The Times* cricket correspondent John Woodcock. It read, 'Garner is not, I repeat not, a fast bowler.' But he was. Especially towards the end of his career. After he was dropped in 1983 he came back against Australia at the end of the year, lengthened his run-up and took the new ball. He took 31 wickets in the series – a record – and had never bowled quicker. Only Marshall hit the keeper's gloves harder that year.

*   *   *

Colin Croft began as a wicket-keeper. Then he got tall and realised he could bowl fast. By 1969 he had a fearsome reputation in youth cricket in Guyana. Within a decade people felt similarly about him in Test cricket. What made Croft uniquely difficult to bat against was the angle from which he bowled the ball.

'It was not until I played for the West Indies,' he says, 'that I fully realised that I bowled from so wide of the crease. So the ball always gave the batsman the impression that it was coming in at him. They reasoned that, if the ball started so wide, it had to dart in. That's why I worked really hard at doing the opposite – bowling a leg cutter that would leave the right hander.'

Croft always preferred cut to swing.

A fast bowler has got tools. You've got an outswinger or an inswinger, but personally I don't agree with the swing bowling because the ball is only new for so long. So I liked to manipulate the ball off the pitch, which is known as cut. The ball comes in a straight line, hits the seam and then deviates towards the slips, that's a leg cutter. If it deviates into a right-handed batsmen, that's an off cutter. Now to me that's more useful because you could bowl it for longer and it happens later in the delivery. Therefore the batsmen has to think very much quicker to play the ball that cuts.

Infamously, Croft also had another weapon. The bouncer. Every fast bowler is happy for people to be afraid of him; some just hide it better than others. The former England all-rounder Vic Marks once said of the West Indies' bowlers, 'Joel didn't really want to hurt you. Michael was a gentleman. But I always got the feeling with dear Colin that he wasn't really that bothered if he caused you a great deal of pain.' Croft ran up straight and fast, almost behind the umpire, then leaped out towards the return crease while flinging down the ball with a rapid untangling of his arms.

'Now, if the batsmen can't get himself out of the way, then I genuinely think you should not be playing, because cricket is a game that goes on reflexes. You take catches as a wicket-keeper, silly point, you take reflex catches. Now here's a guy coming into bowl from 22 yards away; he's bowling at about 90 miles per hour, so it takes about one half of a second to get to you. If your reflexes are that slow, you shouldn't be playing.'

If the bouncer missed the bat and hit the man, Croft was untroubled by remorse. 'I grew up in a very different way to most people who played cricket for the West Indies.' His childhood in Guyana was very difficult. 'I've seen people kill people,' he says.

When I hit somebody, that was the end of that. I'd go back to my mark and sit down and wait until somebody else comes to bat or he gets up and I could not be bothered how hurt you were. My simple theory as a fast bowler was *I'm gonna get you out by any means necessary, so I'll either get you out legally, caught behind, bowled, or if I could knock you out, that's OK too.* I remember Alvin Kallicharran asking me one time, 'Why don't you go look at the batsman; he's on the ground?' I said, 'Well look, I know about aviation; I don't know anything about doctoring. I can't fix him. Call a doctor.' That's the end of that and I was being very, very honest. I know exactly what I planned to do. I bowl a bouncer, it hit the batsman. I was successful and therefore I don't care about the result.

Of course I'm a warrior. I'm representing millions of people. When the warrior walks out onto the field, it is not a playing field. It's a war zone. Whoever comes out of there after 50 overs or after a Test match alive, well and victorious, then good luck.

* * *

Malcolm Marshall won matches for both Clive Lloyd and his successor as captain, Vivian Richards. In the last 18 months of Lloyd's reign and the first year of Richards's appointment he took more than 20 wickets every time he played a Test series. That included 33 wickets at the end of 1984 in India, a place where fast bowlers had almost always been muffled and blunted by the baked-mud pitches. The bowler to whom Marshall is most often compared, Dennis Lillee, only went to the subcontinent once, to play Pakistan, and came home with three wickets from as many games.

At the beginning of his career Marshall came off the long run. Which self-respecting Caribbean quick bowler didn't? Later on he shortened his approach when he realised it didn't cause his pace to drop. Marshall was small for a West Indies fast bowler, just five feet ten inches; his Barbadian partner Joel Garner was almost a foot taller. So he didn't lope to the wicket, getting up to speed like a cargo plane heading for take-off; he scampered in like a messenger boy holding an urgent telegram. When he delivered the ball, there was great pace for sure, but the ball skidded through in a way that a taller bowler couldn't have pulled off. That made him harder to hook.

Much of Marshall's craft was learned and then perfected in county cricket. He spent 14 summers with Hampshire. He wasn't instantly brilliant. Mark Nicholas, a teammate and later his county captain, remembers him arriving in 1979, already a Test cricketer. 'He was whippy and awkward to play, but not much more than that,' says Nicholas. 'That season he bowled outswing exclusively. We saw talent but not a world-beater. His first game was at the end of April in Derby. It was so cold there may even have been snow. Anyway he arrived in a pair of sandals and just wanted to snuggle up to the radiator. We had to help him buy socks and shoes and a big jumper.'

Marshall learned quickly about bowling fast in England. He improved almost by the hour, says Nicholas. When he came back in 1980 he was a much better bowler, but neither he nor Gordon Greenidge were with the county for long because of the West Indies tour of England. In 1981 he was very good and by 1982 he was extraordinary, taking 134 wickets in the county championship, more than 40 ahead of the next-best bowler. And it was the top batsmen he damaged most. Just 14 of those wickets were the numbers nine, ten and eleven in the opposition batting order.

His fine speed was matched by great control. In his later Tests he learned to fold his thumb into his palm behind the ball, rather than using it to support the seam from underneath. When he splayed his fingers either side, he said he got even more control. From the 1982 season he could cut the ball by rotating the seam with his rolling wrist. After Dennis Lillee once confounded him with a ball that pitched on his legs but passed the outside edge of his bat, he asked him how it was done. Lillee showed him the leg cutter and he in turn passed on the secret to Imran Khan. Lillee had been taught it by John Snow. The modern Test leg cutter came from Sussex and eventually returned there with Imran. But Marshall still had one more skill to master.

The start of the 1985 county season was an interesting one for Hampshire because Marshall didn't often bowl super-quick. He was teaching himself the inswinger. He'd cut back his pace to do it so he wasn't quite at his best. He'd spent hours in the nets and in matches bowled quite a few balls that batsmen didn't have to play. That was unusual. He wanted long spells – apart from doing 500 sit-ups a day, that's how he kept fit – and he'd often ask to bowl for an hour and a half without change on the first morning. Then, within about five weeks, the inswinger clicked, and he was absolutely magnificent.

'He became deadly because batsmen who thought they could line him up around off stump were getting bowled or trapped in front,' remembers Nicholas.

Lillee had retired and Malcolm was undisputedly the greatest bowler in the world. He could be breathtaking in Barbados, which was a very bouncy surface, and we know that his bouncer, like Andy Roberts's, was a shocking thing. But his greatness meant that he wasn't dependent on that sort of wicket. In fact there is an argument that he was a better bowler on wickets that kept low because of his skid and his cut. Viv always used to say that you could put a bunch of these bowlers in the hat, pull one out, and any would bowl well, but the only one he'd want to take to India was Maco.

Marshall could now swing the ball both ways, towards and away from a bat. The pace came mostly from the very fast rotation of his arm in the delivery stride. He had plenty of those fast-twitch fibres in his muscles that Dennis Waight loved so much. 'You couldn't buy 'em,' said Waight; 'you were born with 'em.' Marshall showed his chest to the batsman, letting go of the ball front on, but there was no clue from his body as to which way it would go. Sometimes, says Nicholas, he could try to do too much, use too many varieties, but at his best he could do anything he liked.

'Against Essex in a Benson and Hedges cup game he did Mark Waugh – who was a very fine batsman for Australia – with outswinger, outswinger, inswinger, the last one catching him LBW. He'd already done Gooch and John Stephenson the same way, and they were three down for hardly any.'

Marshall was not a sledger, but like all of the West Indies fast bowlers of the time his charity towards batsmen came in limited doses. And he had a vindictive streak. Some opponents were frightened by it. Mark Nicholas tells the story of how Marshall was once met by two Essex tail-enders, Ray East and David Acfield, in the car park on the morning of a Hampshire county game. Marshall was wondering why the old pros were offering to carry his bags to the dressing room. On the way there, they explained. If Mr Marshall would be good enough to bowl them straight half-volleys when they came in – no short stuff – they would both happily let the ball take out middle stump straight away.

'He didn't like Essex,' says Nicholas. 'Always went very hard at Essex. He found the playfulness of people like East and Acfield irritating – he took cricket very seriously – and he would bowl more nastily to a joker down the order than one who fought him.'

Marshall especially disliked the Indian batsman Dilip Vengsarkar, whose many appeals he believed had contributed to him being wrongly given out in his first Test match in Bangalore in 1978. With Vengsarkar he would often switch to bowl around the wicket, giving the Indian less space to move against his fastest and most testing short-pitched balls. The favourite wicket of his career was having Vengsarkar caught on the boundary in Antigua six runs short of a hundred. Four years later, in 1987, Marshall still hadn't forgiven him. In a match at Lord's to celebrate 200 years of MCC, as soon as Vengsarkar appeared from the pavilion Marshall went around the wicket and skidded short balls towards his throat. 'There've been rumours that Vengsarkar and Marshall might not get on all that well,' Richie Benaud informed television viewers as the Indian desperately got his bat in front of his face only to see Graham Gooch catch him at third slip.

And there were a couple of others who irked Malcolm, recalls Mark Nicholas.

Once, before a game at Bournemouth, Zaheer Abbas of Gloucestershire said something like, 'We can look after each other here. You keep it nice and full to me and I'll block it and score my runs off the others.' Well that sent Malcolm into an orbital fury. And there was this guy called Rehan Alikhan who played a bit for Sussex and Surrey. Now, with respect, he was tremendously gutsy but not the best of players. Whenever he turned up, Malcolm just couldn't get him out. And despite his lack of class, Rehan had a little bit of a swagger which always made Malcolm mad. In fact he's the only batsman I've ever heard him sledge. Rehan Alikhan almost drove him to drink. Always brandy of course. He also had a bit of a thing about Graham Roope for some reason.

If Marshall had one limitation – in county cricket at least – it was that he bowled less well to left-handers. 'He wasn't as good when they were batting,' believes Nicholas. 'I mean, all of this is relative of course because he was probably the best in the world around this time, but there was less authority against left-handers. Chris Broad would drive him nuts. He played Malcolm well. It wasn't helped by Broady's manner. He would say little irritating things. Some people shrugged them off as being irrelevant, while others latched on to them and could only reply, "Broady, you're a tosser." Malcolm was one of those who latched on.'

8

'You get bouncers, very good bouncers and brilliant bouncers'

'If I do that,' says Andy Lloyd, covering his left eye with his left hand, 'and look at your nose, I can't see the right side of your face. Not even blurred – it's just not there.' It is shortly before Christmas 2014, and the former England Test batsman is sitting in a pub in Stratford-upon-Avon, four miles or so away from the stud farm in Warwickshire that he now runs. 'I've lost 35 per cent of the vision in my right eye. And that's why I was never as good a player afterwards. When you're playing top sport any edge that you lose is the difference. I knew I wasn't as sharp. I was missing balls that I used to be able to hit for four. I was 15 per cent inferior, which at the highest level of the game is a massive margin.'

Andy Lloyd was picked to open the batting for England against the visiting West Indians in the Test series of 1984. By the first months of that year the evolution of Clive Lloyd's team from a brittle talent in the mid-70s to a supremely forged side was almost complete. Their batsmen, their bowlers, their fielders were the world's best. A single Test match lost in four years. Before arriving in England they had beaten Australia in the Caribbean three–nil. They didn't lose a second innings wicket in any of the five Tests.

'I was ready for it,' says Andy Lloyd. 'I'm not a nervous type. Never been particularly afraid of anything. You get nervous when you're not sure of yourself. I knew how I was going to play. Whether or not it would be good enough to get a lot of runs, I didn't know.'

Lloyd was in good shape. He had never played Test cricket but did well enough in the three one-day internationals that came before the series and England needed some new opening batsmen. Geoffrey Boycott was still scoring runs for Yorkshire but was serving a three-year ban for playing with the English rebel side in South Africa. Graham Gooch couldn't be picked for the same reason. The truth was that England had little idea who should be in their best side. The captain David Gower and the all-rounder Ian Botham were the only obvious choices. Usually, the Test and County Cricket Board kept 18 colour portrait photos on file to promote the picked team in magazines and brochures; this season they had more than 30 mug shots.

Lloyd's county was Warwickshire. He had been born a Shropshire lad, spotted and sent to Edgbaston in 1976 when he was 19. That summer he threw countless half-volleys at Dennis Amiss, who was remodelling his batting after being hit on the head by Michael Holding at the beginning of the season. Amiss would now take a more open stance, and his first movement would be back and to the off side. The change worked. After a summer of hard work and throw-downs from young Lloyd, Amiss got back into the England side and made a double century against Holding and the West Indians in the final Test of 1976 at the Oval.

Eight years later it was Lloyd's turn to play for England, and he had his own methods. He was a good player of fast bowling and had often taken on Marshall, Garner and Holding in county cricket. The previous season against Surrey, Lloyd had carried his bat for a century facing a 'terrifying' Sylvester Clarke on an underdone Oval wicket. Only Lloyd survived the innings as Clarke tore into Warwickshire with 7 for 53.

'Facing fast bowling was not complicated,' he says.

I knew exactly how I was going to play. The first thing is that you look to play back. But you're always looking for the up ball, the full ball. The one that gets you out is the up ball, but it was also your run ball. You had to get your weight going forward for that one, flick it off your hip if it was straightish or if it was wide, twat it square. When you drove, you *had* to drive straight as a left hander because if you didn't, there were four slips and a gully waiting. The ball was always coming across me. You didn't hook against the West Indies – there was no point – because sooner or later due to the speed you'd be late on it and hit one up in the air. You might get 20 – well done. Great. What use it that? You've got to get 120. There were very few people who could take the attack to them; you had to wait until they bowled in your areas. They were clever, intelligent bowlers. Proper bowlers. They never just banged it in short, non-stop.

The first Test of the summer was to be played at Andy Lloyd's home ground in Birmingham. Some English press men were optimistic.

'In theory, the West Indies should be entering a vulnerable phase,' John Woodcock had written in *The Times*. 'Clive Lloyd will be 40 in August; Richards, now aged 32, is not quite the player he was; Holding, at 30, and Garner, at 31, are not as fit as they were, and in the middle of the order, there will be batsmen who have yet to make a real mark in Test cricket.' Woodcock also mentioned the 'monotony' of watching West Indian speed, unrelieved by spin, for hour after hour and day after day. When the variety of the game was reduced, so was its charm, he thought. In captaining the side, Clive Lloyd had to do no more than keep his team's heavy guns firing, often pitching as short as the umpire allowed. Leading the West Indies was a sinecure compared with leading a side against them.

The man leading the side against them, David Gower, won the toss and decided that England would bat. Andy Lloyd was ready to make his debut for his country. 'This'll be good for you, Lloydy,' said the other opener, Graeme Fowler. 'You'll get involved straight away.' And off they went to face the two best fast bowlers in the world, Malcolm Marshall and Joel Garner.

Lloyd did better than Fowler, who was back in the dressing room within minutes, caught behind for nothing from a Garner ball. His successor, Derek Randall, didn't last long either, also caught for a duck. England were five for two, but Lloyd was hanging around.

'I'm sure I must have played and missed,' he recalls, 'but I'm sure too that I hadn't given a chance. I was quite relaxed and had been in for the best part of half an hour. Felt fine. Fowler and Randall had come and gone and I was still there. At the end of what must have been the sixth over Gower came down and we chatted in the middle and he said something like, "Well done, mate. You're looking good, keep going."'

It would be the last mid-pitch conversation the two would have. Malcolm Marshall began the seventh over from the City End.

'It was a short ball, but not very short,' remembers Lloyd. 'Malcolm, as we know, had a very quick arm action. I saw it all the way and I'm thinking, *The ball is going to pass here* – past my left shoulder. On my off side. I'm watching it, and it just straightened off the pitch after it bounced and it swung a little bit towards me. I was trying to get out of the way, but it followed me and it hit me here.' He touches his right temple an inch from his eye. 'I'd faced many quicker balls. It wasn't especially sharp, it was just a bloody good ball. You get bouncers, very good bouncers and brilliant bouncers. This was a brilliant bouncer. Came back at me a bit and cleaned me up.'

'Oh dear me,' said Richie Benaud on the BBC television commentary. 'Oh, I didn't like the look of that at all.' Lloyd fell straight to the ground and lay on his side. He put his hands to his head then didn't move. Desmond Haynes at short leg went immediately to him and crouched down. Jeff Dujon, the wicket-keeper, ran quickly to Lloyd, as did Roger Harper from third slip.

Graeme Fowler was watching in the dressing room. 'There was a locked door between us and the players' area and another closed door between us and the pitch. The telly was on with the sound turned down. The ball didn't get up as much as Andy thought it would and it walloped him on the temple guard of his helmet. I heard the crack through those two doors, and I was 80 yards away. "That's hospital," we said to each other straight away.'

In the middle, after a minute or two Andy Lloyd sat up. The physiotherapist Bernard Thomas had run out to treat him with the England twelfth man, Neil Foster.

'There was no pain,' says Lloyd.

I felt OK. Sounds stupid, doesn't it? Bernard said, 'Take your time and tell me how many fingers I'm holding up.' I said two, then he did it again and I said four. They were the right answers both times. But then I looked beyond his fingers to the boundary, and there was an advertising hoarding by a company called Rediffusion. You could rent your TV off them. And I was looking at this board and I couldn't really read it. Heavily blurred. Bernard said, 'I think you should come off,' and I looked at the advert again and I said, 'Yeah, OK.' That's when I knew something was wrong.

Within half an hour Lloyd was being examined, still in his whites, at the Queen Elizabeth Hospital in Birmingham. 'The bones around my eye socket were fractured. There was no real worry about brain damage; it was the working of the eye they were concerned about.' He pauses for a moment and looks away towards the back wall of the pub. 'I should have played it better. But even now, every time I go through in my mind how I *could* have played it, it still hits me.'

Lloyd's Test career had lasted 17 balls and barely half an hour. He retired hurt on ten. He would never play for England again. He is the only England opening batsman never to have been dismissed in the history of Test cricket.

After nine nights in hospital Lloyd was allowed to go home to his flat in Moseley, but he had to be careful. He was unable to tie his own shoelaces for a month because the doctors told him he had to keep his head still. No sudden movements. But he wanted to play cricket. By the end of July Warwickshire had reached the final of the Benson and Hedges Cup and Lloyd wanted to bat in it.

'I tried to do the *Roy of the Rovers* thing before the final by putting my pads on and having a net, but I was nowhere near. Couldn't bat properly. I had to make a decision about whether or not to keep playing cricket. I could have picked up £60,000 or so as an insurance payout, but I'd have to stop playing professionally. Thing is, I knew I would be captain of Warwickshire one day, and I knew I had a benefit year coming within five seasons. So I decided to go on.'

Lloyd wouldn't play again that year, but there was some tentative batting on an English Counties XI tour of Zimbabwe in the beginning of 1985. When the next county season came around he was back for Warwickshire. For his first game at Edgbaston, on the pitch where Malcolm Marshall had ended his Test career, he had to face Greg Thomas of Glamorgan, one of the country's fastest bowlers. He did well.

I got 160 or something, so everyone thought I was OK. Most bowlers that season made a big mistake: they tried to bounce me thinking I'd be scared. But the balls I couldn't play, the ones I really struggled with, were the full balls – half-volleys and yorkers. And the reason was this: I found it very difficult to judge distance and speed. The bouncer did two things – it went down and then up. That was OK, but the good-length ball just kept coming on the same path. That's why fielding was a nightmare. I was in a lot of trouble from a ball hit flat and hard straight at me. As for batting, there was a guy at Lancashire called David Makinson. Left arm medium pace, absolutely nothing special. Couldn't have played more than 30-odd first-class games and I doubt he got to a hundred wickets. Anyhow, he always pitched it up, and I couldn't get a run against him, and he kept getting me out bowled or LBW. I think after that I knew I'd never play for England.

His damaged eyesight had recovered as much as it would. There would be no more improvement. Freed from the constant pressure felt by the elite cricketer – the expectation of playing for your country – Lloyd changed the way he batted.

I was a completely different player now. I started smashing it a bit because I knew I would never be in the top rank again. Psychologically it was interesting too because up to 1985, my whole career – ten years – had been all about me. Improving, improving, challenges, getting runs, focusing on nothing other than playing for England. That was my professional existence. After Malcolm hit me and I realised I had no chance of getting back with England, I changed my focus entirely – my reason for being a cricketer – and it became all about my team, Warwickshire.

I never felt that I was a victim of the West Indian fast bowling.

It was fair dos. The fast bowler is not complete without a bouncer, and cricket wouldn't be right without it. The West Indies overdid the short-pitched stuff – they stretched the limit of the regulations – but it was their way of winning, and they always played within the laws. Always. And I would have done exactly what they did if it had been up to me.

*　*　*

Andy Lloyd was still in hospital while the West Indies were making 606 in the Edgbaston Test. They didn't have to bat again. They won the game by an innings and 180 runs. The second Test was at Lord's, and it was England's turn to declare in the hope of a win on the last day. Graeme Fowler had got a hundred in the first innings, and Allan Lamb did the same in the second. They set West Indies 342 in just under three sessions of cricket.

Gordon Greenidge opened the West Indies' second innings. He had been batting at the top of the order for almost ten years and was as important to the team as any fast bowler. Again and again that morning he hit the run of small boards put up next to the boundary ropes on both the Grandstand and Mound Stand sides of the ground. Greenidge clipped decisively off his legs and cut so swiftly to the off that his bat circled with momentum above his head with each four. He made his 50 when the team had scored only 77.

Greenidge probably knew England and the English better than any of his teammates. His first encounters had come not as Gordon Greenidge but as an uncertain teenager called Cuthbert Lavine. Until 1965 Cuthbert had lived in Barbados with his grandmother, whom he adored, while his mother sent home as much of her wages from a London bakery as she could. When Cuthbert was 14, she sent for him, and he left the village of Black Bess in the north of the island. He was leaving behind his friends, as well as swimming in the sea, fishing after school, kite flying and berry picking. He moved to Berkshire into a gardenless terraced house with his mother and her new husband, whose name was Greenidge. In a grim street he experienced the drabness of 1960s Reading. It was, he said, like setting foot in hell.

'I was going into something completely new, something I knew nothing about,' he recalls. 'It was a totally new dawn. Despite the joyful experience of being in the company of my mother again, it was very frightening, I have to say.'

If Reading itself was bad, school was worse. His thick and speedy Barbadian accent was ridiculed, but that was nothing compared to his astonishment at being racially abused. He remembers that 'black bastard' was the least of the taunts he suffered. His bewilderment was compounded by Caribbean pupils from different islands, who regarded him with almost the same suspicion and animosity as the white bullies who punched him in the face.

At 15 he was out of school and working. Unqualified and unskilled, he shifted sacks of seed and soil for a local agricultural merchant. He cared little for cricket and was better at rugby. He was a lonely, hesitant teenager, and his only dream was that he might one day become a preacher. Then an opportunity came along: in his last year at school he had been chosen for the Berkshire young cricket side, although Greenidge is convinced that the only reason he had been picked was that he was a West Indian. He hit the ball hard yet had no concentration, but he must have had some talent because the next season he was asked to play again and made a hundred against Wiltshire. His name was then mentioned to Hampshire, a first-class county. For the first time since he came to England, there was something to look forward to. Things had changed for the better. So had his name. Cuthbert Gordon Lavine was now Gordon Greenidge.

* * *

At Lord's on the last day of the 1984 Test Greenidge batted on. After lunch he faced England's fast bowlers not in a helmet but a cap. Bob Willis was driven; Derek Pringle was clubbed. Desmond Haynes had been run out, but Greenidge was joined by Larry Gomes with his unobtrusive, considered play. Meanwhile, a man was racing home across London to watch the rest of the match on his television. Harold Blackman was a bus driver from Harrow and, like Gordon Greenidge, a member of a powerful cricket team full of West Indians. Not quite Test standard, it's true, but good enough to lick most sides that came their way.

'Ah yes, the feller Gomes. We called him the carpet sweeper,' chortles Harold in his chair at his family home in Barbados. He is retired and on his 'long holiday'. He will be back in England next year, but not until winter is gone and the clocks go forward. 'Yes, we call Gomes the carpet sweeper because he bat like an Englishman sweeping a room, prodding about, not attractive. Never hit the ball in the air. But the point is, he fold in nicely with the other West Indies players. We have a lot of attacking players. We have Gordon, we have Viv, we have Clive. So we liked somebody like Gomes to steady the ship. Sometimes we in trouble and Gomes comes out, prods here, prods there, make a hundred.'

Harold Blackman had been watching the Test match on his television that morning but had to run an errand from Harrow to Charing Cross station.

'The game could only be a draw, only a draw. I had to do this delivery so I say, "No more cricket; I'll do this job." I set off and go to Charing Cross, finish the delivery a couple of hours later and then this feller at the station say, "Greenidge and Gomes are murdering England." Well, first thing I run for the train to Harrow to get back to the house and see if we can win.'

Harold had arrived in England two years before Gordon Greenidge. He too was Barbadian and, like Greenidge, was an opening batsman.

I had been a bricklayer in 1963, 18 years old, helping to build the new Queen Elizabeth Hospital in Bridgetown. Anyhow, London Transport came recruiting. They wanted people for the buses and trains. I put my name down and I got a letter one day – I'd been selected with a batch of 20 boys with a chance to go to England. We had to do exams first and they said if I was successful, I'd be going in three weeks' time. So I had my injections and all that and we had to go to the polytechnic by Kensington Oval three nights a week. Now, we had dollars and cents in Barbados, and because I was going to be a bus conductor and collect the fares in London, I had to learn pounds, shillings, pence and farthings. This was a nightmare. But fortunately I was not too long out of school so it clicked quite quickly.

The final exam was on a Sunday morning in May 1963. Harold cycled to the test because he had to get to a game of cricket in the afternoon. 'I was anxious not to miss that match. So I did the exam – pounds, shillings and pence – and then I had to write an essay about what to do if there was an accident on the bus. They told us the results immediately. And they said to me, "You're passed to go to England and you're off next week." So I cycled to that cricket match knowing it would be my last in Barbados.'

Harold had never left the island before. He flew to Jamaica and then caught a cargo boat to England. 'The bus company paid two weeks' rent in advance and put you in a house where there were eight or ten other men living – 112 Hindes Road, Harrow. I'll never forget it. Three to a room in bunk beds. It wasn't easy. But one good thing, they were all Barbadians, and I knew two men there because we'd played cricket together at home.'

A few miles to the south, as Harold was settling in during that spring of 1963, the West Indies were at Lord's, scrapping with England in one of the most exciting Test matches in years. Frank Worrell, Wes Hall, Colin Cowdrey with his arm in plaster, all four results possible. But Harold Blackman didn't see the thrilling draw. What he wanted to do was play himself. It wasn't difficult. Every bus garage in London had a side and a pitch. Harold's was Harrow Weald. He made his debut – kit-less – within weeks. In his navy-blue conductor's trousers he was told to bat at ten. For his next game his fortunes improved.

We played the hardest team in the division, Mortlake. They always won the Kingsbury League. This time the captain said, 'Young Blackie, everybody now tells me you can bat. You can open.' I said to him, 'This is a big jump from number ten to number one, Captain!' The opening bowler came from a long way off. Big run. I was on the front foot very early, and he bowled, and the ball still haven't get to me yet. *This is not like Barbados*, I thought, so I decided then to play off the back foot, see it off the wicket. Next ball, overpitch. I hit it back past him for four: everybody like it and shout. And the bowler look at me and I say, 'You can't bowl fast.' And he say, 'Blackman?' And I say, 'Tudor??' Well, turns out this feller and I used to play in the same league at home! I played for Lords, he played for Three Stars. Anyhow, I bat right through, get 68. They beat us by one wicket. But the news get around that a boy called Blackman was in the league!

Harold soon had a permanent spot in the Harrow Weald garage side and eventually became a valued regular in the London Transport XI, known as Central Road Services, a strong representative team chosen from all 48 London bus garages.

We had two white fellers in our garage team. That was about the same balance in all the garage sides. But when I first got to play for CRS, the captain had to be white. First time I see him bat, we lost. He was only captain because he was white! Oh yes, yes, yes. We still had that. He work for the buses but in the office. Once, I seen him try to make two runs to win a game. He couldn't even do that. 'We got to get a proper captain,' we said. We took it in our stride though because we were in England.

Along the south coast, young Gordon Greenidge was also trying to work out English ways. By 1967 he had played for the Hampshire second XI and had done well enough to be offered a two-year contract. At the County Ground in Southampton he painted the benches, picked up litter and swept the pavilion. When his chores were done, he was allowed to practise playing cricket. He scored some runs but was desperately lonely. He had few friends and lived in a YMCA hostel. Greenidge would pass the hours away from cricket playing snooker or table football, wary of those travellers in the hostel who would pick on him because of his colour. As he needed to qualify for the county by residence, he had to live there not just for the cricket season but for the winter too.

'That doomed me to the strange twilight world of the YMCA for some of the longest months of my life,' he wrote. 'I used to sit in my cramped and suffocating little room dreaming of the golden days of summer as the rain beat unceasingly against the windows.'

When his second season as a Hampshire cricketer started in 1968 he was hoping that life with the other junior players would be different to his dreary days in the YMCA. A few weeks into the season he and some other second XI staff were told to paint the creases for the start of a county game the following day. Instead, the other juniors decided to pin Greenidge down and paint him with whitewash. Only when they tried to whitewash his genitals was Greenidge able to break free. Made furious by his humiliation, he grabbed a spade and threatened to break it over their heads if they came any closer. 'They must have sensed this was no idle threat and they backed off hastily,' he recalled. 'Never again did I become the butt of racial jokes or of misguided horseplay at Hampshire.' He had stuck up for himself, but his sense of isolation from his teammates had never been more apparent.

'Because of the treatment you had to cope with, you had to find a way of releasing all that built-up anger,' he says now.

I felt that to go at my cricket forcefully, to attack, was a way of letting out that anger. I can't take it out on another human being because it wouldn't be right – although I felt like it at times – but I'm sure gonna take it out on five and a half ounces of leather cricket ball. I wasn't always a touch player that applied a lot of finesse. Maybe the word to describe how I go after the ball on the field of play was 'brutal'. Maybe it was a way of expressing myself and releasing that anger that had built up inside of me.

Greenidge's experiences would not have surprised Harold Blackman, who by now worked the 140 bus route from Mill Hill Broadway to Heathrow Airport.

I can tell you it wasn't easy. Things often happened. I would collect the money on the bus and I would have people who didn't want to touch my black hands. One woman held the coins high in the air and dropped them to me – went all over the floor of the bus. Now, if that had happened later in my career I would have just let the coins roll, not a problem. But I was new. I didn't want to lose my job so I was there on my hands and knees picking up this woman's pennies. It was humiliating. Not very nice. That's one incident. There were plenty more. They would call you a black bastard. Later on, when I was a driver, people would spit on you. It wasn't fun, but we take it, we take it. You had to work it out for yourself. You could either get in trouble – I had friends who ended up in court for that – or you could walk away. My thing on the bus was not to talk to nobody. That way worked for me. But there are some things that were done to me that will stick in my mind until I die. When people ask me how can I stay on the buses for 48 years, I say, 'Only God knows.'

And it made me angry – and I'll tell you why. When I went to those evening-class lessons in Barbados before I got selected to be a conductor, they told us a lot of lies. They told us, 'The English people are the nicest people in the world.' First day I walked to the Harrow garage, we said, 'Good morning,' to everyone we passed – like we did in Barbados – and not one person answered. Why didn't they tell us the truth?

We walked home at night in the early days, got followed by a group of Teddy boys with chains. Well, we made it to the Wealdstone police station and there were two policemen outside. We asked for help and you know what they said? They said, 'I'll tell you the best thing to do – why don't you go back home where you belong?' And you wonder why there were problems with the police in later years? They had the same hate in them as those Teddy boys.

* * *

At Lord's in 1984 Bob Willis ran in from the Pavilion End to bowl. The ball was short, and Gordon Greenidge cut it square. It didn't go for four, just a one to deep cover, but it was enough to bring the batsman a hundred.

'Up goes the bat, up go the arms – a super hundred this,' said the TV commentator Jim Laker. 'He really has played exceptionally well. A hundred out of 149 for 1. He's really set West Indies on their way.'

The West Indies supporters in the stands blew on creamy pink conch shells, rang hand bells and pumped portable radio sets up and down above their heads. Greenidge was their man, a batting hero of the best sort – dependable, experienced and exciting. But it had not always been this way.

'Go home, Englishman! Who the hell are you?' the fans had hooted. It was the beginning of 1973 and Greenidge was walking off the field at the famous Kensington Oval in Bridgetown having failed again for Barbados. The previous summer he had done well for Hampshire and had been given his county cap. This was much more than just a piece of cheap cloth; for Greenidge its award brought the sense of belonging and status, the legitimacy he had yearned for. It was recognition of his efforts. It made all those dreadful nights in the hostel worthwhile. With his Hampshire cap on his head, he felt less of an outsider. But now, months later, he was once again bewildered and confused. Barbados had asked him to play for the island. Perhaps this was a sign that he was being considered for the West Indies. Greenidge thought he was coming home, but he was in for a stunning let-down. What he calls a 'hate campaign' unnerved him so much that he seriously considered returning early to England.

It was very strange. I was encountering behaviour very similar to what I encountered when I first moved away. Up until this day I don't think I am accepted as a Barbadian. I mean they still call me an Englishman, and that's a fact. That made me very angry, as well as the reception that I received on coming back to the Caribbean. It was unexpected, so maybe I felt more anger towards the people behaving like that than what I felt towards the English guys who were calling me names when I first moved to England.

Greenidge worked out that the resentment was caused by the belief that he was taking the place of local cricketers in the Barbados team, the 'home-grown' players, that somehow his time in England had made him privileged and wealthy. Apart from his family on the island, few people welcomed him. Yet again he was an outsider. It didn't help that he couldn't make big scores on Caribbean wickets.

The skills he had learned in England – playing late, watching the ball off a deviating pitch against medium-pace swing – were no use to him here. The West Indies regional bowlers were faster, the wickets much quicker and the glare from the sun made Greenidge's eyes water. To make matters worse, he wasn't selected for the West Indies side to tour England in 1973 despite there being no obvious talent to accompany Roy Fredericks at the top of the batting order. Back in Hampshire that summer, Greenidge was quietly asked if he might be prepared to play for England. After all, he had lived in the country for long enough. He was flattered and gave it some serious thought. If he didn't get picked for the West Indies in the next year or two, then yes, playing for England was very likely.

In the end the West Indies selectors made the decision for him. Greenidge was chosen for the tour of India, Pakistan and Sri Lanka in the winter of 1974–5. He was one of many young players under the new captain, Clive Lloyd. In his first Test he made 90 and a hundred. A century on his debut for the West Indies – like George Headley, like Conrad Hunte and only five other men. It was a wonderful start to a very long international career, yet for all his successes Greenidge never seemed entirely soothed by a great innings. He was easily disturbed by his failures and had a tendency to sulk. Being dropped as an opening batsman in Australia the following season angered and humiliated him. Had his experiences as a young man taught him always to expect misfortune? Yet his determination to get even, to fight back, was equally strong. He was hugely competitive within the West Indies line-up. It's likely that he felt his batting wasn't recognised and applauded in the same way as that of the more gregarious members of the team such as Richards and Lloyd.

'I have often wondered if my life would have been easier had I been bred and discovered on one of the Caribbean islands,' he wrote in his 1980 autobiography. 'I am the only member of the West Indies party who has come to the top via another route and there are still moments when I feel like an outsider in the West Indies dressing room.' That feeling of separation was not helped by other remarks in the book. He made it clear that he did not think Clive Lloyd would go down in history as an inspirational leader. A marvellous and instinctive cricketer, for sure, but not a man whose shrewd captaincy changed the course of matches.

'I think Gordon felt that he didn't get what he really deserved in the side,' says Tony Cozier.

He craved recognition. But the fact is he is right up there with the best West Indian opening batsmen there have ever been. Him and Conrad Hunte. And actually Greenidge was a fortunate batsman. He was fortunate to have Desmond Haynes as a partner. Roy Fredericks and Hunte had something like 13 different batting partners; Greenidge had Haynes and Fredericks. A big advantage. He had physical power matched by mental strength. He was a very serious man who I've no doubt didn't entirely fit in to the West Indies dressing room, which was usually a place of fun and laughter. After all, they were West Indians. There was a lot of leg-pulling. But Gordon must have been strong because the one thing Caribbean cricket watchers can do immediately is detect any sort of psychological flaw, any weakness in a player. On the pitch Gordon didn't have those flaws.

Certainly not on that day in 1984 at Lord's. By the middle of the afternoon he was still there and had gone past 150. Less than a hundred to win now. Derek Pringle came back on to bowl. With beauty and power Greenidge put him over mid-wicket for four. Greenidge's followers now honked with delight. 'There's the old Bajan sea shell,' noted Jim Laker, before adding after a pause, 'I've blown a few of those in my time.' Off the next ball Greenidge nearly killed umpire Barry Meyer with a waist-high straight drive that would have ricocheted around the pavilion had it not been stopped by the dainty whitewashed fence guarding the front door.

'It was unbelievable,' recalls Graeme Fowler. 'Allan Lamb was at cover; I was at backward point, and Greenidge was giving himself room and smacking it past us for four. The closer we got, the harder he would hit it one side or the other – he was playing games with us. We didn't blame the bowlers though. It just got to a stage where it became inevitable. We couldn't stop him.'

With a hook to long leg, Greenidge took Neil Foster for a six into the Edrich Stand. Now he had made two hundred. Only eight other men had done that at Lord's since Test cricket began. His first reaction was to punch the base of his bat hard into the wicket as if planting a flag on a conquered peak. It had been a brilliant match-winning innings. Not long after, the defeated England fast bowler Ian Botham pottered up off four paces and bowled a fluttery off break which Larry Gomes, now on 88 and surely the finest carpet sweeper in the land, cut for four. Spectators fought for the ball at deep extra cover. Greenidge with a purloined stump in his hand, ran for the pavilion. It was half past five, and the West Indies had won by a mile.

It was one of the great West Indian innings of modern cricket, although Greenidge himself believes that his 134 (out of 211) at Old Trafford in 1976 was a more important score because it enabled his side to win a game they would otherwise have lost. Greenidge had showed himself to be supremely organised, a punisher who in the words of his captain batted 'with the interests of West Indian cricket at heart'.

His opening partner, Desmond Haynes, had sat and watched most of Greenidge's innings from the dressing-room balcony. They hadn't shown it that day, but they were the most successful front two batsmen the West Indies would ever have. Sixteen times they put on more than a hundred together; four times they scored more than 200. For 13 years they stayed together.

'My role was the supporting one,' says Haynes. 'I would never try to outdo Gordon. I wanted to make sure that our batting partnership was a long one. I don't mean the number of runs we put on in an innings; I mean the number of Tests we played. If he made 89 and I got 11, then it was a hundred partnership and I would be picked in the next game. I was happy to play second fiddle. I always thought that Gordon was better than I was. He was a more complete player.'

England were now two–nil down in the five-match series. The loss at Lord's was particularly embarrassing for the new England captain, David Gower. On the fourth evening his side had been in a very solid position, heading towards a good total. Then they came off the pitch in poor light when the braver thing to do might have been to stay on and make more runs to take the game away from the West Indies. Time had been lost.

Such a decision had been 'psychologically weak and tactically timid', wrote John Woodcock. *The Times* also questioned how hard Gower's England had prepared to play the world's best team. 'There is one fairly gruesome story doing the rounds,' revealed Woodcock. 'It tells of how before the Lord's Test West Indies practised hard from 10 o'clock in the morning until two o'clock in the afternoon while England, due at three o'clock, arrived late and were soon gone. Clive Lloyd insisted that Garner, against his wishes, should have a proper bat, helmet and all, in case he should have to go in with 10 to win.'

Not since 1948 had an England captain declared his second innings and lost.

'It was a mighty humbling day to be in the field against that,' admits David Gower. 'They won with nearly 12 overs of the last 20 left. To use a colloquial expression, all the wheels came off. The chairman of selectors, Peter May, was keen that we declared early. By the mathematics of the 1960s, that made sense; by the mathematics practised by the West Indies, it was a bit ambitious.'

'It wasn't the done thing to go on batting,' says Graeme Fowler. 'And that was the trouble. We were stuck in the 1960s, and the West Indies were playing twenty-first-century cricket in 1984.'

'You see, your problem in England was flair,' says Harold Blackman, who had made it back to Harrow to catch the last half-hour of the Test match on television.

Gordon was a flair man. A power man. A beater of the ball. Now you had no players with flair, well not many. Gower, he had a touch. 'Lord' Ted Dexter, he even batted like a West Indian. Colin Milburn. There was a feller we liked. We liked to see players hitting the ball. You also had a great player by the name of Ken Barrington, but we couldn't stand him! He could prod around all day. A killer of the game! Peter May, he wasn't bad, but the flair wasn't there. The flair wasn't there.

* * *

On the first morning of the third Test at Headingley Malcolm Marshall fractured his left thumb in two places. He had been fielding at gully and was hit trying to stop the ball. He left the ground and went to hospital, where his hand was set in plaster and the examining doctor told him he would not be able to play cricket for ten days. Marshall returned to the ground to watch England bat. The following day he saw his own team's reply.

Larry Gomes again went well for the West Indies and on the third morning was nearing a hundred having got the side past England's score of 270. The trouble was, he was running out of batting partners. When Joel Garner was out with Gomes on 96, it seemed that the innings would have to be closed. Only Marshall was left. But in the dressing room what had begun as a light-hearted tease – 'Get your pads on Maco and go and help Larry' – hurriedly became a serious plan. Garner was nearly back at the top of the pavilion steps when Marshall was seen trotting out wearing hastily fastened pads and throwing a batting glove back to his teammates. He was to admit on television that evening that he had still been 'in his civvies' when Garner was given out.

When he got to the middle he realised he couldn't hold the bat in two hands because of his rigid plaster cast. 'What shall I do?' he asked Gomes. 'Just try to block it, I guess,' replied the batsman. With Marshall at the non-striker's end, Gomes sprinted for two into the leg side and then, when the field came in to stop him getting the strike for the next over, he slogged Bob Willis back past his head for four to make his hundred.

That wasn't the end of the innings. Marshall stayed with Gomes and faced eight balls of his own. He played and missed with a huge swipe that made him laugh, and then to the delight of the West Indies supporters on the terrace got up on his toes to glide a fast ball from Paul Allott wide of the slips. He'd hit a boundary with one hand, and before he was out his team had gone past 300.

Back in the dressing room Marshall realised that he was not in a huge amount of pain. He thought he might be able to bowl. England may have tolerated the light relief of him batting, but seeing him join the West Indies on the field to take the new ball was as serious as it was unexpected. England had scored only ten when he got his first wicket – Chris Broad caught at leg gully fending off a perfect short, fast and straight ball. After complaints were made that the England batsmen might be distracted by the flashing white plaster of Marshall's cast – which had been signed by the West Indies team – his arm was wrapped in pink tape by Dennis Waight. He then took six more wickets, including a caught-and-bowled to dismiss Graeme Fowler, and destroyed England single-handedly.

Before three o'clock the following afternoon the West Indies had won the match by chasing a target of 128. They were now three up with two Tests to play and had once again defended the Wisden Trophy. English hands hadn't raised it since 1969. 'I had a certain feeling of helplessness,' confesses David Gower. 'It was now a question of the margin.' He says he was trying to deal with his emotions both as a captain and as a player. 'We'd been beaten badly, and whatever I said when I made an attempt to build or maintain an aura of confidence in the dressing room felt a bit hollow.'

By the time the series was complete, Gower had tried to gee up 20 different players. In four of the Tests he had had to inspire men who'd never played for England before. 'These guys were having to make their debuts against one of the strongest sides they'd ever play in their lives,' remembers Desmond Haynes. 'C'mon! This was such juicy prey for our fast bowlers.'

At Old Trafford for the fourth Test the West Indies found yet another way of winning. Again they only had to bat once because Gordon Greenidge made another double century. In their second innings England had to score 221 just to make the West Indies bat again. They got nowhere near and were bowled out for 156 – not by Garner, Holding, Winston Davis or Eldine Baptise, but by Roger

Harper the off-spinner, who took 6 for 57. John Woodcock remarked that the appearance of a slow bowler in a West Indies line-up was 'as rare a sighting as an olive-backed pipit in Longparish in December'.

＊　＊　＊

The West Indies had a squad of 17 players for the 1984 series in England. Harper was one of six who hadn't played any county cricket. In the previous English season just Northamptonshire, Sussex, Nottinghamshire and Yorkshire (who only took players born in the county) didn't have a West Indian on their books. Those West Indians who played for the other 13 counties all played Test cricket in 1983. Several of the sides also had young British West Indian players – either born in England or who had moved to the country as children. At Middlesex, for instance, there was Wilf Slack, Roland Butcher, Norman Cowans and Neil Williams.

The importance of county cricket to the development of the West Indies team cannot be overstated. 'Big time. It made a huge difference,' says Alvin Kallicharran, who had 19 seasons playing for Warwickshire.

We became professional cricketers, and it became a way of life for us. For a young man to go to England and then to bat every day, to bowl every day – surprise, surprise you become a better player. Your capacity improves; you're now a thinking person, thinking professionally. Because of England, I learned to keep my eyes on the ball, to play late, to remain focused in an innings and to concentrate for a long time. I learned discipline, I learned the etiquette of cricket. I felt I could combat any batting situation. So when we came to England as the West Indies later on, it was like batting in your backyard.

In 1968 the rules on overseas cricketers playing for counties had been reformed. Sides could employ a single foreign cricketer immediately and another after three seasons. Nowhere else in the world could a man play so many games of professional cricket in a season. The county championship programme of 1967 consisted of 238 fixtures, much more than the total of all first-class matches played that year in all other cricketing countries combined.

By the late 1960s Clive Lloyd had begun playing at Lancashire, Keith Boyce was at Essex, Garry Sobers was with Nottinghamshire and Lance Gibbs played at Warwickshire. Lloyd helped Lancashire to become the best one-day side of the time. In 1972 Warwickshire won the county title with four West Indians – Gibbs, Kallicharran, Deryck Murray and Rohan Kanhai – Murray and Kanhai could play because they qualified through owning property in England.

These players were developing the tradition begun by men such as Learie Constantine, the three Ws, Sonny Ramadhin, Collie Smith, Conrad Hunte and Basil Butcher. All these great West Indians had played English cricket in the Lancashire leagues, where they had gained a sense of responsibility. After all, they were carrying their teams. They were well paid so it was in their interests to develop not only their main skills but their subsidiary abilities too – fielding and batting if they were a bowler, catching and bowling if they were a batsman. To succeed they very quickly had to develop a sense of professionalism because the way they carried themselves in those little towns was noticed. Upright living was expected of them. These useful and important character traits would have been observed by and passed down to the players of later generations, building up to 1968, when the overseas player could flourish fully for the first time in county cricket. When Garry Sobers played at Derby that season, the county took more gate money than ever before in its history. These players were now sharing the experiences and challenges of those many voyagers who had left the Caribbean since the war to try to better themselves in England.

'The league professional has a tremendous burden to shoulder,' wrote Frank Worrell in *Cricket Punch*, 'and it is a good thing for any cricketer who aspires to international fame to learn how to shoulder tremendous burdens. It sharpens him up, makes him realise that whereas cricket is a delightful game, it is also a difficult game if you are going to be at the top in the top class.'

'They became stronger people,' says Tony Cozier. 'They went overseas, often for the first time, often alone. Their behaviour had consequences now. To put it another way, they did their own laundry for the first time. It made them into men.' (Clive Lloyd was perhaps an exception on the laundry front. During his early seasons at Lancashire, the washing of his underwear was generously overseen by the wife of the county captain, Jack Bond.)

Migration to England made the West Indies Test side better. Domestic cricket in Australia and the Caribbean was only semi-professional, and there was not a great deal of it. You couldn't earn much. So playing for a county meant good money and lots of cricket experience. 'In the 1970s,' says the cricket author Stephen Chalke, 'there was nothing better than spending four months of a year when there was not much cricket going on anywhere else in the world, fine-tuning your skills within the rich variety of pitches and match conditions that English county cricket offered.'

Batting was done on uncovered pitches so there were always different surfaces created by wet or dry weather that helped the ball to spin, seam or swing. A young West Indian who had learned his cricket in Barbados or Trinidad had to tighten his technique considerably. The ball did very different things in England. Greenidge, Fredericks, Lloyd, Richards and Kallicharran all became more complete players because they batted in England a lot. In fact Richards and Greenidge served the bulk of their apprenticeships on English wickets. All would still have become great players, but their English experience taught them to adjust to different circumstances more quickly.

Bowling in England was always done best by the most intelligent cricketers. You had to think to bowl well on English pitches. Malcolm Marshall was a good example. During his great season of 1982, in all matches in England he bowled 1,008 overs and took 160 wickets. County cricket gave him the hours he needed to become brilliant. He could rehearse without fear. When he was perfecting his inswinger in 1985 it took him two months of net bowling and competitive matches to get the delivery to a standard with which he was happy. That meant at least 18 first-class and one-day matches. Had he been playing only for Barbados it could have taken him two seasons to build the confidence to use the inswinger in big cricket.

County cricket helped the West Indians more than it did any other foreign Test side. They were able to hone their skills and retain their competitive edge. Their sides of the 1950s and early 1960s had had some successes but lacked the consistency of professional cricket. Batting collapses were quite common, and the West Indies never stayed at the heights for long. Without the experience of English cricket, their great teams could not have advanced in the way that they did under Lloyd. County cricket made the Test side much harder to beat.

Perhaps the culmination of this shared experience was the team that excelled during Packer's World Series Cricket. There is a connection. Here was a supreme travelling independent side, playing against all types of players on different types of pitches. At last they knew they could look after themselves.

*   *   *

At the fifth Test at the Oval in August 1984 the West Indies had the chance to make cricketing history. No team had won every Test of a five-match series in England before. Marshall was back and got five wickets in the first innings. Holding, reverting to his long run-up of '76, did the same in the second. Lloyd saved the West Indies with an undefeated 60 when they batted first, and Haynes got a hundred when they went out for a second time. At one minute past midday on the last afternoon, Tuesday 14 August, the England swing bowler Richard Ellison nicked a catch to Joel Garner in the gully. The last of England's 97 wickets to fall that summer had gone, and the West Indies had won every Test. Five–nil. Not a whitewash, a blackwash.

'Everyone knows of our association with the British,' says Viv Richards, 'and everyone knows the standard that the British had set as far as cricket was concerned. So beating them felt like we had come a long way. They adore Test match cricket. I heard someone say, way back when, that England would rather lose a battleship than lose a game of Test match cricket.' He laughs. 'Now I don't know how true that statement is, but hearing it like that, then you know how serious the English appreciate Test matches.'

Since the beginning of Test cricket such a complete result had only been recorded by four other teams. Australia had managed it twice, between the wars. England did it against India in 1959, and the West Indies beat India five–nil in 1961–62. By winning at the Oval, Clive Lloyd's side had also equalled the all-time record of eight successive Test match wins. They hadn't lost now for 23 matches. One defeat in 39 Tests.

'We never expected to win five–nil,' says Lloyd. 'I must be honest and say that we didn't expect to lose, but the margin of victory was a bonus. By now we were formidable. I think we were largely respected wherever we went, certainly by other cricketers, and people spoke about West Indian cricket with admiration.'

Up to a point.

While other players may have appreciated the West Indians' craft, there was undisguised displeasure regarding their bowling by some in the English media. Writing in the *Sunday Times*, Robin Marlar stated that 'as the umpires seemed neither to count nor to care how many balls pitch closer to the bowlers than the batsmen, we can expect the plague of short stuff to continue. The beautiful game will die of such brutality but you cannot get a West Indian to agree with that proposition.' The only thing that gave Marlar any joy on the Saturday of the final Test was listening to one of Mozart's horn concertos in his car as he drove to the Oval.

Ideas were also being formulated to blunt West Indies tactics. Two former England captains, Sir Leonard Hutton and Ted Dexter, had specific plans. Dexter wanted the pitch to be made longer so the ball took longer to reach the batsman. (Such a change would have killed off slow bowling at a stroke.) Hutton wanted a white line to be placed across the wicket halfway down. If the ball pitched on the bowler's side of it, it would be an illegal delivery. The editor of *The Cricketer* magazine, Christopher Martin-Jenkins, endorsed Sir Leonard's thoughts. He suggested trialling the line for a season of first-class cricket across the world so as to prepare teams for its use in Test matches. 'It would be so much better to deal with the problem now rather than when someone has been killed,' he wrote.

By now the view had formed that the West Indies were somehow tarnishing the spirit of cricket, that the way they played the game with four fast bowlers was underhand, unfair even. In the words of Marlar, 'most people on whose support English cricket depends, believe monotonous fast bowling to be both brutalising the game and boring to watch'. To accompany the 1984 Test series in the *Wisden Cricketers' Almanack*, its editor John Woodcock printed a photograph of the England night watchman Pat Pocock, 'ducking for his life' to get under a bouncer from Malcolm Marshall. The picture was captioned, 'The unacceptable face of Test cricket'.

'Unacceptable?' asks Graeme Fowler. 'Was it hell. We never thought that. We just knew we were involved in a monstrous battle. We never thought this was against the spirit of the game. Our only thought was that if you can't handle it, then don't do it. Just get stuck in. The West Indies were found guilty of nothing more than being superb.'

Matthew Engel covered the 1984 tour for the *Guardian*.

As the possibility of the blackwash built, the series actually became more and more vivid. The extent of it enhanced the drama. And I don't think monotony played any part in it. Monotony is trundling medium-pacers of the sort England quite often put out. The sense you had was that you were witnessing something extraordinary. Vivid, on the borderline of what we conceive as cricket, but never monotonous.

The West Indies were supposedly dull to watch, yet advance ticket sales for the third Test at Headingley (when England were already two–nil down) were a record £130,000. Gate receipts at Lord's – £507,000 – were also a record. The boundary on the Grandstand side of the ground had to be shortened to 65 yards to accommodate extra spectators on the grass.

It was often repeated that summer that dreadfully slow over rates drained all the excitement from the game, yet when the unused playing time from 1984 is added up, it totals 15 two-hour sessions not including time lost to shorter weather delays. That would have been enough time to play another complete five-day Test. 'If they'd have liked,' says Clive Lloyd, 'we could have won all our matches a lot quicker. I wonder what the people who counted the money in the tills would have thought of that.' As for the depressing homogeneity of fast bowling, Woodcock suggested in *The Times* that there could be a scenario for the second Test where England might be better off picking four pace bowlers: Richard Ellison, Derek Pringle, Bob Willis and Neil Foster – as well as the fast-medium Ian Botham.

West Indian fast bowling was supposedly dangerous and unedifying. *Wisden*, in its review of the 1984 season, complained that umpires had allowed bowlers to resort 'ever more frequently to the thuggery of the bouncer'. But others seemed to like it. At the end of May, when the West Indies had played Glamorgan, *The Times* had reported that after a delay for rain the weather and the play were more enjoyable. 'There was a purple passage when Winston Davis [playing for Glamorgan] attempted several bouncers at [Richie] Richardson, a miniature war, as it were, between the Windward and Leeward islands. Those that Richardson could reach were hooked, pulled and driven for five fours.' Black bowlers bouncing black batsmen seemed to be perfectly entertaining to some critics. Only in Test matches against England were bouncers apparently unpleasant.

In the series before the West Indies came to England they had hosted Australia. In one phase of the fifth Test in Jamaica the Australia fast bowler Rodney Hogg bowled 12 bouncers in a row (two complete overs) at the throats of West Indies' openers Desmond Haynes and Gordon Greenidge. In the first innings Greenidge made 127 and Haynes scored 60. In the second innings both were not out, making the 55 runs the West Indies needed to win the game by ten wickets. Far from being intimidated by Hogg's extraordinary bowling, they took it on and subdued it. It is interesting to wonder what the reaction would have been had Michael Holding bowled 12 bouncers in a row to a pair of England batsmen.

'It's so beautiful to see the hook shot played well,' says Desmond Haynes. 'I wanted people to bowl short at me. It was like a half-volley, a four ball. I always expected to get a short ball from a good bowler.'

'The criticism has to be rooted in jealousy. Why else would people complain?' reflects Joel Garner.

And the answer is very simple. You play to your strengths. It wasn't intimidation. If you take short-pitched bowling away, how many fewer runs would Clive Lloyd, Alvin Kallicharran, Viv Richards and Gordon Greenidge have scored? They conquered the bouncer. Take away the short-pitched ball and you take away one of the joys of cricket. It's such a nonsense because when we were on the end of it we never complained. The way I see it, we didn't bowl excessive bouncers, we attacked people who had a weakness.

The reaction to West Indian fast bowling was troubled by incon-sistency. It seemed to perturb journalists much more than it both-ered the players and the spectators. Even those who called for its supposed unpleasantness to be tamed by legislation – such as *The Cricketer* – couldn't decide whether fast bowling should be shunned or supported. Perhaps it depended on where the bowlers came from. In 1983, the season before the West Indies arrived, the maga-zine ran a nationwide competition: Find a Fast Bowler for England. Its quest was supported by Alf Gover and the England selector Alec Bedser. The winner, whom the two men chose from a group of 16 finalists, was a 19-year-old teenager from Paddington in west London called Junior Clifford. His parents were from Jamaica.

* * *

For the Oval Test in 1984, the last of the series, the press box was not in its usual place, but in a temporary building on the Harleyford Road side of the ground opposite the famous gasometers. To get to it, journalists had to make their way through the West Indian supporters. One reporter recalled that the atmosphere was different to anything he had experienced before. 'The crowd was hostile,' he said.

> There was lots of dope, not mellow dope. There was no doubt they were in the majority. I guess this was getting to the peak of West Indian cricket watching in England. It was by no means dangerous, but I felt uncomfortable. But was it any more intimidating than moments I'd had with Yorkshire supporters on the Western Terrace at Headingley? Probably not. I think that more than ever most of these young people saw that West Indian cricket team as an expression of their frustrations. It was a solution. Given what had happened in inner-city England in recent years, was that surprising?

In 1981 there had been serious riots in Brixton, just a couple of miles from the Oval. Plenty of people in the blackwash cricket crowd would have experienced that trouble, and they would witness further riots in the same suburb the following year, which began after the police shot and paralysed a black woman in her home while searching for her son, who was suspected of an armed robbery.

Professor Paul Gilroy, who has written widely about black British culture, was in the 1984 Oval crowd.

> For lots of young people there was a sort of Manichean purity to the confrontation that summer. The pulse of the 1976 cricket had been very strong and it radiated outwards for years. These victories,

condensed into this sporting encounter, were symbolic reparations for their sufferings in England. There was, I think, one resonance for the Caribbean migrant and another distinct sensation for those who were born here, those people whom the government called rather memorably 'the coloured school-leavers'. They had an extra dimension of bitterness.

'In the 1980s,' says the cricket writer Colin Babb, 'the Test ground was a point of assembly. It was a place you went to meet people who were like you, to connect with them and to celebrate. Yes, there were local sports grounds, the odd bar where you could sit, perhaps an annual carnival in your city, but the cricket ground was the place. When I went to the Oval it was the only time in my life where I stood in an open public arena with lots of other people like me.'

* * *

By the start of the 1980s the relationship between the police and many of the people who lived in Brixton had deteriorated badly. At the beginning of 1981 a fire at a house party in New Cross, a few miles to the east, had killed 13 people. There was a widespread local view that there was orchestrated indifference to the tragedy (on the part of the newspapers and the police) because the victims were young and black and that the party had somehow been considered a sinister event. Six weeks later, at the beginning of March 1981, between 6,000 and 20,000 people (the reports vary) walked through London to protest against the authorities' reaction to the fire.

Less than a month later a police initiative called Operation Swamp took place in Brixton. It was part of a campaign against burglary and robbery which the Metropolitan force was carrying out across London. In six days 120 plain-clothes officers stopped nearly a thousand people. Given that the suburb contained the country's largest number of British West Indians, almost all the people stopped were black. In a part of London where suspicion of the police was already profound, the operation caused remarkable animosity. The name Swamp had apparently been taken from comments made by the prime minister, Margaret Thatcher, when she was leader of the opposition in 1978. She predicted that by 2000 there would be four million immigrants from 'Pakistan and the new commonwealth' in Britain. 'That is an awful lot, and I think it means that people are really rather afraid that this country might be swamped by people of a different culture. The British character has done so much for democracy, for law, and done so much throughout the world that if there is any fear that it might be swamped, then people are going to be rather hostile to those coming in.'

The head of the local CID described the 118 arrests made by his officers during Operation Swamp as a resounding success. Within days of its ending, tens of millions of pounds' worth of damage had been caused to Brixton by rioters.

*　*　*

Steve Stephenson is sitting in an armchair in his house in Swindon. Around him is the evidence of his deep involvement in West Indian sport in Britain: photographs of him with players, posters advertising charity games, black-tie dinners, community matches for football and cricket. For 40 years he has been a confidant, fixer, supporter *in loco parentis* and adviser to Caribbean cricketers who come to England to play for a county or in the leagues. And his wife has been their chef. If it was egg and chips on the menu yet again in Bristol, Leicester or Swansea, Steve would rescue the West Indies by driving over with a car boot full of rice and peas and chicken patties, or ackee and saltfish with dumplings.

'You remember that famous banner at the 1975 World Cup final?' he asks. 'You see it on the TV. The one with the kangaroo? That was painted by my younger brother Harvey. He was an A-level student at the time. He didn't come to the game himself, but I was there. The banner got taken away from us and passed around the crowd.' Harvey's painted artwork had shown a marsupial bound with rope being pulled along by a black cricketer in whites and pads. It read, WEST INDIES – WORLD CHAMPION, WILL TIE THE KANGAROO DOWN.

Steve's father was one of the first Jamaican immigrants to come to Luton in the early 1950s. He had cycled around Kingston selling tobacco from his bike, but in Bedfordshire he worked on the Vauxhall car assembly line. 'Like a lot of people of his time, he saw England as the mother country where the streets were paved with gold,' says Steve. 'He wanted a better life.'

Steve arrived from Jamaica in 1971 when he was 17. He too worked in the car factory but by 1981 was studying for a university degree in social work. The riots that year in London, Manchester and Liverpool had spread to Luton. 'I'd opened up a club with a friend of mine. The Starlight Club. We wanted to do something for the 200 or so young people, a lot of them alienated, many aspiring to be Rastafarian, most of them born here. 'Social exclusion' was the phrase they called it at the time.'

Luton was a tricky place in which to hang around at weekends in the early 1980s. There was regular trouble between supporters of Luton Town and visiting football clubs such as Chelsea and West Ham United.

'Yeah, so the point was that this club was open all day on a Saturday. Keep the boys away from the nonsense. The police bought us a pool table. All the Asian boys would come and watch the Bruce Lee kung fu movies, the white boys come in hiding their cans of lager, the Caribbean boys come in hiding a bit of spliff, but they all mixed in the club together and they were off the street.'

Steve also set up a little library at the Starlight Club.

Lots of these kids had an identity problem, just like I had in Jamaica 20 years previously. I knew about Shakespeare, I knew about *Pygmalion*, we did exams through the Cambridge board, but we didn't know the capital cities of the Caribbean islands. We knew nothing about slavery. It wasn't until I came to England and read Malcolm X that I put all the pieces together. So I started teaching these kids a bit of black history. Some of them ended up in university and, I must say, some others ended up in Bedford Prison.

Then came the 1981 riots. 'I was down there in the middle of it all trying to stop some kids destroying a snooker centre. "This is not the way it should be," I kept saying. "We can't wreck the town we live in."' The disturbances caused enormous bitterness between many people in Britain's inner cities and the police. When it was all over in Luton, Steve wanted to do something to reduce the animosity. So he organised a cricket match.

I knew that we needed to bring the communities back together. The police had a good side, but we beat them in the park. Then they played us at their headquarters. We beat them there too. The mayor came to watch, and we all had a drink afterwards. These boys got a lot of pleasure from beating the police.

The heart of the problem was that for these kids they saw a lot of racism wherever they turned. Not necessarily from the police. You'd go to interviews with your qualifications and they'd offer you a job digging holes. If you spoke in patois, they automatically assumed that you were stupid. But at the time the backdrop to all this, the thing that we had, was West Indies cricket. I have to say that cricket was the mainstay, cricket gave us our pride. Clive Lloyd, Viv Richards. They lift us to another level. It was very important and it's still important today. But there was more. Where we played cricket, the local black club we were in, the opening bowler would be a carpenter, the wicket-keeper was a car mechanic or a builder. I was the letter writer, the passport signer. And we would all help each other with our skills for our mutual benefit. It was so much more than a cricket team.

To watch the blackwash triumph of 1984 was special. 'The cricket we went to see together used to lift our self-image. It was something we could look at and say, "Look what we have achieved." We felt by winning at cricket we was having our own back. We weren't getting the jobs, we weren't getting up the ladder. I don't think we analysed it at the time, we thought about it later on. The cricket brought us pride which we weren't getting in other parts of our life.'

In 1996 Steve Stephenson was awarded an MBE for his years of service to the people of Luton. 'I went to Buckingham Palace with my wife and my two children. All dressed up. We were inside the palace near the cloakroom and this very posh English lady who was also getting an award walked straight up and, without a pause, handed my daughter her coat. My daughter said, "But I'm not working here." Racism? It's alive and well. But, you know, I'm a social worker so I'm trained to show my humanity to all people whatever the situation.'

9

'I understood the
West Indian psyche'

A microphone on a stand has been set up on the outfield of the Kensington Oval in Bridgetown. It is 26 April 1985 and the West Indies are about to begin the third Test against New Zealand in Barbados. Clive Lloyd is there but not in his cricket whites; he is wearing a short-sleeved lightweight grey safari suit. He stands waiting with his hands joined in front of him.

Vivian Richards is at the microphone, self-consciously gripping a presentation tray on which are three cut-glass drinks decanters.

'On behalf of the members and the management of the West Indies cricket team,' says Richards, 'let me say thank you very much, Clive, for the strength, power and, most of all, the winning habit. Also I hope that you will accept this little token which we have gathered here.' He briefly raises the decanters. 'Thank you very much, Clive. Well done to a champion.'

Clive Lloyd walks up to his teammate and they shake hands. They pose with the decanters for photographers. Lloyd smiles beside the man who is the new captain of the West Indies. He has retired. Richards is now in charge.

*   *   *

Clive Lloyd had played his last Test match in Australia four months earlier. Another series had been safely won. He had led the team in 74 Tests and lost just 12 of them. There had been 36 victories. No West Indian had played as much Test cricket. Nineteen years had passed since he sat, fearful, in the West Indies dressing room in Bombay, wondering if he had the wit to bat against the Indian spinner Bhagwat Chandrasekhar.

The *Trinidad and Tobago Review* summarised Lloyd's achievement:

He has moulded the most successful team in the history of the game. He and his men have expanded the horizons of cricket; they have played before hostile crowds with dignity and Clive Lloyd has been at the helm keeping his cool, loving and being loved by his players. He has shown us what courage and self-belief added to self-discipline and talent can achieve. He has warded off eye problems, back problems, knee problems. He has had to fight for his form; has had his battles with administration; successfully led his men in and out of the Packer affair, always coming out stronger, dignified and victorious. Devotion and decency are the qualities that come readily to mind. His place will not be easy to fill. He has shown us how and has taken us to the mountaintop. We salute him.

The recognition Lloyd received from the WICBC at the time was a little more restrained. 'The board have long memories,' recalled Lloyd years after his retirement. 'I believe that they never quite got over Packer. I think in some way they felt shamed by what happened then, by what the players did.' His conclusion was that some of the board were jealous of the money the players had begun to earn and envious of Lloyd's standing within the team. 'They saw me as the big cheese and themselves as underlings, and of course they wanted that position to be the other way around. I got rid of a lot of headaches for them. They didn't even have to think about appointing another captain for the best part of a decade.'

The undercurrent of ill will between the board and the players was perhaps inevitable. The relationship reflected the tension that existed throughout the twentieth century in the Caribbean between employers and workers. Only after the Second World War had any meaningful recourse to trades unions for employees really existed. Even in the 1970s, as the Packer affair unfolded, members of the WICBC would have been unused to their authority being questioned. And although in the years before Lloyd's retirement the board was largely made up of former players, there was, in Barbados and Trinidad particularly, a close historical association between Caribbean cricket administrators and the white elite of the sugar industry.

As Lloyd carried his three decanters from the outfield of the Kensington Oval on that Friday in April 1985 there could be no doubt that his captaincy had helped make the West Indies into a great team – not only his tactical skills, but qualities of leadership that included the gifts of humanity and perception. He was a leader of men in the fullest sense, and the man he identified with most in the tradition of West Indian cricket leadership was Frank Worrell. In the family tree of captaincy, Lloyd was separated from Worrell by two predecessors, Rohan Kanhai and Garry Sobers.

To understand Frank Worrell's captaincy, and the leadership of those who followed him, is to understand something of West Indian history. In 1959 – 126 years after the 1833 abolition of slavery in the British empire – Worrell was the first black man to be appointed full-time captain of the West Indies. Up until that time the post was seen to be safe only in the hands of a white man, although there had been two brief interruptions to this orthodoxy: Learie Constantine stood in for the injured Jackie Grant in Jamaica against England in

1935 and George Headley led the side in 1948 against England in the Barbados Test. White leadership was an inevitable legacy of colonialism, empire – and slavery.

The social, political and economic consequences of slavery saturated the Caribbean territories for 300 years. These slave islands fuelled the expansion of European empires – Spanish, Dutch, French and British. The key crop was sugar. To colonialists the English-speaking Caribbean islands existed as little more than centres of wealth production; the connection between Britain's growth throughout the eighteenth and nineteenth centuries and the production of sugar cannot be overestimated. The wealth created by slavery fired the Industrial Revolution and brought luxury to British cities. The historian Eric Williams, who would go on to be the first prime minister of Trinidad and Tobago in 1962, wrote in *Capitalism and Slavery* 'It was the slave and sugar trades which made Bristol the second city of England for the first three quarters of the eighteenth century. "There is not," wrote a local annalist, "a brick in the city but what is cemented with the blood of a slave."'

In 1939 Winston Churchill spoke in London at a banquet given for West Indian sugar planters. 'The West Indies', he said, 'gave us the strength, the support, but especially the capital, the wealth, at a time when no other European nation possessed such a reserve, which enabled us to come through the great struggle of the Napoleonic Wars, the keen competition of the eighteenth and nineteenth centuries, and enabled us . . . to lay the foundation of that commercial and financial leadership which . . . enabled us to make our great position in the world.'

That capital, and that great position in the world, had a human cost because sugar was difficult to make (as every good Marxist knows, the capital came 'dripping from head to foot, from every pore, with blood and dirt'). Sugar cane needed money up front to pay for its planting and seasoning, and it needed labour. The money came from a network of wealthy commission agents in seventeenth-century London; the labour came from captured African slaves.

Since the 1440s European powers had been sending their ships down the west coast of Africa to collect slaves. By the time of the Industrial Revolution the pattern was set: British boats packed with cloth from Lancashire, iron goods from Birmingham and brass from Bristol would set off for the coast of 'Guinea'. Once there, they would trade for humans. 'The whites did not go into the interior to procure slaves; this they left to the Africans themselves,' wrote the American historian Benjamin Quarles. 'Spurred on by the desire for European goods, one tribe raided another, seized whatever captives it could and marched them with leather thongs around their necks to coastal trading centres.'

These outposts, on the coast of what is now Ghana, were the 'door of no return' for millions of people. The British also had slave forts in Benin, the Gambia and Sierra Leone. From these buildings the biggest forced migration in history began. It was a huge industry. Over 400 years, 11 million Africans were taken. Three million slaves were packed into British boats heading for North America and the West Indies. In the last decade of the eighteenth century a slave ship heading for Africa left a British port every second day. The great beneficiaries were the aristocracy, the Church and the royal family. 'But it is scarcely an exaggeration,' writes William St Clair in his book *The Grand Slave Emporium*, 'to say that every person in the Europeanised world who put sugar in their tea or coffee, spread jam on their bread, who ate sweets, cakes, or ice-cream, who smoked or chewed tobacco, took snuff, drank rum or corn brandy, or wore coloured cotton clothes, also benefited from, and participated in, a globalised economy of tropical plantations worked by slaves brought from Africa.'

Once at work, cutting and preparing the sugar cane, the slaves' lives were truly wretched. Nearly a million were sent to Jamaica alone to sustain the sugar plantations. By the 1780s there were more than 600 sugar estates on the island, where the planters and overseers commonly inflicted obscene, bestial punishments on their slaves for the most trivial offences. One such overseer was a man called Thomas Thistlewood, who for years kept a detailed diary of his relationships with the people he owned. One entry records how one of his slaves, after being caught eating a piece of cane, was 'well flogged, then rubbed in salt pickle, lime juice and bird pepper. Also whipped Hector for losing his hoe, made new negro Joe piss in his eyes and mouth.' At times slave mortality was so high that for every three who arrived, two would die.

The making of Caribbean sugar was a vast exercise in tyranny and repression. According to the British historian Peter Fryer, 'to establish, maintain, and justify their rule over, and their exploitation of, 370 million black people, Britain's rulers needed an ideology which told them . . . that their imperial rule was in the best interests of their colonial subjects. This imperialist ideology was racism.' Long after slavery ceased in the Caribbean, this view remained undiluted in Britain. In 1865 the *Spectator* published an article whose author reflected, 'The negroes are made on purpose to serve the whites, just as the black ants are made on purpose to serve the red.'

Clive Lloyd's ancestors were slaves. Vivian Richards's ancestors were slaves. Frank Worrell's ancestors were slaves.

* * *

Towards the end of 2014 Vivian Richards leans back on his chair and looks towards the sea. He is considering his people's past. The water of Dickenson Bay is turquoise and the sand is white. There are palm trees. This is Antigua – his island, his rock. Slowly he massages his shaved head with his hand as he considers what took place here. When he answers he looks to the horizon.

I have always been conscious of slavery. I think when you recognise where it is that you have come from it is easier to work out the route you would like to take. I think about the persecution we have faced as a people. When you understand your history, you can plot your own journey. And these people who carried out these things. Are they superior? I don't think so. Am I angry about it? Nah. Not today. Being angry about it won't get you anywhere – it's like trying to spin a top in the mud. What I do know for sure is that we have come on a serious journey.

The elaborate social system fostered by slavery and the sugar industry remained long after the 1833 Act of Parliament abolished the slave trade. Cricket was a central part of that society. In the early 1800s the game was already established in the West Indies; island newspapers carried the announcement of fixtures alongside information on the sales of slaves and the latest changes in the price of sugar. Cricket was played first by whites of course, often by military men garrisoned there to thwart black uprisings on land and French invasion by sea. As one Barbadian newspaper put it in 1838, 'the manly sport of cricket' was intended for 'the gratification of the soldiers as well as the sake of their health'.

Within 30 years or so elite clubs had been founded – the Wanderers and Pickwick clubs in Barbados for instance – where private games were played and watched by the plantation owners and growing numbers of white middle-class administrators, lawyers, merchants and accountants, whose influence was now superseding that of the old families as the price of sugar fell. All these men shared a common goal – the preservation of a colonial, hierarchical, capitalist society – and so West Indies cricket was born into the tradition of white authority – British authority. Cricket was a social tool to help sustain the empire.

And the black ancestors of Clive Lloyd, Vivian Richards and Frank Worrell? Where did they all fit into this arrangement? The answer is first on the fringes, and then more centrally.

Cricket, like most aspects of colonial Caribbean life, needed ancillary labour. Land needed to be maintained, pitches needed to be prepared, and balls struck from the middle needed to be retrieved from neighbouring cane fields. This was a black man's work, and in the first decades of the nineteenth century such menial tasks were the initial black connections to West Indian cricket. They are articulated by the cricket historian and author Professor Clem Seecharan: 'The ball would disappear constantly in the thick under-growth; it was the recurring task of the slave to retrieve it. To return the ball from beyond the boundary, accurately to the wicket, was a self-imposed challenge. The hurling of the ball a long way, from canepiece to playing area, was an act of freedom: it represented a fleeting presence in the central scene.'

In the Caribbean heat batting was more pleasant than bowling. White players who wanted to improve would practise against those blacks who showed an interest in, and aptitude for, bowling. Some of these bowlers became proficient all-round cricketers and began to play the game informally among themselves in the spare time that they had. And for a black slave or a freed man to master bowling to the extent that he could implicitly threaten the authority of his master by hurling the cricket ball fast and accurately became an act loaded with symbolism – what Seecharan describes as 'an embryonic countervailing power: a potentially subversive action'. Not only that, but for a young black man to become good at bowling gave him an added use. Cricket was not yet an instrument of black liberation, but it certainly became an instrument of mobility. Not though for poor Quanko Samba.

In *The Pickwick Papers* Charles Dickens lampoons the role of Samba, the servant-bowler, when a character tells Pickwick of a game of cricket he once played in the West Indies:

'It must be rather a warm pursuit in such a climate,' observed Mr Pickwick.

'Warm! Red hot – scorching – glowing. Played a match once – single wicket – friend the Colonel – Sir Thomas Blazo – who should get the greatest number of runs. Won the toss – first innings – seven o'clock a.m. – six natives to look out – went in; kept in – heat intense – natives all fainted – taken away – fresh half-dozen ordered – fainted also – Blazo bowling – supported by two natives – couldn't bowl me out – fainted too – cleared away the Colonel – wouldn't give in – a faithful attendant – Quanko Samba – last man left – sun so hot, bat in blisters, ball scorched brown – 570 runs – rather exhausted – Quanko mustered up last remaining strength – bowled me out – had a bath, and went out to dinner.'

'And what became of what's-his-name, sir?' enquired an old gentleman.

'Blazo?'

'No – the other gentleman.'

'Quanko Samba?'

'Yes, sir.'

'Poor Quanko – never recovered it – bowled on, on my account – bowled off, on his own – died, sir.'

The unquestioning Quanko Samba, the meek servant who willingly bowled himself to death for his white master, has no basis in real life. A much better example of the development of the black bowler is found in *Liberation Cricket: West Indies Cricket Culture*, edited by Hilary Beckles and Brian Stoddart. It contains the true story of Fitz Hinds, who went to England on the 1900 West Indies tour with Charles Ollivierre.

Hinds was in his late teens at the end of the nineteenth century and was a lower-class black – a painter. He had been attached to the elite Pickwick club in Barbados, where he was a groundsman and was allowed to bowl at, but not play with, the white members. He bowled well. Yet he wanted to play rather than just service others, so he left Pickwick and tried to join the Spartan club, which was a cricket team for the new black middle class. By this time black players had grown in confidence and had begun to form their own sides. This was a necessity, for whatever their talent they were not allowed to play for the all-white clubs of Wanderers or Pickwick.

However, there were those at Spartan, even though it was a black club, who opposed Hinds's membership on the grounds that he was a lowly painter. Barbados was still a society of suffocating social rigidity based on the hierarchies of the sugar industry and the carefully catalogued gradations of skin colour. Eventually Hinds was allowed to join, but at the cost of personal exclusion. Some at Spartan refused to play with him, while some at Pickwick – in whose service he had been – refused to play against him. One member of Pickwick declined to get on the boat to England in 1900 because Hinds had been chosen in the touring West Indies side. Nonetheless, he prevailed and led Spartan to some big victories as a bowler and as a batsman.

'His was a stirring achievement', wrote the sports academic Professor Brian Stoddart, 'under intense pressure which arose from the social layering of Barbadian cricket, itself produced by the island's sugar culture, which allocated all members of the community a rank in its elaborately-defined production hierarchy.'

No one has explained the stratification of colour and class within Caribbean club cricket better than C. L. R. James. His decision as a young man in the 1920s to choose one local Trinidadian team over another was a matter of excruciating mental torment and one that he later confessed had cost him much. Within James's area of Trinidad there was the Queen's Park club – private, elite, wealthy and for whites only. There was the Shamrock club for the old Catholic families and the police side Constabulary – all black but captained by a white inspector. Maple was the team of the brown-skinned middle class ('they didn't want dark-skinned people in their club'); then there was Shannon for the black lower middle class and Stingo for the black working class.

James's circumstances and education gave him a choice: Maple or Shannon. The noble decision would have been to join the latter, the club of Learie Constantine. Their style was renowned across Trinidad. 'The Shannon Club played with a spirit and relentlessness,' wrote James in *Beyond a Boundary*. 'It was not mere skill. They played as if they knew that their club represented the great mass of black people in the island. The crowd did not look at Stingo in the same way. Stingo did not have status enough. Stingo did not show that pride and impersonal ambition which distinguished Shannon. As clearly as if it was written across the sky, their play said: Here on the cricket field if nowhere else, all men in the island are equal, and we are the best men on the island.'

James knew well what it would mean to play for Shannon, but he succumbed to another impulse. 'In a West Indian colony,' he wrote, 'the surest sign of a man having arrived is the fact that he keeps company with people lighter in complexion than himself.' James chose brown-skinned Maple. At a stroke he isolated himself from a portion of the people he respected and with whom he had grown up. 'Faced with the fundamental divisions in the island, I had gone to the right and, by cutting myself off from the popular side, delayed my political development for years. But no one could see that then, least of all me.'

Frank Worrell would have been sharply aware of these tensions and how tightly club cricket was bound into local society; mistrust and ill feeling between those with differing tones of blackness were not exclusive to Trinidad. Worrell himself was from the black lower middle class. His upbringing, personality and position in Barbadian society all prepared him for the job that he would one day take.

Worrell was a tactful but forthright man, diplomatic but resolute. His qualities of leadership had matured from a youthful insistence that his voice be heard. By the time he was a teenager, he was suffering from what he would later describe as a 'persecution complex'. He would write that his school days were made dismal because 'child psychology was not a subject demanded of applicants to teachers' posts. Indeed, the majority of masters did not have the experience of raising families of their own. There was no allowance for the original point of view.'

Worrell's single-mindedness at Combermere School marked him out as difficult. But he was a gifted cricketer. He played for the island in a first-class game when he was seventeen, and six years later had batted in a Test match. Later that year, 1948, he travelled to England to play as the professional for Radcliffe in the Central Lancashire League. Everton Weekes would follow at Bacup the next season, and within three years Clyde Walcott would play at Enfield. By the time the three Barbadians had become established professionals in Lancashire they had already proved themselves as Test players for the West Indies, being part of the side that won a series in England for the first time in 1950.

If Walcott beat the bowlers into submission and Weekes dominated them with his powerful driving along the ground, Worrell – in the words of Learie Constantine – simply waved them away. 'Worrell was poetry. He was the artist. All three Ws were geniuses but Worrell had the most style and elegance. He had all the strokes and the time and capacity to use them without offence to the eye, without ever being hurried. He was never seen playing across the line. That is why he never hooked. Players and pressmen agreed that even when he ducked beneath a bouncer, he did so with a lack of panic and great dignity.'

Worrell's Test career from 1948 to 1963 coincided with increasingly strident calls for political independence in the West Indies. After the Second World War some sort of separation from Britain had become inevitable, and plans were being drawn up to create a united federation of territories. And yet the West Indies side Worrell played for was still captained by a white man. 'The whole point', wrote C. L. R. James, 'was to continue to send, to populations of white people, black or brown men under a white captain. The more brilliantly the black man played, the more it would emphasise to millions of English people: Yes, they are fine players, but funny, isn't it, they cannot be responsible for themselves – they must always have a white man to lead them.'

The West Indies cricket authorities at this time had a problem: it was becoming increasingly difficult to justify the inclusion of white players in a side at the expense of Afro- or Indo-Caribbean players who were evidently more skilled. The new politics of the region compounded the peculiarity. Articulate, charismatic, intelligent black political voices and personalities were emerging across the Caribbean, yet the West Indies cricket team was captained by a white man – John Goddard – who would finish his days with a Test batting average of 30 and never make a hundred.

There is an illuminating statistical analysis of games played by the West Indies against England, researched by Professor Maurice St Pierre and published in his contribution to *Liberation Cricket*. It shows that from 1928 – when the West Indies first played a Test match – until England's Caribbean tour of 1959–60 white members of the side (there were never fewer than six in the squad on every tour to England in these years) managed 25 half-centuries, no centuries and no double centuries. During the same period non-white West Indian batsmen scored 56 half-centuries, 29 hundreds and 7 double hundreds. Only twice did white players take at least 4 wickets in an innings in these Tests; non-whites managed it 44 times. Faced with these figures, Professor St Pierre can only conclude that 'since whites were not usually picked as bowlers and they did not perform as batsmen, then they must have been picked for some other reason'.

Learie Constantine believed he knew the answer. 'Cricket is the most obvious and apparent, some would say glaring, example of the black man being kept in his place,' he wrote. Sir Leonard Hutton didn't agree. He was England's first professional captain – the job had always been done by an amateur player before him – and led the side to the West Indies on the 1953–54 tour. He observed, 'the gradual exclusion of white folk is a bad thing for the future of West Indies cricket'. Hilary Beckles has this to say: 'The politics of the ancient plantation system, then, had determined the ideological foundations on which West Indian cricket rest.'

There is another part to this story that is sometimes overlooked. The question was not simply one of colour, but of competence – and this was vital to the aspirations of the ordinary Caribbean cricket watcher. What was plain was that a number of white captains of the West Indies side were not selected on the basis of their ability. Rolph Grant was one. He was an average player by university standards yet on the 1939 tour to England he captained a Test side that contained George Headley and Learie Constantine. Grant's selection made no sporting sense.

Socially, the years in which Rolph played were terrifically volatile throughout the West Indies. There were prolonged, serious and violent strikes and riots in several territories. Many people died. When it was over, one of the conclusions of the colonial rulers was that the British needed people of greater competence to run the islands. It was within this context that people situated the question of the black captain. It was a nonsense to have Headley and Constantine in a team which was captained by Rolph Grant – or his brother Jackie, who headed the side before him.

For many years black cricket watchers – particularly on the smaller islands (whose players weren't represented) – refused to support the West Indies cricket team. The Antiguan politician and newspaper editor Tim Hector reflected that many 'men [in Antigua] who were a library of knowledge about cricket and loved the game above all else, did not back the West Indies . . . keeping the West Indian captaincy as a fine white preserve, and excluding the small-islanders, made these very fine people into anti-nationalists . . . They relished the performance of Headley, the three Ws, Ram and Val, of G. N. Francis, Learie Constantine and Martindale, but they were against the side on which these men played – and for good reason.'

*   *   *

By the end of the 1950s Frank Worrell was the most obvious and the most popular candidate to become the captain of the West Indies cricket team. Not only because of his talent and knowledge of the game, but because of his temperament. There was nothing histrionic about him; by West Indian standards he was reserved. Worrell was circumspect, a man who rarely acted impulsively.

He came at the right time, but he also brought a particular set of skills that were rare across the region. Lower-middle-class

Barbadians came out of a specific social context, conditioned by their education, their adherence to Christianity and a sense of responsibility to family and neighbour. Those ingredients were more strongly evident in Barbados than in many other territories of the Caribbean. Part of the reason lay in the island's 'Englishness'. Since its colonisation in 1627 Barbados had been held only by Britain; it never changed hands. Notwithstanding the perversions of slavery, whites there had felt a certain paternalistic duty towards the blacks, and certain levels of black society had been entrusted with the administration of colonial life. Barbados was still a very closed society when it came to race, colour, class and hierarchy (Worrell pretty much left for good in his 20s because he could bear its petty constraints no longer), but the modicum of responsibility given to the black lower middle class gave them a sense of their own self-worth. There was a persona in black West Indian society that was yearning to lead – and Frank Worrell was its epitome.

Worrell was eventually appointed captain in 1959 in advance of the 1960–61 tour to Australia. He had been offered the post before but it had not been convenient for him to accept: the board had proposed pitiful sums of money to tour in the past, and he didn't want to interrupt his studies at Manchester University. The trip was a great success. West Indies lost the series two–one, but the cricket was close, exciting and played with spirit by both sides. At Brisbane the first game ended in a tie, which had never happened in Test cricket before. More importantly, Worrell led the team – which included his white predecessor Gerry Alexander – with dignity, authority and distinction.

In British Guiana the young Ronald Austin heard the series unfold on his wireless.

Listening to it late at night, Sobers and Kanhai dominating the Australian bowling – yes, we lost eventually – but there was a sense of elation and good feeling that we were the equal of the Australians. It's difficult to describe to you the intensity of those evenings. There was the time that Kanhai hit Richie Benaud for a series of boundaries, and the radio commentator Alan McGilvray said something like, 'If this is cricket, what have I been looking at for the last 20 years of my life?' The overwhelming sense was that the West Indian nation was contributing fully to something that was vital and worthwhile.

In five games of cricket halfway around the world Worrell had proved publicly that a black man could be an exceptional leader. The fact was as simple as it was significant. C. L. R. James had played a very visible role in the public campaign to see Worrell appointed. He now knew that the 'constant, vigilant, bold and shameless manipulation of players to exclude black captains that has so demoralised West Indian teams and exasperated the people was over'. What is more, he wrote, 'the intimate connection between cricket and the West Indian social and political life was established so that all except the wilfully perverse could see'.

James made plain his views in many articles and opinion pieces. When England were in the West Indies on their 1959–60 tour he had written in the *Nation*, 'I want to say clearly beforehand that the idea of [Gerry] Alexander captaining a side on which Frank Worrell is playing is to me quite revolting. I shall mobilise everything I can so that Frank should captain the team to Australia.'

The distinguished British cricket journalist Alan Ross was appalled by James's boldness. He responded in his account of that tour, *Through the Caribbean*, 'Who but a malicious xenophobe could write, during a Test match, "that the idea of Alexander captaining a side on which Frank Worrell is playing is to me quite revolting"? *Revolting* is the parlance of the irresponsible agitator. Worrell's great gifts as a player, his intelligence and charm, and no doubt his capacity for leadership, cannot benefit from such advocacy.'

* * *

It is no exaggeration to say that from 1960 to 1965 Worrell was one of the most important public figures in the Caribbean region. One of the tragedies of West Indian cricket is that he would be dead within six years of the Australia tour, killed by leukaemia at 42. But in the last years of his life he helped to make the West Indies into the best side in the world. The success of his cricket team also over-lapped with the short-lived political federation of the West Indies. Its aim was a single economic union of ten territories within the Caribbean loyal to the British monarch.

For many decades the British had being trying to pull together what C. L. R. James called 'these specks of dust'. The idea of feder-ation had been discussed since the nineteenth century. When the British knew they were going to leave the Caribbean after the Second World War, their solution was a federal arrangement in which the limited resources of these islands could be pooled. The trouble of course was that the people of the West Indies weren't neighbours; these were islands and territories scattered over a thousand miles of sea. Jamaica wasn't even involved in the first regional cricket competitions because it was too far to the north-west; for years British Guiana had hardly any contact with the other territories. The sensation of separateness, the notion of being content with existence as an island, was well known to West Indians in the same way that many people in Britain today don't quite feel European.

The federation soon came up against the fundamental reality of Caribbean insularity. Outside the West Indies cricket team and perhaps the University of the West Indies, there was no particular commitment to, or even an understanding of, regional unity. Travelling between the territories was difficult. Only a small minority

of people migrated from one island to another. A continual connection from one generation to the next – which needed to exist to
help build a broader sense of national identity – just wasn't there.

'This thing – the federation – was imposed from Whitehall,' says
Clem Seecharan. 'It didn't have enough local or indigenous commitment or resolve to sustain it. So insularity came to the fore immediately. Each petty leader was still the king of their little land. Very
quickly there were irreconcilable positions and within a matter of
years it was falling apart at the seams.'

The federation was created in 1958. In 1961 Jamaicans voted in a
referendum to go their own way. That pretty much caused the whole
thing to collapse. The federation officially ended the next year.
Frank Worrell was the captain of the West Indies cricket team for
almost the whole life of the federation. It failed, but his team didn't,
and a strong feeling developed in the Caribbean that Worrell's side
was the surrogate nation and he was its leader. People could feel
committed to this successful cricket side, dedicated to it without
having to face the reality of dividing the spoils of Caribbean
resources and trying to build a common market. There was an
emotional neatness to supporting the West Indian cricket team that
could never be replicated or realised in the political federation.

'Worrell was a very smart man,' reflects Seecharan.

He understood in his own quiet way that whatever people felt about
federation, he represented something that got to the core of what
limited unity we had. A lot of people say that they didn't feel anything
like a West Indian until they came to live in Britain. If they were
Trinidadian, they came to London and they had never met a Jamaican
before. So when they watched Worrell, Hunte, Sobers, Butcher, Hall
and Griffith play cricket at Lord's in 1963, for the first time in their
lives they felt genuinely West Indian. This was no theoretical or

aspirational idea. They could say, 'This is what I am and these guys are speaking for me.' They could see it in front of them.

Yet Worrell was not only a symbol of some wider unity, he was also a fine tactical captain and an astute judge of a man on and off the field. It was Worrell who first realised in the nets in Australia that Garry Sobers's seam and swing bowling could be as potent in a Test match as his off spin. Worrell understood his brilliant all-rounder, and he protected him.

Basil Butcher, who was on the 1963 tour of England, recalls the players' irritation when Worrell exempted Sobers from the 10 p.m. curfew. 'We rebelled and went to Frank to complain,' he remembers. 'We said, "Skipper, this is not right. Why is it that Garry can stay out as long as he likes and we have to go to bed at ten?" Worrell's response was this: "OK, Basil. You or the other guys give me five wickets, take two brilliant catches at short leg and score a century and I'll let you go out as long as you want to." That was the end of the meeting.'

Worrell had noticed Sobers had dreadful trouble going to sleep early; he just couldn't do it. As his captain he came up with a solution. In return, Sobers gave Worrell his best cricket.

Joe Solomon was the middle-order batsman from British Guiana who played in all but one of the Test sides led by Worrell. He recalls that his captain would sit down in the dressing room to talk before the game and always allowed the players to express their views. He never came and said, 'You will do this or that.'

'Even if he had, that would have worked with me because I'm a quiet person,' says Solomon,

but it wouldn't have worked with a lot of the team because they were such individualists. But above all you felt you could not let

Frank down. That was because we always felt that he represented something to us. He represented what cricket meant in our heads. It didn't mean money. It was all those values which went with playing this game at the highest level. Being the best that you can be and understanding the people who came to watch you. Many of them were menial workers, cane cutters who had paid a few pennies to come and watch. They were very important. And, without giving you a lecture, Frank would always make sure you understood this. He always made it clear that we must know that the people looked up to us.

* * *

By 1964 Garry Sobers had succeeded Frank Worrell as captain of the West Indies. He was Clive Lloyd's first Test captain. At the time of Lloyd's debut in 1966 Sobers was the greatest cricketer on earth. He could bowl all the varieties of left-arm spin. He could take the new ball and bowl fast. At slip or at short leg he seemed to catch any chance, however hard. Above all, he could bat. He could hit a ball on the rise and hammer it past mid-on or mid-off, what they called in the West Indies the 'not a man move' shot. By 1958, when he was still 21, Sobers held the world record for the highest score in a Test match, 365 not out. In 1968, playing county cricket for Nottinghamshire, he scored 36 runs in one over, hitting each ball for 6. Time and again it seemed he won Test matches for the West Indies almost by himself.

C. L. R. James believed Sobers to be the fine fruit of a great tradition, the most typical West Indies cricketer that it was possible to imagine. All geniuses, wrote James, 'are merely people who carry to an extreme definitive the characteristics of the unit of civilisation to which they belong'. On the 1957 tour of England Frank Worrell had predicted to a journalist that Sobers would become the greatest player the game would know. Within three seasons Worrell was happy to let Sobers take over if he had to leave the field of play in a Test match.

'He knows everything?' C. L. R. James once asked Worrell.

'Everything,' Worrell replied.

Sobers's leadership and his individual greatness coincided with a period of extended post-colonial optimism in the Caribbean. Barbados and Guyana both became independent in 1966, by which time Sobers's cricket team was the best in the world, having beaten Australia, England and India. 'There is embodied in him the whole history of the British West Indies,' said James.

What James meant was that Sobers was a different man to Worrell. He was not from the aspirational middle class but from the poorest of urban black neighbourhoods in Barbados. The street where he was born in the Bay Land district of Bridgetown didn't even have a name in 1936. Sobers's father was in the Canadian merchant navy and was rarely at home. When Sobers was five, his father's boat, the *Lady Hawkins*, was torpedoed and sunk by the Germans off the coast of North Carolina. Shamont Sobers was drowned. His widow, Thelma, brought up their six children alone.

Some of Sobers's earliest memories were of playing street cricket. The bat was hacked from a branch or a piece of waste wood, the ball shaped from a lump of tar dug up from the road. Sometimes the boys used a sour orange or a small rock wrapped in cloth. Sobers grew up in poverty but there was a richness in his cricket. Aged 15, in short trousers, he bowled against West Indian Test players in a Barbados trial match. He was picked for the island XI, but first he had to be bought a pair of cricket flannels. Aged 17 he had played in a Test match. By 19 he had opened the batting for the West Indies against Australia, and two miles from where he'd been born hit Keith Miller for six fours in the fast bowler's opening two overs at the Kensington Oval.

'Sobers was a brilliant player whose skills and charm took him well beyond his poor beginnings,' wrote Brian Stoddart in *Liberation Cricket*, 'but he remained essentially a people's man. He was far less concerned with the wider social issues than Worrell and that led to some awkward moments.'

This was particularly true once Garry Sobers became captain. It was a moment as important to the development of West Indian cricket as Worrell's appointment had been. Sobers was the first 'unambiguously native West Indian' to attain that exalted position, wrote James. Sobers was what James would have called a plebeian West Indian. He had not been to a public school nor to a British university, as had all of his predecessors. His elevation from wretched poverty to the most esteemed job in the whole of the Caribbean was the triumph of the ordinary man. 'The West Indian people are very conscious of the role of their cricket in their search for a national identity,' believed James. 'They will look at Sobers's appointment as a stage in their national development.'

The author and journalist Lloyd Best saw Sobers differently. 'Competence and performance are all that count,' he wrote in the *Jamaica Gleaner*. 'He leads his colleagues by technical example and nothing else. The moment the bails are lifted, the association is done. They have clocked out.' Best also noted that even though Sobers possessed every skill the game needed and was capable of developing more, 'his class and his education are liabilities, not assets'. The paradox of Sobers's condition was that he thought like an ordinary West Indian instead of – as Worrell did – thinking *on behalf of* ordinary West Indians. 'He will play for anybody so long as the price is right,' concluded Best.

Sobers made two damaging miscalculations when he was captain of the West Indies, one sporting and one political. In the 1967–68 series against England Sobers declared the West Indian second innings in Trinidad and lost the game. He had been irritated by England's unremittingly dull play and time-wasting throughout the series. Despite his brilliance in the final Test in Guyana, the rubber was lost and the people were angry. If he hadn't considered it before, Sobers now knew that West Indian heroes could be thrown to the earth by the people as easily as they could be borne aloft.

In 1970 Sobers accepted £600 for two days' work. The fee was to play cricket in a tournament in Rhodesia, a country like South Africa where the white minority ruled. 'I asked for a couple of days to think it over,' recorded Sobers in his autobiography, 'but after delving into the matter I thought that, as a professional cricketer, there was little or nothing to stop me earning my living in what was a fun competition. I was well aware of the politics.' The decision caused Sobers an enormous amount of trouble. He was publicly criticised by Caribbean and African leaders. As Hilary Beckles pointed out, Sobers 'was not attuned to the historical and ideological nature of his location within West Indies cricket'. Sobers was the best all-rounder cricket had ever seen, the most brilliant of all cricketers. Was that not enough? Yet he did not grasp that the position of captain of the West Indies cricket team was, at its core, a political one.

Clive Lloyd was in the side that lost to England in '68 and was captained by Sobers in the Rest of the World XI at the time of the Rhodesia controversy. He observed Sobers's behaviour at close hand on both occasions and saw the consequences. Lloyd knew he could not afford to make the same sort of errors and hope to remain in charge of the West Indies.

During ten seasons of captaincy, Lloyd realised that the demands of West Indian leadership were unique in world cricket. He had understood Worrell's legacy and the importance of Sobers's individual example. He had worked out that his leadership didn't end on the pitch or in the pavilion; it extended to the hotel check-in desk and beyond. Lloyd thought carefully about which players would share rooms on tour. He often put a bowler with a batsman – 'Come on. I took your wickets today; you get me some runs tomorrow' – or a player from Jamaica with a teammate from Trinidad.

Lloyd was rooting out inter-island rivalry. The limitations of insularity – bickering between the West Indian territories – had bedevilled its cricket since the selection of the first Test XI in 1928. 'When I was first picked to play in 1963,' recalls Deryck Murray, 'I clearly remember being warned of all the animosity that I would encounter because people would feel that somebody from their island should be playing instead of me. I was from Trinidad. One of the places that was held up as the worst place to play was Jamaica because they would only support Jamaicans. As it turned out, I never found that to be the case.'

The journalist Tony Becca remembers arranging to go to dinner one evening with the former Barbadian fast bowler Wes Hall. 'He was the chairman of selectors then,' says Becca. 'I said to him, "Looking forward to tonight. What time shall we meet?" We were in Antigua staying in the same hotel. He said, "I'll see you in my room at eight." I said, "We're going to have dinner in your room?" and he replied, "Yes, we are. I'm not going down to the restaurant to face all those people." The locals, like the Jamaicans, the Trinidadians and the Bajans, always wanted to push their own man.'

What Wes Hall was trying to avoid in the dining room that evening, says Paul Gilroy, was an encounter with Sigmund Freud's theory of the narcissism of minor differences, the idea that it is precisely the small differences between people who are otherwise alike that form the basis of feelings of strangeness and hostility between them. 'The Caribbean was a region which harboured complicated stereotypes,' he explains, 'and they governed the personality, habits and inclinations of the inhabitants of the other places that were very nearby. And they were held with an increased fervour however tiny or insignificant they appeared to be to outsiders. As far as West Indian cricket was concerned, I expect that all of these things were being negotiated on some level in the form of dressing-room banter.'

'Don't ever make the mistake of thinking that there is harmony in the West Indies,' laughs the DJ and broadcaster Trevor Nelson. 'The sensitivities and clichés are everywhere. I'm a St Lucian. We are 150,000 *very* special people. Don't *ever* call me a Jamaican! There are loads of stereotypes: Jamaicans are noisy and rude, Trinidad loves to party, Barbadians speak like farmers and kiss arse to the English.'

The clear historical differences within the Caribbean were cultural and racial, but other factors, such as geography and the climate, also played into the region's feelings of separateness. Antigua is just a hundred miles square and has little rainfall. Jamaica is 1,200 miles from Barbados. Guyana is on the South American mainland and much of its vast interior can still be reached only by boat. The prime minister of Guyana, Forbes Burnham, was once supposed to have boasted that his country had islands in the mouth of its Essequibo River that were the same size as other Caribbean nations.

'Apart from a heritage in slavery and an acquired British governance,' wrote Brian Stoddart in *Liberation Cricket*, 'these states varied considerably in economic and cultural composition which, along with the weather, produced distinctive cricket traditions.' Even local termites affected the way cricket was played, said Stoddart. The example he gave was of a burrowing insect called the mole cricket. These grubs were two inches long with shovels for front legs. They ruined turf wickets in Trinidad, so heavy coconut mats were laid on the ground to thwart their digging. In the early years of the game's development on the island the mats caused local batsmen to be better at playing square of the wicket rather than driving because the ball didn't come onto the bat at pace.

By the time Clive Lloyd became captain of the West Indies, dressing-room cliques – in which 300 years of assumptions and misunderstandings had built up like sediment – were hampering team spirit. Shrewdly, Lloyd was able to strip out the damaging differences but retain those which brought competition and a desire to succeed to the team. 'I understood the West Indian psyche,' he says. 'Each West Indian comes from a particular set of circumstances – our upbringing and the way we approached life. I had to treat all these players properly, with subtlety to get the best out of them.'

Above all, Lloyd knew that history had to be appreciated in a way that burdened no other captain of a Test team. He was aware of the significance of being the black captain of a side drawn from a collection of newly independent nations that had precious little to fuse them together other than the wins that he and his cricket team provided. He understood the ego of the athlete and the aspirations of the supporter. Intellectually, he had worked out how they were connected and how he personally had to satisfy both. To a region that had been created from the human catastrophe of slavery and stunted by the humiliations of colonial servitude, Lloyd helped to bring a decade-long joy that it had not known for three centuries. This is what cricket in the West Indies meant. This was liberation. This was respect. Lloyd had the courage to carry the hopes of five million people and brought a solidarity to the team that went beyond even the bonds created by Worrell.

Learie Constantine had called lack of spirit 'the chief weakness of the West Indies team'. It had been a problem since they began playing Test cricket. When Constantine wrote, 'we have not been able to get together in the sort of spirit which says, "Look here, we are going out today against these fellows and it is war to the knife!"' he feared that this flaw might never be eradicated. In Lloyd he had his answer. Aside from all this, Clive Lloyd was a middle-order batsman of scorching brilliance who made more than 7,500 Test runs, won matches single-handedly and could make any bowler in the world despair.

Those who say Lloyd was a limited captain – who did not much more than glance at his watch from slip and change the bowling – understand little of cricket, less of leadership and nothing of the West Indies.

10

'Bless up Viv Rich. Every time, big up Viv Rich'

'I didn't want to do anything different,' says Vivian Richards. 'We had a blueprint. We knew exactly how to win and we had a formula. Clive had the patent. So all I wanted to do was to keep the engine running. It would have been nice for the moment of captaincy to come sooner, but more than that I was thankful for the opportunity. And when the time came for it to be handed over from me, I wanted to make sure that it was in the same condition I had found it. That the legacy which Clive had created was continued.'

Richards was the obvious choice to succeed Lloyd, but in the permanently fractured world of West Indian cricket selection his anointing was not a certainty. By the mid-1980s there were those who believed the off-spinner Roger Harper was the better man; some thought that the Jamaican wicket-keeper Jeff Dujon was the team's most articulate tactician. Others preferred Malcolm Marshall. When Lloyd resigned after the World Cup defeat to India in 1983, he wanted Richards as his successor. The Antiguan had been Lloyd's vice-captain for the past five years. As Richards himself wrote, 'the captaincy rightfully belonged to me'. His view was that some board members persuaded Lloyd to carry on in order to keep him away from the job. This is why he says today, with a greybeard's tact, that it would have been nice for the captaincy to have come sooner.

But Richards prevailed. Since the English summer of 1976 there had been no one in the team who seemed to *represent* the West Indies more potently than he did. The runs he made and the innings he built were at least as important to the West Indies' success as any wickets taken by their bowlers. Many supporters felt he was making those runs for them all.

'I never felt it was a burden,' he says.

It was a responsibility. It was a duty. I had the skills to back me up, and it was that bigger thought that helped me to compete so hard. After all, I am a citizen of the West Indies, and it is a magnificent place, and this West Indies team is our one connection. I'm an Antiguan first, and that allows me to be a West Indian because Antiguans are tenacious, ambitious. We are good people. I'm happy to be part of the tree that spreads a little bit further. I was one of the guys who carried the baton and I accepted that responsibility because no one wants to be the one who drops the baton. I grew to understand the traditions of West Indies cricket, and I was happy to embrace them and to pass them on. And it helped me that the passion came through from the folks on the other side of the boundary fence.

Richards was what C. L. R. James called a 'great super batsman'. This was not just a vague superlative description, but a role – a necessity if a team was to be a winning team. Such a man was needed in the top five along with a pair of fine openers. Super batsmen were rare, believed James, and they were defined not only by the runs they made but also by their quality of being undisturbed by any bowling or any crisis. Richards fitted this description quite early on in his career.

He scored only seven runs in his first two Test innings at the end of 1974 in India, possibly the hardest place on earth for a young batsman to make a debut. But he learned quickly against the sharp spin of Bedi, Prassana and Venkat, because in his second match in Delhi he scored 192 not out, hitting sixes that travelled 40 yards into the stands. He failed against Pakistan on the tour's second leg, but his skill had been noted. More importantly, Clive Lloyd recognised a young man who possessed great mental strength, a quality not obvious to most of those in the Caribbean who thought Richards's selection for the Test team had been a surprise and a gamble.

Yes, he had been a prince in Antigua for some years, but folk from the Leeward Islands were not expected to be great West Indian cricketers. Besides, there was a better batsman called Jim Allen from Montserrat, who was sure to make runs in big cricket before long. Yet Lloyd backed Richards, particularly towards the end of the dreadful 1975–76 tour to Australia, when he asked him to open the batting in the last two Tests. Lloyd knew that Richards had confidence and fortitude. He suspected that once he started to succeed he would become a great player in his own right – a 'great super batsman'. He was right. In 1976, against Australia, India and England, Richards made scores of 44, 2, 30, 101, 50, 98, 142, 130, 20, 177, 23, 64, 232, 63, 4, 135, 66, 38 and 291. No man from any country had made more Test runs in a single year than Richards's 1,710.

The decision to allow him to open the innings in Australia was of great importance to his development. Richards had made some brilliant contributions from the middle order, but there had been some disappointing scores too. You are not to worry about your place in the side, Lloyd told him, but I want you to try to bat up the top. 'That responsibility came at the right time for me,' recalled Richards. 'The feeling that I did not have to hit every ball helped me to settle.'

Very rarely thereafter did Richards fail for long. And when he succeeded, it was often at moments when the West Indies *had* to do well. For instance, he excelled against Australia on the 1979–80 tour, when the West Indies won there for the first time. He was brilliant in the first season of Kerry Packer's World Series Cricket, when the side had cast themselves adrift of official cricket. His run total in the Super Tests was 200 more than any other batsman, and this was the hardest cricket any of them had played. Richards proved that he could make runs on any surface on all the cricket continents against any bowler. The manner of his scoring was extraordinary too. He didn't collect runs; he thrashed them out in a way that didn't just exasperate the opposition, but demoralised them. He scored at such a rate that his big totals often gave his bowlers time to take ten second-innings wickets to win a game.

This was not classical greatness, although his exaggerated (and occasionally ironic) forward defence was faultless. Rather, Richards was unorthodox power blended with beauty. The journalist and broadcaster Darcus Howe reminded viewers in his 1985 television documentary about Richards that 'a mark of a great batsman is that he can create a shot all of his own. The flip through mid-wicket is Viv's special offering.' By turning his wrists further on what would otherwise be an on drive, Richards could flail a bowler by hitting straight balls for four or six over or through mid-wicket. This was Viv's flip. It was a shot that displayed freedom from tradition and contempt for orthodoxy. Other men tried it and would be bowled or LBW because the blow required the front leg to be placed in line with the stumps and the bat swung across the line of the ball at speed. It worked for Richards because, as his father said, he had 'eyes like a pigeon'. It was 'all wrong', wrote his Somerset teammate Vic Marks, 'yet Richards made it seem the safest shot in the world'.

The former England seamer Mike Selvey bowled Richards out

for four in the Old Trafford Test of 1976. He also got his wicket – occasionally at greater cost – in some of the many Middlesex versus Somerset games they played against each other in the 1970s and 1980s. 'There was a theatre to Viv's batting at the beginning of an innings,' he says.

It was a cleverly calculated theatrical performance – an act. Viv is the most destructive batsman there has ever been and unquestionably the scariest. A wicket would fall, and you think no one was walking out but you know who it'll be. Viv would wait. Then he would saunter out. And the image of Viv coming out to bat is a very powerful one: the cap tipped exactly as it was, head just tilted slightly back, the patrician nose, the Viv swagger, possibly a light bit of windmilling with the arms. By the time he took his guard, you're back at the start of your run, waiting. And he would use that time to intimidate you. He'd cud his chewing gum and he'd look at you. He'd then walk down the pitch and tap it, still looking at you. He'd bash the top of his bat handle with his palm, then he'd be ready.

It was, says Selvey, a clever way for Richards to assess his surroundings. 'Now I've spoken to him about this, and he's told me it was all an act. What he was doing was sniffing the air. As for the bowler, he told me that it didn't matter if you were fast or slow, good or indifferent; if you didn't bowl at him from the off with intent, like you really meant it, then he had already won. He'd be away from you. "I could smell fear," he said to me.'

Richards also revealed to Selvey that as soon as possible he liked to feel the ball 'sweet on the bat'.

'And of course that was your only hope of getting him out – you had to go at him straight away because he liked to play shots from the start. That was what you had to keep in your mind in those first few overs. That was your chance. Of course there were days when the ball was sweet on the bat from the start, and for several hours afterwards . . . '

Richards's weaknesses as a batsman were usually kept well hidden in Test matches but were known in the Caribbean. He enjoyed the privilege of course of never having to bat against West Indies bowlers in a Test match. He did, however, have to play against Barbados. From his debut in 1972 until his last game in 1991 Richards batted for the Combined Islands and later the Leeward Islands in the West Indian regional cricket tournament, the Shell Shield. Barbados, an island of fewer than 250,000 people in the 1970s and 1980s, probably had the strongest fast bowlers during that time: Vanburn Holder, Keith Boyce, Wayne Daniel, Joel Garner, Sylvester Clarke, Malcolm Marshall, Hartley Alleyne, Ezra Moseley and Franklyn Stephenson.

In 24 first-class innings against Barbados over 19 years, Richards made only 602 runs, an average of 27.36. His one century came in the 1976–77 season. Barbados dismissed him for 20 runs or fewer 14 times. Joel Garner got his wicket five times. Even the Master Blaster himself – the world's greatest batsman – could not always master the best West Indian fast bowling.

For the West Indies, however, Richards's batting thrilled in a way that no other man could achieve with such regularity. It especially thrilled West Indies supporters in England. He scored his biggest portion of Test runs there for them. The cricket academic Hilary Beckles believes that Richards 'was sent in to do battle by villagers, not only those in Antigua, but all those from little places in this diaspora; people who have been hurling missiles at the Columbus project since it crashed into their history five hundred years and 10 million lives ago'.

Trevor Nelson, who saw him at the Oval in 1976, has a more

demotic explanation. 'Viv was the Malcolm X to Clive's Martin Luther King. He was my hero. The swagger, the walk, no helmet. Watching him get to the crease was one of the great joys of sport in my lifetime.'

Richards tells his own story of the connection he had with the diaspora. He recalls strolling through London after a West Indies win.

One guy saw me walking down Kensington High Street. He was driving a bus. He stopped the bus with all the passengers on board and he shouted to them, 'That's the man who did that to you guys! That's Vivian, man.' And the traffic was backing up and the car horns went *parp*! People were tooting horns left, right and centre trying to get this bus out of the way, and this guy just sits there in his bus saying, 'Hey, look. There's the man who did this.' This just goes to show you that sense of pride that they felt. He stopped the traffic because he was so emotionally fired up, because the people who represented them, one of the individuals was walking in the high street. That was a good indication of how some folks felt.

*   *   *

Vivian Richards captained the West Indies in a different way to Clive Lloyd. After all, they had different personalities and different challenges. When Lloyd took over from Rohan Kanhai in 1974 he inherited a young side with several unproven players. Lloyd was older than most of the team, a fact he used to his advantage. He was a captain whom the rest of the side looked up to, just as the players had looked up to Frank Worrell 15 years earlier. Lloyd trusted these young men to do well, and most of them did. They repaid his loyalty with runs and wickets. Richards was more like a general who had inherited a battle-hardened army. He had less need to create a team and a strategy, although he did need to find replacements for Michael Holding, Larry Gomes and Joel Garner within two seasons of taking charge.

Lloyd was a more sophisticated reader of people, whereas Richards, say some observers, was a more sophisticated reader of the game. Richards was more obviously combative on the field. He was also very aware of the effect his personality and reputation had on other players and the public. It would have been out of character for Lloyd to wear a gold neck chain with his initials hanging from it as Richards did. Richards urged his side on aggressively, and some of his players have said privately that they were intimidated by his temper. There is a story told in the Caribbean that during a one-day match in Australia Richards ordered a player named Richard Gabriel from the field because his performance was not up to standard, although Gabriel insists that he had to leave the game because of an injury to his leg.

'The Antiguan psyche is very much more in-your-face,' explains the Rastafarian elder King Frank-I, who was a young teacher at Antigua Grammar School in the 1960s when Vivian Richards was a pupil. He soon became a friend, mentor and sage to the cricketer. 'Even when you look at our calypsos they are much more pedagogic – they preach to you. The Trinidadian calypsos based on simile or metaphor have a disguised message that is less direct. So it is that we see the Antiguans and their mentality. The African temperament. Head on. Direct.'

'I would like to think I am a perfectionist,' says Richards. 'I believe that maybe one of the flaws is that because of the God-given ability and talent you have, you think everyone is blessed with the same things and sometimes you get a little hard on individuals who don't quite accomplish or do the things as you expect them to, but this is all part of what it means to be competitive.'

'Clive Lloyd was a great leader of men,' says the veteran West Indian cricket journalist Tony Becca.

He understood the differences of island culture. He knew his cricket, but I don't think he knew his cricket as much as Viv Richards did. Viv read the game exceptionally well and led by example. Tactically, he was better than Clive Lloyd. But he was an authoritarian. The fellers were a little bit afraid of him, particularly the younger ones. Whereas in Lloyd's case they were largely just full of respect for him. If Lloyd went to a man and said, 'Jump over that mountain,' the guy would try his utmost just to please Clive. If Viv asked the same, the guy would do it because he'd be afraid of the consequences if he didn't.

'One was cool and calm, the other intense,' says Tony Cozier.

In all the years that I was around the team I certainly didn't hear Lloyd raise his voice very often. And that is unusual for West Indians. When we get excited we tend to raise our voices. But Richards was very different. He wouldn't stand for foolishness in any way, particularly on the field. He would glare at players. And it was all very explicable because Richards knew that he had come in to succeed Lloyd, and if things went downhill all of a sudden, people would blame it on him. Then the fact that he was from a small island. All of his recent predecessors had been from the established cricket territories. Some would have noted that. So he had a very obvious need to keep the success going.

And he did. Unlike Lloyd, Vivian Richards never lost a series in his six years as captain of the West Indies, although his proportion of lost matches to victories was greater.

Desmond Haynes was captained by both Lloyd and Richards.

Clive was more like the father figure, Viv was more the sergeant major. Everything's come natural to Viv so Viv feels it should come natural to everybody. He wasn't the guy who's gonna say, 'Let's wait until after the game and let's have a chat about it,' he's gonna tell you exactly how he feel about you right there and then. Very frank. And he can use all the language as well, from good to bad – everything – but that was his style, you know. He was a guy who played with his heart and soul, and he wanted the best from everybody. He was a guy who didn't want to lose. Playing to win was very, very important.

There was one more nuance between the two men. While both were motivated by the same historical concerns and the conviction that they were the equal of any man, Richards voiced his beliefs more stridently. 'I believe very strongly in the black man asserting himself in this world,' he would write in his autobiography, 'and over the years I have leaned towards many movements that follow this basic cause.'

'Viv's coming into the game in this way represented the full flowering of Caribbean strength and identity,' says King Frank-I.

Not only did he come from the small islands which had been kept out and seen as a lower class of Caribbean cricket, but he also came out of that black power sentiment and time. So he was a direct contradiction to the blue-eyed aristocratic leader that had been foisted on Caribbean people. To me he represented the apex of what Learie Constantine expressed when he said that our cricket could only feel its full impact when a black captain had been installed. I would take Learie's impressions even further. I would suggest that the fullness of Caribbean-ness could only be expressed when the formerly discriminated Leewards were bought into the fold through

Viv. Both Lloyd and Worrell would have been too diffident to express this in its full blackness and full African-ness.

The former editor of the *Wisden Cricketers' Almanack* Matthew Engel has this interpretation:

In the 1960s, particularly in England and Australia, people had got to like the West Indies because they were fun. Then they became serious. There was another change when Viv took over from Clive, which had an effect on the press and possibly the public. Clive was perhaps more rooted in the old West Indies – approachable, essentially an entertainer, even though he presided over the strategy of great success via the four fast bowlers. Whereas Viv emphatically wasn't approachable. There was what one might call at times a visceral enmity. No quarter was given. It wasn't for show, it was for real. What one sensed was the anger. He was always an angry cricketer.

'The message that I sent', says Richards, 'was that I would rather die out there. A lot of people took me seriously, and I was serious about it. A lot of them looked at it as a sport, but it was a step beyond sport, where there were a whole lot of things needed defending, rather than the cricket ball itself.' Richards the Test cricketer played the game to represent his people. He played to prove that the creators of the game were no better than the people who had learned it from them. He was conscious of where he came from and from where his ancestors came. He couldn't separate his past and his people's heritage from his athleticism.

At the 1968 Mexico Olympic Games, when Richards was 16 years old, the USA sprinter Tommie Smith won the 200 metres final. His teammate John Carlos came third. When their medals were presented they each raised a fist on which they wore a black leather glove. It was a human rights salute, they said. It was also an overtly political statement by two black athletes which had a profound effect on the teenaged Richards.

'I watched the American runners and I could identify with them, more than anything else, as a black person,' he says. 'I could identify myself with Tommie Smith. So you had people who you felt had the same beliefs as you. Fighting that same cause. People like Stokely Carmichael, Eldridge Cleaver. These guys were part of a movement, the Black Panther Party. And while we were here in Antigua as young boys, we would try and associate ourselves with that particular side of things.'

When he is asked if it was only in retrospect that he painted his cricketing achievements with the wash of the pan-African cause, he denies it flatly.

No. This is something I've been thinking about since I was a little boy. I have always thought about African history. The Zulu Wars. Malcolm X got me fired up, the Black Panthers – all these things these guys were doing. And I remember realising what was going on in the southern United States in particular, what people had to put up with just to survive. I was pretty much motivated from an early age and was looking for the necessary stuff to help me in this area as an Afro-Caribbean person.

By the early 1980s Richards was probably the most attractive and recognisable cricketer in the world. It was at this time that he began wearing sweatbands on the field in red, gold and green, the colours of Rastafari. 'It was how I related to Africa,' he says. 'For us as people Africa is the starting point. Red meant the blood that was shed, yellow for the gold that was taken away, the green for Mother Nature and the greenery of African land itself. Then there was another colour, the black. Now you had the black, yellow, green and red. The black for the black folks in that part of the world. That is my representation of those particular colours and what it meant to me.'

Richards was not a Rastafarian, but he sympathised with some of the values of its followers. The movement had begun in Jamaica in the 1930s. It promoted a return to Africa, specifically Ethiopia, where Haile Selassie (Ras Tafari) was emperor. Rastafarians were nonconformists and regarded with much suspicion in colonial Jamaica. Some of them were beaten and imprisoned. They were seen as a threat to order and a bad example to the masses, but they gathered and survived in rural areas and the poorest neighbourhoods of Kingston. It was from such ghettos that reggae music would be first developed 30 years later.

'Some of us were still lingering, one foot in, one foot out, as to who we were as people,' reflects Richards. 'Rastafari sent out that message in terms of appearance, their ideology, basic thoughts on your lifestyle rather than anyone imposing how you should live. You know they had that side of things covered, and I respect that. So wearing that band itself had so many meanings to me.'

Richards was not only influenced by the politics of black liberation, but by music. He listened to the reggae of Dennis Brown, the ska and rock steady of Toots and the Maytals and the calypso-soca blend of Byron Lee and the Dragonaires.

I liked all of this stuff. And then when I played in the Shell Shield I went to Jamaica for the first time. I was already listening to the Wailers, Gregory Isaacs, Burning Spear, Culture. Coming from a small island, it was always one of my dreams to see them. A little later I had the honour of going to the studio to physically stand there while Bob Marley was recording. I would go to Hope Road, where Bob used to live. I knew Bunny Wailer from the band – I knew him best. But to meet Bob, Bunny and the other Wailers was the same sort of feeling that I guess other people may have got from meeting Bob Dylan or the Rolling Stones.

While he was playing for Somerset in 1975, Richards made a point of taking a night off to get to London to see Bob Marley on the Natty Dread tour at the Lyceum. When he went on cricket tours he took Marley's tapes with him, calling them his 'consciousness stuff'. In the BMW that he drove in Antigua Richards had a picture of Haile Selassie on the steering wheel and one of Bob Marley in the window.

'You know Bob Marley's "Get up, Stand up". All these tunes were totally inspiring stuff. You could call it your battlefield music, you know. He sang about the rights of human beings. When you heard those lyrics, it was like a poem that you recited on so many occasions. When you leave your hotel with your headphones on and then you walk onto the field.'

Richards starts to sing.

'I feel so strong when you get those lyrics, and it's totally embedded in your mind. You feel very, very powerful. Knowing that there's someone out there who feels the same way that you do. Bob did a magnificent job, and I like to think I did OK with my bat.'

'This music, these black ideologies, were now permeating West Indian society,' explains Clem Seecharan.

They shaped attitudes, perceptions and behaviour when these men and women were at an impressionable age. These were major shifts in perspectives in the region. The whole cultural, political, ideological frame of reference had changed. And whether or not these cricketers were directly conscious of it or not, they were products of this more radical framework. The cricket was now infused with something that was more radically black-American than a continuation of a British tradition. And as for Viv, I would say that all of this would have been powerfully aided by the music he was listening to. I would say that was the lightning rod.

In England there was a slightly different cultural reading of Bob Marley from many of the younger West Indies' supporters.

'Every black household would have a Bob Marley album,' says Trevor Nelson,

but by 1976 we were starting to make our own music, and where I lived in Hackney it was a hotbed for a new style of reggae called lovers' rock. Most of the singers were second-generation British West Indians, and many of them were women. It went hand in hand with the little blues parties that went on. Black people didn't go up the West End to go to clubs, they had parties in houses – a shebeen – and the music played almost exclusively was lovers' rock. So Bob Marley was for radio, for the overall picture. Within a few years there was a tendency to think that he'd gone from the community a bit because he was so global, a little over-produced, but I wouldn't call him a sell-out.

'We thought Bob was a sell-out,' says Paul Gilroy. 'I don't buy him as the avatar of the rebel outlook, and I don't see him as the most important of the musical stars. British West Indians didn't need large doses of Bob Marley to come to our political senses in the summer of 1976. Certainly in London, someone like Dennis Bovell, who was involved with the sound systems and lovers' rock, was much more part of the moment.'

* * *

'A lot of people see Bob Marley with a ball and thinks that Bob Marley only know how to play soccer,' says Bunny Wailer. 'But Bob also knows how to play cricket. Bob was really a good cricketer. He used to bowl some great balls.'

Bunny had known Bob Marley since they were both young boys. In the late 1950s Marley and his mother moved into his family house in the ghetto of Trench Town in Kingston. A few blocks away lived Peter Tosh. Together, the three neighbours would form the most famous reggae band in the world, Bob Marley and the Wailers.

'Yes. Bob bowled the off-spinner, he bowled the leg-spinner, he bowled the googly, he bowled the Chinaman. And he had one that, you know, he called it the magic one; he didn't even give it a proper name. That one is strange. Because somehow he used that one to get the batsman whether he's getting caught or leg before or clean bowled, but when he bowls the magic one then he gets the result.'

Vivian Richards's fame in the late 1970s coincided with that of the Wailers. They sought each other out. 'When he comes to Jamaica to play cricket he always find himself in the company of the Wailers,' remembers Bunny. 'We would go for him at the hotel and take him into the communities of the ghetto, where he finds more relaxation. He gets some real soul food and the people around him are warm and receptive and loving and kind to him, making him feel at home. The people are excited because Viv Richards is in the community. Everybody wants to get a talk; everybody can get a touch. Because he's their star, you know what I mean?'

Bunny Wailer also suggests that it was Richards's connection to the band and to the people he met in Jamaica that inspired him to wear the red, green and gold sweatband.

He was a kind of character that really had some kind of respect for his roots. And when he came among us Rastafarians he really took to listening and adopting the ways and customs. He wore that armband – which sometimes was not appropriate to the authorities – but him being the person he is, a strong character, he stands up for what he believes in. He didn't back down in establishing that he was Rastarised. So bless up Viv Rich. Every time, big up Viv Rich, great cricketer, great individual. He's a leader for African people overall, so big time respect to Vivian Richards, the champion of cricket.

* * *

Not everybody has been so enthusiastic about Richards's identification with pan-Africanism and Rastafari. In 1984, when Richards wore his sweatband throughout the blackwash series, David Frith was the editor of *Wisden Cricket Monthly*, a magazine he had created in 1979. Previously Frith had been editor of *The Cricketer* magazine. He was a respected journalist whose upbringing in both England and Australia had given him a deep understanding of the cricket played in both countries.

Frith used to adore the West Indians. He'd first seen them from high up in the Sheridan Stand at Sydney on the 1951–52 tour. Frank Worrell coming out to bat in his maroon cap with his immaculate white shirtsleeves folded halfway up the forearm was one of the most enchanting visions of the young Frith's life. But by 1984 his view of West Indian cricket had altered. Their image was so different.

'I was watching them in England and I was watching them in the Caribbean, and it seemed that cricket had been transformed into something really ugly,' he says. The principal reason was the four fast bowlers around which the West Indian strategy revolved. 'The summer game, it had become something else. It had lost its romance, it had lost its sportsmanship, it had lost its lovely edge; it was now a place where people got frightened.'

At the beginning of the 1984 tour Vivian Richards had made one of the most breathtaking scores of recent years. At Old Trafford in the first one-day international against England his side had made little more than a hundred by lunch and lost seven wickets. England sat down to eat with the applause of the crowd fresh in their ears; their bowlers thought the game was won. But Richards was still there. At 166 for 9 Michael Holding joined him at the wicket. Last man in. Richards made 93 runs during that stand while Holding scored 12. Richards ended up with 189 not out.

'Viv didn't say much, but his body language shouted loud,' recalls Derek Pringle, who had to bowl against him that afternoon. 'You knew you were up against someone who intended to do you maximum harm. It's like that exchange in *Apocalypse Now* when they tell Martin Sheen to terminate Kurtz's command with extreme prejudice. That was Viv. He was a batsman who wanted to hurt you with extreme prejudice.'

'When Viv walked out with his Rasta sweatband what did people think it meant?' asks Paul Gilroy.

I would read Viv's hundred that day as an extraordinary act of insubordination. All of us who saw it were gleeful. And this was not a glee that resonated only with 'muggers and layabouts', the people who were being criminalised so actively due to the encroachment of the police into their lives. This was not just about politically minded individuals reading the game at a distance. It was one of those moments of solidarity and enthusiasm and appreciation recognised by the crowd as the spectacle was unfolding.

The rest of the West Indian team made 73 runs between them that day in a total of 272. In reply England made all of 168, less than Richards had scored by himself. 'Any of us will be lucky if we see anything quite like it in our lifetime,' wrote Matthew Engel from the press box.

A few days later David Frith met Vivian Richards at a function. 'He was feeling pretty good,' recalls Frith,

and that's the evening that I asked him about the Rastafarian wristband and asked if it should be used in a Test match. He got quite agitated and he was talking about what I thought were all sorts of quite unrelated matters like the slave trade. And he said, 'Dave, don't you know your history, man?' And I said, 'I know what you're going on about, but why are you attacking me in this way? I've got no ancestry involved in the slave trade and I think it's irrelevant.' And then I realised that this is one of his forces of motivation and that nothing I could say would dissuade him from carrying this conviction and that perhaps if you made 8,000 runs, 4,000 came from this fury at what had happened to some of his people a long time ago.

David Gower played five Test series against the West Indies and captained England in two of them.

If you've got a region like the Caribbean, it doesn't take much to work out that there was a lot of history going back to the slave-trade days that you can't just ignore. It goes down through the generations. Now, if you are you are an international sportsman from Antigua or Jamaica or Trinidad, you want to establish your own sense of pride in your nation. You might not be thinking about the history of the region when you are walking out to bat or marking out your run-up, but it's there. They will look into these things, analyse these things and encourage others to think about these things. It would be far too naive to suggest that the political history of the Caribbean means nothing to the cricket – it's a driving force. Pride in one's nationality, pride, dare I say, in one's colour, pride in oneself. These are all driving forces.

'All of a sudden I could remember a guy by the name of David Frith or whatever and he confronted me one night,' remembers Richards. 'And he said, "What do those colours red, gold and green that I wear on the cricket field mean?" And before I could answer he was telling me. He said it was a black power symbol. So I am saying, "In my opinion, it's not." We had a big argument about the whole stuff.'

Frith believes that any aggression felt by international cricketers on the field should end in a drink with the opposition in the bar.

For me that should be the limit of aggression in Test cricket, but now we are in very serious times and all sorts of things are motivating people – religious belief and racial conviction – and most of all these resentments. And I think it's rather sad if you need a resentment like that to fire you up. You should glory in the gift that you've been given. I mean, he was a born athlete, Viv Richards. He surely could have gone out there and done just as well and retained his cool. I wish he didn't get angry so often because I believed in him. But after that evening I was left quite worried, I thought, *Well, he's talking to young kids, and if he preaches that sort of stuff, the world's not going to be a very peaceful place.* He's a very influential man. And still is. So that was a cardinal moment. It changed my life really; it opened my eyes. I realised some cricketers are fired up by the most amazing drives of force from unexpected places.

*   *   *

Richards led his team to seven wins in their first nine Test matches under his captaincy. He had not dropped the baton and he had kept the engine running. England arrived in the Caribbean at the beginning of 1986 to face the West Indies for the first time since the blackwash humiliation of 1984. They were in for further punishment. By the time the sides reached Antigua for the final Test, the score was four–nil to the West Indies. On the fourth day of the game, in front of people who had known him since he was a child, Richards battered the fastest hundred that Test cricket had seen. After reaching his century in 56 balls, he declared in order to allow his team enough time to bowl England out for the tenth time in the series. Five–nil again. A second blackwash. The Test match score in the 1980s between the two sides now stood at thirteen–nil to the West Indies.

'Infancy has matured into manhood,' wrote Adlai Carrott on the sports page of Antigua's radical newspaper *Outlet*, 'and West Indies cricket reigns supreme with no worthy rival in sight. It is our golden age that we now enjoy and the English, ancient masters of the game, can find no counter on the field of play.'

The subjugation of England, in particular the method of victory, displeased others. Writing during the series, David Frith warned that 'the escalation of their fast bowlers has reached a murderous crescendo which shrieks remorselessly throughout the innings. The thrilling and permissively dangerous one-to-one joust has been replaced by a protracted gang mugging.' The chivalry and variety of the past had disappeared, believed Frith, to be replaced by something modern and sinister. 'In the streets, bars and fields of Barbados and Jamaica there are hordes of six-footers who rejoice in their strength and agility, get their "fix" by propelling a ball fast and eliciting admiration, and eye the advantages that cricket can bring with the same eagerness that impelled the unemployed in the Depression to don boxing gloves.'

The metaphor of a criminal inner-city youth now terrorising the cricket field was rejected outright by Adlai Carrott. 'Now in the age of West Indian dominance, their excuses range from the petty to the ridiculous. "Too many life-threatening bouncers," they scream, so we West Indians are to spare a thought for David Gower's men as they "face physical danger alien to cricket's birth right". Of course they have forgotten Typhoon Tyson, fearsome Trueman, who made Easton McMorris spit blood on the Sabina Park pitch after a consistent battering. Of course too, we did not complain and say, "It isn't cricket."' Never mind the English reporters, Carrott continued. Since their team cannot attain greatness, they revenge themselves by railing at West Indian excellence. 'As our cricket advances towards perfection, the spate of English press criticism advances with equal pace. In no sport has one nation so dominated another. In no other sport has one nation ruled so supremely for so long. Therein lies the motive for the slander and distortions of the English press.'

Fast bowling was very intimidating, says Clem Seecharan.

It was dangerous. To see these big black men – not one but four – I'm sure consciously or subconsciously that image would have been very intimidating. And you need to remember at that time in England, the 1980s, there was a political activism, militancy, parts of which Viv Richards clearly identified with. Now to some people that whole package would seem very threatening: 'The black power brigade are here, man.' Worse than that, they're at Lord's, watching cricket, playing cricket. These men had now appropriated something that wasn't theirs to take. What you must understand is that people such as Clyde Walcott and Frank Worrell were black Englishmen.

Of course they were proud of their background, but they were totally within the British colonial frame of reference: the education, the Church, the values which had been very congruent with values held by people in England.

* * *

After the second blackwash came Test matches in Pakistan, New Zealand and India, where the West Indies could not be beaten. New bowlers were introduced such as Patrick Patterson and Kenny Benjamin. Others who had first proved themselves in Clive Lloyd's time, such as Courtney Walsh, became better and better. The batsman Carl Hooper from Guyana made his debut against India at Mumbai in 1987; he would play another 101 Tests. Holding and Garner had now retired, but Curtly Ambrose from Antigua looked as if he could be as good a fast bowler as either of them. Against England in 1988 the score was just four–nil (the first Test was drawn) as the English endured a chaotic summer by combining a spanking from the West Indies with fielding four different captains. West Indies seventeen, England nil.

Yet with more success came more criticism. After Curtly Ambrose broke the jaw of the bowler Geoff Lawson at Perth in December 1988 a reporter wrote in the *Australian*, 'I will not concede that a cricket regime of black brutality, brinkmanship and boorishness which is destroying a beautiful game does credit to anybody. Not to those who perpetrate it, not to those who retaliate and especially not to those administrators too weak-kneed to put an end to it – those who would rather wait for a fatality before scuttling from the bar to the committee room.'

Tony Cozier covered that tour as a West Indian broadcaster and journalist. He had already formed the view that the 'defamation' of the team had become more strident and vitriolic with each West Indian triumph. In 1986 he had written in the *West*

Indies Cricket Annual that there had been an 'orchestrated campaign of unwarranted slander' against West Indies cricket, its press and its administrators. To try to discredit the record of the modern West Indian sides, he said, the critics dwelt on alleged time-wasting (the slow over rate) and intimidatory bowling. Cozier was also certain that the repeated calls to change the laws of the game were aimed at countering the West Indian bowling strategy.

At a meeting of the International Cricket Conference in 1982 a proposal to shorten the run-ups of fast bowlers had been outvoted, but there were regular petitions to restrict the number of bouncers a bowler could send down in one over. By the middle of 1991 delegations to the ICC had succeeded in persuading the organisation to allow only one bouncer per over in Test cricket. Three years later this ruling was relaxed to allow two per over. None of this had much effect on the way the West Indies played their cricket. The authors of the 1995 study on fast bowling *Real Quick* worked out that while the one-bouncer rule was in operation Richards's side played 15 Tests, won eight and lost two.

'There will always be obstacles in your way wherever you go' says Richards today. 'I felt that the changes to the laws of the game – reducing the numbers of bouncers – were targeted at the West Indies because we had a pretty fine line-up of fast bowlers both in quality and quantity. And I guess there were a few journalists who would have been pissed off about this bowling that was "designed to kill" and all that sort of stuff.'

The former England bowler Mike Selvey believes that there was something in the West Indies' psyche that was rather bemused by all of the criticism. 'Because actually this was the way they had always played their cricket – on club grounds, in the Shell Shield, in Test matches. They bounced each other, they hooked each other, they took it on – that's what they did. Culturally, they weren't doing anything to others that they hadn't done to themselves. It may have been at odds with the Corinthian spirit, but that's how it was.'

After he became a television commentator, Michael Holding was once seen shaking with laughter while watching the England all-rounder Chris Lewis prepare for an innings in the West Indies by repeatedly ducking balls thrown at his head by his teammate Robin Smith. When he was asked why he found it so funny, Holding said that if this had been a local club game, the batsman would not have been practising ducking fast bowling, but practising smashing each ball into the neighbouring parish.

The relationship between the 'West Indian brand' and how it has tested the philosophy of conservatism has long been of interest to Hilary Beckles.

The English have come from a very long tradition of political and social evolution, and there's a strong belief that some of the finest years of English culture are from the past. When you are evolving from a colonial context, your desire is to get as far away from the past as possible. You look back and you see the worst expression of the human journey. You see slavery, genocide, brutality, you see the oppression of the human spirit, the denial of human rights, so you look back and you say, 'Our agenda as a new culture is to get as far away from the past as possible.' The aim is to go aggressively into the future.

'What people didn't like, and I'm prepared to say that I believe they were envious, is that our boys stayed together for so long,' says Clive Lloyd.

They won matches and then came back four years later and won some more. These fellows who had been writing about cricket for years didn't like that the old order had changed. They found that threatening. Sport is not always played to the same system; things change. Some cricket writers looked at us and they knew that a certain kind of West Indies cricketer had died for good. They didn't like it. We were getting mammoth scores, we were bowling well, we fielded well. We paid attention to detail and were very fit. People were not accustomed to that. Some people took that hard and couldn't understand that here was a set of people who had put something special together. If you were born after 1975, you wouldn't have seen the West Indies lose in a real way until you were in your 20s.

* * *

Richards dealt easily with attacks on his team from outside the Caribbean: he just kept winning Test matches. But in 1990 he was criticised from within the Caribbean because of remarks he had made about the racial composition of the Test side. In an interview given to the Antiguan newspaper *Outlet* it was reported that Richards had said, 'the West Indies cricket team . . . is the only sporting team of African descent that has been able to win repeatedly against all international opposition, bringing joy and recognition to our people'.

Many people of Indian heritage living in the Caribbean said they were insulted. For some, Richards's words confirmed their belief that the exclusion of Indian players from the West Indies side was deliberate.

There had been a strong Indo-Caribbean culture in the West Indies for 150 years. Indians are the largest single ethnic group in Guyana and Trinidad. Alvin Kallicharran's family had been in Guyana for three generations, and Sonny Ramadhin's family had lived in Trinidad for at least as long. Both their fathers had been cane cutters, descendants of people who had left India since the 1830s to work on plantations after the abolition of slavery. Between 1838 and 1917 nearly 250,000 indentured labourers were brought to British Guiana from India. A further 150,000 went to Trinidad. There had been racial animosity between Indians and Africans in the Caribbean almost since their arrival; within a century this would become apparent in West Indian cricket.

Indo-Caribbean cricket fans had cheered for India when they played in the Caribbean since the 1950s, even though there were Indians in the West Indies side. In 1950 Sonny Ramadhin was the first Indo-Caribbean Test cricketer. Then came the batsmen Rohan Kanhai and Joe Solomon. But when India beat Clive Lloyd's West Indies in Trinidad in April 1976, local people ran onto the field to slap the backs of the Indian batsmen.

'It was not simply about ethnicity,' says Hilary Beckles.

It's much more than that. I believe that the Indian community in Guyana and Trinidad felt that they were given a raw deal by the black governments in the Caribbean. Forbes Burnham was in government in Guyana; Eric Williams was in government in Trinidad. These people felt that when the nation states of the Caribbean were built in the independence period, they were built as black states. These people had been in the region for some time, yet they thought that they were not treated as equally and as fairly as they deserved. One way to express their discontent of living with inequity was to forge links with the motherland and to support India.

The last great contribution to West Indian cricket from an Indo-Caribbean player had come from Alvin Kallicharran, who hadn't played Test cricket since 1981. Shiv Chanderpaul, who would be the next great Indo-Caribbean batsman, wouldn't make his Test debut until 1994. It seems that for many years there was no Indo-West Indian good enough to force his way into Lloyd's or Richards's best Test sides.

'I don't blame Vivian Richards for the comment he made and for which many Indians took umbrage,' says Clem Seecharan, whose book *From Ranji to Rohan* is a study of cricket and Indian identity in Guyana.

> There was no Indian in the team at the time. The cricket was black cricket. It was very political. Don't forget that Viv himself had refused vast sums of money to play cricket in apartheid South Africa; I think his statement has to be seen in the light of this principled stance. That said, Viv doesn't come from Guyana where ethnic insecurities between Africans and Indians are deeply rooted.

> There was violence and racial killings in the early 1960s. These insecurities festered and were aggravated by the regime of Forbes Burnham, who rigged every election between 1968 and the mid-1980s. So at the time Viv made this statement Indians in Guyana rightly felt disenfranchised. I doubt that Clive Lloyd, who is Guyanese himself of course, and is sensitive to the ethnic insecurities in that country, would have said anything similar.

Professor Seecharan's conclusion is that the Indian contribution to the development of Guyanese and Trinidadian cricket had been significant, but in Test cricket it was rather patchy and uneven.

> No Indian fast bowler had made the Test team. In an area so crucial to the rise and dominance of West Indies cricket no contribution at all! Again, you would have thought that of the numerous Indo-West Indian spinners who have played for Guyana and Trinidad over the decades, a few would have established themselves in the Test team. But none replicated the example of Sonny Ramadhin in the 1950s.

And apart from three batsmen of distinction – Kanhai, Solomon and Kallicharran – there was no other Indo-West Indian cricketer who had achieved at the highest level. This is incontestable.

* * *

By 1991 Vivian Richards had decided to end his Test career. He was 39 and had been playing international cricket for more than 16 years. He had led the side in 12 series since 1985 and never lost. The side he brought to England in 1991 was a good one. Gordon Greenidge had retired after the home victory against Australia earlier in the year, but from the 1984 blackwash tour there was Desmond Haynes, Richards himself, Gus Logie, Richie Richardson, Jeff Dujon and Malcolm Marshall. The latest version of the bowling attack was impressive: Marshall, Walsh, Ambrose and Patterson.

Impressive, but again not universally welcome. The June 1991 editorial in *Wisden Cricket Monthly* anticipated what it called an unappetising tour. 'Another invasion is upon us by a West Indies team which is the most fearsome, the most successful, and the most unpopular in the world. Their game is founded on vengeance and violence and is fringed by arrogance.' Richards led a team, wrote David Frith, which had become embroiled in one sour series after another.

Their supporters will insist that bitterness arises from the fact that West Indies have been so steadily victorious. That may be close to the truth, but there is a vital additional factor to be identified, and that is that these matches have long since become manifestations of the racial tensions that exist in the world outside the cricket-ground gates. Just when the cricketers of both sides should be teaching ordinary folk how to co-exist and enjoy honourable sports combat, a damaging counter-image emerges.

Frith was tired of what he called the 'monotony and brutality' of slow over rates and unremitting bouncers. He professed himself to be a cricket lover who was justified in articulating his dislike of that kind of cricket.

'Mr Frith sounds a very embittered man to me,' said Vivian Richards at the time.

'I stated that in my view,' says Frith, 'the West Indian game was now based on violence, and when that was questioned I said, "Well four, five, six bouncers an over is violent cricket." There's no getting away from it. As for arrogance, Clive Lloyd said to me later, "We've got reason to be arrogant; we are beating the world," so I was right on that count too.'

David Frith says that his strong criticisms of the West Indies and their bowling tactics came from a single concern. The reason he was close to despair was that he loved the game and saw it being traduced. 'I care for cricket,' he insists,

and any accusation that there is a racist motive for this . . . [the 1991 editorial] any accusation that this is a racist attack, is despicable, and I refute it. But it's very easy for people to hop on this racism bandwagon. I am sick to death of it; it's just become the scourge of our age. They got me wrong. I used to like those blokes and dine with them and be accepted by them. However, in 1991 – I suppose I had to expect it – Gordon Greenidge – he was a former friend – walked straight past me.

The previous spring, when England had narrowly lost in the West Indies, *Wisden Cricket Monthly* had had a heavy mailbag full of post about the West Indies' play. The editor selected five of the letters for publication. The first called for the immediate sacking of the manager Clive Lloyd and the captain, Vivian Richards. Three other letters were headed 'Murder', 'Moral Winners' and 'Unsavoury'. The fifth letter was entitled 'Voodoo?' and was from a reader in Cheshire. 'Until we can breed 7-foot monsters willing to break bones and shatter faces, we cannot compete against these threatening West Indians. Even the umpires seem to be scared that the devilish-looking Richards might put a voodoo sign on them!'

* * *

The 1991 series between England and the West Indies was drawn. It was the first time that the West Indies had not defeated the English in England since 1969. The four series under Richards's captaincy had finished five–nil, four–nil, two–one and two all. England were getting closer. Perhaps the potency of the West Indies was being diluted?

At the Oval, where he'd beaten the ball and the England bowlers into a dusty submission in 1976 and seen the England captain grovel on all fours in front of British West Indian supporters, Vivian Richards played his last Test match innings. He hit back-foot cover drives off David Lawrence, an England fast bowler whose parents had come to the West Country from Jamaica. He pulled Phillip DeFreitas – an England fast bowler born in Dominica – for four through mid-wicket. He square-cut Chris Lewis – an England fast bowler born in Guyana – to the boundary. After he had made 60 from them, he was caught off Lawrence at mid-on.

He walked back to the dressing room and was given a hell of an ovation. He took his famous maroon cap off his now-bald head and raised it with his bat to the crowd. But because he was Vivian Richards, his fury at playing a false shot preoccupied him.

It was over. Someone special was crossing beyond a boundary. Such men deserve to be remembered in verse. This time the calypsonian King Short Shirt sang it best.

No bowler holds a terror for Vivian Richards.
Not Thomson not Lillee, not Bedi nor Chandrasekhar.
A perfect coordination of body and mind.
That brother is really dynamite.
I tell you, pace or spin he ain't give a France what you're
    bowling him,
Fast or slowly, you're going back to the boundary.

Epilogue

'When I am playing for my country,' says Michael Holding, 'I have five million West Indians depending on me to perform at my best so they can walk the streets and be proud. I have to do my job.'

Holding's job was to bowl very fast. He needed discipline, intelligence and discernment to do it well. He also needed the old West Indian skill of bowling short.

'I am genuinely sorry when I hit a batsman. I am not bowling to hit him, and the last thing that I should wish for is for him to have to give up his innings and retire hurt. But I know that I must have him aware that the ball can be made to do something.' These are the words, not of Michael Holding but of Learie Constantine, who played Test cricket from 1928 until 1939. He knew that the 'short, flying ball' was an integral part of the fast bowler's attack. 'These are the realities of cricket,' he said. 'These things cricketers know.'

The regular bowling of the short ball was the single greatest controversy surrounding West Indian cricket. The *Wisden Cricketers' Almanack* didn't like it. West Indian bowling was 'unpleasant, not to say dangerous' was the view of *Wisden's* editor in the 1934 edition. It seems that short-pitched bowling by black men has always troubled some cricket writers much more than the cricketers who faced it.

The England opening batsman Geoffrey Boycott, who was

undone so thoroughly by Michael Holding in that one over in Barbados in 1981, has frank views on the matter.

Why bother with spinners? Clive Lloyd just bothered with four fast bowlers and said, 'We're going to bowl you out.' I don't blame him. People say it was bad for the game – I've seen writers write about that – but any human being who tries to tell me he wouldn't have played four fast bowlers because they were winning Test matches is a liar. We'd all have done it, and I'd have been stood at mid-off or mid-on cheering them on. Just like the West Indian fielders did: 'Go on. Give him a few more, Crofty. Sit him on his backside. Yeah, get after him.' We'd have all been doing it. It's the nature of the game. If you're competitive, you want to win, and as long as you win within the rules I can't see anything wrong with that. Good luck to the West Indies. It was a part of their history which I admire and I respect.

In 2005 England won the Ashes for the first time in nearly 20 years. Their success was largely down to Steve Harmison, Simon Jones, Andrew Flintoff and Matthew Hoggard. All four were very good fast bowlers. There were few complaints about how they had won. At Lord's, when a ball from Harmison hit the Australian captain Ricky Ponting and cut his face, a great rolling roar went around the ground. When the Ashes were safe there was national rejoicing, and the players were driven through London on an open-top bus to Trafalgar Square. Ashley Giles was there. He was the England spinner and played in every Test that summer. He was part of the side's traditional 'balanced' bowling attack. Giles took 10 wickets at an average of 57.80 runs each and his best performance was 3 for 78.

In the blackwash summer of 1984, when criticism of the West Indies' fast bowling attack had never been stronger, Roger Harper was the West Indies' off-spinner. He played in all five Tests and

took 13 wickets at an average of 21.23 runs each. His best performance was 6 for 57.

'When we started to win,' reflects Michael Holding,

> people started saying, 'We have to find some way of degrading this.
> It can't be as good as they are making it out to be,' so they started
> looking for excuses. They started to say we haven't got a 'balanced'
> team; cricket was about having a 'balanced' team. Well, this is not
> a trapeze act; it is about winning a cricket match. You pick the team
> that will win you the game. Then they decided to say that fast
> bowling was intimidatory: 'It's not fair; you can't score off so many
> bouncers.' Well, we had a batsman who didn't mind if you bowled
> six bouncers at him. His name was Viv Richards. If you were good
> enough, you could score enough.

* * *

This book began with Michael Holding's tears at Sydney in 1976.
Young men don't often cry in public, especially not in front of
thousands of people with many more watching on television. So it
was a memorable moment for Holding. It was also a significant
day for his team. What they saw that afternoon closed the door on
an old world for the West Indies. They watched Ian Chappell nick
the ball to the wicket-keeper and stay at the crease knowing that
he was out. The umpire's arm remained down. This was modern
international cricket. From that day on Gordon Greenidge certainly
never walked if he edged it; let the umpire tell him he was out.

The armour plating that was to make the West Indies almost
invulnerable for the next 19 years began to form around the team
that afternoon at the SCG. 'The Australians taught us, and we took
notice of them,' said Vivian Richards.

Clive Lloyd had arrived in Australia in October 1975 telling
reporters, 'I don't like losers. If you don't think you have a chance

of winning, there is no sense in taking part.' When he left Australia at the end of the tour he was a loser. He had little going for him except his cussed spirit. Had the next series against India been lost, who knows what would have become of Lloyd? It was a close-run thing. He became a great captain and leader, but there were never any guarantees. In 1966 when Lloyd was LBW to Garry Sobers for nought in Barbados, the received wisdom in Georgetown had been that he might never play for British Guiana again. The idea of him playing for the West Indies, let alone being captain, was outlandish.

It was a close-run thing.

Lloyd knew that if he was to survive, and his team to thrive, they had to change. He knew that if he was going to lead a great side, it would not come about by accident. His team did not fall from a passing comet, fully formed, tossed up, pads buckled, ready to play. There was a strategy.

Lloyd wanted only one thing from his players – excellence. He wanted them to play as well as they could. He was not preoccupied with vengeance, payback or righting historical wrongs. He wanted his team to entertain people with the best skills they had. He wanted to win cricket matches.

The captaincy of Frank Worrell had been drenched with symbolism. Garry Sobers's leadership was inspirational because he could bat, bowl and field his team to victory by himself. The assertive captaincy of Vivian Richards combined with his batting exploits assured West Indians of their place in the world. But Lloyd's leadership was the most significant of all because of what he created. He taught the West Indies how to win. The construction of the team, the discipline, the batting and the four fast bowlers were all about winning.

They began to play cricket in a new way. They were no longer cavaliers reliant on talented individuals; this side had a fresh intelligence at its centre. That appealed to supporters of the West Indies.

Their cricket team would be successful because of what went on in the head, not just thanks to the athleticism of the body. These cricketers were serious people, tutored and drilled to win. New players were brought in to continue the pattern. This was a team that could not be patronised like those of the past. The dominance of Lloyd's men and Richards's men was achieved through hard work, discipline and technical excellence; it had very little to do with carefree, instinctive spontaneity.

When Graham Gooch was the captain of England in the early 1990s and Micky Stewart was the manager, they tried to reform English cricket with a regime of physical fitness, rigorous practice, team spirit, pride and punctuality. It was a good idea – and nothing more than what the West Indies had been doing since 1978.

Lloyd and Richards may have distilled the values of hard work, discipline and technical distinction, but they didn't invent them. To those who looked, these qualities had been developing in West Indian cricket for almost a century. They were part of the story of Charles Ollivierre's excellence.

Ollivierre was 23 when he came to England with the West Indies side in 1900. He had played three games of first-class cricket in four years before the tour, yet he scored nearly 900 runs in a foreign country on unfamiliar wickets when the sport in his own island was at a rudimentary stage. This would have been impossible had it been down to talent alone; his innings must have featured character, intelligence, aptitude and judgement. Ollivierre began the tradition of West Indian batsmanship. A hundred years later Brian Lara probably completed it through his technical competence, his stamina and stroke play, his ability to dominate bowlers, and most of all the talent to change the course of a Test match. The tradition which Lara perfected had been refined on its way to him by George Headley in the 1930s and 1940s, and after the

Second World War by players such as Frank Worrell, Everton Weekes and Clyde Walcott, and later still, by Rohan Kanhai.

In *Rites* the Barbadian poet Kamau Brathwaite describes a Walcott innings against England at the Kensington Oval in Bridgetown shortly after the war. Johnny Wardle had just been hit for four.

> 'You see dat shot?' the people was shoutin';
> 'Jesus Chrise, man, wunna see dat shot?'
> All over de groun' fellers shakin' hands wid each other
>
> as if was *they* wheelin' de willow
> as if was *them* had the power;
> one man run out pun de field wid a red fowl cock
>
> goin' quawk quawk quawk in 'e han';
> would'a give it to Clyde right then an' right there
> if a police hadn't stop 'e!

Brathwaite's Walcott was scoring his runs for a nation; those runs belonged to the people, and the people knew it. Cricketers were the only pan-Caribbean heroes.

'If a West Indian made a century at Lord's or in Australia', recalls Ronald Austin, 'it was almost like getting inspiration from Scripture. Cricket was deeply interwoven into our lives. And not just young men like myself. My mother was obsessed with the game – all the older women were. You'd go to Bourda for a Test and you'd see them there with baskets of food for the whole day; they'd all come to watch Everton Weekes or Garry Sobers. Cricket penetrated every aspect of society.'

Ronald Austin's recollection of boyhood cricket in British Guiana connects with that most famous of rhetorical questions posed in

Beyond a Boundary. 'What do they know of cricket who only cricket know?' asked C. L. R. James.

> West Indians crowding to Tests bring with them the whole past history and future hopes of the islands. English people, for example, have a conception of themselves breathed from birth. Drake and mighty Nelson, Shakespeare, Waterloo, the Charge of the Light Brigade, the few who did so much for so many, the success of parliamentary democracy, those and such as those constitute a national tradition. Underdeveloped countries have to go back centuries to rebuild one. We of the West Indies have none at all, none that we know of. To such people, the three Ws, Ram and Val wrecking English batting, help to fill a huge gap in their consciousness and in their needs.

In Georgetown and Brooklyn, Streatham and Birmingham the successes of West Indian cricketers brought great pride to the diaspora. Just ask the three bus drivers of this book: the man with the hired top hat and cane in 1950, the man who stopped the traffic on Kensington High Street for Viv, and Harold Blackman, whose London Transport XI in the 1980s were as unbeatable as the West Indies. 'We used to think, *The same thing they do, we can do*. They gave us a spurt, they gave us heart,' says Harold.

The West Indies brought a nation of cricket lovers, whose flag flew only from a pavilion roof, to its feet. Not for a tournament, not for a season or for five years, but for the best part of two decades. Their fine play allowed their people to stop apologising for being West Indian.

'There was a lot we had to overcome, and we did it,' says Andy Roberts. 'We did not complain, and here we are. We end up having one of the greatest teams in the history of sport. Several dots on the map dominating the world.'

Acknowledgements

My first thanks must go to the film director Stevan Riley. *Fire in Babylon* was his movie, and this book was his idea. Not only did Stevan suggest I should be the author, he generously handed over many hours of interviews he had collected during filming. They are the cornerstone of this book. Apart from all of that, Stevan has always been available for an easy-going word of advice and encouragement. Without him this book could not have been written.

I must also thank Ronald Austin. I first met Ronald in Georgetown, Guyana when I was researching my biography of Clive Lloyd in 2007. Ronald was my guide then and he has been again during the writing of *Fire in Babylon*. He describes himself only as 'a man who loves cricket' but he is so much more. He has a profound, analytical and deeply refined understanding of the game in the Caribbean and what it means to people who live there. I have quoted Ronald in several passages in *Fire in Babylon*, but his voice, his wisdom and his influence resonate throughout this book.

Two other friends – Simon Kuper and Paul Coupar-Hennessy – have been invaluable counsellors. When they had much better things to do, they corrected, rearranged and polished large parts of this manuscript. I cannot thank them enough for their patience and expertise.

The perspicacity of Frances Jessop and the tenacity of Charlie Brotherstone must also be mentioned. Fran is my discerning, deadline-extending editor at Yellow Jersey and Charlie is my literary agent at Ed Victor Ltd who did so much to kick this whole thing off.

I would also like to thank Laura Barraclough, Peter Biles, Stephen Bourne, David Bull, Wally Caruana, Mike Dunk, Jane Durie, Rob Durie, Cornelius Gaskin, Jack Houldsworth, Carl Hoyte, Tony Jaggs, Euel Johnson, Michelle McDonald, the National Archive of Antigua and Joe Smith.

Contributors

Martin Adrien, Ronald Austin, Colin Babb, Tony Becca, Hilary Beckles, Harold Blackman, Geoffrey Boycott, Robin Buckley, Don Cameron, Stephen Chalke, Greg Chappell, Ian Chappell, Brian Close, Jeremy Coney, Tony Cozier, Colin Croft, Matthew Engel, Graeme Fowler, King Frank-I Francis, David Frith, Paul Gilroy, Fred Goodall, David Gower, Gordon Greenidge, Desmond Haynes, Michael Holding, Geoff Howarth, Kevin Hylton, Dilip Jajodia, Alvin Kallicharran, Sam King, Tapley Lewis, Andy Lloyd, Clive Lloyd, Ashley Mallett, Lewis Manthata, Charles Maskell-Knight, Scotty Mitchell, David Murray, Deryck Murray, Trevor Nelson, Paul Newman, Essop Pahad, Trevor Phillips, Derek Pringle, Sonny Ramadhin, Vivian Richards, Andy Roberts, Austin Robertson, Clem Seecharan, Mike Selvey, Steve Stephenson, Bob Turnbull and Bunny Wailer.

The interviews in this book come from two main sources. First, the long recordings made by Stevan Riley. Inevitably, only a small part of this original testimony appeared in his film. Second, the many fresh interviews conducted by the author, who in some cases spoke to the same players for a second time. Where relevant, the author's work has been augmented by material he gathered while working on the authorised biography of Clive Lloyd. Three contributions – by Geoff Howarth, Don Cameron and Derek Pringle – first appeared in columns written by the author for the *Wisden Cricketer* magazine.

Bibliography

All these books were of great use while writing *Fire in Babylon*, but I want to draw attention to two in particular: David Tossell's *Grovel!* on the 1976 series in England and *The Cricket War* by Gideon Haigh. Both authors deserve the thanks of readers of cricket books everywhere for their industry, insight and authority.

Arlott, John, *John Arlott's Book of Cricketers* (Lutterworth Press, 1979)

Bradman to Chappell (Australian Broadcasting Commission Books, 1976)

Babb, Colin, *They Gave the Crowd Plenty Fun* (Hansib, 2012)

Barker, J. S., *Summer Spectacular* (The Sportsman's Book Club, 1965)

Beckett, Andy, *When the Lights Went Out: What Really Happened to Britain in the Seventies* (Faber and Faber, 2009)

Beckles, Hilary McD. (ed.), *A Spirit of Dominance: Cricket and Nationalism in the West Indies* (Canoe Press, 1999)

——, *The Development of West Indies Cricket Volume 1* (Pluto Press, 1999)

——, *The Development of West Indies Cricket Volume 2* (Pluto Press, 1999)

Beckles, Hilary McD. and Stoddart, Brian (eds), *Liberation Cricket: West Indies Cricket Culture* (Manchester University Press, 1995)

Bell, Carl, *A Complete Statistical Record of West Indian Test Cricketers* (MRC, 1994)

Van der Bijl, Vintcent, *Cricket in the Shadows* (Shuter and Shooter, 1985)

Birbalsingh, Frank, *Indo-Westindian Cricket* (Hansib, 1987)

——, *The Rise of Westindian Cricket* (Hansib, 1997)

Birley, Derek, *A Social History of English Cricket* (Aurum, 2000)

——, *The Willow Wand* (Aurum, 2013)

Booth, Douglas, *The Race Game: Sport and Politics in South Africa* (Cass, 1998)

Bose, Mihir, *A History of Indian Cricket* (André Deutsch, 2002)

——, *Sporting Colours* (Robson, 1993)

Braithwaite, E. R., *Honorary White* (New English Library, 1977)

Brathwaite, Kamau, *The Arrivants* (Oxford University Press, 1981)

Brearley, Mike, *The Art of Captaincy* (Channel Four Books, 2001)

Brearley, Mike and Doust, Dudley, *The Ashes Retained* (Hodder and Stoughton, 1979)

Brookes, Christopher, *His Own Man – The Life of Neville Cardus* (Methuen, 1985)

Cardus, Neville, *Second Innings* (Collins, 1950)

Caro, Andrew, *With a Straight Bat* (The Sales Machine Ltd, 1979)

Cashman, Richard, *'Ave a Go, Yer Mug!* (Collins, 1984)

Chalke, Stephen, *Micky Stewart and the Changing Face of Cricket* (Fairfield Books, 2012)

——, *Tom Cartwright: The Flame Still Burns* (Fairfield Books, 2007)

Chappell, Ian and Mallett, Ashley, *Hitting Out: The Ian Chappell Story* (Orion, 2005)

Conn, David, *The Beautiful Game? Searching for the Soul of Football* (Yellow Jersey Press, 2005)

Constantine, Learie, *Colour Bar* (Stanley Paul, 1954)

——, *Cricket and I* (Philip Allan, 1933)

——, *Cricket in the Sun* (Stanley Paul, 1946)

Corbett, Ted, *Cricket on the Run* (Stanley Paul, 1990)

Cornelissen, Scarlet and Grundlingh, Albert, *Sport Past and Present in South Africa* (Routledge, 2013)

Da Costa, Emilia Viotti, *Crowns of Glory, Tears of Blood: The Demerara Slave Rebellion of 1823* (Oxford University Press, 1997)

Cozier, Tony, *Clive Lloyd: Living for Cricket* (Star, 1983)

—— (ed.), *Wisden History of the Cricket World Cup* (Wordsmith, 2006)

Dabydeen, David (ed.), *Oxford Companion to Black British History* (Oxford University Press, 2007)

Dalrymple, Henderson, *50 Great West Indian Test Cricketers* (Hansib, 1983)

Desai, Ashwin, *Blacks in Whites: A Century of Cricket Struggles in KwaZulu-Natal* (University of KwaZulu-Natal Press, 2003)

Down, Michael, *Is it Cricket? Power, Money and Politics in Cricket since 1945* (Queen Anne Press, 1985)

Eagar, Patrick, *Test Decade: 1972–1982* (World's Work, 1982)

Fingleton, Jack, *Fingleton on Cricket* (Collins, 1972)

——, *Masters of Cricket* (Heinemann, 1958)

Foot, David, *Sunshine, Sixes and Cider* (David and Charles, 1986)

——, *Viv Richards* (World's Work, 1979)

Frindall, Bill, *Frindall's Score Book – Australia v West Indies 1975–76* (Lonsdale, 1976)

——, *Frindall's Score Book – England v West Indies 1976* (Lonsdale, 1976)

Frith, David, *Bodyline Autopsy* (Aurum, 2002)

——, *Caught England, Bowled Australia* (Eva Press, 1997)

——, *Fast Men: Two Hundred Year Cavalcade of Speed Bowlers* (Allen and Unwin, 1982)

——, *Thommo: Story of Jeff Thomson* (TBS, 1980)

Fryer, Peter, *Aspects of British Black History* (Index Books, 1993)

——, *Staying Power: The History of Black People in Britain* (Pluto Press, 1984)

Garner, Joel, *Big Bird: Flying High* (Arthur Barker, 1988)

Gemmell, Jon, *The Politics of South African Cricket* (Routledge, 2004)

Genders, Roy, *League Cricket in England* (Werner Laurie, 1952)

Gibson, Alan, *The Cricket Captains of England* (The Pavilion Library, 1979)

Gilbert, Kevin, *Because a White Man'll Never Do it* (Angus and Robertson, 2013)

——, *Living Black* (Penguin, 1978)

Gilroy, Paul, *The Black Atlantic* (Verso, 1993)

——, *Black Britain* (Saqi, 2007)

——, *There Ain't no Black in the Union Jack* (Hutchinson, 1987)

Giuseppe, Undine, *A Look at Learie Constantine* (Thomas Nelson and Sons, 1974)

Goble, Ray and Sandiford, Keith A. P., *75 years of West Indies Cricket* (Hansib, 2004)

Goodwin, Clayton, *Caribbean Cricketers: From the Pioneers to Packer* (Chambers, 1980)

——, *West Indians at the Wicket* (Macmillan, 1986)

Grant, Colin, *I & I the Natural Mystics: Marley, Tosh and Wailer* (Jonathan Cape, 2011)

Greenidge, Gordon, *The Man in the Middle* (David and Charles, 1980)

Greig, Tony, *My Story* (Hutchinson, 1980)

Guha, Ramachandra, *A Corner of a Foreign Field* (Picador, 2003)

—— (ed.), *The Picador Book of Cricket* (Picador, 2002)

Haigh, Gideon, *The Cricket War* (Text Publishing, 1993)

——, *Silent Revolutions: Writings on Cricket History* (Black Inc., 2006)

——, *The Summer Game* (ABC Books, 2006)

——, *Uncertain Corridors: Writings on Modern Cricket* (Simon and Schuster, 2014)

Holding, Michael, *No Holding Back* (Orion, 2010)

——, *Whispering Death* (André Deutsch, 1993)

James, C. L. R., *Beyond a Boundary* (Yellow Jersey Press, 2005)

——, *Cricket* (Allison and Busby, 1986)

Keating, Frank, *Another Bloody Day in Paradise!* (André Deutsch, 1981)

Kelly, Paul, *The Dismissal: Australia's Most Sensational Power Struggle* (Angus and Robertson, 1983)

Kumar, Vijay P., *Cricket Lovely Cricket* (published privately, 2000)

Kynaston, David, *Austerity Britain, 1945–1951: Tales of a New Jerusalem* (Bloomsbury, 2007)

Lamming, George, *The Emigrants* (University of Michigan, 1994)

——, *In the Castle of my Skin* (Longman, 1979)

Lapping, Brian, *Apartheid: A History* (Paladin, 1988)

Lawrence, Bridgette, *100 Great Westindian Test Cricketers from Challenor to Richards* (Hansib, 1987)

Lelyveld, Joseph, *Move your Shadow* (Abacus, 1989)

Levy, Andrea, *Small Island* (Picador, 2005)

Lillee, Dennis, *The Art of Fast Bowling* (Lutterworth Press, 1978)

——, *Menace: The Autobiography* (Headline, 2003)

Lister, Simon, *Supercat: The Authorised Biography of Clive Lloyd* (Fairfield Books, 2007)

Mahler, Jonathan, *Ladies and Gentlemen, the Bronx is Burning* (Picador, 2007)

Mallett, Ashley, *Thommo Speaks Out* (Allen and Unwin, 2010)

Manley, Michael, *A History of West Indies Cricket* (André Deutsch, 1988)

Marsh, Rod, *Gloves, Sweat and Tears* (Penguin, 1984)

——, *The Gloves of Irony* (Lansdowne, 1982)

——, *The Inside Edge* (Lansdowne, 1984)

——, *You'll Keep* (Hutchinson, 1975)

Marshall, Malcolm, *Marshall Arts* (Macdonald Queen Anne Press, 1987)

Mason, Peter, *Learie Constantine* (Macmillan Caribbean, 2007)

Mason, Tony (ed.), *Sport in Britain: A Social History* (Cambridge University Press, 2011)

May, Peter, *The Rebel Tours* (SportsBooks, 2009)

McDonald, Trevor, *Clive Lloyd: The Authorised Biography* (Granada, 1985)

——, *Viv Richards: The Authorised Biography* (Sphere, 1984)

McGregor, Craig, *Profile of Australia* (Hodder and Stoughton, 1966)

McKinstry, Leo, *Boycs: The True Story* (Partridge, 2000)

Mermelstein, David, *The Anti-Apartheid Reader* (Grove Press, 1987)

Morris, Mervyn and Carnegie, Jimmy, *Lunchtime Medley* (Ian Randle, 2008)

Moorhouse, Geoffrey, *Lord's* (Hodder and Stoughton, 1983)

Murray, Bruce K. and Merrett, Christopher, *Caught Behind: Race and Politics in Springbok Cricket* (University of KwaZulu-Natal Press, 2004)

Naipaul, V. S., *The Middle Passage* (Vintage, 2002)

Nauright, John, *Sport, Cultures and Identities in South Africa* (Leicester University Press, 1998)

Newland, Courttia (ed.), *IC3: The Penguin Book of New Black Writing in Britain* (Penguin, 2001)

Nicole, Christopher, *West Indian Cricket* (Phoenix, 1957)

Oborne, Peter, *Basil D'Oliveira: Cricket and Conspiracy, the Untold Story* (Little, Brown, 2004)

Odendaal, André, *Cricket in Isolation: The Politics of Race and Cricket in South Africa* (privately published, 1977)

Phillips, Mike and Phillips, Trevor, *Windrush: The Irresistible Rise of Multi-Racial Britain* (HarperCollins, 2009)

Pilkington, Edward, *Beyond the Mother Country: West Indians and the Notting Hill White Riots* (I. B. Tauris and Co., 1988)

Quarles, Benjamin, *The Negro in the Making of America* (Collier, 1969)

Rae, Simon, *W. G. Grace: A Life* (Faber and Faber, 1999)

Raman, Menaka et al., *From There to Here: 16 True Tales of Immigration to Britain* (Penguin, 2007)

Richards, Vivian, *Hitting Across the Line: An Autobiography* (Headline, 1991)

——, *Sir Vivian: The Definitive Autobiography* (Penguin, 2001)

Rickard, John, *Australia: A Cultural History* (Longman, 1996)

Ross, Alan, *Through the Caribbean* (The Pavilion Library, 1986)

Ross, Gordon, *A History of West Indies Cricket* (Arthur Barker, 1976)

St Clair, William, *The Grand Slave Emporium* (Profile, 2007)

Salewicz, Chris, *Bob Marley: The Untold Story* (Harper, 2010)

Savidge, Michele and McLellan, Alastair, *Real Quick* (Blandford, 1995)

Seecharan, Clem, *From Ranji to Rohan: Cricket and Indian Identity in Colonial Guyana 1890s–1960s* (Hansib, 2009)

——, *Muscular Learning: Cricket and Education in the Making of the British West Indies at the End of the Nineteenth Century* (Ian Randle, 2005)

——, *Sweetening Bitter Sugar: Jock Campbell the Booker Reformer* (Ian Randle, 2004)

Selvon, Sam, *The Lonely Londoners* (Penguin, 2006)

Sobers, Garfield, *Cricket in the Sun* (Arthur Barker, 1967)

——, *My Autobiography* (Headline, 2003)

Steen, Rob, *Floodlights and Touchlines: A History of Spectator Sport*, (Bloomsbury, 2014)

——, *Desmond Haynes: Lion of Barbados* (Weidenfeld and Nicolson, 1993)

Stoddart, Brian and Sandiford, Keith A. P. (eds), *The Imperial Game: Cricket, Culture and Society* (Manchester University Press, 1998)

Stollmeyer, Jeff, *Everything Under the Sun* (Stanley Paul, 1983)

Swanton, E. W., *Sort of a Cricket Person* (Collins, 1972)

Tennant, Ivo, *Frank Worrell: A Biography* (Lutterworth Press, 1987)

Thompson, Leonard, *A History of South Africa* (Yale University Press, 1996)

Tossell, David, *Grovel!* (Know the Score, 2007)

——, *Tony Greig: A Reappraisal of English Cricket's Most Controversial Captain* (Pitch, 2011)

Underdown, David, *Start of Play* (Allen Lane, 2000)

Walcott, Clyde, *Sixty Years on the Back Foot* (Orion, 2000)

Walsh, Courtney, *Heart of the Lion* (Lancaster, 1999)

Warner, Pelham, *Long Innings* (Harrap, 1951)

West, Peter (ed.), *Cricketers from the West Indies* (Playfair, 1950)

Wild, Rosalind Eleanor, *Black Was the Colour of our Fight. Black Power in Britain, 1955–1976* (PhD thesis, University of Sheffield, 2008)

Wilde, Simon, *Letting Rip: Fast Bowling Threat from Lillee to Waqar* (Gollancz, 1994)

Williams, Jack, *Cricket and Race* (Berg, 2001)

Wisden Anthology 1940–1963 (Macdonald Queen Anne Press, 1982)

Wisden Anthology 1963–1982 (Guild Publishing, 1986)

The Wisden Book of Cricket Records (Queen Anne Press, 1988)

The Wisden Book of Cricketers' Lives (Macdonald Queen Anne Press, 1986)

The Wisden Book of Test Cricket Volume 1 (Headline, 2010)

The Wisden Book of Test Cricket Volume 2 (Headline, 2010)

The Wisden Book of Test Cricket Volume 3 (Headline, 2010)

Wisden Cricketers' Almanack (various years)

Worrell, Frank, *Cricket Punch* (Rupa, 1959)

Wright, Graeme, *Betrayal: The Struggle for Cricket's Soul* (Witherby, 1993)

List of Illustrations

Dennis Waight. Front row: Joel Garner, Vivian Richards, Clive Lloyd, Gordon Greenidge, Michael Holding.); Vivian Richards and Collis King (both Patrick Eagar Collection/Getty Images)

10. Dressing room in Adelaide (Patrick Eagar); Michael Holding kicking down stumps (Getty Images); Bernard Julien (Adrian Murrell/Getty Images)

11. Frank Worrell (Ron Case/Getty Images); Garry Sobers (Douglas Miller/Getty Images); West Indian supporters in 1963 (Keystone/Getty Images)

12. 1984 team photo (Bob Thomas/Getty Images); Andy Lloyd hit at Edgbaston (Patrick Eagar Collection/Getty Images)

13. Vivian Richards batting in 1984 (Patrick Eagar); Slip cordon at Headingley (Patrick Eagar); 1984 Blackwash (Mark Leech/Getty Images)

14. Clive Lloyd (Patrick Eagar)

15. Vivian Richards (Popperfoto/Getty Images)

16. Colin Croft (Bob Thomas/Getty Images); Malcolm Marshall (Adrian Murrell/Getty Images); Joel Garner (Patrick Eagar Collection/Getty Images); Andy Roberts (Bob Thomas/Getty Images)

Index